STEPHEN KING

O INSTITUTO

TRADUÇÃO
Regiane Winarski

5ª reimpressão

Copyright © 2019 by Stephen King
Publicado mediante acordo com o autor através da The Lotts Agency.

"Road Runner"
Letra e música por Barbara Cameron.
Copyright © 1972 WB Music Corp.
Todos os direitos reservados. Publicado com permissão de Alfred Publishing, LLC.

"I Shall Be Released"
Escrita por Bob Dylan.
Copyright © 1967, 1970 Dwarf Music; renovado em 1995 por Dwarf Music.
Todos os direitos reservados. Copyright internacional assegurado. Reimpresso sob permissão.

Grafia atualizada segundo o Acordo Ortográfico da Língua Portuguesa de 1990, que entrou em vigor no Brasil em 2009.

Título original
The Institute

Capa
Will Staehle/ Unusual Corporation

Imagens de capa
Trem: Ayrat A/ Shutterstock
Menino: kosmos111/ Shutterstock
Quarto: Koksharov Dmitry/ Shutterstock
Trilhos: Karin Claus/ Shutterstock

Preparação
Gustavo Feix
Stella Carneiro

Revisão
Carmen T. S. Costa
Marise Leal

Dados Internacionais de Catalogação na Publicação (CIP)
(Câmara Brasileira do Livro, SP, Brasil)

King, Stephen, 1947-
    O instituto / Stephen King ; tradução Regiane Winarski. — 1ª ed. — Rio de Janeiro : Suma, 2019.

    Título original: The Institute.
    ISBN 978-85-5651-085-3

    1. Ficção norte-americana I. Título.

19-28225   CDD-813

Índice para catálogo sistemático:
1. Ficção: Literatura norte-americana   813

Maria Alice Ferreira – Bibliotecária – CRB-8/7964

[2021]
Todos os direitos desta edição reservados à
EDITORA SCHWARCZ S.A.
Praça Floriano, 19, sala 3001 — Cinelândia
20031-050 — Rio de Janeiro — RJ
Telefone: (21) 3993-7510
www.companhiadasletras.com.br
www.blogdacompanhia.com.br
facebook.com/editorasuma
instagram.com/editorasuma
twitter.com/Suma_BR

Para os meus netos: Ethan, Aidan e Ryan

E Sansão clamou ao SENHOR e disse: Ó Senhor Deus,
lembra-te de mim, eu te suplico, e dá-me força só esta
vez, ó Deus, para que me vingue dos filisteus.
Então Sansão abraçou as duas colunas centrais sobre as
quais o templo se firmava e nas quais se sustentava, tendo
a mão direita numa coluna e a esquerda na outra.
E Sansão disse: Que eu morra com os filisteus! Ele inclinou o
corpo com toda a força; e a casa desabou sobre os senhores e
sobre todas as pessoas que ali estavam. Assim, na sua morte,
Sansão matou mais homens do que em toda a sua vida.

Juízes, 16

Mas quem fizer mal a um desses pequeninos... melhor
seria que se lhe pendurasse ao pescoço uma grande pedra
de moinho e que fosse lançado no fundo do mar.

Mateus, 18

Laugh about it, shout about it when you got to
choose, every way you look at it you lose.

Paul Simon

O VIGIA NOTURNO

1

Meia hora depois do horário marcado para que o voo de Tim Jamieson decolasse de Tampa para as luzes fortes e os prédios altos de Nova York, a aeronave da Delta ainda estava parada no portão. Quando um funcionário da Delta e uma mulher loura com crachá de segurança pendurado no pescoço entraram na cabine, os passageiros espremidos da classe econômica soltaram murmúrios infelizes e premonitórios.

— Sua atenção, por favor! — disse o funcionário da Delta.

— De quanto tempo mais vai ser o atraso? — alguém perguntou. — Não venham com enrolação.

— O atraso deve ser curto e o capitão quer dar a garantia de que o voo vai chegar aproximadamente no horário. Mas temos um agente federal que precisa embarcar e precisamos que alguém ceda seu lugar.

Um gemido coletivo percorreu a cabine da classe econômica e Tim viu várias pessoas pegarem os celulares para o caso de alguma confusão. Já tinha havido confusão nesse tipo de situação antes.

— A Delta Air Lines está autorizada a oferecer uma passagem gratuita para Nova York no próximo voo, que sai amanhã cedo, às 6h45...

Outro gemido percorreu a cabine.

O funcionário continuou, inabalado.

— Quem aceitar vai receber um voucher de hotel para esta noite e mais quatrocentos dólares. É um bom negócio, pessoal. Quem quer?

Ninguém aceitou. A segurança loura não disse nada, só observou a cabine lotada da classe econômica com olhos que viam tudo, mas eram um tanto sem vida.

— Oitocentos — disse o funcionário da Delta. — Junto com o voucher do hotel e a passagem de cortesia.

— O cara parece um apresentador de televisão — grunhiu um homem na fileira na frente de Tim.

Ninguém aceitou.

— Mil e quatrocentos?

Ninguém. Tim achou interessante, mas nem um pouco surpreendente. E não era só porque um voo às 6h45 significava ter que acordar antes de Deus: seus colegas da classe econômica eram, em sua maioria, famílias indo para casa depois de visitar diversas atrações na Flórida, casais com queimaduras de praia e caras corpulentos de rosto vermelho e expressão irritada que deviam ter negócios na Grande Maçã valendo consideravelmente mais do que mil e quatrocentas pratas.

Alguém lá no fundo falou:

— Inclui um Mustang conversível e uma viagem para dois pra Aruba e você pode ficar com nossos lugares!

Essa tirada provocou risadas que não pareceram muito simpáticas.

O funcionário do portão olhou para a loura com o crachá, mas, se esperava alguma ajuda por parte dela, não obteve nenhuma. Ela continuou só observando, sem mover nada além dos olhos. Ele suspirou e disse:

— Mil e seiscentos.

Tim Jamieson decidiu de repente que queria sair daquela porra de avião e pegar carona para o norte. Embora essa ideia nunca tivesse passado por sua cabeça antes, ele percebeu que conseguia se imaginar fazendo isso, e com total clareza. Ali estava ele, polegar esticado, parado na rodovia 301, em algum lugar no meio do condado de Hernando. Estava quente, havia joaninhas por todos os cantos, um outdoor anunciava um advogado especialista em processos de pequenos acidentes e "Take It on the Run", de REO Speedwagon, estava tocando em um aparelho de som portátil no degrau de concreto de um trailer próximo, onde um homem sem camisa lavava o carro. Uma hora ou outra, um fazendeiro qualquer apareceria e lhe daria carona em uma picape com carroceria de madeira, melões na caçamba e um Jesus magnético no painel. A melhor parte nem seria ter dinheiro vivo no bolso. A melhor parte seria ficar parado sozinho na estrada, a quilômetros daquela porra de lata de sardinha com aromas conflitantes de perfume, suor e spray de cabelo.

A segunda melhor parte, no entanto, seria apertar as tetas da companhia para arrancar mais alguns dólares.

Ele se levantou até ficar perfeitamente empertigado (sua altura era um metro e setenta e sete, quase oito), empurrou os óculos no nariz e levantou a mão.

— Se chegar a dois mil, senhor, e incluir a devolução em dinheiro da minha passagem, meu assento é seu.

2

No fim, o voucher era para um hotel barato localizado perto do final de uma das pistas mais movimentadas do Tampa International. Tim adormeceu com o som de aviões, acordou com a mesma trilha sonora e desceu para comer um ovo cozido e duas panquecas borrachudas do café da manhã de cortesia. Embora estivesse longe de ser uma experiência gastronômica, Tim devorou a refeição com gosto e voltou para o quarto para esperar dar nove horas, quando abririam os bancos.

Sacou o cheque sem dificuldades porque o banco sabia que ele apareceria e a transação tinha sido pré-aprovada: Tim não tinha intenção de esperar no hotel barato até que o cheque fosse compensado. Ele preferiu tirar os dois mil em notas de cinquenta e vinte e depois dobrou tudo no bolso da frente, pegou a bolsa de viagem com o segurança do banco e pediu um Uber até Ellenton. Lá, pagou o motorista, andou até a placa mais próxima indicando a 301-N e esticou o polegar. Quinze minutos depois, um idoso com um boné estampando o logo do fabricante Case parou. Não havia melões na caçamba da picape e a carroceria não era de madeira, mas fora isso encaixava direitinho na visão que ele teve na noite anterior.

— Pra onde você está indo, amigo? — perguntou o homem.

— Bom — respondeu Tim —, em algum momento pretendo chegar a Nova York. Eu acho.

O homem cuspiu tabaco pela janela.

— E por que um homem em sã consciência ia querer ir pra lá? — ele pronunciou tudo junto, *sãconsciência*.

— Sei lá — disse Tim, embora soubesse: um antigo colega de trabalho disse que havia muita oferta para segurança particular na Grande Maçã, inclusive em algumas empresas que dariam mais valor à sua experiência do que a toda aquela confusão que acabou com sua carreira na polícia da Flórida. — Só espero conseguir chegar à Geórgia hoje. Talvez eu goste mais de lá.

— Agora sim — disse o homem. — A Geórgia não é ruim, principalmente pra quem gosta de pêssego. Me dá diarreia. Você não se incomoda com música, não é?

— De jeito nenhum.

— Mas tenho que avisar, eu boto o volume alto. Estou um pouco surdo.

— Tudo bem. Fico feliz com a carona.

Foi Waylon Jennings em vez de REO Speedwagon, mas Tim não tinha problema com isso. Depois de Waylon, veio Shooter Jennings e Marty Stuart. Dentro do Dodge Ram enlameado, os dois homens ouviram a música e ficaram contemplando a rodovia. Cento e dez quilômetros depois, o homem parou, levantou a aba do boné de leve e desejou a Tim um belo dia.

Tim não conseguiu chegar à Geórgia naquela noite — passou-a em outro hotel vagabundo perto de uma barraca de estrada que vendia suco de laranja —, mas apareceu lá no dia seguinte. Na cidade de Brunswick (onde um certo tipo gostoso de ensopado tinha sido inventado), pegou um trabalho de duas semanas em uma usina de reciclagem, uma decisão tão impulsiva quanto a de abrir mão do lugar no voo da Delta saindo de Tampa. Tim não precisava do dinheiro, mas teve a impressão de que precisava do tempo. Estava em transição e isso não acontecia do dia para a noite. Além do mais, havia um boliche com um Denny's ao lado. Uma combinação dessas era difícil de superar.

3

Com a soma do dinheiro que recebeu da companhia aérea e na usina de reciclagem, Tim estava parado na rampa de Brunswick da I-95 Norte, sentindo-se bem rico para um andarilho. Ficou parado mais de uma hora debaixo do sol e estava pensando em desistir e voltar para o Denny's para tomar um copo de chá gelado quando uma perua Volvo parou. O banco de trás estava cheio de caixas. A idosa atrás do volante abriu a janela do passageiro e olhou para ele através de óculos de lentes grossas.

— Apesar de não ser grande, você parece musculoso — observou ela. — Você não é estuprador nem psicopata, é?

— Não, senhora — respondeu Tim, pensando: Mas o que mais eu *poderia* dizer?

— É claro que você não diria se fosse, não é? Você vai até a Carolina do Sul? Sua bolsa de viagem sugere que sim.

Um carro desviou do Volvo e avançou a toda velocidade, buzinando. A idosa não deu atenção, se limitando a manter o olhar sereno grudado em Tim.

— Sim, senhora. Preciso chegar até Nova York.

— Levo você até a Carolina do Sul. Não muito pra dentro daquele lindo estado, mas um pouco. Mas só se você me der uma ajudinha em troca. Uma mão lava a outra, se é que você me entende.

— Você coça as minhas costas e eu coço as suas — disse Tim, sorrindo.

— Ninguém vai coçar nada aqui, mas pode entrar.

Tim entrou. Ela se chamava Marjorie Kellerman e cuidava da biblioteca de Brunswick. Também participava de uma coisa chamada Associação das Bibliotecas do Sudeste, que, segundo ela, não tinha dinheiro porque "Trump e seus amiguinhos retiraram tudo. Eles entendem de cultura tanto quanto um jumento entende de álgebra".

Depois de cento e cinco quilômetros para o norte, ainda na Geórgia, ela parou em uma bibliotecazinha de prisão na cidade de Pooler. Tim descarregou e levou as caixas de livros para dentro. Carregou outras dez ou doze caixas para o Volvo. Marjorie Kellerman disse que eram para a Biblioteca Pública de Yemassee, uns sessenta e cinco quilômetros ao norte, já no estado da Carolina do Sul. Mas, pouco depois de passarem por Hardeeville, eles tiveram que parar. Havia um engarrafamento nas duas pistas e mais carros e caminhões não paravam de chegar.

— Ah, odeio quando isso acontece — lamentou Marjorie. — Parece que é sempre na Carolina do Sul, onde são muquiranas demais pra alargar a rodovia. Houve uma batida em algum lugar à frente e, com só duas pistas, ninguém consegue passar. Vou passar metade do dia aqui. Sr. Jamieson, você está dispensado do trabalho. Se eu fosse você, sairia do veículo, andaria de volta até a saída de Hardeeville e tentaria a sorte na rodovia 17.

— E todas essas caixas de livros?

— Ah, eu arrumo outra pessoa forte pra me ajudar a descarregar — respondeu ela, sorrindo para ele. — Pra falar a verdade, vi você lá parado no sol quente e decidi viver um pouco perigosamente.

— Bom, se a senhora tem certeza. — Tim estava ficando com claustrofobia naquele engarrafamento. Da mesma forma que se sentiu na classe econômica do voo da Delta, na verdade. — Se não tiver, posso ficar. Não tenho prazo nem nada.

— Tenho certeza absoluta — disse ela. — Foi um prazer conhecê-lo, sr. Jamieson.

— O prazer foi meu, sra. Kellerman.

— Você precisa de dinheiro? Posso colaborar com dez dólares, se precisar.

Ele ficou comovido e surpreso, não pela primeira vez, com a gentileza e a generosidade do gesto, comum a gente comum, principalmente no caso de quem não tinha muito a oferecer. Os Estados Unidos ainda eram um bom lugar, por mais que alguns (inclusive ele mesmo, de vez em quando) pudessem discordar.

— Não, estou bem. Mas obrigado por oferecer.

Ele apertou a mão dela, saiu e andou de volta pelo acostamento da I-95 até a saída de Hardeeville. Como não conseguiu uma carona imediatamente na US 17, caminhou alguns quilômetros até onde a estrada se juntava à rodovia estadual 92. Lá, uma placa apontava para a cidade de DuPray. Àquela altura, já era o meio da tarde e Tim decidiu que era melhor encontrar um hotel onde passar a noite. Sem dúvida seria outro do tipo vagabundo, mas as alternativas — dormir ao ar livre e ser devorado por mosquitos ou adormecer em um celeiro — eram bem menos atraentes. E assim, ele partiu para DuPray.

Grandes eventos se apoiam em pequenos suportes.

4

Uma hora depois, ele estava sentado em uma pedra na beira da estrada de duas pistas, esperando que um trem de carga aparentemente infinito atravessasse o cruzamento. O trem avançava para DuPray na majestosa velocidade de cinquenta quilômetros por hora: vagões fechados, vagões de transporte de carros (em sua maioria, abarrotados de carros batidos em vez de veículos novos), vagões-tanque, vagões abertos e gôndolas cheias de só Deus sabia que substâncias inflamáveis que, em caso de descarrilamento, poderiam incendiar a floresta de pinheiros ou contaminar a população de DuPray com vapores tóxicos ou até fatais. Por fim, chegou a vez de um vagão laranja onde um homem de macacão estava sentado em uma cadeira de praia, lendo um livro e fumando um cigarro. O homem ergueu o olhar do livro e acenou para Tim, que retribuiu o cumprimento.

A cidade ficava três quilômetros depois, construída em volta do cruzamento da 92 (agora com o nome de Main Street) e duas outras ruas. DuPray parecia ter escapado das cadeias de lojas que tinham ocupado as cidades maiores. Até havia uma Radio Shack, mas estava fechada, com as vitrines cobertas. Tim reparou em uma mercearia, uma farmácia, um mercadinho que parecia vender um pouco de tudo e dois salões de beleza. Também havia um cinema com as palavras ALUGO OU VENDO O PONTO na fachada, uma revendedora de peças de carros chamada LOJA DA VELOCIDADE DE DUPRAY e um restaurante chamado RESTAURANTE DA BEV. Havia três igrejas, uma metodista e duas sem marca registrada, ambas do tipo "venham para Jesus". Não havia mais de vinte e poucos carros e picapes espalhados pelas vagas transversais que ocupavam a área comercial. As calçadas estavam quase desertas.

Três quarteirões depois, ao passar por mais uma igreja, ele viu o DuPray Motel. Mais à frente, onde a Main Street supostamente voltava a ser a rodovia estadual 92, havia outro cruzamento com trilhos de trem, um depósito e uma fileira de telhados de metal que cintilavam ao sol. Em seguida, a floresta de pinheiros voltava a ficar densa. De modo geral, pensou Tim, parecia uma cidade saída de uma balada country, de uma daquelas canções nostálgicas cantadas por Alan Jackson ou George Strait. A placa do hotel era velha e enferrujada, sugerindo que o lugar poderia estar tão fechado quanto o cinema. De qualquer maneira, como a tarde estava chegando ao fim e aquela parecia ser a única opção para se hospedar na cidade, foi para lá que Tim se dirigiu.

Na metade do caminho, passando pelo prédio administrativo de DuPray, ele chegou a uma construção de tijolos com hera subindo pelos lados.

No gramado bem-cuidado havia uma placa declarando que o local era o Departamento do Xerife do Condado de Fairlee. Tim achava que devia ser mesmo uma porcaria de condado, se aquela era a cidade principal.

Havia duas viaturas paradas na frente: uma era um sedã novo e a outra um 4Runner velho, sujo de lama, com a lâmpada vermelha e azul no painel. Tim lançou para a entrada o olhar quase inconsciente de um andarilho com muito dinheiro no bolso, andou alguns passos e voltou para conferir melhor os quadros de aviso dos dois lados da porta dupla. Na verdade, para conferir um deles em particular. Achando que devia ter lido errado, mas querendo ter certeza.

Não nesse dia e nessa época do ano, pensou ele. Não é possível.

Mas era. Ao lado de um pôster que dizia SE VOCÊ PENSOU QUE A MACONHA FOSSE PERMITIDA NA CAROLINA DO SUL, **PENSOU ERRADO** havia um que dizia apenas PRECISA-SE DE VIGIA NOTURNO. INFORMAÇÕES LÁ DENTRO.

Uau, pensou ele. Isso é que era voltar ao passado.

Ele se virou para a placa enferrujada do hotel de novo, pensando naquele anúncio de PRECISA-SE. Nessa hora, uma das portas da delegacia se abriu e um policial magro saiu, ajeitando o quepe no cabelo ruivo. O sol do fim da tarde cintilou no seu distintivo. Ele observou as botas de Tim, a calça jeans suja e a camisa azul de cambraia. Os olhos se detiveram por um momento na bolsa pendurada no ombro de Tim antes de chegarem ao rosto.

— Posso ajudar, senhor?

O mesmo impulso que o fez se levantar no avião surgiu de novo.

— Provavelmente não, mas quem sabe?

5

O policial ruivo era Taggart Faraday. Ele acompanhou Tim até lá dentro, onde os odores característicos de água sanitária e amônia saíam das quatro celas nos fundos e chegavam às salas. Depois de apresentar Tim para Veronica Gibson, a policial de meia-idade encarregada do atendimento naquela tarde, Faraday pediu para ver a habilitação e algum outro documento de Tim. O que Tim ofereceu junto com a habilitação foi sua carteira de membro da polícia de Sarasota, sem tentar disfarçar que ela estava vencida havia nove meses. Mesmo assim, a atitude dos policiais mudou um pouco quando viram o documento.

— Você não mora no condado de Fairlee — disse Ronnie Gibson.

— Não — concordou Tim. — Não mesmo. Mas posso morar, se conseguir o emprego de vigia noturno.

— Não paga muito — disse Faraday — e, de qualquer modo, a decisão não é minha. Quem contrata e demite é o xerife Ashworth.

— Nosso último vigia noturno se aposentou e se mudou pra Geórgia. Ed Whitlock. Ele teve aquela doença de Lou Gehrig, a ELA. Bom sujeito. Dureza. Mas tem gente lá pra cuidar dele — disse Ronnie Gibson.

— São sempre os melhores que sofrem as piores merdas — acrescentou Tag Faraday. — Dá um formulário pra ele, Ronnie. — E, para Tim: — Nós somos uma equipe pequena aqui, sr. Jamieson, só sete em tempo integral e dois em meio período. É o que os contribuintes podem pagar. O xerife John está na rua, em patrulha. Se não chegar até as cinco, cinco e meia no máximo, é porque foi pra casa jantar e só volta amanhã.

— Seja como for, vou passar a noite aqui. Supondo que o hotel esteja aberto, claro.

— Ah, acho que o Norbert tem alguns quartos — disse Ronnie Gibson.

Ela trocou um olhar com o ruivo e os dois riram.

— Imagino que não seja um estabelecimento cinco estrelas — disse Tim.

— Olha, sem comentários sobre isso — disse Gibson —, mas no seu lugar eu daria uma olhada nos lençóis antes de deitar, só pra ver se não tem aquele insetinho vermelho. Por que você saiu da polícia de Sarasota, sr. Jamieson? Você é jovem demais para ter se aposentado, eu suponho.

— Essa é uma questão que vou discutir com o xerife, se ele me conceder uma entrevista.

Os dois policiais trocaram outro olhar, mais longo, e Tag Faraday disse:

— Vamos, entrega um formulário pro homem, Ronnie. Foi um prazer conhecer o senhor. Bem-vindo a DuPray. Agindo direito, nos daremos muito bem.

Ele saiu sem esperar resposta, deixando a alusão ao bom comportamento aberta à interpretação. Pela janela gradeada, Tim viu o 4Runner sair de ré da vaga e seguir pela pequena rua principal de DuPray.

O formulário estava em uma prancheta. Tim se sentou em uma das três cadeiras encostadas na parede esquerda, colocou a bolsa entre os pés e começou a preencher os campos.

Vigia noturno, pensou ele. Caramba.

6

O xerife Ashworth (xerife John para a maioria da população, assim como para seus policiais, Tim descobriu) era um homem de barriga grande que andava devagar. Tinha a papada de um basset hound e muito cabelo branco. Havia uma mancha de ketchup na camisa do seu uniforme. Carregava uma Glock no quadril e tinha um anel de rubi no mindinho. O sotaque era forte e a atitude era simpática, de amigo de longa data, mas os olhos fundos no rosto carnudo eram inteligentes e curiosos. Ele poderia ter sido escalado em um daqueles filmes com clichês sulistas, tipo *Com as próprias mãos*, não fosse o fato de ser negro. Mais uma coisa: havia uma moldura com o certificado de graduação na Academia Nacional do FBI em Quantico pendurada na parede ao lado do retrato oficial do presidente Trump. Aquilo não era uma peça de decoração barata que se conseguia em qualquer lojinha.

— Muito bem — disse o xerife John, se balançando na cadeira. — Não tenho muito tempo. Marcella odeia quando me atraso para o jantar. A não ser que haja algum tipo de crise, claro.

— Entendido.

— Então vamos direto ao ponto. Por que você saiu da polícia de Sarasota e o que está fazendo aqui? A Carolina do Sul não tem muitos lugares movimentados, e DuPray está longe de ser um deles.

Ashworth provavelmente não pegaria o telefone para ligar para Sarasota naquela noite, mas faria isso pela manhã, então não adiantava enfeitar a história. Não que Tim quisesse fazer isso. Se não conseguisse aquele emprego, passaria a noite em DuPray e seguiria em frente de manhã, continuando as escalas até chegar a Nova York — uma viagem que ele agora entendia se tratar do hiato necessário entre o que aconteceu no Westfield Mall de Sarasota naquele dia no final do ano passado e o que talvez acontecesse no futuro. Deixando tudo isso de lado, a sinceridade era a melhor política, porque as mentiras, sobretudo em uma era na qual quase todas as informações estavam disponíveis para qualquer pessoa com um teclado e uma conexão wi-fi, normalmente voltavam para assombrar o mentiroso.

— Me deram a escolha de pedir demissão ou ser dispensado. Escolhi pedir demissão. Ninguém ficou feliz, muito menos eu, porque gostava do meu trabalho na Costa do Golfo, mas foi a melhor solução. Assim, recebo um pouco de dinheiro, não a aposentadoria integral, mas é melhor do que nada. Vai pra minha ex-esposa.

— E o motivo? Simplifique para que eu possa chegar em casa enquanto o jantar ainda está quente.

— Não vai demorar. No final do meu turno, em um dia de novembro no ano passado, entrei no Westfield Mall pra comprar um par de sapatos porque tinha um casamento para ir. Eu ainda estava de farda, certo?

— Certo.

— Estava saindo do Shoe Depot quando uma mulher veio correndo e disse que um adolescente estava mostrando uma arma no cinema. Fui correndo pra lá.

— Você sacou sua arma?

— Não, senhor. Não naquela hora. O garoto armado tinha uns catorze anos e percebi que estava bêbado ou drogado. Ele tinha derrubado outro garoto e estava dando pontapés nele. Também estava com a arma apontada para ele.

— Parece aquela história de Cleveland. Do policial que atirou no garoto negro que estava balançando a arma de chumbinho.

— Pensei nesse caso quando me aproximei, mas o policial que atirou em Tamir Rice jurou ter pensado que o garoto estava com uma arma de verdade. Eu tinha quase certeza de que a do garoto que estava no cinema não era real, mas não tinha como ter certeza *absoluta*. Talvez você saiba por quê.

O xerife John Ashworth pareceu ter esquecido o jantar.

— Porque ele estava apontando a arma para o garoto no chão. Não faz sentido apontar uma arma falsa pra alguém. A não ser, imagino, que o outro garoto não soubesse.

— O garoto armado disse depois que estava *balançando* a arma para o outro, não apontando. Dizendo "É meu, filho da puta, você não pega o que é meu". Não foi o que eu vi. Pra mim, ele pareceu estar apontando. Eu gritei pra ele largar a arma e levantar as mãos. Ele não me ouviu ou não me deu atenção. Se limitou a continuar chutando e apontando. Ou balançando, se era isso que estava mesmo fazendo. De qualquer modo, saquei minha arma. — Ele fez uma pausa. — Se faz alguma diferença, os garotos eram brancos.

— Pra mim, não faz. Os dois garotos estavam brigando. Um estava no chão e apanhando. O outro tinha o que poderia ser uma arma de verdade. Você atirou nele? Me diz que não chegou a fazer isso.

— Ninguém levou nenhum tiro. Mas... sabe quando as pessoas se reúnem pra ver uma briga, mas somem se uma arma aparece?

— Claro. Se as pessoas têm bom senso, saem correndo.

— Pois é. Foi o que aconteceu, só que algumas ficaram mesmo assim.

— As que estavam filmando com o celular.

Tim assentiu.

— Uns quatro ou cinco candidatos a Spielberg. Eu apontei a arma para o teto e disparei o que deveria ter sido um tiro de aviso. Talvez tenha sido uma decisão equivocada, mas na hora me pareceu a coisa certa a fazer. A única. Bom, há lustres naquela parte do shopping. A bala acertou um deles, que caiu direto na cabeça de um curioso. O garoto deixou a arma cair no chão e eu soube que não era de verdade porque, assim que bateu no piso, ela quicou. Era uma arma de plástico feita pra parecer uma automática .45. O garoto que estava no chão levando os chutes tinha alguns hematomas e cortes, nada que parecesse precisar de pontos, mas o curioso ficou inconsciente e permaneceu assim por três horas. Concussão. De acordo com o advogado, ele ficou com amnésia e dores de cabeça lancinantes.

— Ele processou o departamento?

— Sim. Vai demorar um tempo, mas ele vai acabar levando alguma coisa.

O xerife John refletiu.

— Se ele ficou pra filmar a confusão, talvez não receba tanto, por piores que sejam suas dores de cabeça. Acho que o departamento jogou nas suas costas a acusação de disparo descuidado de uma arma.

Foi isso mesmo e seria bom, Tim pensou, se eles pudessem parar por ali. Mas não podiam. O xerife John podia parecer uma versão afro-americana do chefe Hogg de *Gatinhas e gatões*, mas não era burro. Ele se solidarizava com a situação de Tim, quase qualquer policial se solidarizaria, mas ainda faria sua verificação. Era melhor que ouvisse o resto da história da boca do próprio Tim.

— Antes de entrar na loja de sapatos, eu passei no Beachcombers e tomei uma ou duas bebidas. Os policiais que foram levar o garoto para a delegacia sentiram meu bafo e fizeram o teste. O bafômetro deu 0,6 abaixo do limite legal, mas a situação não era nada boa considerando que eu tinha acabado de disparar minha arma e mandar um homem para o hospital.

— Você é o tipo de pessoa que bebe regularmente, sr. Jamieson?

— Bebi muito nos seis meses depois do divórcio, mas isso já tem dois anos. Agora, não. — O que era, naturalmente, o que eu *deveria* dizer, pensou ele.

— Aham, aham, vamos ver se entendi direito. — O xerife levantou um indicador gordo. — Você estava fora de serviço, o que significa que, se estivesse sem farda, a mulher não teria corrido até você.

— Provavelmente não, mas eu teria ouvido a confusão e ido até a cena de qualquer jeito. Um policial nunca está fora de serviço. Como tenho certeza que você sabe.

— Aham, aham, mas você estaria com a sua arma?

— Não. A arma estaria no meu carro.

Ashworth levantou um segundo dedo por causa desse detalhe e acrescentou um terceiro.

— O garoto tinha o que devia ser uma arma falsa, mas podia ser real. Você não tinha como ter certeza, de qualquer modo.

— Pois é.

O quarto dedo subiu.

— Seu disparo de aviso acertou um lustre, que não só caiu, como caiu na cabeça de um curioso inocente. Isso, claro, se podemos chamar um babaca filmando com o celular de curioso inocente.

Tim assentiu.

O polegar do xerife subiu.

— E, antes que essa confusão acontecesse, você por acaso tinha ingerido duas bebidas.

— Sim. E de farda, ainda por cima.

— Não foi uma boa decisão, não foi uma boa... como costumam chamar... *perspectiva*, mas eu ainda teria que dizer que você teve um azar danado. — O xerife John bateu com os dedos na beirada da mesa. O anel de rubi do mindinho pontuou cada batida com um pequeno clique. — Acho sua história absurda demais pra não ser verdade, mas vou ter que ligar para o seu antigo chefe pra confirmar. Nem que seja para ouvir tudo de novo e me impressionar mais uma vez.

Tim sorriu.

— Minha chefe era Bernadette DiPino, a delegada de polícia de Sarasota. E é melhor você ir jantar, senão sua esposa vai ficar zangada.

— Aham, aham, pode deixar que eu cuido da Marcy. — O xerife se inclinou para a frente por cima da barriga. Seus olhos estavam mais brilhantes do que nunca. — Se eu fizesse um teste de bafômetro agora, sr. Jamieson, qual seria o resultado?

— Pode tentar e descobrir.

— Não vou fazer isso. Acredito que não preciso. — Ele se encostou, e a cadeira soltou outro gemido longo e sofrido. — Por que você iria querer o trabalho de vigia noturno em uma cidadezinha desprezível como esta? Só paga cem dólares por semana e, embora não haja muita agitação de domingo a quinta, pode ser irritante nas noites de sexta e sábado. O clube de strip em Penley fechou ano passado, mas há vários bares e espeluncas na área ao redor.

— Meu avô era vigia noturno em Hibbing, Minnesota. A cidade onde Bob Dylan cresceu, sabe? Pois então, isso foi depois que ele se aposentou da Polícia Estadual. Meu avô foi a inspiração para eu querer ser policial quando era pequeno. Quando vi a placa, eu pensei...

Tim deu de ombros. O que ele *pensou*? Basicamente a mesma coisa de quando aceitou o emprego na usina de reciclagem. Nada. Passou pela sua cabeça que talvez estivesse, pelo menos mentalmente falando, em um lugar meio complicado.

— Seguindo os passos do vovô, aham. — O xerife John uniu as mãos acima de sua considerável pança e encarou Tim, os cintilantes e curiosos olhos fundos nas bolsas de gordura. — Você se considera aposentado, é isso? Está só procurando alguma coisa pra fazer as horas passarem? Não acha que está meio jovem pra isso?

— Aposentado da polícia, sim. Esse tempo passou. Um amigo disse que me arrumaria trabalho de segurança em Nova York e eu queria uma mudança de ares. Talvez não precise ir a Nova York pra isso. — Ele achava que o que realmente queria era uma mudança de ideias. Talvez não conseguisse isso com o emprego de vigia noturno, mas talvez sim.

— Divorciado, é?

— Sim.

— Filhos?

— Não. Ela queria, eu não. Não achava que estava pronto.

O xerife John olhou para o formulário de Tim.

— Diz aqui que você tem quarenta e dois anos. Na maioria dos casos, provavelmente não todos, se você ainda não está pronto a esse ponto...

Ele parou de falar, esperando em seu melhor estilo de policial que Tim completasse a frase. Tim não completou.

— Você pode acabar indo pra Nova York alguma hora, sr. Jamieson, mas por enquanto está só andando por aí. Não é isso?

Tim pensou bem e concordou que *era*.

— Se eu te der esse emprego, como vou saber que você não vai botar na cabeça que vai embora daqui a duas semanas ou daqui a um mês? DuPray não é o lugar mais interessante do mundo, nem mesmo da Carolina do Sul. O que quero saber é: como vou ter certeza de que posso contar com você?

— Eu vou ficar. Sempre supondo que você ache que estou fazendo o trabalho direito, é claro. Se decidir que não estou, pode me demitir. Se eu decidir ir embora, vou avisar com antecedência. É uma promessa.

— O emprego não paga o suficiente pra você se sustentar.

Tim deu de ombros.

— Vou encontrar outra coisa, se precisar. Não vai me dizer que eu seria o único cara da cidade trabalhando em dois empregos pra pagar as contas, não é? Sem falar que tenho uma pequena reserva pra começar.

O xerife John ficou imóvel por algum tempo, pensando em tudo, e então se levantou, com uma agilidade surpreendente para um homem tão pesado.

— Pode passar aqui amanhã de manhã e vamos ver o que fazer sobre isso. Por volta das dez estaria bom.

O que vai lhe dar tempo suficiente para falar com a polícia de Sarasota, pensou Tim, e ver se minha história é verdadeira. E também descobrir se há mais manchas no meu registro.

Ele se levantou e estendeu a mão. O aperto do xerife John era forte.

— Onde você vai passar a noite, sr. Jamieson?

— No hotel ali na frente, se tiver vaga.

— Ah, o Norbert vai ter muitos quartos vazios — disse o xerife. — E duvido que tente vender erva para você. Sabe, me parece que você ainda tem uma aura de policial. Se não tiver problema pra digerir fritura, o Bev aqui na rua fica aberto até as sete. Eu gosto muito do fígado acebolado.

— Obrigado. E obrigado por conversar comigo.

— De nada. Foi uma conversa interessante. Ah, e quando você fizer o check-in no DuPray, diga ao Norbert que o xerife John mandou ele te dar um dos quartos bons.

— Pode deixar.

— Mas ainda assim eu olharia se tem insetos na cama antes de deitar. Tim sorriu.

— Já recebi esse conselho.

7

Tim jantou filé de frango frito, vagem e uma torta de pêssego de sobremesa no Restaurante da Bev. Estava bom. Já o quarto que recebeu no DuPray Hotel era outra história, e fez os quartos em que Tim tinha se hospedado em suas andanças para o norte parecerem palácios. O ar-condicionado na janela era barulhento e não refrescava muito. O chuveiro enferrujado pingava e parecia não haver como fazê-lo parar. (Tim acabou colocando uma toalha embaixo para abafar o som.) A cúpula do abajur ao lado da cama estava queimada em alguns pontos. O único quadro do quarto, uma composição perturbadora com um barco a vela completamente tripulado por homens negros sorridentes e possivelmente homicidas, estava torto. Tim ajeitou a posição, mas o quadro voltou a ficar torto imediatamente.

Havia uma cadeira dobrável do lado de fora. O assento estava afundado e as pernas estavam tão enferrujadas quanto o chuveiro defeituoso, mas a cadeira aguentou seu peso. Ele ficou sentado lá com as pernas esticadas, matando insetos e vendo o sol queimar sua luz laranja de fornalha pelas árvores. Olhar para o sol lhe trouxe felicidade e melancolia ao mesmo tempo.

Outro trem de carga aparentemente infinito apareceu às 8h15, percorrendo a ferrovia estadual e passando pelos armazéns nos arredores da cidade.

— Aquele maldito Georgia Southern está sempre atrasado.

Tim olhou para o lado e viu o proprietário/único empregado da noite do refinado estabelecimento. Ele era muito magro. Usava um colete estampado na parte de cima do corpo. A calça cáqui estava pescando siri para exibir melhor as meias brancas e os tênis All Star velhos. O rosto meio de rato era emoldurado por um corte antigo, estilo Beatles.

— Não diga — disse Tim.

— Não importa — disse Norbert, dando de ombros. — O trem da noite sempre passa direto. O da meia-noite *quase* sempre passa direto, a não ser que tenha diesel para descarregar ou frutas e legumes frescos pro mercado. Tem um cruzamento lá pra frente. — Ele cruzou os dedos indicadores para demonstrar. — Uma linha vai pra Atlanta, Birmingham, Huntsville, lugares assim. A outra vem de Jacksonville e vai pra Charleston, Wilmington, Newport News, lugares assim. Os trens diurnos são os que mais param. Você está pensando em trabalhar nos armazéns? Costuma ter vaga pra um ou dois homens por lá. Mas tem que ter as costas fortes. Não é pra mim.

Tim olhou para ele. Norbert arrastou os tênis e abriu um sorriso, mostrando o que Tim chamava de dentes quase aposentados. Estavam na boca, mas parecia que não ficariam por muito tempo.

— Cadê seu carro?

Tim só continuou olhando.

— Você é da polícia?

— No momento, sou um homem vendo o pôr do sol entre as árvores — respondeu Tim. — E preferiria fazer isso sozinho.

— Nem precisa dizer mais nada, nem precisa dizer mais nada — concordou Norbert e saiu andando, parando só para lançar um último olhar interrogativo por cima do ombro.

O trem de carga terminou de passar. As luzes vermelhas do cruzamento se apagaram. As barreiras subiram. Os dois ou três veículos que estavam esperando ligaram os motores e foram em frente. Tim viu o sol passar de laranja a vermelho enquanto descia — *à noite céu vermelho, deleite do marinheiro*, teria dito seu avô vigia noturno. Viu as sombras dos pinheiros se alongarem sobre a rodovia 92 e se juntarem. Ele tinha quase certeza de que não conseguiria o emprego de vigia noturno e talvez fosse melhor assim. DuPray parecia distante de tudo, não só um desvio, mas praticamente um beco sem saída. Se não fossem aqueles quatro armazéns, a cidade provavelmente não existiria. Aliás, qual era o *sentido* da existência deles? Armazenar televisões de algum porto ao norte como Wilmington ou Norfolk antes que fossem enviadas para Atlanta ou Marietta? Armazenar caixas de peças de computador de Atlanta antes que fossem enviadas para Wilmington ou Norfolk ou Jacksonville? Armazenar fertilizantes ou produtos químicos perigosos, porque naquela parte dos Estados Unidos não havia lei contra isso? Não havia como conseguir a resposta para essas perguntas, portanto eram perguntas sem sentido, como qualquer tolo sabia.

Ele entrou, trancou a porta (por assim dizer, já que a porcaria era tão fina que um único chute a abriria), ficou de cueca e se deitou na cama, que era meio mole, mas não tinha insetos (ao menos pelo que ele conseguiu verificar). Ele colocou as mãos atrás da cabeça e olhou para o quadro dos homens negros sorridentes manobrando a fragata ou seja lá qual fosse o nome de um barco daqueles. Para onde eles estavam indo? Seriam piratas? Achou que pareciam piratas. Seja lá o que fossem, acabaria chegando a hora de carregar e descarregar no porto da escala seguinte. Talvez tudo fosse assim. E todo mundo. Não muito tempo antes, por escolha própria, ele tinha sido descarregado de um voo da Delta a caminho de Nova York. Depois, carregou latas e garrafas em uma máquina de separação. Naquele dia, tinha carregado livros para uma bibliotecária gentil em um lugar e descarregado em outro. Ele só estava ali porque a I-95 ficou carregada de automóveis esperando que o reboque levasse embora o carro batido de algum infeliz, provavelmente depois de uma ambulância carregar e descarregar o motorista no hospital mais próximo.

Mas um vigia noturno não carrega e descarrega, pensou Tim. Só anda por aí e bate nas portas, o que, seu avô teria dito, é a parte bonita.

Ele adormeceu e acordou apenas à meia-noite, quando outro trem de carga passou. Usou o banheiro e, antes de voltar para a cama, tirou o quadro torto e virou a tripulação de homens negros sorridentes para a parede.

Aquela porcaria lhe dava arrepios.

8

Quando o telefone do quarto tocou na manhã seguinte, Tim já havia tomado banho e estava outra vez sentado na cadeira dobrável, vendo as sombras que cobriram a rua no pôr do sol derreterem para o outro lado. Era o xerife John. Ele não perdeu tempo.

— Não achei que a delegada fosse estar trabalhando tão cedo, então fiz uma pesquisa na internet. Parece que você se esqueceu de incluir umas coisinhas no seu formulário. Também não mencionou elas na nossa conversa. Você recebeu uma homenagem por salvar vidas em 2017 e levou o título de Oficial do Ano da Polícia de Sarasota em 2018. Você esqueceu?

— Não — respondeu Tim. — Eu me candidatei ao emprego impulsivamente. Se tivesse tido mais tempo pra pensar, teria incluído essas coisas.

— Me conte sobre o jacaré. Eu cresci perto do pântano Little Pee Dee e amo uma boa história de jacarés.

— Não é muito boa porque o jacaré não era muito grande. E eu não salvei a vida da criança, mas a história tem um lado engraçado.

— Vamos ouvir.

— O chamado veio de Highlands, um campo de golfe particular. Eu era o policial mais próximo. O garoto estava em cima de uma árvore, perto de um obstáculo de água. Ele tinha uns onze ou doze anos e estava gritando como um louco. O jacaré estava embaixo.

— Parece o Pequeno Sambo Negro — comentou o xerife John. — Só que, pelo que lembro, na história dele eram tigres em vez de um jacaré. Além disso, se era um campo de golfe particular, aposto que o garoto na árvore não era negro.

— Não, e o jacaré estava mais dormindo do que acordado. Só tinha um metro e meio — acrescentou Tim. — Um e oitenta no máximo. Peguei um taco de golfe com o pai dele, que foi quem deu a ideia da homenagem depois, e bati nele algumas vezes.

— Bateu no jacaré, imagino, não no pai.

Tim riu.

— Isso mesmo. O jacaré voltou para a água, o garoto desceu e pronto. — Ele fez uma pausa. — Só que eu apareci no telejornal da noite. Balançando um taco de golfe. O âncora brincou que eu dei uma bela tacada certeira. Bom humor, sabe como é.

— Aham. E a história do policial do ano?

— Bom, eu sempre chegava na hora, nunca faltava por doença, e eles tinham que dar pra alguém — justificou Tim.

Houve um longo silêncio do outro lado da linha. Até que o xerife John disse:

— Não sei se podemos chamar isso de modéstia conveniente ou de autoestima baixa, mas não faz diferença pra mim. Sei que é algo que não se diz quando se conhece alguém há tão pouco tempo, mas sou um homem que fala o que pensa. Eu falo demais, como dizem algumas pessoas. Minha esposa, por exemplo.

Tim olhou para a rua, olhou para os trilhos do trem, olhou para as sombras cada vez menores. Lançou um olhar para a torre de água da cidade, alta como um robô invasor em um filme de ficção científica. Seria mais um dia quente, avaliou ele. Avaliou também uma outra coisa: poderia conseguir ou perder o emprego naquele momento. Tudo dependeria do que fosse dizer. A pergunta era: ele queria mesmo o emprego ou aquilo não passou de um ímpeto que nasceu de uma história sobre o vovô Tom?

— Sr. Jamieson? Ainda está aí?

— Eu mereci o prêmio. Outros policiais também estavam à altura, eu trabalhei com ótimos colegas, mas, sim, eu mereci. Eu não trouxe muita coisa comigo quando saí de Sarasota, pretendia providenciar o envio do resto caso me fixasse em Nova York, mas trouxe o documento. Está na minha bolsa. Posso mostrar, se você quiser.

— Eu quero, mas não por não acreditar em você — disse o xerife John. —Eu só gostaria de dar uma olhada. Você é absurdamente qualificado para o emprego de vigia noturno, mas se quiser mesmo pode começar hoje às onze. O horário é das onze às seis.

— Eu quero — disse Tim.

— Tudo certo.

— Só isso?

— Eu também sou um homem que confia nos instintos e estou contratando um vigia noturno, não um segurança de carro-forte da Brinks, então, sim, só isso. Não precisa se apresentar às dez, como combinamos ontem.

Pode dormir um pouco mais e chegar ao meio-dia. A policial Gullickson vai te explicar tudo. Não vai demorar. Não é ciência aeroespacial, como dizem por aí, se bem que é capaz de você ver uns foguetes na Main Street nos sábados à noite, depois que os bares fecharem.

— Tudo bem. Obrigado.

— Vamos ver o quanto você vai agradecer depois que terminar a primeira semana. Mais uma coisa. Você não está vinculado ao Departamento do Xerife e não tem autorização pra carregar uma arma. Se der de cara com uma situação que não pode resolver ou que considere perigosa, terá que chamar a central pelo rádio. Está combinado assim?

— Está.

— É melhor mesmo, sr. Jamieson. Se eu descobrir que você anda armado, você vai ter que fazer as malas.

— Entendido.

— Então descanse. Você está prestes a se tornar uma criatura noturna.

Como o conde Drácula, pensou Tim. Ele desligou o telefone, pendurou o aviso de NÃO PERTURBE na porta, puxou a cortina fina e velha, programou o celular e voltou a dormir.

9

A policial Wendy Gullickson, uma das funcionárias de meio período do xerife, era dez anos mais nova do que Ronnie Gibson e era linda, mesmo com o cabelo louro preso em um coque tão apertado que parecia gritar. Tim não fez nenhuma tentativa de agradá-la: ficou claro que ela estava com o escudo erguido, e bem erguido. Ele se perguntou por um momento se ela tinha outra pessoa em mente para o emprego de vigia noturno, talvez um irmão ou o namorado.

Ela deu a Tim um mapa do bairro não tão comercial de DuPray, um rádio portátil de pendurar no cinto e um relógio que também ficaria preso no cinto. Não era à pilha, a policial Gullickson explicou: ele tinha que dar corda no começo de cada turno.

— Aposto que era coisa moderna em 1946 — comentou Tim. — Achei bem legal. Meio retrô.

Ela não sorriu.

— Clique no relógio no Pequeno Motor do Fromie Vendas e Serviços e depois no depósito ferroviário na ponta oeste da rua principal. São dois quilômetros e meio de uma ponta a outra. Ed Whitlock fazia quatro circuitos por turno.

O que resultava em vinte quilômetros.

— Não vou precisar ir aos Vigilantes do Peso, isso é certo.

Nada de sorriso ainda.

— Ronnie Gibson e eu vamos criar um planejamento. Você vai ter duas noites de folga por semana, provavelmente nas segundas e terças. A cidade fica muito tranquila depois do fim de semana, mas talvez às vezes a gente precise realocar você. Isso se você ficar, é claro.

Tim cruzou as mãos na barriga e observou-a com um meio sorriso.

— Você tem algum problema comigo, policial Gullickson? Se tiver, fale agora ou cale-se para sempre.

Como ela tinha a pele branca no estilo nórdico, não deu para esconder o rubor quando surgiu nas bochechas. Ela ficou ainda mais bonita, mas ele achou que ela devia odiar aquilo mesmo assim.

— Não sei se tenho ou não. Só o tempo dirá. Nós formamos um bom grupo. Pequeno, mas bom. Somos unidos. Você é só um cara que veio de fora e arrumou um emprego. Os moradores brincam por causa do vigia noturno, e Ed levava as brincadeiras numa boa, principalmente numa cidade com uma força policial tão pequena quanto a nossa.

— É melhor prevenir do que remediar — disse Tim. — Como meu avô sempre dizia. Ele foi vigia noturno, policial Gullickson. Foi por isso que me candidatei à vaga.

Talvez isso a tivesse amolecido um pouco.

— Quanto ao relógio, concordo que é arcaico. Só posso dizer pra você se acostumar. Ser vigia noturno é um trabalho analógico em uma era digital. Ao menos em DuPray.

10

Tim descobriu em pouco tempo o que ela quis dizer. Ele era basicamente um policial de ronda de mais ou menos 1954, só que sem arma e sem cassetete. Ele não tinha poder de prisão. Alguns dos estabelecimentos comerciais maiores da cidade eram equipados com dispositivos de segurança, mas a maioria das lojas menores não tinha esse tipo de tecnologia. Em lugares como a DuPray Comércio e a Drogaria Oberg, Tim verificava se as luzes verdes de segurança estavam acesas e se não havia sinal de invasão. Nas menores, mexia em maçanetas, espiava pelo vidro e dava a batida tripla tradicional. De vez em quando, isso gerava resposta, um aceno ou algumas palavras, mas na maioria das vezes não, e não havia problema. Ele fazia uma marca de giz e seguia em frente. O procedimento era o mesmo no trajeto de volta, mas dessa vez apagando as marcas ao passar. O processo todo o fazia se lembrar de uma piada irlandesa antiga: *Se você chegar lá primeiro, Paddy, faz uma marca de giz na porta. Se eu chegar primeiro, eu apago.* Não parecia haver motivo prático para as marcas: era simplesmente tradição, datando talvez dos dias da reconstrução, passando por uma longa cadeia de vigias noturnos.

Graças a um dos policiais de meio período, Tim encontrou um lugar decente para morar. George Burkett disse que sua mãe tinha um apartamentinho mobiliado em cima da garagem que poderia alugar barato, caso ele estivesse interessado.

— São só dois aposentos, mas é bem legal. Meu irmão morou lá dois anos antes de se mudar para a Flórida. Foi para aquele parque Universal em Orlando. Ganha um salário decente.

— Que bom.

— É, mas o preço que cobram pelas coisas na Flórida... Uau, sem noção. Mas tenho que avisar, Tim, se você quiser o apartamento não vai poder ouvir música alta tarde. Minha mãe não gosta de música. Ela não gostava nem do banjo que o Floyd tocava o tempo todo. Ela e meu irmão discutiam muito por causa disso.

— George, eu raramente vou estar em casa à noite.

O policial Burkett, com vinte e poucos anos, gentil e alegre, sem as luzes da inteligência inata, se animou com isso.

— É verdade, me esqueci desse detalhe. Além de tudo, tem um Carrier pequeno lá, não é grande coisa, mas dá pra deixar a casa fresca pra você dormir, ou ao menos deixava para o Floyd. Está interessado?

Tim estava, e, embora o ar-condicionado não servisse para muita coisa, a cama era confortável, a sala, aconchegante, e o chuveiro não pingava. A cozinha não passava de um micro-ondas e uma chapa elétrica, mas ele fazia a maioria das refeições no Restaurante da Bev mesmo, então tudo bem. E o aluguel era insuperável: setenta dólares por semana. George tinha descrito a mãe como um dragão, mas a sra. Burkett acabou se mostrando uma boa alma com um sotaque sulista tão carregado que ele só entendia metade do que ela dizia. Às vezes ela deixava um pedaço de pão de milho ou uma fatia de bolo embrulhada em papel-manteiga na porta dele. Era como ter uma elfa sulista como senhoria.

Norbert Hollister, o dono com cara de rato do hotel, estava certo sobre o Depósito e Armazenamento DuPray: havia sempre gente de menos trabalhando lá e eles sempre estavam contratando. Tim acreditava que, em lugares em que o trabalho manual era recompensado pelo menor salário por hora permitido por lei (na Carolina do Sul, sete dólares e vinte e cinco centavos por hora), a rotatividade era alta. Ele foi falar com o patrão, Val Jarrett, que estava disposto a contratá-lo três horas por dia, começando às oito da manhã, o que dava tempo a Tim para se lavar e fazer uma refeição depois de terminar seu período de vigia noturno. E assim, além do compromisso na noite, ele mais uma vez se viu carregando e descarregando.

São as voltas que o mundo dá, disse ele para si mesmo. As voltas que o mundo dá. E só por um tempo.

11

Conforme o tempo na cidadezinha sulista ia passando, Tim Jamieson caiu em uma rotina tranquila. Ele não tinha intenção de ficar em DuPray pelo resto da vida, mas conseguia se ver ali até o Natal (talvez montando uma arvorezinha artificial no apartamentinho em cima da garagem), quem sabe até durante o verão. Não era um oásis cultural, e ele entendia por que os jovens viviam loucos para fugir do tédio monocromático, mas Tim gostava. Tinha certeza de que aquele sentimento mudaria com o tempo, mas no momento estava bom.

Ele acordava às seis da tarde. Jantava no Bev, às vezes sozinho, às vezes com algum policial. Fazia rondas de vigia durante as sete horas seguintes. Tomava o café da manhã no Bev. Dirigia uma empilhadeira no Depósito e

Armazenamento DuPray até as onze. Almoçava um sanduíche com uma coca ou um chá gelado na sombra do depósito ferroviário. Voltava para casa e dormia até as seis. Nos dias de folga, às vezes dormia até doze horas seguidas. Leu livros de mistério de John Grisham e toda a série *As crônicas de gelo e fogo*. Era fã de Tyrion Lannister. Tim sabia que havia uma série de televisão baseada nos livros do Martin, mas não sentia necessidade de assistir, pois sua imaginação lhe proporcionava todos os dragões de que precisava.

Na época de policial, se familiarizou com o lado noturno de Sarasota, tão diferente dos dias de sol e surfe da cidade de veraneio quanto o sr. Hyde era do dr. Jekyll. O lado noturno costumava ser repugnante e às vezes perigoso, e, apesar de ele nunca ter aceitado usar aquela gíria odiosa da polícia para viciados mortos e prostitutas abusadas — NHE, nenhum humano envolvido —, dez anos na força policial o transformaram em um cínico. Às vezes, ele levava aqueles sentimentos para casa (que tal *com frequência*?, dizia para si mesmo quando estava disposto a ser honesto), o que acabou se tornando parte da acidez que corroeu o casamento. Ele achava que esses sentimentos também foram um dos motivos de ter ficado tão irredutível à ideia de ter um filho. Havia coisa ruim demais por aí. Muitas coisas que podiam dar errado. Um jacaré em um campo de golfe era a menor delas.

Quando aceitou o trabalho de vigia noturno, não conseguia imaginar que uma cidade de cinco mil e quatrocentas pessoas (boa parte vivendo nas áreas rurais) podia ter um lado noturno, mas DuPray tinha e Tim descobriu que gostava dele. As pessoas que encontrava no lado noturno eram a melhor parte do trabalho.

Havia a sra. Goolsby, com quem ele trocava acenos e cumprimentos baixos na maioria das noites, quando começava a primeira ronda. Ela ficava sentada no balanço da varanda, indo para a frente e para trás, bebendo em um copo o que poderia ser uísque, refrigerante ou chá de camomila. Às vezes, ela ainda estava lá na volta. Foi Frank Potter, um dos policiais com quem às vezes jantava na Bev, quem contou que a sra. G. tinha perdido o marido um ano antes. O caminhão de Wendell Goolsby derrapou pela lateral de uma rodovia no Wisconsin durante uma tempestade de neve.

— Addie ainda não tem nem cinquenta anos, mas ela e Wen foram casados por muito, muito tempo mesmo assim — explicou Frank. — Se casaram quando nenhum dos dois tinha idade pra votar ou pra beber. Como naquela música do Chuck Berry que fala do casamento adolescente. Esse tipo de relação não costuma durar, mas a deles durou.

Tim também conheceu a Órfã Annie, uma sem-teto que muitas noites dormia em um colchão inflável no beco entre o Departamento do Xerife e a DuPray Comércio. Ela também tinha uma pequena barraca em um campo atrás do depósito ferroviário e, quando chovia, dormia lá.

— O verdadeiro nome dela é Annie Ledoux — contou Bill Wicklow quando Tim perguntou sobre ela. Bill era o mais velho dos policiais de DuPray, um funcionário de meio período que parecia conhecer todo mundo da cidade. — Ela dorme naquele beco há anos. Prefere ficar lá do que na barraca.

— O que ela faz quando chega o frio? — perguntou Tim.

— Vai pra Yemassee, na maioria das vezes levada por Ronnie Gibson. Elas têm um parentesco qualquer, são primas de terceiro grau, se não me engano. Tem um abrigo pra pessoas sem-teto lá. Annie diz que só usa em último caso, porque é cheio de gente maluca. Eu digo: olha quem está falando, amiga.

Tim conferia o esconderijo do beco uma vez por noite, e foi à barraca dela um dia depois do turno no armazém, mais por pura curiosidade. Na frente, havia três bandeiras em varas de bambu cravadas na terra: a dos Estados Unidos, a dos Estados Confederados e uma que Tim não reconheceu.

— É a bandeira da Guiana — explicou ela quando ele perguntou. — Encontrei na lata de lixo atrás do Zoney's. Bonita, né?

Ela estava sentada em uma cadeira coberta de plástico transparente, tricotando um cachecol que parecia comprido o suficiente para servir em um dos gigantes de George R.R. Martin. Ela foi bem simpática e não exibiu sinal do que um dos colegas de Tim em sua época de policial de Sarasota chamava de "síndrome paranoica do sem-teto", embora fosse fã de programas de entrevista noturnos de rádio na WMDK e a conversa às vezes seguisse por caminhos estranhos, que levavam a discos voadores, trocas de almas e possessão demoníaca.

Uma noite, ao encontrá-la ouvindo o radinho, reclinada no colchão de ar no beco, ele perguntou por que ela ficava lá quando tinha uma barraca que aparentava estar em perfeitas condições. A Órfã Annie, que talvez tivesse sessenta anos, talvez oitenta, olhou para ele como se fosse maluco.

— Aqui eu estou perto da polícia. Você sabe o que tem atrás do depósito e dos armazéns, sr. J.?

— Uma floresta, eu acho.

— Uma floresta e um pântano. Quilômetros de brejo e lama e plantas que vão até a Geórgia. Tem *bichos* lá e alguns seres humanos malvados também. Quando está chovendo e tenho que ficar na barraca, eu digo pra mim mesma que nada vai acontecer durante uma tempestade, mas não durmo bem mesmo assim. Eu tenho uma faca e deixo ela por perto, mas não acho que ajudaria muito contra um rato de pântano gigante.

Annie era magra a ponto de estar cadavérica, e Tim começou a levar pequenos lanches do Bev para ela, antes de começar seu pequeno turno carregando e descarregando no complexo de armazéns. Às vezes era um saco de amendoins ou torresmo Mac's, às vezes uma moon pie ou uma torta de cereja. Uma vez foi um frasco de picles Wickles que ela agarrou e segurou entre os seios murchos, rindo de prazer.

— Wickies! Não como um Wicky desde que Hector era filhote! Por que você é tão bondoso comigo, sr. J.?

— Não sei — respondeu Tim. — Acho que é só porque eu gosto de você, Annie. Posso experimentar um?

Ela entregou o frasco para ele.

— Claro. Você vai ter que abrir mesmo, minhas mãos doem muito por causa da artrite. — Ela esticou as mãos e mostrou dedos tão retorcidos que cada um parecia um pedaço de galho. — Ainda consigo tricotar e costurar, mas só o Senhor sabe até quando.

Ele abriu o frasco, fez uma leve careta pelo cheiro intenso de vinagre e pegou um dos picles. Estava pingando uma coisa que poderia ser até formaldeído, pelo que ele sabia.

— Devolve, devolve!

Ele entregou o frasco para ela e comeu os picles.

— Meu Deus, Annie, acho que a minha boca nunca mais vai desinchar.

Ela riu e exibiu os poucos dentes que restavam.

— Fica melhor com pão e manteiga e um RC bem gelado. Ou com uma cerveja, mas não bebo mais isso.

— O que é isso que você está tricotando? Um cachecol?

— O Senhor não virá com suas próprias vestimentas — respondeu Annie. — Agora vai, sr. J., e faz seu trabalho. Fique de olho em homens em carros pretos. O George Allman, do rádio, fala sobre eles o tempo todo. Você sabe de onde *eles* vêm, não sabe?

Ela olhou para ele com sabedoria. Talvez estivesse brincando. Talvez não. Com a Órfã Annie, era difícil saber.

Corbett Denton era outro habitante do lado noturno de DuPray. Ele era o barbeiro da cidade e era conhecido pelos moradores como O Baterista por causa de alguma façanha adolescente que ninguém parecia saber direito, só que tinha resultado em um mês de suspensão na escola da região. Talvez fosse louco em seus anos dourados, mas isso tinha ficado bem para trás. O Baterista tinha agora cinquenta e tantos anos, ou talvez sessenta e poucos, e estava acima do peso, calvo e insone. Quando não conseguia dormir, ele se sentava no degrau da entrada da barbearia e ficava olhando a rua principal vazia de DuPray. Vazia exceto por Tim. Eles tinham as conversas incoerentes típicas de meros conhecidos — o tempo, o beisebol, o Bazar de Calçada de Verão anual da cidade —, mas uma noite Denton disse uma coisa que deixou Tim em alerta amarelo.

— Sabe, Jamieson, essa vida que achamos que levamos não é real. Não passa de uma brincadeira de sombras e eu vou ficar bem feliz quando as luzes se apagarem. No escuro, todas as sombras desaparecem.

Tim se sentou no degrau embaixo do poste de barbeiro, a espiral infinita agora parada durante a noite. Ele tirou os óculos, limpou as lentes na camisa e os colocou de volta.

— Permissão pra falar abertamente?

O Baterista Denton jogou na vala o cigarro, que soltou algumas fagulhas.

— Vá em frente. Entre a meia-noite e as quatro, todo mundo deveria ter permissão de falar abertamente. É a minha opinião, pelo menos.

— Você fala como um homem que sofre de depressão.

O Baterista riu.

— Ora, ora, temos um Sherlock Holmes aqui.

— Você devia ir ver o dr. Roper. Existem comprimidos que podem melhorar sua atitude. Minha ex toma. Se bem que se livrar de mim deve ter deixado ela melhor ainda.

Tim sorriu para mostrar que era piada, mas O Baterista Denton não sorriu de volta, só se levantou.

— Eu conheço os comprimidos, Jamieson. São como álcool e erva. Devem ser tipo o ecstasy que os jovens tomam hoje em dia quando vão a essas raves ou sei lá como se chamam. Essas coisas fazem você acreditar por um tempo que tudo é real. Que importa. Mas não é real e não importa.

— Para com isso — disse Tim, baixinho. — Isso não é jeito de viver.

— Na minha opinião, é o único jeito de viver — rebateu o barbeiro, e saiu andando na direção da escada que levava ao apartamento acima da barbearia, em uma cadência lenta e arrastada.

Tim ficou olhando para ele, inquieto. Achava que O Baterista Denton era um daqueles sujeitos que poderiam decidir se matar em uma noite chuvosa. Talvez levasse o cachorro junto, se tivesse um. Cogitou conversar com o xerife John, mas pensou em Wendy Gullickson, que ainda não tinha amolecido muito. A última coisa que queria era que ela ou algum outro policial achasse que ele estava indo longe demais. Ele não era mais um agente da lei, só o vigia noturno da cidade. Era melhor deixar pra lá.

Mas O Baterista Denton nunca saiu de sua cabeça.

12

Em uma das rondas noturnas perto do final de junho, Tim viu dois garotos andando na direção oeste pela Main Street com mochilas nas costas e lancheiras nas mãos. Eles poderiam estar indo para a escola, se não fossem duas horas da manhã. No fim das contas, os andarilhos noturnos eram os gêmeos Bilson. Estavam com raiva dos pais, que se recusaram a levá-los à Feira Agricultural de Dunning porque os últimos boletins tinham sido inaceitáveis.

— Nós tiramos quase só C e não repetimos em nada — disse Robert Bilson. — Passamos de ano. O que tem pra se ficar com raiva nisso?

— Não está certo — concordou Roland Bilson. — Nós vamos chegar na feira de manhã cedo e arrumar trabalho. Ficamos sabendo que sempre precisam de mique.

Tim pensou em dizer que a palavra correta era muque, mas decidiu que não fazia sentido.

— Meninos, odeio ser estraga-prazeres, mas vocês têm quantos anos? Onze?

— Doze! — disseram os dois ao mesmo tempo.

— Tudo bem, doze. Falem baixo, tem gente dormindo. Ninguém vai contratar vocês na feira. O que vão fazer é enfiar vocês na Cadeia de Um Dólar até seus pais aparecerem. Até lá, vocês vão ficar mofando no meio da feira. Só vai aparecer gente pra olhar pra vocês, e alguns talvez atirem amendoins e torresmo.

Os gêmeos Bilson olharam para ele com consternação (e talvez um certo alívio).

— Vocês vão fazer o seguinte — prosseguiu Tim. — Vão voltar pra casa agora e eu vou andando atrás, só pra garantir que não mudem de ideia na mente coletiva de vocês.

— O que é mente coletiva? — perguntou Robert.

— Uma coisa que dizem que os gêmeos têm, pelo menos de acordo com as lendas. Vocês usaram a porta ou pularam uma janela?

— Janela — disse Roland.

— Tudo bem, então voltem por ela. Se tiverem sorte, seus pais nem vão perceber que vocês saíram.

— Você não vai contar? — perguntou Robert.

— Não, a não ser que eu veja vocês dois tentando de novo — respondeu Tim. — Aí não só eu vou contar o que vocês fizeram, mas também que vocês me desafiaram quando peguei vocês.

— Nós não fizemos isso! — exclamou Roland, chocado.

— Eu vou mentir — disse Tim. — Sou bom nisso.

Ele seguiu os dois irmãos e viu Robert Bilson fazer escadinha com as mãos para ajudar Roland a entrar pela janela aberta. Tim fez o mesmo para Robert. Ele esperou para ver se alguma luz se acenderia, sinalizando a iminente descoberta dos candidatos a fujões, mas como nada aconteceu voltou para a ronda.

13

Havia mais gente nas ruas nas noites de sexta e de sábado, pelo menos até meia-noite ou uma da manhã. Em geral, casais namorando. Depois, talvez houvesse uma invasão do que o xerife John chamava de foguetes de rua: jovens dentro de carros ou picapes envenenados rodando em disparada pela deserta rua principal de DuPray, a cem, cento e dez quilômetros por hora, correndo lado a lado e acordando as pessoas com o estrondo teimoso dos silenciadores. Às vezes um policial municipal ou estadual perseguia um deles e multava (ou botava na cadeia, se o bafômetro desse acima de 0,9). De qualquer maneira, mesmo com quatro policiais de DuPray de serviço à noite durante a semana, as prisões eram relativamente raras. Em geral, os foguetes se safavam.

Tim foi ver a Órfã Annie e a encontrou sentada do lado de fora da barraca, tricotando chinelos. Com ou sem artrite, aqueles dedos se moviam como um relâmpago. Ele perguntou se ela gostaria de ganhar vinte dólares. Annie disse que um pouco de dinheiro era sempre útil, mas dependeria do serviço. Ele contou e ela riu.

— Fico feliz em ajudar, sr. J. Se você incluir uns frascos de Wickles, claro.

Annie, cujo lema parecia ser faz direito ou não faz, confeccionou uma faixa de nove metros de comprimento e dois de largura, que Tim prendeu a um rolo de aço que ele mesmo fez soldando pedaços de canos na oficina do Pequeno Motor do Fromie Vendas e Serviços. Depois de explicar ao xerife John o que queria fazer e de receber permissão para tentar, Tim e Tag Faraday penduraram o rolo em um cabo acima da interseção tripla da Main Street, firmando o cabo nas fachadas da Drogaria Oberg de um lado e do falecido cinema do outro.

Nas noites de sexta e de sábado, por volta do horário de fechamento dos bares, Tim puxava uma corda que desdobrava a faixa como uma cortina de janela. Dos dois lados, Annie tinha desenhado uma câmera antiquada com flash. A mensagem embaixo dizia VAI DEVAGAR, SEU IDIOTA! ESTAMOS FOTOGRAFANDO SUA PLACA!

Eles não estavam fotografando nada, é claro (embora Tim anotasse os números quando conseguia decifrá-los), mas a faixa de Annie pareceu dar resultado. Não era perfeita, mas o que na vida era?

No começo de julho, o xerife John chamou Tim até a sua sala. Tim perguntou se estava encrencado.

— Pelo contrário — disse o xerife John. — Você está fazendo um bom trabalho. Aquela coisa da faixa pareceu maluquice, mas tenho que admitir que me enganei e você estava certo. Nunca foram as corridas da meia-noite que me incomodaram, nem as pessoas reclamando que éramos preguiçosos demais para acabar com elas. As mesmas pessoas, veja bem, que votam contra o aumento na folha de pagamento da força policial ano após ano. O que me incomodava era a sujeira que tínhamos que limpar quando um desses corredores acertava uma árvore ou um poste. Gente morta é ruim, mas os que nunca mais são os mesmos depois de uma noite de farra... acho que às vezes são piores. Mas junho foi bom este ano. Melhor do que bom. Talvez só uma exceção da regra, mas acho que não. Desconfio que foi a faixa. Pode dizer pra Annie que ela talvez tenha salvado algumas vidas com isso e que, assim que o tempo frio chegar, ela pode dormir em uma das celas dos fundos em qualquer noite que quiser.

— Pode deixar — garantiu Tim. — Faça um estoque de Wickles, e ela vai aparecer com frequência.

O xerife John se encostou. A cadeira gemeu com mais desespero do que nunca.

— Quando falei que você era qualificado demais pro trabalho de vigia noturno, eu não sabia nem metade da história. Nós vamos sentir sua falta quando você for pra Nova York.

— Não estou com pressa — disse Tim.

14

O único comércio da cidade que ficava aberto vinte e quatro horas era o Zoney's Go Mart, perto do complexo de armazéns. Além de cerveja, refrigerante e batata frita, o Zoney's vendia uma gasolina genérica chamada Go Juice. Dois belos irmãos somalis, Absimil e Gutaale Dobira, se alternavam no turno da madrugada, que ia da meia-noite às oito da manhã. Em uma madrugada quente de meados de julho, quando estava marcando com giz e batendo em portas pelo lado oeste da rua principal, Tim ouviu um estampido vindo das proximidades do Zoney's. Não foi muito alto, mas Tim sabia reconhecer um tiro quando ouvia. Em seguida, escutou um grito de dor ou de raiva e o som de vidro quebrando.

Tim saiu correndo, o relógio batendo na coxa, a mão procurando automaticamente a coronha de uma arma que não portava mais. Ele viu um carro estacionado junto às bombas e, quando se aproximou da loja de conveniência, dois jovens saíram correndo lá de dentro, um deles com um punhado de alguma coisa que devia ser dinheiro. Tim se apoiou em um joelho e viu os jovens entrarem no carro e saírem em disparada, os pneus soltando nuvens de fumaça azul no asfalto manchado de óleo e graxa.

Ele tirou o rádio do cinto.

— Estação, aqui é o Tim. Quem estiver aí, responda.

Era Wendy Gullickson, com uma voz sonolenta e irritada.

— O que você quer, Tim?

— Houve um dois-onze no Zoney's. Um disparo foi dado.

Isso a despertou.

— Meu Deus, roubo? Estarei aí ag...

— Não, me escuta. Dois elementos, sexo masculino, brancos, adolescentes ou com vinte e poucos anos. Carro compacto. Pode ser um Chevy Cruze, não tive como identificar a cor embaixo das lâmpadas fluorescentes do posto, mas era um modelo antigo, placa da Carolina do Norte, começa com WTB-9, não identifiquei os três dígitos finais. Chama quem estiver patrulhando e a Polícia Estadual antes de fazer *qualquer outra coisa*!

— O que...

Ele desligou, botou o rádio no lugar e correu em disparada para o Zoney's. O vidro da bancada estava quebrado, e a registradora, aberta. Um dos irmãos Dobira estava caído de lado, gemendo em uma poça de sangue. Ele estava com dificuldade de respirar, cada inspiração terminando em um assovio. Tim se ajoelhou ao lado dele.

— Vou ter que deitar você de costas, sr. Dobira.

— Por favor, não... dói...

Tim tinha certeza de que doía, mas precisava ver o estrago. A bala atingira o alto do lado direito do uniforme azul de Dobira, que agora estava de um roxo sujo por causa do sangue. Havia um filete saindo da boca e encharcando o cavanhaque. Quando ele tossiu, borrifou o rosto e os óculos de Tim com gotículas.

Tim pegou o rádio de novo e ficou aliviado ao constatar que Gullickson não tinha saído do posto.

— Precisamos de uma ambulância, Wendy. O mais rápido que for possível chegar de Dunning. Um dos irmãos Dobira está ferido, parece que a bala raspou no pulmão.

Ela respondeu que tinha entendido e começou a fazer uma pergunta. Tim voltou a interrompê-la, largou o rádio no chão e tirou a camisa que estava usando. Depois a apertou no buraco no peito de Dobira.

— Você pode segurar isto por uns segundos, sr. Dobira?

— Difícil... respirar.

— Tenho certeza de que está mesmo. Segura. Vai ajudar.

Dobira apertou a camiseta dobrada contra o peito. Tim achava que ele não conseguiria segurar por muito tempo e não podia contar com a chegada da ambulância para antes de vinte minutos. Mesmo esse tempo seria um milagre.

Lojas de conveniência de postos de gasolina costumam ter muitas coisas para comer e poucas de primeiros socorros. Mas Tim encontrou vaselina. Pegou um frasco e, no corredor seguinte, uma caixa de Huggies, que abriu enquanto corria até o homem no chão. Tirou a camiseta agora encharcada de sangue, puxou delicadamente o uniforme também encharcado e começou a desabotoar a camisa que Dobira estava usando por baixo.

— Não, não, não — gemeu Dobira. — Dói, não toca, por favor.

— Não tenho escolha. — Tim ouviu um motor se aproximando. Luzes azuis começaram a cintilar e a dançar nos cacos de vidro quebrado. Ele não olhou. — Aguenta firme, sr. Dobira.

Ele pegou um pouco de vaselina no frasco e colocou no ferimento. Dobira gritou de dor e olhou para Tim com olhos arregalados.

— Consigo respirar... um pouco melhor.

— É só um paliativo. De qualquer maneira, se sua respiração está melhor, você não teve falência do pulmão.

Pelo menos não completamente, pensou Tim.

O xerife John entrou e se ajoelhou ao lado de Tim. Estava com uma camisa de pijama do tamanho de uma vela por cima da calça do uniforme e com o cabelo totalmente desgrenhado.

— Você chegou rápido — observou Tim.

— Eu estava acordado. Não consegui pegar no sono e estava preparando um sanduíche quando Wendy ligou. O senhor é Gutaale ou Absimil?

— Absimil, senhor. — Ele ainda estava chiando, mas a voz estava mais forte. Tim pegou uma das fraldas descartáveis ainda dobrada e pressionou no ferimento. — Ah, isso doeu.

— A bala entrou e saiu ou ainda está aí dentro? — perguntou o xerife John.

— Não sei e não quero ter que virá-lo de novo para descobrir. Ele está relativamente estável, então acho melhor esperarmos a ambulância.

O rádio de Tim estalou. O xerife John o pegou com cuidado no meio do vidro quebrado.

— Tim? Bill Wicklow viu os caras na estrada Deep Meadow e conseguiu pará-los.

— Aqui é o John, Wendy. Diz pro Bill ter cuidado. Eles estão armados.

— Eles estão dominados, isso sim. — Wendy podia estar sonolenta antes, mas agora estava totalmente desperta e parecendo satisfeita. — Eles tentaram sair correndo e largar o carro. Um está com o braço quebrado e o outro está algemado na grade da viatura de Bill. A Polícia Estadual está a caminho. Diz pro Tim que ele acertou sobre ser um Cruze. Como está Dobira?

— Ele vai ficar bem — disse o xerife John.

Tim não tinha tanta certeza, mas entendia que o xerife estava falando tanto com o homem ferido quanto com a policial Gullickson.

— Eu dei pra eles o dinheiro da registradora — disse Dobira. — É o que nos ensinam a fazer.

Ele parecia envergonhado mesmo assim. *Profundamente* envergonhado.

— Foi a coisa certa — disse Tim.

— O que estava com a arma atirou em mim assim mesmo. E o outro quebrou o balcão. Pra pegar... — Mais tosse.

— Pss — fez o xerife John.

— Pra pegar os bilhetes de loteria — completou Absimil Dobira. — Aqueles de raspadinha. A gente precisa conseguir eles de volta. Até serem comprados, são propriedade do... — Ele soltou uma tosse fraca. — Do Estado da Carolina do Sul.

— Fique quieto, sr. Dobira. Pare de se preocupar com essas porcarias de raspadinhas e poupe suas energias — disse o xerife John.

O sr. Dobira fechou os olhos.

15

No dia seguinte, enquanto Tim estava almoçando na varanda do depósito ferroviário, o xerife John chegou no seu veículo particular. Ele subiu a escada e olhou para o assento de vime da outra cadeira, que estava vago.

— Acha que isso aí me aguenta?

— Só tem um jeito de descobrir — respondeu Tim.

O xerife John se sentou com cuidado.

— O hospital disse que Dobira vai ficar bem. O irmão, Gutaale, está com ele e contou que já viu aqueles dois cretinos antes. Algumas vezes.

— Tinham ido mapear o local — deduziu Tim.

— Sem dúvida. Mandei Tag Faraday pegar o depoimento dos dois irmãos. Tag é o melhor que eu tenho, mas acho que eu nem precisava dizer isso pra você.

— Gibson e Burkett não são ruins.

O xerife John suspirou.

— Não, mas nenhum dos dois teria agido tão rápido nem com tanta convicção quanto você ontem à noite. E a pobre Wendy provavelmente ficaria lá parada olhando, isso se não desmaiasse na hora.

— Ela é excelente no atendimento — disse Tim. — Foi feita para a função. É só a minha opinião, sabe.

— Aham, aham, e fera na organização. Ela reorganizou todos os nossos arquivos no ano passado e armazenou tudo em pendrives. Só que na rua ela é quase inútil. Mas ama fazer parte da equipe. O que *você* acharia de fazer parte da equipe, Tim?

— Acho que você não tem fundos pra pagar o salário de mais um policial. Por acaso teve um aumento nos recursos da noite pro dia?

— Quem me dera. Mas Bill Wicklow vai entregar o distintivo no fim do ano. Eu estava pensando que você e ele podiam trocar de função. Ele anda por aí e bate nas portas, você bota o uniforme e volta a portar uma arma. Perguntei ao Bill. Ele diz que ser vigia noturno seria bom pra ele, ao menos por um tempo.

— Posso pensar?

— Não vejo por que não. — O xerife John se levantou. — Ainda faltam cinco meses pro fim do ano. Mas ficaríamos felizes de ter você conosco.

— Isso inclui a policial Gullickson?

O xerife John sorriu.

— Wendy é difícil de conquistar, mas você avançou um longo caminho nessa estrada ontem à noite.

— É mesmo? E se eu a convidasse pra jantar, o que você acha que ela diria?

— Acho que ela diria sim, desde que você não estivesse pensando em levar ela no Bev. Uma garota bonita daquelas vai esperar o Roundup em Dunning, no mínimo. Talvez o mexicano em Hardeeville.

— Valeu pela dica.

— Não foi nada. Pense no emprego.

— Pode deixar.

Ele pensou. E ainda estava pensando nisso quando o inferno veio à terra numa noite quente mais para o fim do verão.

O GENIOZINHO

1

Em uma linda manhã em Minneapolis em abril daquele ano — Tim Jamieson ainda a meses de sua chegada em DuPray —, Herbert e Eileen Ellis estavam sendo levados para o escritório de Jim Greer, um dos orientadores da Escola Broderick para Crianças Excepcionais.

— Luke não está encrencado, está? — perguntou Eileen, assim que se sentaram. — Se está, não disse nada.

— De jeito nenhum — tranquilizou Greer. Ele tinha trinta e poucos anos, cabelo castanho rareando e um rosto compenetrado. Estava usando uma camisa esporte aberta na gola e calça jeans passada. — Olha, vocês sabem como as coisas são aqui, certo? Como as coisas têm que funcionar considerando a capacidade mental dos nossos alunos. Eles são avaliados, mas não *com* notas. Não podem ser. Temos alunos de dez anos com autismo leve que fazem matemática de nível de ensino médio, mas ainda leem no nível de quinto ano. Temos crianças fluentes em até quatro línguas, mas com dificuldade em multiplicar frações. Nós ensinamos todas as matérias e noventa por cento dos alunos e alunas moram aqui. É necessário, porque a maioria vem de todas as partes dos Estados Unidos, sem contar uns dez que são do exterior. Mas centramos nossas atenções em seus talentos especiais, sejam lá quais forem, o que torna o sistema tradicional, em que as crianças avançam do jardim de infância até o terceiro ano do ensino médio, bem inútil pra nós.

— Sabemos disso — disse Herb —, e sabemos que Luke é um garoto inteligente. É por isso que ele está aqui.

O que ele não acrescentou (mas sem dúvida Greer sabia) era que eles não tinham dinheiro para pagar os valores astronômicos da escola. Herb era supervisor em uma fábrica de embalagens, e Eileen era professora de ensino fundamental. Luke era um dos poucos alunos não internos da Brod e um dos *pouquíssimos* bolsistas.

— Inteligente? Não exatamente.

Greer olhou para uma pasta aberta na mesa imaculada, e Eileen teve uma premonição repentina: ou eles seriam convidados a retirar o filho da escola ou a bolsa seria cancelada, o que acabaria forçando a retirada. A anuidade da Brod era de quarenta mil dólares, mais ou menos, aproximadamente a mesma da Harvard. Greer diria que tudo tinha sido um engano, que Luke não era tão inteligente quanto todos acreditavam. Ele era só um garoto normal com leitura bem acima do nível e que parecia lembrar tudo. Eileen sabia, pelo que já tinha lido, que a memória eidética não era exatamente incomum em crianças pequenas: algo entre dez e quinze por cento de todas as crianças normais tinham a capacidade de se lembrar de quase tudo. A pegadinha era que o talento costumava desaparecer quando as crianças passavam à adolescência, e Luke já estava perto disso.

Greer sorriu.

— Vou ser bem direto. Nós temos orgulho de dar aulas para crianças excepcionais, mas nunca tivemos um aluno na Broderick que fosse como Luke. Um dos nossos professores eméritos, o sr. Flint, que já está com oitenta e poucos anos, assumiu a tarefa de ensinar a Luke a história dos Bálcãs, um assunto complexo, mas que oferece muita luz sobre a situação geopolítica atual. É o que diz Flint, pelo menos. Depois da primeira semana, ele me procurou e disse que a experiência dele com o filho de vocês devia ter sido semelhante à experiência dos anciãos judeus, quando Jesus não só ensinou, como os repreendeu, dizendo que não era o que entrava pela boca que os tornava sujos, mas o que saía dela.

— Estou perdido — admitiu Herb.

— Billy Flint também. Esse é meu ponto.

Greer se inclinou para a frente.

— Tentem me entender agora. Luke absorveu o equivalente a dois semestres de um trabalho de mestrado extremamente difícil em uma única semana e tirou muitas das conclusões que Flint pretendia apresentar quando a preparação histórica adequada tivesse sido feita. Algumas dessas conclusões, Luke argumentou, e de forma bem convincente, eram "sabedoria recebida e não pensamento original". Se bem que, Flint acrescentou, o garoto fez isso de maneira muito educada. Quase pedindo desculpas.

— Não sei bem o que responder — disse Herb. — Luke não fala muito sobre o que faz na escola porque diz que nós não entenderíamos.

— E isso é bem verdade — disse Eileen. — Eu talvez já tenha sabido alguma coisa sobre o binômio de Newton, mas faz muito tempo.

— Quando Luke vai pra casa, ele parece uma criança como outra qualquer. Depois que faz os deveres e as tarefas de casa, ele liga o X-Box ou joga basquete com o amigo Rolf em frente à garagem. Ele ainda assiste a *Bob Esponja*. — Herb refletiu e acrescentou: — Se bem que normalmente com um livro no colo.

Sim, pensou Eileen. Nos últimos tempos, com *Princípios da sociologia*. Antes disso, William James. Antes disso, o Grande Livro dos A.A. e, antes disso, as obras completas de Cormac McCarthy. Ele lia da mesma forma que vacas criadas livres pastam: indo para onde a grama estivesse mais verde. Isso era uma coisa que seu marido preferia ignorar, porque a estranheza o assustava. Com ela não era diferente, e esse devia ser um dos motivos para ela não saber nada sobre a aula de Luke sobre a história dos Bálcãs. Ele não contou porque ela não perguntou.

— Nós temos prodígios aqui — disse Greer. — Na verdade, eu classificaria mais de cinquenta por cento do corpo estudantil da Brod como prodígio. Mas eles apresentam limitações. Luke é diferente porque é *global*. Não é uma coisa: é tudo. Acho que ele nunca vai jogar beisebol ou basquete profissional...

— Se ele puxar o meu lado da família, vai ser baixo demais para o basquete. — Herb estava sorrindo. — A não ser que ele seja o próximo Spud Webb, claro.

— Pss — fez Eileen.

— Mas ele joga com entusiasmo — continuou Greer. — Ele gosta, não considera tempo perdido. Não é desajeitado no atletismo. Se dá bem com os colegas. Não é introvertido nem emocionalmente disfuncional de maneira alguma. Luke é um típico garoto americano mais ou menos descolado, que usa camiseta de banda de rock e boné virado pra trás. Pode não ser tão descolado em uma escola normal, a rotina talvez o enlouquecesse, mas acho que até assim se sairia bem: ele simplesmente seguiria com seus estudos sozinho. — Ele acrescentou rapidamente: — Não que vocês fossem querer pagar para ver.

— Não, não. Estamos felizes com ele aqui — disse Eileen. — Muito felizes. E sabemos que ele é um bom garoto. Amamos demais o Luke.

— E ele ama vocês. Já tive várias conversas com Luke e ele deixa isso bem claro. Encontrar uma criança brilhante assim é extremamente raro. Encontrar uma que também é bem ajustada e tem os pés no chão, sendo capaz de enxergar o mundo externo tão bem quanto o mundo dentro da própria cabeça, é ainda mais difícil.

— Se não tem nada de errado, por que estamos aqui? — perguntou Herb. — Não que eu me importe de ouvir você tecendo elogios ao nosso filho, não pense isso. E, aliás, eu ainda acabo com ele no jogo de basquete, apesar de ele ter um arremesso decente.

Greer se recostou na cadeira. O sorriso desapareceu.

— Vocês estão aqui porque estamos chegando ao limite do que podemos fazer pelo Luke e ele sabe disso. Ele demonstrou interesse em fazer um trabalho universitário um tanto peculiar. Disse que gostaria de se formar em engenharia no Massachusetts Institute of Technology em Cambridge e em inglês na Emerson, do outro lado do rio, em Boston.

— O quê? — perguntou Eileen. — Ao *mesmo tempo*?

— É.

— E o vestibular? — Foi a única coisa em que Eileen conseguiu pensar para dizer.

— Ele vai fazer no mês que vem, em maio. Na North Community High. E vai arrasar nas provas.

Vou ter que preparar o almoço dele, pensou Eileen. Ela tinha ouvido falar que a comida do refeitório da North Comm era horrível.

Depois de um momento de silêncio atônito, Herb se manifestou:

— Sr. Greer, nosso filho tem *doze* anos. Na verdade, fez doze mês passado. Ele pode saber tudo da Sérvia, mas só vai conseguir deixar o bigode crescer daqui a uns três anos. Você... isso...

— Entendo o que vocês estão sentindo e não estaríamos tendo essa conversa se meus colegas de orientação e o resto dos professores não acreditassem que Luke está acadêmica, social e emocionalmente à altura de enfrentar esses desafios. E, sim, nos *dois* campi.

— Não vou mandar um garoto de doze anos para o outro lado do país pra viver no meio de universitários com idade pra beber e ir a bares. Se ele tivesse parentes com quem ficar talvez fosse diferente, mas... — Eileen se deteve.

Greer estava assentindo.

— Eu entendo e concordo totalmente, e Luke sabe que não está pronto pra ficar sozinho, mesmo em um ambiente supervisionado. Ele está bastante ciente disso. Mas está ficando frustrado e infeliz com a situação atual porque está com sede de aprender. Está sedento, na verdade. Não sei que dispositivo fabuloso é esse que ele tem na cabeça, nenhum de nós sabe, e talvez o velho Flint seja quem mais se aproximou quando falou sobre Jesus ensinando os anciãos. Mas, quando tento visualizar, imagino uma máquina enorme e brilhante que só funciona com dois por cento da capacidade. Cinco por cento no máximo. Mas, como é uma máquina *humana*, ele sente... sede.

— Frustrado e infeliz? — perguntou Herb. — Hã. Nós não vemos esse lado dele.

Eu vejo, pensou Eileen. Não o tempo todo, mas às vezes. É quando os pratos tremem ou as portas se fecham sozinhas.

Ela pensou na imagem de Greer da máquina enorme e brilhante, uma coisa grande o suficiente para encher três ou quatro prédios do tamanho de armazéns, e trabalhando fazendo o quê, exatamente? Não mais do que copos de papel ou bandejas de alumínio de fast-food. Eles deviam mais a ele, mas deviam isso?

— E a Universidade de Minnesota? — perguntou ela. — Ou a de Concordia, em St. Paul? Se ele fosse estudar em alguma dessas, poderia continuar morando conosco.

Greer suspirou.

— É a mesma coisa que considerar tirá-lo da Brod e colocá-lo em uma escola normal de ensino médio. Estamos falando de um garoto para quem a escala de QI é inútil. Ele sabe para onde quer ir. Sabe do que precisa.

— Não sei o que podemos fazer a respeito — disse Eileen. — Talvez ele consiga bolsas nesses lugares, mas nós *trabalhamos* aqui. E estamos longe de ser ricos.

— Bom, vamos falar sobre isso — disse Greer.

2

Quando Herb e Eileen voltaram para a escola naquela tarde, Luke estava brincando na frente da pista de embarque e desembarque com mais quatro estudantes, dois garotos e duas garotas. Eles estavam rindo e conversando animadamente. Para Eileen, pareciam crianças como outras quaisquer, as garotas de saias com leggings por baixo, os seios começando a despontar, Luke e seu amigo Rolf de calças largas de amarrar (a moda do ano para os rapazes) e camisetas. A de Rolf dizia CERVEJA É PARA PRINCIPIANTES. Ele estava com o violoncelo no estojo acolchoado e parecia estar fazendo pole-dance enquanto falava sobre uma coisa que poderia ter sido o baile de primavera ou o teorema de Pitágoras.

Luke viu os pais, fez uma pausa longa o suficiente para bater o punho no de Rolf, pegou a mochila e entrou no banco de trás do 4Runner de Eileen.

— Os dois — disse ele. — Excelente. A que devo essa honra extraordinária?

— Você quer mesmo estudar em Boston? — perguntou Herb.

Luke não ficou sem jeito: ele riu e balançou os dois punhos no ar.

— Quero! Posso?

Como se pedisse autorização para passar a noite de sexta na casa de Rolf, pensou Eileen, maravilhada. Ela pensou em como Greer tinha expressado o que o filho deles tinha. Ele chamou Luke de *global* e essa era a palavra perfeita. Luke era um gênio que de alguma forma não tinha sido deformado pelo intelecto avantajado. Ele não tinha pudor nenhum em subir no skate e levar o cérebro de um bilhão de dólares por uma calçada íngreme, disparando ladeira abaixo.

— Vamos jantar cedo e conversar — propôs ela.

— Rocket Pizza! — exclamou Luke. — Que tal? Supondo que você tenha tomado seu Prilosec, pai. Tomou?

— Ah, pode acreditar, depois da reunião de hoje, estou com a medicação em dia.

3

Eles pediram uma pizza grande de pepperoni, e Luke comeu metade sozinho, junto com três copos grandes de coca, deixando os pais impressionados com seu aparelho digestório e sua bexiga. Luke explicou que tinha falado com o sr. Greer primeiro porque:

— Eu não queria fazer vocês surtarem. Foi uma conversa exploratória básica.

— Você jogou a isca pra ver se o peixe ia fisgar — disse Herb.

— Certo. Joguei verde pra colher maduro. Soltei a isca pra ver quem fisgaria. Deixei no ar pra ver…

— Chega. O sr. Greer explicou como nós talvez possamos ir com você.

— Vocês têm que ir — pediu Luke, com sinceridade. — Eu sou novo demais pra ficar sem meus exaltados e reverenciados pais. Além disso… — Ele olhou para os dois do outro lado dos restos de pizza. — Eu não conseguiria estudar. Morreria de saudade.

Eileen ordenou a seus olhos que não se enchessem de lágrimas, mas claro que se encheram. Herb entregou um guardanapo para ela.

— O sr. Greer… hum… delineou uma situação, por assim dizer… em que nós poderíamos… bem… — disse ela.

— Realocação — resumiu Luke. — Quem quer o último pedaço?

— É todo seu — disse Herb. — Que você não morra antes de ter a oportunidade de fazer essa matrícula maluca.

— *Ménage* de faculdade — disse Luke e riu. — Ele falou com vocês sobre os ex-alunos ricos, não falou?

Eileen colocou o guardanapo na mesa.

— Meu Deus, Lukey, você discutiu as opções financeiras dos seus pais com seu orientador? Quem são os adultos nesta conversa? Estou começando a ficar meio confusa sobre isso.

— Calma, *mamacita*, é que faz sentido. Se bem que minha primeira ideia foi o fundo patrimonial. A Brod tem um enorme, poderia pagar a realocação de vocês com ele e nem sentir, mas os investidores jamais aceitariam, apesar de fazer sentido lógico.

— Faz? — perguntou Herb.

— Ah, faz. — Luke mastigou com entusiasmo, engoliu e tomou um pouco de coca. — Eu sou um investimento. Uma ação com bom potencial de crescimento. É como investir centavos pra colher dólares, certo? É assim que os Estados Unidos funcionam. Os investidores conseguiriam enxergar isso sem problema, mas eles não podem quebrar a caixa cognitiva em que estão.

— Caixa cognitiva — repetiu o pai dele.

— É, você sabe. Uma caixa construída como resultado da dialética ancestral. Talvez até tribal, embora seja meio hilário pensar em uma tribo de investidores. Eles dizem: "Se fizermos isso por ele, talvez ele tenha que fazer por outra criança". Essa é a caixa. É tipo passada de um para o outro.

— Sabedoria popular — disse Eileen.

— Exatamente, mãe. Os investidores vão passar para os ex-alunos ricos, os que ganharam *muchos* megadólares pensando fora da caixa, mas que ainda amam o azul e branco da Broderick. O sr. Greer vai ser o líder. Pelo menos, espero que seja. O acordo é que eles me ajudem agora e eu ajudo a escola depois, quando estiver rico e famoso. Não faço questão de ser nenhuma dessas coisas, sou classe média até o osso, mas pode ser que eu fique rico mesmo assim, como efeito colateral. Sempre supondo que eu não contraia uma doença nojenta nem morra em um ataque terrorista ou algo assim.

— Não diga coisas que atraiam o sofrimento — disse Eileen e fez o sinal da cruz por cima da mesa suja.

— Superstição, mãe — disse Luke, com indulgência.

— Me aguente. E limpe a boca. Molho de tomate. Parece que suas gengivas estão sangrando.

Luke limpou a boca.

— De acordo com o sr. Greer — disse Herb —, certos grupos interessados podem mesmo custear o preço de uma realocação e *nos* sustentar por até um ano e quatro meses.

— Ele contou que as mesmas pessoas que ajudariam financeiramente podem também ajudar você a encontrar um emprego novo? — Os olhos de Luke estavam brilhando. — Um melhor? Porque um dos ex-alunos da escola é Douglas Finkel. Por acaso ele é dono da American Paper Products e isso se aproxima do seu ponto de interesse. Da sua zona de conforto. Onde a borracha toca no...

— O nome de Finkel foi mencionado — interrompeu Herb. — Só que de forma especulativa.

— Além disso… — Luke se virou para a mãe, os olhos brilhando. — Boston é um mercado que está absorvendo professores. A média salarial inicial pra alguém com a sua experiência chega a sessenta e cinco mil dólares por ano.

— Filho, como você sabe dessas coisas? — perguntou Herb.

Luke deu de ombros.

— Primeiro de tudo pela Wikipédia. Depois, procuro as fontes principais citadas na Wikipédia. Basicamente é uma questão de acompanhar o ambiente. Meu ambiente é a Escola Broderick. Eu conhecia todos os investidores, mas os ex-alunos com grana eu tive que pesquisar.

Eileen esticou o braço por cima da mesa, pegou o que restava da última fatia de pizza da mão do filho e a colocou na travessa de metal com os pedaços de borda que sobraram.

— Lukey, mesmo que isso acontecesse, você não sentiria falta dos seus amigos?

Os olhos dele se enevoaram.

— Sentiria. Principalmente do Rolf. Da Maya também. Mesmo que a gente não possa oficialmente convidar garotas pro baile de primavera, extraoficialmente ela é meu par. Então, sim. *Mas.*

Eles esperaram. O filho, sempre falante e muitas vezes verborrágico, agora parecia ter dificuldades. Ele começou, parou, começou de novo e parou de novo.

— Não sei como dizer. Não sei se *consigo.*

— Tente — encorajou Herb. — Vamos ter muitas discussões importantes no futuro, mas essa é a mais importante até hoje. Então, tente.

Na entrada do restaurante, Richie Rocket fez sua aparição, que era de hora em hora, e começou a dançar "Mambo Number 5". Eileen viu a figura de traje espacial prateado fazendo sinal para as mesas mais próximas com as mãos enluvadas. Várias criancinhas se juntaram a Richie Rocket, dançando com a música e rindo, enquanto os pais olhavam, tiravam fotos e aplaudiam. Não muito tempo antes, cinco curtos anos antes, Lukey era uma daquelas crianças. Agora ali estavam os três, falando sobre mudanças impossíveis. Eileen não sabia como uma criança como Luke podia ter nascido de um casal como eles, pessoas comuns com aspirações e expectativas comuns, e às vezes desejava que tivesse sido diferente. Às vezes ela odiava o papel que tinha sido atribuído a eles, mas nunca odiava Lukey, jamais odiaria. Ele era seu bebê, seu único.

— Luke? — chamou Herb, baixinho. — Filho?

— É o que vem depois — disse Luke. Ele levantou a cabeça e olhou direto para eles, os olhos iluminados com um brilho que seus pais raramente viam. Luke escondia esse brilho deles porque sabia que os assustava de uma forma que alguns pratos balançando não conseguiam. — Vocês não entendem? *É o que vem depois*. Eu quero ir lá... e aprender... e depois seguir em frente. Aquelas faculdades são como a Brod. Não o objetivo, só degraus *para* o objetivo.

— Que objetivo, querido? — perguntou Eileen.

— *Não sei*. Tem tanta coisa que eu quero aprender e descobrir. Tenho essa coisa na minha cabeça... ela fica procurando... e de vez em quando fica satisfeita, mas na maioria das vezes não. Às vezes me sinto tão pequeno... tão burro...

— Querido, não. Burro é a última coisa que você é. — Ela tentou pegar a mão dele, mas Luke a afastou, balançando a cabeça. A travessa de pizza tremeu na mesa. Os pedaços de borda foram sacudidos.

— Tem um abismo, tá? Às vezes, eu sonho com ele. Não termina nunca, e é cheio de todas as coisas que eu não conheço. Não sei como um abismo pode ser cheio, é um oximoro, mas é. Isso faz com que eu me sinta pequeno e burro. Mas tem uma ponte por cima e eu quero andar sobre ela. Quero ficar no meio, levantar as mãos...

Eles ficaram olhando, fascinados e com certo medo, enquanto Luke erguia as mãos para as laterais do rosto estreito e intenso. A travessa de pizza agora estava mais do que tremendo, estava balançando. Como os pratos faziam às vezes nos armários.

— ... e todas aquelas coisas na escuridão vão subir flutuando. *Eu sei*.

A travessa deslizou pela mesa e caiu no chão. Herb e Eileen mal notaram. Essas coisas aconteciam perto de Luke quando ele estava chateado. Não com frequência, mas às vezes. Eles estavam acostumados.

— Eu entendo — disse Herb.

— Entende coisa nenhuma — contestou Eileen. — Nenhum de nós dois entende. Mas você pode ir em frente e começar a preencher a papelada.

Faça o SAT, filho. Você pode fazer essas coisas e ainda assim mudar de ideia. Se não mudar, se continuar comprometido... — Ela olhou para Herb, que assentiu. — Nós vamos tentar fazer acontecer.

Luke sorriu e pegou a travessa de pizza. Ele olhou para Richie Rocket.

— Eu dançava assim com ele quando era pequeno.

— Dançava — disse Eileen. Ela precisou usar o guardanapo de novo. — Dançava mesmo.

— Você sabe o que dizem sobre o abismo, não sabe? — perguntou Herb.

Luke balançou a cabeça, ou porque era uma das raras coisas que ele não sabia, ou porque não queria estragar a frase de efeito do pai.

— Quando você olha pra ele, ele olha pra você.

— Tenho certeza disso — concordou Luke. — Ei, a gente pode comer sobremesa?

4

Incluindo a redação, a prova do SAT durava quatro horas, mas havia um intervalo misericordioso no meio. Luke se sentou em um banco no saguão da escola, comeu os sanduíches preparados por sua mãe e desejou ter um livro. Tinha levado *Almoço nu*, mas um dos fiscais confiscou (junto com o celular dele e o de todo mundo) e disse que devolveria depois. O fiscal também folheou as páginas, procurando fotos pornográficas ou folhas de cola.

Enquanto comia seu cereal Snackimals, Luke observou à sua volta, de pé, vários estudantes que estavam fazendo as provas. Garotos e garotas grandes, do segundo e do terceiro ano do ensino médio.

— Garoto, o que você está fazendo aqui? — perguntou um deles.

— Vim fazer a prova — disse Luke. — Como você.

Eles pensaram a respeito. Uma das garotas perguntou:

— Você é um gênio? Tipo nos filmes?

— Não — disse Luke, sorrindo —, mas eu *até* fiquei no Holiday Inn Express a noite passada.

Todos riram, o que era bom. Um dos garotos mostrou a palma da mão e Luke o cumprimentou dando um tapinha.

— Pra onde você vai? Que faculdade?

— MIT, se eu for aceito — disse Luke.

Mas a resposta não foi totalmente honesta, porque ele já tinha uma admissão provisória nas duas faculdades de sua escolha, desde que se saísse bem na prova daquele dia. O que não seria problema. Até então, a prova tinha sido moleza. Eram os garotos à sua volta que ele achava intimidantes. No outono, estaria em salas de aula cheias de garotos daqueles, bem mais velhos e com cerca do dobro do seu tamanho, e claro que todos ficariam olhando para ele. Luke já tinha discutido o assunto com o sr. Greer e disse que provavelmente pareceria uma aberração aos olhos dos outros.

— É o *seu* sentimento que importa — disse o sr. Greer. — Tente manter isso em mente. E se você precisar de conselhos, só de alguém pra conversar sobre o que sente, pelo amor de Deus, procure. E você sempre pode me mandar mensagens de texto.

Uma das garotas, uma ruiva bonita, perguntou se ele tinha feito a questão do hotel na parte de matemática.

— Aquela sobre o Aaron? — perguntou Luke. — Fiz, claro.

— Qual opção você escolheu? Você lembra?

A questão era sobre como descobrir quanto um cara chamado Aaron teria que pagar pelo quarto de hotel por x noites se o valor fosse US$ 99,95 por noite mais 8% de imposto mais uma cobrança adicional única de cinco dólares, e claro que Luke lembrava. Era uma questão meio capciosa por causa do fator *quanto*. A resposta não era um número, era uma equação.

— Era a letra B. Olha. — Ele pegou a caneta e escreveu no embrulho de seu lanche: 1,08 (99,95x) + 5.

— Tem certeza? — perguntou ela. — Eu marquei a letra A.

Ela se inclinou, pegou o embrulho de lanche (Luke sentiu o aroma do perfume dela, lilás, delicioso) e escreveu: (99,95 + 0,08x) = 5.

— Excelente equação — disse Luke —, mas é assim que as pessoas que criam esses testes ferram a gente. — Ele bateu na equação dela. — A sua só reflete a estadia de uma noite. E também não leva em consideração o imposto.

Ela gemeu.

— Tudo bem — consolou Luke. — Você deve ter acertado o resto.

— Pode ser que você esteja errado e ela certa — disse um dos garotos, o mesmo que tinha dado o *high five* na mão de Luke.

Ela balançou a cabeça.

— O garoto está certo. Eu esqueci a porra do imposto. Sou horrível.

Luke a viu sair andando de cabeça baixa. Um dos garotos correu atrás e passou o braço pela cintura dela. Luke sentiu inveja dele.

Um dos outros, um alto usando óculos de marca, se sentou ao lado de Luke.

— É esquisito? — quis saber ele. — Ser você?

Luke pensou na pergunta.

— Às vezes. Geralmente é só uma vida normal mesmo.

Um dos fiscais apareceu na porta e tocou um sino.

— Vamos, crianças.

Luke se levantou com certo alívio e jogou o embrulho do lanche em uma lata de lixo perto da porta do ginásio. Olhou para a ruiva bonita uma última vez e, quando entrou, a lata de lixo deslizou alguns centímetros para a esquerda.

5

A segunda metade da prova foi tão fácil quanto a primeira, e Luke achou que se saiu razoavelmente na redação. Foi sucinto, pelo menos. Quando deixou a escola, viu a ruiva bonita sentada em um banco sozinha, chorando. Luke se perguntou se ela tinha se afundado na prova e, se sim, o quanto — se foi um desempenho ruim o suficiente apenas para não entrar na primeira escolha de faculdade ou se foi um desempenho ruim o bastante para ter que fazer uma faculdade comunitária. Ele também se perguntou como era ter um cérebro que não parecia saber todas as respostas. Depois se perguntou se devia ir até lá para tentar consolá-la, e se ela aceitaria consolo de um garoto que ainda era basicamente um fedelho. Ela provavelmente o mandaria cair fora. Até se perguntou sobre o jeito como a lata de lixo tinha se movido — aquilo foi sinistro. Ele se deu conta (e com a força de uma revelação) que a vida era basicamente um SAT bem comprido e que, em vez de quatro ou cinco escolhas, havia dezenas. Inclusive merdas como *às vezes* e *talvez sim, talvez não*.

Ele viu sua mãe acenando. Acenou de volta e correu para o carro. Quando entrou e colocou o cinto, ela perguntou como ele achava que tinha ido.

— Gabaritei — disse Luke.

Ele abriu seu sorriso mais largo, mas não conseguiu parar de pensar na ruiva. O choro tinha sido doloroso, mas o jeito como ela abaixou a cabeça quando ele mostrou o erro na equação — como uma flor em meio a um tempo seco — foi pior.

Ele disse para si mesmo para não pensar no assunto, mas claro que não dava para fazer isso. *Tente não pensar em um urso polar*, Fiódor Dostoiévski disse uma vez, *e você vai ver o maldito surgir na sua mente o tempo todo*.

— Mãe?

— O quê?

— Você acha que a memória é uma bênção ou uma maldição?

Ela nem precisou pensar: Deus sabia do que *ela* estava se lembrando.

— As duas coisas, querido.

6

Às duas da madrugada de um dia de junho, enquanto Tim Jamieson batia em portas pela rua principal de DuPray, um suv preto entrou na Wildersmoot Drive, em um dos subúrbios no lado norte de Minneapolis. Era um nome louco para uma rua, e Luke e seu amigo Rolf a chamavam de Wildersmack Drive, em parte porque deixava o nome mais maluco ainda e em parte porque os dois queriam dar um smack em uma garota, e como queriam.

Dentro do suv havia um homem e duas mulheres. Ele se chamava Denny, e elas, Michelle e Robin. Denny estava dirigindo. Na metade da silenciosa rua sinuosa, ele apagou as luzes, encostou no meio-fio e desligou o motor.

— Tem certeza de que esse não é TP, né? Porque eu não trouxe meu chapéu de papel-alumínio.

— Ha, ha — fez Robin, em um tom seco. Ela estava no banco de trás.

— Só um TC comum — disse Michele. — Nada pra você precisar tirar a calcinha pela cabeça. Vamos resolver logo isso.

Denny abriu o console entre os dois bancos da frente e pegou um celular que parecia resgatado dos anos 1990: corpo retangular volumoso e antena curta e grossa. Ele entregou o aparelho para Michelle. Enquanto ela digitava o número, ele abriu o fundo falso do console e tirou luvas finas de látex, duas Glocks modelo 37 e uma lata de aerossol que, de acordo com o rótulo, continha purificador de ar Glade Clean Linen. Ele entregou uma das armas para Robin, ficou com a outra e passou a lata de aerossol para Michelle.

— Lá vamos nós, equipe, lá vamos nós — cantarolou ele, enquanto colocava as luvas. — Vermelho Rubi, Vermelho Rubi, foi isso que eu disse.

— Chega dessa merda de ensino médio — disse Michelle. E, ao telefone, que estava apoiado no ombro para ela poder calçar as luvas: — Symonds, está ouvindo?

— Positivo — respondeu Symonds.

— Aqui é Vermelho Rubi. Chegamos. Pode desligar o sistema.

Ela esperou e ficou ouvindo Jerry Symonds do outro lado da linha. Na casa da família Ellis, onde Luke e seus pais dormiam, os displays de alarme DeWalt no saguão de entrada e na cozinha ficaram escuros. Michelle recebeu permissão e fez sinal de positivo para os colegas.

— Tudo bem. Tudo pronto.

Robin pegou a bolsa com os itens essenciais, que parecia uma bolsa feminina média, e botou no ombro. Nenhuma luz interior se acendeu quando eles saíram do suv com placas da Patrulha Estadual de Minnesota. Os três andaram em fila entre a casa dos Ellis e a casa dos Destins, ao lado (onde Rolf também estava dormindo, talvez sonhando com um beijo cheio de smacks), e entraram pela cozinha; Robin primeiro, porque tinha a chave.

Eles pararam junto ao fogão. Na bolsa, Robin pegou dois silenciadores compactos e três pares de óculos leves, com tiras elásticas. Os óculos davam aos rostos deles uma aparência de inseto, mas em compensação a cozinha escura ficou bem clara. Denny e Robin colocaram os silenciadores nas armas. Michelle foi na frente pela sala até o saguão e pegou a escada.

Eles avançaram devagar, mas com uma boa dose de confiança, pelo corredor de cima. Havia uma passadeira no chão que abafava seus passos. Denny e Robin pararam na frente da primeira porta fechada. Michelle seguiu para a segunda. Ela olhou para os companheiros e prendeu o aerossol debaixo do braço para poder levantar as mãos com os dedos abertos: *preciso de dez segundos*. Robin assentiu e respondeu com um sinal de positivo.

Michelle abriu a porta e entrou no quarto de Luke. As dobradiças gemeram de leve. A silhueta na cama (só tinha um tufo de cabelo aparecendo) se mexeu um pouco e parou. Às duas da manhã o garoto devia estar morto para o mundo, na parte mais profunda do sono, mas claramente não era o caso. Talvez garotos gênios não dormissem da mesma forma que garotos comuns, quem poderia saber? Com certeza, não Michelle Robertson. Havia dois pôsteres nas paredes, os dois visíveis através dos óculos como se fosse luz do dia. Um era de um skatista no ar, os joelhos dobrados, os braços esticados, os pulsos inclinados. O outro era dos Ramones, um grupo de punk rock que Michelle ouvia na época do ensino fundamental. Ela achava que os integrantes da banda estavam todos mortos agora, que tinham ido para a grande praia Rockaway no céu.

Ela atravessou o quarto, mantendo a contagem mental: quatro... cinco...

No seis, bateu com o quadril na escrivaninha do garoto. Havia algum tipo de troféu em cima, que caiu. O barulho não foi alto, mas o garoto se virou e abriu os olhos.

— Mãe?

— Claro — respondeu Michelle. — Como você preferir.

Ela viu nos olhos do garoto quando ele começou a ficar alarmado, viu quando ele abriu a boca para dizer outra coisa. Ela prendeu a respiração e disparou a lata de aerossol a cinco centímetros do rosto dele. Luke apagou como uma lâmpada. Era sempre assim e nunca havia ressaca quando eles acordavam seis ou oito horas depois. Era melhor viver pela química, pensou Michelle, e contou: sete... oito... nove.

No dez, Denny e Robin entraram no quarto de Herb e Eileen. A primeira coisa que viram foi um problema: a mulher não estava na cama. A porta do banheiro estava aberta, projetando um trapezoide de luz no chão. Estava claro demais para os óculos, que eles tiraram e largaram no chão. O piso era de madeira polida e o estalo duplo foi claramente audível no quarto silencioso.

— Herb? — Baixinho, vindo do banheiro. — Você derrubou seu copo d'água?

Robin avançou até a cama, tirando a Glock da cintura da calça na parte de trás, enquanto Denny andava até a porta do banheiro, sem tentar abafar os passos. Era tarde demais para isso. Ele parou ao lado da porta, a arma erguida junto à lateral do rosto.

O travesseiro do lado da mulher ainda estava afundado com o formato da cabeça dela. Robin o colocou em cima do rosto do homem e disparou. A Glock fez um som baixo de tosse, nada mais do que isso, e disparou uma manchinha marrom no travesseiro.

Eileen saiu do banheiro, parecendo preocupada.

— Herb? Você está b…

Ela viu Denny. Ele a segurou pelo pescoço, colocou a Glock em sua têmpora e puxou o gatilho. Houve outro som baixo de tosse. Ela caiu no chão.

Enquanto isso, os pés de Herb Ellis estavam se debatendo sem direção, fazendo a coberta inflar e tremer. Robin disparou mais duas vezes no travesseiro, o segundo tiro um latido em vez de uma tosse, o terceiro ainda mais alto.

Denny tirou o travesseiro.

— Por acaso você viu *O poderoso chefão* vezes demais? Meu Deus, Robin, metade da cabeça dele está pulverizada. O que o agente funerário vai fazer com isso?

— Eu fiz o serviço e é isso que importa. — O fato era que ela não gostava de olhar para eles quando atirava, não gostava de ver como a luz dentro deles se apagava.

— Você precisa virar macho, garota. Esse terceiro tiro foi alto. Vamos.

Eles recolheram os óculos e foram até o quarto do garoto. Denny pegou Luke no colo (o que não foi problema, já que o garoto pesava no máximo uns quarenta quilos) e mexeu o queixo indicando para as mulheres irem na frente. Saíram pelo mesmo caminho por onde entraram, pela cozinha. Não havia luzes na casa ao lado (nem o terceiro tiro foi *tão* alto assim) e nenhuma trilha sonora além dos grilos e de uma sirene distante, talvez até em St. Paul.

Michelle foi na frente entre as duas casas, olhou a rua e fez sinal para os outros se aproximarem. Essa era a única parte do serviço que Denny Williams odiava. Se alguém com insônia olhasse para fora e visse três pessoas no gramado do vizinho às duas da manhã, isso já seria suspeito. Se uma dessas pessoas estivesse carregando o que parecia ser um corpo, isso seria *muito* suspeito.

Mas a Wildersmoot Drive, batizada em homenagem a algum mandachuva importante já falecido das Cidades Gêmeas, estava dormindo profundamente. Robin abriu a porta de trás do lado do meio-fio do SUV, entrou e esticou os braços. Denny lhe entregou o garoto, que ela puxou para dentro, apoiando a cabeça dele em seu ombro. Ela colocou o cinto de segurança com dificuldade.

— Eca, ele está babando — comentou ela.

— É, gente inconsciente faz isso — disse Michelle, e fechou a porta de trás. Depois entrou na frente e Denny assumiu o volante. Michelle guardou as armas e o aerossol enquanto Denny seguia tranquilamente para longe da casa dos Ellis. Quando o SUV se aproximou do primeiro cruzamento, Denny acendeu os faróis.

— Faz a ligação — pediu ele.

Michelle digitou o mesmo número.

— Aqui é Vermelho Rubi. Estamos com o pacote, Jerry. Hora estimada de chegada ao aeroporto em vinte e cinco minutos. Ligue o sistema.

Na casa dos Ellis, os alarmes foram religados. Quando a polícia finalmente chegasse, os investigadores encontrariam dois mortos, um desaparecido, o garoto o suspeito mais lógico. Diziam que ele era brilhante, afinal, e esses eram os que tinham tendência de serem meio malucos, não é mesmo? Meio instáveis? Perguntariam a ele quando o encontrassem, e encontrá-lo era só uma questão de tempo. Crianças podiam fugir, mas nem as brilhantes conseguiam se esconder.

Não por muito tempo.

7

Luke acordou se lembrando de um sonho que teve: não exatamente um pesadelo, mas definitivamente um sonho não muito bom. Uma mulher estranha no quarto dele, inclinada por cima da cama, com o cabelo louro caído nas laterais do rosto. *Claro, o que você quiser*, dissera ela. Como uma gata de um daqueles filmes pornô que ele e Rolf viam de vez em quando.

Ele se sentou, olhou ao redor e primeiro achou que era outro sonho. Era o quarto dele, o mesmo papel de parede azul, os mesmos pôsteres, a mesma escrivaninha com o troféu da Liga Infantil em cima, mas onde estava a janela? A janela que dava para a casa do Rolf tinha sumido.

Ele fechou bem os olhos e abriu de novo. Nenhuma mudança: o quarto sem janelas permaneceu sem janelas. Ele pensou em se beliscar, mas isso era tão clichê. Então, enfiou os dedos nas bochechas. Tudo permanecia igual.

Luke saiu da cama. Suas roupas estavam na cadeira, onde sua mãe as colocara na noite anterior: a cueca, as meias e a camiseta no assento, a calça jeans dobrada no encosto. Ele se vestiu lentamente, olhando para onde a janela deveria estar, depois se sentou para calçar os tênis. Suas iniciais estavam escritas nas laterais, LE, e era isso mesmo, mas o traço horizontal no meio do E estava comprido demais, ele tinha certeza.

Virou os tênis procurando a sujeira da rua e não encontrou. Agora, tinha certeza absoluta. Aqueles tênis não eram dele. Os cadarços também estavam errados. Limpos demais. Ainda assim, cabiam perfeitamente.

Ele foi até a parede e encostou a mão, pressionando, procurando a janela embaixo do papel de parede. Não estava ali.

Ele se perguntou se tinha enlouquecido, surtado, como um garoto em um filme de terror escrito e dirigido por M. Night Shyamalan. Crianças com mentes altamente funcionais não tinham tendência a ter colapsos nervosos? Mas ele não estava louco. Estava tão são quanto na noite anterior, quando foi dormir. Em um filme, o garoto louco *acharia* que estava são, essa seria a virada de Shyamalan, mas, de acordo com os livros de psicologia que Luke tinha lido, a maioria das pessoas loucas entendiam que estavam loucas. Ele não estava.

Quando era menor (com cinco anos, e não doze), ele teve a mania de colecionar bótons políticos. Seu pai ficou feliz em ajudar com a coleção, porque a maioria dos bótons saía bem em conta no eBay. Luke tinha um fascínio especial (por motivos que não sabia explicar, nem para si mesmo) por bótons de candidatos à presidência que tinham perdido. A febre acabou passando e a maioria dos bótons devia estar guardada no espacinho do sótão ou no porão, mas ele tinha guardado um em particular como talismã de boa sorte: o bóton apresentava um avião azul, cercado pelas palavras ASAS POR WILLKIE. Wendell Willkie concorreu à presidência contra Franklin Roosevelt em 1940, mas perdeu feio, ganhando apenas em dez estados por um total de oitenta e dois votos eleitorais.

Luke tinha colocado o bóton na tigela do troféu da Liga Infantil. Ele o procurou agora e não encontrou nada.

Em seguida, foi até o pôster de Tony Hawk no skate Birdhouse. Parecia certo, mas não era. O pequeno rasgo no lado esquerdo tinha sumido.

Não eram seus tênis, não era seu pôster, o bóton do Willkie tinha desaparecido.

Não era seu quarto.

Uma coisa começou a tremer em seu peito e ele respirou fundo várias vezes para tentar sossegá-la. Foi até a porta e segurou a maçaneta, com a certeza de que estaria trancada.

Não estava, mas o corredor que havia depois da porta não era nada parecido com o corredor da casa onde ele tinha vivido seus doze anos e pouco. Era de concreto em vez de madeira, os blocos pintados de um verde industrial pálido. Em frente à porta havia um pôster mostrando três crianças da idade de Luke, correndo por uma campina de grama alta. Uma estava no meio de um salto. Eram loucas ou estavam delirantes de tão felizes. A mensagem embaixo parecia sugerir a segunda opção. MAIS UM DIA NO PARAÍSO, dizia.

Luke saiu. À direita, o corredor terminava em uma porta dupla institucional, do tipo com barras para empurrar. À esquerda, uns três metros à frente de outra porta dupla igual, havia uma garota sentada no chão. Ela estava de calça boca de sino e camisa de mangas bufantes. Era negra e, apesar de parecer ter mais ou menos a mesma idade que Luke, aparentemente estava fumando um cigarro.

8

A sra. Sigsby estava sentada atrás da mesa, olhando para o computador. Estava usando um terno ajustado da DVF que não disfarçava seu corpo não muito magro. O cabelo grisalho estava perfeitamente penteado. O dr. Hendricks estava atrás dela. Bom dia, Espantalho, pensou ele, mas jamais o diria em voz alta.

— Bem — começou a sra. Sigsby —, aqui está ele. Nosso recém-chegado. Lucas Ellis. Andou de Gulfstream pela primeira vez e nem sabe. Pelo que dizem, é um grande prodígio.

— Não será por muito tempo — disse o dr. Hendricks, e deu sua gargalhada característica, primeiro expirando, depois inspirando, uma espécie de hee-haw. Somada aos dentes para fora e à altura extrema (ele tinha um metro e noventa e nove), aquela risada era a responsável pelo apelido que os técnicos deram para ele: Donkey Kong.

A sra. Sigsby se virou e olhou para ele com rigor.

— Eles são responsabilidade nossa, Dan. Piadas vulgares não são apreciadas.

— Desculpe. — Ele teve vontade de acrescentar *Mas quem você quer enganar, Siggers?*

Dizer uma coisa assim seria imprudente e a pergunta era retórica, de qualquer modo. Ele sabia que ela não estava enganando ninguém, menos ainda a si mesma. Siggers parecia aquele bufão nazista desconhecido que achou que seria uma ideia incrível escrever *Arbeit macht frei* — só o trabalho liberta — na entrada de Auschwitz.

A sra. Sigsby pegou o formulário de entrada do garoto novo. Hendricks tinha colocado um adesivo rosa circular no canto superior direito.

— Vocês estão aprendendo *alguma coisa* com seus Rosas, Dan? Alguma coisa?

— Você sabe que estamos. Você viu os resultados.

— Sim, mas alguma coisa de valor comprovado?

Antes que o médico pudesse responder, Rosalind botou a cabeça para dentro da porta.

— Tenho uns papéis pra você, sra. Sigsby. Temos mais cinco chegando. Sei que estavam na sua planilha, mas estão adiantados.

A sra. Sigsby pareceu satisfeita.

— Os cinco hoje! Devo estar vivendo corretamente.

Hendricks (também conhecido como Donkey Kong) pensou: *Você não suportaria dizer vivendo certo, não é? Poderia acabar abrindo uma aresta.*

— Só *dois* hoje — explicou Rosalind. — Esta noite, na verdade. Da equipe Esmeralda. Três amanhã, da Opala. Quatro são TC. Um é TP e é um achado. Noventa e três nanogramas de BDNF.

— Excelente notícia. Excelente mesmo. Traga os arquivos e coloque na minha mesa. Você me mandou por e-mail também?

— Claro. — Rosalind sorriu. E-mail era como o mundo girava, mas os dois sabiam que a sra. Sigsby preferia papéis a pixels: ela era antiquada desse jeito. — Vou trazê-los pra ontem.

— Café, por favor, também pra ontem.

A sra. Sigsby se virou para o dr. Hendricks. Toda aquela altura e ele ainda tinha uma pança daquelas, pensou ela. Como médico, ele deveria saber como é perigoso, principalmente para um homem tão alto, em que o sistema vascular precisa trabalhar com mais intensidade. Mas ninguém é tão bom em ignorar as evidências médicas quanto alguém da medicina.

Nem a sra. Sigsby nem o dr. Hendricks eram TPS, mas no momento eles dividiam um único pensamento: como tudo seria mais fácil se houvesse simpatia entre eles, e não um ódio recíproco.

Quando ficaram sozinhos na sala outra vez, a sra. Sigsby se encostou para olhar para o médico em pé atrás dela.

— Concordo que a inteligência do jovem mestre Ellis não importa para o nosso trabalho no Instituto. Ele poderia muito bem ter um QI de 75. No entanto, foi por isso que o trouxemos com um pouco de antecedência. Ele tinha sido aceito não só em uma, mas em duas faculdades de excelência, MIT e Emerson.

Hendricks piscou.

— Com *doze anos*?

— Isso mesmo. O assassinato dos pais dele e seu subsequente desaparecimento vão ser uma notícia ruim, mas não uma *grande* notícia fora das Cidades Gêmeas, embora possa rodar pela internet por uma semana ou duas. Teria sido uma notícia de repercussão maior se ele tivesse feito a estreia acadêmica em Boston antes de sumir de vista. Crianças como ele acabam aparecendo nos telejornais, normalmente nos segmentos de coisas impressionantes. E o que eu sempre digo, doutor?

— Que, no nosso ramo, não ter nenhuma notícia é uma boa notícia.

— Exatamente. Em um mundo perfeito, nós teríamos deixado esse passar. Ainda recebemos uma boa cota de TCS. — Ela bateu no círculo rosa do formulário de entrada. — Como isto aqui indica, o BNDF dele nem é tão alto. Mas...

Ela não precisou terminar. Certos bens eram ainda mais raros. Presas de elefante. Peles de tigre. Chifres de rinoceronte. Metais raros. Até petróleo. Era possível acrescentar essas crianças especiais, cujas qualidades extraordinárias não tinham nada a ver com seus QIs. Mais cinco chegando naquela semana, incluindo o garoto Dixon. Uma ótima aquisição, mas dois anos antes talvez tivessem trinta como ele.

— Ah, olha — apontou a sra. Sigsby. Na tela do computador, o recém-chegado estava se aproximando da residente mais antiga da Parte da Frente. — Ele vai conhecer a espertinha da Benson. Ela vai contar a história, ou ao menos uma versão dela.

— Ainda na Parte da Frente — disse Hendricks. — Ela devia ser promovida a anfitriã oficial.

A sra. Sigsby abriu seu sorriso mais glacial.

— Melhor ela do que você, doutor.

Hendricks olhou para baixo e pensou em dizer: *Deste ângulo, consigo ver como você está ficando com pouco cabelo, Siggers. É parte da sua anorexia de nível baixo, mas bem antiga. Seu couro cabeludo é rosa como o olho de um coelho albino.*

Havia muitas coisas que ele pensava em dizer para ela, a chefona sem tetas e gramaticalmente perfeita do Instituto, mas nunca dizia. Não seria muito inteligente.

9

O corredor de concreto tinha portas e mais pôsteres nas paredes. A garota estava sentada embaixo de um que mostrava um garoto negro e uma garota branca com as testas encostando, sorrindo como bobos. A legenda embaixo dizia EU ESCOLHO A FELICIDADE!

— Gostou desse? — perguntou a garota negra. Ao olhar melhor, o cigarro pendurado na boca era na verdade uma bala. — Eu mudaria pra EU ESCOLHO A MERDICIDADE, mas talvez tirassem minha caneta. Às vezes deixam as coisas passarem, mas às vezes não. O problema é que nunca dá pra saber pra que lado as coisas vão virar.

— Onde estou? — perguntou Luke. — Que lugar é este? — Ele estava com vontade de chorar. Achava que era mais por desorientação.

— Bem-vindo ao Instituto — disse ela.

— Ainda estamos em Minneapolis?

Ela riu.

— Não mesmo. E também não estamos mais no Kansas, Totó. Estamos no Maine. Onde o diabo perdeu as botas. Pelo menos, de acordo com Maureen.

— No *Maine*? — Ele balançou a cabeça como se tivesse levado um golpe na têmpora. — Tem certeza?

— Tenho. Você está branco demais, branquelo. Acho que devia se sentar antes que acabe caindo.

Ele se sentou, se apoiando com uma das mãos no chão, porque as pernas não exatamente se dobraram: ele praticamente caiu.

— Eu estava em casa. Eu estava em casa e aí acordei aqui — disse ele. — Em um quarto que parece o meu, mas não é.

— Eu sei — disse ela. — Um choque, né? — Ela enfiou a mão no bolso da calça e tirou uma caixa com a foto de um caubói girando um laço. CIGARRINHO DE JUJUBA, dizia. FUME COMO O PAPAI! — Quer um? O açúcar pode ajudar seu estado mental. Sempre ajuda o meu.

Luke pegou a caixa e abriu a tampa. Havia seis cigarros dentro, cada um com uma ponta vermelha que ele achava que servia para simular a brasa. Ele pegou um, enfiou na boca e mordeu no meio. Sua boca foi invadida pela doçura.

— Nunca faça isso com um cigarro de verdade — disse ela. — Você não ia gostar tanto do gosto.

— Eu não sabia que ainda vendiam coisas assim — comentou ele.

— Não vendem deste tipo, isso é certo — disse ela. — Fume como o papai? Você está de brincadeira? Só pode ser uma antiguidade. Mas tem umas coisas bem estranhas na cantina. Inclusive cigarros *de verdade*, se é que dá pra acreditar. Todos prontos, Lucky e Chesterfield e Camel, como nos filmes velhos do canal Turner Classic Movies. Fico tentada a experimentar, mas, cara, eles custam *muitas* fichas.

— Cigarros de verdade? Não os de criança?

— Toda a população daqui é de crianças. Não que haja muitas na Parte da Frente agora. Maureen diz que pode estar chegando mais gente. Não sei onde ela consegue as informações, mas costumam ser certeiras.

— Cigarros pra crianças? Que lugar é este? A Ilha dos Prazeres?

Não que ele estivesse sentindo muito prazer no momento.

Isso a fez rir.

— Do *Pinóquio*! Boa! — Ela levantou a mão. Luke bateu num *high five* e se sentiu um pouco melhor. Era difícil explicar por quê.

— Qual é o seu nome? Não posso ficar chamando você de branquelo. Isso é tipo generalização racial.

— Luke Ellis. E o seu?

— Kalisha Benson. — Ela levantou o dedo. — Agora, presta atenção, Luke. Você pode me chamar de Kalisha ou pode me chamar de Sha. Só não me chama de camarada.

— Por quê?

Ele ainda estava tentando se localizar, mas continuava sem conseguir. Comeu a outra metade do cigarro, a que tinha a brasa falsa na ponta.

— Porque é assim que Hendricks e os outros cretinos chamam a gente quando dão as injeções ou fazem os testes. "Vou enfiar uma agulha no seu braço e vai doer, mas seja uma boa camarada. Vou colher uma cultura de garganta e fazer você engasgar como uma porra de um verme, mas seja uma boa camarada. Vamos mergulhar você no tanque, mas prenda a respiração e seja uma boa camarada." É *por isso* que você não pode me chamar de camarada.

Luke quase não prestou atenção na parte sobre os testes, embora fosse pensar nisso mais tarde. Estava pensando no *porra*. Já tinha ouvido muitos garotos dizerem isso (ele e Rolf diziam muito quando estavam na rua) e ouvira da ruiva bonita que talvez tivesse ido mal no vestibular, mas nunca de uma garota da idade dele. Achava que isso queria dizer que ele tinha uma vida protegida.

Luke sentiu um arrepio quando ela botou as mãos em seu joelho. Ela olhou para ele com sinceridade.

— Mas meu conselho pra você é: seja um bom camarada, por mais horrível que seja, por mais coisas que enfiem na sua garganta e na sua bunda. Sobre o tanque eu não sei, nunca passei por isso, só ouvi falar, mas sei que, enquanto você está sendo testado, você fica na Parte da Frente. Não sei o que acontece na Parte de Trás, nem quero saber. Só *sei* que a Parte de Trás parece uma armadilha, quem vai pra lá não volta. Não pra cá, pelo menos.

Ele olhou de volta para o caminho por onde tinha chegado. Havia muitos pôsteres motivacionais e também muitas portas, umas oito de cada lado.

— Quantas pessoas moram nesses quartos?

— Cinco, contando nós dois. A Parte da Frente nunca fica lotada, mas agora está parecendo uma cidade fantasma. As crianças e os adolescentes vêm e vão.

— Falando em Michelangelo — murmurou Luke.

— Hã?

— Nada. O que...

Uma das portas duplas do final mais próximo do corredor se abriu e uma mulher de vestido marrom apareceu, de costas para eles. Ela estava segurando a porta com a bunda, enquanto lutava com alguma coisa. Kalisha se levantou num pulo.

— Oi, Maureen, oi, garota, espera, deixa a gente te ajudar.

Como ela disse *a gente* e não *eu*, Luke se levantou e foi atrás de Kalisha. Quando chegou mais perto, ele viu que o vestido marrom era uma espécie de uniforme, como uma camareira poderia usar em um hotel bacana... ou meio bacana, pelo menos, porque não era cheio de babados nem nada. Ela estava tentando arrastar uma cesta de roupas pela tira de metal entre aquele corredor e o salão que havia à frente e parecia uma sala de estar, com mesas e cadeiras e janelas deixando o sol forte entrar. Também havia uma televisão que parecia do tamanho de uma tela de cinema. Kalisha abriu a porta para aumentar o espaço. Luke segurou a cesta de roupas (com DANDUX impresso na lateral) e ajudou a mulher a puxá-la para o que ele estava começando a chamar de corredor do alojamento. Havia lençóis e toalhas dentro.

— Obrigada, filho — disse a mulher. Ela era bem velha, com bastante cabelo grisalho, e parecia cansada. O crachá em cima do seio dizia MAUREEN. Ela olhou para ele. — Você é novo. Luke, não é?

— Luke Ellis. Como você sabia?

— Está na minha folha do dia.

Ela puxou uma folha de papel dobrada no meio do bolso da camisa e a colocou no lugar.

Luke estendeu a mão, como tinham lhe ensinado.

— É um prazer conhecê-la.

Maureen a apertou. Ela parecia uma pessoa legal e Luke achava que era *mesmo* um prazer conhecê-la, embora não estivesse achando um prazer estar ali: estava com medo, preocupado consigo mesmo e com os pais. Já estariam dando falta dele agora. Luke imaginava que os dois se recusariam a acreditar que ele tinha fugido, mas, quando encontrassem o quarto vazio, a que outra conclusão poderiam chegar? A polícia começaria a procurá-lo em breve, se já não estivesse procurando, mas, se Kalisha estivesse certa, estariam procurando bem longe dali.

A palma da mão de Maureen estava quente e seca.

— Sou Maureen Alvorson. Faxineira e quebra-galhos em geral. Vou deixar seu quarto bem arrumado pra você.

— E vê se não dá muito trabalho extra pra ela — disse Kalisha, olhando para Luke com expressão autoritária.

Maureen sorriu.

— Você é um amor, Kalisha. Esse aqui não parece bagunceiro, não como aquele Nicky, que é como o Chiqueirinho do gibi do *Peanuts*. Por sinal, ele está no quarto agora? Não estou vendo ele no parquinho com o George e a Iris.

— Você sabe como o Nicky é — disse Kalisha. — Se acorda antes da uma da tarde, encerra o dia mais cedo.

— Então vou cuidar dos outros, mas os doutores querem ele à uma em ponto. Se não estiver acordado, vão acordar ele. É um prazer conhecer você, Luke. — E ela seguiu caminho, agora empurrando o cesto em vez de puxar.

— Vem — disse Kalisha, puxando a mão de Luke.

Preocupado ou não com os pais, ele sentiu outro arrepio.

Ela o levou para a sala de estar. Ele queria dar uma olhada em tudo no ambiente, principalmente nas máquinas de lanches (cigarros de verdade, era possível?), mas, assim que a porta se fechou, Kalisha estava na frente dele. Ela estava séria, quase raivosa.

— Não sei quanto tempo você vai ficar aqui… Não sei quanto tempo *eu* vou ficar, na verdade, mas enquanto você estiver seja legal com a Maureen, tá? Tem um monte de gente podre e malvada trabalhando aqui, mas ela não é assim. Ela é *legal*. E tem problemas.

— Que tipo de problemas?

Ele perguntou mais para ser educado. Estava olhando pela janela para o que devia ser o parquinho. Havia duas crianças lá fora, um garoto e uma garota, talvez da sua idade, talvez um pouco mais velhos.

— Ela acha que talvez esteja doente, esse é um deles. Mas não quer ir a um médico porque não pode *se dar ao luxo* de ficar doente. Ela só ganha uns quarenta mil por ano e tem o dobro disso em contas para pagar. Talvez mais. O marido dela fez as dívidas e fugiu. E as dívidas só aumentam, tá? Tem juros.

— O vig — disse Luke. — É como meu pai chama. É abreviação de vigorish, palavra ucraniana pra lucros ou ganhos. É um termo de bandidos, e meu pai diz que as empresas de cartão de crédito são basicamente antros de bandidos. Com base nos juros compostos que cobram, ele tem...

— Tem o quê? Razão?

— É. — Ele parou de olhar para as crianças lá fora, supostamente George e Iris, e se virou para Kalisha. — Ela contou tudo isso pra você? Pra uma criança? Você deve ser fera em relações interpessoais.

Kalisha pareceu surpresa e riu, uma gargalhada alta, com direito a mãos nos quadris e cabeça inclinada para trás. Aquela risada fez com que ela parecesse uma mulher e não uma criança.

— Relações intrapessoais! Você tem uma boca e tanto, Lukey!

— Inter, não intra — corrigiu ele. — A não ser que você esteja, tipo, se encontrando com um grupo inteiro. Dando orientação acadêmica ou algo assim. — Ele fez uma pausa. — Isso foi, hum, uma piada.

E uma piada ruim. Uma piada nerd.

Ela o observou com admiração de cima a baixo e depois para cima de novo, produzindo outro arrepio nada desagradável.

— O quanto você é inteligente?

Ele deu de ombros, meio constrangido. Normalmente, ele não se exibia — era o pior jeito do mundo de fazer amigos e influenciar pessoas —, mas estava chateado, confuso, preocupado e (melhor admitir logo) se cagando de medo. Estava ficando cada vez mais difícil não usar a palavra sequestro para classificar aquela experiência. Afinal, ele era um menino, estava dormindo e, se Kalisha estivesse dizendo a verdade, tinha acordado a milhares de quilômetros de casa. Seus pais teriam deixado que levassem ele sem nenhuma discussão ou briga? Improvável. Seja lá o que tivesse acontecido, ele esperava que os dois não tivessem acordado na hora.

— Muito inteligente, seria meu palpite. Você é TP ou TC? Acho que TC.

— Não sei do que você está falando.

Só que talvez ele soubesse. Ele lembrou que os pratos às vezes tremiam nos armários, que a porta do seu quarto às vezes abria e fechava sozinha e que a travessa caiu da mesa no Rocket Pizza. Também que a lata de lixo se movera sozinha no dia do SAT.

— TP é telepatia. TC é...

— Telecinesia.

Ela sorriu e apontou para ele.

— Você é mesmo um garoto inteligente. Telecinesia, isso mesmo. Você é uma coisa ou outra, já que supostamente ninguém tem as duas... ou é o que dizem os técnicos, pelo menos. Eu sou TP.

Ela falou isso com certo orgulho.

— Você lê mentes — disse Luke. — Claro. Todos os dias e duas vezes no domingo.

— Como você acha que eu sei sobre a Maureen? Ela nunca contaria pra *ninguém* aqui sobre os problemas que tem, ela não é esse tipo de pessoa. E não sei nenhum dos detalhes, só tenho uma noção geral. — Ela refletiu. — Tem alguma coisa sobre um bebê também. E isso é estranho. Perguntei uma vez se ela tinha filhos e ela disse que não.

Kalisha deu de ombros.

— Eu sempre fui capaz de fazer isso. Algumas vezes consigo, outras não, nunca o tempo todo, mas não é como ser uma super-heroína. Se fosse, eu sairia daqui.

— Você está falando sério sobre isso?

— Sim, e agora vai ser seu primeiro teste. O primeiro de muitos. Estou pensando em um número entre um e cinquenta. Que número é?

— Não faço ideia.

— Verdade? Não está fingindo?

— Nada de fingimento.

Ele foi até a porta na outra ponta da sala. Do lado de fora, o garoto estava arremessando uma bola de basquete numa cesta, e a menina, pulando numa cama elástica: nada sofisticado, só caindo sentada e fazendo umas piruetas de vez em quando. Nenhum deles parecia estar se divertindo: eles pareciam estar apenas *passando* o tempo.

— Aqueles dois são George e Iris?

— São. — Ela se aproximou de Luke. — George Iles e Iris Stanhope. Os dois são TCS. Os TPS são mais raros. Ei, geniozinho, é raro mesmo que se fala?

— É, mas eu prefiro incomum. A palavra raro parece o barulho de um motor sendo ligado.

Ela pensou a respeito por alguns segundos, riu e apontou para ele.

— Boa.

— A gente pode sair?

— Claro. A porta do parquinho nunca fica trancada. Não que você vá querer ficar muito tempo lá fora, os insetos são terríveis aqui no fim do mundo. Tem repelente Deet no armário de remédios do seu banheiro. Você devia usar, devia se besuntar dele. Maureen diz que a situação dos insetos vai melhorar quando as libélulas se reproduzirem, mas ainda não vi nenhuma.

— Eles são legais?

— George e Iris? Sim, acho que sim. A gente não é melhor amigo nem nada. Eu só conheço o George há uma semana. A Iris chegou... hum... dez dias atrás, se não me engano. Mais ou menos isso. Depois de mim, Nicky é quem está aqui há mais tempo. Nick Wilholm. Não espere muito por relações próximas na Parte da Frente, geniozinho. Como eu falei, as crianças e adolescentes vêm e vão. E *nenhum* deles fala de Michelangelo.

— Há quanto tempo você está aqui, Kalisha?

— Quase um mês. Sou das antigas.

— Então você vai me contar o que está acontecendo? — Ele apontou para os dois do lado de fora. — Eles vão?

— A gente conta o que sabe, o que os atendentes e técnicos falam para nós, mas tenho a impressão de que é quase tudo mentira. George também acha. Já a Iris... — Kalisha riu. — Ela parece o agente Mulder daquela série *Arquivo X. Ela* quer acreditar.

— Acreditar em quê?

O olhar que ela lançou para ele, ao mesmo tempo sábio e triste, mais uma vez a fez parecer mais adulta do que criança.

— Que isso aqui é só um desvio na grande estrada da vida e que tudo vai ficar bem no final, tipo no *Scooby-Doo.*

— Onde estão seus pais? Como você veio parar aqui?

O olhar adulto desapareceu.

— Não quero falar sobre isso agora.

— Tudo bem.

Talvez ele também não quisesse. Pelo menos ainda não.

— Ah, e quando você conhecer Nicky não se preocupe se ele começar a falação. É assim que ele desabafa, e algumas das falações são... — Ela pensou. — Divertidas.

— Se você diz. Você pode me fazer um favor?

— Claro, se eu puder.

— Para de me chamar de geniozinho. Meu nome é Luke. Pode usar, tá?

— Tudo bem. Eu posso fazer isso.

Luke esticou o braço para a porta, mas ela colocou a mão no pulso dele.

— Mais uma coisa antes da gente sair. Se vira, Luke.

Ele se virou. Ela era uns dois centímetros mais alta. Ele não sabia que ela ia lhe dar um beijo até ela fazer exatamente isso, um beijo de lábios grudados. Ela até botou a língua no meio dos lábios dele por um segundo ou dois, e isso gerou nele não apenas um arrepio, mas um choque completo, como enfiar o dedo numa tomada. Seu primeiro beijo de verdade, um wildersmack de verdade. Rolf, pensou ele (até onde *conseguia* pensar no que viria depois), ficaria com tanta inveja.

Ela se afastou com uma expressão satisfeita.

— Não é amor verdadeiro nem nada, não vá pensando isso. Não sei bem se é um favor, mas talvez seja. Fiquei de quarentena na minha primeira semana aqui. Nada de picada por pontos.

Ela fez sinal em direção a um pôster na parede, ao lado da máquina de doces. Mostrava um garoto em uma cadeira, apontando com alegria para um monte de pontos coloridos em uma parede branca. Um médico sorridente (jaleco branco, estetoscópio no pescoço) estava parado com a mão no ombro do garoto. Acima da figura estava escrito PICADAS POR PONTOS! e abaixo: QUANTO MAIS RÁPIDO VOCÊ CONSEGUE VÊ-LOS, MAIS RÁPIDO VOLTA PARA CASA!

— O que significa aquilo?

— Não importa agora. Meus pais eram radicalmente contra a vacina, e dois dias depois que cheguei à Parte da Frente eu peguei catapora. Tive tosse, febre alta, bolinhas vermelhas horríveis, o pacote completo. Acho que acabou, porque já estou aqui e estão me testando de novo, mas talvez eu ainda possa estar transmitindo. Se você tiver sorte, vai pegar e passar umas semanas tomando suco e vendo televisão em vez de receber agulhadas e ressonância magnética.

A garota viu os dois e acenou. Kalisha acenou de volta e, antes que Luke pudesse dizer qualquer coisa, abriu a porta.

— Vem. Tira essa cara de bobo e vem conhecer eles.

PICADAS POR PONTOS

1

Depois que saíram da porta da área da cantina e sala de estar do Instituto, Kalisha passou o braço pelos ombros de Luke e o puxou para perto. Ele pensou (torceu, na verdade) que ela fosse lhe dar outro beijo, mas ela só sussurrou ao pé do ouvido. Os lábios dela tocaram sua orelha e lhe provocaram arrepios.

— Fale sobre o que quiser, mas não diga nada sobre Maureen, tá? Nós achamos que eles escutam só às vezes, mas é melhor tomar cuidado. Não quero que ela fique encrencada.

Maureen, tudo bem, a moça da limpeza, mas quem eram *eles*? Luke nunca tinha se sentido tão perdido, nem mesmo quando tinha quatro anos e se perdeu da mãe por uma eternidade de quinze minutos no Mall of America.

Como Kalisha previra, os insetos o encontraram; eram mosquitinhos pretos que voavam em volta da sua cabeça.

A maior parte do parquinho era coberta de cascalho fino. A região da cesta de basquete, onde o garoto chamado George continuava arremessando a bola, era de asfalto, e a cama elástica estava cercada de uma coisa meio esponjosa para amortecer a queda de alguém que pulasse errado e caísse para o lado. Havia uma quadra de shuffleboard, uma rede de badminton, uma pista de cordas e um amontoado de cilindros coloridos que as crianças pequenas podiam usar para montar um túnel… não que houvesse crianças tão pequenas assim para isso. Também havia balanços, gangorras e um escorrega. Um armário verde comprido ladeado por mesas de piquenique tinha uma placa que dizia JOGOS E EQUIPAMENTOS e FAVOR GUARDAR O QUE PEGAR.

O parquinho era delimitado por uma cerca de arame com pelo menos três metros de altura, e Luke viu câmeras em dois dos cantos. Estavam poeirentas, como se não recebessem limpeza havia um tempo. Depois da cerca, nada além de florestas, basicamente de pinheiros. A julgar pela espessura, Luke imaginava que cada árvore deveria ter uns oitenta anos, mais ou menos. A fórmula (descoberta quando ele tinha uns dez anos, em uma tarde de sábado, durante a leitura de *Árvores da América do Norte*) era bem simples. Não havia necessidade de ler os anéis. Era só estimar a circunferência de uma das árvores, dividir por pi para se chegar ao diâmetro e multiplicar pelo fator médio de crescimento dos pinheiros norte-americanos: 4,5. Bem fácil de descobrir, assim como a dedução do corolário: aquelas árvores não eram derrubadas havia muito tempo, talvez duas gerações. Seja lá o que o Instituto fosse, estava no meio de uma floresta antiga, o que queria dizer basicamente no meio do nada. Quanto ao parquinho, o primeiro pensamento de Luke foi que, se houvesse um pátio de exercícios de prisão para crianças entre seis e dezesseis anos, seria exatamente como aquele.

A garota, Iris, os viu e acenou. Ela deu dois pulos na cama elástica, o rabo de cavalo voando, e um pulo final pela lateral, caindo na área macia com as pernas abertas e os joelhos flexionados.

— Sha! Quem está aí com você?

— Esse é Luke Ellis — respondeu Kalisha. — Chegou hoje de manhã.

— Oi, Luke. — Iris andou até os dois e ofereceu a mão. Era uma garota magrela, alguns centímetros mais alta do que Kalisha. Tinha um rosto agradável, bonito, as bochechas e a testa brilhando com o que Luke supunha que fosse uma mistura de suor e repelente. — Iris Stanhope.

Luke apertou a mão dela, ciente de que os insetos (eram chamados de borrachudos em Minnesota, mas ele não sabia como eram chamados ali) tinham começado a se alimentar dele.

— Não estou feliz de estar aqui, mas acho que estou de conhecer você — disse Luke.

— Sou de Abilene, Texas. E você?

— Minneapolis. Fica em…

— Eu sei onde é — interrompeu Iris. — Terra de um bilhão de lagos, alguma merda assim.

— George! — gritou Kalisha. — Cadê a educação, garoto? Venha até aqui!

— Vou, sim, mas espere. Isso é importante. — George encostou na linha, segurou a bola de basquete na altura do peito e começou a falar com uma voz baixa e carregada de tensão. — Tudo bem, pessoal, depois de sete jogos difíceis, a hora é agora. Segunda prorrogação, os Wizards estão um ponto na frente dos Celtics, e George Iles, que acabou de sair do banco, tem a chance de vencer a partida da linha de lance livre. Se ele fizer uma cesta, os Wizards empatam de novo. Se fizer as duas, vai entrar pra história, colocar sua foto no Hall da Fama do basquete, talvez ganhe um Tesla conversível…

— Teria que ser customizado — disse Luke. — O Tesla não tem em conversível, ao menos ainda não.

George não deu ouvidos.

— Ninguém esperava ver Iles nessa situação, menos ainda o próprio Iles. Um silêncio sinistro se espalha pela Capital One Arena…

— E aí alguém peida! — gritou Iris, botando a língua entre os lábios e soprando. — Um estrondo grandioso. E fedido também!

— Iles respira fundo… quica a bola duas vezes, sua marca registrada…

— Além de uma boca de metralhadora, George tem uma vida fantasiosa muito ativa — disse Iris para Luke. — Com o tempo, você se acostuma.

George virou o rosto para os três.

— Iles lança um olhar de raiva pra uma torcedora solitária dos Celtics que o perturba da área central… é uma garota que parece burra, além de ser muito, mas muito feia…

Iris fez outro som de pum.

— Agora, Iles se vira para a cesta… Iles arremessa…

Bola no ar.

— Meu Deus, George, isso foi horrível — disse Kalisha. — Empata logo o jogo ou perde pra gente poder conversar. Esse garoto não sabe o que aconteceu com ele.

— Como se *a gente* soubesse — disse Iris.

George flexionou os joelhos e disparou. A bola rolou no ar… parou… e caiu para fora.

— *Os Celtics vencem, os Celtics vencem!* — gritou Iris, dando um pulo de líder de torcida e balançando pompons invisíveis. — Agora vem cá dizer oi pro garoto novo.

George se aproximou, espantando insetos no caminho. Era baixo e corpulento, e Luke imaginou que só em suas fantasias ele jogaria basquete profissional. Tinha olhos de um azul-pálido que fizeram Luke pensar nos filmes de Paul Newman e Steve McQueen, que ele e Rolf gostavam de ver no TCM. Ao lembrar disso, dos dois deitados na frente da televisão comendo pipoca, ficou nauseado.

— Ei, garoto, como você se chama?

— Luke Ellis.

— Sou George Iles, mas você já deve saber por causa das garotas. Sou um deus pra elas.

Kalisha botou a mão na cabeça, como se estivesse doendo. Iris mostrou o dedo do meio.

— Um deus do *amor*.

— Mas Adônis, não o Cupido — observou Luke, entrando um pouco na brincadeira. Ou tentando, pelo menos. — Adônis é o deus do desejo e da beleza.

— Se você diz. O que achou do lugar até agora? Uma merda, né?

— O que *é* este lugar? Kalisha chama de Instituto, mas o que isso quer dizer?

— Podemos chamar de Lar da sra. Sigsby para Crianças Desobedientes com Poderes Psíquicos — disse Iris e cuspiu.

Não era como entrar na metade de um filme: era como entrar no meio da terceira temporada de uma série de televisão. E uma com um enredo complicado.

— Quem é a sra. Sigsby?

— A vaca rainha — respondeu George. — Você vai conhecer ela e já aviso logo pra não bancar o engraçadinho. Ela não gosta quando fazem isso com ela.

— Você é TP ou TC? — perguntou Iris.

— TC, suponho. — Na verdade, era bem mais do que suposição. — Às vezes as coisas se mexem perto de mim e, como não acredito em poltergeist, imagino que seja eu mesmo. Mas isso não poderia ser suficiente para… — Ele parou de falar. *Não poderia ser suficiente para eu vir parar aqui* era o que estava pensando. Mas ele *estava* ali.

— TC-positivo? — perguntou George, e foi para uma das mesas de piquenique.

Luke foi atrás, seguido das duas garotas. Ele era capaz de calcular a idade aproximada da floresta em volta, sabia os nomes de cem bactérias, era capaz de falar sobre Hemingway, Faulkner ou Voltaire para aquelas crianças, mas nunca tinha se sentido tão lerdo em comparação aos outros.

— Não tenho ideia do que isso quer dizer.

— *Eles* chamam gente como eu e o George de *pos*. Os técnicos, os cuidadores e os médicos. Não é pra gente saber... — disse Kalisha.

— Mas a gente sabe — acrescentou Iris. — É o que chamamos de segredo aberto. TC e TP-positivos conseguem fazer o que bem entendem, ao menos em uma parte do tempo. O resto de nós não consegue. Comigo, as coisas só se mexem quando estou com raiva ou muito feliz ou levo um susto. Então, é involuntário, como o espirro. Por isso, eu sou mediana. Eles chamam TCS e TPS medianos de Rosas.

— Por quê? — perguntou Luke.

— Porque, se você é comum, tem um pontinho rosa nos papéis na sua pasta. Não é pra gente ver o que tem nas pastas também, mas eu vi a minha um dia. Às vezes eles são descuidados.

— É melhor você tomar cuidado, senão começam a ser descuidados com você — disse Kalisha.

— Os Rosas ganham mais testes e mais injeções. Eu tive que ir pro tanque — contou Iris. — Foi horrível, mas não tanto.

— O que é...

George não deu chance a Luke de terminar a pergunta.

— Eu sou TC-pos, não tem nada rosa na minha pasta. Nada de rosa pra este garoto aqui.

— Você viu sua pasta? — perguntou Luke.

— Nem preciso. Eu sou sinistro. Olha isso.

Não houve pausa nenhuma para concentração, o garoto só ficou ali parado, mas uma coisa extraordinária aconteceu. (Pareceu extraordinária a Luke, pelo menos, apesar de nenhuma das garotas parecer impressionada.) As nuvens de borrachudos voando em volta da cabeça de George se afastaram para trás, formando uma espécie de cauda de cometa, como se eles tivessem sido atingidos por um sopro forte de vento. Só que *não havia* vento.

— Está vendo? — se gabou ele. — TC-pos em ação. Só que não dura muito.

Era verdade. Os borrachudos já tinham voltado a voar em volta dele e só não o atacavam por causa do repelente que ele tinha passado.

— O segundo arremesso que você lançou — disse Luke. — Você poderia ter feito entrar na cesta?

George balançou a cabeça, parecendo lamentar.

— Eu queria que trouxessem um TC-pos muito poderoso — disse Iris, cuja empolgação por conhecer o garoto novo tinha passado. Ela parecia cansada, assustada e mais velha do que a idade que tinha, que Luke avaliou como uns quinze anos. — Um que pudesse nos teletransportar pra *fora* daqui.

Ela se sentou em um dos bancos da mesa de piquenique e colocou a mão sobre os olhos. Kalisha se sentou ao lado e passou o braço em volta dela.

— Não, querida, pare com isso, vai ficar tudo bem.

— Não vai, não — lamentou Iris. — Olha isso, eu virei uma peneira! — Ela esticou os braços. Havia dois band-aids no esquerdo e três no direito. Ela esfregou os olhos e fez o que Luke achava que era uma expressão neutra. — E aí, garoto novo? Você *consegue* mover as coisas de propósito?

Luke nunca tinha conversado sobre essa coisa de mente sobre matéria, também conhecida como telecinesia, sem ser com os pais. Sua mãe dizia que acabaria assustando as pessoas se elas soubessem. Seu pai dizia que essa era a coisa menos importante sobre ele. Luke concordava com as duas afirmações, mas aquelas crianças não estavam assustadas e naquele lugar a coisa *era* importante. Isso estava claro.

— Não. Não consigo nem balançar as orelhas.

Eles riram e Luke relaxou. O lugar era estranho e assustador, mas pelo menos aquelas pessoas pareciam legais.

— De vez em quando as coisas se mexem, só isso. Pratos ou talheres. Às vezes uma porta se fecha sozinha. Uma ou duas vezes o abajur da minha mesa de estudos se acendeu. Nunca é nada grande. Eu nunca nem tive certeza se era eu. Achei que podiam ser correntes de ar… ou tremores profundos de terra…

Estavam todos o encarando com olhos arregalados.

— Tudo bem. Eu tinha certeza — admitiu Luke. — Meus pais também. Mas nunca foi nada de mais.

Talvez tivesse sido, pensou, se ele não fosse absurdamente inteligente, o garoto aceito não em uma, mas em duas faculdades aos onze anos. Imagine que você tem um filho de sete anos capaz de tocar piano como Van Cliburn. Alguém se importaria se o garoto também soubesse fazer alguns truques de cartas? Ou balançar as orelhas? Mas isso era uma coisa que ele não podia dizer para George, Iris e Kalisha. Pareceria que ele estava se gabando.

— Você está certo, *não é nada de mais*! — disse Kalisha, com veemência. — É isso que é tão errado! Nós não somos a Liga da Justiça, nem os X-Men!

— Nós fomos sequestrados? — perguntou Luke, rezando para eles rirem. Rezando para um deles dizer *claro que não*.

— Bom, dã — disse George.

— Só porque você consegue espantar insetos por dois segundos? Porque... — ele pensou na travessa caindo da mesa no Rocket Pizza. — Porque de vez em quando eu entro em um lugar e a porta se fecha depois que eu passo?

— Bom, se eles estivessem capturando as pessoas pela aparência, Iris e Sha não estariam aqui — alfinetou George.

— Babacão — disse Kalisha.

George sorriu.

— Uma resposta extremamente sofisticada. Junto com "chupa meu pau".

— Às vezes, mal posso esperar pra você ir logo pra Parte de Trás — disse Iris. — Deus provavelmente vai me fulminar por isso, mas...

— Espera — disse Luke. — Só *espera*. Começa do começo.

— Aqui *é* o começo, amigão — disse uma voz atrás deles. — Infelizmente, também deve ser o final.

2

Luke avaliou a idade do recém-chegado em uns dezesseis anos, mas depois descobriu que errou por dois anos a mais. Nicky Wilholm era alto e tinha olhos azuis, a cabeça cheia de um cabelo desgrenhado que era mais preto do que o preto e pedia uma dose extra de xampu. Estava usando uma camisa de botão amassada por cima de um short amassado, meias brancas esticadas até as panturrilhas e tênis muito sujos. Luke se lembrou de Maureen dizendo que ele era o Chiqueirinho dos quadrinhos do *Peanuts*.

Os outros estavam olhando para ele com um respeito cauteloso, e Luke percebeu isso na mesma hora. Kalisha, Iris e George estavam tão infelizes de estarem ali quanto o próprio Luke, mas procuravam ser otimistas. Com exceção do momento em que Iris hesitou, eles emitiam uma energia meio boba de ver o lado bom das coisas. Não era esse o caso com aquele cara. Nicky não parecia com raiva no momento, mas estava claro que tinha estado num passado não muito distante. Tinha um corte em cicatrização no lábio inferior inchado, os restos de um olho roxo e um hematoma recente na bochecha.

Um brigão, portanto. Luke tinha visto alguns na vida, havia até uns na escola Broderick. Ele e Rolf se mantinham à distância, mas, se aquele lugar era a prisão que Luke estava começando a desconfiar que era, não haveria como ficar longe de Nicky Wilholm. Mas os outros três não pareciam ter medo dele e isso era um bom sinal. Nicky talvez estivesse com raiva do que havia por trás daquele nome insignificante de Instituto, mas com os colegas ele parecia apenas intenso. Concentrado. Ainda assim, as marcas no seu rosto sugeriam possibilidades desagradáveis, principalmente se ele não fosse brigão por natureza. E se tivessem sido feitas por um adulto? Se um professor fizesse uma coisa assim, não só na Brod mas quase em qualquer outro lugar, seria demitido, provavelmente processado e talvez até preso.

Ele pensou em Kalisha dizendo: *Não estamos mais no Kansas, Totó.*

— Sou Luke Ellis.

Ele esticou a mão, sem saber direito o que esperar. Nick o ignorou e abriu o armário verde de equipamentos.

— Você joga xadrez, Ellis? Esses três são péssimos. Donna Gibson ao menos me proporcionava um joguinho razoável, mas ela foi pra Parte de Trás há três dias.

— E não vamos mais ver ela — acrescentou George, com tristeza.

— Eu jogo — disse Luke —, mas não estou muito a fim agora. Quero saber onde estou e o que acontece aqui.

Nick pegou um tabuleiro de xadrez e uma caixa com as peças dentro. Arrumou as peças rapidamente, espiando entre as mechas de cabelo que caíam nos olhos em vez de empurrá-las para trás.

— Você está no Instituto. Em algum lugar nas florestas do Maine. Não é nem uma cidade, só coordenadas no mapa. TR-110. Sha ouviu isso de algumas pessoas. Donna também, e Pete Littlejohn também. Ele é outro TP que foi pra Parte de Trás.

— Parece que Petey já foi há um tempão, mas foi só na semana passada — disse Kalisha, com tristeza. — Lembra de todas aquelas espinhas? E de como os óculos dele ficavam escorregando?

Nicky não prestou atenção.

— Os cuidadores do zoológico não tentam esconder, nem negar. Por que fariam isso se trabalham com crianças TP todos os dias? E eles não se preocupam com as coisas que querem deixar em segredo porque nem Sha consegue ir fundo, e olha que ela é bem boa.

— Consigo marcar noventa por cento nas cartas de Zener quase todos os dias — disse Kalisha. Sem se gabar, só contando. — E eu saberia dizer o nome da sua avó se você botasse na parte da frente da mente, mas a frente é o máximo que consigo alcançar.

O nome da minha avó é Rebecca, pensou Luke.

— Rebecca — afirmou Kalisha e, quando viu a expressão de surpresa de Luke, teve uma crise de risadinhas que a fez parecer a criança que ela tinha sido não muito tempo antes.

— Você fica com as peças brancas — avisou Nicky. — Eu sempre jogo com as pretas.

— Nick é nosso fora da lei honorário — disse George.

— E tem as marcas que provam — acrescentou Kalisha. — Não adianta nada pra ele, mas ele não consegue evitar. Por exemplo, o quarto dele é uma bagunça, outro ato de rebelião infantil que só dá mais trabalho pra Maureen.

Nicky se virou para a garota negra, sem sorrir.

— Se Maureen fosse mesmo a santa que você acha que é, ela nos tiraria daqui. Ou contaria tudo pra polícia mais próxima.

Kalisha balançou a cabeça.

— Caia na real. Se você trabalha aqui, você faz parte de tudo. Do bom ou do ruim.

— Do horrível ou do legal — acrescentou George, parecendo solene.

— Além do mais, a polícia mais próxima deve ficar a um zilhão de quilômetros — disse Iris. — Já que você parece ter se escolhido como o Explicador, Nick, por que não conta tudo pro garoto? Caramba, você não lembra como é estranho acordar aqui num quarto que parece o seu?

Nick se encostou e cruzou os braços. Luke por acaso viu como Kalisha estava olhando para ele e pensou que, se ela algum dia beijasse Nicky, não seria só pra passar catapora.

— Beleza, Ellis, vou contar o que sabemos. Ou o que achamos que sabemos. Não vai demorar. Garotas, fiquem à vontade pra colaborar. George, fica de boca calada se tiver vontade de soltar um ataque de baboseira.

— Valeu — disse George. — Depois disso, vou deixar você dirigir meu Porsche.

— Kalisha é quem está aqui há mais tempo — começou Nicky. — Por causa da catapora. Quantas crianças você viu durante esse tempo, Sha?

Ela pensou.

— Umas vinte e cinco. Talvez um pouco mais.

Nicky assentiu.

— Eles… *nós*… somos de todos os cantos. Sha é de Ohio, Iris é do Texas, George é do Quinto dos Infernos, Montana…

— Sou de Billings — interrompeu George. — Uma cidade bem respeitável.

— Primeiro, eles nos marcam como se fôssemos aves migratórias ou malditos búfalos. — Nicky empurrou o cabelo para trás e dobrou o lóbulo da orelha para a frente, mostrando um círculo de metal brilhante do tamanho de metade de uma moeda de dez centavos. — Eles nos examinam, nos testam, nos dão as picadas por pontos, que são as injeções para ver pontos, nos examinam de novo e fazem mais testes. Os Rosas recebem mais injeções e mais testes.

— Eu fui parar no tanque — disse Iris, de novo.

— Três vivas pra você — disse Nick. — Se somos pos, eles nos obrigam a fazer truques idiotas. Eu por acaso sou TC-pos, mas o George boca de metralhadora aqui é um pouco melhor do que eu. E tinha um garoto aqui, não me lembro o nome dele, que era ainda melhor do que o George.

— Bobby Washington — disse Kalisha. — Um garoto negro pequeno, de uns nove anos, que conseguia empurrar seu prato da mesa. Ele já foi embora há… há quanto tempo, Nicky? Duas semanas?

— Um pouco menos — disse Nicky. — Se fossem duas semanas, teria sido antes da minha chegada.

— Ele estava aqui uma noite, no jantar — prosseguiu Kalisha —, e foi levado pra Parte de Trás no dia seguinte. Puf. Uma hora ele está aqui, na outra não está mais. Devo ser a próxima. Acho que estão acabando todos os testes.

— Mesma situação aqui — disse Nicky, com amargura. — Acho que vão ficar felizes de se livrarem de mim.

— Pode riscar o acho dessa frase — disse George.

— Eles nos dão injeções — contou Iris. — Algumas doem, outras não, algumas fazem coisas com você, outras não. Tive uma febre depois de uma delas e tive uma dor de cabeça horrível. Comecei a achar que peguei a catapora da Sha, mas passou em um dia. Eles ficam dando injeções até você ver os pontos e ouvir o zumbido.

— Pra você foi fácil — disse Kalisha para ela. — Dois garotos… tinha aquele chamado Morty… não me lembro do sobrenome dele…

— O que tirava meleca — disse Iris. — O que andava com o Bobby Washington. Também não me lembro do sobrenome do Morty. Ele foi pra Parte de Trás uns dois dias depois que eu cheguei.

— Só que talvez não tenha ido — sugeriu Kalisha. — Ele não ficou aqui por muito tempo e começou a ter bolinhas depois de uma das injeções. Ele me contou na cantina. Disse que o coração estava disparado. Acho que ele pode ter ficado muito mal. — Ela fez uma pausa. — Pode até ter morrido.

George estava olhando para ela com consternação e olhos arregalados:

— Não vejo problema em cinismo e raiva de adolescente, mas me diz que você não acredita nisso de verdade.

— Bom, eu não *quero* — disse Kalisha.

— Calem a boca, vocês todos — ordenou Nicky. Ele se inclinou por cima do tabuleiro e olhou para Luke. — Eles nos sequestram, sim. Porque temos poderes psíquicos, sim. Como eles nos encontram? Não sei. Mas só pode ser uma operação grande, porque este lugar é grande. É uma porra de um *complexo*. Tem médicos, técnicos, os tais dos cuidadores… parece um pequeno hospital na floresta.

— E tem segurança — acrescentou Kalisha.

— Tem mesmo. O responsável pela segurança é um escroto grande e careca chamado Stackhouse.

— Isso é loucura — disse Luke. — Nos Estados Unidos?

— Não estamos nos Estados Unidos, estamos no Reino do Instituto. Quando você for ao refeitório almoçar, Ellis, olhe pelas janelas. Você vai ver muitas outras árvores, mas, se olhar bem, também vai ver outro prédio. É de concreto verde, igual a este. Se mistura com as árvores, eu acho. Lá fica a Parte de Trás. É pra onde somos encaminhados depois que os testes e as injeções acabam.

— O que acontece lá?

Foi Kalisha quem respondeu.

— Não sabemos.

Luke estava prestes a perguntar se Maureen sabia, estava na ponta da língua, mas aí ele se lembrou do que Kalisha tinha sussurrado no seu ouvido: *Eles escutam.*

— Nós sabemos o que eles contam — disse Iris. — Eles dizem...

— Eles dizem que tudo vai ficar *BEEEEEEM*!

Nicky gritou isso tão alto e tão de repente que Luke se encolheu e quase caiu do banco. O garoto de cabelo preto se levantou e parou, olhando para a lente poeirenta de uma das câmeras. Luke se lembrou de outra coisa que Kalisha tinha dito: *Ah, e quando você conhecer Nicky, não se preocupe se ele começar a falação. É assim que ele desabafa.*

— Eles são como missionários vendendo Jesus pra um bando de índios que são tão... tão...

— Ingênuos? — arriscou Luke.

— Isso! Exatamente! — Nicky ainda estava olhando para a câmera. — Um bando de índios tão ingênuos que acreditam em *qualquer coisa*, que se abrirem mão das terras por um punhado de contas e cobertores pulguentos vão pro céu encontrar os ancestrais mortos e a felicidade eterna! Somos nós, um bando de índios ingênuos a ponto de acreditar em qualquer coisa que pareça boa, que pareça uma *porra... de um final... FELIZ!*

Ele se virou para os outros, o cabelo voando, os olhos ardendo, as mãos fechadas. Luke viu cortes cicatrizando nos dedos dele. Duvidava que Nicky tivesse batido tanto quanto apanhou, afinal, era apenas um garoto, mas parecia que tinha pelo menos acertado alguém de *algum jeito*.

— Vocês acham que Bobby Washington tinha dúvidas de que seu tempo de teste tinha acabado quando levaram ele pra Parte de Trás? Ou Pete Littlejohn? Meu Deus, se o cérebro fosse feito de pólvora, aqueles dois não poderiam assoar o nariz.

Ele se virou de novo para a câmera suja presa no alto. O fato de ele não ter outra forma de desabafar a raiva tornava tudo um pouco ridículo, mas Luke o admirava mesmo assim. Ele não aceitava a situação.

— Escutem aqui, todos vocês! Vocês podem me espancar e me levar pra Parte de Trás, mas vou lutar o tempo todo! *Nick Wilholm não troca nada por contas e cobertores!*

Ele se sentou, respirando com dificuldade. Em seguida, sorriu, mostrando suas covinhas, dentes brancos e olhos bem-humorados. A personalidade intratável e emburrada tinha sumido, como se nunca tivesse existido. Luke não sentia atração por garotos, mas conseguiu entender, quando viu aquele sorriso, por que Kalisha e Iris estavam olhando para Nicky como se ele fosse o vocalista de uma boy band.

— Eu deveria estar na equipe deles em vez de preso aqui como uma galinha num cercadinho. Eu poderia vender este lugar melhor que Sigsby e Hendricks e os outros médicos. Eu tenho *convicção*.

— Tem mesmo — concordou Luke —, só não sei se entendi direito aonde você quer chegar.

— É, você meio que se perdeu no caminho, Nicky — disse George.

Nicky cruzou os braços de novo.

— Antes de eu humilhar você no xadrez, garoto novo, vamos repassar a situação. Eles nos trazem pra cá. Eles nos testam. Eles nos injetam com sei lá o que e nos testam outra vez. Alguns vão pro tanque, todos passam pelo teste esquisito do olho que te deixa com a sensação de que você vai desmaiar. Nós temos quartos que simulam nossos quartos de casa, o que deveria, sei lá, oferecer alguma espécie de serenidade para as nossas emoções.

— Aclimatação psicológica — disse Luke. — Acho que faz sentido.

— A comida do refeitório é boa. A gente tem opções para escolher, mesmo que o cardápio seja limitado. As portas dos quartos não são trancadas e, se você não conseguir dormir, pode ir lá pegar uma coisinha pra comer. Eles deixam biscoitos, nozes, maçãs, coisas assim. Ou você pode ir à cantina. As máquinas lá aceitam fichas… obviamente não tenho nenhuma, porque só as menininhas e os menininhos bonzinhos ganham fichas, e eu não sou um menininho bonzinho. Minha ideia do que fazer com um escoteiro é jogá-lo naquela coisinha pontuda…

— Volta pra cá — disse Kalisha, com rispidez. — Para com essa merda.

— Peguei você. — Nick abriu aquele sorriso matador e voltou a atenção para Luke. — Tem muito incentivo aqui pra ser bonzinho e ganhar fichas. Tem lanches e refrigerante na cantina, em uma variedade enorme.

— Tem pipoca Cracker Jack — comentou George, em tom sonhador. — Bolinho HoHo.

— Também tem cigarro, cooler de vinho e coisas mais pesadas.

— Tem uma placa que diz BEBA COM RESPONSABILIDADE. Com crianças de até dez anos apertando o botão pra comprar bebidas como Boone's Farm Blue Hawaiian e Mike's Hard Lemonade. Não é hilário? — disse Iris.

— Vocês só podem estar brincando — disse Luke, mas Kalisha e George estavam assentindo.

— Você consegue ficar doidão, mas não dá pra cair de bêbado — prosseguiu Nicky. — Ninguém tem fichas suficientes pra isso.

— Verdade — disse Kalisha —, mas tem garotos que ficam doidões o máximo de tempo que podem.

— Bebedores regulares? Bebedores regulares de dez e onze anos? — Luke ainda não conseguia acreditar. — Você não pode estar falando sério.

— Estou. Tem gente que faz tudo que mandam pra poder comprar bebida todos os dias. Não estou aqui há tempo suficiente pra fazer um estudo sobre o assunto ou algo do tipo, mas a gente ouve as histórias de quem estava aqui antes.

— Além do mais — lembrou Iris —, muitos estão trabalhando no hábito do tabaco.

Era absurdo, mas Luke achava que fazia um sentido meio doido. Ele pensou no retórico autor romano das *Sátiras*, Juvenal, que disse que, se o povo recebesse pão e circo, ficaria feliz e não causaria problemas. Ele achava que a mesma lógica podia valer para bebida e cigarros, principalmente quando oferecidos para crianças assustadas, infelizes e trancafiadas.

— Essas coisas não interferem nos testes?

— Como a gente não sabe para o que são os testes, é difícil dizer — respondeu George. — Eles só parecem querer que você veja os pontos e ouça o zumbido.

— Que pontos? Que zumbido?

— Você vai descobrir — disse George. — Essa parte não é tão ruim. Chegar lá é que mata. Odeio as injeções.

— Três semanas, mais ou menos — acrescentou Nicky. — É o tempo que a maioria das pessoas fica na Parte da Frente. Pelo menos é o que Sha acha, e ela é quem está aqui há mais tempo. Depois, vamos pra Parte de Trás. Depois, é o que dizem, somos interrogados e nossas lembranças daqui são apagadas. — Ele abriu os braços e levantou as mãos para o céu, os dedos abertos. — Depois *disso*, crianças, nós vamos pro céu! Limpos, exceto talvez por um hábito de um maço por dia! Aleluia!

— Ele quer dizer de volta pra casa, pros nossos pais — disse Iris, baixinho.

— Onde seremos recebidos de braços abertos — ironizou Nicky. — Sem perguntas, só bem-vindos de volta e vamos comer no Chuck E. Cheese pra comemorar. Parece realista pra você, Ellis?

Não parecia.

— Mas nossos pais *estão* vivos, né?

Luke não sabia como a pergunta tinha soado para os outros, mas para ele sua voz soou muito baixa. Ninguém falou nada; só olharam para ele. E isso já era resposta suficiente.

3

Houve uma batida na porta da sala da sra. Sigsby. Ela convidou o visitante a entrar, sem afastar os olhos do monitor do computador. O homem que apareceu era quase tão alto quanto o dr. Hendricks, mas dez anos mais novo e com uma forma física bem melhor: era musculoso e tinha ombros largos. O crânio era liso, raspado e cintilante. Ele usava calça jeans e uma camisa azul, as mangas dobradas exibindo os admiráveis bíceps. Havia um coldre em um quadril, com uma vara curta de metal aparecendo.

— O grupo Vermelho Rubi chegou, caso você queira conversar com eles sobre a operação Ellis.

— Algo urgente ou fora do comum durante a operação, Trevor?

— Não, senhora, não mesmo. Por sinal, se eu estiver incomodando, posso voltar depois.

— Não está incomodando. Só preciso de um minuto. Nossos residentes estão contando tudo pro garoto novo. Venha ver. A mistura de mito e observação é bem divertida. Uma coisa meio *O senhor das moscas*.

Trevor Stackhouse contornou a mesa. Avistou Wilholm, o merdinha mais problemático que já conhecera, de um lado do tabuleiro de xadrez todo montado. O garoto novo estava sentado do outro lado. As garotas estavam perto, boa parte da atenção grudada, como sempre, em Wilholm... lindo, mal-humorado, rebelde, um James Dean moderno. Ele seria levado em breve, e Stackhouse mal podia esperar para Hendricks assinar aquela saída.

— Quantas pessoas vocês acham que trabalham aqui, no total? — perguntou o garoto novo.

Iris e Kalisha (também conhecida como Garota da Catapora) se olharam. Foi Iris quem respondeu.

— Cinquenta? Acho que pelo menos isso. Tem os médicos... os técnicos e os cuidadores... o pessoal do refeitório... hum...

— Dois ou três zeladores — disse Wilholm — e as faxineiras. Como Maureen agora, porque somos só cinco. Quando tem mais gente, põem mais duas. Talvez venham da Parte de Trás, não sei bem.

— Com essa gente toda, como conseguem manter o local em segredo? — perguntou Ellis. — Pra começar, onde as pessoas estacionam o *carro*?

— Interessante — comentou Stackhouse. — Acho que ninguém nunca perguntou isso.

A sra. Sigsby assentiu.

— Esse aí é muito inteligente, e não apenas estudioso, ao que parece. Agora, pss. Quero ouvir isso.

— ... tem que ficar. Entendem a lógica? — perguntou Luke. — Como serviço militar. O que significaria que isto é uma instalação do governo. Tipo uma daquelas prisões secretas, para onde levam terroristas que vão ser interrogados.

— Além da cura pela água com um saco na cabeça — acrescentou Wilholm. — Nunca ouvi falar de terem feito isso com o pessoal daqui, mas não descarto a possibilidade.

— Eles têm o tanque — disse Iris. — Essa é a cura pela água daqui. Eles colocam um capuz na sua cabeça, mergulham você e tomam nota. É melhor do que as injeções. — Ela fez uma pausa. — Pelo menos pra mim foi.

— Devem trocar os funcionários em levas — disse Ellis. A sra. Sigsby achou que ele estava falando mais para si mesmo do que para os outros. Acho que ele faz muito isso, pensou ela. — É o único jeito de dar certo.

Stackhouse estava assentindo.

— Boas deduções. Muito boas. Quantos anos ele tem, doze?

— Leia o relatório, Trevor. — Ela apertou um botão no computador e o protetor de tela apareceu: uma foto de suas filhas gêmeas no carrinho duplo, tirada anos atrás, antes de elas adquirirem seios, bocas ferinas e namorados horríveis. E também um vício terrível em drogas, no caso de Judy. — A Vermelho Rubi foi interrogada?

— Por mim, pessoalmente. Quando a polícia olhar o computador do garoto, vai descobrir que ele andou pesquisando histórias de filhos que matam os pais. Não muitas, só umas duas ou três.

— Procedimento-padrão de operação, em outras palavras.

— Sim, senhora. Se não estiver quebrado, não tem o que consertar. — Stackhouse abriu um sorriso que ela achou quase tão encantador quanto o de Wilholm, quando o garoto o usava na potência máxima. Quase. Nicky era um verdadeiro ímã de garotas. Ao menos por enquanto. — Você quer ver a equipe ou só o relatório da operação? Denny Williams está escrevendo, então acho que vai dar pra entender bem.

— Se tudo ocorreu sem imprevistos, só o relatório. Rosalind vai pegar pra mim.

— Certo. E Alvorson? Alguma informação nova por parte dela?

— Você quer saber se Wilholm e Kalisha já estão juntinhos? — Sigsby levantou a sobrancelha. — Isso é pertinente à sua missão de segurança, Trevor?

— Estou cagando se estão juntinhos ou não. Na verdade, torço pros dois irem em frente e perderem a virgindade, supondo que ainda a tenham, enquanto podem. Mas, de vez em quando, Alvorson capta coisas que são pertinentes à minha missão. Como a conversa dela com o garoto Washington.

Maureen Alvorson, a faxineira que parecia gostar e simpatizar com os internos do Instituto, era na verdade uma informante. (Considerando as conversinhas bobas que ela relatava, a sra. Sigsby considerava "espiã" um termo grandioso demais.) Nem Kalisha nem nenhum dos outros TPS tinha percebido isso, porque Maureen era muito boa em esconder sua fonte de dinheirinho extra.

O que a tornava particularmente valiosa era a ideia, plantada com todo cuidado, de que certas áreas do Instituto — o canto sul do refeitório e uma pequena área perto das máquinas da cantina, para citar duas — eram zonas mortas de vigilância de áudio. Eram aqueles os lugares onde Alvorson ouvia os segredos dos garotos e das garotas. Em geral, coisas bobas, mas às vezes havia uma pepita de ouro na peneira. O garoto Washington, por exemplo, que confidenciou a Maureen que estava pensando em cometer suicídio.

— Nada de informação nova — disse Sigsby. — Vou manter você avisado se ela passar alguma coisa que acho que pode ser do seu interesse, Trevor.

— Tudo bem. Eu só estava perguntando.

— Entendido. Agora, vá. Tenho trabalho a fazer.

4

— Que se foda essa merda — disse Nicky, sentando-se no banco de novo e finalmente tirando o cabelo dos olhos. — A campainha vai tocar daqui a pouco e vou ter que fazer um teste nos olhos e olhar pra parede branca depois do almoço. Vamos ver do que você é capaz, Ellis. Pode começar.

Luke nunca tinha sentido tão pouca vontade de jogar xadrez. Tinha mil outras perguntas, a maioria sobre as picadas por pontos, mas talvez aquela não fosse a hora certa. Afinal, podia estar havendo uma sobrecarga de informação. Ele moveu o peão da frente do rei duas casas. Nicky fez o mesmo. Luke respondeu com o bispo do rei, ameaçando o peão do rei de Nicky. Depois de um momento de hesitação, Nicky moveu a rainha por quatro casas diagonais e isso acabou com o jogo. Luke moveu a própria rainha, esperou que Nicky fizesse uma jogada que não importava e empurrou a rainha para perto do rei de Nicky, bem juntinho.

Nicky franziu a testa para o tabuleiro.

— Xeque-mate? Em quatro jogadas? Isso é sério?

Luke deu de ombros.

— Se chama Mate Pastor e só funciona pra quem joga com o branco. Da próxima vez, você vai perceber e vai reagir. A melhor forma é movendo o peão da sua rainha duas casas pra frente ou o peão do rei uma pra frente.

— Se eu fizer isso, você ainda consegue me vencer?

— Talvez. — A resposta diplomática. A verdade era: *É claro.*

— Caramba. — Nicky ainda estava estudando o tabuleiro. — Que esperteza. Quem te ensinou?

— Eu li uns livros.

Nicky levantou o rosto, pareceu ver Luke de verdade pela primeira vez e fez a mesma pergunta de Kalisha.

— O quanto você é *inteligente*?

— O suficiente pra ganhar de você — alfinetou Iris, o que poupou Luke de ter que responder.

Naquele momento, soou um apito suave de duas notas: ding-dong.

— Vamos almoçar — disse Kalisha. — Estou morrendo de fome. Vem, Luke. O perdedor guarda o jogo.

Nicky fez uma arminha com a mão na direção dela e um *bangue-bangue* com a boca, mas estava sorrindo. Luke se levantou e foi atrás das garotas. Na porta da cantina, George o alcançou e segurou seu braço. Luke sabia pelas suas leituras de sociologia (assim como por sua experiência pessoal) que garotos dentro de um grupo tinham a tendência de cair em certos estereótipos facilmente reconhecíveis. Se Nicky Wilholm era o rebelde do grupo, George era o palhaço. Só que agora ele parecia tão sério quanto um ataque cardíaco. Ele falou baixo e rápido.

— Nick é legal, eu gosto dele, as garotas são doidas por ele e você provavelmente vai gostar dele também, e está tudo bem, mas não faça dele o seu exemplo. Ele não aceita que estamos presos aqui, mas estamos, então escolha suas batalhas. Os pontos, por exemplo. Quando você vir pontos, diz que viu. Quando não vir, diz que não viu. Não adianta mentir. *Eles sabem.*

Nicky se juntou a eles.

— O que você está dizendo, George?

— Ele queria saber de onde vêm os bebês — disse Luke. — Eu mandei ele perguntar pra você.

— Ah, meu Deus, outro comediante do caralho. Era exatamente o que estava faltando por aqui. — Nicky segurou Luke pelo pescoço e fingiu estrangulá-lo, o que Luke esperava que fosse um sinal de afeto. Talvez até de respeito. — Vem, vamos comer.

5

O que seus novos amigos chamavam de cantina era uma parte da sala, do outro lado da televisão grande. Luke queria dar uma boa olhada nas máquinas, mas os outros estavam se movendo muito depressa e ele ainda não tivera uma chance. Ainda assim, ele reparou na placa que Iris tinha mencionado: BEBA COM RESPONSABILIDADE. Talvez não estivessem de brincadeira sobre as bebidas.

Não estamos mais no Kansas nem na Ilha dos Prazeres, pensou Luke. É o País das Maravilhas. Alguém entrou no meu quarto no meio da noite e me jogou no buraco do coelho.

O refeitório não era tão grande quanto o da Escola Broderick, mas quase. Como só os cinco foram comer lá, o local pareceu maior. A maioria das mesas era para quatro pessoas, mas havia duas maiores, no centro. Uma delas tinha sido arrumada para cinco pessoas. Uma mulher de avental rosa e calça rosa combinando se aproximou e encheu copos de água. Como Maureen, estava com um crachá. O dela dizia NORMA.

— Como vocês estão, meus pintinhos? — perguntou ela.

— Ah, estamos ciscando direitinho — respondeu George, com animação. — E você?

— Estou bem — disse Norma.

— Você por acaso não tem um cartão de libertação da prisão, né?

Norma abriu um sorriso controlado e voltou pela porta de vaivém que supostamente levava para a cozinha.

— Por que eu me dou a esse trabalho? — disse George. — Minhas melhores falas são desperdiçadas aqui. Desperdiçadas.

Ele esticou a mão para a pilha de cardápios no meio da mesa e os distribuiu. No alto havia a data. Embaixo havia ENTRADA (asinha de frango ou sopa de tomate), PRATO PRINCIPAL (hambúrguer de bisão ou chop suey americano) e SOBREMESA (torta de maçã *à la mode* ou uma coisa chamada Torta Mágica de Creme). Havia uma lista com seis refrigerantes.

— Você pode pedir leite, mas não botam no cardápio — explicou Kalisha. — A maioria só quer se for com cereal, no café.

— A comida é boa mesmo? — perguntou Luke.

A natureza prosaica da pergunta, como se eles estivessem em um Sandals Resort com tudo incluso, trouxe de volta seu sentimento de irrealidade e deslocamento.

— É, sim — respondeu Iris. — Às vezes, eles nos pesam. Eu ganhei dois quilos.

— Estão nos engordando pro abate — disse Nicky. — Como João e Maria.

— Nas noites de sexta e nos almoços de domingo tem bufê livre — avisou Kalisha. — Você pode comer à vontade.

— Como João e a porra da Maria — repetiu Nicky, dando meia-volta e olhando para a câmera no canto. — Pode voltar, Norma. Acho que estamos prontos.

Ela voltou na mesma hora, o que só aumentou a sensação de irrealidade de Luke. Mas quando as asinhas e o chop suey chegaram, ele comeu com vontade. Ele estava em um lugar estranho, morrendo de medo da sua situação e do que podia ter acontecido com os pais, mas também tinha doze anos.

Era um garoto em idade de crescimento.

6

Eles deviam estar olhando, quem quer que *eles* fossem, porque Luke mal tinha terminado a última garfada de torta quando uma mulher usando um daqueles quase uniformes rosa apareceu ao lado dele. GLADYS, dizia o crachá dela.

— Luke? Vem comigo, por favor.

Ele encarou os outros quatro. Kalisha e Iris não olharam para ele. Nicky estava olhando para Gladys, os braços outra vez cruzados sobre o peito, com o sorriso leve.

— Por que você não volta depois, querida? Tipo no Natal. Posso te dar um chute de presente.

Ela não prestou atenção.

— Luke? Por favor.

George foi o único que o encarou diretamente, e o que Luke viu em seu rosto o fez pensar nas palavras que ele lhe dissera quando saíram do parquinho: *Escolha suas batalhas*. Ele se levantou.

— Até mais, pessoal. Eu acho.

Kalisha disse com movimentos labiais: *Picadas por pontos.*

Embora Gladys fosse pequena e bonita, até onde Luke sabia ela era faixa preta e podia jogá-lo por cima do ombro, se ele desse trabalho. Mesmo que não fosse, *eles* estavam olhando, e Luke não tinha dúvida de que reforços apareceriam em poucos segundos. Havia outra coisa também, uma coisa poderosa: ele tinha sido criado para ser educado e obedecer aos mais velhos. Até mesmo naquela situação, eram hábitos difíceis de largar.

Gladys o levou pelas janelas que Nicky tinha mencionado. Luke olhou para fora e, sim, havia outro prédio lá. Ele mal conseguia ver em meio às árvores, mas estava lá, sim. A Parte de Trás.

Luke olhou para trás antes de sair do refeitório, torcendo para encontrar algum sinal tranquilizador, um aceno ou até mesmo um sorriso de Kalisha. Não houve aceno, ninguém estava sorrindo. Todos estavam olhando para ele como no parquinho, quando Luke perguntou se seus pais estavam vivos. Talvez eles não soubessem essa resposta, não com certeza, mas sabiam para onde ele estava indo agora. Seja lá o que fosse, eles já tinham passado por isso.

7

— Nossa, que dia lindo, não é? — perguntou Gladys, enquanto o levava pelo corredor de concreto, passando pelo quarto de Luke.

O corredor continuava por outra ala, mais portas, mais aposentos, mas eles viraram para a esquerda e foram para um anexo que parecia ser um lobby simples de elevadores.

Luke, que costumava ter facilidade para conversas triviais, não disse nada. Tinha quase certeza de que era o que Nicky faria naquela situação.

— Mas os insetos... aah! — Ela espantou insetos invisíveis e riu. — É bom você usar muito repelente, ao menos até julho.

— Quando as libélulas se reproduzirem.

— Isso! Exatamente! — Ela soltou uma gargalhada.

— Para onde vamos?

— Você vai ver.

Ela mexeu as sobrancelhas como quem diz *Não vamos estragar a surpresa*. As portas do elevador se abriram. Dois homens de camisa e calça azul saíram. Um era JOE e o outro HADAD. Os dois estavam carregando iPads.

— Oi, pessoal — cumprimentou Gladys, com animação.

— Oi, garota — disse Hadad. — Como vai?

— Bem.

— E você, Luke? — perguntou Joe. — Já está se ajustando?

Luke não disse nada.

— Vai nos dar gelo, é? — Hadad estava sorrindo. — Tudo bem agora. Mais tarde, talvez não. A questão é a seguinte, Luke: se você nos tratar direito, vamos tratar você direito.

— Faça o que tem que fazer para se dar bem — acrescentou Joe. — Palavras sábias. Vejo você mais tarde, Gladys?

— Isso aí. Você me deve uma bebida.

— Se você diz.

Os homens seguiram caminho. Gladys acompanhou Luke para dentro do elevador. Não havia números nem botões. Ela disse "B", tirou um cartão do bolso da calça e passou na frente de um sensor. As portas se fecharam. O elevador desceu, mas não muito.

— B — disse uma voz feminina suave pelo alto-falante. — Nível B — repetiu.

Gladys balançou o cartão de novo. As portas se abriram em um largo corredor iluminado com painéis translúcidos no teto. Uma música suave estava tocando, o que Luke costumava chamar de música de supermercado. Algumas pessoas estavam andando por ali, outras empurrando carrinhos com equipamentos, uma carregando uma cesta de arame que podia conter amostras de sangue. As portas estavam marcadas com números, todos com a letra B na frente.

Uma operação grande, dissera Nicky. *Um complexo.* Ele só podia estar certo, porque se havia um nível B subterrâneo fazia sentido que houvesse um C. Talvez até um D e um E. Seria quase possível dizer que tinha de ser uma instalação do governo, pensou Luke, mas como eles podiam manter isso em segredo com uma operação grande daquelas? Além de ser ilegal e inconstitucional, envolvia sequestro de crianças.

Eles passaram por uma porta aberta, e dentro Luke viu o que parecia ser uma sala de descanso. Havia mesas e máquinas vendendo lanches e bebidas (mas sem o cartaz dizendo BEBA COM RESPONSABILIDADE). Três pessoas estavam sentadas a uma das mesas, um homem e duas mulheres. Estavam usando roupas comuns, calças jeans e camisas de botão, e tomando café. Uma das mulheres, meio loura, pareceu familiar. Primeiro, ele não soube por quê, mas então se lembrou de uma voz dizendo *Claro, o que você quiser.* Era a última coisa de que se lembrava antes de acordar ali.

— Você — disse ele, apontando para ela. — Foi você.

A mulher não disse nada e permaneceu inexpressiva. Mas ela olhou para ele. Ainda estava olhando quando Gladys fechou a porta.

— Foi ela — insistiu Luke. — Sei que foi.

— Só mais um pouco — disse Gladys. — Não vai demorar, aí você pode voltar pro seu quarto. Você provavelmente gostaria de descansar. Os primeiros dias podem ser exaustivos.

— Você me ouviu? Foi ela que entrou no meu quarto. Ela jogou um spray na minha cara.

Não houve resposta, só aquele sorriso de novo, que Luke foi achando cada vez mais sinistro.

Eles chegaram a uma porta marcada: B-31.

— Se você se comportar, ganha cinco fichas — informou ela, enfiando a mão no outro bolso e pegando um punhado de círculos de metal que pareciam moedas, só que tinham um triângulo em baixo-relevo de cada lado. — Está vendo? Estou com elas bem aqui.

Ela bateu com o dedo na porta. O homem de azul que a abriu era o TONY. Ele era alto, louro e bonito, exceto por um olho um pouco mais fechado. Luke achou que ele parecia o vilão de um filme de James Bond, talvez o instrutor de esqui agradável que acabava se revelando um assassino.

— Oi, moça bonita. — Ele deu um beijo na bochecha de Gladys. — Você trouxe o Luke. Oi, Luke. — Ele estendeu a mão. Encarnando Nicky Wilholm, Luke não a apertou. Tony riu, como se fosse uma boa piada. — Entra, entra.

O convite era só para ele, ao que parecia. Gladys lhe deu um empurrãozinho no ombro e fechou a porta. O que Luke viu no meio da sala era alarmante. Parecia uma cadeira de dentista. Só que ele nunca tinha visto uma com correias nos braços.

— Senta aí, campeão — disse Tony. Campeão não era camarada, pensou Luke, mas quase.

Tony foi até uma bancada, abriu uma gaveta e remexeu dentro. Ele estava assoviando. Quando se virou, segurava uma coisa que parecia uma pequena pistola de brasagem em uma das mãos. Ele pareceu surpreso de ver Luke ainda parado junto à porta. Tony sorriu.

— Eu disse para se sentar.

— O que você vai fazer com isso? Me tatuar? — Ele pensou nos judeus, que ganhavam números tatuados nos braços quando entravam nos campos de Auschwitz e Bergen-Belsen. Devia ser uma ideia ridícula, mas...

Tony pareceu surpreso e riu.

— Nossa, não. Só vou botar um chio no lóbulo da sua orelha. É como fazer um furo pra usar brinco. Não é nada de mais, todos os nossos hóspedes têm isso.

— Eu não sou hóspede — disse Luke, recuando. — Sou prisioneiro. E você não vai botar nada na minha orelha.

— Vou, sim — disse Tony, ainda sorrindo. Ainda parecendo o cara que ajudava criancinhas na pista mirim de esqui antes de tentar matar James Bond com um dardo envenenado. — Olha, não é mais do que um beliscão. Então, facilita as coisas pra nós dois. Senta na cadeira que acabo em sete segundos. Gladys vai te dar um monte de fichas quando você sair. Se você dificultar, vai receber o chip de qualquer jeito, mas sem as fichas. E aí, qual vai ser?

— Não vou me sentar naquela cadeira. — Luke estava todo trêmulo, mas sua voz soou bem forte.

Tony suspirou. Ele colocou o dispositivo de inserção do chip na bancada cuidadosamente, foi até onde Luke estava e colocou as mãos nos quadris. Agora, parecia sério, quase lamentando.

— Tem certeza?

— Tenho.

Os ouvidos de Luke estavam ecoando pelo tapa de mão aberta antes mesmo de ele se dar conta de que a mão direita de Tony tinha se afastado do quadril. Luke cambaleou para trás um passo e olhou para o homem grande com olhos arregalados e perplexos. Seu pai tinha lhe dado um tapa (fraquinho) uma vez, por brincar com fósforos quando tinha uns quatro ou cinco anos, mas ele nunca tinha levado um tapa na cara. Sua bochecha estava ardendo, e ele ainda não conseguia acreditar no que tinha acontecido.

— Isso dói bem mais do que um beliscão na orelha — disse Tony. O sorriso tinha sumido. — Quer outro? Fico feliz em ajudar. Vocês, crianças, acham que mandam no mundo. Ah, cara.

Pela primeira vez, Luke percebeu um hematoma azul pequeno no queixo de Tony e um pequeno corte no maxilar. Pensou no hematoma novo no rosto de Nicky. Queria ter coragem de fazer o mesmo, mas não tinha. A verdade era que ele não sabia brigar. Se tentasse, Tony provavelmente o cobriria de tapas.

— Pronto pra sentar na cadeira?

Luke se sentou na cadeira.

— Você vai se comportar ou preciso das correias?

— Vou me comportar.

Ele se comportou, e Tony estava certo. O beliscão na orelha não era tão ruim quanto o tapa, possivelmente porque ele estava preparado, possivelmente porque parecia mais um procedimento médico do que uma agressão. Quando terminou, Tony foi até uma autoclave e pegou uma seringa hipodérmica.

— Segunda rodada, campeão.

— O que tem aí? — perguntou Luke.

— Não é da sua conta.

— Se vai entrar no meu corpo, *é* da minha conta.

Tony suspirou.

— Com ou sem correias? A escolha é sua.

Ele pensou em George dizendo *escolha suas batalhas.*

— Sem correias.

— Bom rapaz. Só uma picadinha e acabou.

Foi mais do que uma picadinha. Não um sofrimento, mas uma dor bem ruim de qualquer forma. O braço de Luke ficou quente até o pulso, como se ele estivesse com febre só naquela parte, depois ficou normal de novo.

Tony colocou um band-aid quadradinho transparente e virou a cadeira para uma parede branca.

— Agora, feche os olhos.

Luke fechou.

— Está ouvindo alguma coisa?

— Tipo o quê?

— Para de fazer perguntas e responde à minha. Você está *ouvindo* alguma coisa?

— Fica quieto e me deixa prestar atenção.

Tony ficou quieto. Luke prestou atenção.

— Alguém passou andando no corredor. E alguém riu. Acho que foi a Gladys.

— Mais nada?

— Não.

— Ótimo, você está indo bem. Agora quero que conte até vinte e abra os olhos.

Luke contou e abriu os olhos.

— O que está vendo?

— A parede.

— Mais nada?

Luke pensou que Tony devia estar falando dos pontos. *Quando você vir pontos, diz que viu*, recomendara George. *Quando não vir, diz que não viu. Não adianta mentir. Eles sabem.*

— Mais nada.

— Certeza?

— Sim.

Tony deu um tapinha nas costas dele, fazendo Luke dar um pulo.

— Tudo bem, campeão, acabamos aqui. Vou te dar gelo para essa orelha. Tenha um ótimo dia.

8

Gladys estava à sua espera quando Tony abriu a porta da sala B31. Ela estava com aquele sorriso alegre de recepcionista profissional.

— Como se saiu, Luke?

Tony respondeu por ele.

— Ele foi bem. É um bom garoto.

— É nossa especialidade. — Gladys quase cantarolou. — Tenha um bom-dia, Tony.

— Você também, Gladys.

Ela levou Luke até o elevador, conversando animadamente. Ele não tinha ideia do que ela estava dizendo. Seu braço doía só um pouco, mas ele trazia a bolsa de gelo na orelha, que estava latejando. O tapa tinha sido pior do que as duas coisas. Por todos os motivos possíveis.

Gladys o acompanhou até o quarto pelo corredor industrial verde, passando pelo pôster debaixo do qual Kalisha estivera sentada, passando pelo que dizia MAIS UM DIA NO PARAÍSO e finalmente chegando ao quarto que parecia o dele, mas não era.

— Tempo livre! — gritou ela, como se concedendo um prêmio de grande valor. Agora, a perspectiva de ficar sozinho *parecia* mesmo um prêmio. — Ele te deu uma injeção, não foi?

— Foi.

— Se seu braço começar a doer ou se você achar que vai desmaiar, me avisa ou fala com algum dos outros cuidadores, tá?

— Tá.

Luke abriu a porta, mas, antes de poder entrar, Gladys o segurou pelo ombro e o virou. Ela ainda estava com o sorriso de recepcionista, mas seus dedos estavam fortes, afundando na pele dele. Não o bastante para doer, mas o bastante para deixar claro que *podia* doer.

— Não vai ter fichas, infelizmente — avisou ela. — Eu nem precisei falar com Tony. Essa marca na sua bochecha me diz tudo o que preciso saber.

Luke teve vontade de dizer *Não quero suas merdas de fichas*, mas ficou quieto. Não era de um tapa que ele estava com medo, mas de que ouvir o som da própria voz — fraca, oscilante, perplexa, a voz de um garoto de seis anos — fosse fazê-lo desmoronar na frente dela.

— Vou te dar um conselho, Luke — disse ela. Não estava sorrindo agora. — Você precisa se dar conta de que está aqui pra servir. Isso significa que você tem que crescer rápido. Isso significa ser realista. Coisas vão acontecer com você aqui. Algumas não vão ser tão boas. Você pode ser um bom camarada e ganhar fichas ou pode ser um mau camarada e não ganhar nada. As coisas vão acontecer do mesmo jeito, então o que você deve escolher? Não me parece ser uma decisão tão difícil.

Luke não respondeu. O sorriso dela voltou mesmo assim, o sorriso de recepcionista que dizia *Ah, sim, senhor, vou levá-lo à mesa agora mesmo.*

— Você vai voltar pra casa antes do fim do verão e vai ser como se nada tivesse acontecido. Se você lembrar, vai ser como um sonho. De qualquer maneira, embora *não* seja um sonho, por que não transformar sua estadia em uma ocasião feliz? — Ela relaxou a mão e o empurrou de leve. — Você deveria descansar um pouco, eu acho. Se deitar. Você viu os pontos?

— Não.

— Mas vai ver.

Ela fechou a porta com delicadeza. Luke andou como sonâmbulo pelo quarto até a cama que não era sua cama. Deitou-se, botou a cabeça no travesseiro que não era seu travesseiro e olhou para a parede vazia onde não havia janela. Também não havia pontos, seja lá o que fossem. Ele pensou: quero a minha mãe. Ah, Deus, quero tanto a minha mãe.

Isso o destruiu. Ele largou a bolsa de gelo, botou as mãos sobre os olhos e começou a chorar. Eles estavam olhando? Ou ouvindo seu choro? Não importava. Ele não ligava mais. Ainda estava chorando quando adormeceu.

9

Ele acordou se sentindo melhor. Limpo, de certa forma. Viu que, enquanto estava no almoço e depois conhecendo seus maravilhosos novos amigos Gladys e Tony, duas coisas tinham sido acrescentadas ao quarto. Havia um laptop na escrivaninha. Era um Mac, como o dele, mas um modelo mais antigo. O outro acréscimo era uma pequena televisão em um móvel no canto.

Ele foi primeiro até o computador e o ligou, sentindo outra pontada profunda de saudade de casa com o barulho familiar do Macintosh. Em vez da tela de senha, recebeu uma tela azul com a seguinte mensagem: MOSTRE UMA FICHA PARA A CÂMERA PARA ABRIR. Luke bateu na tecla ENTER duas vezes, sabendo que não adiantaria de nada.

— Porcaria de merda.

Em seguida, apesar do quanto tudo aquilo era horrível e surreal, ele teve que rir. Foi uma gargalhada rouca e breve, mas genuína. Ele não tinha sentido certa superioridade, talvez até certo desprezo, pela ideia de adolescentes fazendo qualquer coisa por fichas para comprar cooler de vinho e cigarro? Claro que sim. Ele não tinha pensado *Eu nunca faria isso*? Claro que sim. Quando Luke pensava em adolescentes que bebiam e fumavam (coisa que raramente fazia, porque tinha questões mais importantes a considerar), o que vinha à sua mente eram otários góticos que ouviam Pantera e desenhavam chifres tortos do diabo nas jaquetas jeans, otários tão burros que confundiam o ato de se enrolar nas correntes de um vício com um ato de rebeldia. Luke não conseguia se imaginar fazendo nenhuma das duas coisas, mas ali estava ele agora, olhando para uma tela azul de laptop e batendo na tecla ENTER, como um rato em uma caixa de Skinner batendo na alavanca por um pedaço de ração ou alguns grãos de cocaína.

Fechou o laptop e pegou o controle remoto em cima da televisão. Esperava outra tela azul e outra mensagem dizendo que precisava de uma ou algumas fichas para ligá-la, mas deu de cara com Steve Harvey entrevistando David Hasselhoff, perguntando o que Hoff queria fazer antes de morrer. A plateia estava rindo das respostas engraçadas.

Apertar o botão do guia no controle remoto levou a um menu da DirecTV parecido com o que ele tinha em casa. Porém, assim como o quarto e o laptop, não era a mesma coisa: embora houvesse uma ampla seleção de filmes e de programas esportivos, não havia rede nem canais de notícias. Luke desligou o aparelho, colocou o controle remoto em cima e olhou ao redor.

Além da porta que levava ao corredor, havia duas outras portas. Uma era um closet, com calças jeans, camisetas (nenhum esforço tinha sido feito para copiar as roupas que Luke tinha em casa, o que foi um certo alívio), duas camisas de botão, dois pares de tênis e um par de chinelos. Não havia sapatos sociais.

A outra porta dava para um banheiro pequeno e limpíssimo. Havia duas escovas de dentes ainda na embalagem em cima da pia, ao lado de um tubo novo de pasta de dente Crest. No armário lotado atrás do espelho, ele encontrou enxaguante bucal, Tylenol infantil com apenas quatro comprimidos na cartela, desodorante, repelente Deet roll-on, band-aids e vários outros itens, alguns mais úteis do que outros. A única coisa que poderia ser considerada remotamente perigosa era um cortador de unha.

Ele fechou a porta de espelho e olhou para o próprio reflexo. Seu cabelo estava desgrenhado e havia círculos escuros (círculos de porrada, Rolf teria dito) debaixo de seus olhos. Ele parecia ao mesmo tempo mais velho e mais jovem, o que era estranho. Olhou para o lóbulo da orelha direita, que estava sensível, e viu um daqueles pequenos círculos de metal enfiado em sua pele meio avermelhada. Não tinha dúvida de que, em algum lugar no nível B — ou no C ou no D —, havia um operador de computador capaz de rastrear todos os movimentos dele. Talvez estivesse rastreando agora. Lucas David Ellis, que estava planejando se matricular no MIT e na Emerson, tinha sido reduzido a um ponto piscando em um monitor.

Luke voltou para seu quarto (*o* quarto, disse para si mesmo, é *o* quarto, não *meu* quarto), olhou ao redor e percebeu uma coisa terrível. Não havia livros. Nenhum. Isso era tão ruim quanto não haver computador. Talvez pior. Ele foi até a cômoda e abriu as gavetas uma a uma, achando que pudesse pelo menos encontrar uma *Bíblia* ou *O Livro de Mórmon*, como às vezes havia nos quartos de hotel. Só encontrou pilhas arrumadas de cuecas e meias.

O que restava? Steve Harvey entrevistando David Hasselhoff? Reprises de *Os vídeos mais engraçados dos Estados Unidos*?

Não. De jeito nenhum.

Ele saiu do quarto, pensando que Kalisha ou algum dos outros poderia estar por perto. Só encontrou Maureen Alvorson, carregando lentamente pelo corredor a cesta de roupas, com pilhas dobradas de lençóis e toalhas. Parecia mais cansada e sem fôlego do que nunca.

— Oi, sra. Alvorson. Posso empurrar pra você?

— Seria muita gentileza de sua parte — respondeu ela, com um sorriso. — Cinco novatos estão chegando, dois hoje e três amanhã, e tenho que preparar os quartos. Vai por ali. — Ela apontou na direção oposta à sala de estar e ao parquinho.

Ele empurrou a cesta devagar, porque ela estava andando devagar.

— Por acaso a senhora não sabe como posso conseguir uma ficha, sabe, sra. Alvorson? Preciso destravar o computador no meu quarto.

— Você sabe arrumar uma cama se eu ficar olhando e der instruções?

— Claro. Eu arrumo a minha cama em casa.

— Com as pontas como em leitos de hospital?

— Bom… não.

— Não importa, eu ensino. Se você fizer cinco camas pra mim, vou te dar três fichas. É tudo o que tenho nos bolsos. Não me dão muito.

— Três seria ótimo.

— Tudo bem, mas chega dessa coisa de sra. Alvorson. Pode me chamar de Maureen ou só de Mo. Assim como os outros.

— Sem problemas — disse Luke.

Eles passaram pelo anexo dos elevadores e foram para o corredor do outro lado. Havia mais pôsteres motivacionais e também uma máquina de gelo, como em um corredor de hotel, e esta não parecia precisar de fichas. Quando eles passaram, Maureen colocou a mão no braço de Luke. Ele parou de empurrar a cesta e olhou para ela, sem entender.

Quando ela falou, foi pouco mais que um sussurro.

— Você ganhou o chip, estou vendo, mas não ganhou nenhuma ficha.

— Bom...

— Você pode falar, desde que fale baixo. Tem alguns lugares na Parte da Frente onde os microfones não alcançam. São as zonas mortas, conheço todas. Aqui é uma, do lado desta máquina.

— Tudo bem...

— Quem botou seu chip e essa marca na sua cara? Foi o Tony?

Os olhos de Luke começaram a arder e ele não teve confiança para falar, sendo seguro ou não. Ele só assentiu.

— Ele é um dos malvados — contou Maureen. — Zeke é outro. Gladys também, mesmo que esteja sempre sorrindo. Tem muita gente trabalhando aqui que gosta de mandar nas crianças, mas esses são três dos piores.

— Tony me deu um tapa na cara — sussurrou Luke. — Com força.

Ela bagunçou o cabelo dele. Era o tipo de coisa que mulheres mais velhas faziam com bebês e criancinhas, mas Luke não se importou. Foi um toque gentil, e naquele momento isso significava muito. Naquele momento, significava tudo.

— Faz o que ele mandar — alertou Maureen. — Não discute com ele, esse é meu melhor conselho. Tem pessoas com quem você pode discutir aqui, você pode até discutir com a sra. Sigsby, mesmo que não adiante nada, mas Tony e Zeke são duas abelhinhas ruins. Gladys também. Esses três *picam*.

Ela voltou a andar pelo corredor, mas Luke segurou a manga do uniforme marrom e a puxou de volta para a área segura.

— Acho que o Nicky bateu no Tony — sussurrou. — Ele estava com um corte e um olho meio roxo.

Maureen sorriu e mostrou dentes que pareciam ter passado da hora de ter contato com um dentista.

— Que bom pro Nick — disse ela. — Tony deve ter devolvido em dobro, mas mesmo assim… que bom. Agora, vem. Com a sua ajuda, posso arrumar esses quartos em um segundo.

O primeiro tinha pôsteres de personagens da Nickelodeon, Tommy Pickles e Zuko, nas paredes e um pelotão de bonequinhos G.I. Joe na escrivaninha. Luke reconheceu vários na hora, por já ter tido sua fase G.I. Joe não muito tempo antes. O papel de parede exibia palhaços felizes com balões.

— Puta merda — disse Luke. — Isso é o quarto de um garotinho.

Ela olhou para Luke achando graça, como quem diz *Você não é exatamente o Matusalém*.

— Isso mesmo. O nome dele é Avery Dixon e, de acordo com a minha ficha, ele tem só dez anos. Vamos começar a trabalhar. Aposto que só preciso te ensinar a fazer as pontas como em leitos de hospital uma vez. Você parece um menino que aprende rápido.

10

De volta ao quarto, Luke segurou uma das fichas na frente da câmera do laptop. Sentiu-se meio idiota fazendo isso, mas o computador se abriu na mesma hora, primeiro mostrando uma tela azul que dizia BEM-VINDA DE VOLTA, DONNA! Luke franziu a testa, mas sorriu um pouco. Em algum momento antes da sua chegada, o computador pertenceu (ou foi emprestado, pelo menos) a alguém chamado Donna. A tela de boas-vindas ainda não tinha sido modificada. Alguém cometeu um deslize. Foi um deslize pequenininho, mas onde havia um podia haver outros.

A mensagem de boas-vindas desapareceu, dando lugar a uma foto-padrão de fundo: uma praia deserta ao amanhecer. O dock na parte de baixo da tela era igual ao que havia no seu computador de casa, com uma diferença chamativa (mas, àquela altura, nada surpreendente): não havia o ícone de selo do programa de e-mail, embora houvesse ícones de dois provedores de internet. Foi uma surpresa, mas uma surpresa boa. Ele abriu o Firefox e digitou AOL *log-in*. A tela azul voltou, dessa vez com um círculo vermelho pulsante no meio. Uma voz suave de computador disse:

— Desculpe, Dave, infelizmente não posso fazer isso.

Por um momento, Luke achou que era outro deslize, primeiro Donna e depois Dave, mas percebeu que era a voz de HAL 9000 de *2001: Uma odisseia no espaço*. Não bobeira, só humor nerd e, considerando as circunstâncias, aquilo era tão engraçado quanto uma muleta de borracha.

Ele procurou *Herbert Ellis* no Google e foi respondido por HAL de novo. Luke refletiu, depois pesquisou Teatro Orpheum, na avenida Hennepin, não por estar planejando ver um show lá (nem em nenhum lugar no futuro imediato, ao que parecia), mas porque queria saber que informações *podia* acessar. Tinha que haver ao menos algumas coisas, senão para que lhe dar a conexão?

O Orf, como seus pais chamavam, parecia ser um dos sites aprovados para os "hóspedes" do Instituto. Ele foi informado que *Hamilton* voltaria ("A pedido popular!") e que Patton Oswalt se apresentaria lá no mês seguinte ("Você vai rachar de rir!"). Tentou pesquisar a Escola Broderick e conseguiu entrar no site, sem problema. Tentou o sr. Greer, seu orientador, e foi respondido por HAL. Ele estava começando a entender a frustração do dr. Dave Bowman no filme.

Luke cogitou fechar o computador, mas pensou melhor e digitou *Polícia Estadual do Maine* no campo de busca. Seu dedo parou acima do botão, quase o apertou, mas recuou. Ouviria o pedido de desculpas sem sentido de HAL, mas Luke duvidava de que as coisas terminassem aí. Era bem provável que um alarme tocasse em um dos níveis inferiores. Não apenas bem provável, era certo. *Eles* podiam se esquecer de trocar o nome de uma criança na tela de boas-vindas de um computador, mas não esqueceriam um programa de alerta se um garoto do Instituto tentasse fazer contato com autoridades. Haveria punição. Provavelmente pior do que um tapa na cara. O computador que pertencia a alguém chamado Donna era inútil.

Luke se encostou e cruzou os braços sobre o peito estreito. Pensou em Maureen e no jeito simpático como ela mexeu no seu cabelo. Só um pequeno e distraído gesto de gentileza, mas isso (além das fichas) tirou um pouco da dor do tapa de Tony. Kalisha dissera que a mulher tinha uma dívida de quarenta mil? Não, era provável que fosse o dobro.

Em parte pelo gesto simpático de Maureen e em parte só para passar o tempo, Luke pesquisou *Estou cheio de dívidas, socorro*. O computador liberou acesso a todos os tipos de informação sobre o assunto, inclusive uma quantidade de empresas que declaravam que acabar com essas malditas contas seria moleza, bastando para isso que o devedor fizesse uma única ligação. Luke duvidava, mas achava que algumas pessoas não duvidariam, e era assim que ficavam soterrados de dívidas.

Mas Maureen Alvorson não era uma dessas pessoas, ao menos de acordo com Kalisha. Ela disse que o marido de Maureen tinha se endividado antes de sumir do mapa. Talvez fosse verdade, talvez não. De qualquer modo, haveria soluções para o problema. Sempre havia: descobri-las era motivação para aprender. Talvez o computador não fosse inútil, afinal.

Luke foi até as fontes que pareciam mais confiáveis e logo mergulhou de cabeça nos assuntos de dívidas e pagamentos de dívidas. A velha fome de *saber* tomou conta dele. De aprender uma coisa nova. De isolar e entender os assuntos centrais. Como sempre, cada informação levava a mais três (ou mais seis, ou mais doze) e uma imagem coerente começou a surgir. Uma espécie de mapa do terreno. O conceito mais interessante, a chaveta à qual todos os outros estavam ligados, era simples, mas impressionante (ao menos para Luke). Uma dívida era um *bem*. Era comprado e vendido, e em algum momento tinha se tornado o centro não só da economia dos Estados Unidos, mas de todo o mundo. Só que não existia de verdade. Não era uma coisa concreta como gasolina, ouro ou diamantes: era só uma ideia. Uma promessa a cumprir.

Quando o aplicativo de mensagens do computador tocou, Luke balançou a cabeça como um garoto saindo de um sonho vívido. De acordo com o relógio do computador, eram quase cinco da tarde. Ele clicou no ícone de balão na parte de baixo da tela e leu o seguinte:

Sra. Sigsby: Oi, Luke, eu cuido dessa espelunca e gostaria de ver você.

Ele pensou e digitou:

Luke: Eu tenho escolha?

A resposta chegou imediatamente:

Sra. Sigsby: Não. ☺

— Pega sua carinha sorridente e enfia no…

Houve uma batida na porta. Ele foi até lá esperando Gladys, mas dessa vez era Hadad, um dos caras do elevador.

— Quer dar uma volta, garotão?

Luke suspirou.

— Me dá um segundo. Tenho que calçar meus tênis.

— Beleza.

Hadad o levou até uma porta depois do elevador e usou um cartão magnético para destrancá-la. Eles percorreram a curta distância até o prédio da administração juntos, espantando os insetos.

11

Ele achou a sra. Sigsby parecida com a irmã mais velha do seu pai. Assim como a tia Rhoda, aquela mulher era magrela, quase sem quadris e sem seios. Só que havia linhas de sorriso em volta da boca de tia Rhoda e seus olhos sempre irradiavam calor. Ela adorava abraçar. Luke achava que não haveria abraços vindos da mulher parada ao lado da escrivaninha, com um terno cor de ameixa e saltos combinando. Talvez houvesse sorrisos, mas seriam falsos como uma nota de três dólares. Nos olhos da sra. Sigsby, ele viu uma análise cuidadosa e mais nada. Nadinha.

— Obrigada, Hadad, eu cuido dele a partir de agora.

O atendente (Luke achava que Hadad era isso) assentiu respeitosamente e saiu da sala.

— Vamos começar com uma coisa óbvia — disse ela. — Nós estamos sozinhos. Passo mais ou menos uns dez minutos com cada novato pouco depois de sua chegada. Alguns, desorientados e com raiva, já tentaram me atacar. Não guardo ressentimento por isso. Por que guardaria? Nossos visitantes mais velhos têm dezesseis anos, e a média de idade é de onze anos e seis meses. Crianças, em outras palavras, e as crianças têm controle de impulso ruim nos melhores momentos. Vejo comportamentos agressivos assim como momentos de aprendizado... e eu os ensino. Vou precisar ensinar a você, Luke?

— Não sobre isso — disse Luke. Ele se questionou se Nicky foi um dos que tentou botar a mão naquela mulherzinha arrumada. Talvez ele perguntasse depois.

— Que bom. Sente-se, por favor.

Luke se sentou na cadeira diante da mesa dela e se inclinou para a frente, com as mãos unidas entre os joelhos. A sra. Sigsby se sentou, o olhar de uma diretora que não toleraria baboseira. Que trataria qualquer besteira com rigor. Luke nunca tinha conhecido um adulto implacável antes, mas achava que podia estar de frente para um agora. Era uma ideia assustadora, e seu primeiro impulso foi rejeitá-la como algo ridículo. Ele descartou esse impulso. Era melhor acreditar que ele só tinha tido uma vida protegida. Era melhor e mais seguro acreditar que ela era o que ele achava que ela era, a não ser e até que ela provasse o contrário. A situação era ruim, não havia dúvida sobre isso. Enganar a si mesmo seria o pior erro que ele poderia cometer.

— Você fez amigos, Luke. Isso é bom, um bom começo. Você ainda vai conhecer outras crianças durante seu tempo na Parte da Frente. Duas delas, um garoto chamado Avery Dixon e uma garota chamada Helen Simms, acabaram de chegar. Estão dormindo agora, mas você vai conhecê-las em breve, Helen talvez antes do apagar das luzes, às dez. Avery talvez durma a noite toda. Ele é bem jovem e provavelmente estará em um estado muito emotivo quando acordar. Espero que você o coloque debaixo da sua asa, como sei que Kalisha, Iris e George farão. Talvez até Nick, embora nunca se saiba exatamente como Nick vai reagir. Nem o próprio Nick, devo dizer. Ajudar Avery a se aclimatar à nova situação vai servir para você ganhar fichas, o que, como você já sabe, é o meio primário de troca aqui no Instituto. Só depende de você, mas vamos estar vigiando.

Sei que vão, pensou Luke. E ouvindo. Menos nos poucos lugares em que não conseguem. Supondo que Maureen esteja certa a respeito disso.

— Seus amigos lhe passaram uma certa quantidade de informação, algumas precisas, algumas bem erradas. O que vou contar agora é *totalmente* preciso, então escute com atenção. — Ela se inclinou para a frente, as mãos abertas em cima da mesa, os olhos nos dele. — Seus ouvidos estão abertos, Luke? Porque eu não sou de ficar me repetindo.

— Sim.

— Sim o quê? — Ela foi ríspida, apesar de permanecer com o rosto calmo, como sempre.

— Ouvidos abertos. Mente atenta.

— Ótimo. Você vai passar certa quantidade de tempo na Parte da Frente. Podem ser dez dias, duas semanas, até um mês, embora pouquíssimos dos nossos recrutas permaneçam tanto tempo.

— Recrutas? Você está dizendo que eu fui escolhido?

Ela deu um aceno brusco.

— É exatamente o que estou dizendo. Tem uma guerra em andamento e você foi convocado para servir ao seu país.

— Por quê? Só porque de vez em quando eu consigo mover um copo ou um livro sem tocar neles? Isso é bur...

— *Cala a boca!*

Quase tão chocado com essa interrupção quanto tinha ficado com o tapa de Tony, Luke calou a boca.

— Quando eu falo, você escuta. Você não interrompe. Fui clara?

Sem confiar na própria voz, Luke só assentiu.

— Não é uma corrida armamentista e sim uma corrida *mental* e, se perdermos, as consequências serão mais do que terríveis: serão inimagináveis. Você pode ter só doze anos, mas é um soldado em uma guerra não declarada. O mesmo vale para Kalisha e os outros. Você gosta? Claro que não. Os convocados nunca gostam e às vezes precisam aprender que existem consequências para não seguir ordens. Acredito que você já tenha aprendido uma lição neste assunto. Se você é tão inteligente quanto seus registros dizem que é, talvez você não precise de outra. Mas, se precisar, vai ter. Aqui não é a sua casa. Aqui não é a sua escola. Você não vai simplesmente ganhar uma *tarefa* a mais nem vai ser enviado pra *sala do diretor*, e nem vai ser *suspenso*. Você será *punido*. Está claro?

— Sim. — Para crianças boazinhas, fichas. Para as malvadas, tapas. Ou pior. O conceito era apavorante, mas era simples.

— Você vai receber uma quantidade de injeções. Vai passar por uma bateria de testes. Sua condição física e mental será monitorada. Você vai acabar sendo promovido para o que chamamos de Parte de Trás e lá vai receber certos serviços para executar. Sua estadia na Parte de Trás pode durar até seis meses, mas o tempo médio de serviço ativo é só de seis semanas. Depois, suas lembranças serão apagadas e você vai ser enviado para casa, para os seus pais.

— Eles estão vivos? Meus pais estão vivos?

Ela riu, um som surpreendentemente alegre.

— Claro que estão vivos. Nós não somos assassinos, Luke.

— Quero falar com eles, então. Me deixe falar com eles e farei tudo o que vocês quiserem. — As palavras saíram antes que ele percebesse como a promessa era imprudente.

— Não, Luke. As coisas ainda não estão claras. — Ela se encostou, apoiando outra vez as mãos abertas na mesa. — Não se trata de uma negociação. Você vai fazer o que nós quisermos de qualquer jeito. Acredite em mim em relação a isso e vai poupar a si mesmo de muita dor. Você não vai ter contato com o mundo externo durante seu tempo no Instituto, e isso inclui seus pais. Você vai obedecer a todas as ordens. Vai cumprir todos os protocolos. Mas não vai, embora talvez existam algumas exceções, achar as ordens árduas ou os protocolos pesados. O tempo vai passar rápido e, quando você nos deixar, quando acordar no seu quarto numa bela manhã, nada disso terá acontecido. A parte triste, ao menos na *minha* opinião, é que você nem vai saber que teve o grande privilégio de servir ao seu país.

— Não vejo como isso é possível — disse Luke, falando mais para si mesmo do que para ela. Esse era seu jeito de falar quando alguma coisa (um problema de física, um quadro de Manet, as implicações das dívidas em curto e longo prazo) tinha sua atenção total. — Tantas pessoas me conhecem. O pessoal da escola... as pessoas com quem meus pais trabalham... meus amigos... vocês não podem apagar a memória de *todos*.

Ela não riu, mas sorriu.

— Talvez você fique muito surpreso com o que podemos fazer. Nós terminamos aqui. — Ela se levantou, contornou a mesa e estendeu a mão. — Foi um prazer conhecer você.

Luke também se levantou, mas não apertou a mão dela.

— Aperta a minha mão, Luke.

Parte dele queria, velhos hábitos eram difíceis de largar, mas ele manteve as mãos nas laterais do corpo.

— Aperta, ou prometo que você vai desejar ter apertado. Não vou mandar de novo.

Ele viu que ela estava falando sério. Ele apertou a mão dela. Ela segurou a mão dele. Apesar de não ter apertado, ele percebeu que ela era muito forte. Os olhos dela encararam os dele.

— Talvez a gente se veja por aí, como dizem, mas espero que essa seja sua única visita à minha sala. Se você for chamado aqui de novo, nossa conversa vai ser menos agradável. Entendeu?

— Entendi.

— Que bom. Sei que é um momento sombrio pra você, mas, se você fizer o que mandarem, vai voltar a ver o sol. Acredite em mim. Agora, vá.

Ele saiu, mais uma vez se sentindo como um garoto num sonho, ou como Alice, que caiu no buraco do coelho. À sua espera, Hadad estava conversando com a secretária ou assistente da sra. Sigsby.

— Vou te levar pro quarto. Fica perto de mim, tá? Nada de sair correndo para as árvores.

Eles saíram e começaram a andar na direção do prédio residencial, mas Luke parou quando uma onda de tontura surgiu.

— Espera — pediu ele. — Um minuto.

Ele se inclinou e segurou os joelhos. Por um momento, luzes coloridas dançaram diante dos seus olhos.

— Você vai desmaiar? — perguntou Hadad. — O que você acha?

— Não — disse Luke —, só preciso de mais uns segundos.

— Claro. Você levou injeção, né?

— Levei.

Hadad assentiu.

— Alguns de vocês reagem assim. Reação tardia.

Luke esperava que Hadad perguntasse se ele tinha visto manchas ou pontos, mas o homem só esperou, assobiando entre os dentes e espantando os mosquitos.

Luke pensou nos olhos frios da sra. Sigsby e em sua recusa de contar para ele como um lugar assim podia existir sem alguma forma de... qual seria o termo correto? Rendição extraordinária, talvez. Era como se ela o estivesse desafiando a fechar a conta.

Se você fizer o que mandarem, vai voltar a ver o sol. Acredite em mim.

Ele só tinha doze anos e entendia que sua experiência de mundo era limitada, mas de uma coisa ele tinha quase certeza: quando alguém dizia *acredite em mim*, essa pessoa costumava estar mentindo descaradamente.

— Está melhor? Pronto pra ir, meu filho?

— Estou. — Luke se empertigou. — Mas não sou seu filho.

Hadad sorriu: um dente de ouro brilhou.

— Por enquanto, é. Você é filho do Instituto, Luke. É melhor relaxar e se acostumar.

12

Quando eles estavam dentro do prédio residencial, Hadad chamou o elevador, disse "Tchau, animal" e entrou. Luke foi na direção do quarto e viu Nicky Wilholm sentado no chão, em frente à máquina de sorvete, comendo um chocolate com creme de amendoim. Acima dele havia um pôster com dois esquilos desenhados e balões de quadrinhos saindo de suas bocas sorridentes. O da esquerda dizia: "Viva a vida que ama!". O outro dizia: "Ame a vida que vive!". Luke ficou olhando para isso, perplexo.

— Como você chama um pôster assim em um lugar desses, geniozinho? — perguntou Nicky. — Ironia, sarcasmo ou sacanagem?

— Os três — disse Luke, se sentando ao lado dele.

Nicky ofereceu o pacote de Reese's.

— Quer o outro?

Luke queria. Ele agradeceu, tirou o papel barulhento que protegia o doce e comeu o copinho de chocolate com creme de amendoim em três mordidas rápidas.

Nicky ficou olhando, achando graça.

— Levou sua primeira injeção, não é? As injeções fazem a gente ter vontade de açúcar. Você pode não ter muita fome no jantar, mas vai querer a sobremesa. Pode apostar. Já viu algum ponto?

— Não. — Então se lembrou de se inclinar e se apoiar nos joelhos enquanto esperava a tontura passar. — Talvez. O que são?

— Os técnicos chamam de luzes Stasi. São parte da preparação. Só levei algumas injeções e quase não fiz nenhum teste estranho porque sou TC-pos. Assim como George e Sha são TC-pos. Quem é comum leva mais. — Ele pensou. — Bom, nenhum de nós é comum, caso contrário não estaríamos aqui, mas você sabe o que eu quero dizer.

— Eles estão tentando ampliar nossa capacidade?

Nicky deu de ombros.

— Pra que estão preparando a gente?

— Pro que acontece na Parte de Trás. Como foi lá com a puta rainha? Ela fez o discurso sobre servir a seu país?

— Ela disse que fui convocado. Parece mais que fui coagido. Nos séculos XVII e XVIII, quando os capitães precisavam de homens pra tripulação dos navios…

— Eu sei o que é coagir, Lukey. Eu frequentei a escola, sabe. E você não está errado. — Ele se levantou. — Vem, vamos pro parquinho. Você pode me dar outra aula de xadrez.

— Acho que só quero deitar — disse Luke.

— Você está meio pálido mesmo. Mas o doce ajudou, né? Admita.

— Ajudou — concordou Luke. — O que você fez pra ganhar uma ficha?

— Nada. Maureen me deu uma antes do fim do turno dela. Kalisha está certa sobre ela. — Nicky falou isso quase contrariado. — Se tem uma pessoa boa nesse palácio de merda, essa pessoa é ela.

Eles chegaram na porta do quarto de Luke. Nicky levantou o punho e Luke bateu o dele.

— Vejo você quando a campainha tocar, geniozinho. Até lá, alegria.

MAUREEN E AVERY

1

Luke tirou um cochilo repleto de fragmentos desagradáveis de sonhos e só acordou quando a campainha do jantar tocou. Ele ficou feliz de ouvi-la. Nicky estava errado: ele queria jantar e estava tão faminto por companhia quanto por comida. Ainda assim, parou na cantina só para ver se os outros não estavam de brincadeira com ele. Mas não estavam: ao lado da máquina de biscoitos havia um dispenser vintage de cigarro totalmente abastecido, o quadrado aceso no alto mostrando um homem e uma mulher de roupas elegantes, fumando em uma varanda e rindo. Ao lado havia uma máquina, operada a moedas, de bebidas alcoólicas em garrafas pequenas, o que na Brod alguns garotos que gostavam de beber chamavam de "garrafinha de avião". Dava para comprar um maço de cigarro por oito fichas e uma garrafa pequena de vinho de amora Leroux por cinco. Do outro lado da sala havia uma geladeira vermelha da coca-cola.

Mãos o pegaram por trás e o levantaram do chão. Luke gritou de surpresa, e Nicky riu.

— Se você se mijar, vai ter que se arriscar e dançar até cansar!

— Me bota no chão!

Nicky só o balançou de um lado para o outro.

— Luke lelê, Luke lalá! Se não tomar cuidado, eu vou te pegar!

Ele colocou Luke no chão, o girou, levantou as mãos e começou a dançar o bugalu, acompanhando a música de fundo que saía dos alto-falantes. Atrás dele, Kalisha e Iris estavam olhando com expressões idênticas de "garotos são sempre garotos".

— Quer brigar, Lukey? Se não tomar cuidado, eu vou te pegar?

— Enfia o nariz no meu rabo e tenta respirar — disse Luke e começou a rir. A palavra que definia Nicky, pensou ele, fosse de bom humor ou de mau humor, era *vivo*.

— Boa — disse George, abrindo caminho entre as duas garotas. — Vou guardar pra usar depois.

— Não deixe de me dar o crédito — pediu Luke.

Nicky parou de dançar.

— Estou morrendo de fome. Vem, vamos comer.

Luke levantou a tampa da geladeira horizontal de coca.

— Os refrigerantes são grátis, pelo que entendi. Você só paga por álcool, cigarro e doces.

— Isso aí — disse Kalisha.

— E, hum… — Ele apontou para a máquina de doces. A maioria custava apenas uma ficha, mas ele estava apontando para um que custava seis. — Aquilo é…

— Você quer saber se o brownie Hi Boy é o que você está pensando? — perguntou Iris. — Eu nunca comi, mas tenho certeza de que é.

— Sim, senhor — disse George. — Fiquei chapado, mas também tive coceira. Sou alérgico. Vem, vamos comer.

Eles se sentaram à mesma mesa. NORMA foi substituída por SHERRY. Luke pediu cogumelo empanado, picadinho de carne com salada e uma coisa com o nome de cream brulay de baunilha. Podia haver gente inteligente naquele país das maravilhas sinistro (a sra. Sigsby não pareceu nada burra), mas quem fazia os cardápios provavelmente não era. Ou aquilo era esnobismo intelectual da parte dele?

Luke decidiu que não se importava.

Eles conversaram um pouco sobre suas escolas antes de terem sido arrancados das vidas normais (escolas normais, pelo que Luke pôde perceber, não especiais para crianças inteligentes) e sobre seus programas de televisão e filmes favoritos. Estava tudo ótimo até Iris levar a mão até a bochecha sardenta e Luke perceber que ela estava chorando. Não muito, só um pouco, mas, sim, eram lágrimas.

— Nada de injeções hoje, mas tive aquela merda de termômetro na bunda — contou ela. Quando viu a expressão intrigada de Luke, ela sorriu, o que fez outra lágrima descer pela bochecha. — Eles tiram nossa temperatura retal.

Os outros estavam assentindo.

— Não tenho ideia do motivo, mas é humilhante — disse George.

— Também é coisa do século XIX — acrescentou Kalisha. — Devem ter algum motivo, mas... — Ela deu de ombros.

— Quem quer café? — perguntou Nick. — Vou buscar se vocês...

— Oi.

Vindo da porta. Eles se viraram e viram uma garota de calça jeans e blusa sem mangas. O cabelo, curto e espetado, era verde de um lado e azul-arroxeado do outro. Apesar do penteado punk, ela parecia uma criança de contos de fadas perdida na floresta. Luke achou que ela devia ter quase a mesma idade que ele.

— Onde estou? Algum de vocês sabe o que é este lugar?

— Vem aqui, luz do sol — disse Nicky, e abriu seu sorriso encantador. — Puxa uma pedra. Experimenta a culinária.

— Não estou com fome — disse a recém-chegada. — Só me digam uma coisa. Quem eu tenho que chupar pra sair daqui?

Foi assim que eles conheceram Helen Simms.

2

Depois que jantaram, eles foram para o parquinho (Luke não se esqueceu de se besuntar com repelente) e contaram tudo para Helen. No fim das contas, ela era TC e, como George e Nicky, era pos, e provou isso derrubando várias peças do tabuleiro de xadrez quando Nicky o arrumou.

— Não só pos, mas *incrivelmente* pos — disse George. — Quero tentar isso. — Ele conseguiu derrubar um peão e fez o rei preto balançar um pouco na base, mas só. Ele se encostou e inflou as bochechas. — Beleza, você venceu, Helen.

— Acho que todos nós perdemos — disse ela. — É o que eu acho.

Luke perguntou se ela estava preocupada com os pais.

— Não especificamente. Meu pai é alcoólatra. Minha mãe se divorciou dele quando eu tinha seis anos e se casou, surpresa!, com outro alcoólatra. Ela deve ter concluído que, quando não dá pra vencer, melhor se juntar a eles, porque agora ela também é viciada em álcool. Mas sinto falta do meu irmão. Será que ele está bem?

— Claro — disse Iris, sem muita convicção, depois foi até a cama elástica e começou a pular. Fazer isso logo após uma refeição deixaria Luke enjoado, mas Iris não tinha comido muito.

— Vamos ver se eu entendi direito — retomou Helen. — Vocês não sabem por que estamos aqui, só que talvez tenha alguma coisa a ver com habilidades paranormais que não passariam nem pelo teste do programa *America's Got Talent*.

— Na verdade, não nos levariam nem à série *Pequenos que brilham* — disse George.

— Eles nos testam até vermos pontos, mas vocês não sabem por quê.

— Exatamente — disse Kalisha.

— Aí nos colocam naquele outro lugar, a Parte de Trás, mas vocês não sabem o que acontece lá.

— Isso aí — disse Nicky. — Você sabe jogar xadrez ou só derrubar as peças?

Ela o ignorou.

— E quando terminam com a gente temos um apagamento de memória de ficção científica e vivemos felizes pra sempre.

— Essa é a história — disse Luke.

Ela pensou e disse:

— Parece um inferno.

— Bom, acho que foi por isso que Deus nos deu cooler de vinho e brownie Hi Boy — disse Kalisha.

Luke não aguentava mais. Acabaria chorando em pouco tempo: dava para sentir as lágrimas chegando como uma tempestade. Fazer isso em público podia ser tranquilo para Iris, que era menina, mas ele tinha uma ideia (sem dúvida ultrapassada, mas mesmo assim poderosa) de como meninos deviam se comportar. Em suma, como Nicky.

Ele voltou para o quarto, fechou a porta e se deitou na cama com um braço sobre os olhos. Em seguida, sem nenhum motivo, pensou no Richie Rocket dentro do traje espacial prateado, dançando com o mesmo entusiasmo de Nicky Wilholm antes do jantar, e lembrou de como as crianças pequenas dançavam com ele, rindo como loucas e cantando "Mambo Number 5". Como se nada pudesse dar errado, como se a vida fosse estar sempre cheia de diversão inocente.

As lágrimas vieram, porque ele estava com medo e com raiva, mas mais porque estava com saudades de casa. Ele nunca tinha entendido o que isso queria dizer. Aquilo não era o acampamento de verão e não era um passeio da escola. Era um pesadelo e tudo o que ele queria era que acabasse. Ele queria acordar. E, como não podia, adormeceu com um nó no peito, ainda soltando alguns últimos soluços.

3

Mais pesadelos.

Ele acordou com um sobressalto de um em que um cachorro preto sem cabeça corria atrás dele pela Wildersmoot Drive. Por um momento, achou que tudo aquilo tinha sido sonho e que estava de volta em seu quarto de verdade. Mas então olhou para o pijama que não era dele e para a parede onde deveria haver uma janela. Usou o banheiro e depois, como não estava mais com sono, ligou o laptop. Achava que talvez fosse precisar de outra ficha para que funcionasse, mas não foi necessário. Talvez fosse um ciclo de vinte e quatro horas ou, se ele tivesse sorte, de quarenta e oito. De acordo com a faixa no alto, eram três e quinze da manhã. Faltava muito para o amanhecer, e era o que ele ganhava por ter cochilado e depois adormecido tão cedo.

Ele pensou em entrar no YouTube e ver uns desenhos antigos; coisas tipo o Popeye sempre faziam com que ele e Rolf rolassem no chão, gritando "Onde está meu espinafre?" e "Uck-uck-uck!". No entanto, achava que isso só aumentaria a saudade de casa, que era enorme. O que sobrava, então? Voltar para a cama e ficar deitado acordado até o amanhecer? Vagar pelos corredores vazios? Uma visita ao parquinho? Ele podia fazer isso, Luke lembrava que Kalisha tinha dito que o parquinho nunca ficava trancado, mas seria assustador demais.

— Então por que você não pensa, babaca?

Ele falou baixinho, mas mesmo assim deu um pulo com o som da sua voz; até levantou parcialmente a mão, como se fosse cobrir a boca. Levantou-

-se e andou pelo quarto, os pés descalços fazendo barulho, a calça do pijama farfalhando. Era uma boa pergunta. Por que ele *não* pensava? Não era nisso em que ele supostamente era bom? Lucas Ellis, o geniozinho. O garoto prodígio. Ama o marinheiro Popeye, ama Call of Duty, ama jogar basquete no quintal, mas também tem uma boa noção de francês escrito, apesar de ainda precisar de legendas quando assiste a filmes franceses na Netflix, porque os atores falam muito rápido e as expressões idiomáticas são loucas. *Boire comme un trou*, por exemplo. Por que alguém beberia como um buraco se beber como um gambá faz muito mais sentido? Ele é capaz de encher um quadro-negro de equações matemáticas, consegue citar todos os elementos da tabela periódica, consegue listar todos os vice-presidentes datando até o de George Washington, pode dar uma explicação razoável de por que a velocidade da luz nunca será atingida fora do cinema.

Então por que ele está sentado ali, sentindo pena de si mesmo?

O que mais eu *posso* fazer?

Luke decidiu encarar isso como uma pergunta real em vez de uma demonstração de desespero. Fugir era impossível, mas... e aprender?

Ele tentou pesquisar *New York Times* no Google e não ficou surpreso de ouvir o HAL 9000. Nada de notícias para os garotos do Instituto. A questão era: dava para contornar a proibição? Encontrar uma brecha? Talvez.

Vamos ver, pensou ele. Vamos ver. Ele abriu o Firefox e digitou #!capadeGriffin!#.

Griffin era o homem invisível de H.G. Wells, e esse site, que Luke descobrira um ano antes, era um jeito de contornar os controles parentais. Não se tratava exatamente de dark web, mas era uma coisa próxima. Luke já tinha usado a página uma vez, não por querer visitar sites de pornografia nos computadores da Brod (embora ele e Rolf tivessem feito exatamente isso em duas ocasiões), nem para ver decapitações do Estado Islâmico, mas só porque o conceito era legal e simples e ele queria saber se funcionava. Funcionou em casa e na escola, mas funcionaria ali? Só havia um jeito de descobrir e ele apertou ENTER.

O wi-fi do Instituto rodou um pouco, pois era lento, e então, quando Luke estava começando a achar que era uma causa perdida, o levou para o Griffin. No alto da tela havia o homem invisível de Wells, a cabeça enrolada em ataduras, os óculos maneiros cobrindo os olhos. Abaixo disso havia uma pergunta que também era um convite: QUE IDIOMA VOCÊ QUER TRADUZIDO? A lista era longa, de assírio até zulu. A beleza do site era que não importava o idioma que você escolhesse, o importante era o que ficava salvo no histórico de busca. Houve uma época em que uma passagem secreta para os controles parentais ficava disponível no Google, mas os sábios de Mountain View acabaram com ela. Por isso a capa de Griffin.

Luke escolheu aleatoriamente alemão e recebeu a mensagem de DIGITE SUA SENHA. Recorrendo ao que seu pai às vezes chamava de memória esquisita, Luke digitou #x49ger194GbL4. O computador refletiu mais um pouco e anunciou SENHA ACEITA.

Ele digitou *New York Times* e apertou ENTER. Dessa vez, o computador pensou por mais tempo ainda, mas o *New York Times* acabou aparecendo. A edição do dia e em inglês, mas daquele ponto em diante o histórico de buscas do computador só gravaria uma série de palavras alemãs e suas traduções. Talvez fosse uma vitória pequena, talvez fosse grande. No momento, Luke não se importava. Era uma vitória e isso bastava.

Quanto tempo demoraria para que o pessoal do Instituto percebesse o que ele estava fazendo? Camuflar o histórico de buscas do computador não significaria nada se eles pudessem observar ao vivo. Eles veriam o jornal e desconectariam o acesso. Não importava o *New York Times* com a manchete sobre o Trump e a Coreia do Norte. Luke devia olhar o *Star Tribune* antes que isso pudesse acontecer, ver se havia qualquer coisa sobre seus pais. Mas, antes que pudesse fazer isso, a gritaria começou no corredor.

— *Socorro! Socorro! Socorro! Alguém me ajuda! ALGUÉM ME AJUDA, EU ME PERDI!*

4

A gritaria vinha de um garotinho com pijama do *Star Wars*, batendo em portas com mãozinhas que subiam e desciam como pistões. Dez? Avery Dixon parecia ter seis, sete anos no máximo. A virilha e uma perna da calça do pijama estavam molhadas e grudadas no corpo.

— *Socorro, EU QUERO IR PRA CASA!*

Luke olhou ao redor, esperando ver alguém, talvez muitos alguéns, vindo correndo, mas o corredor permaneceu vazio. Mais tarde, ele perceberia que, no Instituto, um garoto gritando que queria ir para casa era coisa normal. No momento, Luke só queria fazer o garoto calar a boca. Ele estava surtado e o estava deixando nervoso.

Luke foi até lá, se ajoelhou e segurou o menino pelos ombros.

— Ei. Ei. Calma, garoto.

O garoto em questão encarou Luke com olhos arregalados, mas Luke não sabia se o garoto o enxergava. O cabelo estava suado e espetado, o rosto estava molhado de lágrimas e o lábio superior brilhava de catarro.

— *Cadê a mamãe? Cadê o papai?*

Só que não foi *papai*, mas *PAPAAAAAAAAI*, como o som de uma sirene. O garoto começou a bater os pés. Bateu com os punhos nos ombros de Luke, que o soltou, se levantou e deu um passo para trás. Impressionado, viu o garoto cair no chão e começar a se debater.

Em frente ao pôster MAIS UM DIA NO PARAÍSO, uma porta se abriu e Kalisha apareceu, usando uma camiseta tie-dye e um short de basquete enorme. Ela foi até Luke e ficou observando o recém-chegado, as mãos nos quadris praticamente inexistentes. Ela olhou para Luke.

— Já vi alguns chiliques na vida, mas esse aí ganha de todos.

Outra porta se abriu e Helen Simms apareceu, usando (mais ou menos) o que Luke acreditava ser um baby-doll. *Ela* tinha quadris e outras partes interessantes.

— Enfia os olhos de volta na cara, Lukey, e me ajuda aqui — disse Kalisha. — O garoto está perturbando minha cabeça a ponto de me dar uma enxaqueca. — Ela se ajoelhou, estendeu a mão para o dervixe, cujas palavras tinham virado uivos indistintos, e recolheu a mão quando um dos punhos dele acertou seu antebraço. — Meu Deus, me ajuda aqui. Segura as mãos dele.

Luke também se ajoelhou, fez um movimento hesitante para segurar as mãos do novato, puxou as mãos e decidiu que não queria parecer medroso na frente da visão de rosa recém-chegada. Ele segurou o garotinho pelos ombros e apertou os braços dele nas laterais do peito. Conseguia sentir o coração do garoto, disparado em velocidade tripla.

Kalisha se inclinou por cima, colocou as mãos nas laterais do rosto e olhou nos olhos do garoto, que parou de gritar. Agora, só havia o som de

136

sua respiração rápida. Ele olhou para Kalisha, fascinado, e Luke de repente entendeu o que ela quis dizer quando disse que o garoto estava perturbando a cabeça dela.

— Ele é TP, não é? Como você.

Kalisha assentiu.

— Mas ele é bem mais forte do que eu e do que todos os outros TPS que passaram aqui durante a minha estadia. Vem, vamos levar ele pro meu quarto.

— Posso ir? — perguntou Helen.

— Como quiser, querida — disse Kalisha. — Sei que o Luke aqui aprecia a vista.

Helen ficou vermelha.

— Vou me trocar primeiro.

— Fica à vontade — disse Kalisha, e para o garoto: — Qual é o seu nome?

— Avery. — A voz dele estava rouca de chorar e gritar. — Avery Dixon.

— Sou Kalisha. Pode me chamar de Sha, se quiser.

— Só não chama ela de camarada — avisou Luke.

5

O quarto de Kalisha era mais feminino do que Luke esperava, considerando o jeito como ela falava. A colcha da cama era rosa e as fronhas dos travesseiros tinham babados. Um quadro de Martin Luther King olhava para eles da escrivaninha.

Ela viu Luke olhando e riu.

— Eles tentam deixar as coisas como eram em casa, mas acho que alguém achou que manter a foto que eu tinha ali era ir longe demais e mudou.

— De quem era?

— Eldridge Cleaver. Já ouviu falar?

— Claro. *Soul on Ice*. Não li ainda, mas estava com vontade de ler.

Ela ergueu as sobrancelhas.

— Cara, você é um *desperdício* aqui.

Ainda fungando, Avery começou a subir na cama de Kalisha, mas ela o segurou e o puxou de volta com delicadeza, mas também com firmeza.

— Hã-hã, não com essa calça molhada. — Ela fez menção de tirar a calça dele e Avery deu um passo para trás, as mãos cruzadas sobre a virilha, em um gesto de proteção.

Kalisha olhou para Luke e deu de ombros. Ele também deu de ombros e se agachou diante de Avery.

— Em que quarto você está?

Avery só balançou a cabeça.

— Você deixou a porta aberta?

Dessa vez o garoto assentiu.

— Vou buscar uma roupa seca — disse Luke. — Fica aqui com a Kalisha, tá?

Exausto e confuso, Avery não balançou a cabeça nem assentiu dessa vez, se limitando a olhar para Luke, mas pelo menos não fazendo mais a imitação de sirene.

— Vai — disse Kalisha. — Acho que consigo acalmar ele.

Helen apareceu na porta, agora com uma calça jeans e abotoando um casaco.

— Ele está melhor?

— Um pouco — respondeu Luke.

Ele viu uma série de pingos seguindo na direção que ele e Maureen tinham percorrido para trocar os lençóis.

— Nem sinal dos outros dois garotos — disse Helen. — Eles devem dormir como pedras.

— Dormem mesmo — concordou Kalisha. — Pode ir com o Luke, novata. Avery e eu estamos tendo um encontro mental aqui.

6

— O nome do garoto é Avery Dixon — disse Luke, quando parou ao lado de Helen diante de uma porta aberta depois da máquina de gelo, que estava estalando sozinha. — Ele tem dez anos. Não parece, né?

Ela o encarou de olhos arregalados.

— Você é TP, afinal?

— Não — Enquanto olhava o pôster de Tommy Pickles e os G.I. Joes na escrivaninha. — Estive aqui com Maureen. Ela é uma das faxineiras. Ajudei ela a trocar a cama. O quarto já estava pronto pra ele.

Helen deu um sorrisinho debochado.

— Então é *isso* que você é. O queridinho da tia.

Luke pensou em Tony dando um tapa na cara dele e se perguntou se Helen logo receberia o mesmo tratamento.

— Não, mas Maureen não é como alguns dos outros. Se você tratar ela bem, ela vai tratar você bem.

— Há quanto tempo você está aqui, Luke?

— Cheguei um pouco antes de você.

— E como você sabe quem é legal e quem não é?

— Maureen é legal, só estou dizendo isso. Me ajuda a pegar umas roupas pra ele.

Depois que Helen pegou uma calça e uma cueca na cômoda (sem esquecer de xeretar o resto das gavetas), eles voltaram para o quarto de Kalisha. No caminho, Helen perguntou se Luke passou por algum dos testes sobre os quais George tinha falado. Ele disse que não, mas mostrou o chip na orelha.

— Não ofereça resistência. Eu tentei resistir e levei um tapa na cara.

Ela parou de repente.

— Não acredito!

Ele virou a cabeça para mostrar a bochecha, onde dois dos dedos de Tony deixaram marcas leves.

— Ninguém vai *me* bater — disse Helen.

— Essa é uma teoria que você não vai querer testar.

Ela jogou o cabelo colorido para o lado.

— Minhas orelhas já são furadas, não é nada de mais.

Kalisha estava sentada na cama com Avery ao lado, o traseiro sobre uma toalha dobrada. Ela estava fazendo carinho no cabelo suado do garotinho, que olhava com uma expressão sonhadora, como se ela fosse a princesa Tiana. Helen jogou as roupas para Luke. Ele não estava esperando e deixou cair a cueca, que tinha a estampa do Homem-Aranha em várias posições dinâmicas.

— Não tenho interesse em ver o pinto desse garoto. Vou voltar pra cama. Pode ser que quando eu acordar eu esteja no meu quarto, no meu quarto *de verdade*, e tudo isso tenha sido só um sonho.

— Boa sorte com isso — disse Kalisha.

Helen saiu andando. Luke pegou a cueca de Avery a tempo de observar o balanço dos quadris de Helen na calça jeans surrada.

— Gostosa, né?

A voz de Kalisha soou seca. Luke levou as roupas para ela e sentiu as bochechas ficarem quentes.

— Acho que sim, mas ela deixa algo a desejar no quesito personalidade.

Ele pensou que isso talvez a fizesse rir (gostava da gargalhada dela), mas Kalisha pareceu triste.

— Este lugar vai acabar com ela. Daqui a pouco vai sair correndo e se encolher toda vez que vir um cara de camisa azul. Assim como o resto de nós. Avery, você precisa vestir essas coisas. Eu e o Lukey vamos virar de costas.

Eles viraram de costas, olhando pela porta aberta de Kalisha para o pôster que declarava que ali era o paraíso. Atrás deles, fungadas e o farfalhar de roupas. Finalmente, Avery declarou:

— Estou vestido. Podem se virar.

Eles se viraram. Kalisha disse:

— Agora leva essa calça molhada de pijama pro banheiro e pendura na lateral da banheira.

Ele foi sem discutir e voltou.

— Fiz o que você mandou, Sha.

A fúria tinha sumido da voz dele. Agora, parecia tímido e cansado.

— Que bom. Pode ir pra cama. Pode deitar, tudo bem.

Kalisha se sentou, botou os pés de Avery no colo e bateu na parte da cama ao seu lado. Luke se sentou e perguntou a Avery se ele estava se sentindo melhor.

— Acho que sim.

— Você *sabe* que sim — disse Kalisha.

Ela começou a fazer carinho no cabelo do garotinho de novo. Luke tinha a sensação — talvez fosse besteira, talvez não — de que havia muita coisa acontecendo entre os dois. Trocas invisíveis.

— Vai. Conta sua piada se precisar e pode dormir, porra — disparou Kalisha.

— Você falou um palavrão.

— Falei mesmo. Conta a piada.

Avery olhou para Luke.

— Tudo bem. Por que o louco toma banho com o chuveiro fechado?

Luke pensou em dizer para Avery que as pessoas não ficavam mais chamando as outras de loucas na sociedade atual. Porém, como estava claro que aquilo não existia ali, ele só disse:

— Desisto.

— Porque ele comprou um xampu pra cabelo seco. Entendeu?

— Claro. E por que a galinha atravessou a rua?

— Pra chegar do outro lado?

— Não, porque ela perdeu o pinto. Agora vai dormir.

Avery começou a dizer outra coisa, talvez uma nova piada tivesse surgido em sua cabeça, mas Kalisha o fez se calar. Ela continuou fazendo carinho no cabelo dele. Seus lábios estavam se movendo. Os olhos de Avery ficaram pesados. As pálpebras desceram, subiram lentamente e desceram de novo, depois subiram ainda mais devagar. Na vez seguinte, ficaram fechadas.

— Você estava fazendo alguma coisa agora? — quis saber Luke.

— Cantando a cantiga de ninar que a minha mãe cantava pra mim — ela falou com o tom um pouco acima de um sussurro, mas não dava para não perceber a surpresa e o prazer em sua voz. — Não consigo cantar uma melodia com a voz, mas, quando é de mente para mente, a melodia parece não importar.

— Tenho a sensação de que ele não é muito inteligente — comentou Luke.

Ela o encarou longamente, e o rosto dele ficou quente, como aconteceu quando ela o pegou olhando para as pernas de Helen e lhe deu uma bronca.

— Pra você, o mundo todo deve parecer não muito inteligente.

— Não, eu não sou assim — protestou Luke. — Eu só quis dizer…

— Calma. Eu sei o que você quis dizer, mas não é inteligência que falta pra ele. Não exatamente. Um TP forte como ele tem pode não ser uma coisa boa. Quando você não sabe o que as pessoas estão pensando, precisa começar cedo a… humm…

— Perceber pistas?

— Sim, isso. As pessoas comuns precisam sobreviver olhando rostos, julgando tons de voz, além das palavras. É como fazer dentes nascerem pra poder mastigar coisas duras. Esse coitadinho é como o Tambor do desenho da Disney. Qualquer dente que ele tenha só serve pra grama. Faz sentido?

Luke disse que sim.

Kalisha suspirou.

— O Instituto é um lugar ruim pro Tambor, mas talvez não importe porque vamos todos pra Parte de Trás alguma hora.

— Quanto TP ele tem… em comparação, tipo, a você?

— Muito mais. Eles medem uma coisa, o BDNF. Vi no laptop do dr. Hendricks uma vez e acho que é algo importante, talvez o mais importante. Você é o cérebro do grupo, sabe o que é isso?

Luke não sabia, mas pretendia descobrir. Se não tirassem o computador dele primeiro, claro.

— Seja o que for, esse garoto deve estar lá no alto. Eu falei com ele! Foi telepatia de verdade!

— Mas você já deve ter tido contato com outros TPS, mesmo que seja mais raro do que TC. Talvez não no mundo lá fora, mas aqui com certeza.

— Você não entendeu. Talvez não consiga entender. É como ouvir um aparelho de som com o volume muito baixo ou ouvir pessoas conversando no pátio quando você está na cozinha, com a máquina lava-louça ligada. Às vezes não aparece, não surge na situação. Essa foi pra valer, como nos filmes de ficção científica. Você tem que cuidar dele depois que eu for embora, Luke. Ele é o Tambor e não é surpresa que não aja como alguém da idade que tem. A vida dele foi moleza até agora.

O que ressoou na mente de Luke foi *depois que eu for embora*.

— Você… alguém falou alguma coisa pra você sobre ir pra Parte de Trás? Maureen, talvez?

— Ninguém precisa falar. Não fizeram nenhum dos testes comigo hoje. Nem injeção. Isso é um sinal garantido. Nick também vai, George e Iris talvez fiquem aqui mais tempo.

Ela segurou com carinho a nuca de Luke, provocando outro daqueles arrepios.

— Vou ser sua irmã por um minuto, Luke, irmã de alma, então me escute. Se a única coisa que você gosta na garota punk rock é como ela rebola quando anda, deixa assim. É ruim se envolver com gente aqui. Faz um mal danado quando elas vão embora, e todas vão. Mas você precisa cuidar desse garoto pelo tempo que puder. Quando penso em Tony ou Zeke ou naquela puta da Winona batendo no Avery, tenho vontade de chorar.

— Vou fazer o que eu puder — garantiu Luke —, mas espero que você fique aqui mais tempo. Eu ficaria com saudade.

— Obrigada, mas é exatamente disso que eu estou falando.

Eles ficaram em silêncio por um momento. Luke achava que teria que ir embora logo, mas não queria sair ainda. Não estava pronto para ficar sozinho.

— Acho que posso ajudar Maureen. — Ele falou com voz baixa, quase sem mover os lábios. — Com as dívidas de cartão de crédito. Mas eu teria que falar com ela.

Kalisha arregalou bem os olhos e sorriu.

— Sério? Seria ótimo. — Agora ela levou os lábios ao ouvido dele, provocando novos arrepios. Luke teve medo de olhar para os braços, receando que a pele estivesse arrepiada. — Seja rápido. Ela vai ter uma semana de folga em um ou dois dias. — Agora ela colocou a mão, ah, Deus, bem alto na perna dele, território que nem sua mãe visitava mais. — Depois que ela voltar, fica em outro local por três semanas. Você pode ver ela nos corredores ou na sala de descanso, mas só. Ela não vai falar pra onde vai, nem nos lugares onde é seguro falar, então só pode ser pra Parte de Trás.

Ela afastou os lábios dos ouvidos dele e a mão da coxa, deixando em Luke um fervoroso desejo de que ela tivesse outros segredos para contar.

— Volta pro seu quarto — disse ela, cujo brilho no olhar o levou a pensar que ela sabia do efeito que tinha sobre ele. — Tenta dormir um pouco.

7

Ele acordou de um sono profundo e sem sonhos com uma batida alta na porta. Sentou-se, olhou ao redor como louco, pensando se tinha perdido a hora em um dia de aula.

A porta se abriu e um rosto sorridente apareceu. Era Gladys, a mulher que o levou para receber o chip na orelha e que disse que ele estava ali para servir.

— Surpresa! — disse ela. — Bom dia! Você perdeu o café da manhã, mas eu trouxe suco de laranja. Você pode ir bebendo no caminho. Está fresco!

Luke viu a luz verde de energia do laptop. Embora estivesse com a tela em repouso, se Gladys entrasse e apertasse uma das teclas para ver o que ele andava pesquisando (ele não achava impossível que ela fizesse isso), veria o homem invisível de H.G. Wells com a cabeça enrolada pelas ataduras e os óculos escuros. Gladys não saberia o que era, talvez achasse que fosse algum tipo de ficção científica ou de mistério, mas ela devia fazer relatórios. Se fizesse, iriam para alguém em posição superior à dela. Alguém que era pago para ser curioso.

— Você pode me dar um minuto pra vestir a calça?

— Trinta segundos. Não vamos deixar o suco ficar quente.

Ela deu uma piscadela malandra e fechou a porta. Luke pulou da cama, vestiu a calça jeans, pegou uma camiseta e despertou o laptop para verificar a hora. Ficou impressionado ao constatar que eram nove horas. Ele *nunca* dormia até tão tarde. Por um momento, se perguntou se tinham colocado alguma coisa na sua comida, mas, se esse tivesse sido o caso, não teria acordado no meio da noite.

É o choque, pensou ele. Eu ainda estou tentando processar isso tudo, botar na cabeça o que aconteceu.

Ele desligou o computador, sabendo que qualquer esforço que fizesse para esconder o sr. Griffin não significaria nada se eles estivessem monitorando as buscas. E, se estivessem espelhando o computador, já saberiam que ele encontrou um jeito de acessar o *New York Times*. Claro que, se Luke começasse a pensar assim, tudo seria inútil. E devia ser exatamente assim que os minions da Sigsby queriam que ele pensasse: ele e todas as outras crianças eram prisioneiras ali.

Se eles soubessem, já teriam tirado o computador, ele disse para si mesmo. E, se estivessem mesmo espelhando o computador, não saberiam que a tela de entrada está com o nome errado?

Essas conclusões pareciam fazer sentido, mas talvez eles só estivessem dando mais corda para ele. Era paranoia, mas a *situação* era de paranoia.

Quando Gladys abriu a porta de novo, ele estava sentado na cama, calçando os tênis.

— Bom trabalho! — exclamou ela, como se Luke fosse um garoto de três anos que tivesse conseguido se vestir sozinho pela primeira vez.

Luke estava gostando cada vez menos daquela mulher, mas, quando ela lhe entregou o copo de suco, ele tomou tudo.

8

Dessa vez, quando balançou o cartão, Gladys mandou o elevador parar no nível B.

— Nossa, que dia lindo! — comentou ela, quando o elevador começou a descer. Essa parecia ser a frase que ela usava para começar qualquer conversa.

Luke olhou para as mãos dela.

— Estou vendo que você usa aliança. Você tem filhos, Gladys?

O sorriso dela se tornou cauteloso.

— Isso é assunto particular.

— Eu só queria saber se você gostaria que eles ficassem trancados num lugar assim.

— C — disse a voz feminina suave. — Nível C — repetiu.

Não havia mais sorriso no rosto de Gladys quando ela o acompanhou para fora do elevador, segurando o braço dele com um pouco mais de força do que era necessário.

— Eu também queria saber como você fica de consciência tranquila. Mas acho que é meio pessoal, não é?

— Chega, Luke. Eu trouxe suco. Nem precisava fazer isso.

— E o que você diria pros seus filhos se algum deles descobrisse o que se passa aqui? Se saísse, tipo, na televisão. Como você explicaria pra eles?

Ela andou mais rápido, quase o arrastando, mas sem sinal de raiva no rosto: se houvesse algum, ele teria ao menos o benefício da dúvida de saber que talvez a tivesse atingido. Mas não. Só o vazio. O rosto de uma boneca.

Eles pararam na sala C17. As prateleiras estavam carregadas de equipamentos médicos e de computadores. Havia uma cadeira acolchoada que parecia um assento de cinema e, atrás, em uma haste de aço, uma coisa que parecia um projetor. Pelo menos não havia correias nos braços da cadeira.

Um técnico estava à espera: ZEKE, de acordo com o crachá no uniforme azul. Luke conhecia o nome. Maureen tinha dito que ele era um dos cruéis.

— Oi, Luke — cumprimentou Zeke. — Está tranquilo?

Sem saber como responder, Luke deu de ombros.

— Não vai criar caso? É isso o que eu quero saber, camarada.

— Não. Nada de caso.

— Bom saber.

Zeke abriu um frasco cheio de líquido azul. Havia um odor pungente de álcool, e Zeke pegou um termômetro que devia ter uns trinta centímetros. Não era possível, mas…

— Baixa a calça e se inclina sobre a cadeira, Luke. Os antebraços no assento.

— Não com…

Não com a Gladys aqui, ele pretendia dizer, mas a porta da C17 foi fechada. Gladys tinha ido embora. Talvez para preservar minha decência, pensou Luke, mas provavelmente porque ela já estava de saco cheio das minhas merdas. O que o teria alegrado, ele tinha certeza, se não fosse a vara de vidro que logo estaria explorando profundezas antes inexploradas de sua anatomia. Parecia o tipo de termômetro que um veterinário poderia usar para medir a temperatura de um cavalo.

— Não com o quê? — Ele balançou o termômetro para a frente e para trás, como o pompom de um líder de torcida. — Não com isso? Desculpa, camarada, mas tem que ser. Ordem do quartel-general, sabe.

— Usar um termômetro de sovaco não seria mais fácil? — perguntou Luke. — Aposto que dá pra comprar na cvs baratinho. Fica ainda mais barato com o cartão de fidelidade…

— Guarda sua sabedoria pros seus amigos. Abaixa a calça e se vira sobre a cadeira, senão eu faço por você. E você não vai gostar.

Luke andou lentamente até a cadeira, desabotoou e puxou a calça para baixo e se inclinou.

— Ah, maravilha, é assim que se faz! — Zeke parou na frente dele. Estava com o termômetro em uma das mãos e um frasco de vaselina na outra. Mergulhou e tirou o termômetro do frasco, que ficou com uma bolha gelatinosa na ponta. Para Luke, parecia a frase de efeito de uma piada suja.

— Está vendo? Muito lubrificante. Não vai doer nada. Só relaxa as nádegas e lembra que, enquanto você não sentir as minhas *duas* mãos em você, sua virgindade posterior permanece intacta.

Ele foi para trás de Luke, que ficou inclinado com os antebraços apoiados no assento da cadeira e a bunda levantada. Ele sentia o cheiro do próprio suor, forte e rançoso. Tentou lembrar a si mesmo que não era o primeiro garoto a receber aquele tratamento no Instituto. Ajudou um pouco... mas não muito, não tanto. A sala estava cheia de equipamentos altamente tecnológicos e aquele homem estava se preparando para medir sua temperatura da forma menos tecnológica imaginável. Por quê?

Para me quebrar, pensou Luke. Para fazer com que eu entenda que sou uma cobaia e, quando você tem cobaias, pode obter os dados que quiser do jeito que quiser. E talvez eles nem *queiram* esse dado específico. Talvez seja só um jeito de dizer: *Se a gente pode enfiar isso no seu cu, o que mais a gente pode enfiar lá?* Resposta: *O que a gente tiver vontade.*

— O suspense está te matando, né? — perguntou Zeke às suas costas, e o filho da puta estava quase rindo.

9

Depois da infâmia do termômetro, que pareceu demorar muito tempo, Zeke tirou a pressão arterial, botou um monitor de O2 no dedo dele e verificou altura e peso. Ele olhou a garganta e o nariz de Luke. Anotou os resultados cantarolando. Àquela altura, Gladys já tinha voltado e estava bebendo em uma caneca com margaridas e sorrindo aquele sorriso falso.

— Hora da injeção, garoto Lukey — disse Zeke. — Você não vai me dar trabalho, vai?

Luke fez que não. A única coisa que desejava agora era voltar para o quarto e limpar a vaselina da bunda. Ele não tinha motivo para sentir vergonha, mas sentia mesmo assim. Humilhado.

Zeke lhe deu uma injeção. Não houve calor dessa vez. Não houve nada além de uma dor leve que apareceu e sumiu.

Zeke olhou o relógio, os lábios se movendo enquanto contava os segundos. Luke fez o mesmo, só que sem mover os lábios. Tinha chegado a trinta quando Zeke baixou seu braço.

— Alguma náusea?

Luke balançou a cabeça.

— Gosto metálico na boca?

O único gosto que Luke estava sentindo era do suco de laranja.

— Não.

— Certo, ótimo. Agora, olha para a parede. Está vendo algum ponto? Talvez uns pontos um pouco maiores, tipo círculos.

Luke balançou a cabeça.

— Você está falando a verdade, camarada, não está?

— Estou. Não vejo pontos. Nem círculos.

Zeke o encarou por vários segundos (Luke pensou em perguntar se ele estava vendo algum ponto ali, mas se segurou). Depois, se empertigou, bateu as mãos uma na outra com exagero, como se estivesse tirando poeira delas, e se virou para Gladys.

— Pode tirar ele daqui. O dr. Evans vai querer ver ele esta tarde pro negócio do olho. — Ele indicou um projetor. — Quatro horas.

Luke pensou em perguntar o que era o negócio do olho, mas não se importava. Ele estava com fome, o que aparentemente não mudava independentemente do que fizessem com ele (ao menos até ali), mas o que ele queria mais do que comida era se limpar. Estava se sentindo (e só essa palavra podia descrever adequadamente) sodomizado.

— Não foi tão ruim, foi? — perguntou Gladys, enquanto os dois subiam pelo elevador. — Muita agitação pra nada. — Luke pensou em perguntar se ela acharia que era muita agitação pra nada se tivesse sido o cu *dela*. Nicky talvez perguntasse, mas ele não era Nicky.

Ela abriu o sorriso falso que ele estava achando cada vez mais horrível.

— Você está aprendendo a se comportar e isso é *maravilhoso*. Toma uma ficha. Na verdade, toma logo duas. Estou me sentindo generosa hoje.

Ele pegou as fichas.

Mais tarde, no chuveiro, com a cabeça inclinada e a água correndo pelo cabelo, chorou mais um pouco. Ele era parecido com Helen ao menos em uma coisa: queria que tudo fosse um sonho. Daria qualquer coisa, talvez a própria alma, se pudesse acordar com a luz do sol sobre a cama como uma segunda coberta e sentir cheiro de bacon fritando lá embaixo. As lágrimas finalmente secaram e ele começou a sentir uma coisa diferente de dor e perda, uma coisa mais dura. Uma espécie de alicerce que era desconhecido para ele. Era um alívio saber que existia.

148

Aquilo não era um sonho, estava mesmo acontecendo e sair dali não parecia mais suficiente. Aquela coisa dura queria mais. Queria expor todo o grupo de sequestradores e torturadores de crianças, da sra. Sigsby até Gladys com os sorrisos de plástico, e Zeke com o termômetro retal gosmento. Derrubar o Instituto sobre a cabeça de todos eles, assim como Sansão derrubou o templo de Dagom em cima dos filisteus. Sabia que isso não passava de uma fantasia ressentida e impotente de um garoto de doze anos, mas ele queria mesmo assim e, se houvesse alguma forma de fazer isso, ele faria.

Como seu pai gostava de dizer, era bom ter objetivos. Podiam ajudá-lo a enfrentar momentos difíceis.

10

Quando ele chegou ao refeitório, estava vazio exceto pelo zelador (FRED, dizia o crachá) limpando o chão. Ainda estava cedo para o almoço, mas havia uma tigela de frutas (laranjas, maçãs, uvas e umas bananas) em uma mesa na frente. Luke pegou uma maçã, foi até as máquinas e usou uma das fichas para pegar um saco de pipoca. O café da manhã dos campeões, pensou ele. A mamãe daria um chilique.

Ele levou a comida para a sala e olhou para o parquinho. George e Iris estavam sentados a uma das mesas de piquenique, jogando damas. Avery estava na cama elástica, dando pulos medianos e cautelosos. Não havia sinal de Nicky nem de Helen.

— Acho que essa é a pior combinação de comidas que eu já vi — disse Kalisha.

Ele pulou e derrubou um pouco de pipoca no chão.

— Caramba, você bem que sabe assustar uma pessoa.

— Desculpa. — Ela se agachou, pegou algumas das pipocas do chão e jogou na boca.

— Do chão? — perguntou Luke. — Não acredito que você fez isso.

— Regra dos cinco segundos.

— De acordo com o Serviço Nacional de Saúde, que fica na Inglaterra, a regra dos cinco segundos é mito. Uma farsa.

— Ser um gênio significa que você tem a missão de estragar as ilusões de todo mundo?

— Não, eu só…

Ela sorriu e se levantou.

— Só estou de sacanagem, Luke. A garota da catapora está de sacanagem com você. Você está bem?

— Estou.

— Hoje foi o dia da temperatura retal?

— Foi. Não vamos falar sobre isso.

— Pode deixar. Quer jogar cribbage até a hora do almoço? Se você não souber jogar, posso ensinar.

— Eu sei, mas não quero. Acho que vou ficar um tempo no meu quarto.

— Pra pensar na situação?

— Mais ou menos isso. Nos vemos no almoço.

— Quando a campainha tocar. Está marcado. Levanta a cabeça, pequeno herói, e bate aqui.

Ela levantou a mão e Luke viu alguma coisa presa entre o polegar e o indicador. Ele bateu com sua palma branca na palma escura dela e o pedaço de papel dobrado passou para a mão dele.

— Até mais, garoto — disse ela, indo para o parquinho.

No quarto, Luke se deitou na cama, se virou para ficar de frente para a parede e desdobrou o quadradinho de papel. A letra de Kalisha era pequena e bem bonita.

Encontre a Maureen do lado da máquina de gelo, perto do quarto do Avery. AGORA. Joga isso na privada.

Ele amassou o papel, foi até o banheiro e largou o bilhete na privada, enquanto abaixava a calça. Sentiu-se ridículo ao fazer isso, como um garoto brincando de espião. Ao mesmo tempo, não se sentiu nada ridículo. Teria adorado acreditar que pelo menos não havia vigilância na *maison du chier*, mas não acreditava.

A máquina de gelo. Onde Maureen tinha falado com ele no dia anterior. Era meio interessante. De acordo com Kalisha, havia vários lugares na Parte da Frente onde a vigilância de áudio funcionava mal ou não funcionava, mas Maureen parecia preferir aquele. Talvez por não haver vigilância de vídeo lá. Talvez porque era onde ela se sentia mais segura, possivelmente porque a máquina de gelo era muito barulhenta. Ou talvez ele estivesse fazendo sua avaliação com poucas evidências.

Ele pensou em entrar no *Star Tribune* antes de se encontrar com Maureen e se sentou diante do computador. Até chegou a abrir o sr. Griffin, mas parou aí. Ele *queria* saber? Queria descobrir, talvez, que aqueles filhos da mãe, aqueles *monstros*, estavam mentindo e seus pais estavam mortos? Entrar no *Star Tribune* para conferir seria um pouco como apostar as economias da vida toda em um giro de roleta.

Agora não, decidiu ele. Talvez depois que a humilhação do termômetro estivesse um pouco mais para trás, mas não agora. Se isso fosse sinal de covardia, paciência. Ele desligou o computador e foi andando até a outra ala. Maureen não estava perto da máquina de gelo, mas o carrinho de roupas estava parado na metade do que Luke pensava agora como o corredor do Avery, e ele a ouvia cantar alguma coisa sobre chuva, tanta chuva. Ele seguiu aquele som de voz e a viu colocando lençóis limpos em um quarto decorado com pôsteres do WWE, com fortões de shortinhos apertados. Todos pareciam malvados, do tipo que mastiga pregos e cospe grampos.

— Oi, Maureen, como vai?

— Bem. As costas estão doendo um pouco, mas tenho meu Motrin.

— Quer ajuda?

— Obrigada, mas este é o último quarto e estou quase acabando. São duas garotas e um garoto. Devem chegar em breve. Este é o quarto do garoto. — Ela indicou os pôsteres e riu. — Como se você não soubesse.

— Bom, pensei em pegar um pouco de gelo, mas não tem balde no meu quarto.

— Ficam empilhados em um vão ao lado da máquina. — Ela se empertigou, botou as mãos na base da coluna e fez uma careta. Luke ouviu a espinha estalar. — Ah, assim está melhor. Vou te mostrar.

— Só se não der trabalho.

— Trabalho nenhum. Vem. Você pode empurrar meu carrinho se quiser.

Enquanto eles andavam pelo corredor, Luke pensou em suas pesquisas sobre o problema de Maureen. Uma estatística horrível se destacou: os norte-americanos devem mais de doze trilhões de dólares. Dinheiro gasto, mas não ganho, só prometido. Um paradoxo que só contadores podiam amar. Enquanto boa parte dessa dívida tinha a ver com hipotecas de casas e propriedades comerciais, uma quantidade significativa era relativa àqueles retângulos de plástico que todo mundo carregava na bolsa e na carteira: a oxicodona dos consumidores americanos.

Maureen abriu um armário pequeno à direita da máquina.

— Você pode pegar um para mim? Não queria ter que me inclinar. Algum sujeito sem consideração empurrou todos os baldes pro fundo.

Luke esticou a mão. Quando fez isso, falou com voz baixa.

— Kalisha me contou sobre seu problema com cartões de crédito. Acho que sei como resolver, mas muita coisa depende da sua residência declarada.

— Minha residência...

— Em que estado você mora?

— Eu... — Ela lançou um olhar rápido e furtivo ao redor. — Nós não podemos contar coisas pessoais pros residentes. Seria o fim do meu emprego se alguém descobrisse. Posso confiar em você, Luke?

— Vou ficar de bico calado.

— Eu moro em Vermont. Burlington. É pra lá que eu vou na minha semana de folga. — Contar para ele pareceu liberar alguma coisa dentro dela e, apesar de manter o volume baixo, as palavras saíram em uma torrente. — A primeira coisa que tenho que fazer quando saio do trabalho é apagar um monte de ligações de cobrança do celular. E, quando chego em casa, da secretária eletrônica do telefone. Você sabe, do fixo. Quando a secretária eletrônica fica cheia, eles deixam cartas de aviso ou de ameaça, na caixa de correspondência e por baixo da porta. Meu carro eles podem tomar quando quiserem, é um ferro-velho, mas agora estão falando em tirar a minha *casa*! Está paga, e não graças a *ele*. Quitei a hipoteca com o bônus do contrato quando vim trabalhar aqui, foi *por isso* que aceitei esse trabalho, mas vão tirar, e aquele troço já era...

— Patrimônio — sussurrou Luke.

— Isso mesmo. — As bochechas pálidas se encheram de cor, mas Luke não sabia se era de vergonha ou de raiva. — E quando pegarem a casa eles vão querer o que está guardado, e aquele dinheiro não é pra mim! Não é pra mim, mas vão pegar de qualquer jeito. Eles dizem.

— Ele acumulou isso tudo?

Luke estava perplexo. O homem devia ser uma máquina de gastar.

— *Sim!*

— Fala baixo. — Ele segurou o balde de plástico com uma das mãos e abriu a máquina de gelo com a outra. — Seu local de residência é bom. Vermont não é um estado de comunhão de bens.

— O que isso quer dizer?

Uma coisa que não querem que você saiba, pensou Luke. Tem tantas coisas que não querem que você saiba. Quando fica grudada na armadilha de moscas, eles querem que você permaneça lá. Ele pegou a concha de plástico dentro da porta da máquina de gelo e fingiu estar quebrando pedaços.

— Os cartões que ele usou estavam no nome dele ou no seu?

— No dele, claro, mas estão cobrando de mim porque ainda somos legalmente casados e temos conta conjunta!

Luke começou a encher o balde de plástico com gelo... bem devagar.

— Eles dizem que podem fazer isso e parece plausível, mas não podem. Não legalmente, não em Vermont. Não na maioria dos estados. Se ele estava usando os cartões *dele* e a assinatura dele estava nos canhotos, a dívida é *dele*.

— Eles dizem que é nossa! De nós dois!

— Eles mentem — disse Luke, com tristeza. — Quanto às ligações que você mencionou... alguma delas acontece depois das oito da noite?

A voz dela desceu até um sussurro feroz.

— Você está brincando? Às vezes eles ligam à meia-noite! "Pague senão o banco vai tirar sua casa semana que vem! Você vai voltar e encontrar as fechaduras trocadas e seus móveis no gramado!"

Luke tinha lido sobre situações como esta e coisa pior. Cobradores de dívidas ameaçando tirar pais idosos de casas de repouso. Ameaçando ir atrás de filhos jovens ainda tentando alcançar alguma independência financeira. Qualquer coisa para conseguir uma porcentagem da grana.

— É bom você estar fora na maior parte do tempo e essas ligações caírem na caixa postal. Não deixam você trazer o celular pra cá?

— Não! Meu Deus, não! Fica trancado no meu carro em... bom, não aqui. Mudei de número uma vez e eles conseguiram o novo. Como puderam fazer isso?

É fácil, pensou Luke.

— Não apaga essas ligações. Guarda. Elas têm o horário marcado. É ilegal que agências de cobrança liguem para os clientes, porque é assim que eles chamam gente como você, clientes, depois das oito da noite.

Ele virou o balde e começou a enchê-lo de novo, ainda mais devagar. Maureen estava olhando para ele com admiração e um pouco de esperança, mas Luke nem percebeu. Estava mergulhado no problema, desenhando as linhas até o ponto central, onde poderiam ser cortadas.

— Você precisa de um advogado. Nem pense em procurar uma das empresas de dinheiro fácil que anunciam na televisão a cabo. Eles vão tirar tudo que puderem de você e te levar à falência. Você nunca vai conseguir seu histórico de crédito de volta. Você precisa de um advogado honesto de Vermont que seja especializado em liquidação de dívida, que saiba sobre o Ato de Práticas Justas de Cobranças de Dívidas e que odeie aqueles sanguessugas. Posso pesquisar e encontrar um nome.

— Você pode fazer isso?

— Tenho quase certeza. — Se não tirassem seu computador primeiro, claro. — O advogado precisa descobrir qual agência de cobrança está encarregada de tentar conseguir o dinheiro. Quem está te assustando e ligando no meio da noite. Os bancos e as empresas de cartão de crédito não gostam de dar os nomes dos comparsas que usam, mas, a não ser que o Ato de Práticas Justas seja revogado, e tem gente poderosa em Washington tentando isso, um bom advogado pode obrigá-los a fornecer essa informação. As pessoas que estão ligando pra você passam do limite o tempo todo. São uns cretinos que trabalham em centrais de telemarketing.

Não muito diferentes dos cretinos que trabalham aqui, pensou Luke.

— O que são...

— Não importa. — Seria longo demais. — Com as fitas da sua secretária eletrônica, um bom advogado vai procurar os bancos e dizer que eles têm duas escolhas: perdoar as dívidas ou ir ao tribunal, acusados de práticas ilegais. Os bancos odeiam ir a julgamento e que descubram que eles contratam cobradores que são quase como os caras que quebram pernas em um filme do Scorsese.

— Você acha que eu não tenho que pagar?

Maureen estava perplexa. Ele olhou para o rosto cansado e pálido.

— *Você* fez alguma coisa errada?

Ela balançou a cabeça.

— Mas é *tanto* dinheiro. Ele estava mobiliando a casa em Albany, comprando aparelhos de som e computadores e televisões de tela plana, ele tem uma amante e está comprando coisas pra ela, ele gosta de cassinos e isso está acontecendo há *anos*. A boba e ingênua aqui só percebeu quando era tarde demais.

— Não é tarde demais, é o que...

— Oi, Luke.

Luke deu um pulo, se virou e viu Avery Dixon.

— Oi. Como estava a cama elástica?

— Boa. Depois ficou chata. Adivinha? Me deram uma injeção e eu nem chorei.

— Que bom.

— Quer ver televisão na sala até a hora do almoço? A Iris disse que tem Nickelodeon. *Bob Esponja*, *Rusty Rivets* e *The Loud House*.

— Agora não, mas pode aproveitar.

Avery observou os dois por mais um momento e seguiu pelo corredor. Quando ele foi embora, Luke se virou para Maureen.

— Não é tarde demais, é o que estou dizendo. Mas você tem que ser rápida. Me encontra aqui amanhã. Vou ter um nome pra você. Alguém bom. Alguém com um histórico. Eu prometo.

— Isso... filho, isso é bom demais pra ser verdade.

Ele gostou de ser chamado de filho por ela. Provocou uma sensação calorosa. Era burrice, talvez, mas era verdade.

— Mas não é. O que estão tentando fazer com você é *ruim* demais pra ser verdade. Eu tenho que ir. Está quase na hora do almoço.

— Não vou me esquecer disso — disse ela e apertou a mão dele. — Se você puder...

As portas bateram no final do corredor. De repente Luke teve certeza de que veria dois cuidadores, os dois piores, talvez Tony e Zeke, vindo atrás dele. Eles o levariam para algum lugar e fariam perguntas sobre o que estava conversando com Maureen e, se ele não contasse na mesma hora, usariam as "técnicas aprimoradas de interrogatório" até ele falar tudo. Ele estaria encrencado, mas o problema de Maureen talvez fosse pior.

— Calma, Luke — tranquilizou ela. — São só os novos residentes.

Três cuidadores de rosa passaram pela porta, puxando uma série de macas. Havia garotas dormindo nas duas primeiras, as duas louras. Na terceira havia a silhueta de um garoto ruivo. Supostamente o fã de WWE. Todos estavam dormindo. Quando eles chegaram mais perto, Luke disse:

— Caramba, acho que essas garotas são gêmeas! Idênticas!

— Acertou. Elas se chamam Gerda e Greta. Agora vá comer alguma coisa. Tenho que ajudar esse pessoal a acomodar os novatos.

11

Avery estava sentado em uma das poltronas da sala, balançando os pés e comendo um Slim Jim enquanto assistia ao que estava acontecendo na Fenda do Biquíni.

— Ganhei duas fichas por não ter chorado quando levei a injeção.

— Que bom.

— Pode ficar com o outro, se quiser.

— Não, obrigado. Guarda pra mais tarde.

— Tudo bem. O *Bob Esponja* é legal, mas eu queria ir pra casa.

Avery não chorou nem berrou nem nada, mas as lágrimas começaram a cair do canto dos olhos.

— É, eu também. Chega pra lá.

Avery se mexeu um pouco e Luke se sentou ao seu lado. Ficou apertado, mas deu. Luke passou o braço pelos ombros de Avery e lhe deu um abraço. Avery reagiu botando a cabeça no ombro de Luke, o que o emocionou de um jeito indescritível e fez com que ele ficasse com vontade de chorar.

— Adivinha, Maureen tem um filho — contou Avery.

— É mesmo? Você acha?

— Claro. Ele era pequeno, mas agora é grande. Maior do que o Nicky.

— Aham, certo.

— É segredo. — Avery não tirou os olhos da tela, onde Patrick estava discutindo com o Sirigueijo. — Ela está guardando dinheiro pra ele.

— É mesmo? E como você sabe disso?

Avery olhou para Luke.

— Eu só sei. Como sei que Rolf é seu melhor amigo e que você morava na Wildersmoot Drive.

Luke olhou para ele, boquiaberto.

— Meu Deus, Avery.

— Bom, né?

E, apesar de ainda haver lágrimas nas bochechas dele, Avery deu uma risadinha.

12

Depois do almoço, George propôs um jogo de badminton de três contra três: ele, Nicky e Helen contra Luke, Kalisha e Iris. Iris disse que o time de Nicky podia até ficar com Avery como bônus.

— Ele não é bônus, é um atraso — disse Helen e afastou a nuvem de mosquitos em volta dela.

— O que é atraso? — perguntou Avery.

— Se você quiser saber, leia meus pensamentos — disse Helen. — Além do mais, badminton é pros frescos que não conseguem jogar tênis.

— Nossa, que companhia agradável — alfinetou Kalisha.

Helen saiu andando até as mesas de piquenique e dos armários de jogos e mostrou o dedo do meio acima do ombro, sem olhar para trás. E balançou. Iris disse que podia ser Nicky e George contra Luke e Kalisha. Ela ficaria de juíza na lateral. Avery disse que ajudaria. Como todos concordaram, o jogo começou. A pontuação estava empatada em dez a dez quando a porta da sala se abriu e o garoto novo saiu andando, quase conseguindo andar em linha reta. Ele parecia atordoado pela droga no organismo. Também parecia puto da vida. Luke imaginou que ele tinha um metro e oitenta e talvez dezesseis anos de idade. Ele tinha uma barriga considerável, uma pança de comida que poderia virar de chope na idade adulta, mas os braços bronzeados eram repletos de músculos e ele tinha trapézios incríveis, talvez de levantar peso. As bochechas eram cobertas de sardas e acne. Os olhos pareciam rosados e irritados. O cabelo ruivo estava espetado como quem acabou de acordar. Todos pararam o que estavam fazendo para olhar para ele.

Sussurrando sem mover os lábios, como uma condenada em pátio de prisão, Kalisha disse:

— É o Incrível Hulk.

O novato parou perto da cama elástica e observou os outros. Ele falou devagar, pausadamente, como se desconfiando que as pessoas a quem se dirigia tivessem pouca compreensão de inglês. Seu sotaque era do Sul.

— *Que... porra... é essa?*

Avery se aproximou.

— É o Instituto. Oi, sou Avery. Qual é o seu n...

O novato encostou a base da mão no queixo de Avery e o empurrou. Não com muita força, mais com distração, mas Avery se estatelou em uma das almofadas em volta da cama elástica e ficou olhando com uma expressão de surpresa e choque. O novato não prestou atenção nele, nem nos jogadores de badminton, nem em Iris, nem em Helen, que tinha parado de virar as cartas de um jogo de paciência. Ele parecia estar falando sozinho.

— *Que... porra... é essa?*

Ele espantou os insetos com irritação. Como Luke na sua primeira ida ao parquinho, o novato não tinha passado repelente. Os mosquitos não estavam só voando em volta dele. Estavam pousando e experimentando seu suor.

— Ah, cara — disse Nicky. — Você não devia ter derrubado o Avester assim. Ele estava tentando ser legal.

O novato finalmente prestou atenção. Ele se virou para Nick.

— *Quem... é... você?*

— Nick Wilholm. Ajuda o Avery a se levantar.

— *O quê?*

Nick fez uma expressão paciente.

— Você derrubou ele, você ajuda ele a se levantar.

— Eu ajudo — disse Kalisha, e correu até a cama elástica. Ela se inclinou para segurar o braço de Avery e o novato empurrou *ela*. Em vez de cair no acolchoado, ela caiu no cascalho e arranhou o joelho.

Nick largou a raquete de badminton e foi até o novato. Ele botou as mãos nos quadris.

— Agora você pode ajudar os dois a se levantarem. Sei que você está perdidinho, mas isso não é desculpa.

— E se eu não ajudar?

Nick sorriu.

— Daí eu vou foder com a sua vida, gordo.

Helen Simms estava olhando com interesse da mesa de piquenique. George parecia ter decidido ir para um território mais seguro. Ele se dirigiu para a porta da sala, passando longe do novato no caminho.

— Não se incomode se ele quer ser babaca — disse Kalisha para Nicky. — Estamos bem, não estamos, Avery? — Ela o ajudou a se levantar e começou a recuar.

— Claro que estamos — concordou Avery, mas lágrimas mais uma vez desciam pelas bochechas fofas.

— Quem você está chamando de babaca, sua puta?

— Deve ser você, considerando que você é o único babaca aqui — disse Nick, dando um passo mais para perto dele. Luke estava fascinado pelo contraste. O novato era um martelo, e Nicky, uma lâmina. — Você tem que pedir desculpas.

— Foda-se você e foda-se seu pedido de desculpas — disse o novato. — Não sei que lugar é este, mas não vou ficar aqui. Agora, sai da minha frente.

— Você não vai a lugar nenhum — disse Nicky. — Você veio pra ficar, assim como todos nós.

Ele sorriu sem mostrar os dentes.

— Parem, vocês dois — pediu Kalisha.

Ela estava com os braços nos ombros de Avery, e Luke não precisava ser leitor de mentes para saber o que ela estava pensando, porque ele estava pensando a mesma coisa: o novato devia ser uns trinta quilos mais pesado do que Nicky, talvez uns quarenta. E, apesar de ter um monte de gordura na frente, os braços não eram brincadeira.

— Último aviso — ameaçou o novato. — Sai da frente ou quebro a sua cara.

George pareceu ter mudado de ideia sobre entrar. Agora, estava indo em direção ao novato, não por trás, mas pelo lado. Já Helen se aproximava por trás, não rápido, mas com aquele rebolado que Luke tanto admirava. E um sorrisinho na cara.

O rosto de George se contraiu em uma careta de concentração, os lábios apertados e a testa franzida. Os mosquitos que estavam em volta dos dois de repente se juntaram e foram para a cara do novato, como se em um sopro de vento. Ele levou a mão aos olhos e balançou. Helen se ajoelhou às suas costas e Nicky lhe deu um empurrão. O novato caiu deitado, metade no cascalho e metade no asfalto.

Helen se levantou e se afastou, rindo e apontando.

— Quem se fodeu foi você, garotão, quem se fodeu foi você, quem se fodeu foi *só* você!

Com um rugido de fúria, o novato começou a se levantar. Antes que conseguisse, Nick deu um passo à frente e chutou a coxa dele. Com força. Ele gritou, botou a mão na perna e puxou os joelhos contra o peito.

— Meu Deus, para! — gritou Iris. — A gente já não tem problemas o suficiente sem isso?

O antigo Luke talvez tivesse concordado. O novo Luke, o Luke do Instituto, não.

— Ele começou. E talvez precisasse.

— Vou pegar vocês — choramingou o novato. — Vou pegar todos vocês, seus covardes de golpe baixo!

O rosto dele tinha ficado de um tom alarmante de vermelho-arroxeado. Luke começou a se perguntar se um garoto de dezesseis anos acima do peso podia ter um derrame e concluiu (impressionante, mas verdadeiro) que não se importava.

Nicky se apoiou em um joelho.

— Não vai porra nenhuma. Agora, você precisa me ouvir, gordão. Nós não somos o seu problema. *Eles* é que são.

Luke olhou em volta e viu três cuidadores lado a lado, diante da porta da sala: Joe, Hadad e Gladys. Hadad não parecia mais simpático, e o sorriso plástico de Gladys tinha sumido. Os três estavam segurando dispositivos pretos com fios. Ainda não estavam se aproximando, mas estavam prontos para isso. Porque não aceitariam que suas cobaias brigassem, pensou Luke. Isso não seria permitido. Cobaias são valiosas.

— Me ajuda com esse filho da puta, Luke — pediu Nicky.

Luke segurou um dos braços do novato e o passou pelo pescoço. Nick fez o mesmo com o outro. A pele do garoto estava quente e oleosa de suor. Ele estava ofegante, tentando respirar entre dentes trincados. Juntos, Luke e Nicky o levantaram.

— Nicky? — perguntou Joe. — Tudo bem? Acabou a confusão?

— Acabou — disse Nicky.

— Melhor mesmo — avisou Hadad, e entrou ao lado de Gladys. Joe ficou onde estava, ainda segurando o dispositivo preto.

— Nós estamos bem — garantiu Kalisha. — Não foi uma confusão *de verdade*, só um pequeno...

— Desentendimento — completou Helen.

— Ele não estava com uma intenção ruim — disse Iris —, só estava chateado.

Havia uma gentileza sincera na voz dela, o que deixou Luke meio envergonhado de se sentir tão feliz quando Nicky chutou a perna do garoto.

— Vou vomitar — anunciou o novato.

— Não na cama elástica, não mesmo — disse Nicky. — A gente usa isso. Vem, Luke. Me ajuda a levar ele até a cerca.

O novato começou a fazer uns barulhos, sua barriga considerável tremendo. Luke e Nicky o levaram até a cerca, entre o parquinho e o bosque. Chegaram lá bem a tempo. O novato apoiou a cabeça no arame do alambrado e vomitou pelos vãos, expulsando os restos do que tinha comido lá fora, quando era um garoto livre em vez de ser o garoto novo.

— Eca — fez Helen. — Alguém comeu creme de milho. Nojento.

— Está melhor? — perguntou Nicky.

O novato assentiu.

— Terminou?

Ele balançou a cabeça e vomitou de novo, dessa vez com menos força.

— Acho...

Limpou a garganta e mais gosma saiu.

— Meu Deus — disse Nicky, limpando a bochecha. — Tem uma toalha pra acompanhar esse seu banho?

— Acho que vou desmaiar.

— Não vai — disse Luke. Ele não tinha certeza, mas achou melhor ser otimista. — Vem aqui pra sombra.

Eles levaram o novato até a mesa de piquenique. Kalisha se sentou ao lado dele e pediu para ele abaixar a cabeça. Ele obedeceu sem discutir.

— Qual é o seu nome? — perguntou Nicky.

— Harry Cross. — Ele não estava mais com vontade de brigar. Parecia cansado e humilhado. — Sou de Selma. Fica no Alabama. Não sei como vim parar aqui, nem o que está acontecendo, nem *nada*.

— A gente pode te contar umas coisas, mas você tem que parar de babaquice. Tem que agir direito — disse Luke. — Este lugar já é bem ruim sem a gente brigando.

— E você tem que pedir desculpas ao Avery — observou George, que agora não tinha nada do palhaço da turma. — É assim que se começa a agir direito.

— Tudo bem — disse Avery. — Ele não me machucou.

Kalisha não deu atenção a isso.

— Pede desculpas.

Harry Cross olhou para a frente. Passou a mão pelo rosto vermelho e simples:

— Desculpa por ter te derrubado, garoto. — Ele olhou para os outros. — Está bom assim?

— Mais ou menos. — Luke apontou para Kalisha. — Pra ela também.

Harry deu um suspiro.

— Desculpa, seja lá qual for seu nome.

— É Kalisha. Se ficarmos mais amigos, o que não me parece muito provável neste momento, você pode me chamar de Sha.

— Só não chama ela de camarada — disse Luke. George riu e deu um tapinha nas costas dele.

— Vocês que sabem — murmurou Harry, limpando o queixo.

— Agora que a agitação passou, por que a gente não termina a porcaria do jogo de bad...

— Oi, meninas — disse Iris. — Querem vir até aqui?

Luke olhou para a porta. Joe tinha sumido. Havia duas garotas louras paradas onde ele estava antes. Elas estavam de mãos dadas e mostravam expressões idênticas de pavor atordoado. Tudo nelas era idêntico, exceto as camisetas, uma verde e outra vermelha. Luke pensou no Dr. Seuss: Coisa Um e Coisa Dois.

— Venham — chamou Kalisha. — Está tudo bem. A confusão acabou.

Se ao menos isso fosse verdade, pensou Luke.

13

Às quatro e quinze daquela tarde, Luke estava no quarto lendo mais sobre advogados de Vermont especializados no Ato de Práticas Justas de Cobranças de Dívidas. Até então, ninguém tinha perguntado por que ele estava tão interessado naquele assunto. Ninguém tinha perguntado sobre o Homem Invisível de H.G. Wells. Luke achava que poderia elaborar algum tipo de teste para descobrir se estava sendo monitorado (pesquisar no Google sobre formas de cometer suicídio provavelmente funcionaria), mas decidiu que fazer isso seria loucura. Por que cutucar a onça com vara curta? Além disso, como não faria muita diferença para a vida que ele levava agora, era melhor não saber.

Uma batida rápida soou na porta, que se abriu antes que ele pudesse dizer que a pessoa podia entrar. Era uma cuidadora alta, de cabelo escuro. O crachá na blusa rosa dizia PRISCILLA.

— A coisa do olho, não é? — perguntou Luke, desligando o laptop.

— Exatamente. Vamos. — Sem sorriso, sem animação. Depois de Gladys, Luke achou essa abordagem um alívio.

Eles foram até o elevador e desceram para o nível C.

— Até onde este lugar vai pra baixo? — perguntou Luke.

Priscilla olhou para ele.

— Não é da sua conta.

— Eu só estava puxando conver...

— Bom, não faça isso. Cala a boca.

Luke calou a boca.

De volta à sala C-17, Zeke tinha sido substituído por um técnico cujo crachá dizia BRANDON. Dois homens de terno também estavam presentes, um com um iPad e um com uma prancheta. Não usavam crachás e Luke supôs que eram médicos. Um era muito alto, com uma barriga que fazia a de Harry Cross parecer ridícula. Ele deu um passo à frente e estendeu a mão.

— Oi, Luke. Sou o dr. Hendricks, chefe das Operações Médicas.

Luke só olhou para a mão, sem vontade nenhuma de apertá-la. Ele estava aprendendo vários tipos de comportamentos novos. Era interessante de um jeito meio horrível.

O dr. Hendricks deu uma gargalhada meio estranha e meio zurrada, meio expirada e meio inspirada.

— Tudo bem, tudo bem mesmo. Esse é o dr. Evans, encarregado das Operações Oftalmológicas.

Ele deu o zurro inspirado e expirado de novo e Luke concluiu que *Operações Oftalmológicas* era algum tipo de humor de médico. O dr. Evans, um homem pequeno com um bigode desgrenhado, não riu da piada, nem sorriu. Também não ofereceu a mão para ser apertada.

— Então você é um dos novos recrutas. Bem-vindo. Sente-se, por favor.

Luke fez o que ele mandou. Sentar na cadeira era melhor do que se curvar sobre ela com a bunda de fora. Além do mais, ele tinha quase certeza de que sabia o que era aquilo. Já tinha feito exame de vista. Nos filmes, o garoto nerd e genial quase sempre usava óculos grossos, mas a visão de Luke era perfeita, ao menos até então. Ele estava mais ou menos à vontade até Hendricks se aproximar com outra seringa. Seu coração apertou quando a viu.

— Não se preocupe, é só outra picadinha. — Hendricks zurrou de novo e exibiu a boca dentuça. — São muitas injeções, como no exército.

— Claro, porque eu sou um recruta — disse Luke.

— Correto, totalmente correto. Fique parado.

Luke levou a injeção sem protestar. Não houve dor nem calor, mas uma outra coisa aconteceu. Uma coisa ruim. Quando Priscilla se inclinou para colocar um band-aid transparente, ele começou a engasgar.

— Não consigo… — *Engolir* era o que ele queria dizer, mas não conseguiu. Sua garganta se fechou.

— Você está bem — prometeu Hendricks. — Vai passar. — Pareceu uma boa notícia, mas o outro médico estava se aproximando com um tubo, que aparentemente pretendia enfiar na garganta de Luke, se fosse necessário. Hendricks botou a mão no ombro do colega. — Dê alguns segundos a ele.

Luke olhou para aqueles homens com desespero, com cuspe escorrendo pelo queixo e a certeza de que seriam os últimos rostos que ele veria… mas então sua garganta destravou. Ele inspirou intensamente.

— Está vendo? Tudo ótimo. Jim, não há necessidade de entubar — disse Hendricks.

— O que… o que você fez comigo?

— Nada. Você está ótimo.

O dr. Evans entregou o tubo de plástico para Brandon e assumiu o lugar de Hendricks. Ele apontou uma luz para os olhos de Luke, pegou uma pequena régua e mediu a distância entre eles.

— Não usa lentes de contato?

— Quero saber o que foi aquilo! Eu não consegui *respirar*! Não consegui *engolir*!

— Você está bem — disse Evans. — Engolindo como um campeão. A cor está voltando ao normal. Agora, você usa lentes de contato ou não?

— Não — respondeu Luke.

— Que bom. Que bom mesmo. Olhe para a frente, por favor.

Luke olhou para a parede. A sensação de esquecer como se respira passou. Brandon puxou uma tela branca e apagou a luz.

— Fique olhando para a frente — disse o dr. Evans. — Se você afastar o olhar uma só vez, Brandon vai dar um tapa na sua cara. Se afastar o olhar uma segunda vez, Brandon vai dar um choque em você, de voltagem baixa, mas bem dolorido. Entendeu?

— Entendi — respondeu Luke. Ele engoliu em seco. Foi tudo bem, sua garganta parecia normal, mas seu coração ainda estava disparado. — A AMA sabe sobre isso?

— Você tem que calar a boca — disse Brandon.

Calar a boca parecia ser a ordem-padrão ali, pensou Luke. Ele ponderou que o pior já tinha passado, agora era só um exame de olhos, os outros tinham passado pelo mesmo e estavam bem, mas ele ficava engolindo em seco para verificar que, sim, era capaz. Eles projetariam umas letras, ele leria e seria o fim.

— Pra frente — pediu Evans, quase cantarolando. — Olhos na tela e em nenhum outro lugar.

Uma música começou: violinos tocando alguma coisa clássica. Era para ter um efeito calmante, Luke achava.

— Priss, liga o projetor — disse Evans.

Em vez de uma tabela de letras, um ponto azul apareceu no meio da tela, pulsando de leve, como se tivesse batimento. Um ponto vermelho apareceu abaixo, fazendo-o pensar em HAL ("Desculpe, Dave"). Em seguida, um ponto verde. Os pontos vermelho e verde pulsavam em sincronia com o azul, depois os três começaram a piscar. Outros começaram a aparecer, primeiro um de cada vez, depois dois de cada vez, depois aos montes. Em pouco tempo, a tela estava cheia de centenas de pontos coloridos piscando.

— Na tela — cantarolou Evans. — Na *teeeeela*. Em nenhum outro lugar.

— Então se eu não vejo sozinho vocês projetam? Tipo para dar o estímulo? Isso não...

— Cala a boca — Priscilla, dessa vez.

Agora, os pontos começaram a girar. Iam uns atrás dos outros, como loucos, alguns parecendo espiralar, outros se amontoando, alguns formando círculos que subiam e desciam e se cruzavam. Os violinos estavam acelerando, a música clássica suave virando uma coisa que parecia música de dançar quadrilha. Os pontos não estavam só se movendo agora: tinham virado um painel eletrônico da Times Square com os circuitos elétricos e tendo um colapso nervoso. Luke começou a sentir como se *ele* estivesse tendo um colapso nervoso. Pensou em Harry Cross vomitando no alambrado e soube que faria a mesma coisa se ficasse olhando para aqueles pontos coloridos correndo como loucos, e ele não queria vomitar, acabaria caindo no seu colo...

Brandon lhe deu um tapa forte. O barulho foi de uma bombinha estourando, perto e longe ao mesmo tempo.

— Olha pra tela, camarada.

Tinha uma coisa quente escorrendo no lábio superior dele. O filho da puta acertou meu nariz, além de bater na minha bochecha, pensou Luke, mas sem dar importância. Aqueles pontos rodopiando estavam entrando na sua cabeça, invadindo o seu cérebro como encefalite ou meningite. Algum tipo de *ite*, pelo menos.

— Pronto, Priss, desliga agora — pediu Evans.

No entanto, ela não devia ter ouvido, porque os pontos não sumiram. Só floresciam e encolhiam, cada florescimento maior do que o anterior: *woosh* para fora e *zip* para dentro, *woosh* e *zip*. Estavam ficando em 3D, saindo da tela, pulando em cima dele, recuando, se adiantando, correndo...

Ele achou que Brandon estivesse dizendo alguma coisa sobre Priscilla, mas devia ser coisa da sua cabeça, não? E havia alguém gritando? Se sim, podia ser ele?

— Bom menino. Isso está ótimo, Luke, você está indo bem. — A voz de Evans, vinda de longe. De um drone lá na estratosfera. Talvez do outro lado da lua.

Mais pontos coloridos. Não estavam só na tela agora, mas também nas paredes, girando no teto, ao seu redor, dentro dele. Nos últimos segundos antes de desmaiar, Luke teve a impressão de que os pontos estavam *substituindo* o seu cérebro. Ele viu as mãos voarem no meio dos pontos de luz, viu as mãos dançando e correndo na pele, percebeu que estava se debatendo na cadeira.

Ele tentou dizer *Eu estou tendo uma convulsão, vocês estão me matando*, mas tudo que saiu da sua boca foi um gorgolejo. Os pontos sumiram, ele estava caindo da cadeira, estava caindo na escuridão e isso foi um alívio. Ah, Deus, que alívio.

14

Ele foi despertado com tapas. Não foram tapas fortes, não como o que tinha feito seu nariz sangrar (se é que isso realmente acontecera), mas também não eram tapinhas de amor. Ele abriu os olhos e viu que estava no chão, em uma sala diferente. Priscilla estava apoiada em um joelho, ao seu lado. Os tapas eram dela. Brandon e os dois médicos estavam ali perto, olhando. Hendricks ainda segurava o iPad, e Evans, a prancheta.

— Ele acordou — disse Priscilla. — Você consegue se levantar, Luke?

Luke não sabia se conseguia ou não. Quatro ou cinco anos antes, ele tivera faringite e febre alta. Sentia-se agora como nessa ocasião, como se metade dele tivesse saído do corpo e ido para a atmosfera. A boca estava com gosto ruim, e o local da última injeção coçava muito. Ele ainda sentia a garganta inchando e se fechando e sentia o quanto tudo isso tinha sido horrível.

Brandon não deu a Luke a chance de testar as pernas, só segurou seu braço e o puxou para que ficasse de pé. Luke ficou parado, oscilando.

— Qual é o seu nome? — perguntou Hendricks.

— Luke... Lucas... Ellis. — As palavras pareciam sair não da sua boca, mas da sua metade solta que flutuava acima da cabeça. Ele estava cansado. O rosto latejava pelos tapas repetidos e seu nariz estava doendo. Ele levantou a mão (subiu lentamente, como se imerso na água), esfregou a pele acima do lábio e olhou sem surpresa para os flocos de sangue seco no dedo. — Quanto tempo fiquei apagado?

— Coloca ele sentado — pediu Hendricks.

Brandon segurou um dos braços de Luke e Priscilla o outro. Eles o levaram até uma cadeira (uma cadeira simples de cozinha, sem correias, graças a Deus). Ele estava na frente de uma mesa. Evans estava sentado atrás, em outra cadeira de cozinha, diante de uma pilha de cartas grandes como livros e azuis na parte de trás.

— Quero voltar pro meu quarto — disse Luke, cuja voz ainda não parecia estar vindo da boca, mas estava um pouco mais próxima. Talvez. — Quero me deitar. Estou enjoado.

— Sua desorientação vai passar — garantiu Hendricks —, mas pode ser uma boa pular a janta. Agora, quero que você preste atenção ao dr. Evans. Temos um teste pra você. Quando terminar, você pode voltar pro seu quarto e... er... despressurizar.

Evans pegou a primeira carta e olhou para ela.

— O que é?

— Uma carta — disse Luke.

— Guarda as piadas pro seu canal do YouTube — disse Priscilla, dando um tapa nele, bem mais forte do que os que ela usou para trazê-lo de volta.

O ouvido de Luke começou a apitar, mas pelo menos sua mente estava um pouco mais clara. Ele olhou para Priscilla e não viu hesitação. Nem arrependimento. Zero empatia. Nada. Luke percebeu que não era uma criança para ela. Ela tinha feito uma separação crucial na cabeça: ele era uma cobaia. Você obrigava a cobaia a fazer o que você queria e, se não fizesse, você administrava o que os psicólogos chamavam de reforço negativo. E quando os testes acabavam? Você ia para a sala de descanso tomar um café e comer um bolinho e conversava sobre seus filhos (que eram crianças de verdade) ou reclamava de política, esporte, o que fosse.

Mas Luke já não sabia disso? Ele achava que sim, só que saber de uma coisa e sentir a verdade dela irritando sua pele eram duas coisas diferentes. Luke sabia que chegaria uma hora, e não demoraria, em que se encolheria todas as vezes que alguém abrisse a mão para ele, mesmo que fosse só para cumprimentá-lo ou pedir um *high five*.

Evans botou a carta de lado e pegou outra na pilha.

— E esta, Luke?

— Já falei, não sei! Como eu posso saber o que...

Priscilla deu outro tapa nele. Seu ouvido estava ecoando outra vez e Luke começou a chorar. Não conseguiu se controlar. Ele achava que o Instituto era um pesadelo, mas aquilo era o verdadeiro pesadelo: estar metade fora do corpo e ouvir perguntas sobre cartas que ele não conseguia ver e levar tapas quando dizia que não sabia.

— Tenta, Luke — disse Hendricks em seu ouvido que não estava ecoando.

— Quero voltar pro meu quarto. Estou *cansado*. E enjoado.

Evans colocou a segunda carta de lado e pegou uma terceira.

— O que é?

— Você cometeu um erro — disse Luke. — Sou TC, não TP. Pode ser que Kalisha consiga dizer o que tem nessas cartas e tenho certeza de que Avery também, *mas eu não sou TP!*

Evans pegou uma quarta.

— O que é? Chega de tapas. Me diz, senão dessa vez o Brandon vai te dar um choque com o bastão elétrico e vai doer. Você provavelmente não vai ter outra convulsão, mas talvez tenha, então me diz, Luke, o que é?

— A ponte do Brooklyn! — gritou ele. — A torre Eiffel! Brad Pitt de smoking, um cachorro cagando, as 500 milhas de Indianápolis, *sei lá!*

Ele esperou o bastão elétrico, que devia ser algum tipo de taser. Talvez fosse estalar ou zumbir. Talvez não fosse emitir som nenhum e ele só tremesse e caísse no chão, se sacudindo e babando. Mas Evans botou a carta de lado e fez sinal para Brandon se afastar. Luke não sentiu alívio.

Ele pensou: queria estar morto. Morto e fora disso.

— Priscilla — pediu Hendricks. — Leva o Luke de volta pro quarto.

— Sim, doutor. Bran, me ajuda com ele até o elevador.

Quando eles chegaram lá, Luke já se sentia reintegrado, a mente engrenando de novo. Eles teriam mesmo desligado o projetor? E ele *teria continuado* vendo os pontos?

— Vocês cometeram um erro. — A boca e a garganta de Luke estavam muito secas. — Eu não sou o que vocês chamam de TP. Vocês sabem, né?

— Não interessa — disse Priscilla, com indiferença. Ela se virou para Brandon e, com um sorriso de verdade, se transformou em outra pessoa. — Vejo você mais tarde, né?

Brandon sorriu.

— Com certeza.

Ele se virou para Luke, fechou a mão e mirou no rosto do garoto. Parou a dois centímetros do nariz, mas Luke se encolheu e gritou. Brandon deu uma gargalhada alta e Priscilla abriu um sorriso indulgente como quem diz "ah, esses meninos".

— Vai devagar com ela, Luke — disse Brandon e foi para o corredor do nível C com um gingado diferente, o bastão elétrico preso no cinto batendo no quadril.

No corredor principal, que Luke entendia agora como a ala dos residentes, as gêmeas Gerda e Greta estavam paradas, com olhos arregalados e assustados. Estavam de mãos dadas, segurando bonecas idênticas, como elas. Fizeram Luke pensar nas gêmeas de um filme antigo de terror.

Priscilla foi com ele até a porta do quarto e se retirou sem falar nada. Luke entrou, viu que ninguém tinha tirado seu laptop e desabou na cama, sem nem descalçar os sapatos. Ele dormiu por cinco horas.

15

A sra. Sigsby estava esperando quando o dr. Hendricks, também conhecido como Donkey Kong, entrou na pequena suíte privada adjacente ao escritório. Ela estava sentada no sofá. Ele lhe entregou uma pasta.

— Sei que você ama papel, então aqui está. Não vai te fazer bem nenhum.

Ela não abriu a pasta.

— Não pode me fazer bem nem mal, Dan. Esses são os seus testes, seus experimentos secundários e não parecem estar sendo concluídos.

Ele contraiu o maxilar com teimosia.

— Agnes Jordan. William Gortsen. Veena Patel. Dois ou três outros que agora não consigo me lembrar. Donna alguma coisa. Tivemos resultados positivos com todos eles.

Ela suspirou e ajeitou o cabelo cada vez mais ralo. Hendricks pensou que Siggers tinha cara de pássaro: nariz fino em vez de bico, mas os mesmos olhinhos ávidos. A cara de um pássaro com o cérebro de uma burocrata. Incorrigível, de verdade.

— E dezenas de Rosas com quem você não teve resultado nenhum.

— Talvez seja verdade, mas pensa bem — disse ele, porque na verdade o que queria dizer, *Como você pode ser tão burra?*, o meteria em muita confusão. — Se telepatia e telecinesia estiverem conectadas, como meus experimentos sugerem que estejam, talvez possa haver outras habilidades paranormais, latentes e esperando para serem reveladas. O que essas crianças conseguem fazer, até as mais talentosas, pode ser só a ponta do iceberg. E se a cura paranormal for possível? E se um tumor tipo o glioblastoma que matou John McCain pudesse ser curado só com o poder do pensamento? E se essas habilidades puderem ser canalizadas para prolongar a vida, até talvez uma vida de cento e cinquenta anos, quem sabe mais? O objetivo para o uso das crianças não precisa ser o fim: pode ser só o começo!

— Já ouvi tudo isso. E li no que você gosta de chamar de declaração da sua missão.

Leu, mas não entendeu, pensou ele. Nem Stackhouse. Evans entende, mais ou menos, mas nem ele consegue ver a amplitude do potencial.

— Não que Ellis ou Iris Stanhope sejam particularmente valiosos. Não à toa são classificados como Rosas. — Ele fez um som de desprezo e balançou a mão.

— Isso era mais verdade vinte anos atrás do que agora. Até dez.

— Mas...

— Chega, Dan. O garoto Ellis mostrou sinais de TP ou não?

— Não, mas ele continuou vendo as luzes depois que o projetor foi desligado, o que acredito que seja um indicador. Um indicador *forte*. Mas depois, infelizmente, ele teve uma convulsão. O que não é incomum, você sabe.

Ela suspirou.

— Não tenho nenhuma objeção aos seus testes com as luzes Stasi, Dan, mas você precisa manter a perspectiva aqui. Nosso objetivo principal é preparar os residentes pra Parte de Trás. Isso é o que importa, o objetivo principal. Qualquer efeito colateral não é motivo de grande preocupação. A gerência não está interessada no equivalente paranormal de Rogaine.

Hendricks se encolheu, como se tivesse levado um tapa.

— Um remédio pra hipertensão que também já se mostrou capaz de fazer cabelo crescer nos crânios de carecas não está à altura de um procedimento que poderia mudar o rumo da existência humana!

— Talvez não, e se seus testes tivessem resultados mais frequentes talvez eu e o pessoal que paga seus salários estivéssemos mais animados. Mas até agora você só tem alguns acertos aleatórios.

Ele abriu a boca para protestar, mas fechou de novo quando ela o encarou com expressão ameaçadora.

— Você pode continuar seus testes por enquanto, fique satisfeito com isso. E deveria mesmo ficar, considerando que o resultado deles foi a perda de várias crianças.

— Rosas — disse ele, e fez aquele som de desprezo de novo.

— Você age como se eles existissem às pencas — rebateu ela. — Talvez já tenha sido assim, mas não é mais, Dan. Não mais. Enquanto isso, aqui tem um arquivo pra você.

Era um arquivo vermelho, com um carimbo de REALOCAÇÃO.

16

Quando Luke entrou na sala naquela noite, encontrou Kalisha sentada no chão, com as costas para uma das janelas grandes que davam para o parquinho. Ela estava bebendo uma das garrafinhas de álcool das máquinas.

— Você bebe isso? — perguntou ele, sentando-se ao lado dela.

No parquinho, Avery e Helen estavam na cama elástica. Aparentemente, ela estava ensinando a ele como rolar para a frente. Em pouco tempo, escureceria e eles teriam que entrar. Embora nunca fechasse, o parquinho não tinha luz, o que desencorajava visitas noturnas.

— Primeira vez. Usei todas as minhas fichas. É bem horrível. Quer um pouco? — Ela esticou a garrafa, que continha uma bebida chamada Twisted Tea.

— Eu passo. Sha, por que você não me contou que o teste das luzes era tão ruim?

— Me chame de Kalisha. É só você que me chama assim e eu gosto.

A voz dela estava um pouquinho arrastada. Ela não podia ter bebido mais do que alguns poucos mililitros do chá com álcool, mas Luke imaginava que ela não estivesse acostumada.

— Tudo bem. Kalisha. Por que você não me contou?

Ela deu de ombros.

— Eles fazem você ficar olhando pra umas luzes coloridas dançantes até você ficar meio tonto. O que tem de tão ruim nisso? — *Nisso* saiu *nhisso*.

— É mesmo? Foi só isso que aconteceu com você?

— Foi. Por quê? O que aconteceu com *você*?

— Me deram uma injeção primeiro e tive uma reação. Minha garganta fechou. Achei por um momento que ia morrer.

— Hã. Eu levei uma injeção antes do teste, mas não aconteceu nada. Isso parece horrível. Sinto muito, Lukey.

— Essa foi só a primeira parte ruim. Eu desmaiei olhando pras luzes. Acho que tive uma convulsão. — Ele também tinha molhado um pouco a calça, mas não pretendia revelar essa parte. — Quando acordei... — Ele fez uma pausa para se controlar. Não estava com vontade de chorar na frente daquela garota bonita com os olhos castanhos bonitos e o cabelo preto brilhoso. — Quando acordei, me deram uns tapas.

Ela se sentou, empertigada.

— Como *assim*?

Ele assentiu.

— Aí, um dos médicos... Evans, você conhece?

— O do bigodinho.

Ela franziu o nariz e tomou outro gole.

— Sim, ele mesmo. Ele estava com umas cartas e tentou me fazer adivinhar o que tinha nelas. Eram Cartas de Zener. Só podiam ser. Você falou delas, lembra?

— Claro. Já fizeram testes comigo mais de dez vezes. Mais de *vinte*. Mas não fizeram depois das luzes. Só me levaram pro meu quarto. — Ela tomou outro gole. — Devem ter confundido os papéis e achado que você era TP e não TC.

— Foi o que eu pensei e falei pra eles, mas continuaram me estapeando. Como se achassem que eu estava fingindo.

— É a coisa mais maluca que já ouvi — disse ela. *Uvi* no lugar de ouvi.

— Acho que aconteceu porque não sou o que vocês chamam de pos. Sou comum. Eles chamam as crianças comuns de Rosas.

— É. Rosas. Isso mesmo.

— E os outros? Alguma coisa assim aconteceu com algum deles?

— Nunca perguntei. Tem certeza de que não quer um pouco?

Luke pegou a garrafa e tomou um gole, mais para ela não beber tudo. Na avaliação dele, ela já tinha tomado o suficiente. Era tão horrível quanto ele esperava. Ele devolveu a garrafinha.

— Você não quer saber o que estou comemorando?

— O quê?

— Iris. À memória dela. Ela é como você, nada de especial, só uma TCzinha. Eles vieram e a levaram uma hora atrás. Como George diria, não vamos mais ver a pinta dela.

Kalisha começou a chorar. Luke passou os braços em volta dela. Não conseguiu pensar em outra coisa para fazer. Ela deixou e apoiou a cabeça no ombro dele.

17

Naquela noite, Luke entrou no site do sr. Griffin de novo, digitou o endereço do *Star Tribune* e ficou olhando o nome por quase três minutos antes de clicar no ENTER. Covarde, pensou ele. Sou um covarde. Se eles estiverem mortos, vou descobrir. Só que ele não sabia como poderia encarar essa notícia sem desmoronar completamente. Além do mais, de que adiantaria?

Por isso, digitou *Advogados de dívidas em Vermont*. Ele já tinha feito essa pesquisa, mas disse para si mesmo que conferir era sempre uma boa ideia. E ocuparia o tempo.

Vinte minutos depois, ele desligou o computador e estava pensando se devia dar uma volta para ver quem estava por aí (Kalisha seria sua escolha, se ela não estivesse dormindo), quando os pontos coloridos voltaram. Giraram diante de seus olhos e o mundo começou a sumir. A se *afastar*, como um trem saindo da estação enquanto ele olhava da plataforma.

Ele abaixou a cabeça em cima do laptop fechado e respirou fundo lentamente, dizendo para si mesmo para aguentar, aguentar, só aguentar. Dizendo para si mesmo que passaria, sem se permitir pensar no que aconteceria se não passasse. Pelo menos, ele conseguia engolir. Engolir estava fácil, e a sensação de se afastar de si mesmo, de cair em um universo de luzes giratórias, acabou passando. Ele não sabia quanto tempo tinha levado, talvez um ou dois minutos, mas pareceu bem mais.

Ele foi ao banheiro e escovou os dentes, se olhando no espelho. Eles podiam saber sobre os pontos, provavelmente *sabiam* sobre os pontos, mas não sobre a outra coisa. Ele não tinha ideia do que havia na primeira carta, nem na terceira, mas a segunda era um garoto numa bicicleta e a quarta era um cachorrinho com uma bola na boca. Um cachorro preto pequeno com uma bola vermelha. Parecia que ele era TP, afinal.

Ou tinha passado a ser.

Ele enxaguou a boca, apagou a luz, se despiu no escuro e se deitou na cama. Aquelas luzes o tinham mudado. Eles sabiam que podia acontecer, mas não tinham certeza. Luke não sabia como podia ter certeza disso, mas...

Ele era uma cobaia, talvez todos fossem, mas TPS e TCS de nível baixo, os Rosas, sofriam mais testes. Por quê? Porque eram menos valiosos? Mais descartáveis se as coisas dessem errado? Não havia como ter certeza, mas Luke achava provável. Os médicos achavam que o experimento com as cartas tinha sido um fracasso. Isso era bom. Aquelas pessoas eram ruins, e guardar segredos de pessoas ruins devia ser bom, certo? Mas ele desconfiava que as luzes tivessem algum propósito para além de desenvolver o talento dos Rosas, porque os TPS e TCS mais fortes, como Kalisha e George, também passavam por elas. Qual poderia ser o outro propósito?

Ele não sabia. Só sabia que os pontos tinham sumido, Iris tinha ido embora e os pontos poderiam voltar, mas Iris, não. Iris tinha ido para a Parte de Trás e eles não a veriam mais.

18

Havia nove pessoas no café da manhã no dia seguinte, mas sem Iris houve pouca conversa e nenhuma risada. George Iles não fez piadas. Helen Simms comeu só cigarros de mentira. Harry Cross pegou uma montanha de ovos mexidos no bufê e enfiou tudo na boca (com bacon e batatas) sem tirar os olhos do prato, como um homem fazendo seu trabalho. As gêmeas Greta e Gerda Wilcox não comeram nada até Gladys aparecer, com o sorriso largo e tudo, e fazê-las comer algumas colheradas. As gêmeas pareceram se animar mais ou menos com as atenções de Gladys; até riram um pouco. Luke pensou em puxá-las de lado mais tarde e dizer para não confiarem naquele sorriso, mas isso só as deixaria assustadas, e de que adiantaria?

De que adiantaria tinha se tornado outro mantra, e ele reconheceu que era um jeito ruim de pensar, um passo a mais no caminho da aceitação daquele lugar. Ele não queria seguir por ali, não queria mesmo, mas lógica era lógica. Se as pequenas Gs encontravam consolo na atenção da G grande, talvez fosse melhor, mas quando ele pensou nas garotinhas passando pelo termômetro retal... e pelas luzes...

— O que você tem? — perguntou Nicky. — Parece que mordeu um limão.

— Nada. Estou pensando em Iris.

— Ela já era, cara.

Luke olhou para ele.

— Que frieza.

Nicky deu de ombros.

— A verdade muitas vezes é fria. Quer ir lá fora jogar basquete?

— Não.

— Vamos lá. Te dou a vantagem do H e até deixo você repetir a jogada no final.

— Eu passo.

— Tá com medo? — perguntou Nicky, sem rancor.

Luke balançou a cabeça.

— Eu só ficaria me sentindo mal. Eu jogava com meu pai. — Ele ouviu o *jogava* e odiou o som da palavra.

— Tudo bem, entendi — disse ele, olhando com uma expressão que Luke mal conseguiu suportar, ainda mais vinda de Nicky Wilholm. — Escuta, cara...

— O quê?

Nicky suspirou.

— Só que vou estar lá fora se você mudar de ideia.

Luke saiu do refeitório e andou pelo corredor, o corredor do MAIS UM DIA NO PARAÍSO, depois pelo outro, que ele agora chamava de corredor da máquina de gelo. Não havia sinal de Maureen e ele foi em frente. Passou por mais pôsteres motivacionais e mais quartos, nove de cada lado. Todas as portas estavam abertas, exibindo camas desarrumadas e paredes livres de pôsteres, o que fazia com que os cômodos parecessem o que realmente eram: celas para crianças. Ele passou pelo anexo do elevador e seguiu andando por mais quartos. Certas conclusões pareceram inevitáveis. Uma foi que em algum momento houve bem mais "residentes" no Instituto. A não ser que a administração tivesse sido otimista demais.

Luke acabou encontrando outra sala, onde o zelador chamado Fred estava passando uma enceradeira com movimentos longos e lentos. Havia máquinas de lanches e bebidas ali, mas estavam vazias e desligadas. Não havia parquinho lá fora, só uma área de cascalho, mais alambrado com alguns bancos lá fora (supostamente para funcionários que quisessem fazer a pausa de descanso ao ar livre) e o prédio verde baixo da administração uns setenta metros depois. A toca da sra. Sigsby, que lhe dissera que ele estava ali para servir.

— O que você está fazendo? — perguntou o zelador Fred.

— Só andando por aí. Vendo as paisagens.

— Não tem paisagens. Volta pro lugar de onde veio. Vá brincar com os outros.

— E se eu não quiser?

Foi mais patético do que desafiador, e Luke desejou ter ficado de boca fechada. Fred estava com um walkie-talkie de um lado do quadril e um bastão elétrico do outro. Ele levou a mão à arma.

— Volta. Não vou mandar de novo.

— Tudo bem. Tenha um bom-dia, Fred.

— Foda-se seu bom-dia. — A enceradeira foi ligada de novo.

Luke se afastou, maravilhado com a rapidez com que todas as suas suposições inquestionáveis sobre os adultos (que eles seriam gentis com você se você fosse gentil com eles, para começar) foram destruídas. Tentou não olhar para todos os quartos vazios quando passou. Eram sinistros. Quantos garotos e quantas garotas teriam morado ali? O que aconteceu com eles quando foram para a Parte de Trás? E onde estavam agora? Em casa?

— Porra nenhuma — murmurou ele.

Desejou que sua mãe estivesse por perto para ouvi-lo usando aquela palavra e para dar uma bronca nele. O fato de não ter o pai era ruim. O fato de não ter a mãe era como se lhe tivessem arrancado um dente.

Quando chegou ao corredor da máquina de gelo, avistou a cesta de Maureen no chão, do lado de fora do quarto de Avery. Luke colocou o rosto para dentro, e ela abriu um sorriso para ele enquanto esticava a colcha na cama de Avester.

— Tudo bem, Luke?

Pergunta idiota, mas ele sabia que a intenção era boa, assim como sabia que talvez tivesse ou não alguma coisa a ver com o show de luzes do dia anterior. O rosto de Maureen parecia mais pálido, as linhas em volta da boca mais fundas. Luke pensou: Essa mulher não está bem.

— Claro. E você?

— Estou ótima. — Ela estava mentindo. Isso não pareceu palpite nem percepção, mas um fato. — Só que o Avery aqui molhou a cama à noite. — Ela suspirou. — Ele não é o primeiro nem vai ser o último. Por sorte, não passou pela capa do colchão. Se cuida, Luke. Tenha um bom dia.

Ela estava olhando diretamente para ele, com esperança nos olhos. Só que era o que havia por trás deles que carregava esperança. Ele pensou de novo: eles me mudaram. Não sei como e não sei o quanto, mas eles realmente me mudaram. Uma coisa nova tinha sido acrescentada. Luke estava bem feliz de ter mentido sobre as cartas. E mais feliz ainda por terem acreditado na sua mentira. Ao menos por enquanto.

Ele fez menção de ir embora, mas voltou.

— Acho que vou pegar gelo. Me deram uns tapas ontem e meu rosto está doendo.

— Faça isso, filho. Faça isso.

Mais uma vez, gostou de ouvir a palavra *filho*. Fez com que tivesse vontade de sorrir.

Ele pegou o balde que ainda estava no quarto, jogou a água do gelo derretido na pia do banheiro e foi até a máquina. Maureen estava ali, inclinada com o traseiro na parede de concreto, as mãos nas panturrilhas, quase nos tornozelos. Luke correu até ela, mas ela fez sinal de que não era nada.

— Só estou me alongando um pouco. Pra afastar a dor.

Luke abriu a porta da máquina de gelo e pegou a concha. Não podia entregar um bilhete a ela, como Kalisha fizera com ele, porque, apesar de ter um laptop, ele não tinha papel, nem caneta, nem um mero cotoco de lápis. Talvez fosse até bom. Bilhetes eram perigosos lá dentro.

— Leah Fink em Burlington — murmurou ele, enquanto pegava o gelo. — Rudolph Davis em Montpelier. Os dois têm cinco estrelas no Legal Eagle, um site de consumidores. Você vai conseguir se lembrar dos nomes?

— Leah Fink, Rudolph Davis. Deus te abençoe, Luke.

Luke sabia que devia parar por aí, mas estava curioso. Sempre tinha sido curioso. Então, em vez de ir embora, bateu no gelo, como se para quebrá-lo. Não precisava ser quebrado, mas o som foi bom e alto.

— Avery disse que o dinheiro que você guardou é pra uma criança. Sei que não é da minha conta...

— O garotinho Dixon é um dos que leem pensamentos, não é? Ele deve ser poderoso, independentemente de fazer xixi na cama. Não tem bolinha rosa na ficha dele.

— É, sim.

Luke continuou mexendo no gelo.

— Bom, ele está certo. Dei meu filho para adoção na igreja logo depois que ele nasceu. Eu queria ficar com ele, mas o pastor e minha mãe me convenceram a não ficar. O cachorro com quem me casei não queria filhos, então só tive esse que dei para adoção. Você realmente se importa com isso, Luke?

— Sim.

Ele se importava, mas conversar por muito tempo talvez fosse má ideia. *Eles* podiam não conseguir ouvir, mas conseguiam ver.

— Quando comecei a ter dores nas costas, passou pela minha cabeça que eu precisava saber o que tinha acontecido com ele e acabei descobrindo. O Estado alega que não pode dizer o destino dos bebês, mas a igreja guarda os registros de adoção desde 1950, e consegui a senha do computador. O pastor deixa embaixo do teclado da paróquia. Meu garoto está duas cidades depois de onde eu moro em Vermont. Está no último ano do ensino médio. Quer fazer faculdade. Descobri isso também: meu filho quer fazer faculdade. O dinheiro é pra isso, não pra pagar as contas daquele cachorro imundo.

Ela secou os olhos na manga, um gesto rápido e quase furtivo.

Ele fechou a máquina de gelo e se empertigou.

— Cuida das suas costas, Maureen.

— Pode deixar.

Mas e se fosse câncer? Ela achava que era isso, ele sabia.

Ela tocou no ombro de Luke quando ele se virou e se inclinou para perto. O hálito dela estava ruim. Era o hálito de uma pessoa doente.

— Meu garoto nem precisa saber de onde o dinheiro veio. Mas ele tem que receber. Ah, Luke? Faça o que eles mandarem. *Tudo* que eles mandarem. — Ela hesitou. — E se você quiser conversar com qualquer pessoa sobre qualquer coisa... faça isso aqui.

— Eu achava que havia outros lugares em que...

— Faça aqui — repetiu ela e empurrou a cesta pelo caminho de onde tinha vindo.

19

Quando voltou para o parquinho, Luke ficou surpreso de ver Nicky jogando basquete com Harry Cross. Os dois estavam rindo e se esbarrando e se apoiando um no outro como se fossem amigos de infância. Helen estava sentada à mesa de piquenique, jogando Batalha com Avery. Luke se sentou ao lado dela e perguntou quem estava ganhando a partida de cartas.

— Difícil dizer — disse Helen. — Avery ganhou de mim da última vez, mas a de agora está difícil.

— Ela acha muito chato, mas está sendo legal — explicou Avery. — Não é verdade, Helen?

— É, sim, pequeno Kreskin, é, sim. Depois vamos jogar Tapão. Você não vai gostar porque eu bato *com força*.

Luke olhou ao redor e sentiu uma pontada de preocupação. Fez um esquadrão de pontos-fantasma surgirem diante dos olhos, mas logo sumiram.

— Onde está a Kalisha? Eles não...

— Não, não, eles não levaram ela pra lugar nenhum. Ela só foi tomar banho.

— O Luke gosta dela — anunciou Avery. — Gosta *muito*.

— Avery?

— O quê, Helen?

— Algumas coisas não devem ser ditas.

— Por quê?

— Porque não adianta nada.

Ela afastou o olhar de repente. Passou a mão pelo cabelo colorido, talvez para esconder a boca tremendo. Se a intenção era essa, não adiantou.

— O que houve? — perguntou Luke.

— Por que você não pergunta ao pequeno Kreskin? Ele vê tudo, sabe tudo.

— Enfiaram um termômetro na bunda dela — informou Avery.

— Ah — fez Luke.

— Isso mesmo — disse Helen. — Não é degradante?

— Humilhante — concordou Luke.

— Mas também delicioso e prazeroso — acrescentou Helen, e todos começaram a rir. Helen estava com lágrimas nos olhos, mas risadas eram risadas, e poder rir ali era uma maravilha.

— Não entendi — disse Avery. — Como receber um termômetro na bunda pode ser delicioso e prazeroso?

— É delicioso se você lamber quando sai — respondeu Luke, e todos começaram a se contorcer de tanto rir.

Helen bateu com a mão na mesa e jogou as cartas longe.

— Ah, Deus, vou fazer xixi na calça, que nojento, não olhem!

Ela disparou correndo e quase derrubou George, que estava saindo e comendo chocolate com creme de amendoim.

— O que ela tem? — perguntou George.

— Fez xixi na calça — se limitou a dizer Avery. — Eu fiz xixi na cama ontem à noite e entendo.

— Obrigado por contar isso — disse Luke, sorrindo. — Vai lá jogar basquete com o Nicky e o novato.

— Você está maluco? Eles são grandes demais, e Harry já me empurrou uma vez.

— Então vai pular na cama elástica.

— Estou cansado de fazer isso.

— Pula mesmo assim. Quero conversar com o George.

— Sobre as luzes? Que luzes?

O garoto era apavorante, pensou Luke.

— Vai lá pular, Avester. Me mostra como faz pra rolar pra frente.

— E tenta não quebrar o pescoço — brincou George. — Mas, se quebrar, prometo que vou cantar "You Are So Beautiful" no seu enterro.

Avery olhou para George fixamente por um momento ou dois e disse:

— Mas você odeia essa música.

— Pois é — concordou George. — Pois é, eu odeio essa música. Dizer o que eu disse se chama sátira. Ou talvez ironia. Eu sempre confundo. Agora, vai. Bota um ovo no sapato e bate ele.

Eles viram Avery andar até a cama elástica.

— Esse garoto tem dez anos e, por causa dessa coisa paranormal, age como se tivesse seis — disse George. — Não é surreal?

— Muito surreal. Quantos anos você tem, George?

— Treze — respondeu George, meio mal-humorado. — Mas agora sinto como se tivesse cem. Escuta, Luke, dizem que nossos pais estão bem. Você acredita?

Era uma pergunta delicada. Por fim, Luke disse:

— Não… exatamente.

— Se você tivesse como descobrir, faria isso?

— Não sei.

— Eu, não — disse George. — Já tenho problemas demais. Descobrir se eles estão… você sabe… acabaria comigo. Mas não consigo deixar de pensar nisso. Tipo, o tempo todo.

Eu poderia descobrir pra você, pensou Luke. Poderia descobrir pra nós dois. Ele quase se inclinou para a frente e sussurrou isso no ouvido de George. Mas daí pensou nele dizendo que já tinha problemas demais.

— Escuta, aquela coisa do olho… você fez?

— Claro. Todo mundo faz. Assim como todo mundo leva o termômetro na bunda e a eletroencefalografia e a eletrocardiografia e a ressonância magnética e os exames de sangue e os testes de reflexo e todas as outras coisas maravilhosas que eles guardam pra nós, Lukey.

Luke pensou em perguntar se George tinha continuado vendo os pontos depois que o projetor foi desligado, mas decidiu não mencionar essa parte. Em vez disso, perguntou:

— Você teve convulsão? Eu tive.

— Não. Eles me sentaram a uma mesa e o médico babaca de bigode fez uns truques com cartas.

— Você quer dizer que ele ficou perguntando o que tinha nelas.

— Sim, é isso o que eu quero dizer. Achei que eram cartas de Zener, tinham que ser. Passei por um teste com elas dois anos antes de vir parar nesse encantador buraco do inferno, depois que meus pais perceberam que às vezes eu realmente conseguia mover coisas se olhasse para elas. Quando concluíram que eu não estava fingindo só pra botar medo neles e que não era uma pegadinha, eles quiseram descobrir o que mais estava acontecendo comigo e me levaram a Princeton, onde tem uma coisa chamada Pesquisa de Anomalias.

— Anomalias... Você está falando sério?

— Estou. Parece mais científico do que Pesquisa Paranormal, eu acho. Faz parte do Departamento de Engenharia de Princeton, dá pra acreditar? Parece que estão tentando esconder e talvez estejam mesmo. Dois alunos de mestrado fizeram o teste das cartas de Zener comigo, mas errei tudo. Não consegui nem fazer nada se mover naquele dia. Às vezes, é assim. — Ele deu de ombros. — Eles devem ter achado que eu estava mentindo, e por mim tudo bem. Em um dia inspirado, eu consigo derrubar uma pilha de blocos só de pensar neles, mas isso não me torna o Super-Homem e nunca vai me fazer conquistar as garotas. Não concorda?

Como alguém cujo grande truque era derrubar uma travessa de pizza da mesa do restaurante sem tocar nela, Luke concordava.

— Deram tapas em você?

— Levei um tapa e fiquei tonto — disse George. — Só porque tentei fazer uma piada. A vaca chamada Priscilla foi quem deu.

— Eu conheci ela. É uma vaca mesmo.

Aquela era uma palavra que sua mãe odiava até mais do que *porra*, e usá-la fez Luke sentir ainda mais falta dela.

— E você não sabia o que tinha nas cartas.

George olhou para ele de um jeito estranho.

— Eu sou TC, não TP. Que nem você. Como poderia saber?

— Acho que não poderia mesmo.

— Aproveitei que tinha passado pelas cartas de Zener em Princeton e chutei cruz, estrela e linhas onduladas. Priscilla me mandou parar de mentir e, quando Evans olhou a seguinte, eu falei que era uma foto dos peitos da Priscilla. Foi *nessa hora* que ela me bateu. Depois, eles me deixaram voltar pro quarto. Pra falar a verdade, eles não pareceram muito interessados. Parecia que era só pra cumprir tabela.

— Pode ser que eles realmente não esperassem nada — observou Luke.

— Talvez você fosse cobaia de controle.

George riu.

— Cara, não consigo controlar merda nenhuma aqui. Do que você está falando?

— Nada. Deixa pra lá. Elas voltaram? As luzes? Os pontos coloridos?

— Não. — George pareceu curioso agora. — Voltaram pra você?

— Não. — Luke ficou feliz de repente de Avery não estar ali, torcendo para que o rádio cerebral do garotinho fosse de curto alcance. — Só que... eu *tive* uma convulsão... ou achei que tive... e fiquei com medo de que *pudessem* voltar.

— Não entendo o objetivo deste lugar — disse George, parecendo mais mal-humorado do que nunca. — Só pode ser uma instalação do governo, mas... minha mãe comprou um livro, sabe? Pouco antes de eles me levarem a Princeton. *Histórias paranormais e fraudes* era o nome. Li quando ela terminou. Tinha um capítulo sobre experimentos do governo com as coisas que a gente faz. A CIA fez alguns nos anos 1950. Sobre telepatia, telecinesia, precognição, até levitação e teletransporte. Havia LSD envolvido. Conseguiram alguns resultados, mas nada de mais. — Ele se inclinou para a frente, os olhos azuis nos olhos verdes de Luke. — E isso somos nós, cara. Nada de mais. A gente tem que conseguir o domínio mundial pros Estados Unidos movendo caixas de biscoito, e só se estiverem vazias, ou virando páginas de um livro?

— Podem enviar o Avery pra Rússia — disse Luke. — Ele poderia dizer o que o Putin comeu no café da manhã e se a cueca dele é tipo sunguinha ou samba-canção.

Isso fez George sorrir.

— Sobre nossos pais... — começou Luke, mas Kalisha apareceu correndo, perguntando quem queria jogar queimado.

Todos queriam.

20

Não houve testes para Luke naquele dia, só relacionados à sua força intestinal, e ele falhou de novo. Entrou mais duas vezes no *Star Tribune* e em ambas deu para trás, embora na segunda tenha espiado a manchete, algo sobre um cara que atropelou um bando de gente com um caminhão para provar o quanto era religioso. Era uma notícia terrível, mas pelo menos havia coisas acontecendo além do Instituto. O mundo lá fora continuava existindo, e pelo menos algo tinha mudado ali dentro: a tela de boas-vindas do laptop agora mostrava seu nome e não o da desconhecida Donna.

Ele teria que pesquisar informações sobre seus pais mais cedo ou mais tarde. Sabia disso e agora entendia perfeitamente o antigo ditado: nenhuma notícia, boa notícia.

No dia seguinte, foi levado de novo para o nível C, onde um técnico chamado Carlos tirou três ampolas de sangue, lhe deu uma injeção (sem reação) e o mandou ir a um banheiro minúsculo fazer xixi num copinho. Depois, Carlos e uma ajudante de cara fechada chamada Winona o acompanharam até o nível D. Winona tinha fama de ser uma das cruéis, e Luke não tentou conversar com ela. Ele foi levado para uma sala grande com um tubo de ressonância magnética que devia ter custado uma fortuna.

Só pode ser uma instalação do governo, dissera George. Se fosse, o que o contribuinte diria sobre a forma como o dinheiro dos impostos que pagava estava sendo gasto? Luke achava que, em um país em que as pessoas reclamavam do Grande Irmão mesmo quando tinham que cumprir uma exigência besta como usar capacete na moto ou tirar licença para portar uma arma escondida, a resposta seria "nada de mais".

Um novo técnico estava à espera, mas antes que pudesse, com a ajuda de Carlos, colocar Luke no tubo, o dr. Evans entrou correndo, olhou o braço do garoto no local da última injeção e o declarou "em ótimas condições". Seja lá o que isso significasse. Ele perguntou se Luke tinha tido mais convulsões ou sensações de desmaio.

— Não.

— E as luzes coloridas? Alguma recorrência? Talvez ao fazer esforço físico, talvez olhando para o laptop, ou fazendo força para defecar? Quer dizer...

— Eu sei o que quer dizer. Não.

— Não minta pra mim, Luke.

— Não estou mentindo.

Luke se perguntou se a ressonância magnética detectaria alguma mudança em sua atividade cerebral que provasse que ele tinha mentido.

— Tudo bem, ótimo — disse o dr. Evans.

Nada de ótimo, pensou Luke. Você está decepcionado. Isso me faz feliz. Evans rabiscou alguma coisa na prancheta.

— Continuem, dama e cavalheiros, continuem!

E saiu correndo, como um coelho branco atrasado para um compromisso muito importante. O técnico da ressonância magnética, DAVE, conforme indicava o crachá, perguntou a Luke se ele tinha claustrofobia.

— Você também deve saber o que isso quer dizer — disse Dave.

— Não tenho — respondeu Luke. — A única fobia que tenho é de ficar preso.

Dave era um sujeito de aparência honesta, de meia-idade, óculos, praticamente todo careca. Parecia um contador. Claro que Adolf Eichmann também.

— Se você sentir... claustrofobia... posso te dar um Valium. Eu tenho permissão.

— Não precisa.

— Mas você devia tomar mesmo assim — insistiu Carlos. — Você vai ficar muito tempo lá dentro, entrando e saindo, e o Valium torna a experiência mais agradável. Você talvez até durma, apesar da barulheira. Tem estrondos e batidas, sabe.

Luke sabia. Ele nunca entrara em um tubo de ressonância magnética, mas tinha visto muitos seriados médicos.

— Eu passo.

No entanto, depois do almoço (levado por Gladys), ele tomou o Valium, em parte por curiosidade, mais por tédio. Ele tinha entrado três vezes na máquina e, de acordo com Dave, faltavam três. Luke não se deu o trabalho de perguntar o que estavam avaliando, procurando ou querendo encontrar. A resposta seria alguma variação de *não é da sua conta*. Ele não tinha certeza nem se eles mesmos sabiam.

O Valium provocou uma sonhadora sensação de estar flutuando e, durante a última vez que entrou no tubo, ele caiu em um sono leve, apesar das batidas altas que a máquina fazia quando tirava as imagens. Quando Winona apareceu para levá-lo de novo ao nível residencial, o efeito do Valium tinha passado e Luke só estava se sentindo meio aturdido.

Ela enfiou a mão no bolso e tirou um punhado de fichas. Quando entregou para ele, uma caiu no chão e saiu rolando.

— Pega isso, mão furada.

Ele pegou a ficha.

— Você teve um dia longo — disse ela e até sorriu. — Por que não vai buscar uma bebida? Depois pode se sentar. Descansar. Recomendo o Harveys Bristol Cream.

Ela era uma mulher de meia-idade, tinha tempo de vida suficiente para ter um filho na mesma faixa etária de Luke. Talvez dois. Ela teria feito uma recomendação como aquela para eles? Nossa, seu dia na escola foi pesado, por que você não relaxa e toma uma ice antes de começar o dever de casa? Ele pensou em dizer isso, o pior que poderia acontecer seria receber um tapa, mas...

— De que adiantaria?

— Hã? — Ela franziu a testa para ele. — De que adiantaria *o quê*?

— Tudo — disse ele. — Tudo, Winnie.

Ele não queria Harveys Bristol Cream, nem Twisted Tea, nem mesmo Stump Jump Grenache, um nome em que John Keats poderia estar pensando quando disse que uma coisa ou outra tinha "um nome tão romântico quanto aquela lua ocidental naquela faixa minguante da noite".

— É bom tomar cuidado com essa boca, Luke.

— Vou trabalhar nisso.

Ele guardou as fichas no bolso. Achava que tinha nove. Daria três para Avery e três para cada uma das gêmeas Wilcox. O suficiente para petiscos, não para outras coisas. A única coisa que gostaria no momento era um monte de proteína e carboidratos. Ele não ligava para o que haveria no cardápio do jantar, desde que houvesse muito.

21

Na manhã seguinte, Joe e Hadad o levaram de volta ao nível C, e Luke foi obrigado a beber uma solução de bário. Tony ficou por perto, com o bastão elétrico na mão, pronto para dar um choque se o garoto discordasse. Depois de tomar até a última gota, ele foi levado para um cubículo do tamanho de uma cabine de banheiro em parada de estrada e fizeram imagens de raio X. Essa parte foi tranquila, mas quando ele saiu do cubículo teve uma cólica e se curvou.

— Vê se não vomita aqui no chão — disse Tony. — Se for vomitar, usa a pia ali no canto.

Tarde demais. O café da manhã de Luke voltou, misturado com um purê de bário.

— Ah, merda. Agora você vai ter que limpar isso e, quando acabar, quero o chão limpo a ponto de eu poder comer sobre ele.

— Eu limpo — disse Hadad.

— Porra nenhuma. — Tony não olhou para ele nem ergueu a voz, mas Hadad se encolheu mesmo assim. — Pode pegar o esfregão e o balde. O resto é trabalho do Luke.

Hadad pegou o material de limpeza. Luke conseguiu encher o balde na pia no canto da sala, mas ainda estava com cólicas e seus braços tremiam demais para ele conseguir colocá-lo no chão sem derramar água com sabão para todo lado. Joe fez isso por ele e sussurrou "Aguenta firme, garoto" no ouvido dele.

— Dá o esfregão pra ele — mandou Tony, e Luke entendeu, do jeito novo que tinha de entender as coisas, que o velho Tony estava se divertindo.

Luke lavou e enxaguou. Tony observou o trabalho, declarou que o resultado era inaceitável e mandou que ele fizesse tudo de novo. As cólicas passaram e dessa vez Luke conseguiu erguer e abaixar o balde sozinho. Hadad e Joe estavam sentados, discutindo as chances dos Yankees e dos San Diego Padres, aparentemente seus times de coração. Na volta para o elevador, Hadad deu um tapinha nas costas dele e disse:

— Você fez bem, Luke. Tem umas fichas pra ele, Joey? As minhas acabaram.

Joe estendeu quatro.

— Pra que servem esses testes? — perguntou Luke.

— Um monte de coisas — disse Hadad. — Não se preocupe com isso.

Luke pensou que aquele era o conselho mais idiota que já tinham lhe dado na vida.

— Algum dia eu vou sair daqui?

— Claro — disse Joey. — Mas você não vai se lembrar de nada.

Ele estava mentindo. De novo, nada de leitura de pensamentos, pelo menos não como Luke sempre imaginou que fosse: nada de ouvir palavras na mente (ou vê-las, como uma legenda em uma transmissão de noticiário na televisão). Era só um *conhecimento*, tão inegável quanto a gravidade ou a irracionalidade da raiz quadrada de dois.

— Quantos testes mais eu vou ter?

— Ah, a gente vai te manter ocupado — garantiu Joey.

— Só não vomita no chão em que Tony Fizzale tem que andar — disse Hadad, e deu uma gargalhada sonora.

22

Quando Luke chegou, tinha uma faxineira nova aspirando o chão do seu quarto. Aquela mulher, JOLENE de acordo com o crachá, era gorducha e tinha vinte e poucos anos.

— Cadê a Maureen? — perguntou Luke, apesar de saber perfeitamente bem.

Era a semana de folga de Maureen e, quando ela voltasse, talvez não fosse para aquela parte do Instituto, ao menos por um tempo. Ele esperava que ela estivesse em Vermont, resolvendo os problemas do marido fujão, mas sentiria falta dela... se bem que talvez a visse na Parte de Trás, quando chegasse sua hora de ir para lá.

— A Mo-Mo foi fazer um filme com o Johnny Depp — respondeu Jolene. — Um daqueles de pirata que todas as crianças adoram. Ela vai fazer o papel da bandeira de pirata. — Ela riu e acrescentou: — Por que você não vai lá pra fora enquanto eu termino?

— Porque eu quero me deitar. Não estou passando bem.

— Ah, que mimimi — disse Jolene. — Vocês são muito mimadinhos. Tem gente pra limpar seu quarto, fazer sua comida, você tem sua própria televisão... Acha que tinha televisão no meu quarto quando eu era criança? Um banheiro só pra mim? Eu tinha três irmãs e dois irmãos, e a gente brigava por tudo.

— A gente também tem que engolir bário e depois vomitar. Você gostaria de experimentar?

Estou cada dia mais parecido com o Nicky, pensou Luke, e afinal qual era o problema? Era bom ter exemplos positivos.

Jolene se virou em sua direção e levantou a ponta do aspirador de pó.

— Quer ver como é levar uma porrada na cabeça com isso?

Luke saiu. Andou devagar pelos corredores residenciais, parando duas vezes para se encostar na parede quando as cólicas vieram. Pelo menos a frequência estava diminuindo e a intensidade também. Pouco antes de chegar à sala deserta com vista para o prédio administrativo, ele entrou em um quarto vazio, se deitou e dormiu. Pela primeira vez, acordou sem esperar ver a casa de Rolf Destin pela janela do quarto.

Na opinião de Luke, esse foi um passo exatamente na direção errada.

23

Na manhã seguinte, Luke levou uma injeção, foi conectado a monitores de coração e pressão arterial e teve que correr em uma esteira, monitorado por Carlos e Dave. Eles foram acelerando a esteira até ele estar ofegante e correndo perigo de cair. As leituras estavam espelhadas no pequeno painel, e, pouco antes de Carlos botar a esteira mais devagar, Luke viu que os batimentos estavam em 170 por minuto.

Enquanto tomava um copo de suco de laranja e recuperava o fôlego, um cara grande e careca entrou e se encostou na parede, os braços cruzados. Estava usando um terno marrom que parecia caro e uma camisa branca sem gravata. Os olhos escuros observaram Luke, do rosto vermelho e suado até os tênis.

— Eu soube que você mostrou sinais de ajuste lento, meu jovem — disse ele. — Talvez Nick Wilholm tenha alguma coisa a ver com isso. Ele não é a pessoa certa para emular. Você sabe o significado dessa palavra, não sabe? Emular?

— Sei.

— Ele é insolente e desagradável com homens e mulheres que só estão tentando fazer seu serviço.

Luke não disse nada. Sempre o mais seguro.

— Não deixe que a atitude dele contamine você, esse é meu conselho. Um conselho *forte*. E restrinja sua interação com a equipe ao mínimo.

Luke sentiu uma pontada de alarme ao ouvir essa última parte, mas se deu conta de que o cara não estava falando sobre Maureen, e sim sobre o zelador Fred. Luke soube perfeitamente bem, apesar de ele só ter falado com Fred uma vez e ter falado com Maureen várias.

— Além disso, fique longe da sala oeste e dos quartos vazios. Se quiser dormir, faça isso no seu quarto. Torne sua estadia a mais agradável possível.

— Não tem nada de agradável neste lugar.

— Você é livre pra ter sua opinião. Como você já deve ter ouvido, opinião é que nem cu, todo mundo tem a sua. Mas acho que você é inteligente o suficiente pra saber que existe uma grande diferença entre algo que não é agradável e algo que é *des*agradável. Tenha isso em mente.

Ele foi embora.

— Quem era aquele? — quis saber Luke.

— Stackhouse — disse Carlos. — O chefe de segurança do Instituto. É melhor você não arrumar confusão com ele.

Dave se aproximou de Luke com uma agulha.

— Preciso tirar mais um pouco de sangue. Não vai levar nem um minuto. Seja um bom camarada, tá?

24

Depois da esteira e da última coleta de sangue, houve dois dias sem testes, ao menos para Luke. Ele levou duas injeções, e uma fez seu braço inteiro coçar loucamente por uma hora, mas só isso. As gêmeas Wilcox começaram a se ajustar, principalmente depois que Harry Cross fez amizade com elas. Ele era TC e se gabava de conseguir mover um monte de coisas, mas Avery disse que era baboseira.

— Ele consegue menos do que você, Luke.

Luke revirou os olhos.

— Não seja diplomático *demais*, Avery, você vai se cansar.

— O que quer dizer diplomático?

— Gasta uma ficha e pesquisa no seu computador.

— Desculpe, Dave, não posso fazer isso — disse Avery, em uma imitação surpreendentemente boa da voz sinistra do HAL 9000, e começou a rir.

Harry era bom com Greta e Gerda, isso era inegável. Cada vez que via as gêmeas, um sorriso bobo se abria no seu rosto. Ele se agachava, abria bem os braços, e elas corriam em sua direção.

— Você não acha que ele está se metendo com elas, acha? — perguntou Nicky em uma manhã no parquinho, vendo Harry cuidar das Gs na cama elástica.

— Eca, que nojo — disse Helen. — Você anda vendo muitos filmes da Lifetime.

— Não — disse Avery, comendo um Choco Pop e ficando com um bigode marrom. — Ele não quer... — Ele botou as mãozinhas nas costas e movimentou os quadris para a frente. Ao ver a cena, Luke pensou que era um bom exemplo de como telepatia era errado. A pessoa sabia coisas demais. E cedo demais.

— Eca — repetiu Helen e cobriu os olhos. — Não me faz desejar ficar cega, Avester.

— Ele tinha cocker spaniels — prosseguiu Avery. — Em casa. As garotas são os, você sabe, tem uma palavra.

— Substitutos — disse Luke.

— Exatamente.

— Não sei como Harry era com os cachorros — disse Nicky para Luke, mais tarde, no almoço —, mas as garotinhas praticamente mandam nele. Parece que deram uma boneca nova pra elas. Com cabelo ruivo e barrigão. Olha isso.

As gêmeas estavam sentadas dos dois lados de Harry, dando a ele pedaços de bolo de carne dos pratos delas.

— É quase fofo — disse Kalisha.

Nicky sorriu para ela, o sorriso que iluminava seu rosto todo (que hoje incluía um olho roxo que alguém da equipe tinha causado).

— Imagino que sim, Sha.

Ela sorriu para ele, e Luke sentiu uma pontada de ciúme. Era meio idiotice, considerando as circunstâncias... mas ele sentiu mesmo assim.

25

No dia seguinte, Priscilla e Hadad levaram Luke ao ainda não visitado nível E. Ali, colocaram soro nele com alguma coisa que Priscilla disse que o relaxaria um pouco, mas que na verdade fez com que ele apagasse. Quando

Luke acordou, tremendo e nu, a barriga, a perna direita e o lado direito do corpo estavam com ataduras. Outra médica, RICHARDSON de acordo com o crachá no jaleco, estava inclinada sobre ele.

— Como está se sentindo, Luke?

— O que vocês fizeram comigo?

Ele tentou gritar, mas só saiu um rosnado engasgado. Tinham colocado alguma coisa na sua garganta também. Provavelmente algum tipo de tubo de respiração. Tardiamente, ele colocou as mãos sobre a virilha.

— Só tirei algumas amostras. — A dra. Richardson tirou o gorro cirúrgico estampado, libertando uma cascata de cabelo escuro. — Nós não tiramos um rim seu pra vender no mercado clandestino, se é com isso que você está preocupado. Você vai sentir um pouco de dor, principalmente entre as costelas, mas vai passar. Durante esse período, tome isto.

Ela lhe entregou um frasco marrom sem rótulo com alguns comprimidos dentro e saiu. Zeke entrou com suas roupas.

— Vista-se quando sentir que consegue fazer isso sem cair.

Zeke, sempre atencioso, largou as roupas no chão. Depois de um tempo, Luke conseguiu pegá-las e se vestir. Priscilla, dessa vez com Gladys, seguiu com ele até o nível residencial. Ele tinha sido levado de dia, mas agora estava escuro. Talvez fosse tarde, ele não podia saber, pois tinha perdido a noção de tempo.

— Você consegue ir até seu quarto sozinho? — perguntou Gladys, sem sorriso: talvez não trabalhasse à noite.

— Consigo.

— Então vá. Tome um dos comprimidos. São de Oxycontin. Vão ajudar na dor e fazer você se sentir bem. Como bônus. Você vai estar ótimo de manhã.

Ele andou pelo corredor, chegou à porta do quarto e parou. Alguém estava chorando. O som vinha de perto do pôster idiota que dizia MAIS UM DIA NO PARAÍSO, o que significava que devia estar vindo do quarto de Kalisha. Luke refletiu por um momento, sem querer saber o motivo do choro e definitivamente sem vontade de ter que consolar ninguém. Ainda assim, era ela, então ele foi até lá e bateu de leve à porta. Como não houve resposta, ele girou a maçaneta e colocou o rosto para dentro.

— Kalisha.

Ela estava deitada de costas, com a mão sobre os olhos.

— Vai embora, Luke. Não quero que você me veja assim.

Ele quase fez o que ela pediu, mas não era o que ela queria. Em vez de ir embora, ele entrou e se sentou ao lado dela.

— O que houve?

Mas ele também sabia isso. Só não sabia os detalhes.

26

Os residentes estavam no parquinho, todos menos Luke, que estava no nível E, deitado inconsciente enquanto a dra. Richardson tirava as amostras. Dois homens apareceram. Não usavam uniformes cor-de-rosa ou azuis dos cuidadores da Parte da Frente, mas vermelhos, e também não carregavam crachás com identificação na camisa. Os três veteranos, Kalisha, Nicky e George, sabiam o que aquilo queria dizer.

— Tive certeza de que eles vieram para me buscar — contou Kalisha para Luke. — Estou aqui há mais tempo e não fizeram testes comigo pelo menos nos últimos dez dias, apesar de eu ter ficado boa da catapora. Nem chegaram a tirar meu sangue, e você sabe como esses vampiros do caralho gostam de tirar sangue. Mas foi Nicky que vieram buscar. *Nicky!*

A falha na voz dela ao dizer isso deixou Luke triste, porque ele era louco por Kalisha, mas não o surpreendeu. Nick Wilholm podia ter sido o galã lindo e rebelde em um daqueles filmes distópicos adolescentes. Helen se virava para Nick como um ponteiro de bússola apontando para o norte magnético sempre que ele aparecia; Iris fazia o mesmo; até as pequenas Gs olhavam para Nick de boca aberta e olhos brilhantes quando ele passava. No entanto, Kalisha era quem estava com ele havia mais tempo, os dois eram veteranos do Instituto e tinham mais ou menos a mesma idade. Formavam pelo menos um casal possível.

— Ele lutou — prosseguiu Kalisha. — Lutou *muito*. — Ela se sentou tão de repente que quase derrubou Luke da cama. Seus lábios estavam repuxados dos dentes, e os punhos, apertados no peito acima dos seios pequenos. — *Eu* deveria ter lutado com eles! Nós todos deveríamos!

— Mas aconteceu muito rápido, não foi?

— Nicky deu um soco alto em um deles, na garganta, mas recebeu um choque do outro, na altura do quadril. Ele deve ter ficado com a perna dormente, mas se segurou em uma das cordas do circuito de cordas pra não cair e chutou esse outro com a perna boa, antes que o filho da mãe pudesse usar o bastão elétrico de novo.

— Derrubou da mão dele — disse Luke.

Ele conseguia ver, mas verbalizar aquilo foi um erro, pois revelava uma coisa que ele não queria que ela soubesse. De qualquer maneira, Kalisha não pareceu reparar.

— Isso mesmo. Mas o outro, que tinha levado o soco na garganta, deu um choque na lateral de Nicky, e a porcaria devia estar no máximo, porque ouvi o estalo mesmo do outro lado, na quadra de shuffleboard. Nicky caiu e os dois se inclinaram sobre ele e deram mais choques, e ele *pulou*, apesar de estar deitado e inconsciente, ele *pulou*, e Helen foi correndo e gritando "Vocês estão matando ele, vocês estão matando ele", e um deles deu um chute na perna dela no alto, e gritou *hai*, como um lutador de caratê meia- -boca, e riu, e ela caiu chorando, e eles pegaram e levaram Nicky. Mas, antes de levarem ele pela porta da sala…

Ela parou. Luke esperou. Sabia o que vinha em seguida, era um de seus novos palpites que eram mais do que palpites, mas tinha que deixar que ela falasse, porque ela não podia saber o que ele era agora, nenhum deles podia.

— Ele voltou um pouco a si — continuou ela, com lágrimas escorrendo pelas bochechas. — O suficiente pra ver a gente. Ele sorriu e acenou. *Acenou*. Foi corajoso assim.

— Verdade — disse Luke, ouvindo o *foi* e não o *é*. Pensando: e não vamos mais vê-lo.

Ela segurou seu pescoço e puxou seu rosto para perto, de maneira tão inesperada e com tanta força que suas cabeças bateram uma na outra.

— Não diga isso!

— Desculpa — pediu Luke, se perguntando o que mais ela podia ter visto em sua mente.

Esperava que não fosse muito. Esperava que ela estivesse chateada demais com os caras de vermelho levando Nicky para a Parte de Trás. O que ela perguntou em seguida o deixou mais tranquilo a respeito disso:

— Tiraram amostras? Tiraram, não foi? Você está com ataduras.

— Tiraram.

— Aquela vaca de cabelo preto, né? Richardson. Quantas?

— Três. Uma do braço, uma da barriga e uma entre as costelas. É a que dói mais.

Ela assentiu.

— Tiraram uma do meu peito, tipo uma biópsia. Doeu muito. Mas e se eles não estiverem tirando nada? E se estiverem adicionando coisas? Eles dizem que estão coletando amostras, mas mentem sobre tudo!

— Você quer dizer mais rastreadores? Por que fariam isso se a gente já tem este? — Ele passou o dedo no chip na orelha. Não doía mais: agora era só uma parte dele.

— Não sei — disse ela, com tristeza.

Luke enfiou a mão no bolso e pegou o frasco de comprimidos.

— Me entregaram isto. Você devia tomar um. Acho que te deixaria relaxada. Ajudaria a dormir.

— É Oxy?

Ele assentiu.

Ela estendeu a mão para o frasco, mas puxou de volta.

— O problema é que não quero um, nem dois. Quero todos. Mas acho que tenho que sentir o que estou sentindo. É a coisa certa, você não acha?

— Não sei — disse Luke, e era verdade. Eram águas profundas e, por mais inteligente que ele fosse, tinha apenas doze anos.

— Vai embora, Luke. Preciso ficar triste sozinha hoje.

— Tudo bem.

— Vou estar melhor amanhã. E se me levarem agora…

— Não vão levar. — Ele sabia que era uma coisa idiota de se dizer, uma imbecilidade. Já tinha chegado a hora dela. Na verdade, já tinha passado da hora.

— *Se* me levarem, seja amigo do Avery. Ele precisa de um amigo. — Ela olhou fixamente para ele. — E você também.

— Está bem.

Ela tentou sorrir.

— Você é um fofo. Vem cá. — Ele se inclinou, e ela lhe deu um beijo primeiro na bochecha e depois no canto da boca. Os lábios dela estavam salgados. Luke não se importou.

Quando ele abriu a porta, ela acrescentou:

— Devia ter sido eu. Ou George. Não Nicky. Ele foi o único que nunca cedeu às merdas deles. O que nunca desistiu. — Ela ergueu a voz. — *Vocês estão aí? Estão ouvindo? Espero que estejam, porque eu odeio vocês e quero que vocês saibam! EU ODEIO VOCÊS!*

Ela se deitou na cama e começou a chorar. Luke pensou em voltar, mas não voltou. Já tinha oferecido todo o consolo que podia e também estava sofrendo, não só por causa de Nicky, mas nos lugares onde a dra. Richardson tinha mexido. Não importava se a mulher de cabelo escuro tinha tirado amostras de tecido ou colocado alguma coisa no seu corpo (rastreadores não faziam sentido, mas ele achava que podia ter sido algum tipo de enzima ou vacina experimental), porque nenhum daqueles testes e daquelas injeções fazia sentido. Ele voltou a pensar nos campos de concentração, nos experimentos terríveis e sem sentido que eram conduzidos lá. Pessoas congeladas, pessoas queimadas, pessoas contaminadas com doenças.

Ele voltou para o quarto, pensou em tomar um ou dois dos comprimidos de Oxy, mas não tomou.

Pensou em acessar o sr. Griffin para pesquisar no *Star Tribune*, mas também não acessou.

Pensou em Nicky, o crush de todas as garotas. Nicky, que botou Harry Cross no lugar dele e depois fez amizade, o que era bem mais ousado do que lhe dar uma surra. Nicky, que resistia a todos os testes e que lutou com os homens da Parte de Trás quando foram buscá-lo, o que nunca desistia.

27

No dia seguinte, Joe e Hadad levaram Luke e George Iles até a C-11, onde eles ficaram sozinhos por um tempo. Quando os dois cuidadores voltaram com copos de café, Zack estava junto. Estava de olhos vermelhos e parecia de ressaca. Ele colocou capacetes de borracha com eletrodos em Luke e George e prendeu a correia com firmeza em seus queixos. Depois que Zeke verificou as leituras, os garotos se revezaram em um simulador de direção. O dr. Evans entrou e ficou parado com a prancheta na mão, fazendo anotações enquanto Zeke dizia uma série de números que podiam (ou não) ter a ver com tempo de reação. Luke atravessou vários sinais vermelhos e provocou uma boa quantidade de derramamento de sangue até pegar o jeito, mas depois o teste até que foi divertido, algo inédito no Instituto até então.

Quando acabou, a dra. Richardson se juntou ao dr. Evans. Ela estava usando um terno de três peças com saia e saltos. Parecia pronta para uma reunião de negócios de gente poderosa.

— Em uma escala de um a dez, como está sua dor hoje, Luke?

— Dois — respondeu ele. — Em uma escala de um a dez, minha vontade de sair daqui está em onze.

Ela riu como se ele tivesse feito uma piadinha, se despediu de Evans (chamando-o de Jim) e saiu.

— Quem ganhou? — George perguntou ao dr. Evans.

Ele abriu um sorriso indulgente.

— Não é esse tipo de teste, George.

— Tá, mas quem ganhou?

— Vocês dois foram rápidos depois que pegaram o jeito do simulador, que é o que esperamos de TCs. Acabaram os testes por hoje, garotos, não é maravilhoso? Hadad, Joe, levem os jovens lá pra cima.

No caminho para o elevador, George comentou:

— Eu atropelei seis pedestres antes de pegar o jeito. E você?

— Só três, mas bati num ônibus escolar. Algumas pessoas devem ter morrido.

— Porra. Eu errei o ônibus. — O elevador chegou e os quatro entraram. — Na verdade, eu atropelei sete pedestres. O último foi de propósito. Fingi que era Zeke.

Joe e Hadad trocaram um olhar e riram. Luke gostou um pouco deles por isso. Não queria, mas gostou.

Quando os dois cuidadores voltaram para o elevador, supostamente para retornar para a sala de descanso, Luke disse:

— Depois dos pontos, eles fizeram o teste das cartas com você. O teste de telepatia.

— Certo, eu te contei isso.

— Sua TC já foi testada? Já pediram pra você acender um abajur ou derrubar uma fileira de peças de dominó?

George coçou a cabeça.

— Agora que você tocou no assunto, não. Mas por que testariam se já sabem que consigo fazer coisas assim? Num dia inspirado, pelo menos. E você?

— Não. E entendo o que você quer dizer, mas ainda acho engraçado eles parecerem não se importar em testar os limites do que sabemos fazer.

— Nada aqui faz sentido, Lukey-Loo. Começando por estar aqui. Vamos comer alguma coisa.

A maioria dos residentes estava almoçando no refeitório, mas Kalisha e Avery estavam no parquinho, sentados no cascalho, com as costas no alambrado, se olhando. Luke disse para George ir almoçar e foi lá para fora. A garota negra bonita e o garotinho branco aparentemente não estavam conversando... mas estavam. Luke sabia disso, mas não o assunto da conversa.

Ele se lembrou do exame SAT e da garota que perguntou sobre a equação de matemática de uma questão que tinha a ver com um cara chamado Aaron e o quanto ele teria que pagar por um quarto de hotel. Parecia ter acontecido em outra vida, mas Luke se lembrava com clareza de não conseguir entender como um problema tão simples para ele podia ser tão difícil para ela. Mas entendia agora. O que estava acontecendo entre Kalisha e Avery perto da cerca estava fora de seu alcance.

Kalisha olhou e fez sinal para ele ir embora.

— Conversamos depois, Luke. Vai comer.

— Tudo bem — disse ele, mas não falou com ela no almoço porque ela não foi almoçar.

Mais tarde, depois de um cochilo pesado (ele enfim tinha cedido e tomado um dos comprimidos), ele andou pelo corredor na direção da sala e do parquinho e parou na porta de Kalisha, que estava aberta. A colcha rosa e os travesseiros com babados tinham sumido. A foto emoldurada de Martin Luther King também. Luke ficou parado com a mão na boca, os olhos arregalados, tentando assimilar a informação.

Se ela tivesse resistido, como Nicky, Luke achava que teria sido despertado pelo barulho, apesar do comprimido. A outra alternativa, a de que ela teria ido de bom grado, era menos palatável, mas ele devia admitir que era a mais provável. De qualquer modo, a garota que o beijou duas vezes fora embora.

Ele voltou para o quarto e escondeu o rosto no travesseiro.

28

Naquela noite, Luke mostrou uma das fichas para a câmera do laptop para despertá-lo e entrou no sr. Griffin. O fato de ainda *conseguir* entrar no site era motivo de esperança. Claro que os idiotas que cuidavam daquele lugar podiam saber sobre seu backdoor, mas qual seria o sentido? Tirou disso uma conclusão que pareceu bem plausível, ao menos para ele: os minions de Sigsby talvez o vissem espiando o mundo externo em algum momento, era até provável, mas ainda não tinham visto. Não estavam espelhando seu computador. Eles são negligentes com algumas coisas, pensou Luke. Talvez com muitas coisas, e por que não seriam? Não estão lidando com prisioneiros militares, só com um bando de crianças e adolescentes assustados e desorientados.

A partir do site do sr. Griffin, ele acessou o *Star Tribune*. A manchete do dia falava da luta contínua pelo sistema de saúde, que já era travada havia anos. O pavor familiar do que ele poderia encontrar depois da primeira página surgiu, e ele quase voltou para a tela inicial. Depois, poderia apagar o histórico recente, desligar o computador e ir para a cama. Talvez tomar outro comprimido. O que os olhos não veem o coração não sente, esse era outro ditado, e ele já não tinha sofrido o suficiente por um dia?

Mas então ele pensou em Nick. Nicky Wilholm teria amarelado se soubesse sobre um backdoor como o sr. Griffin? Provavelmente não, quase com certeza não, só que ele não era tão corajoso quanto Nicky.

Luke se lembrou de Winona lhe entregando aquele monte de fichas. Quando ele tinha deixado uma cair, ela o chamara de mão furada e o mandara pegar a ficha do chão. Ele obedecera sem nem protestar. Isso era algo que Nicky também não teria feito. Luke quase conseguia ouvi-lo dizendo: *Pega você, Winnie*, e aguentando o tapa que viria em seguida. Talvez até reagindo a ele.

Mas Luke Ellis não era assim. Luke Ellis era um bom garoto e fazia o que mandavam, fossem as tarefas de casa ou tentar entrar na banda da escola. O sr. Greer disse que ele precisava de pelo menos uma atividade extracurricular que não fosse um esporte em ambiente fechado. Luke Ellis era o cara que se esforçava para socializar, para que as pessoas não o achassem esquisito, além de inteligente demais. Ele marcava todas as caixas corretas de interação antes de voltar para os livros, porque havia um abismo, e os livros continham encantamentos mágicos que despertavam o que estava escondido lá: todos os grandes mistérios. Para Luke, esses mistérios importavam. Quem sabe um dia, no futuro, ele escrevesse um livro.

Mas ali o único futuro era a Parte de Trás. Ali, a verdade da existência era *De que adiantaria?*

— Que se foda — sussurrou ele, e entrou na seção metropolitana do *Star Tribune* com os batimentos acelerados nos ouvidos e pulsando nos pequenos ferimentos que já estavam cicatrizando embaixo das ataduras.

Nem precisou procurar: assim que viu sua fotografia de escola do ano anterior, soube tudo que havia para saber. A manchete era desnecessária, mas ele leu mesmo assim.

CONTINUA BUSCA PELO FILHO DESAPARECIDO DE CASAL ASSASSINADO EM FALCON HEIGHTS.

As luzes coloridas voltaram, girando e pulsando. Luke apertou os olhos, desligou o laptop, se levantou com pernas que não pareciam as suas e foi para a cama em dois passos trêmulos. Ficou deitado diante do brilho leve do abajur, olhando para o teto. Por fim, os pontos horríveis começaram a sumir.

Casal assassinado em Falcon Heights.

Sentiu como se um alçapão antes desconhecido tivesse se aberto em sua mente e só um pensamento, claro, forte e firme, o impediu de cair: *eles podiam estar olhando*. Ele não achava que soubessem do site do sr. Griffin e que ele conseguia usá-lo para acessar o mundo lá fora. Também não achava que soubessem que as luzes tinham provocado uma mudança fundamental em seu cérebro: eles achavam que o experimento tinha sido um fracasso. Até o momento, pelo menos. Aquelas eram as pistas que tinha e podiam ser pistas valiosas.

Os minions de Sigsby não eram onipotentes. O fato de continuar podendo acessar o sr. Griffin provava isso. O único tipo de rebeldia que esperavam dos residentes era o tipo direto. Quando essa rebeldia era destruída através do medo, das porradas e dos choques, eles podiam até ser deixados sozinhos por períodos curtos, como quando Joe e Hadad foram buscar café e o deixaram sozinho com George na C-11.

Assassinados.

Aquela palavra era o alçapão e seria tão fácil cair dentro dele. Desde o começo, Luke teve quase certeza de que eles estavam mentindo, mas a parte do *quase* manteve o alçapão fechado, dando espaço para um pouco de esperança. Aquela manchete direta matou a esperança. E como seus pais estavam mortos, *assassinados*, quem seria o suspeito mais provável? O FILHO DESAPARECIDO, claro. Os policiais que estivessem investigando o crime já saberiam que ele era uma criança diferenciada, um gênio, e os gênios não eram frágeis? Não tinham tendência a perder a cabeça?

Kalisha tinha gritado para expressar sua rebeldia, mas Luke não faria isso, por mais que quisesse. Dentro do coração, podia gritar o quanto quisesse, mas não em voz alta. Não sabia se seus segredos ajudariam em alguma coisa, mas sabia que havia rachaduras nas paredes do que George Iles definiu tão bem como buraco do inferno. Se pudesse usar seus segredos (e sua suposta inteligência superior) como pé de cabra, talvez conseguisse alargar uma daquelas rachaduras. Não sabia se era possível fugir, mas se encontrasse um jeito a fuga seria só o primeiro passo de um plano com um objetivo maior.

Derrubar tudo na cabeça deles, pensou Luke. Como Sansão depois que Dalila o convenceu a cortar o cabelo. Derrubar tudo e esmagá-los. Esmagar todos eles.

Em algum momento, Luke pegou em um sono leve. Sonhou que estava em casa e que sua mãe e seu pai estavam vivos. Foi um sonho bom. Seu pai disse para ele não se esquecer de tirar o lixo. Sua mãe fez panquecas e ele encharcou cada uma delas com xarope de amora. Seu pai comeu uma com creme de amendoim enquanto assistia ao jornal na CBS, com Gayle King e Norah O'Donnell, que era bonitona, e foi trabalhar depois de dar um beijo na bochecha de Luke e outro na boca de Eileen. Um sonho bom. A mãe de Rolf levaria os dois amigos para a escola e, quando ela buzinou na rua, Luke pegou a mochila e correu para a porta. "Ei, não esquece o dinheiro do almoço!", gritou sua mãe e entregou algo para ele, só que não era dinheiro, e sim fichas, e foi assim que ele acordou e se deu conta de que tinha alguém em seu quarto.

29

Luke não conseguiu ver quem era porque, em algum momento, devia ter apagado o abajur, apesar de não se lembrar. Ele ouviu o movimento de passos perto da escrivaninha e a primeira coisa que pensou foi que um dos cuidadores tinha ido pegar o laptop, porque eles tinham ficado monitorando o tempo todo, e ele tinha sido burro de acreditar no contrário. Imbecilidade total.

Ele se encheu de fúria. Não saiu e sim pulou da cama, querendo derrubar quem tinha entrado em seu quarto, por mais que o invasor lhe desse tapas, socos ou usasse a porcaria do bastão elétrico. Luke pelo menos daria umas boas porradas. Talvez não entendessem o verdadeiro motivo delas, mas tudo bem. Luke entenderia.

Só que não era um adulto. Ele se chocou com um corpo pequeno, que derrubou no chão.

— Ai, Lukey! Não me machuca!

Avery Dixon. O Avester.

Luke tateou, ajudou o menino a se levantar e o levou até a cama. Acendeu o abajur. Avery parecia apavorado.

— Meu Deus, o que você está fazendo aqui?

— Eu acordei e fiquei com medo. Não posso ir pro quarto da Sha porque levaram ela embora. Então vim pra cá. Posso ficar? Por favor?

Tudo aquilo era verdade, mas não toda a verdade. Luke soube disso com uma clareza que fez todas as outras coisas que ele "soube" parecerem fracas e hesitantes. Porque Avery era um TP forte, bem mais forte do que Kalisha, e agora estava… bem… *transmitindo*.

— Pode ficar. — Mas quando Avery foi se deitar ele acrescentou: — Hã-hã, você tem que ir ao banheiro primeiro. Você não vai fazer xixi na minha cama.

Avery não discutiu, e Luke ouviu o som de urina no vaso logo em seguida. Bastante. Quando Avery voltou, Luke apagou a luz. Avery se acomodou. Era bom não estar sozinho. Maravilhoso, na verdade.

No ouvido dele, Avery sussurrou:

— Sinto muito por sua mamãe e seu papai, Luke.

Por alguns momentos, Luke não conseguiu falar. Quando conseguiu, sussurrou:

— Você e Kalisha estavam falando sobre mim ontem no parquinho?

— Sim. Ela me pediu pra vir. Disse que mandaria cartas pra você e que eu seria o carteiro. Pode contar pro George e pra Helen se achar que é seguro.

Mas Luke não contaria, porque nada ali era seguro. Nem mesmo achar que era seguro. Ele repassou o que tinha dito a Kalisha quando ela contou sobre Nicky reagindo aos cuidadores da Parte de Trás: *Derrubou da mão dele.* Ele estava falando de um dos bastões elétricos. Kalisha não perguntou como Luke sabia disso porque era quase certo que ela já sabia. Ele achou mesmo que conseguiria esconder a nova capacidade de TP dela? Talvez dos outros, mas não de Kalisha. E não de Avery.

— Olha! — sussurrou Avery.

Luke não conseguia ver nada: com o abajur desligado e sem janela para permitir a entrada de luz externa, o quarto estava totalmente escuro. Mas ele olhou mesmo assim e pensou ter visto Kalisha.

— Ela está bem? — sussurrou Luke.

— Está. Por enquanto.

— Nicky está lá? Ele está bem?

— Está — sussurrou Avery. — Iris também. Só que ela tem dores de cabeça. Outros também. Sha acha que é por causa dos filmes. E dos pontos.

— Que filmes?

— Não sei, Sha ainda não viu nenhum, mas Nicky viu. Iris também. Kalisha diz que acha que tem mais crianças, talvez na parte de trás da Parte de Trás. Mas só alguns estão onde eles estão agora. Jimmy e Len. E Donna.

Eu fiquei com o computador de Donna, pensou Luke. *Herdei.*

— Bobby Washington estava lá no começo, mas agora foi embora. Iris disse pra Kalisha que viu ele.

— Não conheço essas pessoas.

— Kalisha disse que Donna foi pra Parte de Trás uns dois dias antes de você chegar. Por isso você ficou com o computador dela.

— Você é sinistro.

Avery, que já devia saber que era sinistro, ignorou o comentário.

— Eles levam injeções que doem. Picadas e pontos, pontos e picadas. Sha diz que acha que acontecem coisas ruins na Parte de Trás. Ela diz que talvez você possa fazer alguma coisa. Ela diz que...

Ele nem precisou terminar. Luke teve uma imagem breve, mas muito clara, sem dúvida enviada por Kalisha Benson por meio de Avery Dixon: um canário em uma gaiola. A porta se abriu e o canário saiu voando.

— Ela diz que você é o único que é inteligente pra isso.

— Eu vou fazer se puder. O que mais ela disse?

Avery não respondeu. Ele tinha dormido.

FUGA

1

Três semanas se passaram.

Luke comeu. Dormiu, acordou, comeu de novo. Em pouco tempo, decorou o cardápio e se juntou aos outros em um aplauso sarcástico quando algo mudava. Em alguns dias, havia testes. Em outros, injeções. Em outros, as duas coisas. Em outros, nenhuma. Algumas injeções o deixaram passando mal. A maioria, não. Sua garganta não se fechou mais e ele ficou grato por isso. Ele ficava no parquinho. Via televisão e fez amizade com Oprah, Ellen, Dr. Phil, a Juíza Judy. Assistiu a vídeos no YouTube de gatinhos se olhando em espelhos e cachorros que pegavam frisbees. Às vezes, fazia isso sozinho, às vezes com algumas outras crianças. Quando Harry ia ao seu quarto, as gêmeas iam junto e pediam para ver desenhos. Quando Luke ia ao quarto de Harry, as gêmeas quase sempre estavam lá. Harry não gostava de desenhos. Gostava de luta livre, vídeos de MMA e acidentes de NASCAR. Seu cumprimento habitual para Luke era "Olha isso". As gêmeas amavam pintar, e os cuidadores disponibilizavam uma infinidade de livros de colorir. Quase sempre, elas pintavam dentro das linhas, mas houve um dia em que não conseguiram e riram muito, e Luke concluiu que ou elas estavam bêbadas ou estavam doidonas. Quando perguntou a Harry, ele respondeu que elas quiseram experimentar. Pelo menos ele teve a decência de parecer envergonhado, e quando vomitaram (ao mesmo tempo, como tudo que faziam), teve a decência de parecer mais envergonhado. E limpou a sujeira. Um dia, Helen deu um salto triplo na cama elástica, riu, fez uma reverência de agradecimento, explodiu em lágrimas e não quis ser consolada. Quando Luke tentou, ela bateu nele com as mãozinhas fechadas, pow-pow-pow-

-pow. Por um tempo, Luke venceu todos os que jogavam xadrez com ele e, quando isso ficou chato, tentou encontrar jeitos de perder, o que foi surpreendentemente difícil.

Ele sentia como se estivesse dormindo mesmo quando estava acordado. Sentia seu QI diminuindo, simplesmente sentia, como água escorrendo de um cooler porque alguém tinha deixado a torneira aberta. Ele marcou o passar do tempo daquele estranho verão pela data do computador. Além dos vídeos do YouTube, ele só usava o laptop (com uma exceção importante) para trocar mensagens com George ou Helen nos quartos deles. Luke nunca iniciava essas conversas e tentava mantê-las abertas o mínimo de tempo possível.

Que merda está acontecendo com você?, perguntou Helen uma vez.

Nada, respondeu ele.

Por que você ainda está na Parte da Frente, na sua opinião?, perguntou George. **Não que eu esteja reclamando.**

Não sei, respondeu Luke e desconectou.

Ele descobriu que não era difícil esconder seu sofrimento dos cuidadores, técnicos e médicos, pois eles estavam acostumados a lidar com crianças e adolescentes deprimidos. No entanto, mesmo em sua profunda infelicidade, ele às vezes pensava na breve imagem que Avery projetara: um canário voando da gaiola.

Seu estupor de sofrimento às vezes era interrompido por lembranças brilhantes que sempre vinham de maneira inesperada: seu pai o molhando com a mangueira do jardim; seu pai fazendo uma cesta de costas e Luke o derrubando e os dois caindo na grama, rindo; sua mãe levando um cupcake gigante coberto de velas acesas para a mesa em seu aniversário de doze anos; sua mãe o abraçando e dizendo *Você está ficando tão grande*; sua mãe e seu pai dançando como loucos na cozinha ao som de "Pon de Replay", de Rihanna. Lindas lembranças que arranhavam como espinhos.

Quando não estava pensando no *casal assassinado em Falcon Heights* ou sonhando com eles, Luke pensava na gaiola em que estava e no pássaro livre que desejava ser. Essas eram as únicas situações em que sua mente parecia recuperar o foco preciso de antes. Ele reparava em coisas que pareciam confirmar sua crença de que o Instituto estava operando em inércia, como um foguete que desliga os motores depois que a velocidade de escape foi atingida. Os globos de vidro preto de vigilância no teto dos corredores, por exemplo. A maioria estava suja, como se não fossem limpos havia muito tempo. Principalmente na Ala Oeste deserta do andar residencial. As câmeras dentro desses globos ainda deviam funcionar, mas a imagem devia ser meio manchada. Mesmo assim, aparentemente Fred e os outros zeladores (Mort, Connie, Jawed) não recebiam ordem de limpá-los, o que significava que quem deveria estar monitorando os corredores estava cagando se a imagem estava borrada.

Luke seguia a rotina de cabeça baixa, fazendo o que mandavam sem discutir, mas quando não estava isolado no quarto tinha se tornado um receptor com orelhas enormes. A maioria das coisas que ouvia era inútil, mas ele absorvia tudo mesmo assim. Absorvia e arquivava. Fofocas, por exemplo. O dr. Evans vivia atrás da dra. Richardson, tentando puxar conversa, apaixoxotado (segundo Norma) demais para saber que Felicia Richardson não tocaria nele nem com uma vara de três metros. Joe e dois outros cuidadores, Chad e Gary, às vezes usavam as fichas que não davam para os garotos para tomar goles de vinho e limonada alcoólica da máquina da cantina na sala leste. De vez em quando, os três falavam sobre suas famílias ou sobre beber em um bar chamado Outlaw Country, onde havia música ao vivo. "Se você quiser chamar aquilo de música", Luke ouviu uma cuidadora chamada Sherry dizendo uma vez para Gladys Sorriso Falso. Aquele bar, conhecido pelos técnicos e cuidadores homens como Boceta, ficava em uma cidade chamada Dennison River Bend. Luke não conseguiu entender direito qual era a distância até essa cidade, mas achava que devia ficar a quarenta quilômetros, no máximo cinquenta, porque todos pareciam ir para lá quando tinham folga.

Luke memorizava todos os nomes quando os ouvia. O dr. Evans era James, o dr. Hendricks era Dan, Tony era Fizzale, Gladys era Hickson, Zeke era Ionidis. Se um dia saísse daquele lugar, se o canário voasse gaiola afora, esperava ter uma lista e tanto para testemunhar contra aqueles babacas no tribunal. Sabia que podia ser só uma fantasia, mas essa fantasia o mantinha em movimento.

Agora que estava seguindo dia após dia como um bom garotinho, às vezes podia ficar sozinho no nível C por períodos curtos, sempre com o aviso de que deveria ficar quieto. Ele assentia, dava ao técnico tempo de se retirar para fazer o que tinha que fazer e também saía. Havia muitas câmeras nos níveis inferiores, todas lindas e limpas, mas nenhum alarme tocava e nenhum cuidador aparecia correndo pelo corredor brandindo os bastões elétricos. Duas vezes ele foi apanhado vagando e foi levado de volta, uma vez com uma repreensão e outra com um tapa casual na nuca.

Em uma dessas expedições (Luke sempre tentava parecer entediado e sem rumo, um garoto solitário matando tempo até o próximo teste ou até ter permissão de voltar para seu quarto), ele encontrou um tesouro. Na sala de ressonância magnética, que estava vazia naquele dia, viu um dos cartões usados para operar o elevador meio escondido embaixo de um monitor de computador. Ele passou pela mesa, pegou e enfiou o cartão no bolso, enquanto olhava o tubo de ressonância vazio. Quando ele saiu da sala, quase esperava que o cartão começasse a gritar "Ladrão, ladrão" (como a harpa mágica que o João do pé de feijão roubou do gigante), mas nada aconteceu, nem na hora e nem depois. Eles não cuidavam daqueles cartões? Tudo indicava que não. Ou talvez estivesse expirado, tão inútil quanto um cartão magnético de hotel depois que o hóspede que o usara fazia o checkout.

No entanto, assim que Luke experimentou o cartão no elevador um dia depois, teve o prazer de descobrir que funcionava, e não só para o nível B. Quando a dra. Richardson o encontrou naquele dia espiando a sala do nível D em que ficava o tanque de imersão, ele esperou punição: talvez um choque do bastão elétrico que ela guardava embaixo do jaleco, talvez uma surra de Tony ou de Zeke. Mas ela só lhe deu uma ficha, e ele agradeceu.

— Ainda não fiz esse — disse Luke, apontando para o tanque. — É horrível?

— Não, é divertido — disse ela, e Luke abriu um sorriso largo, como se realmente acreditasse nas merdas que ela falava. — E o que você está fazendo aqui embaixo?

— Peguei carona com um dos cuidadores. Não sei qual. Acho que ele esqueceu o crachá.

— Que bom. Se você soubesse o nome, eu teria que denunciá-lo, e ele ficaria encrencado. E depois? Preencher papéis, papéis e mais papéis.

Ela revirou os olhos e Luke a encarou com uma expressão de *Eu entendo*. Ela o acompanhou até o elevador e perguntou onde ele deveria estar. Luke respondeu que no nível B, e os dois subiram juntos. Ela perguntou como ele estava e ele respondeu que estava bem, sem dor.

O cartão também o levou ao nível E, onde havia muita coisa mecânica. No entanto, quando ele tentou descer mais (e *existiam* níveis mais baixos, ele ouvira conversas sobre o F e o G), a srta. Voz do Elevador informou simpaticamente que o acesso estava negado. E tudo bem. Era fazendo que se aprendia.

Não havia testes em papel na Parte da Frente, mas havia muitos eletroencefalogramas. Às vezes, o dr. Evans levava as pessoas em grupos, mas nem sempre. Em uma ocasião, quando Luke estava sendo examinado sozinho, o sr. Evans fez uma careta repentina, botou a mão na barriga e disse que já voltaria. Ele mandou Luke não tocar em nada e saiu correndo. Foi soltar um barro, supôs Luke.

Ele examinou as telas dos computadores, passou os dedos por alguns teclados, pensou em mexer um pouco, decidiu que seria má ideia e se dirigiu para a porta. Olhou bem na hora em que o elevador se abriu e o sujeito grande e careca apareceu, usando o mesmo terno marrom caro. Ou talvez fosse outro. Pelo que Luke sabia, Stackhouse tinha um armário inteiro de ternos marrons caros. Ele estava com uma pilha de papéis na mão. Saiu andando pelo corredor, mexendo nos papéis, e Luke recuou rapidamente. A C-4, a sala das máquinas de eletroencefalograma e eletrocardiograma, tinha um pequeno nicho de equipamentos cheio de prateleiras com vários materiais. Luke entrou ali, sem saber se procurar se esconder era mera intuição, uma das suas novas ondas cerebrais TP ou pura paranoia. De qualquer modo, foi bem na hora. Stackhouse espiou lá dentro, olhou em volta e saiu. Luke esperou para ter certeza de que ele não voltaria e se sentou de novo ao lado da máquina de EEG.

Dois ou três minutos depois, Evans entrou correndo com o jaleco voando. As bochechas estavam vermelhas, e os olhos, arregalados. Ele segurou Luke pela camisa.

— O que o Stackhouse disse quando viu você aqui sozinho? Fala!

— Ele não disse nada porque não me viu. Fui até a porta procurar você e, quando o sr. Stackhouse saiu do elevador, eu entrei ali. — Ele apontou para o nicho de equipamentos e fitou Evans com olhos arregalados e inocentes. — Eu não queria que você se metesse em confusão.

— Bom menino — disse Evans, e lhe deu um tapinha nas costas. — Recebi um chamado da natureza e tive certeza de que podia confiar em você.

Agora, vamos fazer logo esse exame, tá? Pra você poder voltar lá pra cima e brincar com seus amiguinhos.

Antes de chamar Yolanda, outra cuidadora (sobrenome: Freeman), para acompanhar Luke até o nível A, Evans deu doze fichas para o garoto, junto com outro tapinha nas costas.

— Nosso segredinho, combinado?

— Combinado.

Ele acha mesmo que eu gosto dele, pensou Luke, chocado. Não é impressionante? Mal posso esperar pra contar pro George.

2

Só que ele nunca chegou a contar. No jantar daquela noite, surgiram dois novatos e faltava um veterano. George tinha sido levado. Luke imaginava que devia ter sido quando ele estava se escondendo de Stackhouse no nicho de equipamentos.

— Ele está com os outros — sussurrou Avery para Luke naquela noite, quando eles estavam deitados. — Sha disse que ele está chorando porque tem medo. Ela disse que era normal. Disse que todos têm medo.

3

Duas ou três vezes em suas expedições, Luke parou fora da sala de descanso do nível B, onde as conversas eram interessantes e esclarecedoras. A sala era frequentada por funcionários, mas também por grupos de fora que chegavam às vezes, carregando malas de viagem sem etiquetas de companhia aérea nas alças. Quando viam Luke, talvez pegando um copo de água no bebedor mais próximo, talvez fingindo ler um pôster sobre higiene, a maioria olhava através dele, como se ele fizesse parte da mobília. As pessoas que formavam esses grupos exibiam uma aparência séria, e Luke teve cada vez mais certeza de que eram os caçadores do Instituto. Fazia sentido, porque agora havia mais garotos e mais garotas na Ala Oeste. Uma vez, Luke ouviu Joe contando a Hadad (os dois eram bons amigos) que o Instituto era como a cidade de praia de Long Island em que ele tinha passado a infância.

— Às vezes a maré está alta e às vezes está baixa — disse ele.

— Anda mais baixa ultimamente — acrescentou Hadad.

Talvez fosse verdade, mas, com o passar do mês de julho, a maré estava aumentando. Alguns dos grupos externos eram trios, outros eram quartetos. Luke os associava a militares, talvez porque os homens tinham cabelo curto e as mulheres usavam o cabelo preso em um coque apertado. Ele ouviu um atendente se referir a um desses grupos como Esmeralda. Um técnico chamou outro, formado por duas mulheres e um homem, de Vermelho Rubi. Luke sabia que Vermelho Rubi era o grupo que tinha ido a Minneapolis matar seus pais e o sequestrar. Ele tentou ouvir os nomes, prestando atenção com a mente e com os ouvidos, mas só conseguiu um: Michelle, a mulher que tinha borrifado alguma coisa no rosto dele na sua última noite em Falcon Heights. Quando ela o viu no corredor, inclinado sobre o bebedouro, os olhos passaram direto... e voltaram por um momento ou dois.

Michelle.

Outro nome para guardar.

Não demorou para Luke conseguir confirmar sua teoria de que aquelas eram as pessoas encarregadas de levar novos TPS e TCS para o Instituto. O grupo Esmeralda estava na sala de descanso, e quando Luke parou do lado de fora, lendo o pôster sobre higiene pela décima vez, ouviu um dos homens do Esmeralda dizer que eles precisavam voltar para fazer uma coleta rápida em Michigan. No dia seguinte, uma garota atordoada de catorze anos chamada Frieda Brown se juntou ao grupo cada vez maior da Ala Oeste.

— Aqui não é meu lugar — disse ela para Luke. — Foi engano.

— Não seria ótimo? — perguntou Luke.

Depois ensinou a ela como conseguir fichas. Ele não sabia se ela estava acompanhando, mas acabaria entendendo. Todo mundo entendia.

4

Ninguém parecia se importar que Avery dormisse no quarto de Luke quase todas as noites. Ele era o carteiro e levava para Luke cartas de Kalisha da

Parte de Trás, correspondências que vinham via telepatia e não com um selo no envelope. A certeza do assassinato dos pais ainda estava fresca e dolorida demais para aquelas cartas despertarem Luke de seu estado meio devaneador, mas as notícias que transmitiam eram perturbadoras mesmo assim. Também esclarecedoras; esclarecimentos que ele no fundo preferiria dispensar, apesar de serem indispensáveis. Na Parte da Frente, os garotos e as garotas eram testados e punidos por mau comportamento; na Parte de Trás, estavam sendo postos para trabalhar. Sendo usados. E, ao que tudo indicava, destruídos aos poucos.

Os filmes provocavam as dores de cabeça, e as dores de cabeça duravam cada vez mais tempo e iam ficando piores depois de cada exibição. George estava bem quando chegou, só com medo, de acordo com Kalisha, mas depois de quatro ou cinco dias de exposição aos pontos, filmes e injeções doloridas, a cabeça dele também começou a doer.

Os filmes eram exibidos em uma salinha de projeção com cadeiras confortáveis. Começaram com desenhos antigos, às vezes Papa-Léguas, às vezes Pernalonga, às vezes Pateta e Mickey. Depois do aquecimento vinha a verdadeira exibição. Kalisha achava que os filmes eram curtos, de meia hora no máximo, mas era difícil saber, porque ela ficava tonta durante e com dor de cabeça depois. Todos ficavam.

Nas duas primeiras vezes que ela foi para a sala de projeção, os garotos da Parte de Trás tiveram sessão dupla. A estrela do primeiro era um homem ruivo com os fios de cabelo rareando, que usava um terno preto e dirigia um carro preto brilhante. Avery tentou mostrar o carro para Luke, mas ele só recebeu uma imagem vaga, talvez por ter sido o que Kalisha conseguira enviar. Ainda assim, ele achou que devia ser uma limusine ou um Town Car, porque Avery disse que os passageiros do homem ruivo sempre andavam atrás. Além disso, o sujeito abria as portas para os passageiros quando eles entravam e saíam. Na maioria dos dias, os passageiros eram os mesmos, quase sempre homens brancos velhos, mas um era um indivíduo mais novo, com uma cicatriz na bochecha.

— Sha diz que ele tem clientes regulares — sussurrou Avery, quando estava deitado com Luke. — Diz que é em Washington, D.C., porque o homem passa pelo Capitólio e pela Casa Branca e às vezes ela vê aquela agulha de pedra enorme.

— O Monumento a Washington.

— É, isso.

Perto do fim do filme, o ruivo trocava o terno preto por roupas normais. Ele andava a cavalo e empurrava uma garotinha no balaço e tomava sorvete com a garotinha em um banco de parque. Depois, o dr. Hendricks aparecia na tela, segurando um palito de estrelinha de Quatro de Julho apagado.

O segundo filme era de um homem usando o que Kalisha chamou de enfeite de cabeça árabe, o que provavelmente queria dizer um *keffiyeh*. Ele estava em uma rua, depois no terraço de uma cafeteria tomando um copo de chá ou café, depois fazendo um discurso, depois balançando um garotinho pelas mãos. Uma vez, ele apareceu na televisão. O filme terminou com o dr. Hendricks segurando a estrelinha apagada.

Luke, que estava sofrendo, mas não era burro, começou a entender. Era loucura, mas não uma loucura maior do que poder saber de vez em quando o que outras pessoas tinham na mente. Além do mais, explicava muita coisa.

— Kalisha diz que acha que apagou e teve um sonho durante os filmes — sussurrou Avery no ouvido de Luke. — Só que ela não tem certeza se foi sonho. Ela diz que os garotos, ela, Nicky, Iris, Donna, Len, alguns outros, estavam de pé nos pontos com os braços nos ombros dos outros e as cabeças próximas. Diz que o dr. Hendricks estava também e acendeu a estrelinha e que foi assustador. Mas, enquanto eles ficaram juntos, se abraçando, as cabeças pararam de doer. Ela diz que talvez *tenha sido* sonho, porque ela acordou no quarto. Os quartos da Parte de Trás não são como os nossos. São trancados à noite. — Avery fez uma pausa. — Não quero mais falar sobre isso hoje, Lukey.

— Tudo bem. Pode dormir.

Avery dormiu, mas Luke ficou acordado por muito tempo.

No dia seguinte, ele finalmente usou o laptop para algo além de verificar a data, trocar mensagens com Helen ou assistir a *BoJack Horseman*. Ele entrou no sr. Griffin e do sr. Griffin ao *New York Times*, que lhe informou que ele podia ler dez artigos de graça e depois teria que pagar. Luke não sabia exatamente o que estava procurando, mas tinha certeza de que saberia quando encontrasse. E soube. Uma manchete na primeira página da edição do dia 15 de julho dizia: REPRESENTANTE BERKOWITZ SUCUMBE A FERIMENTOS.

Em vez de ler o artigo, Luke abriu na edição anterior. A manchete dizia: POSSÍVEL CANDIDATO À PRESIDÊNCIA MARK BERKOWITZ SOFRE ACIDENTE DE CARRO E ESTÁ EM ESTADO CRÍTICO. Havia uma foto. Berkowitz, um representante de Ohio, tinha cabelo preto e uma cicatriz na bochecha de um ferimento sofrido no Afeganistão. Luke leu o artigo rapidamente. Dizia que o Lincoln Town Car em que Berkowitz estava, a caminho de uma reunião com dignitários da Polônia e da Iugoslávia, tinha perdido o controle e batido em um poste de concreto de uma ponte. O motorista morreu na hora. Fontes anônimas no MedStar Hospital descreveram os ferimentos de Berkowitz como "extremamente graves". O artigo não dizia se o motorista era ruivo, mas Luke sabia que era e tinha certeza de que algum sujeito em algum país árabe morreria em breve, se já não tivesse morrido. Ou talvez fosse matar alguém importante.

A certeza crescente de que ele e os outros residentes estavam sendo preparados para ser usados como drones paranormais (sim, até o inofensivo Avery Dixon, que não faria mal a uma mosca) começou a incomodar Luke, mas foi preciso o show de horrores com Harry Cross para ele sair completamente de seu estupor de sofrimento.

5

Na noite seguinte, na hora do jantar, havia catorze ou quinze residentes no refeitório, alguns conversando, alguns rindo, alguns dos novatos chorando ou gritando. De certa forma, pensou Luke, estar no Instituto era como estar em um manicômio de antigamente, onde as pessoas malucas ficavam confinadas e nunca eram curadas.

Harry não tinha ido almoçar e também não estava presente no começo do jantar. O grandão não andava muito presente no radar de Luke, mas era difícil de passar em branco nas refeições, porque Gerda e Greta sempre se sentavam com ele, uma de cada lado com suas roupas idênticas, observando-o com olhos brilhantes enquanto ele falava sobre NASCAR, luta livre, seus programas favoritos e a vida "lá em Selma". Se alguém o mandasse calar a boca, as pequenas Gs fuzilavam com o olhar a pessoa que o interrompeu.

Naquela noite, as Gs estavam comendo sozinhas e parecendo bem infelizes por isso, mas tinham guardado um lugar entre elas, e quando Harry entrou andando devagar, a barriga balançando e queimado de sol, elas correram em sua direção com gritos de boas-vindas. Pela primeira vez, ele nem pareceu reparar nelas. Estava com uma expressão vazia nos olhos, que não pareciam se movimentar em sincronia como deveriam. O queixo estava reluzente de baba e havia uma parte molhada na virilha da calça. A conversa morreu. Os recém-chegados pareceram intrigados e horrorizados: os residentes que estavam ali havia tempo suficiente para passar por testes de injeções trocaram olhares preocupados.

Luke e Helen se entreolharam.

— Ele vai ficar bem — disse ela. — Só é pior pra alguns do que...

Avery estava sentado ao lado dela. Ele segurou uma das mãos dela com as suas e falou com uma calma sinistra.

— Ele não está bem. Nunca vai ficar bem.

Harry soltou um grito, caiu de joelhos e bateu de cara no chão. O nariz e os lábios espalharam sangue no linóleo. Primeiro ele começou a tremer, depois a ter espasmos, as pernas subindo e formando um **Y**, os braços se debatendo. Um ruído rosnado surgiu em sua garganta, não como o de um animal, mas como o de um motor em marcha baixa sendo forçado demais. Ele se virou de costas, ainda rosnando e espalhando espuma ensanguentada dos lábios balbuciantes. Seus dentes abriam e fechavam.

As pequenas Gs começaram a gritar. Quando Gladys veio correndo do corredor e Norma do bufê, uma das gêmeas se ajoelhou e tentou abraçar Harry. A mão direita dele subiu, golpeou e desceu, acertando a lateral do rosto dela com força terrível e a jogando longe. A cabeça dela bateu na parede com um baque. A outra gêmea correu até a irmã, gritando.

O refeitório estava um tumulto. Luke e Helen ficaram sentados, Helen com o braço em volta dos ombros de Avery (aparentemente mais para consolar a si mesma do que ao garotinho, pois Avery se mostrava inabalado), mas muitos dos outros estavam formando um círculo em volta do garoto em convulsão. Gladys empurrou alguns e rosnou:

— Pra trás, seus idiotas!

Não havia sorriso largo e falso na cara da grande G.

Os funcionários do Instituto começaram a aparecer: Joe e Hadad, Chad, Carlos e mais dois que Luke não conhecia, um deles ainda de roupas civis, sinal de que devia ter acabado de chegar para trabalhar. O corpo de Harry subia e descia em saltos impressionantes, como se o chão estivesse eletrificado. Chad e Carlos seguraram os braços dele. Hadad deu um choque no plexo solar de Harry e, como isso não fez a convulsão parar, Joe o acertou no pescoço, o estalo de um bastão elétrico configurado no máximo audível mesmo no meio do falatório de vozes confusas. Harry ficou inerte. Os olhos saltaram debaixo das pálpebras entrefechadas. Baba escorria dos cantos da boca. A ponta da língua estava aparecendo.

— Ele está bem, a situação está sob controle! — gritou Hadad. — Voltem para as mesas! Ele está bem!

As crianças e os adolescentes se afastaram, em silêncio agora, observando. Luke se inclinou para perto de Helen e sussurrou baixinho:

— Acho que ele não está respirando.

— Talvez esteja e talvez não — disse Helen —, mas olha aquela ali.

Ela apontou para a gêmea que tinha sido jogada contra a parede. Luke viu que os olhos da garotinha estavam vidrados e a cabeça parecia meio torta no pescoço. Tinha sangue escorrendo por uma das bochechas e pingando no ombro do vestido.

— Acorda! — gritava a outra gêmea, começando a sacudi-la. Talheres voaram das mesas em uma tempestade: os residentes e os cuidadores se abaixaram. — Acorda, Harry não te machucou de propósito, acorda, ACORDA!

— Qual é qual? — perguntou Luke a Helen, mas foi Avery quem respondeu, e com a mesma voz sinistramente calma.

— A que está gritando e arremessando os talheres é Gerda. A morta é Greta.

— Ela não está morta — disse Helen, com voz chocada. — Não pode estar.

Facas, garfos e colheres subiram até o teto (eu nunca conseguiria fazer isso, pensou Luke) e caíram com um estrondo.

— Mas está — disse Avery, com segurança. — Harry também. — Ele se levantou, segurando uma das mãos de Helen e uma de Luke. — Eu gostava do Harry, mesmo depois do empurrão. Não estou mais com fome. — Ele olhou de um para o outro. — Nem vocês.

Os três saíram despercebidos, passando longe da gêmea que estava gritando e de sua irmã morta. O dr. Evans veio correndo do elevador, parecendo abalado e confuso. Ele devia estar jantando, pensou Luke.

Atrás deles, Carlos estava gritando:

— Todos estão bem, pessoal! Sentem-se e terminem o jantar, todo mundo está bem!

— Os pontos mataram ele — explicou Avery. — O dr. Hendricks e o dr. Evans não deviam ter mostrado os pontos pra ele mesmo ele sendo um Rosa. Acho que o BDNF ainda estava alto demais. Ou pode ter sido outra coisa, tipo uma alergia.

— O que é BDNF? — perguntou Helen.

— Não sei. Só sei que, se alguém está com um bem alto, não deve levar as injeções grandes até estar na Parte de Trás.

— E você? — perguntou Helen, olhando para Luke.

Luke balançou a cabeça. Kalisha falou sobre isso uma vez, e ele tinha ouvido a sigla em algumas das expedições. Luke pensou em pesquisar BDNF no Google, mas tinha medo de acionar um alarme.

— Você não passou por nada disso, não é? — Luke perguntou a Avery. — As injeções grandes? Os testes especiais?

— Não. Mas vou passar. Na Parte de Trás. — Ele olhou para Luke com expressão solene. — O dr. Evans chama os pontos de luzes Stasi. Talvez ele fique encrencado pelo que fez com Harry. Espero que fique. Morro de medo das luzes. E das injeções grandes. Das injeções *poderosas*.

— Eu também — disse Helen. — As injeções que levei já foram bem ruins.

Luke pensou em contar a Helen e Avery sobre a injeção que fez sua garganta fechar ou sobre aquelas duas que o fizeram vomitar (vendo os malditos pontos cada vez que a ânsia vinha), mas pareceu coisa pequena perto do que tinha acabado de acontecer a Harry.

— Abram caminho, pessoal — disse Joe.

Eles estavam encostados na parede perto do pôster que dizia EU ESCOLHO A FELICIDADE. Joe e Hadad passaram com o corpo de Harry Cross. Carlos estava com a garotinha de pescoço quebrado. A cabeça oscilava no braço dele, o cabelo balançando. Luke, Helen e Avery ficaram olhando até eles entrarem no elevador, e Luke se pegou imaginando se o necrotério era no nível E ou no F.

— Ela parecia uma boneca — Luke se ouviu dizer. — Parecia uma boneca dela mesma.

Avery, cuja calma sinistra na verdade tinha sido choque, começou a chorar.

— Vou pro meu quarto — disse Helen, dando um tapinha no ombro de Luke e um beijo na bochecha de Avery. — Vejo vocês amanhã.

Só que isso não aconteceu. Os cuidadores de azul foram buscá-la à noite e eles não a viram mais.

6

Avery urinou, escovou os dentes, vestiu o pijama que deixava agora no quarto de Luke e se deitou na cama. Luke também usou o banheiro, se deitou ao lado de Avester e apagou a luz. Ele encostou sua testa na de Avery e sussurrou:

— Eu tenho que sair daqui.

Como?

Não uma palavra falada, mas uma que se iluminou em um instante na mente dele e depois se apagou. Luke estava ficando melhor em captar esses pensamentos agora, mas só conseguia fazer isso quando Avery estava próximo, e às vezes mesmo assim não conseguia. Os pontos, que Avery tinha dito que eram luzes Stasi, lhe deram um pouco de TP, mas não muito. Sua TC também nunca tinha sido grande. Seu QI podia ir até a lua, mas, em termos de habilidade paranormal, ele era um idiota. Mais um pouco seria bom, pensou ele, e um dos antigos ditados de seu avô surgiu em sua mente: Desejo em uma das mãos e merda na outra, veja qual fica cheia primeiro.

— Não sei — respondeu Luke.

O que ele sabia era que tinha ficado ali tempo demais... mais do que Helen, e ela já tinha sido levada. Iriam buscá-lo em breve.

7

No meio da noite, Avery sacudiu Luke, interrompendo um sonho sobre Greta Wilcox: Greta, caída junto à parede com a cabeça torta no pescoço. Ele não lamentou o fim daquele sonho. Avester estava encolhido junto dele, com joelhos e cotovelos pontudos, tremendo como um cachorro numa tempestade. Luke acendeu o abajur. Os olhos de Avery estavam cheios de lágrimas.

— O que foi? — perguntou Luke. — Sonho ruim?

— Não. *Eles* me acordaram.

— Quem?

Luke olhou em volta, mas o quarto estava vazio, e a porta, fechada.

— Sha. E Iris.

— Você consegue ouvir a Iris? Além da Kalisha?

Aquilo era novidade.

— Eu não conseguia antes, mas… elas viram os filmes, viram os pontos, viram a estrelinha, fizeram o abraço de grupo com as cabeças próximas. Eu te contei sobre isso…

— Contou.

— Normalmente, fica melhor depois, as dores de cabeça passam por um tempo, mas a da Iris voltou assim que o abraço acabou e foi tão ruim que ela começou a gritar e não parou. — A voz de Avery ficou mais alta do que o normal, oscilando de um jeito que fez Luke congelar. — "A minha cabeça, a minha cabeça, ela está se partindo, minha pobre cabeça, faz parar, alguém faz p…"

Luke sacudiu Avery com força.

— Abaixa a voz. Podem estar ouvindo.

Avery respirou fundo várias vezes.

— Eu queria que você conseguisse me ouvir dentro da sua cabeça, como Sha. Eu poderia contar tudo. Contar em voz alta é difícil pra mim.

— Tenta.

— Sha e Nicky tentaram consolar ela, mas não conseguiram. Ela arranhou Sha e tentou dar um soco em Nicky. O dr. Hendricks apareceu, ainda de pijama, e chamou os homens de vermelho. Eles iam levar Iris.

— Pra parte de trás da Parte de Trás?

— Acho que é. Mas ela começou a melhorar.

— Pode ser que tenham dado um analgésico pra ela. Ou um sedativo.

— Acho que não. Acho que ela só melhorou. Será que a Kalisha ajudou?

— Não me pergunte. Como eu poderia saber?

Mas Avery não estava ouvindo.

— Talvez tenha um jeito de ajudar. Um jeito pra eles poderem... — Ele parou de falar. Luke achou que ele estava pegando no sono, mas Avery se mexeu e disse: — Tem uma coisa bem ruim acontecendo lá.

— É tudo ruim lá — disse Luke. — Os filmes, as picadas, os pontos... tudo ruim.

— É, mas tem outra coisa. Uma coisa pior. Tipo... sei lá...

Luke encostou a testa na de Avery e escutou com o máximo de atenção que conseguiu. O que captou foi o som de um avião passando no céu.

— Um som? Tipo um zumbido?

— É! Mas não de avião. Parece mais de uma colmeia de abelhas. Acho que vem da parte de trás da Parte de Trás.

Avery se mexeu na cama. Na luz do abajur, ele não parecia mais uma criança, e sim um velho preocupado.

— As dores de cabeça vão ficando piores e piores, e duram mais e mais porque não param de fazer todo mundo olhar para os pontos... Você sabe, as luzes... e não param de dar injeções e de fazer eles verem os filmes.

— E a estrelinha — disse Luke. — Eles têm que olhar porque é o gatilho.

— O que você quer dizer?

— Nada. Pode dormir.

— Acho que não vou conseguir.

— Tenta.

Luke abraçou Avery e olhou para o teto. Ele estava pensando em um blues antigo que sua mãe cantava às vezes: *I was yours from the start, you took my heart. You got the best, so what the hell, come on, baby, take the rest*, que significava *"Eu era seu desde o início, você pegou meu coração. Você tem o melhor, então que seja, venha, baby, pegue o resto"*.

Ser usado não era bom para quem ia para a Parte de Trás, mas Luke tinha cada vez mais certeza de que era para isso que eles estavam lá: para perderem o melhor. Eles eram usados como arma, usados até não terem mais nada. Depois, iam para a parte de trás da Parte de Trás, onde se juntavam ao zumbido... seja lá o que isso fosse.

Coisas assim não acontecem, ele disse para si mesmo. Só que as pessoas diriam que uma coisa como o Instituto também não acontecia e, se acontecesse, o boato se espalharia porque não dava para guardar segredo de uma coisa assim atualmente: todo mundo comentaria. Só que ali estava ele. Só que ali estavam *eles*. A imagem de Harry Cross convulsionando e espumando pela boca no chão do refeitório era horrível, a imagem da garotinha indefesa com a cabeça torta e os olhos vidrados olhando para o nada era pior, mas nada em que ele conseguisse pensar era tão terrível quanto mentes sujeitadas a ataques constantes até finalmente virarem parte de um zumbido de colmeia. De acordo com Avester, isso quase tinha acontecido com Iris naquela noite, e aconteceria em breve com Nicky, o crush de todas as garotas, e com o sabichão George.

E com Kalisha.

Pode continuar me usando até acabar.

Luke acabou pegando no sono. Quando acordou, o café da manhã já tinha passado e ele estava sozinho na cama. Luke disparou pelo corredor e entrou de repente no quarto de Avery, com a certeza do que encontraria, mas os pôsteres de Avester ainda estavam nas paredes e os G.I. Joes continuavam na escrivaninha, essa manhã organizados em uma fila irregular.

Luke deu um suspiro de alívio e se encolheu ao levar um tapa na nuca. Ele se virou e viu Winona (sobrenome: Briggs).

— Vista suas roupas, rapaz. Não estou interessada em ver um homem de cueca se ele não tiver pelo menos vinte e dois anos e for minimamente sarado. Você não é nenhuma das duas coisas.

Ela esperou que ele se afastasse. Luke mostrou o dedo do meio para ela (tudo bem que foi escondido atrás do peito, mas foi bom mesmo assim) e voltou ao quarto para se vestir. No final do corredor, onde começava o outro, ele viu um cesto de roupas. Poderia ser de Jolene ou de uma das outras duas faxineiras que pareciam ajudar a cuidar do fluxo atual de "residentes", mas ele soube que era de Maureen. Ele a sentia. Ela tinha voltado.

8

Quando viu Maureen, quinze minutos depois, Luke pensou: Essa mulher está mais doente do que nunca.

Ela estava arrumando o quarto das gêmeas, tirando os pôsteres de príncipes e princesas da Disney e os guardando com cuidado em uma caixa de papelão. As camas das pequenas Gs já estavam vazias, os lençóis empilhados na cesta de Maureen com outras peças sujas que ela tinha recolhido.

— Cadê a Gerda? — perguntou Luke.

Ele também queria saber onde estavam Greta e Harry, fora os outros que poderiam ter morrido como resultado dos malditos experimentos. Haveria um crematório em algum lugar daquele buraco do inferno? Talvez lá embaixo, no nível E? Se sim, eles deviam ter filtros da melhor qualidade, senão ele teria sentido o cheiro da fumaça de crianças queimadas.

— Não me faça perguntas e não contarei mentiras. Sai daqui, garoto, vai cuidar da sua vida.

A voz dela foi ríspida e seca, distante, mas foi só exibição. Até a telepatia de nível baixo podia ser útil.

Luke pegou uma maçã na tigela de frutas do refeitório e um pacote de cigarrinhos de jujuba (FUME COMO O PAPAI) em uma das máquinas. O pacote de balas em formato de cigarro o deixou com saudades de Kalisha, mas também o fez se sentir mais próximo dela. Ele olhou o parquinho. Oito ou dez crianças estavam usando o equipamento; casa cheia, em comparação a quando Luke chegou. Avery estava sentado em uma das almofadas em volta da cama elástica, a cabeça no peito, os olhos fechados, dormindo. Luke não ficou surpreso. O merdinha tinha tido uma noite difícil.

Bateram no ombro dele, com força, mas não de um jeito agressivo. Luke se virou e viu Stevie Whipple, um dos novatos.

— Cara, foi feio ontem — comentou Stevie. — Com o ruivo grandão e aquela garotinha.

— Nem me fala.

— Aí, hoje de manhã, os caras de uniforme vermelho vieram e levaram aquela garota punk pra Parte de Trás.

Luke olhou para Stevie com uma consternação silenciosa.

— Helen?

— É, essa mesmo. Este lugar é uma bosta — disse Stevie, olhando para o parquinho. — Eu queria ter botas voadoras. Sumiria tão rápido que você ficaria tonto.

— Botas voadoras e uma bomba — acrescentou Luke.

— Hã?

— Pra estourar os filhos da puta e *depois* sair voando.

Stevie pensou a respeito, o rosto redondo perdendo a expressão, depois riu.

— Isso aí. Jogar uma bomba e depois sair voando daqui. Ei, você não tem uma ficha sobrando, tem? Fico com fome essa hora do dia e não sou muito fã de maçã. Sou do tipo que prefere um Twix. Ou Funyuns. Funyuns é bem gostoso.

Luke, que ganhava muitas fichas enquanto aperfeiçoava sua imagem de bom garoto, deu três para Stevie Whipple e disse para ele ir em frente.

9

Lembrando-se da primeira vez que botou os olhos em Kalisha, e talvez para comemorar a ocasião, Luke entrou, sentou-se ao lado da máquina de gelo e botou um dos cigarrinhos na boca. Estava no segundo quando Maureen veio andando com a cesta, agora cheia de lençóis e fronhas novos.

— Como estão suas costas? — perguntou Luke.

— Piores do que nunca.

— Sinto muito. Que droga.

— Tenho uns comprimidos. Eles ajudam.

Ela se inclinou e segurou as canelas, o que levou seu rosto para perto do de Luke.

— Levaram minha amiga Kalisha — sussurrou ele. — Nicky e George também. E Helen, hoje mesmo.

A maioria dos seus amigos tinha ido. E quem se tornara o veterano do Instituto? Ora, o próprio Luke Ellis.

— Eu sei. — Ela também estava sussurrando. — Estive na Parte de Trás. Não podemos nos encontrar aqui e conversar, Luke. Vão ficar desconfiados.

Aquilo parecia fazer sentido, mas havia algo de estranho mesmo assim. Como Joe e Hadad, Maureen falava com os garotos e com as garotas o tempo todo, dando fichas quando as tinha. Além disso, não havia outros lugares, as zonas mortas, onde a vigilância de áudio não funcionava? Kalisha achava que sim.

Maureen se levantou e se alongou, apoiando as mãos na lombar. Ela falou com voz normal agora.

— Você vai ficar sentado aí o dia inteiro?

Luke mastigou o cigarro doce pendurado na boca e ficou de pé.

— Espera, toma aqui. — Ela tirou uma ficha do bolso do vestido e entregou para ele. — Usa pra comprar alguma coisa gostosa.

Luke foi até o quarto e se deitou na cama. Encolheu-se e desdobrou o quadradinho de papel que ela tinha lhe dado junto com a moeda. A caligrafia de Maureen era trêmula e antiquada, mas essa era só uma parte da dificuldade para ler aquilo. A caligrafia era *pequena*. Ela tinha lotado o papel de um lado a outro, de ponta a ponta, de um lado inteiro e em parte do outro. Aquilo levou Luke a pensar em uma coisa que o sr. Sirois tinha dito na aula de inglês, sobre os melhores contos de Ernest Hemingway: *São um milagre de compressão*. A máxima valia também para aquele recado. Quantos rascunhos foram necessários para que ela resumisse o que tinha que contar daquele jeito, em um pedacinho de papel? Ele admirou a brevidade de Maureen na mesma hora que começou a entender o que ela estava fazendo. O que ela era.

Luke, <u>você tem que se livrar deste Bilhete depois de ler.</u> É como se Deus tivesse me enviado você como a Última Chance de reparar alguns dos Erros que cometi. Conversei com Leah Fink em Burlington. Tudo o que você disse era Verdade e tudo vai ficar Bem com o dinheiro que devo. Não tão Bem comigo, pq a dor nas minhas costas é o que eu temia. MAS agora que o $$$ que eu guardei está seguro, eu "saquei" tudo. Tem um jeito de entregar pro meu Filho, pra ele fazer Faculdade. Ele nunca vai saber que veio de mim e é assim que eu quero. <u>Devo tanto a você!!</u> Luke, você tem que sair daqui. Você vai pra Parte de Trás em breve. Você é um "Rosa" e, quando pararem de fazer testes, você talvez só tenha três dias. Tenho algo pra te entregar e muitas Coisas Importantes pra contar, mas não sei como, só a Máquina de Gelo é segura e já ficamos Muito lá. Não me importo comigo, mas não quero que você perca sua Única Chance. Queria não ter feito o que fiz ou nunca ter visto este Lugar. Eu estava pensando no filho que dei pra adoção, mas isso não é Desculpa. Tarde demais agora. Queria que nossa Conversa não tivesse que ser na Máquina de Gelo, mas acho que vamos ter que arriscar. POR FAVOR, se livre deste bilhete, Luke, e TOME CUIDADO, não por mim, minha vida vai acabar em breve, mas por você. OBRIGADA POR ME AJUDAR. Maureen A.

Então Maureen era uma informante, ouvia os garotos e as garotas em lugares que em teoria eram seguros e corria para Sigsby (ou para Stackhouse) com pequenas partes de informações que ela recebia em sussurros. E ela talvez não fosse a única: os dois cuidadores simpáticos, Joe e Hadad, também podiam estar dedurando. Em junho, Luke a teria odiado por isso, mas agora era julho e ele estava bem mais velho.

Foi ao banheiro e jogou o bilhete de Maureen no vaso na hora que abaixou a calça, como fizera com o de Kalisha. Aquilo parecia ter sido cem anos antes.

10

Naquela tarde, Stevie Whipple organizou uma partida de queimado. A maioria dos residentes jogou, mas Luke não quis. Ele foi até o armário de jogos pegar o tabuleiro de xadrez (em memória a Nicky) e refez o que muitos consideravam a melhor partida do mundo, de Yakov Estrin contra Hans Berliner, em Copenhagen, em 1965. Quarenta e duas jogadas, um clássico. Ele jogou por um e por outro, branco-preto, branco-preto, branco-preto, a memória fazendo o trabalho enquanto boa parte da mente permanecia no bilhete de Maureen.

Odiou saber que Maureen os dedurava, mas entendia os motivos dela. Havia outras pessoas ali com ao menos um pouco de decência, mas trabalhar em um lugar daqueles destruía qualquer bússola moral. Eles estavam condenados, quer soubessem ou não. Maureen devia estar também. A única coisa que importava agora era se ela sabia ou não um jeito para ele poder sair dali. Para isso, ela precisaria lhe passar informações sem levantar a desconfiança da sra. Sigsby e daquele tal Stackhouse (primeiro nome: Trevor). Também havia a questão se ela era uma pessoa confiável ou não. Luke achava que sim. Não só porque ele a ajudou em um momento de necessidade, mas porque o bilhete tinha um tom desesperado, a sensação de uma mulher que decidira apostar todas as fichas em um giro da roleta. Além do mais, que opção ele tinha?

Avery estava correndo no círculo para não ser queimado e agora alguém acertou a bola em seu rosto. Ele se sentou e começou a chorar. Stevie Whipple o ajudou a se levantar e examinou seu nariz.

— Não tem sangue, então você está bem. Por que não vai se sentar ali com o Luke?

— Pra fora do jogo, é o que você quer dizer — disse Avery, ainda fungando. — Tudo bem. Ainda posso...

— Avery! — chamou Luke, mostrando duas fichas. — Quer um biscoito com creme de amendoim e uma coca?

Avery se aproximou correndo, a porrada na cara esquecida.

— Claro!

Eles foram até a cantina. Avery colocou uma ficha na entrada da máquina de lanches e, quando se inclinou para pegar o pacote de biscoito, Luke se abaixou junto e sussurrou ao pé do ouvido do garoto:

— Quer me ajudar a sair daqui?

Avery pegou o pacote de Nabs.

— Quer um?

E, na mente de Luke, uma palavra se acendeu e sumiu: *Como?* Duas conversas acontecendo, uma em voz alta, outra entre as mentes. E era assim que funcionaria com Maureen.

Ele esperava.

11

Depois do almoço daquele dia, Gladys e Hadad levaram Luke ao tanque de imersão. Eles o deixaram com Zeke e Dave.

— Nós fazemos testes aqui, mas também afundamos garotos malvados que não dizem a verdade. Você diz a verdade, Luke? — perguntou Zeke Ionidis.

— Sim — respondeu Luke.

— Você tem telep?

— O quê?

Mas sabia muito bem o que o Zeke Bizarro queria dizer.

— Telep. TP. Você tem?

— Não. Eu sou TC, lembra? Movo colheres, essas coisas. — Ele tentou dar um sorriso. — Mas não consigo dobrar. Já tentei.

Zeke balançou a cabeça.

— Se você é TC e vê os pontos, você tem telep. Se é TP e vê os pontos, você move colheres. É assim que funciona.

Você não sabe como funciona, pensou Luke. Nenhum de vocês sabe. Ele se lembrou de alguém, talvez Kalisha ou George, dizendo que eles saberiam se ele tentasse mentir sobre ver os pontos. Luke achava que devia ser verdade, talvez as leituras do EEG mostrassem, mas eles sabiam como tudo funcionava? Não sabiam. Zeke estava blefando.

— Eu *vi* os pontos duas vezes, mas não consigo ler mentes.

— Hendricks e Evans acham que consegue — disse Dave.

— Não consigo mesmo.

Ele olhou para os dois com o máximo de sinceridade no olhar.

— Nós vamos descobrir se é verdade — disse Dave. — Tira a roupa, camarada.

Sem escolha, Luke tirou a roupa e entrou no tanque. Tinha um metro e vinte de profundidade, e dois e meio de largura. A água estava fresca e agradável. Até aí, tudo bem.

— Estou pensando em um animal — começou Zeke. — Qual é?

Era um gato. Luke não viu imagem nenhuma, só a palavra, tão grande e reluzente quanto um letreiro da Budweiser em uma janela de bar.

— Não sei.

— Tudo bem, camarada, se é assim que você quer fazer. Respira fundo, mergulha e conta até quinze. Coloca um "vamos lá" entre cada número. Um vamos lá, dois vamos lá, três vamos lá, e assim por diante.

Luke fez isso. Quando saiu, Dave (sobrenome desconhecido, ao menos até aquele momento) perguntou em que animal *ele* estava pensando. A palavra na mente de Dave era CANGURU.

— Não sei. Já falei, sou TC, não TP. E não sou nem TC-pos.

— Pra água — mandou Zeke. — Trinta segundos, com um vamos lá entre cada número. Vou estar contando, camarada.

O terceiro mergulho foi de quarenta e cinco segundos, o quarto, de um minuto. Ele ouvia uma pergunta depois de cada um. Elas variavam entre animais e nomes de cuidadores: Gladys, Norma, Pete, Priscilla.

— Eu não consigo! — gritou Luke, secando água dos olhos. — Vocês não entenderam?

— O que entendo é que vamos agora pra um minuto e quinze segundos — disse Zeke. — E, enquanto você conta, pensa em por quanto tempo quer levar isso adiante. Está nas suas mãos, camarada.

Luke tentou subir depois de ter contado até sessenta e sete. Zeke segurou a sua cabeça e o empurrou para baixo. Ele subiu com um minuto e quinze, em desespero para respirar, o coração disparado.

— Em que time estou pensando? — perguntou Dave, e na mente dele Luke viu uma placa vermelha de bar que dizia VIKINGS.

— *Não sei!*

— Mentira — disse Zeke. — Vamos fazer um minuto e meio.

— Não — disse Luke, indo para o meio do tanque. Estava tentando não entrar em pânico. — Não consigo.

Zeke revirou os olhos:

— Deixa de ser bicha. Os pescadores de abalones ficam nove minutos embaixo da água. Eu só quero noventa *segundos*. A não ser que você diga pro tio Dave ali qual é o time dele.

— Ele não é meu tio e eu não consigo fazer isso. Agora, me deixa sair. — Não pôde evitar: — Por favor.

Zeke tirou o bastão elétrico do cinto e mostrou com clareza que estava virando o sintonizador até o máximo.

— Quer que eu encoste isso na água? Se eu fizer isso, você vai dançar como o Michael Jackson. Agora, vem aqui.

Sem escolha, Luke foi até a beirada do tanque de imersão. *É divertido*, Richardson dissera.

— Mais uma chance — disse Zeke. — No que ele está pensando?

Nos Vikings de Minnesota. Nos Vikings, o time da minha cidade.

— *Não sei!*

— Tudo bem — disse Zeke, parecendo lamentar. — Submarino Luke agora submergindo.

— Espera, dá uns segundos pra ele se preparar — sugeriu Dave, parecendo preocupado, o que preocupou Luke. — Enche seus pulmões de ar, Luke. E tenta ficar calmo. Quando seu corpo entra em alerta vermelho, ele consome mais oxigênio.

Luke inspirou e expirou umas seis vezes e mergulhou. A mão de Zeke encostou em sua cabeça e segurou seu cabelo. Calma, calma, calma, pensou Luke. E também: seu filho da puta, Zack, seu filho da puta, odeio a porra da sua fuça sádica.

Ele conseguiu completar noventa segundos e subiu, inspirando desesperado. Dave secou o rosto dele com uma toalha.

— Acaba com isso logo — murmurou ele para Luke. — É só me dizer no que estou pensando. Desta vez é em um ator de cinema.

MATT DAMON, dizia agora a placa de bar na cabeça de Dave.

— Não sei.

Luke começou a chorar, as lágrimas descendo pelo rosto molhado.

— Tudo bem. Vamos tentar um minuto e quarenta e cinco. Cento e cinco longos segundos, e não se esqueça do vamos lá entre cada um. Ainda vamos transformar você em um pescador de abalone — disse Zeke.

Luke hiperventilou de novo, mas, quando chegou a cem, contando em pensamento, teve certeza de que abriria a boca e inspiraria água. Eles o tirariam, o ressuscitariam e começariam de novo. Continuariam até ele dizer o que eles queriam ouvir ou até que se afogasse.

Por fim, a mão em sua cabeça sumiu. Ele subiu, desesperado e tossindo. Ganhou um tempo para se recuperar, e Zeke disse:

— Esquece os animais e times e tudo mais. Só diz logo. Diz "sou telepata, sou TP" e isso vai acabar.

— Tudo bem! Tudo bem, sou telepata.

— Que ótimo! — exclamou Zeke. — Um progresso! Em que número eu estou pensando?

A placa vermelha dizia 17.

— Seis — respondeu Luke.

Zeke fez um som de campainha de programa de televisão.

— Desculpa, era dezessete. Dois minutos desta vez.

— Não! Não vou conseguir! Por favor!

Dave falou baixinho:

— Última vez, Luke.

Zeke deu um empurrão com o ombro no colega, com força quase suficiente para derrubá-lo.

— Não diz o que pode não ser verdade. — Ele voltou a atenção para Luke. — Vou te dar trinta segundos para recuperar o fôlego e aí você desce. Equipe Olímpica de Mergulho, cara.

Sem escolha, Luke inspirou e expirou rapidamente, mas, bem antes de conseguir contar até trinta em pensamento, Zeke fechou a mão em seu cabelo e o empurrou para baixo.

Luke abriu os olhos e observou a lateral branca do tanque. A tinta estava arranhada em alguns lugares, talvez pelas unhas de outras crianças que passaram por aquela tortura, reservada especificamente para Rosas. E por quê? Era óbvio: porque Hendricks e Evans achavam que a amplitude dos talentos paranormais podia ser expandida, e os Rosas eram descartáveis.

Expandir, descartar, pensou ele. Expandir, descartar. Calma, calma, calma.

Porém, apesar de seu esforço para entrar em um estado zen, seus pulmões acabaram pedindo mais ar. Seu estado zen, que não era muito zen desde o começo, acabou quando ele pensou que, se sobrevivesse àquilo, seria obrigado a ficar dois minutos e quinze lá embaixo, depois dois minutos e meio, depois...

Ele começou a se debater. Zeke o segurou. Luke firmou os pés e empurrou, quase chegou à superfície, mas Zeke acrescentou a outra mão e o empurrou para baixo de novo. Os pontos voltaram, piscando diante de seus olhos, correndo em sua direção, recuando e correndo em sua direção de novo. Começaram a girar em sua volta, como um carrossel enlouquecido. Luke pensou: luzes Stasi. Vou me afogar vendo...

Zeke o puxou para cima pelo cabelo. A túnica branca estava encharcada. Ele encarou Luke demoradamente.

— Vou botar você lá embaixo de novo, Luke. De novo e de novo e de novo. Vou botar você lá embaixo até você se afogar, aí vamos te ressuscitar e te afogar de novo e te ressuscitar de novo. Última chance: em que número estou pensando?

— Eu não... — Luke vomitou água. — Sei!

Aquele olhar fixo permaneceu sobre ele por cinco segundos. Luke o encarou, embora seus olhos estivessem jorrando lágrimas.

— Foda-se isso e foda-se você, camarada. Dave, seca ele e manda de volta. Não quero olhar pra essa cara de bocetinha.

Zeke saiu e bateu a porta.

Luke se debateu, saiu do tanque, cambaleou e quase caiu. Dave o segurou e lhe entregou uma toalha. Luke se secou e vestiu a roupa o mais rápido que pôde. Não queria ficar perto daquele homem nem daquele lugar, mas, mesmo se sentindo meio morto, sua curiosidade não sumiu.

— Por que é tão importante? Por que é tão importante se nem é *pra* isso que estamos aqui?

— Como você sabe pra que está aqui? — perguntou Dave.

— Não sou burro, ora.

— É melhor você ficar de boca calada, Luke — aconselhou Dave. — Eu gosto de você, mas isso não significa que quero te ouvir falando merda.

— Seja lá pra que servem os pontos, não tem nada a ver com descobrir se consigo ser as duas coisas, TP além de TC. O que vocês estão *fazendo*? Vocês bem sab...

Dave lhe deu um tapa forte, com vontade, que chegou a derrubá-lo. A água caída no piso molhou o traseiro da calça.

— Não estou aqui pra responder suas perguntas. — Ele se inclinou para Luke. — Nós sabemos o que estamos fazendo, espertinho! *Nós sabemos exatamente o que estamos fazendo!* — E, ao levantar Luke: — Tivemos um garoto aqui ano passado que suportou três minutos e meio. Ele era um saco, mas pelo menos tinha coragem!

12

Avery entrou quarto adentro, preocupado, e Luke mandou que ele fosse embora, pois precisava ficar sozinho por um tempo.

— Foi ruim o tanque, né? — perguntou Avery. — Sinto muito, Luke.

— Obrigado. Agora, sai. A gente conversa depois.

— Tudo bem.

Avery se retirou e teve a consideração de fechar a porta ao sair. Luke ficou deitado de costas, tentando não reviver os infinitos minutos mergulhado no tanque, mas não conseguiu. Ficou esperando que as luzes voltassem, que girassem e corressem por seu campo de visão, descrevendo círculos e redemoinhos vertiginosos. Como isso não aconteceu, ele começou a se acalmar. Um pensamento superou todos os outros, até o medo de os pontos voltarem... e dessa vez ficarem.

Sair. Eu tenho que sair. E, se não conseguir, tenho que morrer antes que me levem pra Parte de Trás e me usem até acabar.

13

A pior fase de insetos tinha acabado em junho, e o dr. Hendricks se encontrou com Zeke Ionidis diante do prédio administrativo. Havia ali um banco embaixo da sombra de um carvalho e, perto, um mastro com a bandeira dos Estados Unidos tremulando preguiçosamente na brisa leve do verão. O dr. Hendricks estava com a pasta de Luke no colo.

— Você tem certeza? — perguntou ele para Zeke.

— Positivo. Mergulhei o pentelhinho umas cinco ou seis vezes, acrescentando quinze segundos em cada uma, como você pediu. Se ele conseguisse ler mentes, teria lido as nossas, pode anotar isso. Um SEAL da Marinha não aguentaria aquela merda, menos ainda um garoto que não tem idade pra ter mais de seis pelos nas bolas.

Hendricks pareceu prestes a insistir, mas suspirou e balançou a cabeça.

— Tudo bem. Dá pra conviver com isso. Nós temos muitos Rosas agora, e mais chegando. Um banquete. Mas é uma decepção mesmo assim. Eu tinha esperanças naquele menino.

Ele abriu o arquivo com a bolinha rosa no canto superior direito. Tirou uma caneta do bolso e fez uma linha diagonal na primeira página.

— Pelo menos ele é saudável. Evans aprovou. Aquela garota idiota, Benson, não passou a catapora pra ele.

— Ele não foi vacinado? — perguntou Zeke.

— Foi, mas ela se deu ao trabalho de trocar cuspe com ele. E a doença dela foi bem séria. Não dava pra arriscar. Não mesmo. É melhor prevenir do que remediar.

— E quando ele vai pra Parte de Trás?

Hendricks deu um sorrisinho.

— Está ansioso pra se livrar dele, não é?

— Na verdade, estou. Benson pode não ter contaminado esse garoto com a catapora, mas Wilholm passou o germe do foda-se pra ele.

— Bom, ele vai assim que eu tiver o sinal verde do Heckle e do Jeckle.

Zeke fingiu tremer.

— Aqueles dois. *Brrr*. Sinistros.

Hendricks não emitiu opinião sobre os médicos da Parte de Trás.

— Você tem certeza de que não tem nada de telepatia ali?

Zeke deu um tapinha no ombro dele.

— Absoluta, doutor. Pode deixar registrado.

14

Enquanto Hendricks e Zeke discutiam seu futuro, Luke estava indo almoçar. Além de o apavorar, o tanque de imersão o deixara morrendo de fome. Quando Stevie Whipple perguntou onde ele estava e qual era o problema, Luke só balançou a cabeça. Não queria falar sobre o tanque. Nem agora, nem nunca. Achava que era como ir para a guerra. Você era convocado, ia, mas não queria falar sobre o que tinha visto nem o que tinha acontecido com você lá.

Saciado com a versão do refeitório de um fettuccini ao molho branco, ele acabou cochilando e acordou se sentindo um pouco melhor. Foi procurar Maureen e a encontrou na antes deserta Ala Leste. Parecia que o Instituto logo abrigaria mais hóspedes. Ele foi até ela e perguntou se precisava de ajuda.

— Eu não me importaria de ganhar umas fichas — disse ele.

— Não, estou bem.

Para Luke, parecia que ela estava envelhecendo a cada segundo. Tinha o rosto muito pálido. Ele se perguntou quanto tempo levaria até que alguém reparasse em sua condição e a fizesse parar de trabalhar. Ele não gostava de pensar no que seria dela se isso acontecesse. Havia programa de aposentadoria para faxineiras que também eram dedos-duros do Instituto? Ele duvidava.

O cesto dela estava com lençóis limpos até a metade, e Luke colocou um bilhete dentro. Tinha escrito em uma folha de memorando que roubara do nicho de equipamentos da C-4, junto com uma caneta esferográfica vagabunda que ele escondera embaixo do colchão. No corpo da caneta havia um nome: DENNISON RIVER BEND IMOBILIÁRIA. Maureen viu o bilhete dobrado, cobriu-o com uma fronha e assentiu de leve. Luke seguiu caminho.

Naquela noite, na cama, sussurrou para Avery por muito tempo antes de deixar que ele dormisse. Havia dois roteiros, explicou ele para Avery, tinha que haver. Ele achava que Avester entendia. Ou talvez a palavra certa fosse *esperava*.

Luke ficou acordado por muito tempo, ouvindo os roncos baixos de Avery e meditando sobre a fuga. A ideia parecia simultaneamente absurda e perfeitamente possível. Havia as esferas de vigilância poeirentas e os momentos em que ele ficou sozinho vagando, coletando informações. Havia falsas zonas mortas de vigilância que Sigsby e seus minions conheciam, e a verdadeira zona morta que não conheciam (ou era o que ele esperava). No final, era uma equação bem simples. Ele tinha que arriscar. A alternativa eram as luzes Stasi, os filmes, as dores de cabeça, a estrelinha que era o gatilho de alguma coisa. No final de tudo, o zumbido.

Quando pararem de fazer testes, você talvez só tenha três dias.

15

Na tarde seguinte, Trevor Stackhouse foi até a sala da sra. Sigsby. Ela estava inclinada sobre uma pasta, lendo e fazendo anotações. Ela levantou um dedo, sem olhar. Ele foi até a janela, que dava para a Ala Leste do prédio que eles chamavam de Hall Residencial, como se o Instituto fosse um campus universitário, que por acaso ficava no meio da floresta no norte do Maine. Ele viu dois ou três garotos perto das máquinas de refrigerante e lanches que tinham acabado de ser reabastecidas. Não havia tabaco nem álcool naquelas máquinas desde 2005. A Ala Leste costumava ter pouca gente ou ninguém e, quando havia residentes dormindo lá, eles podiam conseguir cigarros e vinho nas máquinas da outra ponta do prédio. Alguns só experimentavam, mas normalmente os mais deprimidos e apavorados com as mudanças repentinas e catastróficas da vida — uma quantidade surpreendente — ficavam viciados rapidamente. Esses eram os que davam menos trabalho, porque não só queriam as fichas, como também precisavam delas. Karl Marx chamou a religião de ópio do povo, mas Stackhouse discordava. Ele achava que o cigarro Lucky Strike e o vinho Boones's Farm (os preferidos das residentes) faziam esse papel muito bem.

— Pronto — disse a sra. Sigsby, fechando a pasta. — Pronta pra você, Trevor.

— Tem mais quatro chegando amanhã com a Equipe Opala — disse Stackhouse, as mãos unidas nas costas e os pés afastados. Como um capitão no convés anterior do navio, pensou a sra. Sigsby. Ele estava usando um dos ternos marrons característicos, que ela acharia uma péssima escolha para o verão, mas sem dúvida Stackhouse considerava parte da composição de sua *imagem*. — Não temos tanta gente a bordo desde 2008.

Ele deu as costas para a janela, que não tinha uma vista tão interessante assim. Às vezes, até com frequência, ele se cansava de crianças e adolescentes. Não sabia como os professores conseguiam, principalmente sem a liberdade de bater nos insolentes e dar um choque elétrico nos rebeldes, como o agora ausente Nicholas Wilholm.

— Houve uma época, bem antes da sua chegada e da minha, em que havia mais de cem crianças aqui. Tinha *lista de espera* — disse a sra. Sigsby.

— Tudo bem, tinha lista de espera. Bom saber. Agora, pra que você me chamou aqui? A equipe Opala está posicionada e pelo menos uma das coletas vai ser delicada. Vou para lá hoje. A garota está em ambiente fortemente supervisionado.

— Em reabilitação, você quer dizer.

— Isso mesmo. — Os TCs altamente funcionais pareciam se dar relativamente bem na sociedade, mas o mesmo não poderia ser dito dos TPS similares, que apresentavam problemas e costumavam procurar bebida e drogas. Para adormecer a torrente de estímulos, achava Stackhouse. — Mas ela vale o preço. Não está no nível do garoto Dixon, que é uma potência, mas chega perto. Me diz o que está te preocupando e me deixa cuidar da minha vida.

— Não é uma preocupação, só um alerta. E não fique atrás de mim, me dá nervoso. Puxa uma cadeira.

Enquanto ele se sentava na cadeira do outro lado da mesa, a sra. Sigsby abriu um arquivo de vídeo no computador e apertou o play. Mostrava as máquinas de lanche do lado de fora do refeitório. A imagem estava manchada, tremia a cada dez segundos, e era interrompida de vez em quando por estática. A sra. Sigsby fez uma pausa em uma dessas.

— A primeira coisa em que gostaria que você reparasse — começou ela, usando a voz seca de palestra que ele tinha passado a detestar — é na qualidade deste vídeo. É totalmente inaceitável. O mesmo vale para pelo menos metade das câmeras de vigilância. A que tem naquela loja de conveniência de merda em Bend é melhor do que a maioria das nossas.

Ela se referia à cidade Dennison River Bend, Stackhouse sabia, e era verdade.

— Vou passar isso adiante, mas nós dois sabemos que a infraestrutura básica deste lugar está uma merda. A última reforma geral foi realizada quarenta anos atrás, quando as coisas neste país eram diferentes. Mais frouxas. No momento só temos dois caras de TI, e um deles está de licença. O equipamento de computador está ultrapassado e os geradores também. Você *sabe* disso tudo.

A sra. Sigsby sabia. Não era falta de fundos, era a impossibilidade de trazer ajuda de fora. O clássico ardil 22, em outras palavras. O Instituto tinha que permanecer isolado e, na era das redes sociais e dos hackers, isso se tornava ainda mais difícil. Um mero sussurro do que faziam lá dentro seria o beijo da morte. Para o trabalho de importância vital que eles faziam, sim, mas também para a equipe. Contratar era difícil, conseguir fornecimento era difícil e os consertos eram um pesadelo.

— Aquela estática vem do equipamento de cozinha — disse ele. — Mixers, trituradores de lixo, micro-ondas. Talvez eu consiga fazer algo a respeito.

— Talvez você possa também resolver a questão da cobertura esférica das câmeras. É coisa de baixa tecnologia. Acredito que se chame "passar um pano". Nós *temos* zeladores.

Stackhouse olhou para o relógio.

— Tudo bem, Trevor. Entendi a indireta. — Ela botou o vídeo novamente. Maureen Alvorson apareceu com o cesto de limpeza, acompanhada de dois residentes: Luke Ellis e Avery Dixon, o TP-pos excepcional que agora dormia ao lado de Ellis na maioria das noites. O vídeo podia ser ruim, mas o áudio era bom.

— A gente pode conversar aqui — disse Maureen aos garotos. — Tem microfone, mas não funciona há anos. Só sorriam bastante pra que, se alguém olhar este vídeo, ache que vocês estão puxando meu saco pra ganharem fichas. O que vocês têm na cabeça? Sejam rápidos.

Houve uma pausa. O garotinho coçou os braços, apertou a narina e olhou para Luke. Então Dixon estava só acompanhando. Era coisa de Ellis. Stackhouse não estava surpreso: Ellis era o inteligente. O jogador de xadrez.

— Bom, é sobre o que aconteceu no refeitório outro dia — disse Luke. — Com Harry e as pequenas Gs. É isso que está na nossa cabeça.

Maureen suspirou e botou a cesta no chão.

— Ouvi falar. Foi bem ruim, mas, pelo que eu soube, eles estão bem.

— É mesmo? Os três?

Maureen fez uma pausa. Avery estava olhando para ela com ansiedade, coçando os braços, beliscando o nariz e parecendo que precisava fazer xixi. Ela disse:

— Talvez não bem *agora*, não completamente, pelo menos. Ouvi o dr. Evans dizer que eles foram levados pra enfermaria da Parte de Trás. Tem uma das boas lá.

— O que mais tem...

— Silêncio. — Ela levantou a mão para Luke e olhou ao redor. A imagem sofreu interferência, mas o som continuou claro. — Não me pergunte sobre a Parte de Trás. Não posso falar sobre isso, só posso dizer que é boa, melhor do que a Parte da Frente. Depois que as crianças passam um tempo lá, vão pra casa.

Ela estava com os braços em volta deles quando a imagem voltou ao normal, abraçando bem perto.

— Olha isso — comentou Stackhouse, com admiração. — Que coragem. Ela é boa.

— Shh — fez a sra. Sigsby.

Luke perguntou a Maureen se ela tinha certeza *absoluta* de que Harry e Greta estavam vivos.

— Porque eles pareciam... bem... mortos.

— É, todos estão dizendo isso — concordou Avery, e apertou o nariz com força. — Harry teve um espasmo e parou de respirar. A cabeça da Greta estava torta e esquisita no pescoço.

Maureen não se apressou: Stackhouse viu que ela estava escolhendo as palavras. Ele achava que ela poderia ter sido uma boa agente de inteligência em algum lugar em que a coleta de informações realmente importava. Enquanto isso, os dois garotos estavam olhando para ela, esperando.

Finalmente, ela falou:

— Claro que eu não estava lá e sei que deve ter sido apavorante, mas tenho que pensar que pareceu bem pior do que foi. — Ela parou de novo, mas, depois de Avery dar outro aperto tranquilizador no próprio nariz, continuou. — Se o garoto Cross teve uma convulsão, e eu disse *se*, ele deve estar recebendo a medicação correta. Quanto a Greta, eu estava passando pela sala de descanso e ouvi o dr. Evans dizer pro dr. Hendricks que ela está com uma entorse no pescoço. Devem ter colocado um colar cervical nela. A irmã deve estar junto. Pra que ela fique mais tranquila, sabe.

— Tudo bem — disse Luke, parecendo aliviado. — Já que você tem certeza.

— O máximo de certeza que posso ter, e isso é tudo que posso dizer, Luke. Tem muitas mentiras neste lugar, mas fui criada pra não mentir pra ninguém, principalmente crianças. Então, só digo que tenho o máximo de certeza que posso ter. Mas por que isso é tão importante? Só porque vocês estão preocupados com os amigos ou tem mais?

Luke olhou para Avery, que apertou o nariz de verdade e assentiu.

Stackhouse revirou os olhos.

— Meu Deus, garoto, se você tem meleca pra tirar, enfia logo o dedo. Essas preliminares estão me deixando louco.

A sra. Sigsby pausou o vídeo.

— É um gesto de consolo pessoal e é melhor do que botar a mão no saco. Já vi muita gente que bota a mão na virilha, garotas e garotos. Agora, fica quieto. Essa é a parte interessante.

— Se eu contar uma coisa, você promete não contar pra ninguém? — perguntou Luke.

Ela pensou a respeito enquanto Avery continuava a torturar o pobre nariz. Por fim, assentiu.

Luke baixou a voz. A sra. Sigsby aumentou o volume.

— Tem algumas pessoas falando em fazer greve de fome. Em não comer mais até sabermos que as pequenas Gs e o Harry estão bem.

Maureen baixou a voz.

— Quem?

— Não sei bem — disse Luke. — Alguns dos novatos.

— Diz pra eles que seria uma péssima ideia. Você é um garoto esperto, Luke, muito esperto, e sei que sabe o que a palavra *represália* quer dizer. Pode explicar pro Avery depois. — Ela olhou fixamente para o garoto menor, que se afastou e botou a mão protetora no nariz, como se estivesse com medo de que ela mesma o segurasse, talvez até o arrancasse. — Agora, eu tenho que ir. Não quero que vocês fiquem encrencados e também não quero me encrencar. Se alguém perguntar sobre o que estávamos conversando...

— A gente estava pedindo tarefas pra ganhar mais fichas — disse Avery. — Pode deixar.

— Ótimo. — Ela olhou para a câmera, se virou, mas voltou. — Vocês vão sair daqui em breve e vão voltar pra casa. Até lá, sejam espertos. Não balancem o barco.

Ela pegou um paninho, limpou depressa a bandeja da máquina de bebidas alcoólicas, juntou a cesta e saiu. Luke e Avery ficaram ali por mais um momento e depois seguiram caminho. A sra. Sigsby desligou o vídeo.

— Greve de fome — disse Stackhouse, sorrindo. — Essa é nova.

— É — concordou a sra. Sigsby.

— A ideia provoca terror no meu coração.

O sorriso dele se alargou. Siggers talvez não aprovasse, mas ele não conseguiu evitar. Para a surpresa dele, ela riu. Quando ele vira aquela mulher fazer isso pela última vez? A resposta correta talvez fosse nunca.

— Tem um lado engraçado. Crianças em fase de crescimento seriam as piores grevistas de fome do mundo. Elas são máquinas de comer. Mas você está certo, é novidade mesmo. Qual dos novatos você acha que deu a ideia?

— Ah, para com isso. Nenhum deles. Nós só temos um garoto esperto o suficiente para saber o que *é* greve de fome e ele está aqui há quase um mês.

— Sim — concordou ela. — E vou ficar feliz quando ele for embora da Parte da Frente. Wilholm era irritante, mas pelo menos era aberto com a raiva. Mas Ellis... é *sorrateiro*. Não gosto de crianças sorrateiras.

— Quanto tempo falta pra ele ir embora?

— Vai no domingo ou na segunda, se Hallas e James, da Parte de Trás, concordarem. E vão concordar. Hendricks acabou com ele.

— Que bom. Você vai fazer alguma coisa sobre essa ideia de greve de fome ou vai deixar pra lá? Sugiro que deixe pra lá. Vai morrer de morte natural, isso se acontecer.

— Acho que vou fazer alguma coisa. Como você diz, temos muitos residentes atualmente, e talvez seja bom falar com todos ao mesmo tempo ao menos uma vez.

— Se você fizer isso, Ellis provavelmente vai descobrir que Alvorson é dedo-duro.

Considerando o QI do garoto, ele achava que não havia nada de "provavelmente" nessa história.

— Não importa. Ele vai embora em poucos dias, e o amigo mexedor de nariz vai pouco depois. Agora, sobre as câmeras de vigilância...

— Vou escrever um memorando para Andy Fellowes antes de sair hoje e vamos dar prioridade para elas assim que eu voltar. — Ele se inclinou para a frente, as mãos unidas, os olhos castanhos grudados nos cinzentos dela. — Enquanto isso, alegre-se. Você vai acabar tendo uma úlcera. Lembre a si mesma pelo menos uma vez por dia que você está lidando com crianças, não com criminosos experientes.

A sra. Sigsby não respondeu porque sabia que ele estava certo. Até Luke Ellis, por mais inteligente que fosse, era só uma criança, e depois que passasse um tempo na Parte de Trás ele continuaria criança, mas não seria mais inteligente.

16

Quando a sra. Sigsby entrou no refeitório naquela noite, magra e empertigada dentro de um terno vermelho, blusa cinza e cordão de pérolas, não houve necessidade de bater com a colher em um copo para pedir atenção. Todas as conversas pararam na mesma hora. Técnicos e cuidadores entraram pela porta que levava à Sala Leste. Até o pessoal da cozinha veio, se reunindo atrás do bufê de saladas.

— Como a maioria de vocês sabe — começou a sra. Sigsby, com uma voz agradável e poderosa —, ocorreu um incidente infeliz no refeitório duas noites atrás. Houve boatos e fofocas de que dois jovens morreram naquele episódio. Isso não é verdade. Nós não matamos crianças aqui no Instituto.

Ela observou os presentes. Os garotos e as garotas olharam para ela de olhos arregalados, a comida esquecida.

— Caso alguns de vocês estivessem concentrados no coquetel de frutas e não estivessem prestando atenção, vou repetir a última frase: *nós não matamos crianças aqui no Instituto.* — Ela fez uma pausa para deixar que a informação fosse absorvida. — Vocês não pediram para estar aqui. Nós sabemos disso, mas não pedimos desculpas. Vocês estão aqui para servir não só ao seu país, mas ao mundo todo. Quando seu serviço terminar, vocês não vão ganhar medalhas. Não vai haver desfiles em sua homenagem. Vocês não vão perceber nosso profundo e sincero agradecimento porque, antes de partirem, suas lembranças do Instituto serão expurgadas. Apagadas, para quem não conhece a palavra. — Ela olhou para Luke por um momento e seus olhos diziam *Mas é claro que* você *conhece.* — Entendam que mesmo assim haverá agradecimentos. Vocês passarão por testes enquanto estiverem aqui, e alguns desses testes podem ser difíceis, mas vocês vão sobreviver e retornarão às suas famílias. Nós nunca perdemos uma criança.

Ela fez outra pausa e esperou que alguém respondesse ou protestasse. Wilholm talvez tivesse feito isso, mas Wilholm tinha ido embora. Ellis não respondeu porque dar respostas diretas não era o seu estilo. Como jogador de xadrez, ele preferia ardis sorrateiros ao ataque direto, que não adiantaria de nada.

— Harold Cross teve uma convulsão curta depois do teste de campo visual e acuidade que alguns de vocês, os que já o fizeram, chamam de "pontos" ou "luzes". Ele bateu sem querer em Greta Wilcox, que estava tentando consolá-lo... De maneira admirável, tenho certeza de que concordamos. Greta sofreu uma entorse severa, mas está se recuperando. A irmã está com ela. As gêmeas Wilcox e Harold voltarão para casa na próxima semana, e vamos desejar melhoras para os três.

Ela olhou de novo para Luke, sentado a uma mesa encostada na parede mais distante. Dixon estava com ele, a boca aberta, mas pelo menos o nariz em paz.

— Se alguém negar o que acabei de dizer, podem ter certeza de que está mentindo, e mentirosos devem ser denunciados imediatamente para um dos cuidadores ou técnicos. Entendido?

Silêncio, sem nem uma tosse nervosa para quebrá-lo.

— Se estiver entendido, eu gostaria que vocês dissessem "Sim, sra. Sigsby".

— Sim, sra. Sigsby — responderam as crianças.

Ela abriu um sorriso apertado.

— Acho que vocês conseguem fazer melhor.

— *Sim, sra. Sigsby!*

— Agora com convicção de verdade.

— *SIM, SRA. SIGSBY!* — dessa vez exclamaram todos, até o pessoal da cozinha, os técnicos e os cuidadores.

— Bom. — A sra. Sigsby sorriu. — Nada como um grito afirmativo para limpar os pulmões e a mente, não é mesmo? Agora, continuem a refeição. — Ela se virou para o pessoal da cozinha de jaleco branco. — E sobremesas a mais antes da hora de dormir, se vocês puderem providenciar bolo e sorvete, chef Doug.

O chef Doug fez sinal de positivo. Alguém começou a aplaudir. Outros aplaudiram junto. A sra. Sigsby assentiu para a direita e para a esquerda enquanto saía da sala, em reconhecimento aos aplausos, a cabeça erguida e as mãos se movimentando em arcos pequenos e precisos. Um sorriso, que Luke chamava de sorriso de Mona Lisa, curvou os cantos de sua boca. O pessoal de branco abriu caminho para ela passar.

Ainda aplaudindo, Avery se inclinou para perto de Luke e sussurrou:

— Ela mentiu sobre *tudo*.

Luke assentiu de forma quase imperceptível.

— Aquela filha da puta — acrescentou Avery.

Luke assentiu do mesmo jeito e mandou um recado mental breve: *Continua aplaudindo.*

Avery continuou.

17

Naquela noite, Luke e Avery se deitaram lado a lado na cama enquanto a movimentação no Instituto ia diminuindo.

Avery sussurrou, contando tudo que Maureen disse cada vez que ele tocava no nariz, sinalizando para ela enviar a mensagem. Luke teve medo de Maureen não entender o bilhete que ele tinha deixado no cesto dela (isso foi um certo preconceito inconsciente, talvez baseado no uniforme marrom de faxineira que ela usava; ele teria que trabalhar nisso), mas ela entendeu perfeitamente e forneceu a Avery uma lista passo a passo. Luke pensou que o Avester poderia ter sido um pouco mais sutil com os sinais, mas tudo parecia ter dado certo. Ele só podia torcer que sim. Supondo que tudo fosse verdade, a única verdadeira pergunta de Luke era se o primeiro passo poderia mesmo dar certo. Era simples a ponto de ser primitivo.

Os dois garotos ficaram deitados de costas, olhando para a escuridão. Luke estava repassando os passos pela décima vez, talvez décima quinta, quando Avery invadiu a mente dele com três palavras que piscaram como néon vermelho e sumiram, deixando uma marca.

Sim, sra. Sigsby.

Luke o cutucou.

Avery deu uma risadinha.

Alguns segundos depois, as palavras vieram de novo, agora mais fortes.

Sim, sra. Sigsby!

Luke o cutucou de novo, mas estava sorrindo e Avery provavelmente sabia, independentemente da escuridão. O sorriso estava em sua mente assim como em seu rosto, e Luke achou que tinha direito a ele. Talvez não conseguisse escapar do Instituto (precisava admitir que as chances eram pequenas), mas aquele tinha sido um bom dia. A esperança era uma palavra tão boa, uma coisa tão boa de sentir.

SIM, SRA. SIGSBY, SUA PUTA REMELENTA!

— Para, senão vou fazer cócegas em você — murmurou Luke.

— Deu certo, né? — sussurrou Avery. — Deu certo mesmo. Você acha que consegue mesmo...

— Não sei. Só sei que vou tentar. Agora cala a boca e dorme.

— Eu queria que você pudesse me levar com você. Queria *muito*.

— Eu também — disse Luke, e estava falando sério. Seria difícil para Avery ficar ali sozinho. Ele era mais ajustado socialmente do que as pequenas Gs e Stevie Whipple, mas ninguém o consideraria um menino extrovertido.

— Quando você voltar, traz mil policiais — sussurrou Avery. — E vem rápido, antes de me levarem pra Parte de Trás. Vem enquanto ainda pudermos salvar a Sha.

— Vou fazer o meu melhor — prometeu Luke. — Agora, para de gritar na minha cabeça. Isso já perdeu a graça.

— Eu queria que você tivesse mais TP. E que você não sentisse dor ao enviar. A gente poderia conversar melhor.

— Querer não é poder. Pela última vez, vai dormir.

Avery foi e Luke começou a pegar no sono. O primeiro passo de Maureen era tão turbulento quanto a máquina de gelo onde eles conversavam às vezes, mas ele tinha que admitir que batia com todas as coisas que já observara: câmeras sujas, rodapés com tinta lascada de anos e nunca retocada, um cartão de elevador esquecido por descuido. Ele pensou de novo que aquele lugar era como um foguete com os motores desligados, ainda se movendo, mas agora por inércia.

18

No dia seguinte, Dave levou Luke para o nível B, onde ele passou por uma verificação rápida: pressão arterial, batimentos cardíacos, temperatura, nível de O2. Quando perguntou o que viria em seguida, o técnico olhou a prancheta, abriu um sorriso como se nunca o tivesse derrubado no chão e disse que não havia nada na agenda dele.

— Hoje é seu dia de folga, Luke. Aproveita. — Ele levantou a mão com a palma erguida.

Luke sorriu para ele e deu um *high five*, mas era no bilhete de Maureen que estava pensando: *quando pararem de fazer testes, você talvez só tenha três dias.*

— E amanhã? — perguntou quando eles voltaram para o elevador.

— Amanhã a gente se preocupa com o amanhã — disse Dave. — Só dá pra viver assim.

Talvez isso fosse verdade para quem não tinha opções, mas não era mais assim para Luke. Ele desejou ter mais tempo para repassar o plano de Maureen (ou para procrastinar, o que era mais provável), mas receava que seu tempo estivesse chegando ao fim.

O queimado tinha virado atividade diária no parquinho do Instituto, quase um ritual, e praticamente todo mundo participava ao menos um pouco. Luke entrou na quadra e correu com os outros por quase dez minutos antes de se permitir levar uma bolada. Em vez de se juntar aos arremessadores, ele atravessou a quadra de asfalto, passando por Frieda Brown, que estava sozinha, tentando fazer cestas de basquete. Luke achava que ela ainda não tinha uma noção verdadeira de onde estava. Ele se sentou no cascalho com as costas na cerca de alambrado. Pelo menos o problema dos insetos estava melhor agora. Luke baixou as mãos e as passou distraidamente para a frente e para trás, os olhos no jogo de queimado.

— Quer brincar de cesta? — perguntou Frieda.

— Talvez depois — disse Luke.

Ele levou uma das mãos para trás do corpo casualmente, procurou a parte de baixo da cerca e descobriu que sim, Maureen estava certa; havia uma abertura onde o chão era mais fundo. Só uns quatro ou cinco centímetros, mas estava lá. Ninguém tinha se dado ao trabalho de preencher o buraco. A mão virada de Luke estava encostada na base exposta da cerca, o arame pressionando a palma. Ele mexeu as pontas dos dedos no ar livre fora do Instituto por um momento, se levantou, limpou a calça e perguntou a Frieda se ela queria jogar basquete. Ela abriu um sorriso ansioso que dizia: Sim! Claro! Vamos ser amigos!

Ele ficou de coração partido.

19

Luke também não teve testes no dia seguinte e ninguém nem se deu ao trabalho de medir seus sinais vitais. Ele ajudou Connie, uma das zeladoras, a carregar dois colchões do elevador até dois quartos da Ala Leste, ganhou apenas uma maldita ficha pelo trabalho (todos os zeladores eram mesquinhos na hora de distribuir fichas) e, no caminho de volta para o quarto, encontrou Maureen perto da máquina de gelo, bebendo água na garrafa que ela sempre deixava gelando lá. Ele perguntou se ela precisava de ajuda.

— Não, tudo bem. — E, baixando a voz: — Hendricks e Zeke estavam conversando perto do mastro da bandeira. Eu vi. Você está sendo testado?

— Já faz dois dias que não.

— Foi o que pensei. Hoje é sexta-feira. Você pode ter até sábado ou domingo, mas eu não arriscaria. — A mistura de preocupação e compaixão que ele viu no rosto abatido o apavorou.

Esta noite.

Ele não falou as palavras em voz alta, apenas fez o movimento com a boca, a mão tapando a lateral do rosto, coçando embaixo do olho. Ela assentiu.

— Maureen… eles sabem que você está com… — Ele não conseguiu terminar e nem precisou.

— Eles acham que é ciática. — A voz dela era um leve sussurro. — Hendricks talvez suspeite, mas não se importa. Nenhum deles se importa, desde que a gente continue trabalhando. Vai, Luke. Vou limpar seu quarto enquanto você estiver almoçando. Olhe embaixo do colchão quando for dormir. Boa sorte. — Ela hesitou. — Eu queria poder te abraçar, filho.

Luke sentiu os olhos encherem de lágrimas. Saiu rapidamente, antes que ela pudesse ver.

Ele almoçou bem, apesar de não sentir muita fome. Faria o mesmo no jantar. Tinha a sensação de que, se desse certo, ele precisaria de todo o combustível que pudesse conseguir.

Naquela noite, no jantar, ele e Avery tiveram a companhia de Frieda, que parecia ter grudado em Luke. Depois, eles foram para o parquinho. Luke disse não a brincar de fazer cestas e disse que ficaria de olho em Avery na cama elástica.

Duas daquelas palavras em néon vermelho piscaram na mente de Luke enquanto ele observava Avester pular, caindo sentado e de barriga.

Esta noite?

Luke balançou a cabeça.

— Mas preciso que você durma no seu quarto. Eu gostaria de dormir oito horas inteiras, pra variar.

Avery desceu da cama elástica e olhou para Luke solenemente.

— Não me diz uma mentira só porque você acha que alguém vai me ver triste e se perguntar por quê. Eu não preciso parecer triste. — E ele esticou os lábios em uma tentativa terrível de sorriso falso.

Tudo bem. Só não estraga a minha chance, Avery.

Volta, se puder. Por favor.

Pode deixar.

Os pontos estavam voltando, trazendo uma lembrança vívida do tanque de imersão. Luke achava que era o esforço de enviar pensamentos conscientemente.

Avery olhou para ele por mais um momento e foi até a cesta de basquete.

— Quer jogar, Frieda?

Ela olhou para ele e abriu um sorriso.

— Garoto, vou arrasar com você.

— Faz duas cestas antes de mim e vamos ver se vai mesmo.

Eles jogaram conforme a luz do dia ia morrendo. Luke atravessou o parquinho e olhou para trás enquanto Avery, que Harry Cross uma vez chamara de "amiguinho" de Luke, tentava fazer uma cesta e errava feio. Ele achou que Avery iria ao seu quarto naquela noite pelo menos para pegar a escova de dentes, mas ele não foi.

20

Luke jogou algumas partidas de Slap Dash e de 100 Balls no laptop, escovou os dentes, tirou o short e entrou na cama. Apagou o abajur e enfiou a mão embaixo do colchão. Poderia ter cortado os dedos com a faca que Maureen deixou para ele (diferentemente das de plástico que tinha no refeitório, aquela parecia uma faquinha de cozinha com lâmina de verdade) se ela não a tivesse enrolado em um pano de prato. Havia uma outra coisa, que ele identificou pelo tato. Deus sabia que ele já tinha usado muitos antes de ir para lá. Um pen-drive. Ele se inclinou na escuridão e enfiou as duas coisas no bolso da calça.

Em seguida, veio a espera. Por um tempo, crianças correram pelo corredor, talvez brincando de pique, talvez só matando tempo. Isso acontecia todas as noites agora que havia mais gente. Havia gritos e risadas, seguidos de pedidos de silêncio, seguidos de mais gargalhadas. Eles estavam gastando energia. Gastando *medo*. Um dos mais bagunceiros daquela noite era Stevie Whipple, e Luke deduziu que ele tinha tomado vinho ou limonada batizada. Não havia adultos severos exigindo que não fizessem barulho; os encarregados não estavam interessados em impor regras de silêncio e nem hora de dormir.

Finalmente, a parte de Luke do nível residencial sossegou. Agora, havia apenas o som das batidas de seu coração e o tumulto de seus pensamentos enquanto ele repassava a lista da Maureen pela última vez.

Até a cama elástica depois que você sair, ele lembrou a si mesmo. Use a faca se precisar. Depois, uma pequena virada para a direita.

Se ele saísse.

Ele ficou aliviado ao perceber que estava oitenta por cento determinado e só vinte por cento assustado. Nem essa quantidade de medo fazia sentido real, mas Luke achava que era natural. O que motivou aquela determinação, o que ele *sabia*, era simples e claro: essa era sua chance, a única que teria, e ele pretendia aproveitá-la ao máximo.

Quando o corredor ficou em silêncio pelo que ele avaliou ser meia hora, Luke saiu da cama e pegou o balde de gelo de plástico em cima da televisão. Ele tinha inventado uma história, caso os vigias... isto é, se houvesse alguém vigiando os monitores naquele horário e não só sentado em uma sala de vigilância em um nível mais baixo jogando paciência.

Essa história era sobre um garoto que vai para a cama cedo e acorda por algum motivo, talvez precisando fazer xixi, talvez por causa de um pesadelo. O garoto está mais dormindo do que acordado e anda de cueca pelo corredor do Instituto. As câmeras dentro das esferas sujas o veem ir até a máquina de gelo. Quando ele volta não só com o balde de gelo, mas também com a concha, eles supõem que o garoto está atordoado demais para perceber que ainda está com ela na mão. Ele iria encontrá-la de manhã em cima da escrivaninha ou na pia do banheiro e se perguntar como foi parar lá.

De volta ao quarto, Luke botou gelo no copo, encheu-o na pia do banheiro e bebeu metade. A água estava boa. Sua boca e sua garganta estavam muito secas. Ele deixou a concha em cima do tanque do vaso e voltou para a cama. Ficou se revirando. Murmurou baixinho. Talvez o garoto na história inventada estivesse sentindo falta do amiguinho. Talvez fosse por isso que ele não conseguia dormir. E talvez ninguém estivesse olhando e nem ouvindo, mas talvez alguém estivesse, e era assim que ele tinha que agir.

Finalmente, ele acendeu o abajur de novo e se vestiu. Foi ao banheiro, onde não havia vigilância (*provavelmente*) e enfiou a concha na parte da frente da calça, baixando a camiseta por cima. Se *houvesse* vídeo lá dentro e alguém estivesse monitorando as imagens, ele já estaria frito. Tudo que podia fazer agora era seguir para a próxima parte da história.

Ele saiu do quarto e andou pelo corredor até a sala. Stevie Whipple estava lá, deitado no chão dormindo com um outro garoto, um dos novatos. Meia dúzia de garrafinhas de Fireball, todas vazias, estavam espalhadas em volta deles. Aquelas garrafinhas valiam muitas moedas. Stevie e o amigo acordariam de ressaca e de bolso vazio.

Luke passou por cima de Stevie e foi até o refeitório. Com apenas as luzes do bufê de saladas acesas, o lugar ficava sombrio e meio assustador. Ele pegou uma maçã na tigela de frutas que nunca ficava vazia e deu uma mordida enquanto vagava até a sala, torcendo para que ninguém estivesse de olho e, se por acaso estivesse, que caísse no seu fingimento e acreditasse naquela história toda. O garoto acordou. O garoto pegou gelo na máquina e tomou um belo copo de água gelada, mas acabou ficando mais desperto e foi até o refeitório comer alguma coisa. O garoto pensou: *Ei, por que não ir até o parquinho tomar um pouco de ar fresco?* Ele não seria o primeiro a fazer isso. Kalisha disse que ela e Iris saíram várias vezes para olhar as estrelas; eram muito brilhosas lá, porque não havia poluição obstruindo a visão. Ou, às vezes, disse ela, tinha gente que usava o parquinho para se pegar. Ele só esperava que não tivesse ninguém lá fora olhando as estrelas ou se beijando agora.

Não havia, e sem lua o parquinho estava bem escuro, os brinquedos apenas sombras angulosas. Sem companhia, as crianças pequenas tinham uma tendência de ter medo de escuro. As maiores também, apesar de a maioria não admitir.

Luke andou pelo parquinho, esperando que um dos cuidadores noturnos, menos familiares, aparecesse e perguntasse o que ele estava fazendo lá fora com a concha de gelo escondida embaixo da camisa. Ele não estava pensando em fugir, estava? Porque seria loucura!

— Loucura — murmurou Luke, e se sentou com as costas no alambrado. — Esse sou eu, louco de verdade.

Ele esperou para ver se alguém apareceria. Ninguém apareceu. Só havia o som de grilos e o piado de uma coruja. Havia uma câmera, mas alguém a estava monitorando? Havia segurança, ele sabia, mas era uma segurança *descuidada*. Ele sabia disso também. Exatamente o quanto ele descobriria agora.

Ele levantou a camisa e pegou a concha. Quando imaginou aquela parte, ele passava a concha pelas costas e cavava com a mão direita, talvez trocando para a esquerda quando ficasse cansado. Na realidade, essa parte não funcionou muito bem. Ele passou a concha na parte de baixo da cerca, fazendo um barulho que parecia muito alto na situação, e não conseguiu ver se estava fazendo algum progresso.

Loucura, pensou ele.

Deixando de lado a preocupação com a câmera, Luke ficou de joelhos e começou a cavar embaixo da cerca, jogando cascalho para a direita e para a esquerda. O tempo pareceu se prolongar. A sensação era de que horas estavam passando. Havia alguém na sala de vigilância, que ele nunca tinha visto (mas conseguia imaginar vividamente), começando a se questionar por que o garoto com insônia não tinha voltado do parquinho? Ele ou ela enviaria alguém para verificar? E se a câmera tivesse visão noturna, Lukey? E aí?

Ele cavou. Sentiu o suor cobrir seu rosto e os insetos noturnos grudarem nele. Ele cavou. Sentiu o cheiro das próprias axilas. Seu coração estava acelerado. Achou que alguém estava parado atrás dele, mas quando olhou para trás, só viu a cesta de basquete e as estrelas.

Agora, havia uma trincheira embaixo da cerca. Rasa, mas ele já tinha chegado magro ao Instituto e perdeu ainda mais peso. Talvez…

Mas quando ele se deitou e tentou passar por baixo, foi impedido pela cerca. Ele não estava nem perto.

Volta pra dentro. Volta pra dentro e se deita na cama antes que descubram e façam alguma coisa horrível com você por causa da sua tentativa de fuga.

Mas isso não era uma opção real, era só covardia. Eles *fariam* uma coisa horrível com ele: os filmes, as dores de cabeça, as luzes Stasi… e, finalmente, o zumbido.

Ele cavou, agora ofegante, para a frente e para trás, para a esquerda e para a direita. O vão entre o fundo da cerca e o chão foi ficando mais profundo. Era uma burrice inacreditável da parte deles terem deixado a superfície sem pavimentar dos dois lados da cerca. Era uma burrice inacreditável não terem feito cerca elétrica, ainda que fraca. Mas não tinham feito nada disso, e ali estava ele.

Ele se deitou de novo, tentou novamente passar por baixo, e mais uma vez o fundo da cerca o impediu. Mas ele estava perto. Luke ficou de joelhos de novo e cavou mais, cavou mais rápido, esquerda e direita, para a frente e para trás, para lá e para cá. Houve um estalo quando o cabo da concha de sorvete finalmente quebrou. Luke jogou o cabo de lado e continuou cavando, sentindo a beirada da concha machucar as mãos. Quando parou para olhar, viu que estava sangrando.

254

Tinha que ser agora. Tinha que ser.

Mas ele não conseguia... caber... direito.

E assim ele continuou com a concha. Esquerda e direita, bombordo e estibordo. Havia sangue escorrendo pelos seus dedos, o cabelo estava grudado de suor na testa, os mosquitos zumbiam em seus ouvidos. Ele botou a concha de lado, se deitou e tentou novamente passar embaixo da cerca. As pontas do arame puxaram sua camisa para o lado e afundaram em sua pele, arrancando sangue dos ombros. Ele continuou.

Na metade, ele ficou preso. Ficou olhando para o cascalho, vendo como a poeira subia abaixo de suas narinas cada vez que ofegava. Ele tinha que voltar, cavar mais... talvez só um pouco mais. Só que agora, quando tentou voltar para o parquinho, ele descobriu que também não conseguia ir para lá. Não estava apenas preso, estava entalado. Ele ainda estaria ali, imobilizado embaixo daquela porra de cerca como um coelho em uma armadilha, quando o sol nascesse.

Os pontos começaram a voltar, vermelhos e verdes e roxos, surgindo do fundo do buraco cavado que estava a menos de cinco centímetros dos seus olhos. Correram na direção dele, se separaram, se juntaram, giraram e piscaram. A claustrofobia apertou seu coração, apertou sua cabeça. Suas mãos latejavam e ardiam.

Luke esticou a mão, enfiou os dedos na terra e puxou com toda sua força. Por um momento, os pontos encheram não só seu campo de visão, mas todo o seu cérebro; ele ficou perdido na luz. Mas a parte de baixo da cerca pareceu subir um pouco. Poderia ter sido só imaginação, mas ele achava que não. Ele a ouviu estalar.

Talvez, graças às injeções e ao tanque, eu seja TC-pos agora, pensou ele. Como George.

Ele decidiu que não importava. A única coisa que importava era que ele tinha começado a se deslocar novamente.

Os pontos foram sumindo. Se a parte de baixo da cerca realmente tinha subido, depois desceu de volta. As pontas de metal machucaram não só suas omoplatas, mas suas nádegas e coxas. Houve um momento agonizante em que ele parou de novo, a cerca o segurando com avidez, sem querer soltar, mas quando virou a cabeça e encostou a bochecha no chão de cascalho, ele viu um arbusto. Talvez estivesse ao seu alcance. Ele se esticou, quase alcançou a planta, se esticou mais um pouco e o segurou. Ele puxou. O arbusto começou a se soltar, mas antes que fosse arrancado do chão, ele se moveu novamente, empurrando com os quadris e com os pés. Um arame projetado da cerca lhe deu um beijo de despedida, fazendo um arranhão na panturrilha, e ele se contorceu para o outro lado da cerca.

Ele estava do lado de fora.

Luke ficou de joelhos e olhou desesperado para trás, certo de que veria todas as luzes sendo acesas, não só na sala, mas nos corredores e no refeitório; no brilho, ele veria aquelas figuras correndo, cuidadores com bastões elétricos na mão, sintonizados no máximo.

Não havia ninguém.

Ele se levantou e começou a correr cegamente, o passo vital seguinte — a orientação — esquecido pelo pânico. Ele poderia ter ido direto para o bosque e se perdido lá antes que a razão voltasse, não fosse a dor repentina que atingiu seu calcanhar esquerdo quando pisou em uma pedra afiada, percebendo que tinha perdido um dos tênis na corrida desesperada.

Luke voltou até a cerca, se inclinou, pegou o sapato e o calçou. As costas e as nádegas estavam incomodando só um pouco, mas o corte final na panturrilha foi mais fundo e ardia muito. Seus batimentos desaceleraram e ele voltou a pensar com clareza. *Depois que você sair, fique na direção da cama elástica*, dissera Avery, repassando o segundo passo de Maureen. *Fique de costas para ela e vire para a direita um passo mediano. Essa é sua direção. Você só tem um quilômetro e meio a percorrer e não precisa seguir perfeitamente em linha reta. O que você está tentando fazer é muito difícil, mas se esforce.* Mais tarde naquela noite, na cama, Avery dissera que talvez Luke pudesse usar as estrelas como guias, mas que ele não sabia sobre aquelas coisas.

Tudo bem. Hora de ir. Mas havia uma outra coisa que ele precisava fazer primeiro.

Ele levou a mão até a orelha direita e sentiu o pequeno círculo. Lembrava-se de alguém, talvez Iris ou Helen, dizendo que o implante não machucara porque ela já tinha orelhas furadas. Só que brincos podiam ser retirados; Luke já tinha visto sua mãe fazer isso. Aquele estava fixado no lugar.

Por favor, Deus, não me faça ter que usar a faca.

Luke se preparou, enfiou as unhas na parte superior do rastreador e o puxou. Seu lóbulo foi esticado e doeu, doeu muito, mas o rastreador permaneceu fixo. Ele soltou, respirou fundo duas vezes (lembranças do tanque de imersão surgiram quando fez isso) e puxou de novo. Com mais força. A dor foi pior dessa vez, mas o rastreador permaneceu no lugar e o tempo estava passando. A ala residencial oeste, estranha daquele ângulo não familiar, ainda estava escura e silenciosa, mas por quanto tempo?

Ele pensou em puxar de novo, mas isso só seria adiar o inevitável. Maureen sabia; foi por isso que ela deixou a faca para ele. Ele a pegou no bolso (tomando o cuidado de não tirar o pen-drive junto) e a segurou na frente dos olhos na luz fraca das estrelas. Procurou a ponta afiada com o polegar, levantou a mão esquerda e puxou o lóbulo da orelha, esticando-o o máximo possível, o que não foi muito.

Ele hesitou e parou um momento para absorver de verdade o fato de que estava do lado de fora da cerca. A coruja piou de novo, um som sonolento. Ele viu vagalumes pontilhando o escuro e, mesmo naquele momento de tensão, percebeu que eram lindos.

Seja rápido, ele disse para si mesmo. Finja que está cortando um pedaço de bife. E não grite, por mais que doa. Você não pode gritar.

Luke encostou a lâmina no lóbulo da orelha pela parte de fora e ficou assim por segundos que pareceram uma eternidade. Em seguida, afastou a faca.

Não consigo.

Você precisa conseguir.

Não consigo.

Ah, Deus, tenho que conseguir.

Ele encostou novamente a ponta da faca na pele macia e desprotegida e cortou na mesma hora, antes de ter tempo de fazer mais do que rezar para a ponta da faca estar afiada o suficiente para fazer o serviço de uma vez só.

A lâmina *estava* afiada, mas sua força falhou um pouco no último momento e, em vez de se soltar, o lóbulo da orelha ficou pendurado por um pedacinho de cartilagem. No começo, não houve dor, só o calor do sangue escorrendo pelo pescoço. Mas logo a dor veio. Foi como se uma vespa, uma das grandes, tivesse picado o local e injetado veneno. Luke inspirou em um chiado longo, segurou o lóbulo pendurado da orelha e puxou como a pele de um drumete de frango. Inclinou-se, sabendo que tinha arrancado a droga da coisa, mas precisando vê-la para ter certeza. Precisando garantir. Estava lá.

Luke verificou se estava na direção da cama elástica. Ficou de costas e deu um passo, que esperava que fosse mediano, para a direita. À frente dele estava o volume escuro da floresta do norte do Maine, se prolongando por só Deus sabia quantos quilômetros. Ele olhou para cima e viu o Grande Carro, com uma das estrelas do canto à frente. Siga isso, ele disse para si mesmo. É tudo que você precisa fazer. E não vai ser linha reta até amanhecer, ela disse para Avery que era só um quilômetro e meio, e depois vem o próximo passo. Ignore a dor nas omoplatas, a dor pior na panturrilha, a dor pior ainda na orelha de Van Gogh. Ignore o tanto que seus braços e pernas tremem. Siga em frente. Mas, primeiro...

Ele levantou o punho fechado até o ombro e jogou o pedaço de carne onde o rastreador ainda estava inserido por cima da cerca. Ouviu (ou imaginou que ouviu) o pequeno som que fez ao cair no asfalto em torno da lamentável quadra de basquete do parquinho. Eles que o encontrassem lá.

Ele começou a andar, os olhos para cima, grudados naquela única estrela.

21

Luke teve a estrela para se guiar por menos de trinta segundos. Assim que entrou no meio das árvores, ela sumiu. Ele parou onde estava, o Instituto ainda parcialmente visível atrás dele pelos primeiros galhos entrelaçados da floresta.

Só um quilômetro e meio, ele disse para si mesmo, e você deve encontrar, mesmo que desvie um pouco, porque ela disse para Avery que é grande. *Razoavelmente* grande, pelo menos. Então, ande devagar. Você é destro, o que quer dizer que seu lado direito é dominante, então tente compensar isso, mas não muito, senão você vai desviar para a esquerda. E vá contando. Um quilômetro e meio deve ter entre dois mil e dois mil e quinhentos passos. Era uma estimativa, claro, dependia do terreno. E tome cuidado para não furar um olho em um galho. Já tem buracos suficientes em você.

Luke começou a andar. Pelo menos não precisava atravessar nenhum arbusto; as árvores eram antigas e tinham criado muita sombra no alto e uma camada de agulhas caídas de pinheiro no chão. Cada vez que precisava contornar uma árvore antiga (provavelmente eram pinheiros, mas na escuridão não dava para saber), ele tentava se reorientar e continuar em linha reta, que agora tinha que admitir ser uma linha bem hipotética. Era como tentar achar o caminho em uma sala enorme cheia de objetos que não dava para ver direito.

Uma coisa à sua esquerda emitiu um grunhido repentino e saiu correndo, quebrando um galho e sacudindo outros. Luke, um garoto de cidade, ficou paralisado. Era um cervo? Meu Deus, e se fosse um urso? Um cervo provavelmente estaria fugindo, mas um urso poderia estar faminto e querendo um lanchinho noturno. Poderia estar indo para cima dele agora, atraído pelo cheiro de sangue. A gola e o ombro direito da camisa de Luke estavam encharcados.

Mas o som passou e ele só ouviu grilos e os piados ocasionais da coruja. Ele estava no passo oitocentos quando ouviu a tal coisa. Agora, voltou a andar, as mãos esticadas à frente do corpo como um cego, marcando os passos na mente. Mil... mil e duzentos... aqui tem uma árvore, um verdadeiro monstro, os primeiros galhos bem acima da minha cabeça, altos demais para ver, tenho que contorná-la... mil e quatrocentos... mil e quin...

Ele tropeçou em um tronco no chão e caiu com tudo. Alguma coisa, um pedaço de galho, pressionou sua perna esquerda no alto, e ele grunhiu de dor. Ele ficou caído por um momento, recuperando o fôlego e desejando (um absurdo surreal e mortal) seu quarto no Instituto. Um quarto em que havia lugar para tudo e tudo estava no lugar, e nenhum animal de tamanho indeterminado andava no meio das árvores. Um lugar seguro.

— É, até não ser mais — sussurrou ele e se levantou, passando a mão em seu novo rasgo na calça jeans e na pele embaixo dele. Pelo menos eles não têm cachorros, pensou Luke, lembrando um filme antigo de prisão em preto e branco em que dois condenados acorrentados um ao outro tentavam correr para a liberdade com uma matilha de sabujos atrás. Além disso, aqueles caras estavam em um pântano. Com jacarés.

Está vendo, Lukey?, ele ouviu Kalisha dizendo. Está tudo bem. Só siga em frente. Linha reta. O máximo que você conseguir, pelo menos.

Em dois mil passos, Luke começou a procurar luzes à frente, brilhando entre as árvores. *Sempre tem algumas*, dissera Maureen para Avery, *mas a amarela é a mais forte*. Em dois mil e quinhentos, ele começou a ficar ansioso. Em três mil e quinhentos, ele começou a ter certeza de que tinha se desviado do rumo, e não só um pouco.

Foi a árvore na qual eu tropecei, pensou ele. Maldita árvore. Quando me levantei, devo ter ido para o lado errado. Até onde eu sei, posso estar indo para o Canadá. Se o pessoal do Instituto não me encontrar, vou morrer nessa floresta.

No entanto, como voltar não era uma opção (ele não teria conseguido refazer seus passos mesmo que quisesse), Luke seguiu andando, balançando as mãos na frente do corpo para procurar galhos que pudessem tentar provocar ferimentos em novos lugares. Sua orelha estava latejando.

Ele parou de contar os passos, mas devia estar perto de cinco mil, bem acima de três quilômetros, quando viu um leve brilho amarelo-alaranjado no meio das árvores. De primeira, achou que era uma alucinação ou talvez um dos pontos, que logo seria acompanhado de vários outros. Uns dez passos a mais puseram fim a essa preocupação. A luz amarelo-alaranjada ficou mais clara e estava cercada de mais duas, bem mais fracas. Só podiam ser luzes elétricas. Ele achava que a mais forte era de vapor de sódio, do tipo que havia em estacionamentos grandes. O pai de Rolf dissera, ao levar Luke e o filho ao cinema no AMC Southdale, que aquelas luzes eram para impedir assaltos e roubos de carros.

Luke sentiu vontade de sair correndo, mas se segurou. A última coisa que queria era tropeçar em outra árvore caída ou pisar em um buraco e quebrar a perna. Havia mais luzes agora, mas ele manteve o olhar fixo na primeira. O Grande Carro não tinha durado muito, mas ali estava uma nova estrela guia, bem melhor que a outra. Dez minutos depois de vê-la, Luke chegou no limite das árvores. Após uns cinquenta metros de terreno aberto, havia outra cerca de alambrado. Essa tinha arame farpado em cima e iluminação ao longo dela, em intervalos de nove metros. Ativadas por movimento, Maureen dissera para Avery. Diga para Luke ficar longe. Esse conselho ele poderia ter imaginado sozinho.

Depois da cerca, havia casinhas. *Bem* pequenas. Dentro delas não havia espaço suficiente nem para girar um gato, o pai de Luke poderia ter dito. Deviam ter três aposentos no máximo, provavelmente dois. Eram todas iguais. Avery disse que Maureen chamou aquilo de vilarejo, mas a Luke parecia um quartel do exército. As casas eram organizadas em blocos de quatro, com uma área gramada no centro de cada bloco. Havia luzes acesas em algumas casas, provavelmente do tipo de gente que deixava a luz acesa para não tropeçar se precisasse se levantar e usar o banheiro.

Havia uma única rua, que terminava em um prédio maior. Dos dois lados desse prédio havia um pequeno estacionamento cheio de carros e picapes estacionados lado a lado. Uns trinta ou quarenta no total, estimava Luke. Ele se lembrava de ter se perguntado onde o pessoal do Instituto deixava os carros. Agora, ele sabia, embora o fornecimento de comida permanecesse um mistério. A lâmpada de vapor de sódio ficava em um poste na frente desse prédio maior e brilhava sobre duas bombas de gasolina. Luke achava que o lugar devia ser algum tipo de loja, a versão do Instituto de um mercado de base militar.

Agora ele entendia um pouco mais. Os funcionários tinham folgas (Maureen tinha tido uma semana para voltar a Vermont), mas a maioria ficava lá, e quando não era seu turno de trabalho eles moravam naquelas casinhas. Os horários de trabalho podiam ser montados de forma que eles compartilhassem acomodação. Quando precisavam de entretenimento, eles pegavam seus carros e iam até a cidade mais próxima, que por acaso era Dennison River Bend.

Os moradores da região deviam ficar curiosos sobre o que aqueles homens e mulheres faziam na floresta, deviam fazer perguntas; tinha que haver alguma história para acobertá-los. Luke não tinha ideia de qual poderia ser (e, naquele momento, não se importava), mas devia ser boa, já que havia se sustentado por tantos anos.

Siga junto à cerca. Procure um cachecol.

Luke continuou andando, a cerca e o vilarejo à esquerda, a floresta à direita. Mais uma vez, teve que lutar contra a vontade de correr, principalmente agora que estava enxergando um pouco melhor. O tempo deles com Maureen tinha sido curto, em parte porque se a conversa fosse muito longa poderia despertar suspeitas, em parte porque Luke tinha medo de alguém perceber se Avery ficasse apertando demais o nariz. Como resultado, ele não tinha ideia de onde esse cachecol podia estar e ficou com medo de não o ver.

Acabou sendo fácil. Maureen o tinha amarrado no galho baixo de um pinheiro alto, pouco antes do lugar em que a cerca fazia uma virada em um ângulo para a esquerda para longe do bosque. Luke o pegou e o amarrou na cintura, sem querer deixar um sinal tão óbvio para quem fosse atrás dele. Isso o fez pensar em quanto tempo demoraria para a sra. Sigsby e Stackhouse descobrirem e perceberem quem o tinha ajudado a fugir. Não muito, provavelmente.

Conta tudo pra eles, Maureen, pensou ele. Não faz eles te torturarem. Se você tentar mentir, é isso que eles vão fazer, e você está velha e doente demais para o tanque.

A luz forte no prédio que podia ser uma loja de quartel tinha ficado bem para trás agora e Luke teve que olhar ao redor com atenção para encontrar a antiga estrada que levava de volta à floresta e que poderia ter sido usada por madeireiros uma geração antes. O começo estava escondido por um amontoado denso de arbustos de mirtilo e, apesar da pressa, ele parou para colher um punhado e comer. O gosto era doce e delicioso. Tinha gosto de *lado de fora*.

Quando encontrou o caminho, foi fácil segui-lo, mesmo na escuridão. Havia muita vegetação crescendo no centro erodido e uma fila dupla de mato cobria o que já tinha sido os sulcos das rodas. Havia galhos caídos para passar por cima (ou em que tropeçar), mas era impossível acabar se perdendo novamente no meio da floresta.

Ele tentou contar os passos de novo, conseguiu manter um registro um tanto preciso até quatro mil e parou. O caminho subia de vez em quando, mas era quase todo inclinado para baixo. Duas vezes ele chegou a obstáculos de árvores caídas e uma vez a um emaranhado tão denso de arbustos que teve medo de a estrada antiga terminar ali; mas, quando abriu caminho, viu que continuava. Ele não tinha noção de quanto tempo tinha passado. Podia ter sido uma hora; provavelmente duas. Ele só tinha certeza de que ainda era noite, e apesar de ser assustador estar ali na escuridão, principalmente para um garoto de cidade, ele torcia para que ainda ficasse escuro por muito tempo. Mas não ficaria. Naquela época do ano, a luz começaria a surgir no céu às quatro horas.

Ele chegou ao alto de outra subida e parou por um momento para descansar, mas mantendo-se de pé. Não achava que pegaria no sono caso se sentasse, mas a ideia de que poderia o assustava. A adrenalina que o tinha feito passar se arranhando por baixo da cerca, pela floresta e até o vilarejo, tinha passado agora. Os cortes nas costas, na perna e na orelha tinham parado de sangrar, mas todos esses locais latejavam e ardiam. A orelha era o pior, de longe. Ele tocou nela hesitante, mas afastou os dedos com um chiado de dor por entre os dentes trincados. Mas não antes de sentir um calombo de sangue e casca de ferida lá.

Eu me mutilei, pensou ele. Aquele lóbulo da orelha não voltaria a existir.

— Os filhos da puta me obrigaram — sussurrou ele. — Eles me *obrigaram*.

Como não ousava se sentar, ele se inclinou para a frente e se apoiou nos joelhos, uma posição que tinha visto Maureen assumir em muitas ocasiões. Não melhorou em nada os cortes da cerca nas costas, nem a bunda dolorida e nem o lóbulo da orelha mutilado, mas aliviou um pouco os músculos cansados. Ele se empertigou, pronto para prosseguir, mas parou. Ouvia um som baixo vindo da frente. Uma espécie de movimento, como vento nos pinheiros, mas não havia nenhuma brisa no local onde ele estava.

Não deixe ser uma alucinação, pensou ele. Que seja real.

Mais quinhentos passos (esses ele contou) e Luke soube que era o som de água corrente. O caminho ficou mais largo e mais íngreme, tão íngreme que ele teve que andar de lado, segurando-se em galhos para não cair sentado. Ele parou quando as árvores dos dois lados desapareceram. Ali, a floresta não só tinha sido cortada, mas também limpa, criando uma clareira agora coberta de arbustos. Depois e abaixo dela havia uma faixa larga de seda preta, correndo tranquilamente e refletindo pontos de luz das estrelas do céu. Ele conseguia imaginar os lenhadores de antigamente, homens que talvez tivessem trabalhado naquelas florestas do norte antes da Segunda Guerra Mundial, usando caminhões Ford ou International Harvester antigos para transportar a madeira até tão longe, talvez até sendo puxada por cavalos. A clareira era o ponto onde eles davam meia-volta. Ali, eles descarregavam a madeira para celulose e jogavam para que seguisse pelo rio Dennison, onde começaria a viagem até as várias fábricas mais para o sul do estado.

Luke seguiu por esse último declive com pernas doloridas e trêmulas. Os sessenta metros finais foram os mais íngremes, o caminho erodido até a pedra pela passagem dos troncos tanto tempo antes. Ele se sentou e escorregou, segurando-se em arbustos para ir um pouco mais devagar e finalmente parando em uma margem rochosa um metro acima da água. Ali, como Maureen prometera, era possível ver a proa de um velho barco a remo, embaixo de uma lona verde coberta de agulhas de pinheiro. Estava amarrado a um cotoco de árvore.

Como Maureen sabia sobre aquele lugar? Alguém havia contado para ela? Não parecia o suficiente, não com a vida de um garoto dependendo daquele barco velho. Talvez ela o tivesse encontrado antes de ficar doente, passeando sozinha. Ou ela e alguns outros, talvez duas mulheres do refeitório de quem ela parecia ser amiga, tivessem ido do vilarejo quase militar até ali para fazer um piquenique: sanduíches e cocas ou uma garrafa de vinho. Não importava. O barco estava lá.

Luke foi até a água, que batia em suas canelas. Inclinou-se e levou a água à boca nas mãos em concha. Estava fria e com um gosto ainda mais doce do que o dos mirtilos. Quando a sede passou, ele tentou desamarrar a corda que prendia o barco ao cotoco de árvore, mas os nós eram complexos e o tempo estava passando. No final, ele usou a faca para cortar as amarras, e isso fez a palma da sua mão direita voltar a sangrar. Pior ainda: o barco começou imediatamente a ser levado pela água.

Ele deu um pulo na direção do barco, segurou a proa e o puxou de volta. Agora, suas duas mãos estavam sangrando. Ele tentou tirar a lona, mas assim que soltou a proa a corrente começou a levá-lo de novo. Ele se xingou por não ter tirado a lona primeiro. Não havia chão suficiente para segurar o barco, e no final ele fez a única coisa que pôde: jogou a parte superior do corpo pela lateral do barco e entrou debaixo da lona, sentindo o fedor velho de lona antiga, e se segurou no banco do meio do barco até estar com o corpo todo dentro. Ele caiu em uma poça de água e em uma coisa comprida e angulosa. Àquela altura, o barco estava sendo puxado rio abaixo pela corrente suave, a popa na frente.

Estou vivendo uma aventura e tanto, pensou Luke. Realmente, uma aventura e tanto para mim.

Ele se sentou debaixo da lona. Estava oscilando ao redor dele, produzindo um fedor ainda maior. Ele a empurrou e bateu nela com as mãos ensanguentadas até que caísse pela lateral. Ela flutuou ao lado do barco no começo, depois começou a afundar. A coisa angulosa em que ele tinha caído se revelou ser um remo. Diferentemente do barco, parecia meio novo. Maureen tinha colocado o lenço na árvore; teria também colocado o remo ali? Ele não sabia se ela era capaz de descer pela antiga estrada de troncos na sua condição, menos ainda descer o último declive íngreme. Se *tinha sido* ela, ela merecia um poema épico em sua homenagem, no mínimo. E só porque ele tinha pesquisado algumas coisas para ela na internet, coisas que ela provavelmente teria descoberto sozinha se não estivesse tão doente? Luke nem sabia direito o que pensar sobre uma coisa assim, muito menos entender. Só sabia que o remo estava ali e que ele tinha que usá-lo, cansado ou não, as mãos sangrando ou não.

Pelo menos ele sabia remar. Era um garoto de cidade, mas Minnesota era a terra dos dez mil lagos, e Luke já tinha ido pescar com o avô paterno (que gostava de se intitular "só mais um velho cretino de Mankato") muitas vezes. Ele se acomodou no banco do meio e usou primeiro o remo para virar a proa para a frente. Depois disso, ele remou até o centro do rio, que tinha uns oitenta metros de largura naquela parte, e guardou o remo. Tirou os tênis e os colocou no assento de trás para secarem. Havia algo impresso com tinta preta desbotada naquele assento e, quando chegou mais perto, conseguiu ler: *S.S. Pokey*. Isso o fez sorrir. Luke se apoiou nos cotovelos, olhou para o céu absurdamente estrelado e tentou convencer a si mesmo de que não era um sonho; ele tinha realmente saído.

De algum lugar atrás dele, na margem esquerda, veio o estrépito duplo brusco de um apito elétrico. Ele se virou e viu um único farol intenso brilhando nas árvores, primeiro se aproximando do barco, depois passando por ele. Ele não conseguiu ver a locomotiva e nem o trem que ela puxava, havia árvores demais no caminho, mas conseguia ouvir o ruído dos vagões e o chiado de rodas de aço em trilhos de aço. Foi isso que fez a ficha cair de vez. Não era uma fantasia incrivelmente detalhada que estava se passando dentro do seu cérebro enquanto ele dormia na cama da Ala Oeste. Aquilo era um trem de verdade, provavelmente a caminho de Dennison River Bend. O barco onde ele estava era real e seguia para o sul na correnteza lenta e linda. As estrelas no céu eram reais. Os minions de Sigsby iriam atrás dele, claro, mas...

— Eu nunca vou pra Parte de Trás. *Nunca.*

Ele botou a mão na água pela lateral do *S.S. Pokey*, abriu os dedos e viu quatro ondinhas se afastarem dele na escuridão. Ele já tinha feito isso muitas vezes no pequeno esquife de alumínio de pesca do avô, com o motor de dois tempos barulhento, mas nunca ficou tão maravilhado com a imagem das oscilações momentâneas, nem mesmo quando tinha quatro anos e achava tudo novo e impressionante. Ocorreu a ele de repente que era preciso ficar preso para entender de fato o que era liberdade.

— Prefiro morrer a deixar que me levem de volta.

Ele entendia que isso era verdade, que poderia chegar a esse ponto, mas também entendia que, no momento, não tinha chegado. Luke Ellis ergueu as mãos cortadas e pingando para a noite, sentiu o ar livre passar por elas e começou a chorar.

22

Ele cochilou sentado no banco do meio, o queixo no peito, as mãos penduradas entre as pernas, os pés descalços na pocinha de água no fundo do barco. Poderia ainda estar dormindo quando o *Pokey* o transportou pela parada seguinte da sua jornada improvável se não fosse o som de outro apito de trem, esse vindo não da margem do rio, mas da frente e de cima. Foi bem mais alto, não um apito solitário, mas um *PIUÍÍÍ* esmagador que despertou Luke tão repentinamente que ele quase caiu para trás. Ele levantou as mãos em um gesto instintivo de proteção e percebeu o quanto aquilo era patético. O apito parou e foi suplantado por chiados metálicos e pelo ruído dos vagões. Luke se segurou nas laterais do barco na parte em que se estreitavam na proa e olhou para a frente com olhos arregalados, certo de que estava prestes a ser atropelado.

Ainda não tinha amanhecido, mas o céu tinha clareado e concedido um brilho ao rio, que estava bem mais largo agora. Quatrocentos metros à frente, um trem de carga atravessava uma ponta e começava a ir mais devagar. Enquanto olhava, Luke viu vagões identificados como New England Land Express, Massachusetts Red, dois transportadores de carros, vários vagões-tanque, um com a marca Canadian CleanGas e outro Virginia Util-X. Ele passou embaixo da ponte e levantou a mão para a fuligem que caía. Alguns pedacinhos de clínquer caíram dos dois lados do barco.

Luke segurou o remo e começou a virar o barco para a margem direita, onde agora via alguns prédios de aparência lamentável com janelas cobertas por tábuas e um guindaste que parecia enferrujado e sem uso. A margem estava coberta de lixo de papel, pneus velhos e latas descartadas. Agora o trem pelo qual ele tinha passado já tinha terminado daquele lado, mas ainda estava desacelerando, chiando e fazendo ruídos. Vic Destin, o pai de Rolf, dizia que nunca houve um meio de transporte tão sujo e barulhento quanto a ferrovia. Ele falava mais com satisfação do que com repulsa, o que não surpreendia nenhum dos meninos. O sr. Destin gostava muito de trens.

Luke estava quase chegando ao final dos passos de Maureen, e agora ele precisava encontrar degraus. Vermelhos. *Mas não de verdade*, disse Avery. *Não mais. Ela diz que estão mais para rosados agora.* E quando Luke os viu, apenas cinco minutos depois de ter passado embaixo da ponte, eles quase nem eram rosa. Apesar de ainda haver um pouco de cor rosada na parte vertical, os degraus em si estavam mais para cinza. Subiam da beira da água até o alto da margem por uns quarenta e cinco metros. Ele remou até lá e a quilha do barquinho tocou no degrau que ficava abaixo da superfície.

Luke desceu devagar, se sentindo tão dolorido quanto um velho. Pensou em amarrar o *S.S. Pokey* (havia ferrugem suficiente nas estacas dos dois lados dos degraus para revelar que outros tinham feito isso, provavelmente pescadores), mas o restante da corda presa à proa parecia curto demais.

Ele soltou o barco e o observou começar a se afastar com a correnteza suave, depois viu seus sapatos com as meias dentro ainda no banco da frente. Caiu de joelhos no degrau submerso e conseguiu segurar o barco bem a tempo. Foi puxando-o de volta até recuperar o tênis. Em seguida, murmurou "Valeu, *Pokey*" e o deixou ir.

Ele subiu dois degraus e se sentou para calçar os sapatos. Tinham secado bem, mas agora o resto dele estava encharcado. Suas costas arranhadas doeram quando ele riu, mas ele riu mesmo assim. Ele subiu a escada que um dia foi vermelha, parando de vez em quando para descansar as pernas. O cachecol de Maureen (que na luz da manhã ele viu que era roxo) se soltou da cintura dele. Ele pensou em deixá-lo, mas o amarrou de novo. Não achava que pudessem segui-lo até tão longe, mas a cidade era o destino óbvio e ele não queria deixar um sinal que pudesse ser encontrado, ainda que só por sorte. Além do mais, sentia como se o cachecol agora fosse importante. Parecia... ele procurou uma palavra que o definisse. Não um cachecol da sorte; um talismã. Porque era dela e ela era sua salvadora.

Quando ele chegou no alto da escada, o sol estava no horizonte, grande e vermelho, lançando um brilho forte em um emaranhado de trilhos de trem. O trem de carga embaixo do qual ele passou estava agora parado no pátio de manobras de Dennison River Bend. Quando a locomotiva que o puxou se afastou lentamente, uma locomotiva manobreira amarela se aproximou da traseira do trem e logo começaria a puxá-lo de novo até a estação de triagem, onde os trens eram desmontados e remontados.

As atividades do transporte ferroviário não foram ensinadas na Escola Broderick, onde o corpo docente estava interessado em assuntos mais esotéricos como matemática avançada, climatologia e os poetas ingleses; as aulas sobre trens foram dadas por Vic Destin, o fã ardoroso de trens e dono orgulhoso de um modelo Lionel enorme que ficava montado em seu porão. Luke e Rolf passaram muitas horas lá como acólitos interessados. Rolf gostava de brincar com os trens de brinquedo; as informações sobre os trens de verdade não faziam muita diferença para ele. Luke gostava de ambos. Se Vic Destin fosse colecionador de selos, Luke teria observado suas incursões na filatelia com o mesmo interesse. Era assim que ele era. Ele achava que isso o tornava meio esquisito (ele já tinha visto algumas vezes Alicia Destin olhando para ele de um jeito que sugeria isso), mas agora abençoou as aulas empolgadas do sr. Destin.

Maureen, por outro lado, não sabia quase nada sobre trens, só que Dennison River Bend tinha um depósito, e ela achava que os trens que passavam por lá iam para todos os tipos de lugares. Que lugares? Ela não sabia.

— Ela acha que, se você chegar até lá, talvez possa subir em um trem de carga — dissera Avery.

Bom, ele *tinha* chegado até lá. Se poderia subir em um trem de carga era outra questão. Ele tinha visto personagens fazerem isso com facilidade no cinema, mas a maioria dos filmes eram cheios de mentiras. Talvez fosse melhor ir para o que quer que fosse o centro da cidade naquele lugarzinho no norte do país. Procurar a delegacia de polícia se houvesse uma, ligar para a Polícia Estadual se não houvesse. Mas ligar com o quê? Ele não tinha celular, e os telefones públicos eram uma espécie em extinção. Mesmo que encontrasse um, o que ele colocaria no buraco da moeda? Uma das fichas do Instituto? Ele supôs que poderia ligar de graça para o 911, mas seria a coisa certa a fazer? Algo dizia que não.

268

Ele ficou parado onde estava, puxando com nervosismo o cachecol na cintura, em um dia que estava clareando rápido demais para o seu gosto. Havia outros problemas em procurar a polícia tão perto do Instituto; e esses ele conseguia ver mesmo em seu estado de medo e exaustão. A polícia descobriria rapidamente que seus pais estavam mortos, assassinados, e que ele era o suspeito mais provável. Outro prblema era a própria Dennison River Bend. Cidades só existiam se houvesse dinheiro entrando, dinheiro que representava a sua sobrevivência, e de onde vinha o dinheiro de Dennison River Bend? Não daquela estação de triagem, que deveria ser quase toda automatizada. Não daqueles prédios lamentáveis que ele tinha visto. Talvez já tivessem sido fábricas, mas não eram mais. Por outro lado, havia algum tipo de instalação por perto, em um dos municípios não registrados ("coisa do governo", os moradores diriam, assentindo sabiamente uns para os outros na barbearia ou na praça da cidade), e as pessoas que trabalhavam lá tinham dinheiro. Homens e mulheres que iam para a cidade não só para frequentar o bar Outlaw Country quando uma banda ou outra estivesse tocando. Eles levavam grana. E talvez o Instituto estivesse contribuindo para o desenvolvimento da cidade. Era possível que tivessem fundado um centro comunitário, um campo esportivo ou ajudado na manutenção rodoviária. Qualquer coisa que colocasse aqueles dólares em risco seria vista com ceticismo e descontentamento. Até onde Luke sabia, os oficiais da cidade poderiam estar sendo pagos para garantir que o Instituto não atraísse a atenção das pessoas erradas. Estava sendo paranoico? Talvez. Mas talvez não.

Luke estava doido para expor a sra. Sigsby e seus minions, mas achou que o melhor e mais seguro que podia fazer agora era ir para o mais longe possível do Instituto.

A locomotiva manobreira estava puxando uma fila de vagões pela colina que o pessoal do pátio chamava de morrinho. Havia duas cadeiras de balanço na varanda da casinha da administração do pátio. Um homem de calça jeans e galochas vermelhas estava sentado em uma delas, lendo um jornal e tomando café. Quando o maquinista tocou o apito, o homem botou o jornal de lado e desceu os degraus, parando para acenar para uma cabine de vidro sobre estacas. Um cara lá dentro acenou de volta. Aquele devia ser o operador da torre do morrinho e o cara de galochas vermelhas devia ser o extrator de pinos.

Agora, Luke entendia por que o pai de Rolf lamentava o estado moribundo do transporte ferroviário americano. Havia trilhos indo em todas as direções, mas parecia que só quatro ou cinco funcionavam. Os outros estavam cobertos de ferrugem, com mato crescendo entre os trilhos. Havia vagões abandonados em alguns deles e Luke os usou para se camuflar, indo na direção da casinha. Ele viu uma prancheta pendurada em um prego em uma das colunas de suporte da varanda. Se aquela era a programação do dia, ele queria lê-la.

Ele se agachou atrás de um vagão abandonado perto dos fundos da torre, olhando de baixo quando o extrator de pinos foi para o trilho da colina. O trem de carga que tinha acabado de chegar agora estava no topo da colina e a atenção do operador estaria voltada para lá. Se Luke fosse visto, provavelmente seria visto apenas como um garoto que, como o sr. Destin, era fanático por trens. Claro que a maioria das crianças não aparecia às cinco e meia da manhã para olhar trens, por mais fanáticas que fossem. Principalmente garotos encharcados de água do rio e com a orelha mutilada.

Não havia escolha. Ele tinha que ver o que tinha na prancheta.

O cara das galochas vermelhas se adiantou quando o primeiro vagão da fila passou lentamente por ele e puxou o pino que o ligava ao vagão seguinte. O vagão, com PRODUTOS DO ESTADO DO MAINE estampado na lateral em vermelho, branco e azul, seguiu colina abaixo, puxado pela gravidade, a velocidade controlada por retardadores operados por radar. O operador da torre puxou uma alavanca e o vagão PRODUTOS DO ESTADO DO MAINE foi para o trilho 4.

Luke contornou o vagão e foi na direção da casinha da administração, as mãos nos bolsos. Só respirou tranquilamente quando estava abaixo da torre e fora da linha de visão do operador. Além do mais, pensou Luke, se ele estiver fazendo o trabalho direito, vai estar com os olhos no serviço atual e mais nada.

O vagão seguinte, um tanque, foi enviado para o trilho 3. Dois transportadores de carros também foram para o trilho 3. Eles estalavam e batiam e rolavam. Os trens Lionel de Vic Destin eram bem silenciosos, mas aquele lugar era um manicômio de sons. Luke imaginou que as casas a menos de um quilômetro e meio deviam ficar expostas a muito barulho três ou quatro vezes por dia. Talvez se acostumassem, pensou ele. Foi difícil de acreditar nisso até ele pensar nas crianças seguindo a rotina no Instituto, fazendo boas refeições, tomando vinho, fumando um cigarro ocasional, brincando no parquinho e correndo à noite, gritando como loucas. Luke pensou que dava para se acostumar com qualquer coisa. Era uma ideia horrível.

Ele foi até a varanda da casinha, ainda fora do campo de visão do operador da torre, e o extrator de pinos estava de costas para ele. Luke achava que ele não ia se virar. "Não se concentre o suficiente em um trabalho desses, e você pode acabar até perdendo a mão", dissera o sr. Destin para os meninos uma vez.

A folha de computador na prancheta não continha muita coisa; as colunas dos trilhos 2 e 5 só tinham duas palavras: NADA AGENDADO. O trilho 1 tinha um trem de carga para New Brunswick, Canadá, marcado para as dezessete horas; não adiantava de nada. O do trilho 4 sairia para Burlington e Montreal às 14h30. Melhor, mas ainda não bom o bastante; se ele não estivesse longe às 14h30, era quase certo que estaria encrencado. O trilho 3, onde o extrator de pinos estava agora, soltando o vagão do New England Land Express que Luke tinha visto atravessando a ponte, parecia bom. O limite para o Trem 4297, o horário depois do qual o gerente da estação não aceitaria mais carga (ao menos teoricamente), era nove horas, e às dez horas o trem estava marcado para sair de Dennison River Bend para Portland, ME, Portsmouth, NH e Sturbridge, MA. Essa última cidade devia ser a pelo menos uns quinhentos quilômetros de distância, talvez bem mais.

Luke voltou para o vagão abandonado e observou os vagões continuarem descendo a colina para trilhos diferentes, alguns deles para trens que partiriam no mesmo dia, outros que ficariam parados até precisarem deles.

O extrator de pinos estava terminando o serviço e subiu no degrau da locomotiva manobreira para falar com o maquinista. O operador surgiu e se juntou a eles. Houve risadas. Chegaram facilmente a Luke no ar parado da manhã e ele gostou do som. Ele tinha ouvido muitas gargalhadas adultas na sala de descanso do nível C, mas sempre soaram sinistras para ele, como as gargalhadas de orcs em uma história de Tolkien. Aquelas estavam vindo de homens que nunca trancafiaram crianças e nem as mergulharam em um tanque de imersão. Eram gargalhadas de homens que não carregavam tasers especiais conhecidos como bastões elétricos.

O maquinista da locomotiva manobreira esticou a mão segurando um saco. O extrator de pinos o pegou e desceu. Quando a locomotiva começou a descer a colina, o extrator de pinos e o operador da estação pegaram um donut cada no saco. Grandes, cobertos de açúcar e provavelmente cheios de geleia. O estômago de Luke roncou.

Os dois homens se sentaram nas cadeiras de balanço da varanda e comeram os donuts. Luke, enquanto isso, voltou a atenção para os vagões esperando no trilho 3. Eram doze, metade deles fechada. Provavelmente não o suficiente para formar um trem que ia até Massachusetts, mas outros talvez fossem enviados do pátio de transferência, onde havia mais uns cinquenta esperando.

Enquanto isso, um caminhão enorme entrou no terreno e passou por cima de vários trilhos até chegar ao vagão onde estava escrito PRODUTOS DO ESTADO DO MAINE, seguido de perto por um utilitário. Vários homens saíram do utilitário e começaram a carregar barris do vagão para o caminhão. Luke os ouviu falando em espanhol e conseguiu entender algumas palavras. Um dos barris virou e um monte de batatas se espalhou. Houve muitas gargalhadas bem-humoradas e uma breve guerra de batatas. Luke assistiu com tristeza.

O operador da estação e o extrator de pinos assistiram à guerra de batatas das cadeiras da varanda e depois entraram. O caminhão foi embora, agora carregado com batatas novas a caminho do McDonald's ou do Burger King. Foi seguido pelo utilitário. O pátio ficou deserto, mas não ficaria assim por muito tempo; poderia haver mais carregamentos e descarregamentos e o maquinista da locomotiva manobreira poderia estar ocupado acrescentando mais vagões ao trem programado para sair às dez horas.

Luke decidiu arriscar. Saiu de trás do vagão abandonado e correu de volta quando viu o maquinista da locomotiva manobreira subindo a colina com o celular no ouvido. Ele parou por um momento e Luke teve medo de ser visto, mas o cara parecia estar apenas terminando uma ligação. Ele botou o aparelho no bolso da frente do macacão e passou sem nem olhar pelo vagão atrás do qual Luke estava escondido. Ele subiu os degraus da varanda e entrou na casinha.

Luke não esperou e dessa vez não hesitou: correu pela colina, ignorando a dor nas costas e nas pernas cansadas, pulando por cima dos trilhos e dos pedais acionadores de freio, desviando de sensores de velocidade. Os vagões esperando o trajeto Portland-Portsmouth-Sturbridge incluíam um vagão vermelho com SOUTHWAY EXPRESS na lateral, as palavras quase ilegíveis embaixo das pichações acrescentadas ao longo dos anos de serviço. Estava sujo, era comum e estritamente utilitário, mas tinha uma atração inegável: a porta de correr na lateral não estava totalmente fechada. Era abertura o suficiente, talvez, para um garoto magrelo e desesperado passar.

Luke segurou uma barra coberta de ferrugem e se apoiou para subir. A abertura *era* grande o suficiente. Mais do que a que ele cavou embaixo do alambrado do Instituto. Isso parecia ter sido muito tempo antes, quase em outra vida. A lateral da porta arranhou suas costas e nádegas já doloridas, fazendo filetes de sangue escorrerem novamente, mas ele entrou. O vagão estava com ocupação de três quartos e, apesar de parecer imundo por fora, o cheiro era bem gostoso lá dentro: madeira, tinta, verniz e óleo de motor.

O conteúdo era uma mistura de coisas que fez Luke pensar no sótão da tia Lacey, embora as coisas que ela guardasse fossem velhas e tudo ali fosse novo. À esquerda havia cortadores de grama, cortadores portáteis, sopradores de folhas, serras elétricas e caixas contendo partes automotivas e motores de popa. À esquerda havia móveis, alguns encaixotados, mas a maioria mumificada em montes de plástico de proteção. Havia uma pirâmide de abajures de pé de lado, enrolados em plástico bolha e amarrados de três em três. Havia cadeiras, mesas, sofás de dois lugares e até maiores. Luke foi até um sofá perto da porta parcialmente aberta e leu o papel preso no plástico bolha. O sofá e supostamente o resto dos móveis tinham que ser entregues à Bender e Bowen Móveis Finos, em Sturbridge, Massachusetts.

Luke sorriu. O trem 97 talvez deixasse alguns vagões em Portland e Portsmouth, mas aquele iria até o fim da linha. Sua sorte ainda não tinha acabado.

— Alguém lá em cima gosta de mim — sussurrou ele. Mas, então, lembrou que sua mãe e seu pai estavam mortos e pensou: Mas nem tanto assim.

Ele empurrou algumas caixas da Bender e Bowen da lateral do vagão e ficou feliz em encontrar uma pilha de cobertores protetores para móveis. Estavam com cheiro ruim, mas não pareciam mofados. Ele passou pela abertura e ajeitou as caixas do melhor jeito que pôde.

Ele enfim estava em um lugar relativamente seguro, tinha uma pilha de cobertores macios onde deitar e estava exausto... não só do percurso noturno, mas das noites insones e do medo crescente que precederam a fuga. Mas não ousava dormir ainda. Houve um momento em que ele chegou a cochilar, mas despertou com o som da locomotiva manobreira se aproximando e do vagão Southway Express em movimento. Luke se levantou e espiou pela porta parcialmente aberta. Viu o pátio passando. O vagão parou de repente e quase o derrubou. Houve um ruído metálico que ele supôs que era seu vagão sendo preso a outro.

Durante a hora seguinte, houve mais batidas e sacolejos enquanto novos vagões eram acrescentados ao que logo seria o número 4297 a caminho do sul da Nova Inglaterra e para longe do Instituto.

Para longe, pensou Luke. Longe, longe, longe.

Duas vezes ele ouviu alguns homens conversando, uma vez bem perto, mas havia barulho demais e não deu para entender o que eles estavam dizendo. Luke ouviu e roeu as unhas que já estavam roídas até o sabugo. E se estivessem falando sobre ele? Ele se lembrou do maquinista da locomotiva manobreira falando no celular. E se Maureen tivesse confessado? E se um dos minions da sra. Sigsby, e Stackhouse parecia o mais provável, tivesse ligado para o pátio de trens e mandado o operador da estação procurar em todos os vagões que estavam para sair? Se isso acontecesse, o homem começaria com vagões que estavam com as portas ligeiramente abertas? A água era molhada?

Mas as vozes foram ficando mais baixas e sumiram. Os empurrões e sacolejos continuaram conforme o 4297 foi ganhando peso e carga. Veículos iam e vinham. Às vezes, houve buzinas. Luke se sobressaltava a cada uma. Queria muito saber que horas eram, mas não tinha como. Só podia esperar.

Depois do que pareceu uma eternidade, os sacolejos e baques pararam. Nada aconteceu. Luke começou a resvalar para um cochilo e estava quase lá quando o maior baque de todos aconteceu, jogando-o de lado. Houve uma pausa e o trem entrou em movimento.

Luke saiu do esconderijo e foi até a porta parcialmente aberta. Olhou para fora a tempo de ver a casinha administrativa pintada de verde passar. O operador e o extrator de pinos estavam de volta às cadeiras de balanço, cada um com uma seção do jornal. O 4297 sacolejou por uma junção final e passou por outro amontoado de prédios vazios. Em seguida, veio um campo esportivo cheio de mato, um lixão, dois terrenos baldios. Depois, o trem passou por um terreno de trailers, onde crianças brincavam.

Minutos depois, Luke estava olhando para o centro de Dennison River Bend. Viu lojas, postes de luz, vagas para carros, calçadas, um posto Shell. Viu uma picape branca suja esperando o trem passar. Essas coisas pareceram tão incríveis para ele quanto a visão das estrelas acima do rio na noite anterior. Ele estava do lado de fora. Não havia técnicos, não havia cuidadores, não havia máquinas onde crianças podiam comprar bebida alcoólica e cigarros com fichas. Quando o vagão fez uma curva leve, Luke apoiou as mãos nas paredes e arrastou os pés. Estava cansado demais para erguê-los, então foi uma imitação bem triste de uma dança da vitória, mas foi uma dança da vitória mesmo assim.

23

Depois que a cidade sumiu e foi substituída pela floresta, a exaustão finalmente derrubou Luke. Foi como ser enterrado por uma avalanche. Ele foi para trás das caixas de novo e se deitou, primeiro de costas — sua posição preferida para dormir — e depois de bruços, quando as lacerações nas omoplatas e nas nádegas protestaram. Ele adormeceu na mesma hora. Dormiu durante a parada em Portland e a parada em Portsmouth, embora o trem fosse sacudido cada vez que alguns vagões velhos eram tirados da fila de carga do 4297 e outros eram acrescentados. Ainda estava dormindo quando o trem parou em Sturbridge e só voltou à consciência quando a porta do vagão dele foi aberta e se encheu da luz quente de um fim de tarde de julho.

Dois homens entraram e começaram a descarregar a mobília para um caminhão encostado de ré junto à porta; primeiro os sofás, depois os conjuntos de abajures. Logo começariam com as caixas e Luke seria descoberto. Havia todos os motores e cortadores de grama e muito lugar para ele se esconder atrás no outro canto, mas se ele se movesse também seria descoberto.

Um dos carregadores se aproximou. Estava perto o suficiente para Luke sentir o cheiro da sua loção pós-barba quando alguém chamou de fora:

— Ei, pessoal, temos um atraso na troca de locomotivas. Não deve demorar, mas vocês têm tempo pra um café, se quiserem.

— Que tal uma cerveja? — perguntou o homem que, em mais três segundos, teria flagrado Luke na sua pilha de cobertores.

Isso foi recebido com risadas e os homens saíram. Luke saiu do espaço onde estava e mancou com pernas duras e doloridas. Perto do canto do caminhão que estava sendo carregado, ele viu três homens indo na direção da sede da estação. Aquela era pintada de vermelho em vez de verde e tinha quatro vezes o tamanho da de Dennison River Bend. A placa na frente do prédio dizia STURBRIDGE MASSACHUSETTS.

Luke pensou em passar pela abertura entre o vagão e o caminhão, mas aquele pátio estava muito movimentado, com muitos trabalhadores (e algumas trabalhadoras) indo para lá e para cá, a pé e em veículos. Ele seria visto, seria interrogado e sabia que não conseguiria contar a história de forma coerente na condição atual. Achava-se vagamente ciente de que estava com fome e um pouco mais ciente da orelha latejando, mas essas coisas não eram nada perto da sua necessidade de dormir mais. Talvez aquele vagão fosse ser deixado em uma pista lateral quando os móveis fossem descarregados e, quando estivesse escuro, ele poderia encontrar a delegacia de polícia mais próxima. Até lá, talvez já fosse capaz de falar sem parecer um lunático. Pelo menos, não *completamente* lunático. Talvez não acreditassem nele, mas ele tinha certeza de que lhe dariam alguma coisa para comer e talvez um Tylenol para a dor na orelha. Contar para eles sobre os pais era seu trunfo. Era algo que podia ser verificado. Ele seria devolvido a Minneapolis. Isso seria bom, mesmo que significasse ir para alguma instituição para crianças. Haveria trancas nas portas, mas não haveria tanque de imersão.

Massachusetts era um excelente começo, ele tinha tido sorte de ter chegado até lá, mas ainda era perto demais do Instituto. Minneapolis, por outro lado, era a sua casa. Ele conhecia as pessoas. O sr. Destin talvez acreditasse nele. Ou o sr. Greer, da Escola Broderick. Ou...

Mas ele não conseguiu pensar em mais ninguém. Estava cansado demais. Tentar pensar era como tentar olhar através de uma janela suja de graxa. Ele ficou de joelhos e foi até o canto direito mais distante da porta do vagão da Southway Express, espiando entre dois motocultivadores e esperando que os dois homens do caminhão voltassem e terminassem de carregar a mobília destinada a Bender e Bowen Móveis Finos. Ele sabia que talvez o encontrassem de qualquer maneira. Eles eram homens, e homens gostavam de inspecionar tudo que tivesse um motor. Talvez quisessem olhar os cortadores de grama do tipo que se dirige ou do tipo portátil. Talvez quisessem verificar os cavalos-vapor dos novos Evinrudes; estavam em caixas, mas todas as informações estariam nas notas fiscais. Ele esperaria, se encolheria e torceria para que sua sorte, já bem explorada, pudesse ser mais um pouco usada. E, se não o encontrassem, ele voltaria a dormir.

Só que não houve espera e nem observação para Luke. Ele se deitou sobre um braço e adormeceu em minutos. Ficou dormindo quando os dois homens voltaram e terminaram o serviço. Ficou dormindo quando um deles se inclinou para olhar um minitrator John Deere a menos de um metro e meio de onde Luke estava deitado, encolhido e morto para o mundo. Ficou dormindo quando eles saíram e um dos funcionários do pátio fechou a porta do Southway, dessa vez completamente. Ficou dormindo durante os sacolejos de novos vagões sendo acrescentados e só se mexeu de leve quando uma nova locomotiva substituiu a 4297. Mas logo dormiu de novo, um fugitivo de doze anos maltratado e ferido e apavorado.

O trem 4297 tinha um limite de quarenta vagões. Vic Destin teria identificado a nova locomotiva como uma GE AC6000CW, o 6000 representando os cavalos-vapor que era capaz de gerar. Era uma das locomotivas a diesel mais poderosas em uso nos Estados Unidos, capaz de puxar um trem com mais de um quilômetro e meio. Ao sair de Sturbridge, primeiro para o sudeste e depois para o sul, o trem expresso 9956 estava carregando setenta vagões.

O vagão de Luke agora estava praticamente vazio e ficaria assim até o 9956 parar em Richmond, Virginia, onde vinte e quatro geradores domésticos Norwall-Kohler seriam acrescentados à carga. A maioria deles estava destinada a Willmington, mas dois (e toda a coleção de dispositivos e aparelhos de motores pequenos atrás da qual Luke estava dormindo no momento) estavam a caminho do Pequeno Motor do Fromie Vendas e Serviços, na cidadezinha de DuPray, Carolina do Sul. O 9956 parava lá três vezes por semana.

Grandes eventos se apoiam em pequenos suportes.

O INFERNO SE APROXIMA

1

Quando o trem 4297 estava saindo do pátio de Portsmouth, New Hampshire, a caminho de Sturbridge, a sra. Sigsby estava estudando os arquivos e os níveis de BDNF de duas crianças que chegariam ao Instituto em breve. Um garoto e uma garota. A equipe Vermelho Rubi levaria ambos naquela noite. O garoto, um morador de Sault Ste. Marie de dez anos, alcançava oitenta na escala BDNF. A garota, uma moradora de Chicago de catorze anos, tinha oitenta e seis. De acordo com o arquivo, ela era autista. Isso a tornaria difícil, tanto para a equipe quanto para os outros residentes. Se a pontuação dela fosse abaixo de oitenta, eles talvez a tivessem deixado passar. Mas oitenta e seis era uma pontuação excelente.

BDNF era a sigla em inglês para fator neurotrófico derivado do cérebro. A sra. Sigsby entendia pouco da base química, essa era a área do dr. Hendricks, mas conhecia o básico. Assim como a TMB, taxa metabólica basal, o BDNF era uma escala. O que media era a taxa de crescimento e sobrevivência de neurônios pelo corpo, principalmente no cérebro.

Os poucos que tinham uma leitura alta de BDNF — não chegavam a 0,5 por cento da população — eram as pessoas mais sortudas do mundo; Hendricks dizia que eram o que Deus pretendia quando fez os seres humanos. Eles raramente eram afetados por perda de memória, depressão ou dor neuropática. Quase nunca sofriam de obesidade ou da desnutrição extrema que afligia os anoréxicos e bulímicos. Socializavam-se bem com os outros (a garota que estava para chegar era uma rara exceção), tinham tendência a acabar com confusões em vez de iniciá-las (Nick Wilholm era outra rara exceção), tinham baixa susceptibilidade a neuroses como transtorno obsessivo-compulsivo e eram bem desenvoltos. Tinham poucas dores de cabeça e quase nunca sofriam de enxaqueca. O colesterol deles permanecia baixo independentemente do que comessem. Eles tendiam a ter ciclos de sono abaixo da média ou ruins, mas compensavam isso cochilando em vez de tomar medicação para dormir.

Embora não fosse frágil, o BDNF podia ser danificado, às vezes catastroficamente. A causa mais comum era o que Hendricks chamava de encefalopatia traumática crônica, sigla ETC. Até onde a sra. Sigsby sabia, isso se resumia a uma simples concussão depois de uma batida de cabeça. A média do BDNF era sessenta unidades por milímetro; jogadores de futebol americano que jogavam havia dez anos ou mais costumavam chegar a uma medida de trinta e poucos, às vezes vinte e poucos. O BDNF diminuía lentamente com o envelhecimento normal e bem mais rápido em quem sofria do mal de Alzheimer. Nada disso importava para a sra. Sigsby, cuja tarefa era apenas obter resultados, e, ao longo dos seus anos no Instituto, os resultados foram bons.

O que importava para ela, para o Instituto e para quem fundou o Instituto e o manteve em segredo total desde 1955 era que as crianças e adolescentes com níveis altos de BDNF vinham com certas capacidades paranormais como parte do pacote: TC, TP ou (em casos raros) uma combinação dos dois. As próprias crianças às vezes não tinham noção sobre essas habilidades, porque os talentos costumavam ser latentes. Os que sabiam, em geral os TPS altamente funcionais, como Avery Dixon, às vezes conseguiam usar seus talentos quando parecia útil, mas os ignoravam no resto do tempo.

Quase todos os recém-nascidos eram testados para determinar o BDNF. Crianças como as duas cujos arquivos a sra. Sigsby estava lendo agora eram marcadas, acompanhadas e, em algum momento, levadas. Suas habilidades paranormais de nível baixo eram refinadas e apuradas. De acordo com o dr. Hendricks, os talentos também podiam ser expandidos; TC acrescentado a TP e vice-versa, embora essas expansões não afetassem nem um pouco a missão do Instituto, sua *raison d'être*. O sucesso ocasional que ele tivera com os Rosas que recebia como cobaias jamais seria divulgado. Ela tinha certeza de que Donkey Kong lamentava isso, apesar de saber que a publicação em qualquer periódico médico o colocaria dentro de uma prisão de segurança máxima em vez de lhe oferecer um prêmio Nobel.

Houve uma batida seca na porta e Rosalind botou a cabeça dentro da sala com uma expressão de pesar.

— Desculpe incomodá-la, senhora, mas é Fred Clark pedindo para vê-la. Ele parece...

— Refresque minha memória. Quem é Fred Clark? — A sra. Sigsby tirou os óculos de leitura e massageou as laterais do nariz.

— Um dos zeladores.

— Descubra o que ele quer e me conte depois. Se forem ratos roendo os fios de novo, isso pode esperar. Estou ocupada.

— Ele diz que é importante e parece muito nervoso.

A sra. Sigsby suspirou, fechou a pasta e a guardou em uma gaveta.

— Tudo bem, mande ele entrar. Mas é melhor que seja bom.

Não era. Era ruim. Muito ruim.

2

A sra. Sigsby reconheceu Clark. Já o tinha visto nos corredores muitas vezes, empurrando uma vassoura ou movendo um esfregão, mas nunca o vira dessa maneira. Ele estava pálido, o cabelo grisalho emaranhado, como se ele o tivesse mexido muito ou puxado, e a boca tremia.

— Qual é o problema, Clark? Parece que você viu um fantasma.

— A senhora tem que vir, sra. Sigsby. A senhora tem que ver.

— Ver o quê?

Ele balançou a cabeça e repetiu:

— A senhora tem que vir.

Ela foi com ele pelo caminho entre o prédio administrativo e a Ala Oeste do prédio residencial. Perguntou mais duas vezes a Clark qual era o problema exatamente, mas ele só balançava a cabeça e repetia que ela tinha que ver. A irritação da sra. Sigsby por ter sido interrompida começou a ser substituída por uma sensação de inquietação. Uma das crianças? Um teste que deu errado, como com o garoto Cross? Não era possível. Se houvesse problema com algum deles, um cuidador, um técnico ou um dos médicos teria descoberto, e não um zelador.

Na metade do corredor praticamente vazio da Ala Oeste, um garoto com uma barriga grande visível embaixo da camisa estava olhando um pedaço de papel pendurado na maçaneta de uma porta fechada. Ele viu a sra.

Sigsby chegando e assumiu uma expressão alarmada na mesma hora. E era assim que tinha que ser mesmo, na opinião da sra. Sigsby.

— Whipple, certo?

— É.

— O que você disse?

Stevie mordeu o lábio inferior enquanto pensava.

— Sim, sra. Sigsby.

— Melhor. Agora, sai daqui. Se você não estiver sendo testado, encontre alguma coisa para fazer.

— Tá. Quer dizer, sim, sra. Sigsby.

Stevie saiu andando e lançou um olhar para trás. A sra. Sigsby não viu. Ela estava olhando para o pedaço de papel que tinha sido colocado em cima da maçaneta. Estava escrito NÃO ENTRE, provavelmente pela caneta presa em um dos bolsos da camisa do Clark.

— Eu teria trancado se tivesse a chave.

Os zeladores tinham as chaves dos armários da Ala A e também das máquinas para poderem repor o estoque, mas não das salas de exames e nem dos quartos das crianças. Esses últimos raramente eram trancados, exceto quando alguém fazia besteira e tinha que ficar preso por um dia como punição. Os zeladores também não tinham os cartões magnéticos dos elevadores. Se precisassem ir a um nível mais baixo, tinham que encontrar um cuidador ou um técnico e descer com ele.

— Se aquele garoto gordo tivesse entrado aí, teria tido o choque da vida dele — disse Clark.

A sra. Sigsby abriu a porta sem responder e encontrou um quarto vazio... sem fotos e sem pôsteres na parede, sem nada na cama além do colchão. Em nada diferente de muitos dos quartos da ala residencial nos últimos dez anos, mais ou menos, quando o antigo fluxo intenso de crianças com BDNF alto ficou escasso. A teoria do dr. Hendricks era que o BDNF alto estava sendo removido do genoma humano, assim como outras características humanas, como visão e audição apuradas. Ou, de acordo com ele, a capacidade de mexer as orelhas. O que podia ou não ter sido uma piada. Com o Donkey Kong, nunca dava para saber. Ela se virou para olhar para Fred.

— Está no banheiro. Fechei a porta só por garantia.

A sra. Sigsby a abriu e ficou paralisada por alguns segundos. Ela tinha visto muitas coisas durante seu tempo como chefe do Instituto, inclusive um residente que se suicidou e mais dois outros que tentaram, mas nunca tinha visto o suicídio de um funcionário.

A faxineira (o uniforme marrom não deixava dúvidas) tinha se enforcado no bocal do chuveiro, que teria quebrado com o peso de alguém mais pesado... como o garoto Whipple que ela tinha acabado de mandar embora, por exemplo. O rosto cadavérico olhando para a sra. Sigsby estava preto e inchado. A língua estava para fora, entre os lábios, quase como se ela estivesse fazendo uma careta final de deboche. Na parede de azulejos, com letras tortas, havia uma mensagem derradeira.

— É a Maureen — disse Fred com voz baixa. Ele pegou um lenço no bolso de trás da calça e secou os lábios. — Maureen Alvorson. Ela...

A sra. Sigsby se lembrou de onde estava e olhou por cima do ombro. A porta do corredor estava aberta.

— Fecha aquilo.

— Ela...

— *Fecha aquela porta!*

O zelador fez o que ela mandou. A sra. Sigsby tateou no bolso direito do paletó, mas estava vazio. Merda, pensou. Merda, merda, merda. Foi descuido esquecer o walkie-talkie, mas como poderia imaginar que uma coisa assim a aguardava?

— Volte até a minha sala. Peça o meu walkie-talkie para Rosalind. Depois traga pra mim.

— A senhora...

— Cala a boca. — Ela se virou para ele. Seus lábios estavam apertados e os olhos saltados de tal forma que fizeram Fred dar um passo para trás. Ela parecia louca. — Faça o que mandei, seja rápido e não fale nem uma palavra sobre isso com ninguém.

— Tá, pode deixar.

Ele saiu e fechou a porta. A sra. Sigsby se sentou no colchão e olhou para a mulher pendurada no chuveiro. E para a mensagem que ela tinha escrito com o batom que a sra. Sigsby percebeu agora caído na frente do vaso sanitário.

O INFERNO SE APROXIMA. ESTAREI LÁ PRA RECEBER VOCÊS.

3

Stackhouse estava no vilarejo do Instituto e parecia grogue ao atender a ligação. Ela supôs que ele tinha ido para a farra no Outlaw Country na noite anterior, mas nem se deu ao trabalho de perguntar, só o mandou para a Ala Oeste imediatamente. Ele saberia para qual quarto; um zelador estaria parado em frente à porta.

Hendricks e Evans estavam no Nível C fazendo testes. A sra. Sigsby ordenou que parassem o que estavam fazendo e enviassem os garotos de volta para a Ala Oeste. Os dois médicos eram necessários na Ala Oeste. Hendricks, que conseguia ser extremamente irritante mesmo nos melhores momentos, quis saber por quê. A sra. Sigsby o mandou calar a boca e ir.

Stackhouse chegou primeiro, usando calça jeans dessa vez, no lugar do habitual terno marrom. Os médicos chegaram logo depois.

— Jim — disse Stackhouse para Evans, depois de avaliar a situação. — Levanta ela. Afrouxa um pouco a corda.

Evans passou os braços pela cintura da mulher morta (por um momento quase pareceu que eles estavam dançando) e a ergueu. Stackhouse começou a soltar o nó embaixo do maxilar dela.

— Anda logo — disse Evans. — Ela está com a calcinha toda suja.

— Tenho certeza de que você já sentiu cheiro pior — disse Stackhouse. — Quase consegui… espera… pronto, agora foi.

Ele passou o nó por cima da cabeça do cadáver (xingando baixinho quando um dos braços dela caiu por cima da nuca dele) e o carregou até o colchão. A corda tinha deixado uma marca preta-arroxeada no pescoço. Os quatro olharam para ela sem dizer nada. Com um metro e noventa, Stackhouse era alto, mas Hendricks era pelo menos dez centímetros mais alto. Entre os dois, a sra. Sigsby parecia um duende.

Stackhouse olhou para a sra. Sigsby com as sobrancelhas erguidas. Ela o encarou de volta sem falar nada.

Na mesa ao lado da cama havia um frasco marrom de comprimidos. O dr. Hendricks o pegou e o sacudiu.

— Oxy. Quarenta miligramas. Não é a dosagem mais alta que existe, mas é bem alta mesmo assim. A receita é de noventa comprimidos e só tem três aqui. Imagino que não vamos fazer autópsia…

Pois é, pensou Stackhouse.

— ... mas, se *fosse* feita, acredito que descobriríamos que ela tomou a maioria antes de passar a corda pelo pescoço.

— O que seria suficiente para matá-la de qualquer modo — disse Evans. — Essa mulher não devia pesar mais de cinquenta quilos. Está na cara que a ciática não era seu maior problema, independentemente do que ela possa ter dito. Ela não teria conseguido trabalhar por muito mais tempo, de qualquer modo, e por isso...

— Decidiu acabar com tudo — concluiu Hendricks.

Stackhouse estava olhando para a mensagem na parede.

— O inferno se aproxima — refletiu ele. — Considerando o que estamos fazendo aqui, alguns podem dizer que é uma suposição razoável.

Apesar de raramente xingar, a sra. Sigsby disse:

— Porra nenhuma.

Stackhouse deu de ombros. Sua careca brilhava embaixo da iluminação, como se encerada.

— Estou falando de gente de fora, gente que não sabe a verdade. Não importa. O que estamos vendo aqui é bem simples. Uma mulher com uma doença terminal decidiu acabar com a própria vida. — Ele apontou para a parede. — Depois de declarar a própria culpa. E a nossa.

Fazia sentido, mas Sigsby não estava gostando. A comunicação final de Alvorson com o mundo poderia ter expressado culpa, mas também havia algo de triunfante nela.

— Ela teve uma semana de folga não muito tempo atrás — observou Fred. A sra. Sigsby não tinha percebido que ele ainda estava presente. Alguém deveria tê-lo dispensado. *Ela* devia tê-lo dispensado. — Foi pra casa, em Vermont. Deve ter sido onde conseguiu os comprimidos.

— Obrigado — disse Stackhouse. — Nível Sherlock de dedução. Você não tem chão pra encerar, não?

— E limpe as coberturas das câmeras — disse a sra. Sigsby com rispidez. — Pedi que isso fosse feito semana passada. Não vou pedir de novo.

— Sim, senhora.

— Nem uma palavra sobre isso, sr. Clark.

— Não, senhora. Claro que não.

— Cremação? — perguntou Stackhouse quando o zelador saiu.

— Sim. Vamos pedir a dois cuidadores que a levem pro elevador quando os residentes estiverem almoçando. O que será — a sra. Sigsby olhou o relógio — em menos de uma hora.

— Há algum problema? — perguntou Stackhouse. — Além de esconder isso dos residentes? Você parece preocupada.

A sra. Sigsby olhou das palavras escritas nos azulejos do banheiro para o rosto escuro da mulher morta, a língua para fora. Ela deu as costas para aquela careta e se virou para os dois médicos.

— Eu gostaria que vocês dois saíssem. Preciso falar com o sr. Stackhouse em particular.

Hendricks e Evans trocaram um olhar e saíram.

4

— Ela era a sua dedo-duro. É esse o problema?

— *Nossa* dedo-duro, Trevor, mas, sim, esse é o problema. Ou pode ser.

Um ano antes, ou melhor, uns dezesseis meses antes, pois ainda era época de neve, Maureen Alvorson solicitou uma reunião com a sra. Sigsby e pediu qualquer trabalho que pudesse lhe dar renda extra. A sra. Sigsby, que tinha um projetinho em mente havia quase um ano, mas sem ideia de como implementá-lo, perguntou se Alvorson teria algum problema em passar informações que obtivesse com as crianças. Alvorson concordou e até demonstrou um certo nível de astúcia ao inventar a história sobre as falsas zonas mortas, onde os microfones supostamente funcionavam mal ou não funcionavam.

Stackhouse deu de ombros.

— O que ela trouxe para nós raramente ia além do nível de fofoca. Que garoto estava passando a noite com que garota, quem escreveu TONY ESCROTO em uma mesa do refeitório, esse tipo de coisa. — Ele fez uma pausa. — Se bem que dedurar pode ter aumentado a culpa dela, eu acho.

— Ela era casada — disse a sra. Sigsby —, mas você pode reparar que não estava mais usando aliança. O quanto nós sabemos sobre a vida dela em Vermont?

— Não lembro agora, mas deve estar no arquivo e posso descobrir.

A sra. Sigsby pensou nisso e percebeu como sabia pouco sobre Maureen Alvorson. Sim, sabia que Alvorson era casada porque tinha visto a aliança. Sim, ela era uma militar aposentada, como muitos dos funcionários. Sim, ela sabia que a casa de Alvorson era em Vermont. Mas não sabia quase nada além disso, e como isso era possível se ela tinha contratado a mulher para espionar os residentes? Podia não fazer diferença agora, com Alvorson morta, mas fez a sra. Sigsby pensar sobre ter deixado o walkie-talkie na sala porque supôs que o zelador estava nervoso por nada. Isso também a fez pensar sobre as câmeras sujas, os computadores lentos, a equipe pequena e ineficiente, a frequência de comida estragada no refeitório, os fios roídos por ratos e os relatórios de vigilância negligentes, principalmente no turno que ia das onze da noite às sete da manhã, quando os residentes estavam dormindo.

Isso a fez pensar sobre descuido.

— Julia? Eu disse que...

— Eu ouvi. Não sou surda. Quem está na vigilância agora?

Stackhouse olhou para o relógio.

— Provavelmente ninguém. Estamos no meio do dia. As crianças devem estar nos quartos ou fazendo as coisas de sempre.

É o que você presume, pensou ela, e qual é a mãe do descuido se não justamente a presunção? O Instituto estava funcionando havia mais de sessenta anos, bem mais, e nunca houve vazamento. Nunca houve motivo (ao mesmo não na época dela) para usar o telefone especial, que eles chamavam de Telefone Zero para qualquer coisa além de atualizações rotineiras. Nada, em resumo, que eles não tivessem conseguido resolver internamente.

Havia boatos em Bend, claro. O mais popular entre os cidadãos era que o complexo na floresta era algum tipo de base de mísseis. Ou que tinha a ver com guerra biológica ou química. Outro, e esse era mais próximo da verdade, era que se tratava de uma estação experimental do governo. Boatos não eram problema. Boatos eram desinformação autogerada.

Está *tudo* bem, disse ela para si mesma. Está tudo como deveria estar. O suicídio de uma faxineira doente é só um obstáculo na estrada, e bem pequeno. Ainda assim, era sugestivo de algo maior... bem, não *problemas*, seria alarmista demais usar essa palavra, mas questões, claro. E uma parte era culpa dela. No começo do período da sra. Sigsby na função, as coberturas das câmeras nunca ficariam sujas e ela nunca teria saído do escritório sem o walkie-talkie. Naquela época, ela saberia muito mais sobre a mulher que estava pagando para dedurar os residentes.

Ela pensou em entropia. A tendência de relaxar quando as coisas estavam indo bem.

De presumir.

— Sra. Sigsby? Julia? Você tem ordens pra mim?

Ela voltou para o presente.

— Sim. Quero saber tudo sobre ela e, se não houver ninguém na sala de vigilância, quero alguém lá agora. Jerry, eu acho. — Jerry Symonds era um dos técnicos de computador, o melhor que eles tinham quando o assunto era cuidar de equipamentos velhos.

— Jerry está de licença — disse Stackhouse. — Foi pescar em Nassau.

— Andy, então.

Stackhouse balançou a cabeça.

— Fellowes está no vilarejo. Eu o vi saindo do mercado.

— Droga, ele deveria estar aqui. Zeke, então. Zeke, o Grego. Ele já trabalhou na vigilância, não é?

— Acho que sim — disse Stackhouse, e ali estava de novo. Incerteza. Presunção. *Palpite.*

Coberturas sujas nas câmeras. Rodapés sujos. Conversa descuidada no Nível B. A sala de vigilância vazia.

A sra. Sigsby decidiu de ímpeto que grandes mudanças seriam feitas, E logo, antes que as folhas começassem a mudar de cor e cair das árvores. Se o suicídio de Alvorson não servisse para mais nada, seria no mínimo um alerta. Ela não gostava de falar com o homem do outro lado do Telefone Zero, sempre sentia um arrepio quando ouvia o ceceio leve no cumprimento dele (nunca *Sigsby*, sempre *Figsby*), mas tinha que ser feito. Um relatório escrito não seria suficiente. Eles tinham gente no país todo. Tinham um jato particular a postos. A equipe era bem paga e suas várias funções tinham benefícios. Mas aquele lugar mais parecia uma loja de R$1,99 em um shopping de segunda categoria à beira do abandono. Era uma loucura. As coisas tinham que mudar. As coisas *mudariam.*

— Mande Zeke fazer uma verificação nos botões localizadores. Vamos garantir que todos os residentes estão presentes e localizados. Estou especialmente interessada em Luke Ellis e Avery Dixon. Ela conversava muito com eles — disse ela.

— Nós sabemos sobre o que eles andaram conversando e não foi nada de mais.

— Faça o que mandei.

— Pode deixar. Enquanto isso, você precisa relaxar. — Ele apontou para o cadáver com o rosto escuro e a língua atrevida para fora. — E tenha perspectiva. Ela era uma mulher muito doente que viu o fim chegando e se adiantou antes que o câncer pudesse destruí-la.

— Verifique os residentes, Trevor. Se todos estiverem no lugar, não importa se felizes ou não, *aí* eu vou relaxar.

Só que ela não relaxaria. Já tinha havido relaxamento demais.

5

De volta à sua sala, ela disse para Rosalind que não queria ser incomodada, a não ser que fosse Stackhouse ou Zeke Ionidis, que estava fazendo uma verificação de segurança no Nível D. Ficou sentada atrás da mesa, olhando para o protetor de tela do computador. Mostrava uma praia de areia branca em Siesta Key, para onde ela dizia para as pessoas que planejava ir quando se aposentasse. Tinha desistido de dizer isso para si mesma. A sra. Sigsby achava que morreria ali na floresta, possivelmente na casinha no vilarejo, mas mais provavelmente atrás daquela mesa. Dois de seus escritores favoritos, Thomas Hardy e Rudyard Kipling, tinham morrido sentados às suas mesas; por que não ela? O Instituto tinha se tornado sua vida e ela não via problema nisso.

A maioria dos funcionários era igual. Eles já tinham sido soldados ou seguranças em empresas estratégicas como a Blackwater e a Tomahawk Global ou foram da polícia. Denny Williams e Michelle Robertson da equipe Rubi trabalharam no FBI. Se o Instituto não fosse a vida deles quando eram recrutados e chegavam, ele se *tornava* a vida deles. Não era o pagamento. Não eram os benefícios e nem a aposentadoria confortável. Em parte, tinha a ver com um jeito de viver que era tão familiar para eles que era como um tipo de sono. O Instituto funcionava como uma pequena base militar;

o vilarejo adjacente tinha até um mercado onde eles podiam comprar uma variedade de produtos por um preço barato e encher o tanque dos carros e picapes pagando noventa centavos por galão pela gasolina comum e um dólar e cinco centavos pela aditivada. A sra. Sigsby tinha passado um tempo na Base Aérea Ramstein, na Alemanha, e a cidade de Dennison River Bend a lembrava Kaiserslautern, o lugar para onde ela e os amigos às vezes iam para espairecer — em uma escala bem menor, claro, Ramstein tinha tudo, até um ótimo cinema e uma hamburgueria Johnny Rockets, mas às vezes você precisava se afastar. O mesmo acontecia ali.

Mas eles sempre voltam, pensou ela, olhando para uma praia que às vezes visitava, mas onde nunca moraria. Eles sempre voltam e, por mais descuidadas que as coisas tenham ficado por aqui, eles não falam. Nisso eles nunca são descuidados. Porque, se as pessoas descobrissem o que estamos fazendo, as centenas de crianças que destruímos, seríamos julgados e executados às dezenas. Levariam a injeção, como o terrorista Timothy McVeigh.

Aquele era o lado sombrio da moeda. O lado bom era simples: a equipe toda, do muitas vezes irritante mas certamente competente dr. Dan "Donkey Kong" Hendricks e os doutores Heckle e Jeckle na Parte de Trás ao mais humilde zelador, entendia que nada menos do que o destino do mundo estava nas mãos deles, como tinha ficado nas mãos dos que vieram antes. Não só a sobrevivência da raça humana, mas a sobrevivência do planeta. Eles entendiam que não havia limite para o que podiam e iriam fazer para alcançar esse objetivo. Ninguém que entendia direito o trabalho do Instituto podia considerá-lo monstruoso.

A vida lá era boa, ao menos boa o suficiente, principalmente para homens e mulheres que tinham lutado no Oriente Médio e visto colegas soldados mortos em vilarejos de merda, com as pernas explodidas ou as tripas para fora. Havia a licença ocasional; era possível ir para casa e passar um tempo com sua família caso você tivesse uma (muitos funcionários do Instituto não tinham). Claro que não era permitido conversar sobre o que se fazia e depois de um tempo eles (esposas, maridos, filhos) percebiam que era o emprego que importava, não eles. Porque tomava conta de você. A vida se tornava, em ordem decrescente, o Instituto, o vilarejo e a cidade de Dennison River Bend com seus três bares, um de música country ao vivo.

E quando isso ficava claro a aliança de casamento acabava sumindo, como acontecera com a de Alvorson.

A sra. Sigsby destrancou a gaveta de baixo da escrivaninha e pegou um telefone parecido com os que as equipes de extração carregavam: grande e volumoso, como um refugiado de uma época em que as fitas cassete abriram lugar para os CDs e os telefones móveis estavam começando a surgir nas lojas de eletrônicos. Às vezes, era chamado de Telefone Verde por causa da cor e, com mais frequência, de Telefone Zero, porque não havia tela nem números, só três círculos brancos pequenos.

Vou ligar, pensou ela. Talvez elogiem meu pensamento proativo e parabenizem minha iniciativa. Talvez decidam que estou vendo fogo sem fumaça e que é hora de pensar em um substituto. De qualquer modo, tem que ser feito. O dever chama e deveria ter chamado antes.

— Mas hoje não — murmurou ela.

Não, hoje não, enquanto havia Alvorson para resolver (e se livrar). Talvez não amanhã e nem naquela semana. O que ela estava pensando em fazer não era uma coisa pequena. Ela deveria fazer anotações para que, quando *ligasse*, pudesse ser o mais precisa possível. Se ela realmente pretendesse usar o Zero, era imprescindível que estivesse pronta para responder objetivamente quando ouvisse o homem do outro lado dizer: *Oi, fenhora Figsby, como pofo ajudar?*

Não é procrastinação, ela disse para si mesma. Não mesmo. E não quero exatamente arrumar problema para alguém, mas...

O interfone dela tocou baixinho.

— Zeke quer falar com a senhora. Linha três.

A sra. Sigsby atendeu.

— O que você tem para mim, Ionidis?

— Estão todos lá — disse ele. — Vinte e oito chips localizadores na Parte de Trás. Na da Frente, tem dois garotos na sala, seis no parquinho, cinco nos quartos.

— Onde estão Dixon e Ellis?

— Hã... um segundo... — Houve uma pausa e Ionidis falou novamente. — Dixon está no quarto. Ellis está no parquinho.

— Ótimo. Obrigada.

— De nada, senhora.

A sra. Sigsby se levantou, sentindo-se um pouco melhor, apesar de não conseguir dizer exatamente por quê. *Claro* que os residentes estavam todos presentes. O que ela estava pensando, que algum deles foi para a Disney?

Enquanto isso, havia a tarefa seguinte.

6

Quando todos os residentes foram para o almoço, o zelador Fred empurrou um carrinho de trás da cozinha do refeitório até a porta onde Maureen Alvorson tinha tirado a própria vida. Fred e Stackhouse a embrulharam em um pedaço de lona verde e empurraram o carrinho pelo corredor. De longe dava para escutar o som dos animais na hora da alimentação, mas ali estava tudo deserto, apesar de alguém ter deixado um urso de pelúcia caído no chão na frente do anexo dos elevadores. Estava olhando para o teto com os olhos de vidro. Fred o chutou com irritação.

Stackhouse olhou para ele com reprovação.

— Isso dá azar, cara. É um brinquedo de alguma criança.

— Não dou a mínima — disse Fred. — Eles vivem deixando essas merdas por aí pra gente recolher.

Quando as portas do elevador se abriram, Fred começou a empurrar o carrinho. Stackhouse o puxou de volta sem delicadeza alguma.

— Seus serviços não são mais necessários depois daqui. Pegue aquele urso e coloque na sala ou na cantina, onde o dono possa ver quando aparecer. E comece a limpar as coberturas das câmeras. — Ele apontou para uma das câmeras do teto, empurrou o carrinho e exibiu o cartão para o leitor.

Fred Clark esperou que as portas se fechassem para mostrar o dedo do meio. Mas ordens eram ordens, e ele limparia os quartos. Em algum momento.

7

A sra. Sigsby estava esperando Stackhouse no Nível F. Era frio lá embaixo e ela estava usando um suéter por cima do paletó. Ela assentiu para ele.

Stackhouse assentiu de volta e empurrou o carrinho para o túnel entre a Parte da Frente e a Parte de Trás. Era a própria definição de utilitário, com piso de concreto, paredes curvas azulejadas e luzes fluorescentes. Algumas estavam piscando, o que dava ao túnel uma sensação de filme de terror, e outras estavam queimadas. Alguém tinha colado um adesivo do New England Patriots em uma parede.

Mais descuido, pensou ela. Mais leviandade.

A porta na ponta da Parte de Trás do corredor tinha uma placa que dizia SOMENTE PESSOAL AUTORIZADO. A sra. Sigsby usou seu cartão e a abriu. Depois da porta havia outro saguão de elevadores. Um trajeto curto para cima os levou até uma sala só um pouco menos utilitária do que o túnel que eles tinham usado para chegar à Parte de Trás. Heckle (verdadeiro nome, dr. Everett Hallas) estava esperando por eles. Ele estava com um sorriso largo no rosto e ficava tocando no canto da boca. Isso lembrou à sra. Sigsby o gesto obsessivo de puxar o nariz do garoto Dixon. Só que Dixon era criança e Hallas tinha mais de cinquenta anos. Trabalhar na Parte de Trás tinha um preço, assim como trabalhar em um ambiente poluído com radiação baixa também teria um preço.

— *Olá*, sra. Sigsby! *Olá*, Diretor de Segurança Stackhouse! Que maravilha ver vocês. Nós devíamos nos ver mais vezes! Mas sinto muito pelas circunstâncias que os trouxeram aqui hoje! — Ele se inclinou e bateu no volume de lona que era Maureen Alvorson. Em seguida, tocou no canto da boca, como se mexendo em um ferimento que só ele conseguia ver ou sentir. — No meio da vida, tal e tal.

— Precisamos ser rápidos — disse Stackhouse. Querendo dizer, a sra. Sigsby supunha, que eles tinham que sair dali. Ela concordava. Era lá que o trabalho de verdade acontecia, e os doutores Heckle e Jeckle (verdadeiro nome, Joanne James) eram heróis pelo que faziam, mas isso não tornava estar lá mais fácil. A atmosfera do local já a estava afetando. Era como estar em um campo elétrico de nível baixo.

— Sim, claro que sim, o trabalho não termina, as engrenagens dentro das engrenagens, pulgas grandes com pulgas menores picando-os, sei lá, venham por aqui.

Da sala, com as cadeiras feias, o sofá igualmente feio e a televisão de tela plana velha, eles entraram em um corredor com tapete azul grosso; na

Parte de Trás, as crianças às vezes caíam e batiam as cabecinhas valiosas. As rodas do carrinho deixaram marcas. Era bastante parecido com um corredor na Parte da Frente da ala residencial, exceto pelas trancas nas portas, que estavam todas fechadas. Atrás de uma delas, a sra. Sigsby ouviu batidas e gritos abafados de "Me deixa sair!" e "Pelo menos me deem uma porra de uma aspirina!".

— Iris Stanhope — disse Heckle. — Ela não está se sentindo bem hoje, infelizmente. O lado bom é que vários dos recém-chegados estão aguentando incrivelmente bem. Vamos ter outro filme esta noite, sabe. E fogos amanhã. — Ele deu uma risadinha e tocou no canto da boca, lembrando (grotescamente) à sra. Sigsby de Shirley Temple.

Ela mexeu no cabelo para ver se ainda estava no lugar. Estava, claro. O que ela estava sentindo, aquela vibração na pele exposta, a sensação de que os globos oculares estavam estremecendo, não era eletricidade.

Eles passaram pela sala de exibição com os dez assentos acolchoados, ou mais. Sentados na fila da frente estavam Kalisha Benson, Nick Wilholm e George Iles. Eles estavam usando túnicas vermelhas e azuis. A garota Benson estava chupando um cigarro de jujuba; Wilholm estava fumando um de verdade, o ar em volta da cabeça cinzento de fumaça. Iles estava esfregando de leve as têmporas. Benson e Iles se viraram para olhar quando eles passaram com a carga enrolada em lona; Wilholm só continuou encarando a tela vazia. Acabaram com a rebeldia dele, pensou a sra. Sigsby, com satisfação.

O refeitório ficava depois da sala de exibição, do outro lado do corredor. Era bem menor do que a da Parte da Frente. Sempre havia mais crianças lá, mas, quanto mais tempo elas passavam na Parte de Trás, menos comiam. A sra. Sigsby achava que era o que poderia ser chamado de ironia. Havia três crianças presentes, duas comendo algo que parecia ser aveia e a outra, uma garota de uns doze anos, simplesmente sentada com a tigela inteira à frente. Mas, quando os viu passando com o carrinho, ela se animou.

— Oi! O que trouxe vocês aqui? É uma pessoa morta? É, não é? O nome dela era Morris? Que nome estranho pra uma garota. Talvez seja Morin. Posso ver? Os olhos dela estão abertos?

— Aquela é a Donna — disse Heckle. — Pode ignorar. Ela vai estar no filme de hoje à noite, mas acho que vai seguir em breve. Talvez no fim desta semana. Pastos mais verdes, essas coisas. Você sabe.

A sra. Sigsby sabia. Havia a Parte da Frente, havia a Parte de Trás... e havia a parte de trás da Parte de Trás. O fim da linha. Ela botou a mão no cabelo de novo. Ainda no lugar. Claro que estava. Ela pensou em um triciclo que teve quando era muito nova, na urina descendo pela calcinha quando ela pedalava de um lado para outro da entrada de casa. Pensou em cadarços arrebentados. Pensou em seu primeiro carro, um...

— Foi um Valium! — gritou a garota chamada Donna. Ela deu um pulo e derrubou a cadeira. As outras duas crianças olharam para ela com expressões vazias, uma delas suja de aveia no queixo. — Um Plymouth Valium, eu sei isso! Ah, Deus, eu quero ir pra *casa*! Ah, Deus, faz minha cabeça *parar*!

Dois cuidadores de uniforme vermelho apareceram de... a sra. Sigsby não sabia de onde. Nem se importava. Eles seguraram a garota pelos braços.

— Isso mesmo, levem ela pro quarto — disse Heckle. — Mas sem comprimidos. Precisamos dela hoje à noite.

Donna Gibson, que já tinha compartilhado segredos femininos com Kalisha quando as duas ainda estavam na Parte da Frente, começou a gritar e lutar. Os cuidadores a levaram com as pontas dos tênis arrastando no tapete. Os pensamentos interrompidos na mente da sra. Sigsby primeiro ficaram fracos e depois sumiram. Mas a vibração na pele, até nas obturações nos dentes, permaneceu. Ali, era constante, como o zumbido das luzes fluorescentes no corredor.

— Tudo bem? — perguntou Stackhouse à sra. Sigsby.

— Sim. — Só me tira daqui.

— Sinto o mesmo. Se serve de consolo.

Não servia.

— Trevor, você pode me explicar por que corpos indo para o crematório têm que passar pelo meio da ala residencial das crianças?

— Tem um monte de feijão na Feijãolândia — respondeu Stackhouse.

— O quê? — perguntou a sra. Sigsby. — O que você disse?

Stackhouse balançou a cabeça como se quisesse pensar com clareza.

— Desculpe. Isso surgiu na minha cabeça...

— Sim, sim — disse Hallas. — Tem muitas... hã, vamos dizer *transmissões soltas* no ar hoje.

— Eu sei disso — disse Stackhouse. — Precisei botar pra fora, só isso. Foi como...

— Engasgar com comida — disse o dr. Hallas com segurança. — A resposta para a sua pergunta, sra. Sigsby, é... *ninguém sabe.* — Ele riu e tocou no canto da boca.

Só me tira daqui, pensou ela novamente.

— Dr. Hallas, onde está a dra. James?

— Nos aposentos dela. Não está se sentindo bem hoje, infelizmente. Mas ela manda lembranças. Espera que você esteja bem, tudo perfeito, a vida cor-de-rosa, essas coisas. — Ele sorriu e fez aquela cara de Shirley Temple de novo: *sou um fofo, não sou?*

8

Na sala de exibição, Kalisha tirou o cigarro dos dedos de Nicky, deu uma baforada final no cotoco sem filtro, jogou-o no chão e pisou. Em seguida, passou o braço pelos ombros dele.

— Ruim?

— Já foi pior.

— O filme vai fazer melhorar.

— É. Mas sempre tem o dia de amanhã. Agora sei por que meu pai ficava tão rabugento quando estava de ressaca. E você, Sha?

— Estou bem. — E estava mesmo. Só tinha um latejar leve acima do olho esquerdo. À noite, passaria. Amanhã, voltaria, e não seria leve. Amanhã seria a dor que faria as ressacas sofridas pelo pai de Nicky (e pelos pais dela de tempos em tempos) parecerem divertidas; um latejar forte e regular, como se algum elfo demoníaco estivesse preso dentro da cabeça dela, martelando o crânio em um esforço para sair. Até isso, ela sabia, não era tão ruim quanto poderia ser. As dores de cabeça de Nicky eram piores, as de Iris piores ainda, e demorava cada vez mais para a dor passar.

George era quem tinha sorte; apesar do TC forte, até agora ele quase não tinha sentido dor. Uma dorzinha nas têmporas, segundo ele, e na parte de trás da cabeça. Mas ficaria pior. Sempre ficava, pelo menos até finalmente acabar. E depois? Ala A. O zumbido. A vibração. A parte de trás da Parte de Trás. Kalisha ainda não estava ansiosa por isso, a ideia de ser apagada como pessoa ainda a apavorava, mas isso mudaria. Para Iris, já tinha mudado; na maior parte do tempo, ela parecia um zumbi de *The Walking Dead*. Helen Simms tinha articulado bem os sentimentos de Kalisha sobre a Ala A quando disse que qualquer coisa era melhor do que as luzes Stasi e a dor de cabeça lancinante que nunca passava.

George se inclinou para a frente, olhando para ela além de Nick com olhos brilhantes que ainda estavam relativamente livres de dor.

— Ele saiu — sussurrou ele. — Se concentra nisso. E aguenta.

— A gente vai aguentar — disse Kalisha. — Não vai, Nick?

— Vamos tentar — disse Nick e conseguiu dar um sorriso. — Se bem que a ideia de um cara tão ruim no basquete como o Luke Ellis trazendo a cavalaria parece muito absurda.

— Ele pode ser ruim no basquete, mas é bom no xadrez — disse George. — Não o menospreze.

Um dos cuidadores de azul apareceu na porta aberta da sala de exibição. Os cuidadores da Parte da Frente usavam crachá, mas ali nenhum deles usava. Ali, os cuidadores eram intercambiáveis. E também não havia técnicos, só os dois médicos da Parte de Trás e às vezes o dr. Hendricks; Heckle, Jeckle e Donkey Kong. O Trio Terrível.

— Acabou o tempo livre. Se vocês não forem comer, voltem para os quartos.

O antigo Nicky talvez tivesse mandado aquele babaca musculoso ir se foder. A nova versão só se levantou cambaleante, segurando-se em uma cadeira para não cair. Kalisha ficava de coração partido de vê-lo desse jeito. O que foi tirado de Nicky era, de certa forma, pior do que assassinato. De *muitas* formas.

— Vem — disse ela. — Nós vamos juntos. Certo, George?

— Bom — disse George —, eu estava planejando ver a matinê de *Jersey Boys* hoje à tarde, mas já que vocês insistem.

Aqui estamos, os três mosqueteiros fodidos, pensou Kalisha.

No corredor, o zumbido estava bem mais alto. Sim, ela sabia que Luke tinha saído, Avery tinha lhe contado, e isso era bom. Os babacas arrogantes ainda nem tinham descoberto sobre a fuga e isso era ainda melhor. Mas as dores de cabeça faziam a esperança parecer menos esperançosa. Mesmo quando as dores passavam, você ficava esperando que voltassem, o que era uma outra vertente do inferno. E o zumbido vindo da Ala A fazia a esperança parecer irrelevante, o que era horrível. Ela nunca se sentira tão solitária e encurralada.

Mas preciso aguentar o máximo que puder, pensou ela. Não importa o que façam conosco com aquelas luzes e os malditos filmes, eu tenho que aguentar. Tenho que manter a cabeça.

Eles andaram lentamente pelo corredor sob vigilância do cuidador, não como adolescentes, mas como inválidos. Ou velhos que estavam passando as últimas semanas de vida em uma casa de repouso desagradável.

9

Guiados pelo dr. Everett Hallas, a sra. Sigsby e Stackhouse passaram ao lado das portas fechadas identificadas como Ala A, com Stackhouse empurrando o carrinho. Não havia gritos nem berros vindos de trás das portas fechadas, mas aquela sensação de estar em um campo elétrico ficou ainda mais forte; percorria a pele como pés de ratos invisíveis. Stackhouse também sentiu. Sua mão que não estava ocupada empurrando o carro fúnebre improvisado de Maureen Alvorson estava esfregando a cabeça careca.

— Pra mim, sempre parecem teias — disse ele. — Você não sente? — perguntou, se virando para Heckle.

— Estou acostumado — disse ele, e tocou no canto da boca. — É um processo de assimilação. — Ele parou. — Não, essa não é a palavra certa. *Aclimação*, eu acho. Ou é aclimatização? Pode ser qualquer uma das duas.

A sra. Sigsby foi tomada de uma curiosidade quase exótica.

— Dr. Hallas, quando é seu aniversário? Você se lembra?

— É dia nove de setembro. E sei o que você está pensando. — Ele olhou para trás, para a porta com o escrito em vermelho que dizia Ala A, e depois para a sra. Sigsby. — Mas estou bem.

— Nove de setembro — disse ela. — Então você é de... que signo? Libra?

— Aquário — disse Heckle, olhando para ela de um jeito provocador que dizia *Você não me engana tão fácil, moça*. — Quando a lua está na sétima casa, Mercúrio se alinha com Marte e tal. Se abaixe, sr. Stackhouse. O teto é baixo aqui.

Eles passaram por um corredor curto e escuro, desceram um lance de escadas com Stackhouse freando o carrinho na frente e a sra. Sigsby o controlando de trás, e chegaram a outra porta fechada. Heckle usou o cartão magnético e eles entraram em uma sala circular desconfortavelmente quente. Não havia móveis, mas uma parede tinha uma placa emoldurada: LEMBREM-SE QUE ELES FORAM HERÓIS. Estava embaixo de um vidro sujo e manchado que precisava imensamente de uma borrifada de limpa-vidros. Do outro lado da sala, na metade de uma parede áspera de cimento, havia uma portinhola de aço, como se fosse de um frigorífico industrial. À esquerda disso havia uma telinha pequena, que no momento não exibia nada. À direita havia um par de botões, um vermelho e um verde.

Aqui, pensamentos interrompidos e fragmentos de memória que incomodavam a sra. Sigsby sumiram e a dor de cabeça fugitiva que estava surgindo nas suas têmporas diminuiu um pouco. Isso era ótimo, mas ela mal podia esperar para sair. Ela quase nunca visitava a Parte de Trás porque sua presença não era necessária; o comandante de um exército raramente precisava visitar as linhas de frente enquanto a guerra estivesse indo bem. E, mesmo que ela estivesse se sentindo melhor, estar naquela sala vazia ainda era horrível.

Hallas também pareceu melhor, não mais o Heckle, mas o homem que tinha passado vinte e cinco anos como médico do exército e havia ganhado uma Estrela de Bronze. Ele estava empertigado e tinha parado de levar o dedo ao canto da boca. Seus olhos estavam claros e suas perguntas foram concisas.

— Ela está usando joias ou bijuterias?

— Não — disse a sra. Sigsby, pensando na aliança que Alvorson não tinha mais na mão.

— Imagino que ela ainda esteja vestida?

— Claro. — A sra. Sigsby ficou estranhamente ofendida com a pergunta.

— Vocês checaram os bolsos dela?

Ela olhou para Stackhouse. Ele fez que não.

— E querem? Esse é o momento, se quiserem.

A sra. Sigsby pensou na ideia e a descartou. A mulher tinha deixado o bilhete suicida na parede do banheiro e a bolsa estaria no armário. Isso teria que ser verificado, era questão de rotina, mas ela não desembrulharia

301

o corpo da faxineira e exporia a língua para fora de novo só para encontrar um protetor labial, antiácido e uns lenços de papel.

— Eu, não. E você, Trevor?

Stackhouse balançou a cabeça novamente. Ele estava sempre bronzeado, mas naquele momento parecia pálido. A caminhada pela Parte de Trás havia cobrado um preço dele também. Talvez nós devêssemos fazer isso com mais frequência, pensou ela. Para manter contato com o processo. E então pensou no dr. Hallas afirmando que era de aquário e Stackhouse dizendo que tinha um monte de feijões na Feijãolândia. Ela decidiu que manter contato com o processo era uma ideia ruim. A propósito, dia nove de setembro fazia Hallas ser de libra? Isso não parecia exatamente correto. Não seria virgem?

— Vamos acabar com isso — disse ela.

— Tudo *beleza*, então — disse o dr. Hallas, abrindo um sorriso de orelha a orelha que era todo Heckle. Ele puxou a maçaneta da portinhola de aço e a abriu. Lá dentro só havia escuridão, um cheiro de carne cozida e uma esteira suja de fuligem que descia para a escuridão.

A placa precisa ser limpa, pensou a sra. Sigsby. E a esteira precisa ser esfregada antes que fique coberta e acabe quebrando. Mais descuido.

— Espero que você não precise de ajuda para levantá-la — disse Heckle, ainda com o sorriso de apresentador de tv. — Estou meio fraco hoje. Não comi meu cereal de manhã.

Stackhouse ergueu o corpo embrulhado e o colocou na esteira. A parte de baixo da lona se abriu e revelou um sapato. A sra. Sigsby sentiu vontade de se afastar daquela sola gasta, mas reprimiu o sentimento.

— Alguma palavra final? — perguntou Hallas. — Viva e tchau? Foi bom enquanto durou?

— Não seja idiota — disse a sra. Sigsby.

O dr. Hallas fechou a porta e apertou o botão verde. A sra. Sigsby ouviu um estalo e um gemido quando a esteira suja começou a se mover. Quando isso parou, Hallas apertou o botão vermelho. A tela ganhou vida e pulou de 90 para 200 para 400 para 900 e finalmente para 1700.

— Bem mais potente do que um crematório comum — disse Hallas. — E bem mais rápido, mas ainda demora um pouco. Podem ficar, se quiserem; posso guiar vocês pelo passeio completo. — Ainda com aquele sorriso largo.

— Hoje, não — disse a sra. Sigsby. — Ocupada demais.

— Foi o que pensei. Em outra ocasião, talvez. Vemos vocês tão pouco, mas estamos sempre abertos e em funcionamento.

10

Enquanto Maureen Alvorson estava começando a descida final, Stevie Whipple estava comendo macarrão com queijo no refeitório da Parte da Frente. Avery Dixon segurou-o pelo braço rechonchudo e sardento.

— Vem pro parquinho comigo.

— Ainda não acabei de comer, Avery.

— Não ligo. — Ele baixou a voz. — É importante.

Stevie comeu uma garfada grande, limpou a boca com as costas da mão e seguiu Avery. O parquinho estava deserto, exceto por Frieda Brown, que encontrava-se sentada no asfalto em volta da cesta de basquete desenhando personagens com giz. Até que os desenhos eram bons. Todos os personagens eram sorridentes. Ela não olhou para os garotos quando eles passaram.

Quando eles chegaram ao alambrado, Avery apontou para a vala na terra e no cascalho. Stevie arregalou os olhos.

— O que fez isso? Uma marmota, ou algo do tipo? — Ele olhou em volta como se esperasse ver uma marmota, talvez com raiva, escondida sobre a cama elástica ou encolhida embaixo da mesa de piquenique.

— Não foi uma marmota, não — disse Avery.

— Aposto que você consegue passar por aí, Aves. Pra fugir.

Não ache que não passou pela minha cabeça, pensou Avery, *mas eu provavelmente me perderia na floresta. Mesmo que não me perdesse, o barco não está mais lá.*

— Não importa. Você precisa me ajudar a preencher a vala de volta.

— Por quê?

— Só porque sim. E não fale fogir, é coisa de ignorante. *U*, Stevie. *Fugir.*
— E era isso que seu amigo tinha feito, que Deus o protegesse e abençoasse. Onde ele estava agora? Avery não fazia ideia. Tinha perdido contato.

— *Fugir* — disse Stevie. — Entendi.

— Maravilha. Agora, me ajuda.

Os garotos se ajoelharam e começaram a encher a depressão debaixo da cerca, empurrando com as mãos e levantando uma nuvem de poeira. Era trabalho puxado e logo os dois estavam suando. O rosto de Stevie estava vermelho.

— O que vocês estão fazendo?

Eles olharam. Era Gladys, o habitual sorriso largo fora de vista.

— Nada — disse Avery.

— Nada — concordou Stevie. — Só brincando com terra. Você sabe como é, a terra poeirenta.

— Me deixem ver. Saiam daí. — E, como nenhum dos dois se mexeu, ela chutou a lateral do corpo de Avery.

— *Ai!* — gritou ele, se encolhendo. — *Ai, isso dói!*

— O que houve, você está naqueles dias, por a... — Mas ele também ganhou um chute bem alto, no ombro.

Gladys olhou para a vala, preenchida apenas parcialmente, depois para Frieda, ainda absorta em sua atividade artística.

— Você fez isso?

Frieda fez que não sem levantar o olhar.

Gladys pegou o walkie-talkie no bolso da calça branca e apertou um botão.

— Sr. Stackhouse? Aqui é Gladys para o sr. Stackhouse.

Houve uma pausa.

— Aqui é Stackhouse. Pode falar.

— Acho que você deveria vir ao parquinho o mais rápido possível. Tem uma coisa que precisa ver. Pode não ser nada, mas não estou gostando.

11

Depois de notificar o chefe de segurança, Gladys chamou Winona para levar os dois garotos para seus quartos. Eles deveriam ficar lá até receberem permissão de sair.

— Não sei nada sobre aquele buraco — disse Stevie com mau humor. — Achei que tinha sido uma marmota.

Winona o mandou calar a boca e levou os garotos para dentro.

Stackhouse chegou com a sra. Sigsby. Ela se inclinou e ele se agachou, primeiro olhando para o vão embaixo da cerca, depois para a cerca em si.

— Ninguém conseguiria passar por aí — disse a sra. Sigsby. — Bom, talvez o Dixon, ele não é muito maior do que eram as gêmeas Wilcox, mas só ele.

Stackhouse afastou um pouco a mistura de pedras e terra que os dois garotos tinham jogado, aumentando o vão para um buraco.

— Tem certeza disso?

A sra. Sigsby percebeu que estava mordendo o lábio e se obrigou a parar. A ideia é ridícula, pensou ela. Nós temos câmeras, temos microfones, temos os cuidadores e os zeladores e as faxineiras, nós temos seguranças. Tudo para cuidar de um bando de crianças tão apavoradas que não espantariam uma mosca.

Claro, havia Wilholm, que definitivamente *espantaria* uma mosca, e houve alguns outros como ele ao longo dos anos. Ainda assim...

— Julia. — A voz bem baixa.

— O quê?

— Se abaixa aqui comigo.

Ela começou a se abaixar, mas viu a garota Brown olhando para eles.

— Entra — disse ela rispidamente. — Neste segundo.

Frieda entrou correndo, limpando as mãos sujas de giz e deixando os personagens sorridentes para trás. Quando a garota entrou na sala, a sra. Sigsby viu um grupinho de crianças aglomeradas, espiando. Onde estavam os cuidadores quando se precisava deles? Na sala de descanso, fofocando com uma das equipes de extração? Contando piadas su...

— Julia!

Ela se apoiou em um joelho e fez uma careta quando um pedaço de cascalho pontudo a machucou.

— Tem sangue na cerca. Está vendo?

Ela não queria, mas estava vendo. Sim, era sangue. Seco e marrom, mas sangue, definitivamente.

— Agora, olhe aqui.

Ele colocou um dedo por um dos vãos do alambrado e apontou para um arbusto parcialmente arrancado. Havia sangue nele também. Quando a sra. Sigsby olhou para aqueles pontos, pontos que ficavam *do lado de fora*, seu estômago se embrulhou e, por um momento alarmante, ela pensou que ia molhar a calça, como tinha acontecido naquele triciclo tanto tempo atrás. Ela pensou no Telefone Zero e viu sua vida como chefe do Instituto (porque era exatamente isso, não seu emprego, mas sua vida) desaparecendo por ele. O que o homem com ceceio do outro lado diria se ela tivesse que ligar e dizer para ele que, no que deveria ser a instalação mais secreta e segura do país, sem mencionar a mais *vital* do país, uma criança tinha fugido *passando embaixo de uma cerca?*

Eles diriam que era o fim dela, claro. O fim.

— Os residentes estão todos aqui — disse ela em um sussurro rouco. Ela segurou o pulso de Stackhouse, as unhas afundando na pele. Ele pareceu não notar. Ainda estava olhando para o arbusto parcialmente arrancado como se estivesse hipnotizado. Aquilo era tão ruim para ele quanto para ela. Não pior, não *havia* pior, mas tão ruim quanto. — Trevor, *eles estão todos aqui.* Eu verifiquei.

— Talvez seja melhor verificar de novo. Você não acha?

Daquela vez, ela estava com o walkie-talkie (pensamentos de trancar a porta do celeiro depois que o gado foi roubado surgiram na mente dela), então apertou o botão.

— Zeke. Aqui é a sra. Sigsby, para Zeke. — É melhor você estar aí, Ionidis. É melhor estar.

Ele estava.

— Aqui é Zeke, sra. Sigsby. Estou verificando Alvorson, o sr. Stackhouse me mandou fazer isso porque Jerry está de folga e Andy não está aqui, e falei com o vizinho da casa ao lad…

— Isso não importa agora. Olhe os localizadores para mim de novo.

— Certo. — Ele pareceu cauteloso de repente. Deve ter ouvido a tensão na minha voz, pensou ela. — Espere, está tudo lento hoje… mais dois segundos…

Ela sentiu como se fosse gritar. Stackhouse ainda estava olhando pela cerca, como se esperasse que uma porra de hobbit mágico aparecesse para explicar tudo.

— Certo — disse Zeke. — Quarenta e um residentes, todos presentes.

Seu rosto foi tomado de alívio.

— Que bom, isso é bom. É muito…

Stackhouse pegou o walkie-talkie da mão dela.

— Onde eles estão no momento?

— Hã... ainda tem vinte e oito na Parte de Trás, agora quatro na sala da Ala Leste... três no refeitório... dois no quarto... três no corredor...

Esses três eram Dixon, Whipple e a garota artista, pensou a sra. Sigsby.

— E um no parquinho — terminou Zeke. — Quarenta e um. Como falei.

— Espera aí, Zeke. — Stackhouse olhou para a sra. Sigsby. — Você está vendo alguma criança no parquinho?

Ela não respondeu. Não precisava.

Stackhouse ergueu novamente o walkie-talkie.

— Zeke?

— Sim, sr. Stackhouse. Estou aqui.

— Você pode indicar a localização exata da criança no parquinho?

— Hã... vou dar um zoom... tem um botão para isso...

— Não se dê ao trabalho — disse a sra. Sigsby. Ela tinha avistado um objeto cintilando no sol do começo da tarde. Foi até a quadra de basquete, parou na linha de falta e o pegou. Voltou até o chefe de segurança e esticou a mão. Na palma, havia um pedaço de lóbulo de orelha com o rastreador ainda inserido.

— Contagem de cabeças — disse ela. — No refeitório. Agora.

Dez minutos depois, eles sabiam quem tinha fugido por debaixo da cerca.

12

Os residentes da Parte da Frente receberam ordem de voltar para o quarto e ficar lá. Se alguém fosse pego no corredor, seria severamente punido. A força de segurança do Instituto era de quatro pessoas, contando com o próprio Stackhouse. Dois desses homens estavam no vilarejo do Instituto e foram rapidamente para lá, usando a pista de carrinhos de golfe que Maureen esperava que Luke encontrasse e que ele não encontrou por menos de trinta metros. O terceiro integrante da equipe de Stackhouse estava em Dennison River Bend. Stackhouse não tinha intenção de esperar que ela aparecesse. Denny Williams e Robin Lecks da equipe Vermelho Rubi estavam presentes, esperando a próxima missão, e estavam dispostos a ajudar. Dois grandalhões se juntaram a eles: Joe Brinks e Chad Greenlee.

— O garoto de Minnesota — disse Denny quando o improvisado grupo de busca foi montado e a história foi revelada. — O que trouxemos mês passado.

— Isso mesmo — concordou Stackhouse. — O garoto de Minnesota.

— E você diz que ele arrancou o rastreador da orelha? — perguntou Robin.

— O corte foi um pouco mais limpo do que isso. Acho que usou uma faca.

— Precisou de coragem, de qualquer forma — disse Denny.

— Quero ver essa *coragem* quando a gente pegar ele — disse Joe. — Ele não briga como Wilholm brigava, mas tem uma expressão de foda-se nos olhos.

— Ele deve estar vagando pela floresta, tão perdido que é capaz de nos abraçar quando encontrarmos ele — disse Chad. Ele fez uma pausa. — *Se* encontrarmos. Tem muitas árvores por aí.

— Ele estava com a orelha sangrando e provavelmente com as costas também, por ter passado embaixo da cerca — disse Stackhouse. — Deve ter ficado com sangue nas mãos também. Vamos seguir a trilha de sangue até onde pudermos.

— Seria bom se tivéssemos um cachorro — disse Denny Williams. — Um sabujo ou um bluetick.

— Seria bom se ele não tivesse escapado — disse Robin. — Por baixo da cerca, é? — Ela quase riu, mas viu o rosto tenso de Stackhouse, os olhos furiosos, e pensou melhor.

Rafe Pullman e John Walsh, os dois seguranças do vilarejo, chegaram naquele momento.

— Nós não vamos matar ele, entendam isso, mas *vamos* dar um puta choque nesse merdinha quando o encontrarmos.

— *Se* o encontrarmos — repetiu Chad, o cuidador.

— Nós vamos encontrar — disse Stackhouse. Porque, se não encontrarmos, estou ferrado. Esse lugar todo provavelmente estará ferrado.

— Vou voltar pro escritório — disse a sra. Sigsby.

Stackhouse a segurou pelo cotovelo.

— Pra fazer o quê?

— Pensar.

— Isso é bom. Pense o quanto quiser, mas nada de ligações. Estamos de acordo nisso?

A sra. Sigsby olhou para ele com desprezo, mas a maneira como estava mordendo o lábio sugeria que talvez também estivesse com medo. Se sim, eles eram dois.

— Claro.

Mas, quando chegou ao escritório, no bendito silêncio refrigerado do escritório, ela teve dificuldade de pensar. Seus olhos ficavam se desviando para a gaveta trancada. Como se dentro dela não houvesse um telefone, mas uma granada de mão.

13

Três da tarde.

Nenhuma novidade vinda dos homens que estavam caçando Luke Ellis na floresta. Muita comunicação, sim, mas nenhuma novidade. Todos os integrantes da equipe do Instituto foram notificados da fuga; todos tinham que contribuir. Alguns se juntaram ao grupo de busca. Outros estavam passando o pente fino no vilarejo do Instituto, olhando os alojamentos vazios, procurando o garoto ou algum sinal de que ele tinha passado por lá. Todos os veículos pessoais estavam no local. Os carrinhos de golfe que os funcionários às vezes usavam para se deslocar estavam em seus lugares. Os agentes de Dennison River Bend que trabalhavam para eles, inclusive dois integrantes da pequena força policial da cidade, foram alertados e receberam a descrição de Ellis, mas ninguém o tinha visto.

Com Alvorson, *havia* novidades.

Ionidis mostrou uma iniciativa e uma astúcia das quais Jerry Symonds e Andy Fellowes, os técnicos de TI, não seriam capazes. Primeiro usando o Google Earth e depois um aplicativo localizador de celulares, Zeke fez contato com a vizinha na pequena cidade de Vermont onde Alvorson ainda tinha residência. Ele se apresentou para essa vizinha como agente da receita federal e ela acreditou sem pensar duas vezes. Sem demonstrar a típica reticência ianque, ela contou a ele que Maureen tinha pedido que ela fosse testemunha de vários documentos na última vez que foi em casa. Uma advogada estava presente. Os documentos eram endereçados a várias agências de cobrança. O advogado chamou os documentos de formulários C e D, que a vizinha interpretou corretamente como significando cessar e desistir.

— As cartas eram sobre os cartões de crédito do marido — disse a vizinha para Zeke. — Mo não explicou, mas não foi preciso. Eu não nasci ontem. Ela estava pagando as contas daquele cretino. Se a receita federal quiser processá-la por isso, é melhor processar logo. Ela estava com uma aparência bastante doente.

A sra. Sigsby achou que a vizinha de Vermont tinha acertado. A pergunta era por que Alvorson faria aquilo daquele jeito; era como enxugar gelo. Todos os funcionários do Instituto sabiam que, se estivessem em alguma encrenca financeira (dívidas de jogo eram as mais comuns), eles podiam contar com empréstimos que eram quase sem juros. Aquela parte do pacote de benefícios era explicada em todas as orientações de admissão dos novos funcionários. Não era um benefício, mas uma proteção. Pessoas com dívidas podiam ficar tentadas a vender segredos.

A explicação mais simples para esse comportamento era orgulho, talvez misturado com uma vergonha de ter sido feita de trouxa pelo marido que a abandonou, mas a sra. Sigsby não aceitava. A mulher estava perto do fim da vida e devia saber disso havia um tempo. Tinha decidido limpar as mãos, e pegar dinheiro da organização que as tinha sujado não era o jeito de começar. Isso parecia o certo, ou ao menos quase. Encaixava com a referência de Alvorson ao inferno.

Aquela vaca o ajudou a fugir, pensou a sra. Sigsby. Claro que ajudou, foi a ideia dela de redenção. Mas não posso interrogá-la sobre isso, ela se certificou de que não pudesse. Claro que sim, ela conhece nossos métodos. Então, o que eu faço? O que *vou* fazer se aquele garoto espertalhão não estiver de volta antes de anoitecer?

Ela sabia a resposta e tinha certeza de que Trevor também sabia. Ela teria que tirar o Telefone Zero da gaveta trancada e apertar todos os três botões brancos. O homem com ceceio atenderia. Quando ela contasse que um residente tinha fugido pela primeira vez na história do Instituto, que tinha cavado uma passagem no meio da noite, por baixo da cerca, o que a pessoa diria? Noffa, finto muito? É uma pena? Não fe preocupe?

310

Porra nenhuma.

Pense, ela disse para si mesma. Pense, pense, *pense*. Para quem a faxineira encrenqueira teria contado? E para quem *Ellis* teria...

— Porra. *Porra!*

Estava na cara dela desde que o buraco embaixo da cerca foi descoberto. Ela se sentou empertigada na cadeira, os olhos arregalados, o Telefone Zero longe de seus pensamentos pela primeira vez desde que Stackhouse a chamou para relatar que a trilha de sangue desaparecera cinquenta metros depois de entrar na floresta.

Ela ligou o computador e encontrou o arquivo que queria. Clicou nele e um vídeo começou a rodar. Alvorson, Ellis e Dixon, parados perto das máquinas de lanches.

A gente pode conversar aqui. Tem microfone, mas não funciona há anos.

Luke Ellis falou na maior parte do tempo. Expressou preocupação com as gêmeas e o garoto Cross. Alvorson o acalmou. Dixon ficou perto, falando pouco, só coçando os braços e puxando o nariz.

Meu Deus, garoto, dissera Stackhouse. *Se você tem meleca pra tirar, enfia logo o dedo.* Só que agora, vendo o vídeo com novos olhos, a sra. Sigsby entendeu o que realmente tinha acontecido.

Ela fechou o laptop e apertou o botão do interfone.

— Rosalind, quero ver o garoto Dixon. Peça a Tony e Winona para trazerem ele aqui. Imediatamente.

14

Avery Dixon, usando uma camiseta do Batman e um short sujo que deixava à mostra os joelhos machucados, ficou parado na frente da mesa da sra. Sigsby, olhando para ela com medo nos olhos. Ele já era pequeno, e com Winona e Tony, um de cada lado, ele não parecia ter nem dez anos; parecia nem ter idade para estar no primeiro ano.

A sra. Sigsby abriu um sorriso apertado.

— Eu deveria ter chegado a você bem antes, Dixon. Devo estar sendo descuidada.

— Sim, senhora — sussurrou Avery.

— Então você concorda? Você acha que estou sendo descuidada?

— Não, senhora! — A língua de Avery apareceu para molhar os lábios. Mas não houve puxão no nariz, não agora.

A sra. Sigsby se inclinou para a frente, as mãos unidas.

— Se fui, o descuido acabou agora. Mudanças serão feitas. Mas primeiro, é importante... *imprescindível*... que a gente traga Luke para casa.

— Sim, senhora.

Ela assentiu.

— Estamos de acordo, isso é bom. Um bom começo. Para onde ele foi?

— Não sei, senhora.

— Acho que sabe. Você e Steven Whipple estavam enchendo o buraco pelo qual ele passou. Isso foi uma burrice. Você devia ter deixado o buraco lá.

— Nós achamos que uma marmota tinha cavado o buraco, senhora.

— Bobagem. Você sabia exatamente quem tinha feito. Seu amigo Luke. — Ela abriu as mãos na mesa e sorriu para ele. — Ele é um menino inteligente, e meninos inteligentes não saem correndo pela floresta. Passar por baixo da cerca pode ter sido ideia dele, mas ele precisava de Alvorson para explicar como era o terreno do outro lado. Ela deu as instruções para você aos poucos, cada vez que você puxava o nariz. Surgia direto na sua cabecinha talentosa, não foi? Depois, você repassou para Ellis. Não adianta negar, sr. Dixon, eu vi o vídeo da conversa. É tão evidente quanto, se você não se incomodar com uma piadinha feita por uma velha boba, tão evidente quanto o nariz no meio da sua cara. Eu devia ter percebido antes.

E Trevor, pensou ela. Ele também viu e também deveria ter percebido o que estava acontecendo. Se houver um inquérito detalhado quando isso acabar, vamos parecer incrivelmente cegos.

— Agora me conta pra onde ele foi.

— Eu não sei.

— Você está movendo os olhos, sr. Dixon. Mentirosos fazem isso. Olha pra mim. Senão, Tony vai torcer seu braço nas suas costas. E vai doer.

Ela assentiu para Tony. Ele segurou um dos pulsos finos de Avery.

Avery olhou diretamente para ela. Era difícil, porque o rosto dela era fino e assustador, o rosto de uma professora má que dizia *me conta tudo*, mas ele olhou. Lágrimas começaram a surgir e a descer pelas bochechas. Ele sempre foi chorão; suas irmãs mais velhas o chamavam de Bebê Chorão, e no pátio no recreio ele sempre foi o saco de pancadas de todo mundo. O parquinho ali era melhor. Ele sentia saudades da mãe e do pai, sentia *muitas* saudades deles, mas pelo menos ali ele tinha amigos. Harry o empurrou, mas depois ficou seu amigo. Ao menos até morrer. Até o matarem com um dos malditos testes. Sha e Helen tinham ido embora, mas a garota nova, Frieda, era legal com ele e o deixou vencer no basquete. Só uma vez, mas mesmo assim. E Luke. Ele era o melhor de todos. O melhor amigo que Avery já tivera.

— Pra onde Alvorson mandou ele ir, sr. Dixon? Qual era o plano?

— Não sei.

A sra. Sigsby assentiu para Tony, que girou o braço de Avery nas costas dele e puxou o pulso quase até as omoplatas. A dor foi absurda. Avery gritou.

— Pra onde ele foi? Qual era o plano?

— *Eu não sei!*

— Solta ele, Tony.

Tony o soltou e Avery caiu de joelhos, chorando.

— Isso doeu muito, não me machuca mais, por favor. — Ele pensou em acrescentar *não é justo*, mas que importância davam aquelas pessoas ao que era justo? Nenhuma, essa era a verdade.

— Eu não quero — disse a sra. Sigsby. Era uma verdade débil, para dizer o mínimo. Se fosse ser honesta, os anos passados no escritório a tinham acostumado ao sofrimento de crianças. E, embora a placa do crematório estivesse certa — eles eram heróis, ainda que fosse um heroísmo relutante —, algumas crianças eram verdadeiros testes de paciência. Às vezes testavam até a paciência falhar.

— Eu não sei pra onde ele foi, de verdade.

— Quando as pessoas sentem a necessidade de afirmar que estão falando a verdade, isso quer dizer que não estão. Já passei por isso algumas vezes e sei bem. Então, me conta: para onde ele foi e qual era o plano?

— Eu não sei!

— Tony, levanta a camisa dele. Winona, seu taser. No médio.

— Não! — gritou Avery, tentando se afastar. — O bastão elétrico, não! Por favor, o bastão elétrico, não!

Tony o segurou pela cintura e levantou a sua camisa. Winona posicionou o bastão elétrico acima do umbigo e disparou. Avery berrou. As pernas tremeram e o mijo molhou o tapete.

— Para onde ele foi, sr. Dixon? — O rosto do garoto estava inchado e sujo de catarro, havia círculos escuros embaixo dos olhos, ele tinha molhado a calça, mas o pestinha não cedeu. A sra. Sigsby não conseguia acreditar. — Pra onde ele foi e qual era o plano?

— *Eu não sei!*

— Winona? De novo. No médio.

— Senhora, tem c…

— Um pouco mais alto desta vez, por favor. Embaixo do plexo solar.

Os braços de Avery estavam cobertos de suor e ele se soltou das mãos de Tony, quase tornando uma situação horrível ainda pior: ele teria voado pelo escritório como um passarinho preso em uma garagem, derrubando coisas e batendo em paredes, mas Winona o fez tropeçar e o puxou pelos braços para que ficasse de pé. E foi Tony quem usou o taser. Avery gritou e ficou inerte.

— Ele desmaiou? — perguntou a sra. Sigsby. — Se tiver desmaiado, chame o dr. Evans aqui pra dar uma injeção. Precisamos de respostas. E rápido.

Tony segurou uma das bochechas de Avery (gorduchas quando ele tinha chegado e bem mais magras agora) e deu um beliscão. Avery abriu os olhos.

— Ele não desmaiou.

— Sr. Dixon, a dor é desnecessária. Me conte o que quero saber e vou parar. Pra onde ele foi? Qual era o plano? — disse a sra. Sigsby.

— Não sei — sussurrou Avery. — Não sei mesmo mesmo mesm…

— Winona? Tire a calça do sr. Avery e encoste o taser nos testículos. Força total.

Embora Winona fosse capaz de dar tapas em um residente com a mesma facilidade com que olhava para ele, essa ordem claramente a desagradou. Ainda assim, botou a mão na cintura da calça dele. Foi quando Avery cedeu.

— Tá bom! Tá bom! Vou contar! Só não me machuca mais!

— Isso é um alívio pra nós dois.

— Maureen falou pra ele seguir pelo bosque. Disse que podia ser que ele encontrasse uma pista de carrinhos de golfe, mas que era pra seguir em frente mesmo que ele não achasse. Ela disse que ele veria luzes, principalmente uma amarela bem forte. Ela disse que quando ele chegasse nas casas, tinha que seguir a cerca até achar um cachecol amarrado num arbusto ou

314

numa árvore, não lembro qual dos dois. Ela disse que tinha um caminho depois disso... ou uma estrada... também não me lembro direito. Mas ela disse que levaria ele até o rio. Disse que tinha um barco.

Ele parou. A sra. Sigsby assentiu e abriu um sorriso benigno, mas, por dentro, seu coração estava batendo no triplo da velocidade. Isso era uma notícia ao mesmo tempo boa e ruim. O grupo de busca de Stackhouse podia parar de rodar pela floresta, mas um barco? Ellis tinha ido até o *rio*? E estava horas à frente deles.

— E depois, sr. Dixon? Onde ela falou para ele sair do rio? Em Bend, não é? Dennison River Bend?

Avery balançou a cabeça e se obrigou a olhar diretamente para ela, os olhos arregalados com uma sinceridade apavorada.

— Não, ela disse que era perto demais, disse pra ele ficar no rio até Presque Isle.

— Ótimo, sr. Dixon, pode voltar para o seu quarto. Mas, se eu descobrir que você mentiu...

— Estarei encrencado — disse Avery, limpando as lágrimas nas bochechas com mãos trêmulas.

Ao ouvir isso, a sra. Sigsby riu.

— Você leu minha mente — disse ela.

15

Cinco horas da tarde.

Ellis tinha fugido havia pelo menos dezoito horas, talvez mais. As câmeras do parquinho não gravaram, então era impossível saber com certeza. A sra. Sigsby e Stackhouse estavam na sala dela, monitorando desenvolvimentos e ouvindo os relatos dos agentes. Havia gente assim por todo o país. Na maior parte das vezes, os agentes do Instituto só faziam trabalho básico: ficavam de olho em crianças com BDNF alto e compilavam informações sobre seus amigos, familiares, vizinhos, situação de escola. E suas casas, claro. Tudo sobre suas casas, principalmente alarmes. Toda aquela informação era útil para as equipes de extração quando a hora chegasse. Eles também ficavam de olho para ver se encontravam crianças especiais que não estivessem no radar do Instituto. Surgiam algumas assim de tempos em tempos. A testagem de BDNF, junto com o teste do pezinho e a pontuação Apgar, eram rotina para bebês nascidos em hospitais americanos, mas claro que nem todos os bebês nasciam em hospitais, e muitos pais, como os do cada vez mais forte movimento antivacinas, ignoravam os testes.

Esses agentes não tinham ideia de quem eram seus superiores e nem de qual era o propósito; muitos supunham (incorretamente) que era algum tipo de Grande Irmão do governo americano. A maioria simplesmente recebia a renda extra de quinhentos dólares por mês, fazia seus relatórios quando relatórios tinham que ser feitos e não faziam perguntas. Claro que de vez em quando alguém *fazia* perguntas, e esse alguém descobria que, além de matar o gato, a curiosidade também matava a renda mensal adicional.

A maior concentração de agentes, quase cinquenta, ficava na área em volta do Instituto, e encontrar crianças talentosas não era sua maior preo- cupação. O principal trabalho desses agentes era ficar atento para pessoas que faziam as perguntas que podiam trazer problemas. Eram detonadores, um sistema de alerta precoce.

Stackhouse tomou o cuidado de avisar uns seis agentes em Dennison River Bend, só para o caso de o garoto Dixon estar enganado ou mentindo ("Ele não estava mentindo, eu saberia", insistiu a sra. Sigsby), mas enviou a maioria para a área de Presque Isle. Um deles ficou com a tarefa de contatar a polícia de PI e dizer que tinha quase certeza de que tinha visto um garoto que apareceu em um noticiário da CNN. O garoto, de acordo com a notícia, era procurado para interrogatório sobre o assassinato dos pais. O nome dele era Luke Ellis. O agente disse para a polícia que não tinha certeza se era o garoto, mas que era parecido, e que ele tinha pedido dinheiro de um jeito ameaçador e desconexo. Tanto a sra. Sigsby quando Stackhouse sabiam que a solução ideal para o problema deles não era que a polícia pegasse o garoto fujão, mas lidar com a polícia era possível. Além do mais, qualquer coisa que Ellis contasse seria descartada como delírios de uma criança desequilibrada.

Celulares não funcionavam no Instituto e nem no vilarejo, na verdade nem em um raio de três quilômetros, então o grupo de busca usou walkie- -talkies. E *havia* as linhas fixas. Nesse momento, a da mesa da sra. Sigsby tocou. Stackhouse atendeu.

— O quê? Com quem estou falando?

Era a dra. Felicia Richardson, que tinha substituído Zeke na sala de vigilância. Estava ansiosa para ajudar. Ela também estava em risco, um fato que compreendia perfeitamente.

— Um dos nossos agentes está na linha. Um cara chamado Jean Levesque. Ele diz que encontrou o barco que Ellis usou. Quer que eu transfira para ele?

— Imediatamente!

A sra. Sigsby estava parada na frente de Stackhouse agora, as mãos erguidas, os lábios formando as palavras *O quê?*.

Stackhouse a ignorou. Houve um clique e Levesque entrou na linha. Ele tinha um sotaque carregadíssimo do Vale St. John. Stackhouse nunca o tinha visto, mas imaginou um sujeito mais velho e bronzeado com um chapéu cheio de iscas artificiais presas na aba.

— Encontrei o barquinho.

— Foi o que me disseram. Onde?

— Ficou preso na margem uns oito quilômetros depois de Presque Isle. O barquinho estava com bastante água, sim, mas o cabo do remo, que era um só, estava no banco. Deixei onde estava. Não chamei ninguém. Tem sangue no remo. Sabe, tem uma corredeira um pouco mais acima. Se o garoto que você está procurando não está acostumado com barcos, principalmente um pequeno daqueles…

— Ele pode ter caído na água — concluiu Stackhouse. — Fique onde está, vou mandar algumas pessoas. E obrigado.

— É pra isso que você me paga — disse Levesque. — Acho que não pode me contar o que ele fez, né?

Stackhouse desligou o telefone, o que era resposta suficiente para *aquela* pergunta idiota, e contou para a sra. Sigsby.

— Com sorte, o merdinha se afogou e alguém vai encontrar o corpo dele hoje ou amanhã, mas não podemos contar com isso. Quero mandar Rafe e John, que são tudo que tenho de segurança, e *isso* vai mudar quando esse problema passar, para irem correndo até Presque Isle. Se Ellis estiver a pé, é para lá que vai primeiro. Se pegar carona, ou a Polícia Estadual ou algum policial de cidade pequena vai pegá-lo e detê-lo. Ele é o garoto maluco que matou os pais, afinal, e depois fugiu até o Maine.

— Você está tão otimista quanto parece? — Ela estava realmente curiosa.

— Não.

16

Os residentes puderam sair dos quartos para jantar. Foi uma refeição silenciosa, de um modo geral. Havia vários cuidadores e técnicos presentes, rodeando os garotos como tubarões. Eles estavam tensos, mais do que prontos para distribuir porradas ou choques em qualquer um que desse alguma resposta atrevida. Mas naquele silêncio, secretamente, havia uma euforia nervosa tão forte que fez Frieda Brown se sentir meio bêbada. Acontecera uma fuga. Todos os garotos estavam felizes e nenhum queria demonstrar. Se *ela* estava feliz? Frieda não tinha tanta certeza. Parte dela estava, mas...

Avery estava sentado ao lado dela, cobrindo suas salsichas com feijão e depois as descobrindo de volta. Enterrando e exumando. Frieda não era tão inteligente quanto Luke Ellis, mas era inteligente o suficiente e sabia o que *enterrar* e *exumar* queriam dizer. O que ela não sabia era o que aconteceria se Luke falasse sobre o que acontecia ali para alguém que acreditasse nele. Especificamente, o que aconteceria a *eles*. Eles seriam libertados? Enviados para casa, para os pais? Ela tinha certeza de que era nisso que todos queriam acreditar, por isso a euforia contida, mas Frieda tinha suas dúvidas. Ela tinha apenas catorze anos, mas já era cínica. Os desenhos que ela fazia sorriam; ela, raramente. Além disso, ela sabia de uma coisa que o resto não sabia. Avery tinha sido levado para a sala da sra. Sigsby e sem dúvida tinha aberto a boca.

O que queria dizer que Luke não ia escapar.

— Você vai comer esse troço ou vai só ficar brincando?

Avery empurrou o prato para longe e se levantou. Desde que voltara da sala da sra. Sigsby, ele parecia um garoto que tinha visto um fantasma.

— Tem torta de maçã e pudim de chocolate de sobremesa — disse Frieda. — E não é que nem em casa, ao menos a minha, em que você tem que limpar o prato pra comer sobremesa.

— Não estou com fome — disse Avery, e foi embora do refeitório.

Mas, duas horas depois, quando as crianças já tinham sido mandadas de volta para os quartos (a sala e a cantina tinham sido declaradas território proibido naquela noite e a porta que levava ao parquinho estava trancada), ele foi para o quarto de Frieda de pijama, disse que estava com fome e perguntou se ela tinha alguma ficha.

— Você tá falando sério? — perguntou Frieda. — Eu acabei de chegar.

Ela tinha três fichas, mas não ia dar nenhuma para Avery. Gostava dele, mas não *tanto* assim.

— Ah. Tudo bem.

— Vai pra cama. Você não vai sentir fome se estiver dormindo e vai ser hora do café quando acordar.

— Posso dormir com você, Frieda? Agora que o Luke não está mais aqui?

— Você devia estar no seu quarto. Pode acabar arrumando problemas pra nós.

— Eu não quero dormir sozinho. Eles me machucaram. Me deram choques elétricos. E se voltarem e me machucarem mais? Pode ser que façam isso se descobrirem…

— O quê?

— Nada.

Ela pensou. Pensou em muitas coisas, na verdade. Uma excelente pensadora era Frieda Brown de Springfield, Missouri.

— Bom… tudo bem. Deita na cama. Vou ficar acordada mais um pouco. Tem um programa na televisão sobre animais selvagens que quero ver. Você sabia que alguns animais selvagens comem seus próprios bebês?

— É mesmo? — Avery pareceu abalado. — Que coisa triste.

Ela deu um tapinha no ombro dele.

— Só se não tiver comida suficiente. Na maioria das vezes, eles não fazem isso.

— Ah. Ah, que bom.

— É. Agora, deita na cama e fica em silêncio. Odeio quando as pessoas ficam falando na hora que estou tentando ver um programa.

Avery se deitou na cama. Frieda assistiu ao programa sobre animais selvagens. Um jacaré lutou com um leão. Talvez fosse um crocodilo. De qualquer modo, era interessante. E Avery era interessante. Porque Avery tinha um segredo. Se ela fosse um TP forte como ele, já teria descoberto. Mas só conseguia saber que o segredo estava lá.

Quando teve certeza de que ele estava dormindo (ele roncava — roncos leves de garotinho), ela apagou as luzes, se deitou na cama com ele e o sacudiu.

— Avery.

Ele grunhiu e tentou se virar de costas para ela. Ela não deixou.

— Avery, aonde o Luke foi?

— Prekile — murmurou ele.

Ela não tinha ideia do que era *Prekile* e não se importou, porque não era a verdade.

— Anda, fala logo, pra onde ele foi? Não vou contar pra ninguém.

— Pros degraus vermelhos — disse Avery. Ele ainda estava mais dormindo do que acordado. Devia achar que estava sonhando.

— Que degraus vermelhos? — Ela sussurrou no ouvido dele.

Ele não respondeu e quando tentou novamente se virar de costas para ela, Frieda permitiu. Porque ela tinha o que precisava. Diferentemente de Avery (e de Kalisha, ao menos nos dias bons), ela não conseguia exatamente ler pensamentos. O que ela tinha eram intuições que deviam ser *baseadas* em pensamentos, e às vezes, se uma pessoa estivesse muito aberta (como um garotinho adormecido), ela recebia imagens breves e claras.

Ela ficou deitada de costas, olhando para o teto do quarto, pensando.

17

Dez horas. O Instituto estava silencioso.

Sophie Turner, uma das cuidadoras noturnas, estava sentada à mesa de piquenique no parquinho, fumando um cigarro ilícito e batendo as cinzas na tampinha de uma garrafa de água com vitaminas. O dr. Evans estava ao lado com a mão na coxa dela. Ele se inclinou e beijou seu pescoço.

— Não faça isso, Jimmy — disse ela. — Não hoje, com o lugar todo em alerta vermelho. Você não sabe quem está observando.

— Você é uma funcionária do Instituto fumando um cigarro enquanto o lugar todo está em alerta vermelho — disse ele. — Se vai ser uma menina má, por que não ser logo *má* pra valer?

Ele subiu mais a mão, e ela estava pensando se devia deixá-la ali quando viu uma garotinha, uma das novatas, parada na porta da sala. A novata estava com as palmas das mãos no vidro, olhando para eles.

— Mas que *droga*! — disse Sophie. Ela afastou a mão de Evans e apagou o cigarro. Foi até a porta, destrancou-a, abriu-a e pegou a xereta pelo pescoço. — O que você está fazendo acordada? Não é permitido passear esta noite. Você não entendeu a mensagem? Está proibido ficar na sala e no parquinho! Se não quiser se meter em problemas, volte para...

— Eu quero falar com a sra. Sigsby — disse Frieda. — Agora mesmo.

— Você surtou? Pela última vez, volte...

O dr. Evans empurrou Sophie sem gentileza. Nada de beijos para ele naquela noite, decidiu Sophie.

— Frieda? Você é a Frieda, não é?

— Sou.

— Por que você não me conta qual é o problema?

— Eu só posso falar com ela. Porque ela é a chefe.

— Isso mesmo, e a chefe teve um dia puxado. Por que você não me conta e então eu decido se é importante o suficiente para falar com ela?

— Ah, por favor — disse Sophie. — Você não vê quando um desses pestinhas está te enganando?

— Eu sei pra onde o Luke foi — disse Frieda. — Não vou falar com você, mas conto pra ela.

— Ela está mentindo — disse Sophie.

Frieda não olhou para ela. Manteve o olhar no dr. Evans.

— Não.

O debate interno de Evans foi curto. Luke Ellis logo completaria vinte e quatro horas de fuga, poderia estar em qualquer lugar e contando para qualquer um... um policial ou, por favor, que não fosse um repórter. Não era trabalho de Evans avaliar a alegação da garota, por mais louca que parecesse. Essa função era da sra. Sigsby. O trabalho dele era não cometer um erro que o jogasse num riacho de merda sem remo.

— É melhor que você esteja falando a verdade, Frieda, senão as consequências serão gravíssimas. Você sabe disso, não sabe?

Ela só continuou olhando para ele.

18

Dez e vinte.

O vagão da Southway Express, no qual Luke dormia atrás de motocultivadores, minitratores e motores de popa em caixas, estava agora saindo do estado de Nova York a caminho da Pensilvânia e entrando em uma ferrovia de alta velocidade na qual viajaria nas três horas seguintes. A velocidade chegou a 127 quilômetros por hora e ai de quem estivesse preso em um cruzamento ou dormindo nos trilhos.

Na sala da sra. Sigsby, Frieda Brown estava parada em frente à mesa. Ela estava usando um pijama rosa mais bonito do que qualquer um dos que tinha em casa. O cabelo estava preso em marias-chiquinhas e as mãos estavam unidas nas costas.

Stackhouse estava no pequeno aposento particular adjacente ao escritório, cochilando no sofá. A sra. Sigsby não viu motivo para acordá-lo. Ao menos, ainda não. Ela examinou a garota e não viu nada de impressionante. Ela fazia jus ao sobrenome: tinha olhos castanhos, cabelo castanho, pele bronzeada de verão. De acordo com o arquivo dela, seu BDNF também não tinha nada de impressionante, ao menos pelos padrões do Instituto; ela era útil, mas não era incrível. Mas havia alguma coisa naqueles olhos castanhos, *alguma coisa*. Podia ser a expressão de uma jogadora de pôquer com a mão cheia de cartas altas.

— O dr. Evans disse que você acha que sabe onde está o garoto desaparecido — disse a sra. Sigsby. — Talvez você queira me explicar de onde veio essa informação.

— Avery — disse Frieda. — Ele foi pro meu quarto. Está dormindo lá.

A sra. Sigsby sorriu.

— Infelizmente, você está meio atrasada, querida. O sr. Dixon já nos contou tudo que sabe.

— Ele mentiu pra você. — Ainda com as mãos nas costas e mantendo a aparência calma, mas a sra. Sigsby já tinha lidado com muitas crianças e adolescentes e sabia que aquela garota estava com medo de estar ali. Ela entendia o risco. Mas a certeza nos olhos castanhos permaneceu no lugar. Era fascinante.

Stackhouse entrou na sala, enfiando a camisa na calça.

— Quem é essa?

— Uma garotinha que está divagando — disse a sra. Sigsby. — Acho que você nem sabe o que isso quer dizer, querida.

— Sei, sim — disse Frieda. — Quer dizer que estou mentindo, mas não estou.

— Avery Dixon também não estava. Falei para o sr. Stackhouse e agora digo pra você: eu sei quando uma criança está mentindo.

— Ah, ele provavelmente foi honesto sobre quase tudo. Foi por isso que você acreditou nele. Mas ele não contou a verdade sobre Prekile.

Ela franziu a testa.

— O que…?

— Presque Isle? — Stackhouse foi até ela e a segurou pelo braço. — É isso que você está dizendo?

— Foi o que *Avery* disse. Mas era mentira.

— Como você… — começou a sra. Sigsby, mas Stackhouse levantou a mão e a interrompeu.

— Se ele mentiu sobre Presque Isle, qual é a verdade?

Ela abriu um sorriso malicioso.

— O que eu ganho se contar?

— O que você *não* vai ganhar é eletricidade — disse a sra. Sigsby. — Até você quase morrer.

— Se você me der um choque, vou contar alguma coisa, mas pode não ser a verdade. Assim como Avery não contou a verdade quando você deu um choque *nele*.

A sra. Sigsby bateu com a mão na mesa.

— Não me provoque, mocinha! Se você tiver alguma coisa a dizer…

Stackhouse levantou a mão de novo e ajoelhou-se na frente de Frieda. Como ele era muito alto, eles ainda não ficaram da mesma altura, mas quase.

— O que você quer, Frieda? Ir pra casa? Vou dizer de cara que isso é impossível.

Frieda quase riu. Ir para casa? Para a mãe drogada, com a sucessão de namorados drogados? O último queria que ela mostrasse os peitos para ele ver "como ela estava crescendo rápido".

— Eu não quero isso.

— Tudo bem, então o que você quer?

— Eu quero ficar aqui.

— É um pedido bem incomum.

— Mas não quero as injeções e não quero mais testes e não quero ir pra Parte de Trás. Nunca. Eu quero ficar aqui e ser cuidadora um dia, como a

Gladys e a Winona. Ou técnica, como Tony e Evan. Ou posso até aprender a cozinhar e ser chef, como o chef Doug.

Stackhouse olhou por cima do ombro da garota para ver se a sra. Sigsby estava tão espantada com aquilo quanto ele. Ela parecia estar.

— Vamos dizer que… hum… a residência permanente pode ser providenciada — disse ele. — Vamos dizer que *será* providenciada se sua informação for boa e se pegarmos ele.

— Pegar ele não pode ser parte do acordo porque não é justo. Pegar ele é *seu* trabalho. Só se a minha informação for boa. E é.

Ele olhou novamente por cima do ombro de Frieda para a sra. Sigsby. Ela assentiu de leve.

— Tudo bem — disse ele. — Combinado. Agora, fale.

Ela abriu um sorriso maldoso, e ele pensou em dar um tapa na cara dela pra fazer aquele sorriso sumir. Só por um momento, mas foi uma tentação real.

— E quero cinquenta fichas.

— Não.

— Quarenta, então.

— Vinte — disse a sra. Sigsby atrás dela. — E só se a informação for boa.

Frieda refletiu.

— Tudo bem. Mas como vou saber se vocês vão cumprir suas promessas?

— Você vai ter que confiar — disse a sra. Sigsby.

Frieda suspirou.

— Acho que vou.

— Chega de enrolação. Se tiver alguma coisa pra dizer, diga logo — declarou Stackhouse.

— Ele saiu do rio antes de Prekile. Saiu em uma escada vermelha. — Ela hesitou e revelou o resto. A parte importante. — Tinha uma estação de trem no alto da escada. Foi pra lá que ele foi. Pra estação de trem.

19

Depois que Frieda foi enviada de volta para o quarto com suas fichas (e com uma ameaça de que as promessas não seriam cumpridas se ela contasse para qualquer pessoa sobre o que tinha acontecido no escritório da sra. Sigsby), Stackhouse ligou para a sala do computador. Andy Fellowes tinha voltado do vilarejo e assumido o lugar de Felicia Richardson. Stackhouse disse a Fellowes o que queria e perguntou se ele conseguiria fazer o que foi pedido sem alertar ninguém. Fellowes afirmou que sim, mas que levaria alguns minutos.

— Que sejam bem poucos — disse Stackhouse. Ele desligou e usou o telefone particular para ligar para Rafe Pullman e John Walsh, os dois seguranças que estavam de plantão.

— Você não deveria mandar um dos policiais que trabalham pra gente ao pátio de trens? — perguntou a sra. Sigsby quando ele encerrou a ligação. Dois integrantes da polícia de Dennison River Bend eram agentes do Instituto, o que representava vinte por cento de toda força policial. — Não seria mais rápido?

— Mais rápido, mas não tão seguro. Não quero que a notícia dessa merda toda vá mais longe do que já foi a não ser que seja absolutamente necessário.

— Mas, se ele entrou em um trem, ele pode estar *em qualquer lugar*!

— A gente não sabe se ele foi pra lá. A garota pode ter mentido.

— Não acho que tenha mentido.

— Você achou que *Dixon* não tinha mentido.

Era verdade e era constrangedor, mas ela se manteve firme. A situação era séria demais para fazer qualquer outra coisa.

— Tudo bem, Trevor. Mas, se ele tivesse ficado em uma cidade pequena como essa, já teria sido avistado horas atrás!

— Talvez não. Ele é um garoto inteligente. Pode ter se escondido em algum lugar.

— Mas um trem é mais provável e você sabe disso.

O telefone tocou de novo. Os dois correram para atender. Stackhouse chegou primeiro.

— Sim, Andy. É mesmo? Que bom, diga. — Ele pegou um bloco e anotou rapidamente. Ela se inclinou por cima do ombro dele para ler.

4297 às 10 h.

16 às 14h30.

77 às 17 h.

Ele circulou *4297 às dez horas*, perguntou o destino e escreveu *Port, Ports, Stur.*

— A que horas o trem estava programado para chegar em Sturbridge?

Ele anotou *dezesseis e dezessete horas* no bloco. A sra. Sigsby olhou com desânimo. Ela sabia o que Trevor estava pensando: o garoto ia querer ir o mais longe possível antes de sair do trem, supondo que tinha entrado nele. Isso seria em Sturbridge, e mesmo que o trem tivesse se atrasado já teria chegado lá pelo menos cinco horas atrás.

— Obrigado, Andy — disse Stackhouse. — Sturbridge fica no oeste de Massachusetts, não é?

Ele ouviu, assentindo.

— Tudo bem, então fica na rodovia, mas ainda deve ser uma parada pequena. Talvez seja um ponto de desvio. Você consegue descobrir se o trem, ou alguma parte dele, continua a partir dali? Talvez com uma locomotiva diferente?

Ele ouviu.

— Não, só um palpite. Se ele se escondeu naquele trem, Sturbridge talvez não seja longe o suficiente pra ele ficar tranquilo. Ele talvez queira continuar fugindo. É o que eu faria no lugar dele. Verifique e me avise assim que souber.

Ele desligou.

— Andy conseguiu as informações no site da estação — disse ele. — Sem problema. Não é incrível? Tudo está na internet hoje em dia.

— Nós não estamos — disse ela.

— Ainda não.

— E agora?

— Esperamos Rafe e John.

Foi o que fizeram. A noite foi passando. Pouco depois de meia-noite e meia, o telefone na mesa dela tocou. A sra. Sigsby atendeu primeiro, se identificou e escutou, assentindo enquanto ouvia.

— Tudo bem. Entendido. Agora vá até a estação de trem... depósito... pátio... sei lá como chamam... e veja se alguém ainda... ah. Certo. Obrigada.

Ela desligou e se virou para Stackhouse.

— Era nossa força de segurança. — Disse isso com certo sarcasmo, considerando que a força de segurança de Stackhouse naquela noite consistia de dois homens de mais de cinquenta anos, nenhum dos dois em condição física ideal. — A garota Brown estava certa. Eles encontraram a escada, marcas de sapatos e até algumas marcas de dedos sujos de sangue na metade dos degraus. Rafe acha que Ellis parou para descansar ou para amarrar os sapatos. Eles estão usando lanternas, mas John diz que talvez dê pra achar mais sinais durante o dia. — Ela fez uma pausa. — E verificaram a estação. Não tem ninguém lá, nem sequer um vigia.

Apesar de a sala estar com o ar refrigerado a agradáveis 22 graus, Stackhouse secou suor da testa.

— Isso é ruim, Julia, mas a gente talvez ainda consiga conter a situação sem usar aquilo. — Ele apontou para a gaveta de baixo da escrivaninha dela, onde o Telefone Zero esperava. — Claro que, se ele tiver procurado a polícia de Sturbridge, nossa situação fica mais complicada. E ele teve cinco horas para fazer isso.

— Mesmo que tenha saltado lá, talvez ele não tenha ido à polícia — disse ela.

— Por que não? Ele não sabe que é suspeito da morte dos pais. Como poderia, se não sabe que eles estão mortos?

— Mesmo que não saiba, desconfia. Ele é muito inteligente, Trevor, é melhor manter isso em mente. Se eu fosse ele, sabe a primeira coisa que eu faria se saltasse de um trem em Sturbridge, Massachusetts, às... — Ela olhou para o bloco. — ... às quatro ou cinco da tarde? Eu correria pra biblioteca e entraria na internet. Pra saber como andam as coisas em casa.

Dessa vez, os dois olharam para a gaveta trancada.

— Tudo bem, nós temos que ampliar o alcance disso. Não é o que eu queria, mas não temos escolha. Vamos descobrir quem temos nos arredores de Sturbridge. Vamos ver se ele apareceu por lá.

A sra. Sigsby se sentou à mesa para dar início ao processo, mas o telefone tocou quando fez o movimento para pegá-lo. Ela ouviu brevemente e passou o aparelho para Stackhouse.

Era Andy Fellowes. Estivera ocupado. *Havia* uma equipe noturna em Sturbridge, ao que parecia, e quando Fellowes se apresentou como gerente de inventário da Downeast Freight que queria verificar o carregamento de lagostas vivas que podia ter se perdido, o chefe de estação da madrugada ficou feliz em ajudar. Não, nenhum carregamento de lagostas vivas parou em Sturbridge. E, sim, a maior parte do 4297 seguiu a partir dali, só que com uma locomotiva mais potente. Passou a ser o trem 9956, indo para o sul, para Richmond, Wilmington, DuPray, Brunswick, Tampa e, finalmente, Miami.

Stackhouse anotou tudo isso e perguntou sobre as duas cidades que ele não conhecia.

— DuPray fica na Carolina do Sul — disse Fellowes. — É uma parada rápida, uma cidadezinha no meio do nada, mas é ponto de conexão para trens vindos do oeste. Tem vários armazéns lá. Deve ser por isso que a cidade existe. Brunswick fica na Geórgia. É bem maior. Acho que devem receber uma boa quantidade de hortaliças e frutos do mar.

Stackhouse desligou e olhou para a sra. Sigsby.

— Vamos supor...

— Supor — disse a sra. Sigsby. — Uma palavra que nos faz parecer idiotas e...

— Chega.

Ninguém mais poderia ter falado com a sra. Sigsby de forma tão abrupta (sem mencionar grosseira), mas também não havia mais ninguém que tinha permissão para chamá-la pelo primeiro nome. Stackhouse começou a andar de um lado para o outro, a careca reluzindo debaixo das luzes. Às vezes, ela se perguntava se ele *realmente* passava cera ali.

— O que temos neste estabelecimento? — perguntou ele. — Eu te digo. Uns quarenta funcionários na Parte da Frente e mais uns vinte e poucos na Parte de Trás, sem contar Heckle e Jeckle. Porque a gente mantém o cerco apertado. É necessário, mas isso não nos ajuda hoje. Tem um telefone naquela gaveta que nos forneceria todo tipo de ajuda poderosa, mas, se o usarmos, nossa vida vai mudar, e não vai ser para melhor.

— Se tivermos que usar aquele telefone, talvez não *tenhamos* vida — disse a sra. Sigsby.

Ele ignorou isso.

— Nós temos agentes no país inteiro, uma boa rede de informantes que inclui policiais e médicos de nível baixo, funcionários de hotel, repórteres em semanários de cidades pequenas e aposentados com muito tempo livre pra gastar navegando em sites. Nós também temos duas equipes de extração à nossa disposição e uma aeronave Challenger que pode levá-las a praticamente qualquer lugar em pouco tempo. E temos nossos cérebros,

Julia, nossos cérebros. Ele é um jogador de xadrez, os cuidadores o viam jogando com Wilholm o tempo todo, mas isso é xadrez da vida real e ele nunca jogou assim na vida. Então, vamos supor.

— Tudo bem.

— Vamos mandar um agente verificar com a polícia de Sturbridge. A mesma história que usamos em Presque Isle: nosso cara diz que acha que viu um garoto que poderia ser Ellis. É melhor fazermos a mesma verificação em Portland e Portsmouth, embora eu não acredite que ele fosse descer do trem tão rápido. Sturbridge é bem mais provável, mas acho que nosso agente também não vai encontrar nada lá.

— Tem certeza de que não é só o que você deseja que aconteça?

— Ah, eu estou desejando um monte de coisa. Mas, se ele está pensando além de fugir, faz sentido.

— Quando o trem 4297 se tornou o trem 9956, Ellis ficou dentro dele. Essa é nossa suposição.

— É. O 9956 para em Richmond aproximadamente às duas horas. Precisamos de alguém, de preferência vários alguéns, de olho no trem. A mesma coisa em Wilmington, onde para entre cinco horas e seis horas. Mas, quer saber? Acho que ele não vai saltar em nenhum desses dois lugares.

— Você acha que ele vai até o fim da linha. — Trevor, pensou ela, você fica subindo cada vez mais alto na árvore da suposição, e cada galho é mais fraco do que o anterior.

Mas o que mais havia para fazer agora que o garoto tinha fugido? Se ela tivesse que usar o Telefone Zero, diriam que eles deviam estar preparados para uma situação dessas. Era fácil dizer, mas como *alguém* poderia pensar que uma criança de doze anos ficaria desesperada o suficiente para cortar fora o próprio lóbulo da orelha para se livrar de um rastreador? Ou que teria uma faxineira disposta a ajudá-lo? Em seguida, diriam que o Instituto tinha ficado preguiçoso e complacente... e o que ela diria ao ouvir isso?

— ... da linha.

Ela voltou para o presente e pediu para ele repetir.

— Eu disse que ele não vai necessariamente até o fim da linha. Um garoto inteligente como ele vai *saber* que colocaríamos gente lá se descobríssemos que ele pegou o trem. E acho que ele não vai querer descer em uma área metropolitana. Principalmente Richmond, uma cidade estranha, no meio da noite. Wilmington é possível; é menor e já vai ser dia quando o 9956 chegar lá. Mas estou apostando nas paradas rápidas. Acho que DuPray, na Carolina do Sul, ou Brunswick, Geórgia. Supondo que ele esteja no trem.

— Ele pode nem saber para onde estava indo depois de Sturbridge. Nesse caso, ele *talvez* vá até o fim do caminho.

— Se a carga estiver etiquetada, ele sabe.

A sra. Sigsby se deu conta de que havia anos que ela não sentia tanto medo. Talvez nunca tivesse se sentido dessa forma. Eles estavam supondo ou apenas palpitando? No caso da segunda opção, era provável de conseguirem dar vários palpites certeiros seguidos? Mas era a única coisa que eles tinham, então ela assentiu.

— Se ele descer em uma das paradas menores, podemos enviar uma equipe de extração para trazê-lo de volta. Meu Deus, Trevor, isso seria perfeito.

— *Duas* equipes. A Opala e a Vermelho Rubi. A Rubi foi a mesma equipe que pegou ele. Seria uma boa maneira de fechar o círculo, não acha?

A sra. Sigsby suspirou.

— Eu queria que pudéssemos ter certeza de que ele entrou no trem.

— Não tenho certeza, mas tenho quase, e isso vai ter que ser o suficiente. — Stackhouse abriu um sorriso. — Pegue o telefone. Acorde algumas pessoas. Comece com Richmond. Contando o país todo, a gente deve gastar com essas pessoas o quê, um milhão por ano? Vamos fazer com que alguns deles façam por merecer esse dinheiro.

Trinta minutos depois, a sra. Sigsby desligou o telefone.

— Se ele estiver em Sturbridge, deve estar escondido em uma rede de esgoto ou em uma casa abandonada. A polícia não o pegou e teriam registros se tivesse pegado. Vamos botar gente em Richmond e em Wilmington de olho no trem quando chegar lá, e essas pessoas têm uma boa história como disfarce.

— Eu escutei. Bom trabalho, Julia.

Ela levantou a mão cansada para agradecer.

— Vê-lo gera um bônus substancial e vai haver um bônus mais substancial ainda, uma bolada, se nosso pessoal tiver uma oportunidade de pegar o garoto e o levar para uma casa segura para ser buscado. Provavelmente não em Richmond, nossos dois agentes lá são pessoas comuns, mas um dos nossos caras em Wilmington é policial. Vamos rezar para que seja lá.

— E DuPray e Brunswick?

— Vamos ter duas pessoas de olho em Brunswick, o pastor de uma igreja metodista próxima e a esposa dele. Só uma em DuPray, mas o cara mora lá. É dono do único motel da cidade.

20

Luke estava novamente no tanque de imersão. Zeke o estava segurando e as luzes Stasi estavam girando na frente dele. Também estavam dentro da sua cabeça, o que era dez vezes pior. Ele ia se afogar olhando para elas.

Primeiro, ele pensou que os gritos que ouviu quando voltou à consciência estavam vindo dele e se questionou como podia fazer uma barulheira tão grande debaixo da água. Mas então lembrou que estava em um vagão, que o vagão era parte de um trem em movimento e que estava desacelerando rapidamente. A gritaria era das rodas de aço no trilho.

Os pontos coloridos continuaram visíveis por um ou dois momentos e sumiram. O vagão estava totalmente escuro. Ele tentou esticar os músculos doloridos e descobriu que estava preso. Três ou quatro das caixas de motor tinham caído. Ele queria acreditar que tinha feito aquilo se debatendo durante o pesadelo, mas achava que podia ter feito com a mente, sob o domínio das malditas luzes. Houve uma época em que o limite do seu poder mental era empurrar travessas de pizza de mesas de restaurante ou virar as páginas de um livro, mas os tempos eram outros agora. *Ele* tinha mudado. O quanto ele não sabia, e nem queria saber.

O trem diminuiu de velocidade e começou a passar por desvios. Luke estava ciente de que estava em um estado deplorável. Seu corpo não estava em alerta vermelho, ainda não, mas tinha chegado a Código Amarelo. Estava com fome, isso era ruim, mas a sede fazia a barriga vazia parecer coisa pouca em comparação. Ele se lembrou de escorregar pela margem do rio até onde o S.S. *Pokey* estava amarrado e de jogar água fria no rosto e beber com as mãos em concha. Ele daria qualquer coisa agora por um gole daquela água do rio. Passou a língua pelos lábios, mas não ajudou muito; sua língua também estava seca.

O trem parou e Luke empilhou as caixas de novo, movendo-se pelo tato. Eram pesadas, mas ele conseguiu. Não tinha ideia de onde estava porque em Sturbridge a porta do vagão Southway Express tinha sido fechada por completo. Voltou para o seu esconderijo atrás das caixas e dos equipamentos de motores pequenos e esperou, infeliz.

Ele estava cochilando de novo apesar da fome, sede, bexiga cheia e orelha latejante quando a porta do vagão se abriu, permitindo a entrada de uma torrente de luar. Pelo menos, pareceu uma torrente para Luke depois da escuridão total em que estivera quando acordou. Havia um caminhão dando ré até a porta e um cara estava gritando.

— Vem… um pouco mais… devagar… um pouco mais… *pronto!*

O motor do caminhão foi desligado. Houve o som da porta de carga sendo aberta e um homem pulou no vagão. Luke sentiu cheiro de café e sua barriga roncou, sem dúvida em uma altura discernível para o homem. Mas, não; quando ele espiou entre um minitrator e um cortador de grama, viu que o sujeito, usando uniforme de trabalho, estava de fones de ouvido.

Outro homem se juntou a ele e botou uma lanterna quadrada no chão, que estava, felizmente, virada para a porta e não na direção de Luke. Eles puxaram uma rampa e começaram a transportar caixas do caminhão para o vagão. Cada um tinha o carimbo KOHLER, ESTE LADO PARA CIMA e MANUSEIE COM CUIDADO. Então, onde quer que ele estivesse, não era o fim da linha.

Os homens pararam depois de carregarem dez ou doze caixas e comeram uns donuts que estavam em um saco de papel. Luke precisou de toda a sua força de vontade, pensando em Zeke o segurando no tanque, nas gêmeas Wilcox, em Kalisha e Nicky e muitos outros que dependiam dele, para não sair do esconderijo e implorar só uma mordida. Ele talvez tivesse feito isso mesmo assim se um deles não tivesse dito algo que o fez ficar paralisado.

— Ei, você não viu um garoto por aí, viu?

— O quê? — Isso dito com a boca cheia.

— Um garoto, um garoto. Quando você foi levar a garrafa térmica pro engenheiro.

— O que um garoto estaria fazendo aqui? São duas e meia da madrugada.

— Ah, um cara me perguntou quando fui comprar os donuts. Disse que o cunhado dele ligou de Massachusetts, que o acordou e pediu pra ele ir dar uma olhada na estação de trem. O filho do cara de Massachusetts fugiu. Disse que ele sempre falava em pegar um trem e ir pra Califórnia.

— Isso é do outro lado do país.

— *Eu* sei disso. *Você* sabe disso. Um garoto saberia?

— Se ele for bom na escola, sabe que Richmond fica longe à beça de Los Angeles.

— É, mas também é um ponto de conexão. O cara disse que ele podia estar neste trem, descer e tentar pegar um para o oeste.

— Bom, eu não vi garoto nenhum.

— O cara disse que o cunhado pagaria uma recompensa.

— Poderia ser um milhão de dólares, Billy, e eu continuaria não conseguindo ver um garoto a não ser que ele estivesse aqui para ser visto.

Se minha barriga roncar de novo, já era, pensou Luke. Estou frito. Ferrado.

Do lado de fora, alguém gritou:

— Billy! Duane! Vinte minutos, rapazes, terminem logo!

Billy e Duane carregaram mais algumas caixas Kohler para dentro do vagão, rolaram a rampa de volta para o caminhão e foram embora. Luke teve tempo de ver a silhueta de uma cidade, qual ele não sabia, e um homem de macacão e boné da ferrovia apareceu e fechou a porta do Southway... mas, dessa vez, não até o final. Luke achava que havia uma parte mais dura no trilho da porta. Mais cinco minutos se passaram até que o trem entrasse em movimento de novo, começando devagar, estalando por pontos e cruzamentos, depois pegando velocidade.

Um cara alegando ser cunhado de outro cara.

Disse que o garoto sempre falava em pegar um trem.

Eles sabiam que ele tinha fugido e, mesmo que tivessem encontrado o *Pokey* no rio mais abaixo de Dennison River Bend, não caíram na armadilha. Deviam ter feito Maureen falar. Ou Avery. Pensar naquelas pessoas torturando o Avester para arrancar informações era horrível demais e Luke afastou o pensamento. Se havia pessoas vigiando para ver se ele desceria ali, haveria na próxima parada também, e até lá já poderia ter amanhecido. Talvez não quisessem provocar confusão, talvez só observassem e relatassem, mas era possível que o levassem como prisioneiro. Dependendo de quantas pessoas estivessem por perto, claro. E do quanto eles estivessem desesperados. Isso também.

Eu posso ter feito besteira ao pegar o trem, pensou Luke, mas o que mais eu poderia fazer? Não era para eles terem descoberto tão *rápido*.

Enquanto isso, havia um incômodo do qual ele podia se livrar. Seguran-do-se no assento de um cortador de grama para manter o equilíbrio, ele abriu a tampinha do tanque de combustível de um motocultivador John Deere, puxou o zíper e mijou o que pareceu ser uns dez litros lá dentro. Não era uma coisa legal de se fazer, uma sacanagem com a pessoa que acabasse comprando aquele motocultivador, mas as circunstâncias eram extraordinárias. Ele fechou a tampa e apertou com força. Em seguida, se sentou no banco do cortador de grama, botou as mãos sobre a barriga vazia e fechou os olhos.

Pense na sua orelha, disse para si mesmo. Pense também nos arranhões nas suas costas. Pense no quanto essas coisas doem e você vai esquecer a fome e a sede.

Funcionou até certo ponto. O que surgiu em sua mente foram imagens das crianças do Nível A saindo do quarto e indo para o refeitório tomar café da manhã em algumas horas. Luke não conseguiu não pensar nas jarras de suco de laranja e na fonte cheia de Hawaiian Punch vermelho. Ele desejou estar lá agora. Tomaria um copo de cada e lotaria o prato de ovos mexidos e bacon do bufê.

Você não queria estar lá. Desejar isso seria loucura.

Ainda assim, parte dele queria.

Ele abriu os olhos para se livrar das imagens. A das jarras de suco de laranja foi teimosa, não queria sumir... mas então ele viu uma coisa no espaço vazio entre as caixas novas e os aparatos motorizados. Primeiro ele achou que era um truque do luar entrando pela porta parcialmente aberta do vagão, ou então uma mera alucinação, mas mesmo depois de piscar duas vezes a coisa continuava no mesmo lugar. Ele saiu do banco do cortador de grama e engatinhou até lá. À direita, campos iluminados pelo luar podiam ser vislumbrados pela porta do vagão. Ao sair de Dennison River Bend, Luke observou tudo avidamente com surpresa e fascinação, mas ele não tinha olhos para o mundo lá fora agora. Só conseguia olhar para o que havia no chão do vagão: migalhas de donut.

E um pedaço maior do que uma migalha.

Ele pegou esse primeiro. Para conseguir os menores, ele molhou o polegar e os pegou assim. Com medo de perder os menores nas rachaduras do piso do vagão, ele se inclinou, esticou a língua e os lambeu.

21

Era a vez de a sra. Sigsby dormir um pouco no sofá do aposento adjacente, e Stackhouse tinha fechado a porta para que nenhum dos telefones, nem o fixo nem seu celular, a incomodassem. Fellowes ligou da sala do computador às dez para as três.

— O 9956 saiu de Richmond — disse ele. — Nenhum sinal do garoto.

Stackhouse suspirou e esfregou o queixo, sentindo a barba por fazer.

— Certo.

— Pena que não podemos parar o trem e fazer uma revista. Resolveria de uma vez por todas a questão se ele está lá dentro ou não.

— É uma pena que o mundo inteiro não esteja formando um círculo enorme cantando "Give Peace a Chance". Que horas o trem chega em Wilmington?

— Deve chegar às seis. Mais cedo, se conseguirem ir rápido.

— Quantos caras nós temos lá?

— Dois agora, mais um a caminho de Goldsboro.

— Eles sabem que não devem parecer ávidos demais, certo? Gente assim desperta desconfianças.

— Acho que eles vão se sair bem. É uma história sólida. Garoto fugitivo, pais preocupados.

— É melhor você torcer para eles se saírem bem. Depois, me conta como foi.

O dr. Hendricks entrou no escritório sem se dar ao trabalho de bater na porta. Ele estava com olheiras, suas roupas amarrotadas e o cabelo grisalho desgrenhado e em pé.

— Alguma notícia?

— Ainda não.

— Onde está a sra. Sigsby?

— Tendo um descanso merecido. — Stackhouse se encostou na cadeira e se alongou. — O garoto Dixon não foi para o tanque, foi?

— Claro que não. — Donkey Kong pareceu quase ofendido com a sugestão. — Ele não é um Rosa. Está longe de ser. Arriscar danificar um BDNF alto como o dele seria loucura. Ou arriscar a extensão das habilidades dele. Seria improvável, mas não impossível. Sigsby arrancaria o meu couro.

— Ela não vai fazer isso e ele vai para o tanque hoje. Mergulha o merdinha até ele achar que está morto e depois mergulha mais um pouco.

— Você está falando sério? Ele é propriedade valiosa! Um dos TP-positivos mais altos que tenho há anos!

— Não dou a mínima se ele é capaz de andar na água e cuspir eletricidade pelo cu quando peida. Ele ajudou Ellis a fugir. Mande o Grego fazer isso assim que voltar ao serviço. Ele adora botar as crianças no tanque. Diz para o Zeke não o matar, eu entendo o valor dele, mas quero que ele tenha uma experiência da qual se lembre enquanto for *capaz* de lembrar. Depois, leva ele pra Parte de Trás.

— Mas a sra. Sigsby…

— A sra. Sigsby concorda completamente.

Os dois homens se viraram. Ela estava parada na porta entre o escritório e os aposentos particulares. O primeiro pensamento de Stackhouse foi que ela parecia ter visto um fantasma, mas isso não estava certo. Ela parecia *ser* um fantasma.

— Faça como ele mandou, Dan. Se danificar o BDNF dele, que seja. Ele precisa pagar.

22

O trem sacolejou e começou a se mover de novo, e Luke pensou em algumas músicas que sua avó cantava. Era a que falava do especial da meia--noite? Ele não lembrava. As migalhas de donut só aumentaram a fome e a sede. Sua boca estava um deserto, a língua uma duna de areia dentro. Ele cochilou, mas não conseguiu dormir. O tempo passou, ele não tinha ideia do quanto, mas a luz do alvorecer começou a entrar no vagão em algum momento.

Luke engatinhou pelo piso sacolejante até a porta parcialmente aberta do vagão e espiou do lado de fora. Havia árvores, a maioria pinheiros esparsos de reflorestamento, campos e mais árvores. O trem disparou por uma ponte e ele olhou para o rio abaixo com anseio. Dessa vez, não foi uma música que surgiu em sua mente, mas uma rima do poeta Coleridge, água para todo lado, pensou Luke, as tábuas do vagão começaram a encolher. Água, água para todo lado, e nem uma gota para beber.

Provavelmente estava poluída, pensou ele, e soube que beberia mesmo se estivesse. Até a barriga inchar. Vomitar seria um prazer porque aí ele poderia beber mais depois.

Pouco antes do nascer do sol, vermelho e quente, ele começou a sentir cheiro de sal no ar. Em vez de fazendas, passavam mais por armazéns e fábricas velhas de tijolos, com as janelas cobertas por tábuas. Havia guindastes delineados contra o céu clareando. Aviões decolavam não muito longe dali. Por um tempo, o trem correu ao lado de uma estrada de quatro pistas. Luke viu gente nos carros sem nenhuma preocupação além de um dia de trabalho. Agora, ele sentia o cheiro de lodaçais, de peixes mortos ou de ambos.

Eu comeria um peixe morto se não estivesse cheio de larvas, pensou ele. Talvez até se estivesse. De acordo com a *National Geographic*, larvas são uma boa fonte de proteína orgânica.

O trem começou a desacelerar e Luke voltou para o esconderijo. Houve mais sacolejos conforme o vagão passou por pontos e cruzamentos. Finalmente, parou.

Era cedo, mas mesmo assim aquele lugar estava movimentado. Luke ouviu caminhões. Ouviu homens rindo e conversando. Um aparelho de som ou rádio de caminhão estava tocando Kanye, o baixo como um batimento cardíaco, primeiro aumentando e depois sumindo. Uma locomotiva passou em outro trilho, deixando um fedor de diesel para trás. Houve vários sacolejos fortes quando vagões foram tirados ou presos ao trem de Luke. Homens gritaram em espanhol, e Luke entendeu algumas profanidades: *puta mierda, hijo de puta, chupapollas*.

Mais tempo passou. Pareceu uma hora, mas poderia ter sido apenas quinze minutos. Finalmente, outro caminhão encostou de ré no vagão da Southway Express. Um cara de macacão abriu completamente a porta. Luke espiou por trás de um motocultivador e um minitrator. O cara entrou no vagão e outra rampa de aço foi colocada unindo-o ao caminhão. Dessa vez, eram quatro homens na equipe, dois negros e dois brancos, todos grandes e tatuados. Eles estavam rindo e conversando com carregados sotaques sulistas, o que, para Luke, fazia com que soassem como os cantores de música country da rádio BUZ'N 102 de Minneapolis.

Um dos caras brancos disse que tinha saído para dançar na noite anterior com a esposa de um dos caras negros. O cara negro fingiu bater nele e o cara branco fingiu cambalear para trás, sentando-se na pilha de caixas de motor que Luke tinha reempilhado recentemente.

— Vamos lá — disse o outro cara branco. — Quero meu café.

Eu também, pensou Luke. Ah, cara, eu também.

Quando eles começaram a levar as caixas Kohler para o caminhão, Luke pensou que era como um filme da última parada, só que ao contrário. Isso o fez pensar nos filmes que Avery disse que o pessoal assistia na Parte de Trás, e isso fez os pontos surgirem de novo, grandes e gordos. A porta do vagão tremeu no trilho, como se fosse fechar sozinha.

— Opa! — disse o segundo cara negro. — Quem está aí fora? — Ele olhou. — Hã. Ninguém.

— O bicho-papão — disse o cara negro que tinha fingido bater no cara branco. — Anda, vamos acabar logo com isso. O chefe da estação disse que esse aqui está atrasado.

Ainda não é o fim da linha, pensou Luke. Não vou ter morrido de fome quando chegar lá, mas isso só porque terei morrido antes de sede. Ele já tinha lido que uma pessoa podia ficar pelo menos três dias sem água antes de cair num estado de inconsciência que precedia a morte, mas não era isso que parecia a ele agora.

A equipe de quatro homens carregou todas as caixas grandes, menos duas, para o caminhão. Luke esperou o momento em que o descobririam, quando começassem a pegar os veículos motorizados pequenos, mas, em vez de fazer isso, eles puxaram a rampa para o caminhão e fecharam a porta traseira.

— Podem ir — disse um dos caras brancos. Foi o que brincou sobre ir dançar com a esposa do cara negro. — Tenho que dar um pulo no banheiro. Vou ler uma revista, sabe como é.

— Ah, Mattie, aguenta mais um pouco.

— Não dá — disse o cara branco. — Esse é tão grande que vai construir uma barragem no vaso.

O caminhão foi ligado e se afastou. Houve alguns momentos de silêncio e o cara branco, Mattie, subiu no vagão de novo, os bíceps flexionados na camiseta sem mangas. O antigo melhor amigo de Luke, Rolf Destin, diria que *ele estava bombadão*.

— Tudo bem, malandrinho. Eu te vi quando me sentei nas caixas. Pode sair agora.

23

Por um momento, Luke não se mexeu, achando que, se ficasse perfeitamente imóvel e quieto, o homem chegaria à conclusão de que se enganou e iria embora. Mas isso era um pensamento infantil e ele não era mais criança. Nem de longe. Assim, ele saiu de onde estava e tentou ficar de pé, mas suas pernas estavam doendo e a cabeça estava zonza. Teria caído, se o sujeito não o tivesse segurado.

— Puta merda, garoto, você arrancou sua orelha?

Luke tentou falar. Primeiro, não saiu nada além de um grunhido. Ele limpou a garganta e tentou de novo.

— Eu tive uns problemas. Senhor, você tem alguma coisa para comer? Ou beber? Estou morrendo de fome e de sede.

Ainda sem tirar os olhos da orelha mutilada de Luke, o cara branco, Mattie, enfiou a mão no bolso e tirou meio pacotinho de pastilha Life-Savers. Luke o pegou, rasgou o papel e jogou quatro na boca. Ele achava que toda sua saliva tinha sumido, que tinha sido reabsorvida pelo corpo sedento, mas surgiu mais, como se de jatos invisíveis, e o açúcar atingiu sua cabeça como uma bomba. Os pontos piscaram rapidamente em cima do rosto do homem. Mattie olhou ao redor, como se tivesse sentido alguém se aproximando por trás, e voltou a atenção para Luke.

— Quando foi a última vez que você comeu?

— Não sei — disse Luke. — Não consigo lembrar ao certo.

— Há quanto tempo você está no trem?

— Um dia, mais ou menos. — Devia ser isso, mas parecia bem mais.

— Veio lá da terra dos ianques, né?

— É. — Não dava para ser mais terra dos ianques do que o Maine, pensou Luke.

Mattie apontou para a orelha de Luke.

— Quem fez isso? Seu pai? Padrasto?

Luke olhou para ele, alarmado.

— Quem... de onde você tirou essa ideia? — Mas, mesmo em seu estado atual, a resposta era óbvia. — Estão me procurando. Foi igual no último lugar onde o trem parou. Quantos são? O que disseram? Que eu fugi de casa?

— Isso mesmo. Seu tio. Trouxe dois amigos, sendo que um é policial em Wrightsville Beach. Não disseram o motivo, mas, sim, disseram que você fugiu em Massachusetts. E se alguém fez isso, eu entendo.

O fato de um dos homens ser policial deixou Luke muito assustado.

— Eu entrei no Maine, não em Massachusetts, e meu pai está morto. Minha mãe também. Tudo que eles falaram é mentira.

O cara branco pensou nisso.

— Então quem fez isso com você, malandrinho? Algum babaca de um lar adotivo?

Isso não estava muito longe da verdade, pensou Luke. Sim, ele estava em uma espécie de lar adotivo, e, sim, era cheio de babacas.

— É complicado. Só... senhor... se aqueles homens me virem, eles vão me levar. Talvez não pudessem fazer isso se não houvesse um policial junto, mas tem. Vão me levar para o lugar onde isso aconteceu. — Ele apontou para a orelha. — Por favor, não conte. Por favor, só me deixe ficar no trem.

Mattie coçou a cabeça.

— Não sei se posso. Você é criança e está em péssimo estado.

— Vou ficar bem pior se aqueles homens me levarem.

Acredite nisso, ele pensou com toda sua força. *Acredite nisso, acredite nisso.*

— Ah, não sei — repetiu Mattie. — Se bem que não fui muito com a cara daqueles três, tenho que dizer. Eles pareciam meio nervosos, até o policial. Além disso, você está olhando pra um sujeito que fugiu de casa três vezes antes de conseguir não voltar. Na primeira vez, eu tinha a sua idade.

Luke não disse nada. Mattie estava indo na direção certa, pelo menos.

— Pra onde você vai? Você tem ideia?

— Pra algum lugar onde eu consiga comida e água e *pensar* — disse Luke. — Eu preciso pensar, porque ninguém vai querer acreditar na história que tenho pra contar. Principalmente vinda de um garoto.

340

— *Mattie!* — alguém gritou. — *Vem, cara! A não ser que você queira uma viagem de graça pra Carolina do Sul!*

— Garoto, você foi sequestrado?

— Fui — disse Luke e começou a chorar. — E aqueles homens... o que diz que é meu tio e o policial...

— *Mattie! Limpa a bunda e VEM!*

— Estou falando a verdade — disse Luke. — Se você quiser me ajudar, me deixa ir.

— Ah, porra. — Mattie cuspiu pela lateral do vagão. — Parece errado, mas essa sua orelha diz que pode ser certo. Aqueles caras... tem certeza de que são maus?

— São os piores — disse Luke. Na verdade, ele estava à frente dos realmente maus, mas se ficaria assim ou não dependeria do que aquele homem decidisse fazer.

— Você sabe onde está agora?

Luke balançou a cabeça.

— Aqui é Wilmington. O trem vai parar na Geórgia, depois em Tampa e vai terminar em Miami. Se houver gente procurando você, se tiverem dado um alerta de desaparecido ou como quer que chamem, vão estar procurando em todos esses lugares. Mas o *próximo* lugar onde vai parar é só uma manchinha no mapa. Você talvez...

— *Mattie, cadê você, porra?* — Bem mais perto agora. — Para de sacanagem. A gente tem que ir.

Mattie olhou para Luke com dúvida de novo.

— Por favor — disse Luke. — Me colocaram num tanque. Quase me afogaram. Sei que é difícil de acreditar, mas é verdade.

Passos no cascalho se aproximando. Mattie pulou do vagão e fechou a porta três quartos do fechamento total. Luke voltou para o seu ninho atrás dos veículos motorizados pequenos.

— Pensei que você tivesse dito que ia cagar. O que estava fazendo lá dentro?

Luke esperou que Mattie dissesse: *Tem um garoto escondido naquele vagão que me contou uma história maluca sobre ter sido sequestrado no Maine e enfiado em um tanque de água, isso tudo pra não ter que ir com o tio.*

— Eu fiz o que tinha que fazer e quis dar uma olhada naqueles cortadores de grama Kubota — disse Mattie. — O meu Lawnboy está quase batendo as botas.

— Bom, então vem, o trem não pode esperar. Ei, você não viu algum garoto por aí, viu? É possível que ele tenha subido no trem no norte e decidido que Wilmington era um bom lugar pra visitar.

Houve uma pausa. E Mattie disse:

— Não.

Luke estava inclinado para a frente. Ao ouvir essa palavra, ele encostou a cabeça no vagão e fechou os olhos.

Uns dez minutos depois, o trem 9956 deu um sacolejo que se espalhou pelos vagões, como um tremor. O pátio dos trens foi passando, lentamente, mas ganhando velocidade. A sombra de uma torre de sinalização passou pelo piso do vagão e outra sombra apareceu. A sombra de um homem. Um saco de papel sujo de gordura voou para dentro do vagão e caiu no chão.

Ele não viu Mattie, só o ouviu.

— Boa sorte, malandrinho. — E a sombra sumiu.

Luke saiu do esconderijo tão rápido que bateu o lado da orelha boa na lataria de um cortador de grama. Ele nem reparou. Havia o paraíso naquele saco. Ele podia sentir o cheiro.

O paraíso acabou se mostrando ser um sanduíche de queijo e salsicha, uma tortinha de frutas Hostess e uma garrafa de água mineral Carolina Sweetheart. Luke precisou de toda a sua força de vontade para não beber toda a garrafa de meio litro de uma vez só. Ele deixou um quarto da garrafa, colocou-a de lado, pegou-a de novo e fechou a tampa. Pensou que enlouqueceria se o trem desse um sacolejo repentino e derramasse tudo. Ele comeu o sanduíche em cinco mordidas grandes e deu outro gole grande de água. Lambeu a gordura da mão, pegou a água e a tortinha e voltou para o esconderijo. Pela primeira vez desde que desceu o rio no S.S. *Pokey* e olhou para as estrelas, ele sentiu que sua vida talvez valesse a pena. E embora não acreditasse exatamente em Deus, por ter encontrado um pouco mais de evidências contra a ideia do que a favor, ele rezou mesmo assim, mas não por si mesmo. Ele rezou para que aquele poder superior altamente hipotético abençoasse o homem que o chamou de malandrinho e jogou aquele saco de papel dentro do vagão.

24

Com a barriga cheia, ele sentiu vontade de cochilar de novo, mas se obrigou a ficar acordado.

O trem vai parar na Geórgia, depois em Tampa e vai terminar em Miami, dissera Mattie. *Se houver gente procurando você, vão estar procurando em todos esses lugares. Mas o próximo lugar onde vai parar é só uma manchinha no mapa.*

Poderia haver gente de olho nele até em uma cidade pequena, mas Luke não tinha intenção de ir para Tampa e nem para Miami. Perder-se em uma população grande tinha suas vantagens, mas havia policiais demais em cidades grandes, e todos provavelmente teriam uma fotografia do garoto suspeito de matar os pais. Além do mais, a lógica lhe dizia que ele só podia fugir até certo ponto. O fato de Mattie não o ter entregado foi um incrível golpe de sorte; contar com outro seria idiotice.

Luke achou que talvez tivesse uma boa carta na manga. A faca que Maureen tinha deixado embaixo do colchão dele tinha desaparecido em algum momento, mas ele ainda estava com o pen-drive. Ele não fazia ideia do que havia dentro, poderia ser apenas uma confissão confusa e cheia de culpa que pareceria baboseira, coisas sobre o bebê que ela deu para adoção, talvez. Por outro lado, poderia haver provas. Documentos.

O trem finalmente começou a desacelerar. Luke foi até a porta, se segurou nela para manter o equilíbrio e se inclinou para fora. Viu muitas árvores, uma estrada de asfalto de duas pistas e os fundos de casas e prédios. O trem passou por um sinal: amarelo. Isso poderia ser a aproximação da cidade manchinha no mapa que Mattie mencionara, ou poderia ser só uma desaceleração enquanto seu trem esperava que outro saísse dos trilhos à frente. Isso talvez fosse melhor para ele, porque, se houvesse um tio preocupado esperando na próxima parada, estaria esperando no depósito. À frente, Luke via os armazéns com telhados cintilantes de metal. Depois dos armazéns havia uma estrada de duas pistas e depois da estrada havia mais árvores.

Sua missão, disse para si mesmo, é pular do trem e ir para o meio daquelas árvores o mais rápido que conseguir. E lembre-se de cair no chão correndo para não dar de cara nas cinzas.

Ele começou a oscilar para a frente e para trás, ainda segurando a porta, os lábios apertados em uma fina linha de concentração. *Era* a parada sobre a qual Mattie falou, porque agora ele via a estação à frente. No telhado, DU-PRAY SOUTHERN & WESTERN tinha sido pintado em telhas verdes desbotadas.

Tenho que saltar agora, Luke pensou. Não quero encontrar nenhum tio.

— Um...

Ele oscilou para a frente.

— Dois...

Ele oscilou para trás.

— *Três!*

Luke pulou. Começou a correr ainda no ar, mas bateu nas cinzas ao lado do trilho com o corpo indo na velocidade do trem, que ainda era um pouco mais rápido do que suas pernas conseguiam se mover. Seu tronco se inclinou para a frente e, com os braços esticados para trás em um esforço para manter o equilíbrio, pareceu um patinador de velocidade se aproximando da linha de chegada.

Quando achou que talvez conseguisse sem cair de cara, alguém gritou:

— *Ei, cuidado!*

Ele virou a cabeça e viu um homem em uma bifurcação na metade do caminho entre os armazéns e o depósito. Outro homem estava se levantando de uma cadeira de balanço na sombra do telhado da estação, a revista que ele estava lendo ainda na mão. Esse gritou:

— *Olha o poste!*

Luke viu o segundo sinal, esse piscando em vermelho, tarde demais para diminuir a velocidade. Ele virou a cabeça instintivamente e tentou levantar o braço, mas bateu com tudo no poste de aço antes de poder levá-lo ao alto. A parte direita do seu rosto colidiu com o poste, a orelha maltratada levando o pior do choque. Ele voou para trás, caiu nas cinzas e rolou para longe dos trilhos. Não perdeu a consciência, mas perdeu o *imediatismo* da consciência quando o céu se afastou, se aproximou e se afastou de novo. Ele sentiu um calor descendo pela bochecha e soube que a orelha tinha se aberto de novo, a pobre orelha cortada. Uma voz interior estava gritando para ele se levantar, para sair correndo para a floresta, mas ouvir e fazer eram duas coisas diferentes. Quando tentou ficar de pé, não deu certo.

Meu codificador quebrou, pensou ele. Porra. Que merda.

O homem da bifurcação apareceu ao lado dele. De onde Luke estava caído, ele parecia ter uns cinco metros de altura. As lentes dos óculos dele captaram o reflexo do sol e tornaram impossível ver seus olhos.

— Meu Deus, garoto, o que você achou que estava fazendo?

— Tentando fugir. — Luke não tinha certeza se estava realmente falando, mas achou que devia estar. — Não posso deixar que eles me peguem, por favor, não deixa que eles me peguem.

O homem se abaixou.

— Não tente falar, não estou entendendo mesmo. Você levou uma porrada forte do poste e está sangrando feito um porco. Mova as pernas pra mim.

Luke obedeceu.

— Agora, mova os braços.

Luke os levantou.

O homem da cadeira de balanço se juntou ao homem da bifurcação. Luke tentou usar sua recém-adquirida TP para ler um ou os dois, para ver o que sabiam. Não descobriu nada; quando o assunto era ler pensamentos, a maré estava baixa. Até onde ele sabia, a pancada que levou tinha arrancado todo o TP da sua cabeça.

— Ele está bem, Tim?

— Acho que sim. Espero que esteja. O protocolo de primeiros socorros diz para não mover um ferimento de cabeça, mas vou correr esse risco.

— Qual de vocês é pra ser o meu tio? — perguntou Luke. — Ou são os dois?

O homem da cadeira de balanço franziu a testa.

— Você entende o que ele está dizendo?

— Não. Vou colocá-lo na sala dos fundos do sr. Jackson.

— Eu carrego as pernas.

Luke estava voltando a si agora. A orelha estava ajudando nesse sentido. Parecia querer abrir um buraco na cabeça dele. E talvez se esconder lá.

— Não, pode deixar — disse o homem da bifurcação. — Ele não é pesado. Quero que você ligue pro dr. Roper e peça pra ele fazer uma visita em casa.

— Uma visita no *armazém* — disse o homem da cadeira de balanço e riu, exibindo os dentes amarelos.

— Tanto faz. Vai lá, faz isso. Usa o telefone da estação.

— Sim, senhor. — O homem da cadeira de balanço prestou uma leve continência para o homem da bifurcação e saiu andando. O homem da bifurcação pegou Luke no colo.

— Me bota no chão — disse Luke. — Consigo andar.

— É mesmo? Vamos ver.

Luke oscilou por um momento e se firmou.

— Qual é seu nome, filho?

Luke pensou, sem saber se queria dizê-lo quando não sabia se aquele homem era um tio. Ele parecia legal... mas o Zeke do Instituto também parecia, quando estava em um de seus raros dias de bom humor.

— Qual é o seu? — respondeu ele.

— Tim Jamieson. Vem, vamos pelo menos sair do sol.

25

Norbert Hollister, dono de um motel decrépito que só continuava em funcionamento devido a sua remuneração mensal como agente do Instituto, usou o telefone da estação para ligar para o dr. Roper, mas antes usou o celular para ligar para um número que tinha recebido de madrugada. Na hora, ficou furioso de ter sido acordado. Mas agora estava feliz da vida.

— O garoto — disse ele. — Ele está aqui.

— Só um segundo — disse Andy Fellowes. — Vou transferir você.

Houve um breve silêncio e outra voz disse:

— Você é Hollister? De DuPray, Carolina do Sul?

— É. O garoto que vocês estão procurando acabou de saltar de um trem de carga. A orelha está machucada. Ainda tem recompensa por ele?

— Tem. E vai ficar maior ainda se você se certificar que ele fique na cidade.

Norbert riu.

— Ah, acho que ele vai ficar. Ele bateu de cara em um poste e quase foi nocauteado.

— Não perca ele de vista — disse Stackhouse. — Quero que ligue a cada hora. Entendido?

— Uma atualização.

— Isso mesmo. Nós cuidamos do resto.

O INFERNO CHEGOU

1

Tim levou o garoto ensanguentado, ainda atordoado, mas andando sozinho, pelo escritório de Craig Jackson. O dono do Depósito e Armazenagem de DuPray morava na cidade próxima de Dunning, mas era divorciado havia cinco anos, e o espaçoso aposento com ar-condicionado atrás do escritório servia de moradia auxiliar. Jackson não estava lá no momento, o que não era surpresa para Tim; nos dias em que o 56 parava em vez de seguir direto, Craig tinha a tendência de sumir.

Depois da cozinha com o micro-ondas, fogão elétrico de uma boca e uma pequena pia ficava uma área que consistia em uma poltrona na frente de uma televisão HD. Depois disso, modelos antigas da *Playboy* e da *Penthouse* observavam das paredes uma cama de camping arrumada. A ideia de Tim era deixar o garoto deitado até o dr. Roper chegar, mas o garoto balançou a cabeça.

— Poltrona.

— Tem certeza?

— Tenho.

O garoto se sentou. As almofadas fizeram um ruído leve de sopro. Tim se ajoelhou na frente dele.

— Agora, que tal um nome?

O garoto olhou para ele com dúvida. Ele tinha parado de sangrar, mas a bochecha estava toda suja e a orelha direita estava destruída.

— Você estava me esperando?

— Esperando o trem. Eu trabalho aqui de manhã. Por mais tempo quando o 9956 está programado para chegar. Agora, qual é o seu nome?

— Quem era o outro cara?

— Não vou responder mais nenhuma pergunta enquanto não tiver um nome.

O garoto pensou, lambeu os lábios e disse:

— Sou Nick. Nick Wilholm.

— Tudo bem, Nick. — Tim fez sinal da paz. — Quantos dedos você vê?

— Dois.

— E agora?

— Três. O outro cara, ele disse que era meu tio?

Tim franziu a testa.

— Aquele era Norbert Hollister. Ele é dono do motel da cidade. Se ele é tio de alguém, eu não estou sabendo. — Tim levantou um único dedo. — Acompanhe meu dedo. Quero ver seus olhos se movendo.

Os olhos de Nicky acompanharam o dedo dele para a esquerda e para a direita, para cima e para baixo.

— Acho que você não está tão mal — disse Tim. — Vamos torcer, pelo menos. De quem você está fugindo, Nick?

O garoto pareceu alarmado e tentou se levantar da poltrona.

— Quem disse isso?

Tim o empurrou delicadamente para trás.

— Ninguém. É que sempre que eu vejo um garoto de roupas sujas e rasgadas e orelha destroçada pulando de um trem, eu faço uma suposição estranha de que ele está fugindo. Agora, quem...

— Que gritaria foi aquela? Eu ouvi... ah, meu Jesus amado, o que aconteceu com esse garoto?

Tim se virou e viu a Órfã Annie Ledoux. Ela devia estar na barraca atrás do depósito, onde costumava ir cochilar no meio do dia. Apesar de o termômetro do lado de fora da estação ter registrado trinta graus às dez daquela manhã, Annie estava usando o que Tim chamava de traje mexicano completo: poncho, sombreiro, pulseiras de bijuteria e botas de caubói com as costuras arrebentando.

— Este é Nick Wilholm — disse Tim. — Ele veio fazer uma visita à nossa bela cidade que fica além do fim do mundo. Pulou do 56 e deu de cara com um poste. Nick, essa é a Annie Ledoux.

— É um prazer conhecer você — disse Luke.

— Obrigada, filho, igualmente. Foi o poste que arrancou metade da orelha dele, Tim?

— Acho que não — disse Tim. — Eu estava com esperanças de ouvir essa história.

— *Você* estava esperando o trem chegar? — o garoto perguntou a ela. Ele parecia estar obcecado com isso. Talvez porque tivesse acabado de bater a cabeça com muita força, talvez por algum outro motivo.

— Não estou esperando nada além do retorno de Nosso Senhor Jesus Cristo — disse Annie. Ela olhou em volta. — O sr. Jackson tem fotos sujas na parede. Não posso dizer que estou surpresa. — *Não posso* saiu como *num posso*.

Nessa hora, um homem de pele morena usando um macacão por cima de uma camisa branca e uma gravata escura entrou no aposento. Havia um boné de maquinista na cabeça dele.

— Oi, Hector — disse Tim.

— Oi pra você — disse Hector. Ele olhou para o garoto ensanguentado sentado na poltrona de Craig Jackson sem demonstrar grande interesse e voltou a atenção para Tim. — Meu auxiliar me disse que tenho dois geradores pra você, alguns minitratores e outras coisas assim, um bando de enlatados e outro monte de produtos frescos. Estou atrasado, Timmy, meu rapaz, e se você não me descarregar, pode mandar a frota de caminhões que esta cidade não tem pegar suas mercadorias em Brunswick.

Tim se levantou.

— Annie, você pode fazer companhia para o jovem até o doutor chegar? Tenho que ir pilotar uma empilhadeira.

— Pode deixar comigo. Se ele tiver uma convulsão, eu enfio alguma coisa na boca dele.

— Eu não vou ter uma convulsão — disse o garoto.

— É o que todos dizem — retorquiu Annie de forma enigmática.

— Filho — disse Hector —, você estava escondido no meu trem?

— Sim, senhor. Me desculpe.

— Bem, como você desceu agora, não é mais da minha conta. Imagino que a polícia vai cuidar de você. Tim, vejo que você tem um problema aqui, mas a mercadoria não vai esperar, então me ajude. Onde está sua equipe? Só vi um cara e ele está no escritório, no telefone.

— É o Hollister, do motel, e acho difícil que ele descarregue qualquer coisa. Talvez só o que tem no intestino logo de manhã cedo.

— Que nojo — comentou Annie, embora pudesse estar se referindo aos pôsteres de mulheres, que ela ainda estava observando.

— Os garotos Benson deveriam estar aqui, mas os dois preguiçosos parecem estar atrasados. Como você.

— Ah, Deus. — Hector tirou o boné e passou a mão pelo cabelo preto denso. — Odeio esses trajetos sem graça. O descarregamento também foi lento em Wilmington. Uma porcaria de Lexus ficou presa em um dos vagões de transporte de carros. Bem, vamos ver o que podemos fazer.

Tim foi atrás de Hector e depois se virou.

— Seu nome não é Nick, é?

O garoto refletiu e respondeu:

— Por enquanto, é.

— Não deixe que ele se mexa — disse Tim para Annie. — Se ele tentar, dá um grito pra me chamar. — E, para o garoto ensanguentado, que parecia muito pequeno e maltratado: — Nós vamos falar sobre isso quando eu voltar. Está bom pra você?

O garoto pensou e assentiu com cansaço.

— Acho que vai ter que estar.

2

Quando os homens saíram, a Órfã Annie encontrou uns panos limpos em uma cesta embaixo da pia. Depois de molhá-los com água fria, ela os torceu, um com força e o outro nem tanto. E entregou para ele o torcido com força.

— Coloque isso na sua orelha.

Luke fez isso. Ardeu. Ela usou o outro para limpar o sangue do rosto dele, trabalhando com uma delicadeza que o lembrou de sua mãe. Annie parou o que estava fazendo e perguntou, também com delicadeza, por que ele estava chorando.

— Estou com saudade da minha mãe.

— Ora, aposto que ela também está com saudade de você.

— Só se a consciência continuar existindo depois da morte. Eu gostaria de acreditar que sim, mas a evidência empírica sugere que não é esse o caso.

— Se continua? Claro que *continua*. — Annie foi até a pia e começou a tirar o sangue do pano que tinha usado. — Alguns dizem que a alma dos que partiram não tem interesse na esfera terrena, assim como a gente não liga pro que acontece com as formigas nos formigueiros, mas eu não penso assim. Eu acredito que elas prestam atenção. Sinto muito por ela ter partido, filho.

— Você acha que o amor deles continua? — A ideia era boba, ele sabia, mas era boba de um jeito *bom*.

— Claro. O amor não morre com o corpo terreno, filho. É uma ideia completamente ridícula. Há quanto tempo ela se foi?

— Um mês, talvez, ou pode ser seis semanas. Eu perdi a noção do tempo. Eles foram assassinados e eu fui sequestrado. Sei que é difícil de acreditar...

Annie voltou para limpar o resto do sangue.

— Não é difícil para quem entende. — Ela bateu na têmpora abaixo da aba do sombreiro. — Eles vieram em carros pretos?

— Não sei — disse Luke —, mas não ficaria surpreso se tivessem vindo.

— E fizeram experimentos em você?

Luke ficou de queixo caído.

— Como você sabe?

— George Allman — disse ela. — Ele está na WMDK de meia-noite às quatro da madrugada. O programa dele é sobre walk-ins, que são pessoas que têm as almas trocadas, e também sobre óvnis e poderes paranormais.

— Poderes paranormais? Sério?

— Sim, e há a conspiração. Você sabe sobre a conspiração, filho?

— Mais ou menos.

— O programa de George Allman se chama *The Outsiders*. As pessoas ligam, mas a maior parte do tempo é só ele falando. Ele não fala que são alienígenas, o governo ou o governo *trabalhando* com alienígenas. Ele toma cuidado porque não quer desaparecer e nem levar um tiro como Jack e Bobby, mas sempre fala sobre os carros pretos e sobre os experimentos. Coisas que deixariam seu cabelo branco. Você sabia que o Filho de Sam era um walk--in? Não? Bom, ele era. E o diabo que estava dentro dele saiu, deixando só uma casca. Levante a cabeça, filho, o sangue desceu pelo seu pescoço, e, se secar antes de eu conseguir limpar, vou ter que esfregar.

3

Os garotos Beman, um par de adolescentes corpulentos do lote de trailers ao sul da cidade, apareceram meio-dia e quinze, já no que costumava ser a hora de almoço de Tim. A maioria das coisas do Pequeno Motor do Fromie Vendas e Serviços já estava no concreto rachado da estação. Se dependesse de Tim, ele demitiria os Beman naquele segundo, mas eles eram da família do sr. Jackson, um parentesco complicado daquele jeito sulista, então isso não era opção. Além do mais, ele precisava deles.

Del Beman levou o caminhão grande com laterais de ripas de madeira até a porta do vagão Carolina Hortifrutigranjeiros às 12h30 e eles começaram a carregar caixas de alface, tomate, pepino e abóbora. Hector e seu auxiliar, interessados não em legumes e verduras, mas só em se mandar da Carolina do Sul, ajudaram. Norb Hollister ficou na sombra do ressalto do depósito, apenas observando. Tim achou a presença do sujeito meio peculiar, pois ele nunca tinha demonstrado interesse em chegadas e partidas de trens, mas estava ocupado demais para prestar atenção no assunto.

Uma velha perua Ford parou no pequeno estacionamento da estação às dez para uma, na hora em que Tim estava transportando as últimas caixas de hortifrutigranjeiros para a caçamba do caminhão que os levaria ao Mercado DuPray... supondo que Phil Beman conseguisse levar tudo sem problemas. Era menos de um quilômetro e meio, mas, naquela manhã, Phil estava com a fala lenta e seus olhos estavam vermelhos como os de um pequeno animal tentando escapar de um incêndio na floresta. Não era preciso ser Sherlock Holmes para deduzir que ele andara fumando algo que não era tabaco. Ele e o irmão.

O dr. Roper desceu do carro. Tim acenou para ele e apontou para o armazém onde ficavam o escritório e os aposentos do sr. Jackson. Roper retribuiu o aceno e foi naquela direção. Ele era das antigas, quase uma caricatura; o tipo de médico que ainda existe em áreas rurais pobres, onde o hospital mais próximo fica a setenta ou oitenta quilômetros de distância, o Obamacare é visto como blasfêmia de liberais sem cérebro e uma ida ao Walmart é considerada um acontecimento. Ele estava acima do peso e tinha passado dos sessenta anos, um batista obstinado que carregava tanto uma Bíblia quanto um estetoscópio em uma bolsa preta que tinha sido passada de pai para filho por três gerações.

— O que o garoto tem? — perguntou o auxiliar do trem, secando a testa com uma bandana.

— Não sei — disse Tim —, mas pretendo descobrir. Podem ir em frente, rapazes, sigam seu caminho. A não ser que você queira deixar um daqueles Lexus pra mim, Hector. Fico mais do que feliz em tirar ele dali eu mesmo, se você quiser.

— *Chupa mi polla* — disse Hector. Ele apertou a mão de Tim e voltou para a locomotiva, torcendo para recuperar o tempo entre DuPray e Brunswick.

4

Stackhouse pretendia ser ele a fazer a viagem no Challenger com as duas equipes de extração, mas a sra. Sigsby tomou o seu lugar. Ela tinha esse direito, afinal, era a chefe. Ainda assim, a expressão de desolação de Stackhouse com essa ideia era quase insultante.

— Pode parar com essa cara — disse ela. — Se isso der errado, a cabeça de quem você acha que vai rolar?

— As de nós dois, e não vai parar com a gente.

— É, mas qual vai ser cortada primeiro e vai rolar mais longe?

— Julia, isso é uma operação de campo e você nunca esteve em campo.

— Vou ter as equipes Rubi e Opala comigo, quatro homens bons e três mulheres duronas. Vamos ter também Tony Fizzale, que já foi fuzileiro, o dr. Evans e Winona Briggs. Ela era do exército e tem habilidades médicas. Denny Williams vai ser o encarregado da operação quando ela começar, mas pretendo estar lá e escrever meu relatório de uma perspectiva pessoal. — Ela fez uma pausa. — Se precisar de relatório, claro, e estou começando a acreditar que não vai haver meio de evitar. — Ela olhou para o relógio. Meio-dia e meia. — Chega de discussão. Nós temos que seguir com isso. Você fica responsável daqui e, se tudo correr bem, volto às duas da madrugada.

Ele foi com ela até a porta e percorreu a estrada de terra com portão que acabava levando a uma pista que ficava cinco quilômetros a oeste. O dia estava quente. Grilos cricrilavam na floresta densa pela qual a porra do garoto tinha conseguido fugir. Uma van Ford Windstar estava parada na frente do portão, com Robin Lecks atrás do volante e Michelle Robertson sentada ao lado. As duas mulheres estavam de calça jeans e camiseta preta.

— Daqui até Presque Isle — disse a sra. Sigsby. — Noventa minutos. De Presque Isle até Erie, Pensilvânia, mais setenta minutos. Pegamos a equipe Opala lá. De Erie até Alcolu, na Carolina do Sul, duas horas, mais ou menos. Se tudo correr bem, estaremos em DuPray às sete da noite.

— Mantenha contato e lembre que Williams está no comando quando o show começar. Não você.

— Pode deixar.

— Julia, eu realmente acho que isso é um erro. Deveria ser eu.

Ela o encarou.

— Se você disser isso de novo, vou te dar uma porrada. — Ela foi na direção da van. Denny Williams abriu a porta lateral para ela. A sra. Sigsby começou a entrar, mas se virou para Stackhouse. — E cuide para que Avery Dixon seja bastante mergulhado no tanque e esteja na Parte de Trás quando eu voltar.

— O Donkey Kong não gostou da ideia.

Ela abriu um sorriso meio horripilante.

— E parece que eu me importo?

5

Tim ficou olhando enquanto o trem partia e depois voltou para a sombra do beiral do depósito. A camisa estava encharcada de suor. Ele ficou surpreso de ver Norbert Hollister ainda lá. Como sempre, ele estava usando o colete estampado e a calça cáqui suja, hoje amarrada com um cinto trançado abaixo da caixa torácica. Tim se perguntou (e não pela primeira vez) como ele podia usar uma calça alta daquelas sem espremer as bolas.

— O que você ainda está fazendo aqui, Norbert?

Hollister deu de ombros e sorriu, revelando dentes que Tim preferiria não ver antes do almoço.

— Só matando o tempo. As tardes não são muito movimentadas no velho rancho.

Como se as manhãs ou as noites fossem, pensou Tim.

— Bom, por que você não cai fora daqui?

Norbert tirou uma bolsinha de tabaco Red Man do bolso de trás e enfiou um pouco na boca. Isso explicava a cor dos dentes dele, pensou Tim.

— Quem morreu e te transformou no papa?

— Acho que ficou parecendo que era um pedido — disse Tim. — Não era. Se manda.

— Tudo bem, tudo bem. Entendi. Tenha um bom-dia, sr. Vigia Noturno.

Norbert saiu andando. Tim ficou olhando para ele, de testa franzida. Ele às vezes via Hollister no Restaurante da Bev ou no Zoney's comprando amendoim ou um ovo cozido em conserva no balcão, mas, fora isso, aquele cara raramente saía do escritório do motel, onde ficava assistindo esportes e pornografia na televisão via satélite. Que, diferentemente dos aparelhos nos quartos, funcionava.

A Órfã Annie estava esperando Tim no escritório do sr. Jackson, sentada atrás da escrivaninha e mexendo nos papéis na cesta de ENTRADA/SAÍDA de Jackson.

— Isso não é da sua conta, Annie — disse Tim tranquilamente. — E se você bagunçar isso aí, quem vai ter problemas sou eu.

— Não tem nada de interessante mesmo — disse ela. — Só faturas e cronogramas. Se bem que ele *tem* um cartão de fidelidade daquele lugar de topless em Hardeeville. Com mais dois furinhos ele ganha um almoço grátis. Se bem que almoçar olhando as peitolas de uma mulher qualquer... *brrr*.

Tim nunca tinha pensado dessa forma e, agora que tinha, desejava não ter pensado.

— O doutor está com o garoto?

— Sim. Fiz o sangramento parar, mas ele vai ter que usar o cabelo comprido de agora em diante, porque aquela orelha nunca mais vai ser a mesma. Agora, me escuta. Descobri que os pais do garoto foram assassinados e ele foi sequestrado.

— Parte da conspiração? — Ele e Annie tiveram muitas conversas sobre a conspiração em suas rondas de vigia noturno.

— Isso mesmo. Foram pegar ele em carros pretos, pode apostar, e se rastrearem o menino até aqui, vão *vir* atrás dele.

— Anotado — disse ele —, e pode deixar que vou falar com o xerife John. Obrigado por limpar e cuidar do garoto, mas agora acho melhor você ir.

Ela se levantou e sacudiu o poncho.

— Isso mesmo, avisa o xerife John. Vocês precisam ficar todos alertas. Eles vão aparecer carregados. Tem uma cidade no Maine, Jerusalem's Lot, e você poderia perguntar pros moradores de lá sobre os homens em carros pretos. Se fosse capaz de encontrar alguém, claro. Todos desapareceram uns quarenta anos atrás. George Allman fala sobre aquela cidade o tempo todo.

— Entendi.

Ela foi até a porta, o poncho balançando, e se virou.

— Você não acredita em mim e isso não me deixa nem um pouco surpresa. Por que deixaria? Eu já era a maluca da cidade anos antes de você aparecer, e se o Senhor não me levar, continuarei sendo a maluca da cidade anos depois que você for embora.

— Annie, eu nunca...

— Shh. — Ela olhou para ele intensamente por baixo do sombreiro. — Tudo bem. Mas preste atenção agora. Estou contando pra você... mas *ele* contou pra *mim*. O garoto. Então agora somos dois, certo? E se lembre do que eu disse. *Eles vêm em carros pretos.*

6

O dr. Roper estava guardando de volta na bolsa os poucos instrumentos de exame que tinha usado. O garoto ainda estava sentado na poltrona do sr. Jackson. O rosto dele estava limpo do sangue e a orelha estava com um curativo. Um hematoma grande se desenvolvia na lateral do rosto por causa do seu desentendimento com o poste, mas seus olhos estavam límpidos e alertas. O doutor tinha encontrado um refrigerante no frigobar e o garoto estava acabando rapidamente com ele.

— Fica sentado aí, meu jovem — disse Roper. Ele fechou a bolsa e foi até Tim, que estava parado logo depois da porta que conectava o local ao escritório.

— Ele está bem? — perguntou Tim, mantendo a voz baixa.

— Ele está desidratado e faminto, não comeu nada por um bom tempo, mas, fora isso, me pareceu bem. Os garotos da idade dele se recuperam rápido. Diz que tem doze anos, que seu nome é Nick Wilholm e que entrou no trem no início, no Maine. Perguntei o que estava fazendo lá e ele disse que não podia me contar. Pedi o endereço, ele disse que não lembra. É plausível, uma pancada forte na cabeça pode provocar desorientação temporária e memória confusa, mas já estou por aí há muito tempo e sei a diferença entre amnésia e reticência, especialmente em uma criança. Ele está escondendo alguma coisa. Talvez muita coisa.

— Certo.

— Meu conselho? Prometa dar a ele uma boa refeição e você vai conseguir a história completa.

— Obrigado, doutor. Pode me mandar a conta.

Roper fez sinal de indiferença.

— Pague para *mim* uma boa refeição em um lugar mais bacana do que o Bev e estaremos quites. — Com o sotaque carregado do doutor, *quites* saiu *quits*. — E, quando você descobrir qual é a história dele, também vou querer saber.

Quando ele foi embora, Tim fechou a porta de forma a ficarem só ele e o garoto e tirou o celular do bolso. Ligou para Bill Wicklow, o policial que ia assumir a sua função de vigia noturno depois do Natal. O garoto o observou atentamente enquanto terminava a bebida.

— Bill? Aqui é o Tim. Sim, tudo bem. Só queria saber se você pode fazer uma previazinha do trabalho de vigia noturno hoje. Agora costuma ser meu horário de dormir, mas aconteceu uma coisa no depósito ferroviário. — Ele ouviu. — Excelente. Te devo uma. Vou deixar o relógio na delegacia. Não se esqueça de que tem que dar corda. E obrigado.

Ele encerrou a ligação e observou o garoto. Os hematomas no rosto dele piorariam e sumiriam em uma ou duas semanas. A expressão nos seus olhos poderia demorar mais.

— Está se sentindo melhor? A dor de cabeça está passando?

— Sim, senhor.

— Esquece o senhor, pode me chamar de Tim. E como eu te chamo? Qual é seu verdadeiro nome?

Depois de uma breve hesitação, Luke contou para ele.

7

O túnel mal iluminado entre a Parte da Frente e a Parte de Trás estava frio e Avery começou a tremer na mesma hora. Ainda vestia as roupas que usara quando Zeke e Carlos tiraram seu corpinho inconsciente do tanque de imersão e estava encharcado. Seus dentes começaram a bater. Ainda assim, ele se agarrou ao que tinha descoberto. Era importante. Tudo era importante agora.

— Para de bater os dentes — disse Gladys. — É um som nojento.

Ela o estava empurrando em uma cadeira de balanço e seu sorriso habitual não estava à vista. A notícia do que aquele merdinha tinha feito se espalhou e, como todos os outros funcionários do Instituto, ela estava apavorada e continuaria assim até Luke Ellis ser levado de volta e eles poderem dar um suspiro de alívio.

— N-n-n-não c-c-consigo c-c-controlar — disse Avery. — Estou com m-muito f-f-frio.

— E você acha que eu me importo? — A voz elevada da Gladys ecoou nas paredes de azulejos. — Você tem ideia do que você fez? Tem alguma *ideia*?

Avery tinha. Na verdade, tinha muitas, algumas delas de Gladys (o medo dela parecia um rato correndo em uma rodinha no meio do cérebro), algumas só dele.

Quando passaram pela porta que dizia SOMENTE PESSOAL AUTORIZADO, ficou um pouco mais quente; na sala descuidada onde a dra. James os esperava (o jaleco abotoado errado, o cabelo desgrenhado, um sorriso bobo na cara), estava ainda mais quente.

O tremor de Avery diminuiu e passou, mas as luzes Stasi coloridas voltaram. Isso não era problema, porque ele conseguia fazer com que sumissem quando queria. Zack quase o matara no tanque; na verdade, antes de Avery desmaiar, ele *achou* que estivesse morto, mas o tanque também fez uma coisa com ele. Ele entendia que o tanque fazia coisas com alguns dos outros que iam parar lá dentro, mas achava que aquilo era algo mais. TC junto com TP era a parte menos importante. Gladys estava apavorada com o que poderia acontecer por causa de Luke, mas Avery tinha noção de que poderia fazer com que ela morresse de medo *dele* se quisesse.

Mas aquele não era o momento.

— Olá, meu rapaz! — exclamou a dra. James. Ela parecia uma candidata em uma propaganda eleitoral e seus pensamentos voavam como pedaços de papel carregados por um vento forte.

Há algo de muito errado com ela, pensou Avery. É como contaminação por radiação, só que no cérebro e não nos ossos.

— Oi — disse Avery.

A dra. Jeckle inclinou a cabeça para trás e riu como se *Oi* fosse a piada mais engraçada que ela já tinha ouvido.

— Nós não o esperávamos tão cedo, mas bem-vindo, bem-vindo! Tem alguns amigos seus aqui!

Eu sei, pensou Avery, e mal posso esperar para vê-los. E acho que eles vão ficar felizes de me ver.

— Mas primeiro precisamos tirar essa roupa molhada. — Ela olhou para Gladys com reprovação, mas Gladys estava ocupada coçando os braços, tentando se livrar do zumbido que percorria sua pele (ou por baixo dela). Boa sorte com isso, pensou Avery. — Vou pedir pro Henry te levar pro seu quarto. Temos cuidadores azuis bem legais por aqui. Você consegue andar sozinho?

— Consigo.

A dra. Jeckle riu mais um pouco, a cabeça para trás e a garganta vibrando. Avery desceu da cadeira de rodas e lançou um olhar longo e avaliador para Gladys. Ela parou de se coçar e agora era *ela* que tremia. Não por estar molhada e não por estar com frio. Foi por causa dele. Ela o sentiu e não gostou.

Mas Avery gostou. Era algo quase bonito.

8

Como não havia outra cadeira na sala do sr. Jackson, Tim pegou a do escritório. Pensou em colocá-la na frente do garoto, mas decidiu que ficaria muito parecido com a organização de uma sala de interrogatório policial. Acabou por colocá-la ao lado da poltrona para se sentar perto do garoto, do jeito que se faz com um amigo, talvez para ver um programa de televisão favorito. Só que a tela da tv do sr. Jackson estava apagada.

— Agora, Luke — disse ele. — De acordo com Annie, você foi sequestrado, mas Annie nem sempre... está com todos os parafusos no lugar, digamos.

— Ela acertou nisso — garantiu Luke.

— Certo. Sequestrado de onde?

— Minneapolis. Eles me apagaram. E mataram meus pais. — Ele passou a mão pelos olhos.

— Esses sequestradores te levaram de Minneapolis para o Maine. Como fizeram isso?

— Eu não sei. Estava inconsciente. Deve ter sido de avião. Eu realmente sou de Minneapolis. Você pode verificar isso, basta ligar pra minha escola. Se chama Escola Broderick para Crianças Excepcionais.

— O que faz de você um menino gênio, suponho.

— Ah, sim — disse Luke, sem orgulho na voz. — Eu sou um menino gênio. E agora sou um menino muito faminto. Não comi nada além de um sanduíche de salsicha e uma tortinha de frutas em dois dias. Acho que dois dias. Eu meio que perdi a noção do tempo. Um homem chamado Mattie me deu.

— Mais nada?

— Um pedacinho de donut. Não era muito grande.

— Meu Deus, vamos arrumar uma coisa pra você comer.

— Sim — disse Luke, e acrescentou: — Por favor.

Tom tirou o celular do bolso.

— Wendy? Aqui é o Tim. Será que você poderia me fazer um favor?

9

O quarto de Avery na Parte de Trás era desolador. A cama era apenas um colchão básico. Não havia pôsteres da Nickelodeon nas paredes e nem G.I. Joes na escrivaninha. Isso não era problema para Avery. Ele só tinha dez anos, mas agora tinha que ser adulto, e adultos não brincavam com soldadinhos de brinquedo.

Só que não posso fazer isso sozinho, pensou ele.

Ele se lembrou do Natal do ano anterior. Doía pensar sobre isso, mas ele pensou mesmo assim. Tinha ganhado o castelo de Lego que pediu, mas, quando as peças estavam espalhadas na frente dele, ele não sabia como transformar aquela bagunça no lindo castelo estampado na caixa, com torres e portões e uma ponte levadiça que se movia. Ele começou a chorar. Seu pai (morto agora, ele tinha certeza) se ajoelhou ao seu lado e disse: *Nós vamos seguir as instruções e vamos montar o castelo juntos. Um passo de cada vez.* E foi o que fizeram. O castelo ficou na escrivaninha do quarto dele, com os G.I. Joes em volta, e aquele castelo foi uma coisa que não conseguiram duplicar quando ele acordou na Parte da Frente.

Agora ele estava deitado no colchão do quarto vazio, com roupas secas, pensando em como o castelo ficou lindo quando terminado. E sentindo o zumbido. Era constante na Parte de Trás. Alto nos quartos, mais alto ainda nos corredores, mais alto do que tudo depois do refeitório, onde uma porta com tranca dupla depois da sala de descanso dos cuidadores levava à parte de trás da Parte de Trás. Os cuidadores frequentemente chamavam aquela parte de Horta porque os garotos que viviam lá (se é que se pode chamar aquilo de viver) eram vegetais. Zumbidores. Mas eram úteis, Avery imaginava. Da mesma forma que uma embalagem de chocolate Hershey's era útil até você a lamber toda. Aí, podia jogar fora.

As portas ali tinham trancas. Avery se concentrou e tentou abrir a sua. Não que houvesse lugar para ir exceto o corredor com o tapete azul, mas era um experimento interessante. Ele sentiu a tranca *tentando* girar, mas não conseguiu ir até o fim. Perguntou-se se George Iles conseguiria, porque George era TC-pos forte. Avery achava que sim, com uma certa ajuda. Ele pensou de novo no que seu pai dissera: *Vamos montar juntos. Um passo de cada vez.*

Às cinco horas, a porta se abriu e um cuidador de vermelho olhou para dentro do quarto, a expressão séria. Os de lá não usavam crachá, mas, para Avery, não era preciso. Aquele era Jacob, conhecido pelos colegas como Jake Cobra. Ele já tinha sido da Marinha. *Você tentou ser SEAL*, pensou Avery, *mas não conseguiu. Expulsaram você. Acho que você gostava demais de machucar pessoas.*

— Jantar — disse Jake Cobra. — Se quiser, vem. Se não quiser, tranco a porta até a hora do filme.

— Eu quero.

— Tudo bem. Você gosta de filmes, garoto?

— Gosto — disse Avery, e pensou *Mas não vou gostar desses. Esses filmes matam pessoas.*

— Você vai gostar desses — disse Jake. — Sempre tem um desenho no começo. O refeitório fica no final do corredor, à esquerda. E para de enrolar. — Jake deu um tapa forte no traseiro de Avery para que ele saísse andando.

No refeitório, uma sala horrível pintada do mesmo tom de verde-escuro do corredor da residência na Parte da Frente, umas dez crianças estavam comendo algo que, para Avery, tinha cheiro de ensopado de carne enlatado. Em casa, sua mãe fazia aquilo pelo menos duas vezes por semana, porque a irmãzinha dele gostava. Ela também devia estar morta. A maioria das crianças parecia zumbi e várias babavam. Ele viu uma garota fumando um cigarro durante a refeição. Enquanto Avery olhava, ela bateu as cinzas no próprio prato, olhou ao redor com expressão vazia e voltou a comer do mesmo prato.

Já tinha sentido Kalisha mesmo no túnel e agora a viu, sentada a uma mesa perto dos fundos. Precisou se segurar para não correr até ela e jogar os braços ao redor de seu pescoço. Acabaria atraindo atenção e isso não era o que Avery queria. Pelo contrário. Helen Simms estava sentada ao lado de Sha, as mãos inertes nas laterais do prato. Seus olhos estavam grudados no teto. O cabelo, tão colorido quando ela chegou na Parte da Frente, agora estava sem cor e sem vida, caído em volta do rosto, um rosto bem *mais magro*. Kalisha estava dando comida para ela, ou tentando.

— Vamos, Hel, vamos lá, vamos lá. — Ela botou uma colherada de ensopado na boca de Helen. Quando um pedaço marrom de carne não identificada começou a cair pelo lábio inferior de Helen, Sha usou a colher para empurrar de volta para dentro. Dessa vez, Helen engoliu, e Sha sorriu.

— Isso *aí*, muito bem.

Sha, pensou Avery. *Oi, Kalisha.*

Ela olhou ao redor, sobressaltada, o viu e abriu um sorriso largo.

Avester!

Uma baba de molho marrom escorreu pelo queixo de Helen. Nicky, sentado do outro lado dela, usou um guardanapo de papel para limpar. Ele também viu Avery, sorriu e fez sinal de positivo. George, sentado em frente ao Nicky, se virou.

— Ei, veja só, é o Avester — disse George. — Sha achou que você viria. Bem-vindo ao nosso lar feliz, pequeno herói.

— Se você for comer, pega logo um prato — disse uma mulher de azul com uma expressão severa no rosto. O nome dela era Corinne, ele sabia, e ela gostava de dar tapas. Dar tapas fazia com que se sentisse bem. — Tenho que encerrar cedo porque hoje é noite de cinema.

Avery pegou um prato e se serviu de ensopado. Sim, era o mesmo enlatado que sua mãe fazia. Ele botou um pedaço de pão branco esponjoso em cima, levou a comida até os amigos e se sentou. Sha sorriu para ele. A dor de cabeça dela estava ruim naquele dia, mas ela sorriu mesmo assim, e isso fez com que Avery tivesse vontade de rir e chorar ao mesmo tempo.

— Come, amigão — disse Nicky, mas ele não estava seguindo o próprio conselho; o prato dele estava quase todo cheio. Os olhos estavam vermelhos e ele estava esfregando a têmpora esquerda. — Sei que parece diarreia, mas você não vai querer ir pro cinema de estômago vazio.

Pegaram o Luke?, perguntou Sha, em pensamento.

Não. Estão todos se cagando de medo.

Ótimo. Ótimo!

A gente vai receber injeção que dói antes do filme?

Acho que hoje não, esse ainda é novo, nós só vimos uma vez.

George os estava encarando com olhos sábios. Ele tinha ouvido. Antigamente, na época da Parte da Frente, George Iles era só TC, mas agora ele era mais do que isso. Todos eram. A Parte de Trás expandia o que você tinha, mas, graças ao tanque de imersão, nenhum deles era como Avery. Ele sabia coisas. Os testes na Parte da Frente, por exemplo. Muitos deles eram projetos paralelos do dr. Hendricks, mas as injeções eram questão de praticidade. Algumas eram limitadores e Avery não tinha recebido essas. Ele foi direto para o tanque de imersão, onde chegou às portas da morte, talvez até através delas, e como resultado conseguia fazer surgirem as luzes Stasi quase sempre que quisesse. Ele não precisava dos filmes, não precisava fazer parte do pensamento de grupo. Criar aquele pensamento de grupo era o trabalho principal da Parte de Trás.

Mas ele tinha apenas dez anos. O que era um problema.

Enquanto comia, ele tentou se comunicar com Helen e ficou contente ao descobrir que ela ainda estava lá. Ele gostava de Helen. Ela não era como aquela vaca da Frieda. Avery não precisou ler a mente de Frieda para saber que ela o tinha enganado para que contasse coisas e o dedurasse; quem mais *poderia* ter sido?

365

Helen?

Não. Não fala comigo, Avery. Eu tenho que...

O resto sumiu, mas Avery achava que entendia. Ela tinha que se esconder. Havia uma esponja cheia de dor dentro da sua cabeça e ela estava se escondendo disso da melhor maneira que podia. Esconder-se da dor era a reação sensata. O problema era que a esponja só inchava. Continuaria assim até que não houvesse onde se esconder, e aí a esmagaria no fundo de seu crânio como uma mosca na parede. E esse seria o seu fim. Como Helen, pelo menos.

Avery entrou na mente dela. Era mais fácil do que tentar girar a tranca da porta do quarto porque ele sempre fora um TP poderoso; era o TC que era novidade para ele. Ele era desajeitado e precisava ser cuidadoso. Não podia resolver o problema, mas achava que podia *aliviá-la*. Protegê-la um pouco. Isso seria bom para ela e seria bom para eles... porque eles precisariam de toda ajuda que pudessem conseguir.

Ele encontrou a dor de cabeça/esponja no fundo da cabeça de Helen. Mandou que parasse de se espalhar. Mandou que fosse embora. A coisa não queria. Ele forçou. As luzes coloridas começaram a aparecer na frente dele, girando devagar, como creme no café. Ele empurrou com mais força. A esponja era flexível, mas firme.

Kalisha. Me ajuda.

Com o quê? O que você está fazendo?

Ele contou. Ela começou a ajudar, hesitante. Eles empurraram juntos. A dor de cabeça/esponja cedeu um pouco.

George, chamou Avery. *Nicky. Ajudem a gente.*

Nicky conseguiu ajudar um pouco. George pareceu intrigado no começo, depois se juntou a eles, mas depois de um momento recuou.

— Não consigo — sussurrou ele. — Está escuro.

Não ligue pra escuridão! Quem disse isso foi Sha. *Acho que podemos ajudar!*

George voltou. Estava relutante e não colaborou muito, mas pelo menos estava com eles.

É só uma esponja, disse Avery. Ele não conseguia mais ver seu prato de ensopado. Tinha sido substituído pelo rodopio com batimentos das luzes Stasi. *Não pode machucar vocês. Empurrem! Todos juntos!*

Eles tentaram e alguma coisa aconteceu. Helen tirou o olhar do teto. Olhou para Avery.

— Veja quem está aqui — disse ela com uma voz rouca. — A minha dor de cabeça está um pouco melhor. Graças a Deus. — Ela começou a comer sozinha.

— Puta merda — disse George. — Fomos nós.

Nick estava sorrindo e levantando a mão.

— Bate aqui, Avery.

Avery bateu na mão dele, mas todas as sensações boas sumiram junto com os pontos. A dor de cabeça de Helen voltaria e ficaria pior cada vez que ela assistisse aos filmes. As dores de Helen, de Sha e de Nicky. A dele também. Chegaria um momento em que todos eles se juntariam ao zumbido emanando da Horta.

Mas talvez… se eles se unissem em seu próprio pensamento de grupo… e se houvesse um jeito de criar um escudo…

Sha.

Sha olhou para ele. Ela escutou. Nicky e George também, ao menos o tanto que conseguiram. Era como se eles fossem parcialmente surdos. Mas Sha escutou. Ela comeu um pedaço de carne, botou a colher na mesa e balançou a cabeça.

Nós não temos como fugir, Avery. Se é isso que você está pensando, esqueça.

Sei que não temos como. Mas a gente tem que fazer alguma coisa. A gente tem que ajudar o Luke e tem que se ajudar. Eu vejo as peças, mas não consigo juntar. Eu não…

— Você não sabe montar o castelo — disse Nicky com voz baixa e reflexiva. Helen tinha parado novamente de comer e voltado a observar o teto. A dor de cabeça/esponja já estava crescendo de novo, inchando e ocupando sua mente. Nicky a ajudou a comer mais um pedaço.

— Cigarros! — gritou um dos cuidadores de azul. Ele exibiu uma caixa. Parecia que ali os cigarros eram de graça. Até mesmo encorajados. — Quem quer um cigarro antes do filme?

A gente não tem como fugir, disse Avery em pensamento, *então me ajudem a montar um castelo. Um muro. Um escudo. O nosso castelo. O nosso muro. O nosso escudo.*

Ele olhou para Sha, para Nicky, para George e para Sha de novo, suplicando para que entendesse. Os olhos dela se iluminaram.

Ela entendeu, pensou Avery. Graças a Deus, ela entendeu.

Ela começou a falar, mas parou quando o cuidador (o nome dele era Clint) passou por eles gritando:

— Cigarros! Quem quer um antes do filme?

Quando ele tinha ido embora, ela disse:

— Se não podemos fugir, vamos ter que tomar esse lugar.

10

A atitude fria inicial da policial Wendy Gullickson com Tim tinha melhorado consideravelmente desde aquele primeiro encontro dos dois em um restaurante mexicano de Hardeeville. Agora, todos sabiam que eles eram um casal, e quando ela entrou no apartamento dos fundos do sr. Jackson com uma grande sacola de papel, deu um beijo primeiro na bochecha dele, depois rapidamente na boca.

— Essa é a policial Gullickson — disse Tim —, mas pode chamá-la de Wendy, se ela não se importar.

— Eu não me importo — disse Wendy. — Qual é o seu nome?

Luke olhou para Tim, que assentiu de leve.

— Luke Ellis.

— É um prazer conhecer você, Luke. É um hematoma e tanto que você tem aí.

— Sim, senhora. Dei de cara em alguma coisa.

— Sim, *Wendy*. E esse curativo na sua orelha? Você se cortou também?

Isso o fez sorrir um pouco, porque era a pura verdade.

— Mais ou menos isso.

— Tim disse que talvez você estivesse com fome, então trouxe comida do restaurante da rua principal. Tem uma coca-cola, frango, hambúrguer e batata frita. O que você quer?

— Tudo — disse Luke, o que fez Wendy e Tim rirem.

Eles o viram comer duas coxas de frango, um hambúrguer e quase todas as batatas, e finalizar com um grande pote de pudim de arroz. Tim, que não tinha almoçado, comeu o resto do frango e tomou uma coca.

— Melhor agora? — perguntou Tim quando a comida tinha acabado.

Em vez de responder, Luke caiu no choro.

Wendy o abraçou e acariciou seu cabelo, desembaraçando alguns dos nós com os dedos. Quando os soluços de Luke finalmente diminuíram, Tim se agachou ao lado dele.

— Desculpa — disse Luke. — Desculpa, desculpa, desculpa.

— Tudo bem. Você tem esse direito.

— É porque me sinto vivo de novo. Não sei por que isso me faria chorar, mas fez.

— Acho que se chama alívio — disse Wendy.

— Luke alega que os pais foram mortos e ele foi sequestrado — disse Tim. Wendy arregalou os olhos.

— Não é uma alegação! — disse Luke, se inclinando para a frente na poltrona do sr. Jackson. — É a verdade!

— Talvez tenha sido uma escolha ruim de palavras. Vamos ouvir sua história, Luke.

Luke pensou e disse:

— Antes, tem como fazer uma coisa pra mim?

— Se eu puder — disse Tim.

— Olha lá fora. Vê se aquele outro cara ainda está lá.

— Norbert Hollister? — sorriu Tim. — Eu falei pra ele se mandar. Já deve estar em uma lojinha de conveniência comprando bilhetes de loteria. Ele está convencido de que vai ser o próximo milionário da Carolina do Sul.

— Só olha.

Tim olhou para Wendy, que deu de ombros e disse:

— Deixa que eu vou.

Ela voltou um minuto depois, a testa franzida.

— Na verdade, ele está sentado em uma cadeira de balanço no depósito. Lendo uma revista.

— Acho que ele é um tio — disse Luke em voz baixa. — Tive tios em Richmond e Wilmington. Talvez em Sturbridge também. Eu nem sabia que tinha tantos tios. — Ele riu. Foi um som metálico.

Tim se levantou e foi até a porta a tempo de ver Norbert Hollister se levantar e sair andando na direção do motel decrépito. Ele não olhou para trás. Tim voltou até Luke e Wendy.

— Ele foi embora, filho.

— Talvez pra ligar pra eles — disse Luke. Ele cutucou a lata vazia de coca. — Não vou deixar me levarem de volta. Achei que ia morrer lá.

— Onde? — perguntou Tim.

— No Instituto.

— Comece do início e nos conte tudo — disse Wendy.

Luke fez isso.

11

Quando terminou (levou quase meia hora e Luke tomou uma segunda coca durante o relato), houve um momento de silêncio. E Tim disse, baixinho:

— Não é possível. Só para começar, uma quantidade dessas de sequestros acabaria chamando atenção.

Wendy balançou a cabeça.

— Você foi policial. Devia saber que não é assim. Houve um estudo alguns anos atrás que dizia que quase meio milhão de crianças somem todos os anos nos Estados Unidos. É um número impressionante, você não acha?

— Sei que os números são altos, quase quinhentas crianças foram registradas como desaparecidas no condado de Sarasota no último ano que passei na polícia, mas a maioria, a *grande* maioria, é de crianças que voltam por conta própria. — Tim estava pensando em Robert e Roland Bilson, os gêmeos que ele tinha visto indo para a Feira Agricultural de Dunning de madrugada.

— Ainda assim, sobram milhares — disse ela. — *Dezenas* de milhares.

— Concordo, mas quantos desses que somem deixam pais assassinados para trás?

— Não faço ideia. Duvido que alguém tenha feito um estudo. — Ela voltou a atenção para Luke, que estava acompanhando a conversa deles com os olhos, como se assistindo a uma partida de tênis. A mão dele estava no bolso, tocando no pen-drive como se fosse um amuleto.

— Às vezes — disse ele —, eles provavelmente fazem com que pareça um acidente.

Tim teve uma visão repentina daquele garoto morando com a Órfã Annie na barraca, os dois ouvindo o programa maluco dela de madrugada no rádio. Falando de conspiração. Falando sobre *eles*.

— Você disse que cortou o lóbulo da orelha porque tinha um dispositivo de rastreio nele — disse Wendy. — Isso é mesmo verdade, Luke?

— É.

Wendy pareceu não saber o que dizer depois disso. O olhar que ela lançou para Tim dizia *Agora é com você*.

Tim pegou a lata vazia de coca de Luke e a jogou no saco de comida, que agora só tinha papéis e ossos de frango.

— Você está falando de uma instalação secreta com um programa clandestino em solo doméstico, que começou sei lá quantos anos atrás. Houve uma época em que isso talvez fosse possível, imagino, teoricamente, mas não na era da internet. Os maiores segredos do governo são jogados na rede por uma organização chamada...

— Wikileaks. Eu sei sobre o Wikileaks. — Luke pareceu impaciente. — Sei como é difícil guardar segredos e sei como parece loucura. Por outro lado, os alemães tiveram campos de concentração durante a Segunda Guerra Mundial, em que conseguiram matar sete milhões de judeus. E ciganos. E gays.

— Mas as pessoas em volta daqueles campos sabiam o que estava acontecendo — disse Wendy. Ela tentou segurar a mão dele.

Luke a puxou de volta.

— E eu apostaria um milhão de dólares que as pessoas de Dennison River Bend, que é a cidade mais próxima, sabem que tem *alguma coisa* acontecendo. Alguma coisa ruim. Mas não o quê, porque elas não *querem* saber. Por que iam querer? Faz com que eles sigam sobrevivendo, e, além do mais, quem acreditaria? Hoje em dia, ainda tem gente que não acredita que os alemães mataram tantos judeus. Chama-se negação.

Sim, pensou Tim, o garoto é inteligente. A história dele para o que aconteceu é maluca, mas ele tem cabeça, e muita.

— Eu quero ter certeza de que entendi direito — disse Wendy. Ela estava falando com gentileza. Os dois estavam. Luke entendia. Não era preciso ser uma porra de uma criança prodígio para saber que era assim que as pessoas falavam com alguém mentalmente desequilibrado. Ele estava decepcionado, mas não surpreso. O que mais poderia esperar? — Eles encontram crianças que são telepatas e o que você chama de teleci alguma coisa...

— Telecinéticos. TC. Normalmente, os talentos são pequenos... nem os garotos TC-pos conseguem fazer muita coisa. Mas os médicos do Instituto tornam eles mais fortes com as injeções. Picadas por pontos, é isso que dizem, o que todos nós dizemos, só que os pontos são as luzes Stasi que falei. As injeções que geram as luzes são pra incrementar o que a gente já tem. Acho que algumas das outras podem ser pra fazer a gente durar mais. Ou... — Ele pensou em uma coisa pela primeira vez. — Ou pra nos impedir de passar do limite. O que poderia nos tornar perigosos pra eles.

— Tipo vacinas? — perguntou Tim.

— Acho que podemos chamar assim, é.

— Antes de ser levado, você conseguia mover objetos com a mente? — disse Tim, com a voz tranquila de "estou lidando com um maluco".

— Objetos *pequenos*.

— E desde essa experiência de quase morte no tanque de imersão você também consegue ler pensamentos.

— Mesmo antes. O tanque... intensificou. Mas eu ainda não sou... — Ele massageou a nuca. Era difícil de explicar e as vozes deles, tão baixas e tão calmas, estavam dando nos nervos dele, que já se encontravam no limite. Em pouco tempo ele ficaria tão maluco quanto achavam que ele era. Mesmo assim, precisava tentar. — Mas eu ainda não sou muito forte. Nenhum de nós é, só o Avery. Ele é incrível.

— Vamos ver se entendi direito. Eles sequestram crianças que têm leves poderes paranormais, dão esteroides mentais pra eles e fazem com que matem pessoas. Tipo aquele político que estava planejando concorrer à presidência, Mark Berkowitz.

— Isso mesmo.

— Por que não Bin Laden? — perguntou Wendy. — Eu imaginaria que seria um alvo natural para esse... esse assassinato mental.

— Não sei — disse Luke. Ele parecia exausto. O hematoma na bochecha estava ficando mais visível a cada minuto. — Não tenho ideia de como eles escolhem os alvos. Conversei sobre isso uma vez com minha amiga Kalisha. Ela também não fazia ideia.

— Por que essa organização misteriosa não contrata assassinos de aluguel simplesmente? Não seria mais prático?

— Parece simples nos filmes — disse Luke. — Na vida real, acho que eles fracassam ou são pegos. Como os caras que mataram Bin Laden quase foram pegos.

— Vamos fazer uma demonstração — disse Tim. — Estou pensando em um número. Me diga qual é.

Luke tentou. Concentrou-se e esperou que os pontos coloridos aparecessem, mas eles não vieram.

— Não consigo.

— Mova alguma coisa, então. Esse não é seu talento principal, o motivo de terem ido atrás de você?

Wendy balançou a cabeça. Tim não era telepata, mas sabia o que ela estava pensando: *Pare de perturbar o garoto, ele está atormentado, desorientado e no meio de uma fuga.* Mas Tim pensou que, se pudesse invalidar a história maluca do garoto, talvez eles pudessem chegar a algo real e decidir o que fazer a partir dali.

— Que tal a sacola da comida? Não tem nada dentro agora, está leve, você deve conseguir.

Luke olhou para a sacola, franzindo ainda mais a testa. Por um momento, Tim achou ter sentido alguma coisa, um sussurro na pele, uma corrente de ar, mas passou e a sacola não se mexeu. Claro que não.

— Tudo bem — disse Wendy. — Acho que basta por ag…

— Eu sei que vocês dois são namorados — disse Luke. — Isso eu sei.

Tim sorriu.

— Isso não é muito impressionante, garoto. Você me viu beijá-la quando ela chegou.

Luke virou a atenção para Wendy.

— Você vai viajar. Pra ver sua irmã, não é?

Ela arregalou os olhos.

— Como…?

— Não caia nessa — disse Tim… mas delicadamente. — É um truque antigo de médiuns, um palpite com base. Se bem que eu admito que o garoto faz direitinho.

— Que base eu tive sobre a irmã de Wendy? — perguntou Luke, mas sem muita esperança. Ele jogara as cartas que tinha uma de cada vez e agora só tinha sobrado uma. E ele estava tão cansado. O sono no trem foi leve e perturbado por pesadelos. Principalmente com o tanque de imersão.

— Você pode nos dar licença um minuto? — perguntou Tim. Sem esperar resposta, ele levou Wendy até a porta do escritório de fora. Falou com ela rapidamente. Ela assentiu e saiu, tirando o telefone do bolso no caminho. Tim voltou. — Acho melhor irmos pra central.

Primeiro, Luke achou que ele estava falando da central de trens. Talvez com o objetivo de colocá-lo em outro trem de carga para que ele e a namorada não tivessem que lidar com o garoto fugitivo e sua história insana. Mas, então, entendeu que tipo de central era.

Ah, e daí?, pensou Luke. Eu sempre soube que terminaria numa delegacia de algum lugar. E talvez uma pequena seja melhor do que uma grande, onde haveria umas cem pessoas diferentes, uns cem criminosos com quem lidar.

Só que eles achavam que ele estava sendo paranoico sobre o tal Hollister e isso não era bom. Agora, ele teria que torcer para eles estarem certos e Hollister ser uma pessoa comum. Eles *deviam* estar certos. Afinal, o Instituto não podia ter gente em toda parte, podia?

— Certo, mas primeiro tenho uma coisa que preciso contar e mostrar pra vocês.

— Manda ver — disse Tim. Ele se inclinou e olhou o rosto de Luke com atenção. Talvez estivesse só fazendo a vontade do garoto maluco, mas pelo menos estava ouvindo, e Luke achava que isso era o melhor que podia esperar agora.

— Se eles souberem que estou aqui, vão vir atrás de mim. Provavelmente armados. Porque o maior medo deles é alguém acreditar em mim.

— Registrado — disse Tim —, mas nós temos uma força policial pequena decente aqui. Luke. Acho que você estará em segurança.

Você não tem ideia do que pode ter que enfrentar, pensou Luke, mas não tinha condições de continuar tentando convencer o cara agora. Estava exausto demais. Wendy voltou e assentiu para Tim. Luke estava exausto demais para se importar com isso também.

— A mulher que me ajudou a fugir do Instituto me deu duas coisas. Uma foi a faca que usei pra cortar o pedaço da minha orelha com o rastreador. A outra foi isto. — Ele tirou o pen-drive do bolso. — Não sei o que tem aí, mas acho que você devia dar uma olhada antes de fazer qualquer outra coisa.

Ele entregou o pen-drive para Tim.

12

Os residentes da Parte de Trás (a parte da frente da Parte de Trás, claro; os dezoito moradores da Horta permaneciam atrás da porta trancada, zumbindo) receberam vinte minutos de tempo livre antes de o filme começar. Jimmy Cullum andou que nem um zumbi com a cabeça doendo até o quarto; Hal, Donna e Len ficaram sentados no refeitório, os dois garotos encarando as sobremesas pela metade (pudim de chocolate), Donna olhando para um cigarro aceso que parecia ter esquecido como fumar.

Kalisha, Nick, George, Avery e Helen foram para a sala com a mobília feia de loja barata e a televisão velha de tela plana, que só mostrava séries pré-históricas como *A feiticeira* e *Happy Days*. Katie Givens estava lá. Ela não olhou para eles, só para a televisão desligada. Para a surpresa de Kalisha, Iris se juntou a eles. Ela parecia melhor do que nos dias anteriores. Mais animada.

Kalisha estava se concentrando intensamente, e conseguia pensar porque se *sentia* melhor do que nos dias anteriores. O que eles fizeram com a dor de cabeça de Helen, principalmente Avery, mas com o apoio de todos, ajudou com a dela também. O mesmo era verdade sobre Nicky e George. Ela conseguia ver.

Tomar o lugar.

Uma ideia ousada e deliciosa, mas várias perguntas surgiram na mesma hora. A mais óbvia era como eles fariam isso se havia pelo menos doze cuidadores azuis em serviço; sempre havia mais nos dias de filmes. A segunda era por que eles não tinham pensado nisso antes.

Eu pensei, disse Nicky... e estaria a voz mental dele mais forte? Ela achava que sim e achava que Avery talvez também tivesse alguma participação nisso. Porque *ele* estava mais forte agora. *Pensei nisso quando me trouxeram para cá.*

Isso foi o máximo que Nicky conseguiu dizer de uma mente para outra, então ele aproximou a boca do ouvido dela e sussurrou o resto.

— Fui eu quem sempre lutou, lembra?

Era verdade. Nicky e seus hematomas. Nicky e a boca machucada.

— Nós não somos fortes o suficiente — murmurou ele. — Mesmo aqui, mesmo depois das luzes, nós temos poucos poderes.

Avery, enquanto isso, estava olhando para Kalisha com uma esperança desesperada. Ele estava pensando dentro da cabeça dela, mas nem precisava. Seus olhos diziam tudo. *Aqui estão as peças, Sha. Tenho quase certeza de que estão todas aqui. Me ajuda a montar. Me ajuda a construir um castelo onde a gente possa ficar em segurança, ao menos por um tempo.*

Sha pensou no adesivo velho e apagado da Hillary Clinton no para-choque traseiro do Subaru da mãe dela. Dizia MAIS FORTES JUNTOS, e claro que era assim que as coisas funcionavam ali na Parte de Trás. Era por isso que eles assistiam aos filmes juntos. Era por isso que eles alcançavam milhares de quilômetros, às vezes até do outro lado do mundo, chegando às pessoas que estavam *nos* filmes. Se os cinco (seis, se eles conseguissem melhorar a dor de cabeça de Iris como tinham feito com a de Helen) conseguissem criar aquela força mental unida, uma espécie de mistura mental vulcana, isso não deveria bastar para um motim e a tomada da Parte de Trás?

— É uma ótima ideia, mas acho que não — disse George. Ele segurou a mão dela e apertou de leve. — A gente pode conseguir afetar a cabeça deles um pouco, talvez deixar todo mundo com medo, mas eles têm aqueles bastões elétricos e, assim que dessem choque em um ou dois de nós, seria fim de jogo.

Kalisha não queria admitir, mas achava que ele devia estar mesmo certo.

Avery: *Um passo de cada vez.*

— Não consigo ouvir o que vocês estão pensando. Sei que estão pensando alguma coisa, mas minha cabeça ainda está doendo muito — disse Iris.

Avery: *Vamos ver o que a gente pode fazer por ela. Todos nós juntos.*

Kalisha olhou para Nick, que assentiu. Para George, que deu de ombros e também assentiu.

Avery os levou para a cabeça de Iris Stanhope como um explorador guiando um grupo para uma caverna. A esponja na mente dela era muito grande. Avery a via com cor de sangue, então foi assim que todos a viram. Eles se posicionaram e começaram a empurrar. Cedeu um pouco… e mais um pouco… mas parou, resistindo aos esforços combinados. George recuou primeiro, depois Helen (que não tinha contribuído tanto assim, de qualquer modo), depois Nick e Kalisha. Avery saiu por último, dando um irritado chute mental na dor de cabeça/esponja antes de ir.

— Está melhor, Iris? — perguntou Kalisha, sem muita esperança.

— O que está melhor? — Era Katie Givens. Ela tinha se aproximado e se juntado a eles.

— Minha dor de cabeça — disse Iris. — Está. Um pouco, pelo menos. — Ela sorriu para Katie e por um momento a garota que ganhou o concurso de soletrar de Abilene estava de volta.

Katie voltou a atenção para a televisão.

— Onde estão Richie Cunningham e o Fonz? — perguntou ela, e começou a massagear as têmporas. — Queria que a minha estivesse melhor, minha dor de cabeça está um *cocô*.

Estão vendo o problema, pensou George para os outros.

Kalisha via. Eles eram mais fortes juntos, sim, mas ainda não eram fortes o suficiente. Não mais do que Hillary Clinton quando concorreu à presidência alguns anos antes. Porque o cara concorrendo contra ela e seus partidários tinham o equivalente político aos bastões elétricos dos cuidadores.

— Mas me ajudou — disse Helen. — A minha dor de cabeça quase passou. Parece um milagre.

— Não se preocupe — disse Nicky. Ouvi-lo falar naquele tom de derrota assustou Kalisha. — Vai voltar.

Corinne, a cuidadora que gostava de dar tapas, voltou para a sala. Ela estava com uma das mãos no bastão elétrico do cinto, como se pressentisse alguma coisa. Provavelmente era isso, pensou Kalisha, só que ela não sabia o que era.

— Hora do filme — disse ela. — Venham, criancinhas, tirem a bunda da cadeira.

13

Dois cuidadores azuis, Jake e Phil (conhecidos respectivamente como Cobra e Pílula), estavam parados do lado de fora das portas abertas da sala de exibição, cada um segurando uma cesta. Conforme as crianças foram entrando, as que estavam com cigarros e fósforos (isqueiros não eram permitidos na Parte de Trás) os colocavam nos cestos. Eles podiam pegar de volta quando o filme terminasse... se lembrassem, claro. Hal, Donna e Len se sentaram na última fila, olhando com expressão vazia para a tela branca. Katie Givens se sentou em uma fileira do meio, ao lado de Jimmy Cullum, que estava tranquilamente tirando meleca.

Kalisha, Nick, George, Helen, Iris e Avery se sentaram na frente.

— Bem-vindos a outra noite de diversão — disse Nicky com uma voz alta e animada de apresentador. — O filme do ano, vencedor do Oscar na categoria Documentário Mais Merda...

Phil Pílula deu um tapa na nuca dele.

— Cala a boca, seu babaca, e aprecie o filme.

Ele recuou. As luzes se apagaram e o dr. Hendricks apareceu na tela. Só de ver o palito de estrelinha apagado na mão dele, Kalisha ficou com a boca seca.

Tinha uma coisa que ela não estava encontrando. Uma peça vital do castelo do Avery. Mas não tinha se perdido; ela só não estava enxergando.

Mais fortes juntos, mas não fortes o suficiente. Mesmo que esses pobres quase vegetais como Jimmy e Hal e Donna estivessem conosco, nós não seríamos. Mas poderíamos ser. *Nas noites em que a estrelinha é acesa, nós somos. Quando a estrelinha é acesa, nós somos destruidores, então o que estou deixando passar?*

— Bem-vindos, meninos e meninas — disse o dr. Hendricks — e obrigado por nos ajudarem! Vamos começar com umas boas gargalhadas, que tal? E vejo vocês depois. — Ele balançou a estrelinha apagada e piscou. Kalisha ficou com vontade de vomitar.

Se conseguimos alcançar o outro lado do mundo, por que a gente não...

Por um momento, ela quase entendeu, mas Katie deu um grito alto, não de dor e nem de lamento, mas de alegria.

— *Papa-léguas! Ele é o melhor!* — Ela começou a cantar em um falsete tão alto que perfurou o cérebro de Kalisha. — *Papa-léguas, Papa-léguas, o coiote vai te PEGAR! Papa-léguas, Papa-léguas, se ele te pegar vai te LIQUIDAR!*

— Cala a boca, Kates — disse George, não de forma grosseira, e quando o Papa-léguas saiu fazendo *bip-bip* por uma estrada no deserto vazia, e quando o Coiote olhou para ele e viu um peru de Ação de Graças, Kalisha sentiu escapar aquilo que estava quase a seu alcance.

Quando o desenho acabou e o Coiote tinha mais uma vez sido derrotado, um cara de terno apareceu na tela. Estava com um microfone na mão. Kalisha achou que ele era um empresário e talvez até fosse mesmo, mas não era por isso que era famoso. Ele era um pastor, porque quando a câmera se afastou era possível ver uma cruz grande atrás dele, delineada em néon vermelho, e quando a câmera se afastou mais ainda deu para ver uma arena ou um estádio esportivo com milhares de pessoas. Elas ficaram de pé, algumas balançando as mãos para a frente e para trás no ar, algumas balançando Bíblias.

Ele começou com um sermão comum, citando capítulos e versículos da Bíblia, mas logo passou a falar que o país estava desmoronando por causa dos OPE-oides e fornica-SSAUM. Depois, falou de política e dos juízes e que os Estados Unidos eram uma cidade brilhante em uma colina que os ímpios queriam sujar de lama. Estava falando que uma bruxaria tinha enfeitiçado o povo de Samaria (o que isso tinha a ver com os Estados Unidos não ficou claro para Kalisha), mas daí os pontos coloridos apareceram, piscando. O zumbido aumentou e diminuiu. Kalisha sentiu até no nariz, os pelos lá dentro vibrando.

Quando os pontos sumiram, eles viram o pastor entrando em um avião com uma mulher que devia ser a sra. Pastor. Os pontos voltaram. O zumbido aumentou e diminuiu. Kalisha ouviu Avery dentro da cabeça dela, dizendo algo como *eles veem*.

Quem vê?

Avery não respondeu, provavelmente porque estava entrando no filme. Era isso que as luzes Stasi faziam; elas botavam você lá dentro. O pastor estava falando de novo, falando muito, dessa vez de uma caçamba de caminhão, usando um megafone. Cartazes diziam HOUSTON TE AMA e DEUS DEU A NOÉ O SINAL DO ARCO-ÍRIS e JOÃO 3:16. E, depois, os pontos. E o zumbido. Vários dos assentos vazios do cinema se moveram para cima e para baixo sozinhos, como janelas soltas em uma ventania. As portas da sala de exibição se abriram. Jake Cobra e Phil Pílula as fecharam novamente e encostaram os ombros nelas.

Agora o pastor estava em um abrigo para sem-tetos, usando avental de chef e mexendo uma panela grande de molho de tomate. A esposa estava ao lado, os dois sorrindo, e dessa vez foi Nick que apareceu na cabeça dela: *Sorria para a câmera!* Kalisha estava vagamente ciente de que seu cabelo estava de pé, como em um tipo de experimento elétrico.

Pontos. Hum.

Em seguida, o pastor estava em um noticiário com outras pessoas. Uma das outras pessoas acusou o pastor de ser... alguma coisa... palavras grandes, palavras acadêmicas que ela sabia que Luke conheceria... e o pastor estava rindo como se fosse a maior piada do mundo. Ele tinha uma gargalhada agradável. Dava vontade de rir junto. Se você não estivesse ficando louco, claro.

Pontos. Hum.

Sempre que as luzes Stasi voltavam, elas pareciam mais fortes e pareciam ir cada vez mais fundo na cabeça de Kalisha. Em seu estado atual, todos os clipes que formavam o filme eram fascinantes. Tinham *alavancas*. Quando a hora chegasse, talvez na noite seguinte, talvez em duas noites, as crianças da Parte de Trás as puxariam.

— Odeio isso — disse Helen com voz baixa e desolada. — Quando vai acabar?

O pastor estava parado na frente de uma mansão chique onde uma festa parecia estar acontecendo. O pastor estava em uma carreata. O pastor estava em um churrasco a céu aberto e havia bandeirinhas vermelhas, brancas e azuis nos prédios atrás dele. As pessoas estavam comendo salsichas empanadas e grandes fatias de pizza. Ele estava falando sobre a corrupção da ordem natural das coisas que Deus tinha estabelecido, mas sua voz sumiu e foi substituída pela do dr. Hendricks.

— Esse é Paul Westin, crianças. Ele é de Deerfield, Indiana. Paul Westin. Deerfield, Indiana. Paul Westin. Deerfield, Indiana. Repitam comigo, meninos e meninas.

Em parte porque não tinham escolha e em parte porque isso levaria a um misericordioso final para os pontos coloridos e para o zumbido que aumentava e diminuía, mas principalmente porque agora *eles estavam envolvidos*, as dez crianças na sala de exibição começaram a falar. Kalisha se juntou a elas. Ela não sabia como era com os outros, mas, para ela, aquela era a pior parte das noites de filme. Ela odiava o fato de aquilo ser bom. Odiava o sentimento de *alavancas* esperando para serem puxadas. Implorando! Ela se sentia um boneco de ventríloquo no joelho daquela merda de médico.

— *Paul Westin, Deerfield, Indiana! Paul Westin, Deerfield, Indiana! PAUL WESTIN, DEERFIELD, INDIANA!*

O dr. Hendricks reapareceu na tela, sorrindo e segurando a estrelinha apagada.

— Isso mesmo. Paul Westin, Deerfield, Indiana. Obrigado, crianças, e tenham uma boa-noite. Nos vemos amanhã!

As luzes Stasi voltaram uma última vez, piscando e girando e espiralando. Kalisha trincou os dentes e esperou que sumissem, sentindo-se como uma pequena cápsula espacial disparada em uma tempestade de asteroides gigantes. O zumbido estava mais alto do que nunca, mas quando os pontos desapareceram o zumbido parou na mesma hora, como se uma tampa tivesse sido colocada em um amplificador.

Eles veem, dissera Avery. Era essa a peça que faltava? Se sim, quem eram *eles*?

As luzes da sala de exibição se acenderam. As portas se abriram, Jake Cobra em uma e Phil Pílula na outra. A maioria das crianças saiu, mas Donna, Len, Hal e Jimmy não se mexeram. Talvez ficassem ali babando nas cadeiras acolchoadas até que os cuidadores aparecessem para os mandarem de volta para os quartos, e um ou dois ou talvez até os quatro poderiam terminar na Horta depois do filme do dia seguinte. Do grande filme. Em que eles faziam o que era para ser feito com o pastor.

Eles puderam ficar mais meia hora na sala antes de serem trancados nos quartos durante a noite. Kalisha foi para lá. George, Nicky e Avery foram atrás. Depois de alguns minutos, Helen chegou e se sentou no chão com um cigarro apagado na mão e o cabelo antes colorido caindo no rosto. Iris e Katie entraram por último.

— A dor de cabeça está melhor — anunciou Katie.

Sim, pensou Kalisha, as dores de cabeça melhoram depois dos filmes... mas só por um tempinho. Menos tempo a cada vez.

— Outra noite divertida no cinema — murmurou George.

— E aí, galera, o que aprendemos? — perguntou Nicky. — Que alguém por aí não é muito fã do reverendo Paul Westin, de Deerfield, Indiana.

Kalisha passou o polegar pelos lábios em um gesto de zíper e olhou para o teto. *Microfones*, pensou ela para Nicky. *Tome cuidado.*

Nick colocou uma arma feita com os dedos na cabeça e fingiu dar um tiro em si mesmo, o que fez os outros sorrirem. Seria diferente no dia seguinte, Kalisha sabia. Não haveria sorrisos. Depois do filme, o dr. Hendricks apareceria com a estrelinha acesa e o zumbido aumentaria até virar um rugido de ruído branco. Alavancas seriam puxadas. Haveria um período de duração desconhecida, ao mesmo tempo sublime e horrível, em que suas dores de cabeça sumiriam completamente. Em vez de quinze ou vinte minutos de respiro, talvez fossem seis ou oito horas de um bendito alívio. E, em algum lugar, Paul Westin de Deerfield, Indiana, faria alguma coisa que mudaria sua vida ou acabaria com ela. Para as crianças da Parte de Trás, a vida continuaria... se é que era possível chamar aquilo de vida. As dores de cabeça voltariam, e piores. Cada vez piores. Até que, em vez de apenas sentir o zumbido, eles se tornariam parte dele. Só mais um dos...

Vegetais!

Isso foi Avery. Mais ninguém era capaz de projetar com tanta força. Era como se ele estivesse dentro da cabeça dela. *É assim que funciona, Sha! Porque eles...*

— Eles veem — sussurrou Kalisha, e ali estava, bingo, a peça que faltava. Ela apoiou as bases das mãos na testa, não porque a dor de cabeça tinha voltado, mas porque era tão incrivelmente óbvio. Ela segurou o ombro pequeno e ossudo de Avery.

Os vegetais veem o que a gente vê. Por que outro motivo seriam mantidos aqui?

Nicky passou o braço em volta de Kalisha e sussurrou em seu ouvido. O toque dos lábios dele a fez tremer.

— Como assim? As mentes deles não existem mais. Como as nossas também não vão existir, em breve.

Avery: *É isso que deixa eles mais fortes. Todo o resto não existe mais. Foi arrancado. Eles são a pilha. Nós só somos...*

— O botão — sussurrou Kalisha. — O botão de ignição.

Avery assentiu.

— Nós temos que usar eles.

Quando? A voz mental de Helen Simms era a de uma criança pequena e assustada. *Tem que ser logo, porque não vou aguentar muito mais disso.*

— Nenhum de nós aguenta — disse George. — Além do mais, agora aquela vaca...

Kalisha balançou a cabeça em forma de aviso, e George continuou mentalmente. Ele não era muito bom nisso, pelo menos ainda não, mas Kalisha entendeu o suficiente. Todos entenderam. Naquele momento, aquela vaca da Sigsby estaria concentrada no Luke. Stackhouse também. Todos no Ins-

382

tituto estariam, porque sabiam da fuga. Essa era a chance deles, enquanto todos estavam assustados e distraídos. Jamais teriam outra chance tão boa.

Nicky começou a sorrir. *Não existe momento melhor do que o presente.*

— Como? — perguntou Iris. — Como a gente pode fazer isso?

Avery: *Acho que sei como, mas precisamos do Hal, da Donna e do Len.*

— Tem certeza? — perguntou Kalisha, e acrescentou: *Eles estão mais pra lá do que pra cá.*

— Vou buscar eles — disse Nicky. Ele se levantou. Estava sorrindo. *O Avester está certo. Cada pouquinho ajuda.*

Kalisha percebeu que a voz mental dele estava mais forte. Isso era na emissão ou na recepção?

Ambos, disse Avery. E ele também estava sorrindo. *Porque agora estamos fazendo isso por nós.*

Sim, pensou Kalisha. Porque estavam fazendo por eles mesmos. Eles não tinham que ser um bando de marionetes atordoadas sentadas no joelho do ventríloquo. Era tão simples, mas era uma revelação: o que você fazia por si mesmo era o que lhe dava o poder.

14

Por volta do momento em que Avery, encharcado e tremendo, estava sendo levado pelo túnel de acesso entre a Parte da Frente e a Parte de Trás, a aeronave Challenger do Instituto (940NF na cauda e INDÚSTRIAS DE PAPEL DO MAINE na fuselagem) estava decolando de Erie, Pensilvânia, agora com toda a equipe de ataque a bordo. Quando o avião chegou à altitude de cruzeiro e seguiu para a pequena cidade de Alcolu, Tim Jamieson e Wendy Gullickson estavam levando Luke Ellis para a delegacia do Condado de Fairlee.

Muitas rodas girando na mesma máquina.

— Esse é Luke Ellis — disse Tim. — Luke, esses são os policiais Faraday e Wicklow.

— É um prazer conhecer vocês — disse Luke, sem muito entusiasmo.

Bill Wicklow estava observando o hematoma no rosto de Luke e o curativo na orelha.

— Como ficou o outro cara da briga?

— É uma longa história — disse Wendy, antes que Luke pudesse responder. — Onde está o xerife John?

— Em Dunning — disse Bill. — A mãe dele está no asilo para idosos de lá. Ela tem... você sabe. — Ele bateu com o dedo na têmpora. — Disse que voltaria às cinco, a não ser que ela estivesse tendo um dia bom. Nesse caso, era possível que ficasse pra jantar com ela. — Ele olhou para Luke, um garoto maltratado de roupas sujas que poderia muito bem estar com uma placa no pescoço dizendo FUGITIVO. — É uma emergência?

— Boa pergunta — disse Tim. — Tag, você conseguiu a informação que Wendy pediu?

— Consegui — respondeu o que se chamava Faraday. — Se você quiser ir até a sala do xerife John, posso repassar pra você.

— Não será necessário — disse Tim. — Acho que você não vai me contar nada que Luke já não saiba.

— Tem certeza?

Tim olhou para Wendy, que assentiu, e para Luke, que deu de ombros.

— Tenho.

— Tudo bem. Os pais do garoto, Herbert e Eileen Ellis, foram assassinados em casa sete semanas atrás. Levaram tiros no próprio quarto.

Luke sentiu como se estivesse tendo uma experiência extracorpórea. Os pontos não voltaram, mas era essa a sensação que tinha quando eles surgiam. Ele deu dois passos até a cadeira de rodinhas na frente da mesa de atendimento e desabou nela. A cadeira rolou para trás e o teria derrubado se não tivesse batido na parede antes.

— Tudo bem, Luke? — perguntou Wendy.

— Não. Sim. Na medida do possível. Os babacas do Instituto, o dr. Hendricks e a sra. Sigsby e os cuidadores, me disseram que eles estavam bem, ótimos, mas eu sabia que estavam mortos antes mesmo de ler no computador. Eu sabia, mas mesmo assim é... horrível.

— Você tinha um *computador* naquele lugar? — perguntou Wendy.

— Tinha. Mais pra jogar ou ver vídeos de música no YouTube. Coisas bobas desse tipo. Os sites de notícias eram bloqueados, mas eu sabia uma forma de contornar isso. Deviam ter monitorado minhas buscas e percebido, mas foram... preguiçosos. Descuidados. Eu não teria conseguido fugir se não fossem.

— Do que ele está falando? — perguntou o policial Wicklow.

Tim balançou a cabeça. Ainda estava olhando para Tag.

— Você não obteve isso com a polícia de Minneapolis, certo?

— Não, porque você me disse pra não fazer isso. O xerife John vai decidir com quem fazer contato e quando. É assim que funciona aqui. Mas o Google forneceu informações suficientes. — Lançou um olhar para Luke que dizia claramente que ele suspeitava dele. — Ele está listado na base de dados do Centro Nacional de Crianças Desaparecidas e Investigadas e tem também um monte de artigos no *Star Tribune* de Minneapolis e no *Pioneer Press* de St. Paul. De acordo com os jornais, ele é brilhante. Um prodígio.

— É o que me parece — disse Bill. — Usa palavras bem difíceis.

Eu estou bem aqui, pensou Luke. Fale sobre mim como se eu estivesse aqui.

— A polícia não está dizendo que ele é um suspeito — disse Tag —, ao menos não nos artigos de jornal, mas claro que querem interrogá-lo.

Luke se manifestou nesse momento.

— Pode ter certeza de que querem. E a primeira pergunta que vão fazer provavelmente vai ser "Onde você conseguiu a arma, garoto?".

— Você *matou* eles? — Bill fez a pergunta casualmente, como se só estivesse batendo papo. — Fala a verdade agora, filho. É o melhor que pode fazer.

— Não. Eu amo os meus pais. Quem matou eles foram os sequestradores que foram na minha casa pra me pegar. Não me queriam porque pontuei 1580 nos SATS e nem porque sei fazer equações complexas de cabeça, nem porque sei que Hart Crane cometeu suicídio pulando de um barco no Golfo do México. Eles mataram a minha mãe e o meu pai e me sequestraram porque às vezes eu conseguia apagar uma vela só de olhar pra ela ou jogar uma travessa de pizza da mesa no Rocket Pizza. Um prato *vazio*. O cheio teria ficado onde estava. — Ele olhou para Tim e Wendy e riu. — Eu não conseguiria nem um emprego em um parque de diversões itinerante vagabundo.

— Não vejo nada de engraçado nisso — disse Tag, franzindo a testa.

— Nem eu — disse Luke —, mas às vezes eu rio mesmo assim. Eu ri muito com meus amigos Kalisha e Nick, apesar de tudo que estávamos passando. Além do mais, foi um longo verão. — Ele não riu dessa vez, mas sorriu. — Você nem faz ideia.

— Acho que você precisa descansar — disse Tim. — Tag, tem alguém nas celas?

— Não.

— Ótimo, então por que a gente...

Luke deu um passo para trás, uma expressão alarmada no rosto.

— Não mesmo. Não *mesmo*.

Tim levantou as mãos.

— Ninguém vai trancar você. A gente deixaria a porta aberta.

— Não. Por favor, não faz isso. Por favor, não me faz entrar em uma cela. — O alarme virou pavor e pela primeira vez Tim começou a acreditar, ao menos em parte, na história do garoto. A coisa paranormal era pura bobagem, mas aquilo que estava vendo agora ele já tinha visto na polícia: a expressão e o comportamento de uma criança que tinha passado por abusos.

— Tudo bem, que tal o sofá na sala de espera? — Wendy apontou. — É meio desconfortável, mas não é tão ruim. Já me deitei ali algumas vezes.

Se ela tinha mesmo feito isso, Tim nunca vira, mas o garoto ficou claramente aliviado.

— Tudo bem, vou fazer isso. Sr. Jamieson, Tim, você ainda está com o pen-drive, certo?

Tim o tirou do bolso e o exibiu.

— Está bem aqui.

— Que bom. — Ele foi até o sofá. — Eu queria que você desse uma checada naquele sr. Hollister. Acho que ele pode ser um tio.

Tag e Bill olharam para Tim com expressões idênticas de confusão. Tim balançou a cabeça.

— Os caras que ficam de olho pra ver se eu apareço — disse Luke. — Eles fingem ser meus tios. Ou talvez um primo ou um amigo da família. — Ele viu Tag e Bill revirando os olhos um para o outro e sorriu de novo. Foi um sorriso ao mesmo tempo cansado e doce. — É, eu sei o que parece.

— Wendy, por que você não leva os policiais para a sala do xerife John e conta tudo que o Luke nos contou? Eu vou ficar aqui.

— Vai mesmo — disse Tag. — Porque, enquanto o xerife John não te der um distintivo, você é apenas o vigia noturno da cidade.

— Devidamente registrado — disse Tim.

— O que tem no pen-drive? — perguntou Bill.

— Não sei. Quando o xerife chegar, vamos olhar juntos.

Wendy acompanhou os dois policiais para a sala do xerife Ashworth e fechou a porta. Tim ouviu o murmúrio de vozes. Esse era seu horário habitual de dormir, mas ele estava mais desperto do que se sentia havia muito tempo. Desde que saiu da polícia de Sarasota, talvez. Ele queria saber quem era esse garoto por trás da história bizarra, onde tinha estado e o que aconteceu a ele.

Ele pegou uma xícara de café na cafeteira do canto. Estava forte, mas não impossível de beber, como ficaria às dez horas, quando costumava passar lá antes de sair para a ronda de vigia. Ele levou a bebida até a cadeira da mesa de atendimento. Ou o garoto já tinha dormido ou estava fingindo muito bem. De impulso, ele pegou o fichário que listava todos os comércios e serviços de DuPray e ligou para o DuPray Motel. O telefone não foi atendido. Hollister não tinha voltado para aquele lixo de motel, afinal, ao que parecia. O que não queria dizer nada, claro.

Tim desligou, pegou o pen-drive no bolso e olhou para ele. Também não queria dizer nada, era mais do que provável, mas, como Tag Faraday tinha se dado ao trabalho de observar, a decisão era do xerife Ashworth. Eles podiam esperar.

Enquanto isso, que o garoto dormisse. Se realmente tivesse vindo do Maine em um vagão de trem, ele precisava.

15

O Challenger, carregando seus onze passageiros (a sra. Sigsby, Tony Fizzale, Winona Briggs, o dr. Evans e as equipes Vermelho Rubi e Opala), pousou em Alcolu às cinco e quinze. Para facilitar na hora de se reportarem a Stackhouse no Instituto, esse grupo de quase uma dúzia era chamado agora de equipe Dourada. A sra. Sigsby foi a primeira a descer do avião. Denny Williams, da Vermelho Rubi, e Louis Grant, da Opala, ficaram a bordo, cuidando da bagagem especializada da equipe Dourada. A sra. Sigsby ficou na pista apesar do calor sufocante e usou o celular para ligar para a linha fixa do escritório. Rosalind atendeu e passou para Stackhouse.

— Você já… — começou ela, mas parou para deixar o piloto e o copiloto passarem, o que eles fizeram sem falar nada. Um tinha sido da Força

Aérea e o outro da Guarda Nacional Aérea, e os dois eram como os guardas nazistas naquela série antiga, *Guerra, sombra e água fresca*: não viam nada, não ouviam nada. Seu trabalho era estritamente buscar e entregar.

Quando eles passaram, a sra. Sigby perguntou a Stackhouse se ele tinha tido notícias do agente deles em DuPray.

— Tive. Ellis fez um dodói quando pulou do trem. Deu de cara em um poste. Uma morte instantânea de hemorragia subdural teria resolvido a maioria dos nossos problemas, mas esse tal Hollister diz que ele nem desmaiou. Um cara cuidando da bifurcação viu Ellis, levou ele para um armazém perto da estação e chamou o médico local, que apareceu logo depois. Um pouco mais tarde, uma policial mulher apareceu. Ela e o cara da ferrovia levaram o garoto pra delegacia. A orelha onde ficava o rastreador estava com um curativo.

Denny e Louis Grant saíram do avião, cada um de um lado de um baú de aço comprido. Eles o carregaram pela escada e o levaram para dentro.

A sra. Sigsby suspirou.

— Bom, era o esperado. E realmente esperávamos. É de uma cidade pequena que estamos falando, certo? Com policiamento de cidade pequena?

— No meio do nada — concordou Stackhouse. — O que é bom. E pode ser melhor ainda. Nosso cara diz que o xerife dirige uma picape Titan prateada grande e velha que não estava parada na frente da delegacia nem no estacionamento de funcionários nos fundos. Então Hollister deu uma caminhada até a loja de conveniências. Disse que os turbantes que trabalham lá, e o termo foi dele, não meu, sabem tudo sobre todo mundo. O que estava de serviço contou que o xerife parou para comprar um pacote de cigarrilhas Swisher Sweets e disse que ia visitar a mãe, que mora em uma casa de repouso na cidade vizinha. Só que a cidade vizinha fica a mais de cinquenta quilômetros.

— E como isso pode ser bom para nós? — A sra. Sigsby balançou a gola da blusa para se refrescar.

— Não dá pra ter certeza absoluta de que os policiais em uma cidadezinha como DuPray vão seguir protocolo, mas, se seguirem, eles vão ficar segurando o garoto até o figurão voltar. Ele que vai tomar as decisões. Quanto tempo vocês vão levar pra chegar lá?

— Duas horas. Poderíamos chegar mais rápido, mas estamos levando muita munição e não seria inteligente estourar o limite de velocidade.

— Com certeza — disse Stackhouse. — Escuta, Julia. Os caipiras de DuPray podem fazer contato com a polícia de Minneapolis a qualquer momento. Talvez até já tenham feito isso. Não faz diferença, de qualquer modo. Você entende isso, certo?

— Claro.

— Nos preocupamos com qualquer sujeira que precise ser limpa depois. Agora, só cuide do nosso garoto fujão.

Matar era o que Stackhouse queria dizer. E matar provavelmente seria necessário. Ellis e qualquer um que aparecesse no caminho. Esse tipo de confusão significaria uma ligação pelo Telefone Zero, mas se pudesse assegurar à voz gentil com ceceio do outro lado que o problema crucial tinha sido resolvido, ela achava que poderia escapar com vida. Possivelmente até com o emprego, mas ela se contentaria com a vida, se chegasse a tanto.

— Eu sei o que precisa ser feito, Trevor. Me deixe agir.

Ela encerrou a ligação e entrou. O ar-condicionado da salinha de espera bateu em sua pele com a força de um tapa. Denny Williams estava esperando.

— Está tudo pronto? — perguntou ela.

— Sim, senhora. Pronto para seguir em frente. Vou assumir quando você me der a ordem.

A sra. Sigsby estivera trabalhando no iPad durante o voo de Erie.

— Vamos fazer uma parada rápida na saída 181. É onde vou te passar o comando da operação. Está bom pra você?

— Ótimo.

Eles encontraram os outros parados do lado de fora. Não havia suvs pretas com película nas janelas, apenas três vans tamanho família com cores comuns: azul, verde e cinza. A Órfã Annie ficaria decepcionada.

16

A saída 181 levou a caravana da equipe Dourada para fora da rodovia, para um lugar qualquer no meio do nada. Havia um posto de gasolina e um Waffle House e só. A cidade mais próxima, Latta, ficava a vinte quilômetros.

Cinco minutos depois do Waffle House, a sra. Sigsby, sentada no banco da frente da primeira van, direcionou Denny para que parasse atrás de um restaurante que parecia ter falido na época em que Obama se elegeu pela primeira vez. Até a placa que dizia O DONO PODE CONSTRUIR DE ACORDO COM O DESEJADO parecia esquecida.

O baú de aço que Denny e Louis carregaram para fora do Challenger estava aberto e a equipe Dourada se armou. Os sete integrantes da Vermelho Rubi e da Opala pegaram Glocks 42, as armas que costumavam carregar nas missões de extração. Tony Fizzale recebeu uma e Denny ficou satisfeito de vê-lo puxar a trava na mesma hora para ver se a arma estava descarregada.

— Um coldre seria bom — disse Tony. — Não quero ter que enfiar na calça, como um membro de uma gangue.

— Por enquanto, deixe embaixo do banco — disse Denny.

A sra. Sigsby e Winona Briggs receberam Sig Sauers P238, pequenas para caberem nas bolsas. Quando Denny ofereceu uma arma para Evans, o médico ergueu as mãos e deu um passo para trás. Tom Jones da Opala se inclinou por cima do arsenal portátil e pegou um dos fuzis de assalto HK37.

— Que tal isto, doutor? Clipe de trinta disparos, pode explodir uma vaca pela parede de um celeiro. E tem granadas de atordoamento também.

Evans balançou a cabeça.

— Estou aqui sob protesto. Se vocês querem matar o garoto, nem sei por que minha presença é necessária.

— Foda-se o seu protesto — disse Alice Green, também da Opala. Isso foi recebido com o tipo de gargalhada (áspera, ansiosa, meio insana) que só soava antes de uma operação onde poderia haver tiros.

— Já chega — disse a sra. Sigsby. — Dr. Evans, talvez a gente possa levar o garoto vivo. Denny, você tem um mapa de DuPray no iPad?

— Sim, senhora.

— Então a operação agora é sua.

— Muito bem. Se aproxime, pessoal. Você também, doutor, não seja tímido.

Eles se reuniram em volta de Denny Williams no calor ardente do fim do dia. A sra. Sigsby olhou o relógio. Seis e quinze. Uma hora até o destino, talvez um pouco mais. Meio atrasados, mas isso era aceitável considerando a velocidade com que a operação fora montada.

— Aqui é o centro de DuPray, o pouco que há — disse Denny Williams. — Só uma rua principal. Na metade dela fica a delegacia do xerife do condado, entre a prefeitura e a loja mercantil de DuPray.

— O que é uma loja mercantil? — perguntou Josh Gottfried, da Opala.

— É tipo uma loja de departamentos — disse Robin Lecks.

— Está mais pra uma loja de coisas usadas. — Quem falou foi Tony Fizzale. — Passei uns dez anos no Alabama, a maior parte deles na polícia militar, e posso dizer que, nessas cidadezinhas do sul, parece que você pegou uma máquina do tempo e voltou cinquenta anos atrás. Exceto pelo Walmart. A maioria delas tem um.

— Chega de falação — disse a sra. Sigsby, e assentiu para Denny continuar.

— Não tenho muito a acrescentar — disse Denny. — Nós estacionamos aqui, atrás do cinema da cidade, que está fechado. Obtivemos confirmação com a fonte da sra. Sigsby de que o alvo ainda está na delegacia. Michelle e eu vamos nos passar por um casal de férias, viajando por cidadezinhas desconhecidas do sul americano...

— Malucos, em outras palavras — disse Tony, o que gerou mais gargalhadas nervosas.

— Vamos andar pela rua, olhando os arredores...

— De mãos dadas como os pombinhos apaixonados que somos — disse Michelle Robertson, segurando a mão de Denny e abrindo um sorriso tímido de adoração.

— Que tal mandar nosso agente na cidade verificar como estão as coisas? Não seria mais seguro?

— Não conheço ele, logo não confio nas informações que ele dá — disse Denny. — Além do mais, é um civil.

Ele olhou para a sra. Sigsby, que assentiu para que ele continuasse.

— Talvez a gente entre na delegacia e peça orientação. Talvez não. Vamos decidir na hora. O que queremos é uma ideia de quantos policiais estão presentes e onde se encontram. E depois... — Ele deu de ombros. — A gente ataca. Se houver troca de tiros, o que espero evitar, eliminamos o garoto lá mesmo. Se não houver, nós o pegamos. Se parecer um sequestro, tem menos sujeira pra limpar depois.

A sra. Sigsby deixou que Denny os informasse sobre onde o Challenger estaria esperando e ligou para Stackhouse para perguntar as novidades.

— Acabei de sair do telefone com nosso amigo Hollister — disse ele. — O xerife parou na frente da delegacia cinco minutos atrás. Agora ele deve estar sendo apresentado ao nosso garoto fujão. Hora de agir.

— Sim. — Ela sentiu um aperto não totalmente desagradável no estômago e na virilha. — Vou ligar quando terminar.

— Faça o que tem que fazer, Julia. Nos tire dessa confusão.

Ela encerrou a ligação.

17

O xerife John Ashworth chegou em DuPray por volta de seis e vinte. Dois mil e duzentos quilômetros ao norte, crianças atordoadas estavam colocando cigarros e fósforos em cestos e entrando na sala de exibição, onde a estrela do filme da noite seria o pastor de uma megaigreja de Indiana com muitos amigos políticos poderosos.

O xerife parou logo depois da porta e observou a grande sala principal da delegacia com as mãos nos quadris bem acolchoados, reparando que toda a equipe estava presente, menos Ronnie Gibson, que passava férias na casa da mãe em St. Petersburg. Tim Jamieson também estava lá.

— Ora, ora, como vão? — disse ele. — Isso não pode ser uma festa surpresa porque não é meu aniversário. E quem é esse aí? — Ele apontou para o garoto no sofá da pequena sala de espera. Luke estava encolhido em posição fetal tanto quanto era possível. Ashworth se virou para Tag Faraday, o policial no comando. — E, aliás, quem bateu nele?

Em vez de responder, Tag se virou para Tim e fez um gesto que dizia *você primeiro.*

— O nome do garoto é Luke Ellis e ninguém aqui bateu nele — explicou Tim. — Ele pulou de um trem de carga e deu de cara com um poste de sinalização. É daí que vêm os hematomas. Quanto ao curativo, ele diz que foi sequestrado e que quem o raptou colocou um dispositivo rastreador na sua orelha. Ele alega que cortou o lóbulo da orelha pra se livrar disso.

— Com uma faca de cozinha — acrescentou Wendy.

— Os pais dele estão mortos — disse Tag. — Assassinados. Essa parte da história é verdade. Eu verifiquei. Lá no cafundó de Minnesota.

— Mas ele diz que o lugar de onde fugiu fica no Maine — disse Bill Wicklow.

Ashworth ficou em silêncio por um momento, as mãos ainda nos quadris, olhando dos policiais e do vigia noturno para o garoto dormindo no sofá. Luke não deu sinais de acordar com o barulho da conversa; ele estava morto para o mundo. Por fim, o xerife John olhou para sua força policial reunida.

— Estou começando a desejar ter ficado para jantar com a minha mãe.

— Ah, ela estava indisposta? — perguntou Bill.

O xerife John ignorou isso.

— Supondo que vocês não andaram fumando maconha, posso ouvir uma história coerente agora?

— Sente-se — disse Tim. — Vou contar tudo e acho que vamos querer dar uma olhada nisto. — Ele botou o pen-drive na mesa de atendimento. — Depois, você pode decidir o que vai acontecer.

— Além disso, pode ser que queira ligar pra polícia de Minneapolis ou pra Polícia Estadual em Charleston — disse o policial Burkett. — Talvez os dois. — Ele inclinou a cabeça na direção de Luke. — Eles que decidam o que fazer com ele.

Ashworth se sentou.

— Pensando bem, estou feliz de ter voltado cedo. Isso é interessante, vocês não concordam?

— Muito — disse Wendy.

— Tudo bem, então. Não acontece muita coisa interessante por aqui em geral, pode ser que seja uma boa mudança. Os policiais de Minneapolis acham que ele matou os pais?

— É o que parece pelos artigos de jornal — disse Tag. — Mas estão sendo cuidadosos por ele ser menor de idade.

— Ele é muito inteligente — disse Wendy —, mas, fora isso, parece um bom menino.

— Aham, aham, se é bom ou ruim vai acabar sendo problema de outra pessoa, mas agora estou curioso. Bill, para de mexer nesse relógio antes que ele quebre e pega uma coca-cola na minha sala.

18

Enquanto Tim estava passando ao xerife Ashworth a história que Luke tinha contado para ele e Wendy, e enquanto a equipe Dourada estava se aproximando da saída de Hardeeville da I-95, onde contornariam para a cidadezinha de DuPray, Nick Wilholm estava levando as crianças que tinham ficado dentro da sala de exibição para a salinha da Parte de Trás.

Às vezes as crianças duravam um tempo surpreendentemente longo; George Iles era um desses casos. Mas, às vezes, eles pareciam perder a cabeça rapidamente. Era o que parecia estar acontecendo com Iris Stanhope. O que o pessoal da Parte de Trás chamava de recuo, um breve descanso das dores de cabeça depois dos filmes, não tinha acontecido com ela daquela vez. Iris estava parada junto à parede da sala, os olhos vazios, a boca aberta, a cabeça baixa e o cabelo nos olhos. Helen foi até lá e passou o braço em volta da menina, mas Iris pareceu não perceber.

— O que estamos fazendo aqui? — perguntou Donna. — Quero voltar pro meu quarto. Quero dormir. Eu *odeio* as noites de filmes. — Ela pareceu irritada e à beira das lágrimas, mas pelo menos ainda estava presente e consciente. O mesmo era verdade sobre Jimmy e Hal. Todos pareciam atordoados, mas não destruídos, como Iris.

Não vai ter mais filme, disse Avery. *Nunca mais.*

A voz dele soou mais alta na cabeça de Kalisha do que em qualquer outra ocasião, e para ela isso era prova suficiente: eles realmente eram mais fortes juntos.

— Uma previsão ousada — disse Nicky. — Principalmente vinda de um merdinha como você, Avester.

Hal e Jimmy sorriram ao ouvir isso e Katie até deu uma risadinha. Só Iris ainda parecia totalmente alheia, agora coçando a virilha distraidamente. Len estava distraído com a televisão, apesar de não estar passando nada. Kalisha achou que ele podia estar observando o próprio reflexo.

A gente não tem muito tempo, disse Avery. *Um deles vem daqui a pouco pra nos levar de volta pros quartos.*

— Provavelmente Corinne — disse Kalisha.

— É — concordou Helen. — A Vaca Má do Leste.

— O que a gente faz? — perguntou George.

Por um momento, Avery pareceu perdido e Kalisha ficou com medo. Mas o garotinho que mais cedo tinha pensado que sua vida ia acabar no tanque de imersão esticou as mãos.

— Segurem — disse ele. *Formem um círculo.*

Todos, menos Iris, se adiantaram. Helen Simms segurou os ombros da menina e a guiou até o círculo que tinham formado. Len olhou com anseio para trás, para a televisão, mas suspirou e esticou as mãos.

— Foda-se. Tanto faz.

— Isso mesmo, foda-se — disse Kalisha. — Não temos nada a perder.

Ela segurou a mão direita de Len com sua esquerda e a esquerda de Nicky com a sua direita. Iris foi a última a entrar no círculo, e, assim que estava de mãos dadas com Jimmy Cullum de um lado e com Helen do outro, sua cabeça se ergueu.

— Onde estou? O que estamos fazendo? O filme acabou?

— Shh — disse Kalisha.

— Minha cabeça está melhor!

— Que bom. Agora, silêncio.

E os outros se juntaram: *Silêncio… silêncio… Iris, silêncio.*

Cada *silêncio* era mais alto. Alguma coisa estava mudando. Alguma coisa estava *se carregando*.

Alavancas, pensou Kalisha. *Tem alavancas, Avery.*

Ele assentiu para ela do outro lado do círculo.

Não era força, ao menos ainda não, e ela sabia que seria um erro fatal acreditar que sim, mas o *potencial* de força estava presente. Kalisha pensou: É como sentir o ar antes de uma gigantesca tempestade de verão cair.

— Pessoal? — disse Len com voz tímida. — Minha cabeça está lúcida. Não consigo lembrar a última vez em que ficou assim. — Ele olhou para Kalisha com uma expressão que parecia de pânico. — Não me solta, Sha!

Você está bem, pensou ela para ele. *Você está em segurança.*

Mas ele não estava. Nenhum deles estava.

Kalisha sabia o que vinha em seguida, o que *tinha* que vir em seguida, e tinha medo. É claro que ela também queria. Só que era mais do que querer. Era desejar. Eles eram crianças com explosivos poderosos e isso podia ser errado, mas a sensação era de que era certo.

Avery falou com voz baixa e clara:

— Pensem. Pensem comigo, pessoal.

Ele começou, o pensamento e a imagem fortes e claros. Nicky se juntou a ele. Katie, George e Helen também. E Kalisha. O resto deles. Eles cantarolavam no fim dos filmes e cantarolaram agora.

Pensem na estrelinha. Pensem na estrelinha. Pensem na estrelinha.

Os pontos vieram, mais fortes do que nunca. O zumbido veio, mais alto do que nunca. A estrelinha veio, cuspindo brilho.

E de repente eles não eram só onze. De repente, eles eram vinte e oito.

Ignição, pensou Kalisha. Ela estava apavorada; ela estava exultante; ela estava sagrada.

AH, MEU DEUS.

19

Quando Tim terminou de contar a história de Luke, o xerife Ashworth ficou em silêncio por vários segundos na cadeira de atendimento, os dedos entrelaçados sobre a barriga considerável. Ele pegou o pen-drive, observou-o como se nunca tivesse visto algo parecido e o colocou na mesa.

— Ele disse que não sabe o que tem aí, certo? Que recebeu da faxineira, junto com uma faca que usou pra fazer a cirurgia na orelha.

— Foi o que ele falou — concordou Tim.

— Passou por baixo de uma cerca, atravessou a floresta, pegou um barco para descer o rio como Huck e Jim e cruzou quase toda a costa oeste em um vagão de trem.

— De acordo com ele, sim — disse Wendy.

— Bom, é uma história e tanto. Gosto particularmente da parte da telepatia e da mente sobre a matéria. Como as histórias que as vovós contam nos eventos de produção de colchas de retalho e nas festas de preparo de conservas sobre chuvas de sangue e curas com água da chuva. Wendy, acorda o garoto. Vai com calma, dá pra ver que ele passou por muita coisa, independentemente de qual seja a verdadeira história, mas, quando olharmos o conteúdo do pen-drive, quero que ele esteja presente.

Wendy atravessou a sala e sacudiu o ombro de Luke. Delicadamente no começo, depois com mais força. Ele murmurou, gemeu e tentou se soltar dela. Ela segurou o braço dele.

— Vamos, Luke, abra os olhos e...

Ele se sentou tão de repente que Wendy cambaleou para trás. Seus olhos estavam abertos, mas sem enxergar, o cabelo em pé na frente e em volta da cabeça, como um cocar de penas.

— *Eles estão fazendo alguma coisa! Eu vi a estrelinha!*

— Do que ele está falando? — perguntou George Burkett.

— Luke! — disse Tim. — Está tudo bem, foi só um son...

— *Matem eles!* — gritou Luke, e no pequeno anexo da delegacia, as portas das quatro celas se fecharam. — *Destruam aqueles filhos da puta!*

Papéis voaram da mesa de atendimento como um bando de pássaros assustados. Tim sentiu uma corrente de ar passar, forte o suficiente para agitar seu cabelo. Wendy emitiu um ruído, não exatamente um grito. O xerife John se levantou.

Tim sacudiu o garoto com força.

— Acorda, Luke, *acorda!*

Os papéis voando pela sala caíram no chão. Os policiais reunidos, inclusive o xerife John, estavam olhando boquiabertos para Luke.

Luke estava se debatendo com o ar.

— Sai daqui — murmurou ele. — Sai daqui.

— Tudo bem — disse Tim, e soltou o ombro de Luke.

— Não você, os pontos. As luzes Sta... — Ele soprou ar e passou a mão pelo cabelo sujo. — Pronto. Sumiram.

— Você fez isso? — perguntou Wendy. Ela mostrou os papéis no chão. — Você fez mesmo isso?

— *Alguma coisa* fez — disse Bill Wicklow. Ele estava olhando para o relógio do vigia noturno. — Os ponteiros nessa coisa estavam girando... *disparados...* mas agora pararam.

— Estão fazendo alguma coisa — disse Luke. — Meus amigos estão fazendo alguma coisa. Eu senti, mesmo de tão longe. Como é possível? Meu Deus, minha *cabeça*.

Ashworth se aproximou de Luke e esticou a mão. Tim reparou que ele manteve a outra na coronha da arma no coldre.

— Sou o xerife Ashworth, filho. Quer apertar minha mão?

Luke apertou a mão dele.

— Bom. Bom começo. Agora, eu quero a verdade. Foi mesmo você quem fez isso agora?

— Não sei se fui eu ou se foram eles — disse Luke. — Não sei como *poderiam* ter sido eles se estão tão longe, mas também não sei como poderia ter sido eu. Eu nunca fiz uma coisa assim na vida.

— Sua especialidade são travessas de pizza — disse Wendy. — Vazias.

Luke deu um sorriso fraco.

— É. Vocês não viram as luzes? Nenhum de vocês? Um monte de pontos coloridos?

— Eu só vi papéis voando — disse o xerife John. — E as portas das celas se fecharem. Frank, George, recolham isso aí, por favor. Wendy, arruma uma aspirina pro garoto. E então vamos ver o que tem nesse dispositivo de computador.

— Hoje à tarde, sua mãe ficou falando sobre as fivelas de cabelo dela. Disse que alguém as roubou — disse Luke.

O xerife John ficou de boca aberta.

— Como você sabe?

Luke balançou a cabeça.

— Não sei. Eu não estou nem me esforçando. Meu Deus, eu queria saber o que eles estão fazendo. E queria estar com eles.

— Estou achando que pode haver alguma verdade na história desse garoto, afinal — disse Tag.

— Quero ver esse pen-drive e quero ver agora — disse o xerife Ashworth.

20

A primeira coisa que eles viram foi uma cadeira vazia, uma cadeira antiquada de costas altas na frente de uma parede com um veleiro Currier & Ives emoldurado nela. Em seguida, o rosto de uma mulher surgiu, olhando para a lente.

— É ela — disse Luke. — É a Maureen, a moça que me ajudou a fugir.

— Isso está ligado? — perguntou Maureen. — A luzinha está acesa, então acho que está. Espero que esteja, porque não acho que tenho forças pra fazer isso duas vezes. — O rosto dela sumiu da tela do laptop onde os policiais estavam assistindo ao filme. Tim achou isso um alívio. Aquele close extremo era como olhar uma mulher dentro de um aquário.

A voz dela ficou um pouco mais baixa, mas ainda audível.

— Mas, se precisar, farei isso.

Ela se sentou na cadeira e ajustou a barra da saia florida sobre os joelhos. Estava usando uma blusa vermelha. Luke, que nunca a tinha visto sem o uniforme, achou uma combinação bonita, mas as cores não disfarçavam como o rosto dela estava magro e abatido.

— Aumenta o áudio — pediu Frank Potter. — Ela devia ter usado um microfone.

Enquanto isso, ela já tinha começado a falar. Tag voltou o vídeo, aumentou o som e apertou play de novo. Maureen voltou mais uma vez para a cadeira e novamente ajeitou a barra da saia. Em seguida, olhou diretamente para a lente da câmera.

— Luke?

Ele levou um susto tão grande ao ouvir seu nome saindo da boca de Maureen que quase respondeu, mas ela continuou antes que ele pudesse fazer isso, e o que disse em seguida enfiou uma faca de gelo em seu coração. Mas ele sabia, não sabia? Assim como não precisou do *Star Tribune* para saber sobre seus pais.

— Se você estiver vendo isso, você escapou e eu estou morta.

O policial chamado Potter disse alguma coisa para o policial chamado Faraday, mas Luke não prestou atenção. Ele estava totalmente concentrado na mulher que fora sua única amiga adulta no Instituto.

— Não vou contar a história da minha vida — disse a mulher morta na cadeira de costas altas. — Não temos tempo pra isso, e fico feliz, porque tenho vergonha de muita coisa. Mas não do meu garoto. Tenho orgulho de quem ele se tornou. Ele vai pra faculdade. Nunca vai saber que o dinheiro veio de mim, mas tudo bem. Isso é bom, como deve ser, porque eu o abandonei. E, Luke, sem você pra me ajudar, eu poderia ter perdido aquele dinheiro e a chance de fazer a coisa certa pra ele. Só espero que eu tenha feito a coisa certa pra você.

Ela fez uma pausa para se recompor.

— Vou contar uma parte da minha história, porque é importante. Eu estive no Iraque na segunda Guerra do Golfo e estive no Afeganistão e me envolvi no que era chamado de interrogatório aprimorado.

Para Luke, sua fluência calma, sem "hã", sem "sabe", sem "tipo", foi uma revelação. Fez com que ele sentisse constrangimento e dor. Ela parecia bem mais inteligente do que durante suas conversas sussurradas perto da máquina de gelo. Estaria ela se fazendo de burra? Talvez, mas talvez, *provavelmente*, ele tivesse visto uma mulher de uniforme marrom de faxineira e simplesmente deduzido que ela não fosse muito esperta.

Não como eu, em outras palavras, pensou Luke, e percebeu que constrangimento não descrevia o que ele estava sentindo. A palavra certa era vergonha.

— Eu presenciei afogamento simulado e vi homens e também algumas mulheres de pé em bacias de água com eletrodos nos dedos ou no reto. Vi unhas sendo arrancadas com pinças. Vi um homem levar um tiro no joelho quando cuspiu no rosto de um interrogador. Fiquei chocada no começo, mas depois não fiquei mais. Às vezes, quando eram homens que colocavam explosivos caseiros nos nossos garotos ou enviavam homens-bomba para o meio de mercados lotados, eu ficava feliz. Quase sempre eu ficava... eu sei qual é a palavra...

— Insensibilizada — disse Tim.

— Insensibilizada — repetiu Maureen.

— Meu Deus, parece que ela te ouviu — disse o policial Burkett.

— Silêncio — pediu Wendy, e alguma coisa nessa palavra fez Luke tremer. Era como se outra pessoa tivesse dito exatamente a mesma coisa um pouco antes dela. Ele voltou a atenção para o vídeo.

— ... nunca participei depois das primeiras duas ou três vezes porque me deram uma outra função. Quando eles não falavam, eu era a civil gentil que entrava e dava uma bebida a eles ou contrabandeava no bolso alguma coisa para eles comerem, um chocolate ou uns Oreos. Eu dizia que os interrogadores tinham dado uma parada pra descansar ou tinham ido comer e que os microfones estavam desligados. Eu dizia que sentia pena deles e queria ajudar. Dizia que, se eles não falassem, seriam mortos, apesar de ser contra as regras. Eu nunca dizia que era contra a Convenção de Genebra porque a maioria não sabia o que era aquilo. Eu dizia que, se eles não falassem, suas *famílias* seriam mortas e eu *realmente* não desejava isso. Normalmente, não funcionava, porque eles desconfiavam, mas às vezes, quando os interrogadores voltavam, os prisioneiros contavam o que eles queriam ouvir, ou porque acreditaram em mim ou porque queriam acreditar. Às vezes, eles me contavam coisas porque ficavam confusos... desorientados... e porque confiavam em mim. Que Deus me perdoe, eu tinha um rosto que inspirava confiança.

Eu sei por que ela está me contando isso, pensou Luke.

— Como fui parar no Instituto... essa história é longa demais para ser contada por uma mulher cansada e doente. Foram me procurar, vamos dizer assim. Não a sra. Sigsby, Luke, e não o sr. Stackhouse. E também não foi um homem do governo. Ele era velho. Disse que era recrutador. Me perguntou se eu queria um emprego quando minha missão acabasse. Trabalho fácil, disse ele, mas só pra uma pessoa que soubesse ficar de bico fechado. Eu estava pensando em me alistar de novo, mas isso parecia uma opção melhor. Porque o homem disse que eu estaria ajudando meu país bem mais do que poderia no Oriente Médio. Então eu aceitei o serviço, e, quando me colocaram como faxineira, não vi problema nenhum. Eu sabia o que estavam fazendo, mas no começo também não vi problema nenhum, porque sabia o motivo. E que bom pra mim, porque o Instituto é como o que dizem sobre a máfia: quando você entra, não consegue mais sair. Quando fiquei sem dinheiro pra pagar as contas do meu marido e comecei a ter medo de que os abutres levassem o dinheiro que eu tinha guardado pro meu garoto, pedi o serviço que tinha feito na guerra, e a sra. Sigsby e o sr. Stackhouse me deixaram tentar.

— Dedurar — murmurou Luke.

— Foi fácil como calçar um sapato velho. Fiquei lá por doze anos, mas só dedurei nos últimos dezesseis meses, mais ou menos, e no final estava começando a me sentir mal pelo que estava fazendo, e não digo apenas sobre dedurar. Fiquei insensibilizada no que chamávamos de casas escuras e continuei insensibilizada no Instituto, mas isso começou a passar, como uma camada de cera que vai sumindo do carro se você não reaplicar de vez em quando. São só crianças, sabe, e crianças querem confiar em um adulto gentil e simpático. Elas nunca tinham explodido ninguém. Eram *elas* que acabavam explodidas, elas e suas famílias. Mas talvez eu tivesse continuado, de qualquer modo. Se é para ser honesta, e está tarde demais pra ser qualquer outra coisa, acho que teria. Mas aí fiquei doente e conheci você, Luke. Você me ajudou, mas não foi por isso que eu ajudei você. Não foi o único motivo, pelo menos, e nem o principal. Eu vi como você era inteligente, bem mais do que qualquer uma das outras crianças, bem mais do que as pessoas que sequestraram você. Eu sabia que não se importavam com sua mente brilhante, nem com seu senso de humor e nem com sua boa vontade pra ajudar uma velha doente como eu, mesmo sabendo que podia acabar encrencado. Pra eles, você era só mais uma engrenagem na máquina, pra ser usada até gastar e depois ser jogada fora. No final, você teria seguido o mesmo caminho dos outros. Centenas. Talvez milhares, se contarmos desde o começo.

— Ela é maluca? — perguntou George Burkett.

— Cala a boca! — disse Ashworth. Ele estava inclinado para a frente por cima da barriga, o olhar grudado na tela.

Maureen tinha parado para tomar um gole de água e esfregar os olhos, que estavam afundados em buracos de pele. Olhos doentes. Olhos moribundos, pensou Luke, encarando a eternidade.

— Ainda assim, foi uma decisão difícil, e não só por causa do que poderiam fazer comigo ou com você, Luke. Foi difícil porque, se você *conseguir* fugir, se não te apanharem na floresta e nem em Dennison River Bend, e se você conseguir alguém que acredite em você… se você conseguir ultrapassar todas essas incertezas, talvez você consiga trazer a público tudo que vem acontecendo aqui há cinquenta ou sessenta anos. Derrubar tudo na cabeça deles.

Como Sansão no templo, pensou Luke.

Ela se inclinou e olhou diretamente para a lente. Diretamente para ele.

— E isso pode significar o fim do mundo.

21

O sol a oeste deixava os trilhos que corriam ao lado da rodovia estadual 92 com linhas rosa-avermelhadas de fogo e parecia evidenciar a placa à frente:

BEM-VINDOS A DUPRAY, S.C.

CONDADO DE FAIRLEE

POPULAÇÃO 1369

UM BOM LUGAR PARA VISITAR E MELHOR AINDA DE MORAR!

Denny Williams parou a van cinza no acostamento de terra. Os outros também pararam. Ele falou com quem estava em sua van, a sra. Sigsby, o dr. Evans e Michelle Robertson, depois foi até as outras duas.

— Rádios desligados, sem fones de ouvido. Não sabemos que frequências os moradores ou a polícia estadual podem estar escutando. Celulares desligados. A partir de agora, essa é uma operação silenciosa e vai continuar assim até estarmos de volta na base aérea.

Ele voltou para a van cinza, entrou atrás do volante e se virou para a sra. Sigsby.

— Tudo certo, senhora?

— Tudo certo.

— Estou aqui sob protesto — disse o dr. Evans de novo.

— Cala a boca — disse a sra. Sigsby. — Denny? Vamos.

Eles entraram no condado de Fairlee. Havia celeiros, campos e bosques de pinheiros de um lado da estrada; do outro, trilhos de trem e mais árvores. A cidade em si agora estava a três quilômetros de distância.

22

Corinne Rawson estava parada na frente da tela de exibição, conversando com Jake "Cobra" Howland e Phil "Pílula" Chaffitz. Tendo sido abusada quando criança, tanto pelo pai quanto por dois dos quatro irmãos mais velhos, Corinne nunca teve problema com seu trabalho na Parte de Trás. Ela sabia que as crianças a chamavam de Corinne dos Tapas, mas não se importava. Tinha levado muitos tapas no terreno de trailers em Reno, onde passara a infância, e, na opinião dela, o que vai volta. Além do mais, era para uma boa causa. Todo mundo saía ganhando.

Claro que havia desvantagens de trabalhar na Parte de Trás. Por exemplo, sua cabeça ficava lotada de informações. Ela sabia que Phil queria trepar com ela e Jake não, porque Jake só gostava de mulheres avantajadas na frente e atrás. E ela sabia que *eles* sabiam que ela não queria nada com nenhum dos dois, ao menos não daquele jeito; desde os dezessete anos ela jogava pelo outro time.

A telepatia sempre parecia ótima nas histórias e nos filmes, mas era irritante pra caralho na vida real. Vinha com aquele zumbido, o que era um problema. E era cumulativo, um problema *sério*. As faxineiras e zeladores ficavam indo e voltando entre a Parte da Frente e a Parte de Trás, o que ajudava, mas os cuidadores vermelhos trabalhavam exclusivamente lá. Havia duas equipes, Alfa e Beta. Cada uma trabalhava por quatro meses e tinha quatro meses de descanso. Corinne estava quase no fim do seu turno de quatro meses. Ela passaria uma semana ou duas em descompressão no vilarejo adjacente para funcionários, recuperando seu eu essencial, depois iria para sua casinha em Nova Jersey, onde morava com Andrea, que acreditava que a companheira trabalhava em um projeto militar ultrassecreto. A parte do ultrassecreto era verdadeira; mas não era militar.

A telepatia de nível baixo sumiria durante seu tempo no vilarejo e já teria passado quando voltasse para Andrea. Depois, alguns dias iniciado o turno seguinte, voltaria aos poucos. Se fosse capaz de sentir compaixão (uma sensibilidade que foi arrancada dela por volta dos treze anos), ela teria sentido pelo dr. Hallas e pela dr. James. Eles ficavam lá quase o tempo todo, o que queria dizer que eram quase constantemente expostos ao zumbido, e dava para ver que aquilo os estava afetando. Ela sabia que o dr. Hendricks, o chefe da equipe médica do Instituto, dava injeções nos médicos da Parte de Trás que deveriam limitar a erosão constante, mas havia uma grande diferença entre limitar uma coisa e a fazer parar.

Horace Keller, um cuidador vermelho de quem ela era amiga, chamava Heckle e Jeckle de malucos altamente funcionais. Ele disse que em algum momento um deles ou os dois surtariam, e os grandões teriam que encontrar novos médicos capazes de fazer aquele trabalho. Isso não significava nada para Corinne. Seu trabalho era fazer as crianças comerem quando deviam comer, irem para os quartos quando tinham que ir (o que faziam lá dentro também não era preocupação dela), irem aos filmes nas noites de exibição e não saírem da linha. Quando saíam, ela distribuía tapas.

— Os vegetais estão inquietos hoje — disse Jake Cobra. — Dá pra ouvir daqui. Tasers na mão quando formos levar a alimentação das oito, certo?

— Eles sempre ficam piores à noite — disse Phil. — Eu não... ei, que *porra* é essa?

Corinne também sentiu. Eles estavam acostumados com o zumbido da mesma forma que as pessoas se acostumam com uma geladeira barulhenta ou um ar-condicionado desregulado. Agora, de repente, subiu ao nível que eles tinham que aguentar nas noites de filme que também eram as noites de estrelinha. Só que, nessas ocasiões, vinha mais de trás das portas fechadas e trancadas da Ala A, também conhecida como Horta. Ela sentia o zumbido vindo de lá agora, mas também de outra direção, como um sopro de vento forte. Da sala, onde as crianças tinham ido passar o tempo livre depois que o filme acabou. Primeiro foi um grupo, os que ainda estavam totalmente funcionais, depois dois que Corinne chamava de pré-vegetais.

— Que porra eles estão fazendo? — gritou Phil. Ele levou as mãos às laterais da cabeça.

Corinne correu até a sala, puxando o bastão elétrico. Jake foi atrás dela. Phil, talvez mais sensível ao zumbido, talvez apenas assustado, ficou onde estava, as mãos nas têmporas como se para impedir o cérebro de explodir.

O que Corinne viu quando chegou à porta foi um grupo de quase doze crianças. Até Iris Stanhope, que certamente iria para a Horta depois do filme do dia seguinte, estava lá. Eles estavam em círculo, as mãos unidas, e agora o zumbido estava forte o suficiente para fazer os olhos de Corinne lacrimejarem. Ela achava que conseguia sentir as obturações vibrando.

Pega o novato, pensou ela. O tampinha. Acho que é ele que está por trás disso. Dá um choque nele, pode quebrar o circuito.

Mas, enquanto ela pensava, seus dedos se abriram e o bastão elétrico caiu no tapete. Atrás dela, quase perdido no zumbido, ela ouviu Jake gritando para os garotos pararem o que estavam fazendo e irem para o quarto. A garota negra estava olhando para Corinne e havia um sorriso insolente em seus lábios.

Vou arrancar esse sorriso da sua cara no tapa, mocinha, pensou Corinne, e quando levantou a mão, a garota negra assentiu.

Isso mesmo, um tapa.

Outra voz se juntou à de Kalisha: *Um tapa!*

E todos os outros: *Um tapa! Um tapa! Um tapa!*

Corinne Rawson começou a estapear a si mesma, primeiro com a mão direita, depois com a esquerda, um lado e outro, com mais e mais força, ciente de que as bochechas esquentavam e depois começavam a arder, mas era uma percepção distante, porque agora o zumbido não era um zumbido, mas um barulhão alto de feedback interno.

Ela foi derrubada de joelhos quando Jake passou correndo por ela.

— Parem o que estão fazendo, seus filhos duma p...

Sua mão se levantou e houve um estalo de eletricidade quando ele deu um choque em si mesmo entre os olhos. Ele deu um pulo para trás, as pernas abertas e se unindo como em um passo de dança bizarro, os olhos saltados. A boca se abriu e ele enfiou o bastão elétrico dentro. O estalo de eletricidade foi abafado, mas o resultado foi visível. A garganta dele inchou como uma bexiga. Uma luz azul momentânea brilhou nas suas narinas. Ele caiu de cara no chão, enfiando o bastão elétrico na boca até o cabo, o dedo ainda apertando o gatilho.

Kalisha os guiou para o corredor dos residentes com as mãos ainda unidas, como alunos do primeiro ano em um passeio de escola. Phil Pílula os viu e se encolheu, agarrando o bastão elétrico com uma das mãos e segurando a porta da sala de exibição com a outra. No corredor, entre o refeitório e a Ala A, estava o dr. Everett Hallas, boquiaberto.

Punhos começaram a bater na porta dupla trancada da Horta. Phil largou o bastão elétrico e levantou a mão que o estava segurando, mostrando para as crianças que se aproximavam que estava vazia.

— Eu não vou ficar no caminho — disse ele. — O que quer que vocês queiram fazer, eu não vou ficar no cami...

As portas da sala de exibição se fecharam, cortando a voz dele junto com três de seus dedos.

O dr. Hallas se virou e saiu correndo.

Dois outros cuidadores azuis surgiram da sala dos funcionários depois da escada que levava ao crematório. Eles correram na direção de Kalisha e seu grupo improvisado, ambos com bastões elétricos nas mãos. Pararam em frente da porta trancada da Ala A, deram choques um no outro e caíram de joelhos. Lá, continuaram a trocar cargas elétricas até desmaiarem. Mais cuidadores apareceram, viram ou sentiram o que estava acontecendo e recuaram, alguns descendo a escada para o crematório (um beco sem saída em vários sentidos), outros voltando para a sala dos funcionários ou indo para a sala dos médicos que ficava além.

Vem, Sha. Avery estava olhando pelo corredor, para trás de Phil, que gritava por causa dos cotocos de dedos, e dos dois cuidadores desfalecidos.

A gente não vai sair?

Vai. Mas vamos deixar eles saírem primeiro.

A fileira de crianças começou a andar pelo corredor até a Ala A, o coração do zumbido.

23

— Não sei como eles escolhem os alvos — Maureen estava dizendo. — Já me perguntei isso muitas vezes, mas deve funcionar, porque ninguém jogou uma bomba atômica e nem iniciou uma guerra mundial em setenta e cinco anos. Pense que coisa incrível é isso. Sei que algumas pessoas acham que Deus está cuidando de nós e que outras acham que é diplomacia, ou o que chamam de destruição mútua assegurada, mas não acredito em nada disso. É o Instituto.

Ela fez outra pausa para beber água e continuou.

— Eles sabem quem pegar por causa de um exame que a maioria das crianças faz no nascimento. Não era para eu saber que exame é esse, sou só uma mera faxineira, mas eu escuto, da mesma forma que deduro. E eu xereto. Se chama BDNF, que é a sigla para fator neurotrófico derivado do cérebro. Crianças com BDNF alto são marcadas, acompanhadas e acabam sendo levadas para o Instituto. Às vezes chegam a ter dezesseis anos, mas a maioria é menor. Eles pegam os que têm BDNF muito alto o mais cedo possível. Já tivemos aqui crianças de oito anos.

Isso explica Avery, pensou Luke. E as gêmeas Wilcox.

— Elas são preparadas na Parte da Frente. Parte da preparação é feita com injeções, parte com exposição ao que o dr. Hendricks chama de luzes Stasi. Algumas crianças que chegam aqui têm capacidade telepática, conseguem ler pensamentos. Outras são telecinéticas, são capazes de usar a mente acima da matéria. Depois das injeções e das luzes Stasi, algumas crianças ficam iguais, mas a maioria fica ao menos um pouco mais forte na habilidade que fez com que fossem sequestradas. E tem algumas, as que Hendricks chama de Rosas, que ganham exames e injeções a mais e às vezes acabam desenvolvendo as *duas* habilidades. Uma vez, ouvi o dr. Hendricks dizer que poderiam existir ainda mais habilidades e que descobri-las poderia mudar tudo pra melhor.

— TP e TC ao mesmo tempo — murmurou Luke. — Aconteceu comigo, mas eu escondi. Ou tentei, pelo menos.

— Quando estão prontas para... para serem postas para trabalhar, elas são levadas da Parte da Frente pra Parte de Trás. Elas veem filmes que mostram a mesma pessoa sem parar. Em casa, no trabalho, se divertindo, em reuniões familiares. Depois, veem uma imagem gatilho que traz as luzes Stasi de volta e também as une. Sabe... o jeito como funciona... quando elas estão sozinhas, os poderes são pequenos mesmo depois das melhorias, mas quando estão juntas a força aumenta de uma forma... tem uma expressão matemática pra isso...

— Exponencialmente — disse Luke.

— Não sei a palavra. Estou cansada. O que importa é que essas crianças são usadas para eliminar certas pessoas. Às vezes, parece acidente. Às vezes, parece suicídio. Às vezes, parece assassinato. Mas são sempre as crianças. Aquele político, Mark Berkowitz? Foram as crianças. Jangi Gafoor, o homem que supostamente se explodiu sem querer na fábrica de bombas na província de Kunduz dois anos atrás? Foram as crianças. Houve centenas de outros, só no meu tempo no Instituto. Parece que não tem lógica e nem motivo, seis anos atrás foi um poeta argentino que bebeu soda cáustica, e não consigo ver nenhum sentido nisso, mas deve haver algum, porque o mundo ainda existe. Uma vez, ouvi a sra. Sigsby, a chefona, dizendo que éramos como pessoas que consertam constantemente um barco que está prestes a afundar. E eu acredito nela.

Maureen esfregou os olhos de novo e se inclinou para a frente, olhando atentamente para a câmera.

— Eles precisam de um suprimento constante de crianças com BDNF alto porque a Parte de Trás esgota elas. Ficam com dores de cabeça cada vez piores, e cada vez que veem as luzes Stasi ou veem o dr. Hendricks com as estrelinhas, elas perdem mais seu eu essencial. No final, quando são enviadas pra Horta, que é como os funcionários chamam a Ala A, parecem crianças sofrendo de demência ou de mal de Alzheimer avançado. Fica cada vez pior, até que elas morrem. Normalmente de pneumonia, porque deixam a Horta fria de propósito. Às vezes parece... — Ela deu de ombros. — Ah, Deus, parece que elas esquecem de respirar. Quanto aos corpos, o Instituto tem um crematório de última geração.

— Não — disse o xerife Ashworth baixinho. — Ah, *não*.

— Os funcionários da Parte de Trás trabalham no que chamam de turnos longos. São alguns meses trabalhando e alguns de folga. Tem que ser assim, porque a atmosfera é muito tóxica. Mas, como ninguém da equipe tem BDNF alto, o processo é mais lento com eles. Alguns quase parecem não se afetar.

Ela parou para tomar mais água.

— Tem dois médicos que trabalham lá quase o tempo todo e ambos estão surtando. Eu sei porque já fui lá. As faxineiras e os zeladores trabalham em turnos menores entre a Parte da Frente e a Parte de Trás. O mesmo acontece com o pessoal do refeitório. Sei que é muita coisa pra absorver e ainda tem mais, mas isso é tudo que consigo agora. Tenho que ir, mas antes tenho algo pra mostrar, Luke. Pra você e quem mais estiver assistindo isto. É difícil de ver, mas espero que vocês consigam, porque arrisquei minha vida pra arranjar isso.

Ela inspirou fundo, trêmula, e tentou sorrir. Luke começou a chorar, sem emitir som no começo.

— Luke, ajudar você a fugir foi a decisão mais difícil da minha vida, mesmo com a morte me encarando e o inferno, sem dúvidas, me esperando do outro lado. Foi difícil porque agora o barco pode afundar e terá sido minha culpa. Eu tive que escolher entre a sua vida e talvez a vida de bilhões de pessoas na Terra que dependem do trabalho do Instituto sem nem terem consciência. Eu escolhi você no lugar delas e que Deus me perdoe por isso.

A tela ficou azul. Tag se adiantou para o teclado do laptop, mas Tim segurou a mão dele.

— Espera.

Houve uma linha de estática, um som engasgado e um novo vídeo começou. A câmera agora estava se movendo por um corredor com um tapete azul grosso no chão. Havia um som intermitente e áspero, e de vez em quando a imagem era interrompida por uma escuridão que ia e vinha, como uma janela se abrindo e se fechando.

Ela está filmando, pensou Luke. Filmando por um buraco ou rasgo que fez no bolso do uniforme. O barulho áspero é o tecido no microfone.

Ele duvidava que celulares sequer funcionassem para fazer ligações na floresta do norte do Maine, mas achava que eram totalmente proibidos no Instituto mesmo assim, porque as *câmeras* ainda funcionariam. Se Maureen tivesse sido pega, ela não teria perdido apenas o salário e o emprego. Ela

409

realmente arriscara a própria vida. Isso fez as lágrimas virem mais rápido. Ele sentiu a policial Gullickson, Wendy, passar um braço em volta dele. Encostou-se com gratidão nela, mas manteve os olhos na tela do laptop. Ali, finalmente, era a Parte de Trás. Ali estava o lugar do qual ele tinha escapado. Era lá que Avery estava agora, sem dúvida, supondo que ainda estivesse vivo.

A câmera passou por uma porta dupla aberta à direita. Maureen se virou brevemente, dando aos espectadores a vista de uma sala de exibição com mais de vinte cadeiras acolchoadas. Havia duas pessoas sentadas lá.

— Aquela garota está *fumando*? — perguntou Wendy.

— Sim — disse Luke. — Acho que também permitem cigarros na Parte de Trás. A garota é uma das minhas amigas. O nome dela é Iris Stanhope, e ela foi levada antes de eu fugir. Será que ainda está viva? E será que, se estiver, ainda é capaz de pensar?

A câmera voltou para o corredor. Duas outras crianças passaram, olhando para Maureen sem interesse algum antes de sumirem. Um cuidador de uniforme azul apareceu. A voz dele ficou abafada pelo bolso onde o celular estava escondido, mas as palavras foram compreensíveis: ele estava perguntando a Maureen se ela estava contente de ter voltado. Maureen perguntou se parecia ter ficado maluca e ele riu. Ele disse alguma coisa sobre café, mas o tecido do bolso fez um barulho alto e Luke não conseguiu entender.

— Aquilo que ele está carregando é uma pistola? — perguntou o xerife John.

— É um bastão elétrico — disse Luke. — Você sabe, um taser. Tem um botão nele que aumenta a voltagem.

— Você está de sacanagem! — Quem falou foi Frank Potter.

A câmera passou por outra porta dupla aberta, dessa vez à esquerda, seguiu mais uns vinte ou trinta passos e parou em frente a uma porta fechada, com ALA A escrito em vermelho. Baixinho, Maureen disse:

— Aqui é a Horta.

A mão dela, coberta por uma luva azul de látex, surgiu na imagem. Ela estava segurando um cartão magnético. Exceto pela cor, laranja, era parecido com o que Luke roubou, mas ele achava que o pessoal da Parte de Trás não era tão descuidado com aqueles. Maureen o encostou no quadrado eletrônico acima da maçaneta, houve um zumbido e ela abriu a porta.

Atrás dela, ficava o inferno.

24

A Órfã Annie era fã de beisebol e costumava passar as noites quentes de verão na barraca, ouvindo os Fireflies, um time de liga menor de Columbia. Ela ficava feliz quando algum dos jogadores era enviado para os Rumble Ponies, o time um nível acima, em Binghamton, mas também ficava triste de perdê-los. Quando o jogo acabava, ela dormia um pouco, acordava e ouvia o programa de George Allman para descobrir o que estava acontecendo no que George chama de Mundo Maravilhoso de Mistérios.

Mas naquela noite ela estava curiosa sobre o garoto que tinha saltado do trem. Ela decidiu ir até a delegacia para ver se conseguia descobrir alguma coisa. Provavelmente não a deixariam entrar pela frente, mas às vezes Frankie Potter ou Billy Wicklow iam até o beco, onde ficava o colchão de ar dela e alguns suprimentos, para fumar. Talvez eles contassem a história do garoto se ela perguntasse com jeitinho. Afinal, ela o tinha limpado e consolado um pouco, e isso lhe dava um interesse legítimo.

Um caminho da barraca dela perto dos armazéns passava pelo bosque no lado oeste da cidade. Quando ela ia para o beco passar a noite no colchão de ar (ou lá dentro, se estivesse frio — deixavam que ela fizesse isso agora desde que ela ajudara Tim com a faixa), ela fazia esse percurso até a parte de trás do Gem, o cinema da cidade, onde tinha visto muitos filmes interessantes quando era mais nova (e um pouco mais sã). O velho Gemmie estava fechado havia quinze anos e o estacionamento atrás era uma confusão de mato e solidago. Ela costumava cortar caminho por ali e subir até a calçada pela lateral em ruínas do antigo cinema. A delegacia de DuPray e o DuPray Mercantil ficavam do outro lado da Main Street, com o beco dela (era como ela o chamava) entre os dois.

Naquela noite, quando estava saindo do caminho para o estacionamento, ela viu um veículo entrar na rua Pine. Foi seguido de outro... e outro. Três vans, coladas uma na outra. E, embora o crepúsculo estivesse avançado, elas não estavam nem de lanterna acesa. Annie ficou nas árvores olhando quando as vans entraram no estacionamento que ela ia atravessar. Viraram como se em formação e pararam em fila, com as frentes viradas para a rua Pine. Quase como se precisassem estar preparadas para uma fuga rápida, pensou ela.

As portas se abriram. Saíram homens e mulheres. Um dos homens estava usando um paletó esportivo e uma calça bonita com vinco. Uma das mulheres, mais velha do que as outras, estava com um terninho vermelho-escuro. Outra estava com um vestido florido. Essa carregava uma bolsa. As outras quatro mulheres não. A maioria estava de calça jeans e camisa escura.

Exceto pelo homem de paletó esportivo, que ficou para trás observando, eles se moviam com rapidez e determinação, como pessoas com um objetivo claro. Para Annie, pareciam quase que militares, e essa impressão foi logo confirmada. Dois dos homens e uma das mulheres mais jovens abriram as portas de trás das vans. Os homens pegaram uma caixa longa de aço em uma delas. Da traseira de outra van vieram coldres, que a mulher distribuiu para todos, menos para o homem de paletó, outro homem de cabelo louro curto e a mulher de vestido florido. A caixa de aço foi aberta e dela saíram armas grandes que não eram rifles de caça. Eram o que Annie Ledoux chamava de armas de atiradores de escola.

A mulher de vestido florido guardou uma pistola pequena na bolsa. O homem ao lado dela escondeu uma maior na cintura, nas costas, e colocou a camisa por cima. Os outros botaram os coldres. Pareciam um grupo de ataque. Ora, *era* um grupo de ataque. Annie não via como podia ser outra coisa.

Uma pessoa normal, que não ouvisse as notícias noturnas com George Allman, por exemplo, talvez só ficasse olhando a cena com uma confusão perturbada, se perguntando o que um grupo de homens e mulheres armados estaria fazendo em uma cidade sonolenta da Carolina do Sul onde só havia um banco que ficava trancado durante a noite. Uma pessoa normal talvez tivesse pegado o celular e ligado para a emergência. Mas Annie não era uma pessoa normal e sabia exatamente de quem aqueles homens e mulheres armados — pelo menos dez, talvez mais — estavam atrás. Eles não vieram nos suvs pretos que ela esperaria, mas tinham vindo buscar o garoto. Claro.

Ligar para a emergência para alertar o pessoal na delegacia não era opção, porque ela não teria celular mesmo que tivesse dinheiro para comprar um. Celulares disparavam radiação na cabeça, qualquer um sabia disso, e, além do mais, *eles* conseguiam rastrear as pessoas dessa forma. Assim, Annie continuou pelo caminho, agora correndo, até chegar aos fundos da

Barbearia DuPray, dois prédios depois. Um lance de escadas bambo a levou até o apartamento acima. Annie subiu o mais rápido que conseguiu, segurando o poncho e a saia comprida por baixo para não tropeçar e cair. No alto, ela bateu na porta com toda força até ver Corbett Denton pela cortina esfarrapada, andando na direção dela com a barriga grande na frente. Ele abriu a cortina e espiou, a careca reluzindo embaixo da luz do lustre cheio de moscas mortas da cozinha.

— Annie? O que você quer? Não vou te dar nada pra comer se for...

— Tem uns homens — disse ela, ofegando para recuperar o ar. Ela poderia ter acrescentado que também havia mulheres, mas dizer apenas *homens* parecia mais apavorante, ao menos para ela. — Estão estacionados atrás do Gem!

— Vai embora, Annie. Não tenho tempo pra suas besteiras...

— Tem um garoto! Acho que os homens estão a caminho da delegacia pra pegar ele! Acho que vai ter um tiroteio!

— Do que você está...

— Por favor, Baterista, *por favor*! Eles tinham fuzis, eu acho, e aquele garoto, é um garoto bonzinho!

Ele abriu a porta.

— Me mostra seu bafo.

Ela o segurou pela frente da regata.

— Eu não bebo há dez anos! Por favor, Baterista, eles vieram pegar o garoto!

Ele fungou e franziu a testa.

— Nada de bebida. Você está tendo uma alucinação?

— Não!

— Você falou de fuzis. Você quer dizer automáticos, tipo AR-15? — O Baterista Denton estava começando a parecer interessado.

— Sim! Não! Não sei! Mas você tem armas, sei que tem! Você tem que levá-las!

— Você está maluca — disse ele, e foi nessa hora que Annie começou a chorar.

O Baterista a conhecia por quase toda a vida, já tinha até saído com ela algumas vezes quando era mais novo, e nunca a vira chorar. Ela realmente acreditava que alguma coisa estava acontecendo e o Baterista decidiu ver o que era. Ele estivera fazendo o mesmo que fazia todas as noites, que era pensar na estupidez básica da vida.

— Tudo bem, vamos dar uma olhada.

— E as suas armas? Você vai trazer suas armas?

— Ah, não. Eu falei que a gente vai olhar.

— Baterista, por favor!

— *Olhar* — disse ele. — É o que estou disposto a fazer. É pegar ou largar. Sem escolha, a Órfã Annie pegou.

25

— Ah, meu bom Deus, o que é isso que eu estou vendo?

As palavras de Wendy soaram abafadas porque ela estava com a mão sobre a boca. Ninguém respondeu. Eles estavam olhando para a tela, Luke tão paralisado de surpresa e horror quanto o resto.

A parte de trás da Parte de Trás, a Ala A, a Horta, era uma sala comprida e alta que pareceu a Luke o tipo de fábrica abandonada onde os tiroteios sempre aconteciam no final dos filmes de ação que ele e Rolf gostavam de assistir mil anos antes, quando ele ainda era uma criança de verdade. Era iluminada por lâmpadas fluorescentes compridas cobertas por teias de arame que lançavam sombras e davam à ala uma aparência sinistra de fundo do mar. Havia janelas compridas e estreitas cobertas por uma tela mais pesada. Não havia camas, apenas colchões sem lençóis. Alguns tinham sido empurrados nos corredores, alguns estavam virados, e um estava apoiado e torto em uma parede de concreto. Estava manchado de uma gosma amarela que podia ser vômito.

Havia uma vala comprida cheia de água corrente junto a uma das paredes de concreto, onde havia um lema pintado que dizia VOCÊS SÃO SALVADORES! Uma garota, nua exceto por um par de meias sujas, estava agachada com as costas na parede e as mãos nos joelhos. Ela estava defecando. Houve aquele som áspero quando o tecido roçou no telefone no bolso de Maureen, onde talvez estivesse preso com fita adesiva, e a imagem sumiu por um momento quando a abertura pela qual a câmera estava gravando se fechou. Quando se abriu de novo, a garota estava se afastando com um cambalear bêbado e a merda dela estava sendo levada pela água da vala.

Uma mulher de uniforme marrom de faxineira estava usando um aspirador com jato de água para limpar algo que podia ser mais vômito, mais merda, restos de comida, só Deus sabia. Ela viu Maureen, acenou e disse alguma coisa que eles não conseguiram ouvir, não só por causa do aspirador, mas porque a Horta era um manicômio de vozes e gritos. Uma garota estava dando estrelinha em um dos corredores entre os colchões. Um garoto de cueca suja, espinhas na cara e óculos imundos escorregando pelo nariz passou andando. Ele estava gritando "ai-*ai*-ai-*ai*-ai-*ai*" e batendo na cabeça a cada sílaba mais forte. Luke se lembrou de Kalisha mencionando um garoto com espinhas e óculos. No primeiro dia dele no Instituto. *Parece que Petey já foi há um tempão, mas foi só na semana passada*, dissera ela, e ali estava o garoto. Ou o que tinha restado dele.

— Littlejohn — murmurou Luke. — Acho que o nome dele é esse. Pete Littlejohn.

Ninguém o ouviu. Todos estavam olhando para a tela, hipnotizados.

Em frente à vala com objetivos evacuatórios havia um alimentador comprido com pernas de aço. Havia duas garotas e um garoto lá. As garotas estavam usando as mãos para colocar uma gosma marrom na boca. Tim, olhando com incredulidade e uma surpresa enojada, pensou que parecia Maypo, o cereal que comia quando era criança. O garoto estava inclinado com a cara enfiada na gosma, as mãos esticadas ao lado do corpo, estalando os dedos. Algumas outras crianças estavam apenas deitadas nos colchões, olhando para o teto, os rostos tatuados com as sombras da tela.

Quando Maureen andou na direção da mulher com o aspirador, talvez para assumir o serviço, a imagem sumiu e a tela azul voltou. Eles esperaram para ver se Maureen apareceria de novo na cadeira de costas altas, talvez para explicar mais alguma coisa, mas não houve mais nada.

— Meu Deus, o que *era* aquilo? — perguntou Frank Potter.

— A parte de trás da Parte de Trás — disse Luke. Ele estava mais pálido do que nunca.

— Que tipo de pessoas colocariam *crianças* em um…

— Monstros — disse Luke. Ele se levantou, mas botou a mão na cabeça e cambaleou.

Tim o segurou.

— Você vai desmaiar?

— Não. Não sei. Preciso ir lá fora tomar um ar fresco. Parece que as paredes estão se fechando.

Tim olhou para o xerife John, que assentiu.

— Leva ele até o beco. Vê se ele melhora.

— Vou com vocês — disse Wendy. — Você vai precisar de mim pra abrir a porta, de qualquer forma.

A porta no final da área das celas tinha letras grandes e brancas que diziam: SAÍDA DE EMERGÊNCIA UM ALARME VAI TOCAR. Wendy usou uma chave do chaveiro para desligar o alarme. Tim empurrou a barra com a base da mão e usou a outra para ajudar Luke a sair, não mais cambaleando, mas ainda terrivelmente pálido. Tim sabia o que era transtorno de estresse pós-traumático, mas só tinha visto na televisão. Estava presenciando um agora, naquele garotinho que levaria ainda uns três anos para precisar se barbear.

— Não pisem nas coisas da Annie — disse Wendy. — Principalmente o colchão de ar. Ela não gostaria disso.

Luke não questionou por que havia um colchão de ar, duas mochilas, um carrinho de supermercado com três rodinhas e um saco de dormir enrolado no beco. Andou lentamente na direção da rua principal, respirando fundo, parando uma vez para se inclinar e se apoiar nos joelhos.

— Melhor? — perguntou Tim.

— Meus amigos vão soltar eles — disse Luke, ainda inclinado.

— Soltar quem? — perguntou Wendy. — Os... — Ela não sabia como terminar. Não importava, porque Luke pareceu não escutar.

— Não consigo ver eles, mas sei. Não sei como, mas sei. Acho que é o Avester. O Avery. Kalisha está com ele. E Nicky. E George. Meu Deus, eles estão tão fortes! Tão fortes juntos!

Luke se empertigou e começou a andar de novo. Quando parou na boca do beco, os seis postes da Main Street se acenderam. Ele olhou para Tim e Wendy, impressionado.

— Eu fiz isso?

— Não, querido — disse Wendy, rindo um pouco. — Acontece sempre nesse horário. Vamos voltar para dentro. Você precisa beber uma das cocas do xerife John.

Ela tocou no ombro dele. Luke se afastou.

— Espera.

Um casal de mãos dadas estava atravessando a rua deserta. O homem tinha cabelo louro curto. A mulher estava usando um vestido com estampa de flores.

26

O poder gerado pelas crianças caiu quando Nicky soltou as mãos de Kalisha e George, mas só um pouco. Porque os outros agora estavam reunidos atrás da porta da Ala A e forneciam a maior parte da energia.

É como uma gangorra, pensou Nicky. Quando a capacidade de pensar diminui, o TP e o TC aumentam. E quem está atrás daquela porta quase não tem mais mente.

Isso mesmo, disse Avery. *É assim que funciona. Eles são a bateria.*

A cabeça de Nicky estava mais clara, não havia dor nenhuma. Ao olhar para os outros, ele imaginou que estivessem na mesma. Se as dores de cabeça voltariam (ou quando) era impossível dizer. No momento, ele só estava agradecido.

Não havia mais necessidade de estrelinha; eles já tinham passado dessa fase. Estavam surfando no zumbido.

Nicky se inclinou sobre os cuidadores azuis que tinham caído inconscientes depois de usarem os tasers em si mesmos e começou a revirar os seus bolsos. Encontrou o que estava procurando e entregou para Kalisha, que passou para Avery.

— Faz você — disse ela.

Avery Dixon, que devia estar em casa jantando com os pais depois de mais um dia sendo o menino mais baixo da turma de quinto ano, pegou o cartão laranja e o encostou no painel. A tranca estalou e a porta se abriu. Os residentes da Horta estavam amontoados do outro lado como ovelhas reunidas em uma tempestade. Estavam sujos e atordoados, a maioria sem roupa. Vários estavam babando. Petey Littlejohn estava gritando "ai-*ai*-ai--*ai*-ai-*ai*" enquanto batia na cabeça.

Eles não vão voltar, pensou Avery. As engrenagens estão gastas demais para se recuperarem. Talvez Iris também não.

George: *Mas o resto de nós pode ter uma chance.*

Sim.

Kalisha, sabendo que era um pensamento cínico, mas também sabendo que era necessário: *Enquanto isso, podemos fazer uso deles.*

— E agora? — perguntou Katie. — E agora e *agora*?

Por um momento, ninguém respondeu, porque ninguém sabia. Então, Avery falou.

Parte da Frente. Vamos buscar o resto do pessoal e sair daqui.

Helen: *E ir pra onde?*

Um alarme começou a tocar, apitando em ciclos crescentes e decrescentes. Nenhum deles prestou atenção.

— Vamos nos preocupar com o onde depois — disse Nicky. Ele deu as mãos para Kalisha e para George de novo. — Primeiro, vamos nos vingar um pouco. Vamos causar um estrago. Alguém tem alguma objeção?

Ninguém tinha. Com as mãos unidas novamente, os onze que começaram a revolta seguiram de volta pelo corredor na direção da sala da Parte de Trás e para o saguão de elevadores que ficava depois. Os residentes da Ala A foram atrás com uma espécie de andar zumbi, talvez atraídos pelo magnetismo das crianças que ainda eram capazes de pensar. O zumbido tinha diminuído, mas ainda estava lá.

Avery Dixon se projetou, procurando Luke, torcendo para encontrá-lo em um lugar longe demais para poder ajudar. Porque isso significaria que pelo menos um dos jovens escravos do Instituto estava em segurança. Havia uma boa chance de o resto deles morrer, porque a equipe daquele buraco do inferno faria qualquer coisa para impedi-los de fugir.

Qualquer coisa.

27

Trevor Stackhouse estava em seu escritório, no mesmo corredor da sala da sra. Sigsby, andando de um lado para o outro por estar pilhado demais para se sentar. E ficaria assim até ter notícias de Julia. As notícias poderiam ser boas ou ruins, mas qualquer coisa seria melhor do que aquela espera.

Um telefone tocou, mas não foi nem o toque tradicional da linha fixa nem o toque digital do celular; foi a buzina dupla imperativa do telefone vermelho de segurança. A última vez que tocara foi quando o show de horrores com as gêmeas e o garoto Cross aconteceu no refeitório. Stackhouse atendeu e, antes que pudesse falar, o dr. Hallas estava tagarelando em seu ouvido.

— Eles saíram, os que viram o filme com certeza e acho que os vegetais também, machucaram pelo menos três dos cuidadores, não, quatro, Corinne diz que acha que Phil Chaffitz está morto, eletrocu...

— *CALA A BOCA!* — gritou Stackhouse no telefone. E então, quando teve certeza (não, não certeza, esperança) de que tinha a atenção de Heckle, disse: — Se concentra e me conta o que aconteceu.

Hallas, chocado a ponto de recuperar um pouco da antiga racionalidade, contou a Stackhouse o que tinha visto. Quando estava chegando ao fim do relato, o alarme geral do Instituto começou a tocar.

— Meu Deus, você ligou isso, Everett?

— Não, não, não fui eu, deve ter sido a Joanne. A dra. James. Ela estava no crematório. Ela costuma ir pra lá meditar.

Stackhouse quase perdeu a linha de pensamento com a imagem bizarra que isso gerou em sua mente, a dra. Jeckle sentada de pernas cruzadas na frente da porta do forno, talvez orando por serenidade, mas se forçou a se concentrar na situação atual: as crianças da Parte de Trás tinham feito alguma espécie de motim. Como isso era possível? Nunca tinha acontecido antes. E por que *agora*?

Heckle ainda estava falando, mas Stackhouse já tinha ouvido tudo de que precisava.

— Me escute, Everett. Pegue todos os cartões laranja que encontrar e queime, tá? *Queime.*

— Como... como eu vou...

— Você tem a porra de uma fornalha no Nível E! — gritou Stackhouse. — Usa aquela merda pra queimar alguma coisa além de crianças!

Ele desligou e usou a linha fixa para ligar para Fellowes na sala dos computadores. Andy queria saber o motivo do alarme. Estava com medo.

— Nós estamos com um problema na Parte de Trás, mas estou resolvendo. Mostre as câmeras de lá no meu computador. Faça rotação. Não faça perguntas, só obedeça.

Ele ligou o computador (aquela coisa velha sempre demorava tanto assim para ligar?) e clicou em CÂMERAS DE SEGURANÇA. Viu o refeitório da Parte da Frente, quase todo vazio... alguns garotos no parquinho...

— Andy! — gritou ele. — Não da Parte da Frente, da Parte de *Trás*! Para de fazer merd...

A imagem mudou e ele viu Heckle através de uma lente empoeirada, encolhido no escritório na hora que Jeckle entrou, supostamente depois da sessão de meditação interrompida. Ela estava olhando para trás.

— Assim está melhor. Eu assumo daqui.

Ele trocou de câmera e viu a sala dos cuidadores. Alguns estavam escondidos lá, com a porta do corredor fechada e supostamente trancada. Nenhuma ajuda viria dali.

Clique e ali estava o corredor principal do tapete azul, com pelo menos três cuidadores no chão. Não, quatro. Jake Howland estava sentado no chão do lado de fora da sala de exibição, segurando a mão junto à camisa do uniforme, que estava coberta de sangue.

Clique e ali estava o refeitório, vazio.

Clique e ali estava a sala. Corinne Rawson estava ajoelhada ao lado de Phil Chaffitz, falando com alguém no walkie-talkie. Phil realmente parecia morto.

Clique e ali estava o saguão de elevadores, a porta do elevador começando a fechar. O elevador era do tamanho dos que eram usados para transportar pacientes em um hospital e estava lotado de residentes. A maioria despida. Os vegetais da Ala A, então. Se ele pudesse segurá-los lá... prendê-los lá...

Clique e através daquela camada irritante de poeira e sujeira, Stackhouse viu mais crianças no Nível E, quase doze delas, reunidas na frente da porta do elevador esperando que se abrisse e liberasse os restos dos amotinados mirins. Esperando junto ao túnel de acesso que levava à Parte da Frente. Aquilo não era bom.

Stackhouse pegou a linha fixa e ouviu apenas silêncio. Fellowes tinha desligado. Xingando pelo tempo perdido, Stackhouse ligou de volta.

— Você consegue desligar a energia do elevador da Parte de Trás? Pra fazer parar no vão?

— Não sei — disse Fellowes. — Talvez. Deve estar no livreto de procedimentos de emergência. Vou dar uma olh…

Mas já era tarde demais. A porta do elevador se abriu no Nível E e os fugitivos da Horta saíram, cambaleando pelo saguão de elevadores como se houvesse alguma coisa para ver lá. Aquilo era ruim, mas Stackhouse viu algo ainda pior. Heckle e Jeckle podiam recolher dezenas de cartões magnéticos da Parte de Trás e os queimar, mas não faria diferença. Porque um dos garotos, o merdinha que colaborou com a faxineira na fuga de Ellis, estava com um cartão laranja na mão. Abriria a porta do túnel e também a porta que levava ao Nível E da Parte da Frente. Se eles chegassem na Parte da Frente, tudo podia acontecer.

Por um momento que pareceu infinito, Stackhouse ficou paralisado. Fellowes estava tagarelando no ouvido dele, mas era um som distante. Porque, sim, o merdinha estava usando o cartão laranja e guiando o grupinho feliz pelo túnel. Uma caminhada de duzentos metros os levaria à Parte da Frente. A porta se fechou atrás do último deles, deixando o saguão do elevador de baixo vazio. Stackhouse digitou no computador e conseguiu uma imagem deles andando pelo túnel de ladrilhos.

O dr. Hendricks entrou de repente, o velho Donkey Kong com a camisa para fora e o zíper aberto pela metade, os olhos vermelhos e arregalados.

— O que está acontecendo? O que…

E, só para acrescentar ao caos, seu celular começou a tocar. Stackhouse esticou a mão para silenciar Hendricks. O celular continuou gritando.

— Andy. Eles estão no túnel. Estão vindo e estão com um cartão magnético. Nós temos que impedir. Você tem alguma ideia?

Ele não esperava nada além de pânico, mas Fellowes o surpreendeu.

— Acho que posso desativar as trancas.

— O quê?

— Não tenho como desativar os cartões, mas posso bloquear as trancas. Os códigos são gerados pelo computador e…

— Você está dizendo que consegue deixá-los encurralados?

— Bom, sim.

— Faça isso! Faça isso agora!

— O que foi? — perguntou Hendricks. — Meu Deus, eu estava me arrumando pra sair e o alarme…

— Cala a boca — disse Stackhouse. — Mas não saia daqui. Posso precisar de você.

O celular continuou tocando. Ainda observando o túnel e os idiotas em movimento, ele atendeu. Agora, estava com um telefone em cada orelha, como um personagem de comédia pastelão antiga.

— O quê? *O quê?*

— Nós estamos aqui, o garoto está aqui — disse a sra. Sigsby. A qualidade da ligação estava ótima; era como se ela estivesse na sala ao lado. — Espero que em breve ele esteja novamente conosco. — Ela fez uma pausa. — Ou morto.

— Que ótimo, Julia, mas estamos com uma situação aqui. Houve um...

— Seja lá o que for, resolva. Isso está acontecendo *agora*. Vou ligar quando estivermos saindo da cidade.

Ela desligou. Stackhouse não se importou, porque, se Fellowes não fizesse um milagre com o computador, talvez não houvesse *nada* para Julia voltar.

— Andy! Você ainda está aí?

— Estou.

— Você fez o que falou que ia fazer?

Stackhouse sentiu uma certeza terrível de que Fellowes diria que o obsoleto sistema de computador tinha escolhido aquele momento crítico para bater as botas.

— Fiz. Bom, tenho quase certeza de que fiz. Estou vendo uma mensagem na minha tela que diz CARTÕES MAGNÉTICOS LARANJA INVÁLIDOS INSIRA NOVO CÓDIGO DE AUTORIZAÇÃO.

Essa quase certeza de Andy Fellowes fez maravilhas para tranquilizar Stackhouse. Ele se inclinou para a frente na cadeira, entrelaçou as mãos e ficou encarando a tela do computador. Hendricks se juntou a ele, olhando por trás.

— Meu Deus, o que eles estão fazendo ali fora?

— Vindo atrás de nós, é meu palpite — disse Stackhouse. — Vamos descobrir agora se conseguem.

O desfile de potenciais fugitivos sumiu da imagem da câmera. Stackhouse digitou a tecla que trocava as imagens, passou rapidamente por Corinne Rawson segurando a cabeça de Phil no colo e chegou até a imagem que queria. Mostrava a porta do Nível F na ponta da Parte da Frente do túnel. As crianças chegaram lá.

— É a hora da verdade — disse Stackhouse. Ele estava fechando as mãos com tanta força que deixava marcas nas palmas.

Dixon ergueu o cartão magnético laranja na frente do sensor. Tentou a maçaneta e, como nada aconteceu, Trevor Stackhouse finalmente relaxou. Ao seu lado, Hendricks soltou ar com hálito de uísque. Beber em serviço era tão proibido quanto portar um celular particular, mas Stackhouse não tinha nenhuma intenção de se estressar com isso agora.

Moscas em um pote, pensou ele. É isso que vocês são, meninos e meninas. Quanto ao que vai acontecer com vocês agora...

Isso, felizmente, não seria problema dele. O que aconteceria com eles depois que a situação na Carolina do Sul tivesse sido resolvida era decisão da sra. Sigsby.

— É pra isso que te pagam uma fortuna, Julia — disse ele, e se acomodou na cadeira para observar o grupo de crianças, agora liderado por Wilholm, voltar e tentar a porta por onde elas tinham entrado. Sem resultado. O pestinha Wilholm inclinou a cabeça para trás. Abriu a boca. Stackhouse desejou que tivesse áudio para poder ouvir aquele grito de frustração.

— Nós contornamos o problema — disse ele para Hendricks.

— Hum — disse Hendricks.

Stackhouse se virou para olhar para ele.

— O que você quer dizer com isso?

— Talvez não exatamente.

28

Tim botou a mão no ombro de Luke.

— Se você estiver disposto agora, nós temos que entrar e resolver isso. Vamos pegar aquela coca e...

— Espera. — Luke estava olhando o casal de mãos dadas atravessando a rua. Eles não tinham reparado no trio parado na boca do beco da Órfã Annie; a atenção deles estava voltada para a delegacia.

— Saíram da interestadual e se perderam — disse Wendy. — Aposto qualquer coisa. Acontece isso uma meia dúzia de vezes todo mês. Quer entrar agora?

Luke não prestou atenção. Ainda conseguia sentir os outros, as crianças, e eles pareciam descontentes agora, mas estavam no fundo da mente dele, como vozes vindo pelo duto de ventilação de outra sala. Aquela mulher... a do vestido florido...

Alguma coisa cai e me acorda. Deve ser o troféu de quando vencemos o Torneio de Debates do Noroeste, porque é o maior e faz muito barulho. Alguém está inclinado por cima de mim. Eu digo *mamãe* porque, apesar de saber que não é ela, é uma mulher e *mamãe* é a primeira palavra que surge na minha mente ainda praticamente adormecida. E ela diz:

— Claro — disse Luke. — Como você preferir.

— Que ótimo! — disse Wendy. — Vamos.

— Não, isso foi o que *ela* disse. — Ele apontou. O casal tinha chegado à calçada na frente da delegacia. Eles não estavam mais de mãos dadas. Luke se virou para Tim, os olhos arregalados e em pânico. — Ela foi uma das pessoas que me sequestraram! Eu vi ela de novo no Instituto! Na sala de descanso! Eles estão aqui! Eu falei que eles viriam e *eles estão aqui!*

Luke se virou e correu para a porta, que costumava ficar destrancada daquele lado para que Annie pudesse entrar à noite se quisesse.

— O que... — começou Wendy, mas Tim não a deixou terminar. Ele correu atrás do garoto do trem, e o pensamento na mente dele era que talvez o garoto estivesse certo sobre Norbert Hollister, afinal.

29

— E então? — O sussurro da Órfã Annie foi quase alto demais para ser chamado assim. — Acredita em mim agora, sr. Corbett Denton?

O Baterista não respondeu de primeira porque estava tentando assimilar o que estava vendo: três vans estacionadas lado a lado e, depois delas, um amontoado de homens e mulheres. Pareciam ser nove, o suficiente para formar um time de beisebol. E Annie estava certa: estavam armados. Já era crepúsculo, mas a luz demorava mais a sumir no verão. Além do mais, os postes estavam acesos agora. O Baterista viu as armas nos coldres e duas armas compridas que pareciam HKs. Máquinas de matar gente. O time de beisebol estava reunido perto da frente do cinema, mas escondido da calçada pela lateral de tijolos. Era óbvio que estavam esperando alguma coisa acontecer.

— Eles têm batedores! — sussurrou Annie. — Está vendo eles atravessando a rua? Vão ver quantas pessoas tem na delegacia! Você pode pegar suas malditas armas agora ou eu mesma terei que ir buscar?

O Baterista se virou e, pela primeira vez em vinte anos, talvez até trinta, saiu correndo com tudo. Ele subiu a escada até o apartamento acima da barbearia e parou no patamar por tempo suficiente para respirar fundo três ou quatro vezes. Tempo suficiente para se perguntar também se seu coração aguentaria o esforço ou se simplesmente explodiria.

Sua -30-.06. com a qual ele planejava dar um tiro em si mesmo em uma dessas lindas noites da Carolina do Sul (talvez já tivesse feito isso se não fosse pelos ocasionais papos interessantes com o novo vigia noturno da cidade) estava no armário e estava carregada. A pistola automática .45 e o revólver .38 na prateleira alta também.

Ele pegou as três armas e correu escada abaixo, ofegando, suando e provavelmente fedendo como um porco em uma sauna, mas sentindo-se totalmente vivo pela primeira vez em anos. Ele prestou atenção para ver se ouvia algum som de tiros, mas não houve nada.

Talvez eles sejam da polícia, pensou ele, mas parecia improvável. A polícia teria entrado direto, mostrado a identificação e anunciado o que tinha ido fazer lá. Além disso, teria ido em suvs, Suburbans ou Escalades pretos.

Pelo menos era assim que acontecia na televisão.

30

Nick Wilholm liderou a jovem trupe maltrapilha de volta até a porta trancada da Parte da Frente. Alguns dos residentes da Ala A foram atrás; alguns só ficaram vagando. Pete Littlejohn começou a bater no topo da cabeça de novo, gritando "Ai-*ai-ai-ai-ai-ai*". Havia um eco no túnel que fazia com que esse canto ritmado soasse não apenas irritante, mas enlouquecedor.

— Deem as mãos — pediu Nicky. — Todos nós. — Ele ergueu o queixo para indicar os vegetais vagando e acrescentou: *Acho que vai fazer com que eles venham.*

Como insetos atraídos pela luz, pensou Kalisha. Não era muito gentil, mas a verdade raramente era.

Eles vieram. Quando cada um deles se juntou ao círculo, o zumbido ficou mais alto. As laterais do túnel fizeram com o que o círculo tomasse um formato que mais parecia uma cápsula, mas tudo bem. O poder estava ali.

Kalisha entendia o que Nicky pensava, e não só porque estava captando o pensamento, mas porque era a única jogada que eles ainda tinham.

Mais fortes juntos, pensou ela, e disse para Avery em voz alta:

— Explode essa tranca, Avester.

O zumbido aumentou até virar aquele grito de feedback, e se algum deles ainda estivesse com dor de cabeça a dor teria saído correndo apavorada. Mais uma vez, Kalisha teve aquela sensação de poder sublime. Acontecia nas noites de estrelinha, mas nesses casos era uma sensação suja. Aquela era limpa, porque eram *eles*. As crianças da Ala A estavam em silêncio, mas sorrindo. Elas também sentiam. E gostavam. Kalisha achava que era o mais perto que eles chegariam de pensar.

Houve um estalo leve na porta, e eles a viram se acomodar de volta na moldura, mas isso foi tudo. Avery estava nas pontas dos pés, o rostinho contraído de concentração. Agora, ele murchou e soltou o ar.

George: *Não?*

Avery: *Não. Se estivesse apenas trancada. Acho que conseguiríamos, mas parece que tem uma tranca aí.*

— Morta — disse Iris. — Morta, morta, não está torta, foi o que houve com a porta, a tranca está morta.

— Deram um jeito de desativar — disse Nicky. *E não dá pra arrebentar, dá?*

Avery: *Não, é de aço maciço.*

— Cadê o Super-homem quando a gente precisa dele? — disse George. Ele passou as mãos pelas bochechas, sorrindo sem humor.

Helen se sentou, botou as mãos no rosto e começou a chorar.

— A gente serve pra quê? — Ela falou de novo, dessa vez como eco mental: *A gente serve pra quê?*

Nicky se virou para Kalisha: *Alguma ideia?*

Não.

Ele se virou para Avery. *E você?*

Avery balançou a cabeça.

31

— O que você quer dizer com não exatamente? — perguntou Stackhouse.

Em vez de responder, Donkey Kong correu pela sala até o interfone de Stackhouse. A parte de cima estava com uma camada grossa de poeira. Stackhouse nunca o tinha usado; ele nunca teve que anunciar bailes ou noites de trivia pelo sistema. O dr. Hendricks se inclinou para inspecionar os controles rudimentares e apertou um botão, acendendo uma lâmpada verde.

— O que você quer dizer...

Foi a vez de Hendricks mandá-lo calar a boca, e, em vez de ficar com raiva, Stackhouse sentiu uma certa admiração. O que quer que o bom doutor estivesse indo fazer, ele considerava ser importante.

Hendricks pegou o microfone e parou.

— Tem alguma forma de fazer com que as crianças fugitivas não ouçam o que vou dizer? Não é bom dar ideias.

— Não tem alto-falantes nos túneis de acesso — disse Stackhouse, torcendo para estar certo sobre isso. — Quanto à Parte de Trás, acredito que o sistema de comunicação de lá é separado. O que você vai fazer?

Hendricks olhou como se ele fosse idiota.

— Não é porque os corpos deles estão trancados que as mentes estão.

Ah, merda, pensou Stackhouse. Esqueci o motivo de eles estarem aqui.

— Agora, como... esquece, já vi. — Hendricks apertou o botão na lateral do microfone, limpou a garganta e começou a falar. — Atenção, por favor. Todos os funcionários, atenção. Aqui é o dr. Hendricks. — Ele passou a mão pelo cabelo ralo, desgrenhando mais ainda o que já estava desgrenhado. — As crianças da Parte de Trás escaparam, mas não há motivo para alarme. Repito, não há motivo para alarme. Elas estão presas no túnel de acesso entre a Parte da Frente e a Parte de Trás. Mas elas podem tentar influenciar vocês, da forma como... — Ele fez uma pausa e lambeu os lábios. — Da forma como influenciam certas pessoas quando elas fazem seu trabalho. Elas podem tentar fazer vocês machucarem a si mesmos. Ou... bem... jogar vocês uns contra os outros.

Ah, meu Deus, pensou Stackhouse, isso é um pensamento otimista.

— Escutem com atenção — disse Hendricks. — Elas só conseguem ser bem-sucedidas nesse tipo de infiltração mental se os alvos não estiverem cientes. Se vocês sentirem alguma coisa... se sentirem pensamentos que não são seus... mantenham a calma e resistam. Expulsem esses pensamentos. Vocês vão conseguir fazer isso com facilidade. Falar em voz alta pode ajudar. Dizer algo como *não estou ouvindo você*.

Ele começou a abaixar o microfone, mas Stackhouse o pegou.

— Aqui é Stackhouse. Pessoal da Parte da Frente, todas as crianças têm que voltar para seus quartos imediatamente. Se alguma delas resistir, usem o bastão elétrico.

Ele desligou o interfone e se virou para Hendricks.

— Talvez os merdinhas no túnel não pensem nisso. São só crianças, afinal.

— Ah, eles vão pensar — garantiu Hendricks. — Foram treinados para isso.

32

Tim passou na frente de Luke quando o garoto abriu a porta da área das celas.

— Fica aqui, Luke. Wendy, você vem comigo.

— Você não acha...

— Não sei o que eu acho. Não pegue a arma, mas deixe a tira solta.

Quando Tim e Wendy correram pelo corredor curto entre as quatro celas vazias, ouviram a voz de um homem. Ele pareceu bem simpático. Até bem-humorado.

— Minha esposa e eu ouvimos falar que há prédios antigos interessantes em Beaufort e pensamos em pegar um atalho, mas nosso GPS fez alguma besteira.

— Eu fiz ele parar pra pedir ajuda — disse a mulher, e quando Tim entrou no escritório viu-a olhando para o marido, isso se o homem louro fosse de fato seu marido, com exasperação e achando graça. — Ele não queria. Os homens sempre acham que sabem aonde estão indo, não é?

— Olha só, estamos um pouco ocupados agora — disse o xerife John — e não tenho tempo...

— É *ela*! — gritou Luke atrás de Tim e Wendy, fazendo os dois darem um pulo. Os outros policiais olharam. Luke passou por Wendy dando um empurrão que a jogou na parede. — Foi ela que jogou um spray na minha cara e me apagou. *Sua puta, você matou meus pais!*

Ele tentou correr na direção da mulher. Tim o pegou pela gola da camisa e o puxou para trás. O homem louro e a mulher de vestido florido pareceram surpresos e intrigados. Completamente normais, em outras palavras. Só que Tim pensou ter visto uma expressão diferente no rosto da mulher, só por um instante: um olhar de reconhecimento.

— Acho que está havendo algum engano — disse a mulher. Ela abriu um sorriso confuso. — Quem é esse garoto? Ele tem problemas mentais?

Apesar de ser apenas um vigia noturno, pelo menos pelos próximos cinco meses, Tim voltou a ser policial sem pensar, como na noite em que os garotos roubaram o Zoney's e atiraram em Absimil Dobira.

— Eu gostaria de ver a identidade de vocês, pessoal.

— Mas não tem necessidade disso, tem? — questionou a mulher. — Não sei quem esse garoto acha que nós somos, mas estamos perdidos, e quando eu era menor minha mãe me dizia que, se eu ficasse perdida, deveria perguntar para um policial.

O xerife John se levantou.

— Aham, aham, talvez isso seja verdade e, se for, vocês não vão se importar de mostrar sua habilitação, vão?

— De jeito nenhum — disse o homem. — Vou pegar minha carteira. — A mulher já estava enfiando a mão na bolsa com expressão exasperada.

— *Cuidado!* — gritou Luke. — *Eles estão armados!*

Tag Faraday e George Burkett pareceram surpresos, Frank Potter e Bill Wicklow pareceram perplexos.

— Espera um segundo aí! — disse o xerife John. — Botem as mãos onde eu possa vê-las!

Nenhum dos dois parou. A mão de Michelle Robertson saiu da bolsa segurando não a habilitação, mas a Sig Sauer Nightmare Micro que tinha sido dada a ela. Denny Williams tinha levado a mão às costas para pegar não a carteira, mas a Glock no cinto. O xerife e o policial Faraday estavam pegando suas armas, mas eles eram lentos, lentos.

Tim não era. Ele puxou a arma de Wendy do coldre e apontou com as duas mãos.

— *Larguem as armas, larguem!*

Eles não as largaram. Robertson mirou em Luke e Tim atirou nela uma única vez, jogando-a para trás em uma das grandes portas da delegacia, com força suficiente para rachar o vidro fosco.

Williams se apoiou em um joelho e mirou em Tim, que só teve tempo de pensar *Esse cara é profissional e eu estou morto*. Mas a arma do homem virou para cima, como se tivesse sido puxada por uma corda invisível, e a bala que acertaria Tim foi parar no teto. O xerife John Ashworth bateu na lateral da cabeça do homem louro, jogando-o no chão. Billy Wicklow pisou no pulso dele.

— Larga, filho da puta, larga...

Foi nessa hora que a sra. Sigsby, ao perceber que as coisas tinham dado errado, mandou Louis Grant e Tom Jones pegarem as armas grandes. Williams e Robertson não eram importantes.

O garoto era.

33

Os dois HK37 encheram o crepúsculo até então pacífico de DuPray com trovões. Grant e Jones fuzilaram a fachada de tijolos da delegacia, erguendo nuvens de poeira rosada, explodindo as janelas e as portas de vidro para dentro. Eles estavam na calçada; o resto da equipe Dourada estava espalhada atrás deles na rua. A única exceção era o dr. Evans, parado de lado com as mãos sobre os ouvidos.

— *Isso aí!* — gritou Winona Briggs. Ela estava pulando de um pé para o outro, como se precisasse ir ao banheiro. — *Mata eles!*

— Vão! — gritou a sra. Sigsby. — Entrem agora! Peguem o garoto ou matem ele! Peguem ele ou...

Mas, atrás deles:

— Vocês não vão a lugar nenhum, senhora. Juro pelo Salvador que vários de vocês vão morrer se tentarem. Vocês dois na frente, larguem esses fuzis agora.

Louis Grant e Tom Jones se viraram, mas não botaram as HKs no chão.

— Sejam rápidos — disse Annie —, senão vocês morrem. Isso não é brincadeira, garotos. Vocês estão no sul agora.

Eles se olharam e colocaram os fuzis com cuidado no chão.

A sra. Sigsby viu os dois improváveis emboscadores embaixo da marquise bamba do Gem: um homem gordo e careca de pijama e uma mulher de cabelo desgrenhado vestindo o que parecia ser um poncho mexicano. O homem estava com um fuzil. A mulher de poncho estava com uma automática em uma das mãos e um revólver na outra.

— Agora o resto de vocês faça o mesmo — disse o Baterista Denton. — Vocês não têm opção.

A sra. Sigsby olhou para os dois caipiras parados na frente do cinema abandonado e seu primeiro pensamento foi, ao mesmo tempo, simples e cansado: Isso nunca vai terminar?

Um tiro dentro da delegacia, uma pausa, outro. Quando os caipiras olharam para lá, Grant e Jones se abaixaram para pegar as armas.

— Não façam isso! — gritou a mulher de poncho.

Robin Lecks, que não muito tempo antes tinha dado um tiro no pai de Luke com um travesseiro como silenciador, aproveitou a pequena janela de oportunidade para puxar sua Sig Micro. Os outros integrantes da equipe Dourada se abaixaram para dar a Grant e Jones um campo livre para disparo. Foi assim que eles foram treinados. A sra. Sigsby ficou onde estava, como se a raiva que sentia desse problema inesperado fosse proteção suficiente.

34

Quando o confronto na Carolina do Sul começou, Kalisha e os amigos estavam sentados em posturas de desânimo perto da porta de acesso à Parte da Frente. A porta que eles não conseguiam abrir, porque Iris estava certa: a tranca estava morta.

Nicky: *Pode ser que a gente ainda consiga fazer alguma coisa. Pegar o pessoal da Parte da Frente do jeito que a gente pegou os cuidadores vermelhos.*

Avery estava balançando a cabeça. Ele não parecia um garoto; parecia mais um velho cansado. *Eu tentei. Procurei a Gladys porque eu odeio ela. Ela e aquele sorriso falso. Ela disse que não ia escutar e me empurrou pra longe.*

Kalisha olhou para as crianças da Ala A, que estavam andando sem destino novamente, como se houvesse lugar para ir. Uma garota estava dando estrelinhas; um garoto com um short imundo e uma camiseta rasgada estava batendo com a cabeça de leve na parede; Pete Littlejohn ainda estava falando seus ai-*ais*. Mas eles viriam se fossem chamados, e havia muito poder ali. Kalisha segurou a mão de Avery.

— Todos nós juntos...

— Não — disse Avery. *Talvez a gente conseguisse fazer com que eles se sentissem estranhos, tontos e enjoados...* — ... mas só isso.

Kalisha: *Mas por quê? Por quê? Se conseguimos matar um terrorista lá no Afeganistão...*

Avery: *Porque o terrorista não sabia. O pastor, aquele tal Westin, não sabe. Quando eles sabem...*

George: *Eles conseguem barrar nossa entrada.*

Avery assentiu.

— Mas então o que a gente pode fazer? — perguntou Helen. — *Qualquer coisa?*

Avery balançou a cabeça. *Não sei.*

— Tem uma coisa — lembrou Kalisha. — Estamos presos aqui, mas conhecemos alguém que não está. Mas vamos precisar de todo mundo. — Ela inclinou a cabeça na direção dos exilados andantes da Ala A. — Vamos chamar eles.

— Não sei, Sha — disse Avery. — Estou bem cansado.

— Só mais uma coisa — disse ela, persuasiva.

Avery suspirou e esticou as mãos. Kalisha, Nicky, George, Helen e Katie deram as mãos. Depois de um momento, Iris também. Mais uma vez, os outros se aproximaram deles. Eles se reuniram naquele formato de cápsula novamente, e o zumbido aumentou. Na Parte da Frente, cuidadores, técnicos e zeladores sentiram e se assustaram, mas era a eles que aquilo estava sendo direcionado. A dois mil e duzentos quilômetros, Tim tinha acabado de meter uma bala entre os seios de Michelle Robertson; Grant e Jones estavam erguendo os fuzis para fuzilar a fachada da delegacia; Billy Wicklow estava pisando na mão de Denny Williams com o xerife John ao lado.

As crianças do Instituto chamaram Luke.

35

Luke não pensou conscientemente em projetar com a mente para virar a arma do homem para cima; simplesmente fez. As luzes Stasi voltaram, bloqueando tudo por um momento. Quando começaram a sumir, ele viu um dos policiais pisando no pulso do homem louro, tentando fazê-lo soltar a arma. Os lábios do homem louro estavam repuxados em um esgar de dor e havia sangue escorrendo pela lateral do rosto, mas ele ainda segurava a arma. O xerife puxou o pé para trás, aparentemente com a intenção de chutar o homem louro na cabeça mais uma vez.

Luke viu isso, mas as luzes Stasi voltaram, mais fortes do que nunca, e as vozes dos amigos o atingiram como uma pancada de martelo no meio da cabeça. Ele cambaleou para trás pela passagem que levava à área de celas, levantando as mãos como se para se proteger de um soco, e tropeçou nos próprios pés. Caiu de bunda bem na hora em que Grant e Jones dispararam com os fuzis.

Ele viu Tim derrubar Wendy no chão, protegendo o corpo dela com o seu. Viu balas perfurarem o xerife e o policial que estava pisando na mão do homem louro. Os dois caíram. Estilhaços de vidro voaram. Alguém estava gritando. Luke achou que fosse Wendy. Lá fora, Luke ouviu a mulher que tinha uma voz bizarramente parecida com a da sra. Sigsby gritar alguma coisa do tipo *todos vocês agora*.

Para Luke, atordoado por uma dose dupla de luzes Stasi e pelas vozes combinadas dos amigos, o mundo pareceu ficar lento. Ele viu um dos outros policiais, que estava ferido e com sangue escorrendo pelo braço, se virar para a porta destruída, provavelmente para ver quem tinha atirado. Ele parecia estar se movendo muito lentamente. O homem louro estava ficando de joelhos e também parecia estar se movendo lentamente. Era como assistir a um balé debaixo da água. Ele deu um tiro nas costas do policial e começou a se virar para Luke. Mais rápido agora, o mundo acelerando de novo. Antes que o homem louro pudesse disparar, o policial ruivo se inclinou, quase em uma reverência, e atirou na têmpora dele. O homem louro voou de lado e caiu em cima da mulher que tinha dito que era esposa dele.

Uma mulher lá fora, não a que parecia a sra. Sigsby, uma outra com sotaque sulista, gritou:

— Não façam isso!

Mais tiros vieram em seguida e a primeira mulher gritou:

— *O garoto! Nós temos que pegar o garoto!*

É ela, pensou Luke. *Não sei como é possível, mas é. É a sra. Sigsby que está lá fora.*

36

Robin Lecks tinha boa mira, mas o crepúsculo estava chegando ao fim e a distância era longa demais para uma pistola pequena como a Micro. A bala acertou o Baterista Denton no alto do ombro, não na cabeça. Jogou-o contra a bilheteria fechada, e os dois outros tiros se perderam. A Órfã Annie se manteve firme. Era assim que tinha sido criada nos canaviais da Geórgia pelo pai, que lhe dissera: "Não recue, garota, por nada". Jean Ledoux era ótimo de pontaria, tanto bêbado quanto sóbrio, e ensinou-lhe bem. Agora, ela abriu fogo com as duas armas do Baterista, compensando o coice mais pesado da pistola .45 sem nem parar para pensar. Ela acertou um dos homens dos fuzis (foi Tony Fizzale, que nunca mais portaria um bastão elétrico na vida), sem dar atenção às três ou quatro balas que rasparam ao seu lado, uma delas balançando a barra do poncho.

O Baterista voltou e mirou na mulher que tinha atirado nele. Robin estava apoiada em um joelho no meio da rua, xingando a Sig, que tinha emperrado. O Baterista apoiou a .30-.06 no ombro que não estava sangrando e terminou de derrubá-la.

— *Parem de atirar!* — gritou a sra. Sigsby. — *Nós temos que pegar o garoto! Nós temos que ter certeza do garoto! Tom Jones! Alice Green! Louis Evant! Me esperem! Josh Gottfried! Winona Briggs! Fiquem firmes!*

O Baterista e Annie se entreolharam.

— *A gente* continua atirando ou não? — perguntou Annie.

— Não tenho a menor ideia.

Tom Jones e Alice Green estavam dos dois lados das portas destruídas da delegacia. Josh Gottfried e Winona Briggs andaram para trás, ladeando a sra. Sigsby e mantendo as armas apontadas para os atiradores improváveis que os pegaram de surpresa. O dr. James Evans, que não tinha recebido ordens, escolheu sozinho. Ele passou pela sra. Sigsby e se aproximou do Baterista e da Órfã Annie com as mãos erguidas e um sorriso conciliador no rosto.

— Volta aqui, seu idiota! — gritou a sra. Sigsby.

Ele a ignorou.

— Eu não sou parte disso — disse ele, falando com o homem gordo de pijama, que parecia ser o mais são dos dois emboscadores. — Eu nunca quis ser parte disso, então vou...

— Ah, senta aí — disse Annie, e deu um tiro no pé dele. Ela teve a consideração de fazer isso com a .38, que provocaria menos danos. Ao menos em teoria.

Só sobrou a mulher de terno vermelho, a que comandava. Se o tiroteio recomeçasse, ela provavelmente seria dilacerada pelo fogo cruzado, mas ela não demonstrou medo, só uma espécie de concentração irritada.

— Vou entrar na delegacia agora — disse ela para o Baterista e a Órfã Annie. — Essa besteira sem sentido não precisa continuar. Fiquem aí e vocês não vão ter problemas. Se começarem a atirar, Josh e Winona vão matar vocês. Entenderam?

Ela não esperou resposta, só se virou e andou na direção do restante da força dela, os saltos baixos estalando no asfalto.

— Baterista? — disse Annie. — O que a gente faz?

— Pode ser que a gente não precise fazer nada. Olhe pra esquerda. Não mova a cabeça, só use os olhos.

Ela fez isso e viu um dos irmãos Dobira se aproximando pela calçada. Ele estava com uma pistola. Mais tarde, contaria à Polícia Estadual que, apesar de ele e o irmão serem homens pacíficos, eles acharam sensato ter uma arma na loja desde que acontecera o assalto.

— Agora, pra direita. Não mova a cabeça.

Ela virou os olhos para aquele lado e viu a viúva Goolsby e o sr. Bilson, pai dos gêmeos Bilson. Addie Goolsby estava de roupão e chinelos. Richard Bilson estava com um short quadriculado e uma camiseta vermelha Crimson Tide. Os dois estavam com rifles de caça. As pessoas reunidas na frente da delegacia não os viram. A atenção deles estava voltada para o que tinham ido lá resolver.

Vocês estão no sul agora, Annie dissera para os intrusos armados. Ela achava que eles estavam prestes a descobrir o quanto isso era verdade.

— Tom e Alice — disse a sra. Sigsby. — Vão. Peguem o garoto.

Eles foram.

37

Tim ajudou Wendy a se levantar. Ela parecia atordoada, sem saber direito onde estava. Havia um pedaço de papel preso em seu cabelo. O tiroteio do lado de fora tinha parado, ao menos por enquanto. Tinha sido substituído por uma falação, mas os ouvidos de Tim estavam ressoando e ele não entendeu o que estava sendo dito. Mas não importava. Se estivessem fazendo as pazes lá fora, ótimo. Mas seria prudente esperar mais guerra.

— Wendy, tudo bem?

— Eles... Tim, eles mataram o xerife John! Quantos outros?

Ele a sacudiu.

— *Você está bem?*

Ela assentiu.

— E-estou. Acho que es...

— Leva o Luke pra fora lá por trás.

Ela esticou a mão para o menino. Luke escapou dela e correu até a mesa do xerife. Tag Faraday tentou segurar o braço dele, mas Luke também desviou. Uma bala tinha acertado de raspão o laptop e o tinha virado de lado, mas a tela, embora rachada, ainda estava acesa, e a pequena luz laranja do pen-drive ainda estava piscando. Seus ouvidos também estavam ecoando, mas ele estava mais perto da porta agora e conseguiu ouvir a sra. Sigsby dizendo: *Nós temos que pegar o garoto.*

Ah, sua vaca, pensou ele. Sua vaca desalmada.

Luke pegou o laptop e ficou de joelhos, aninhando-o contra o peito enquanto Alice Green e Tom Jones entravam pela porta destruída. Tag levantou a arma, mas levou um tiro de HK antes que pudesse disparar, e as costas do uniforme ficaram em frangalhos. A Glock voou da mão dele e girou pelo chão. O único outro policial de pé, Frank Potter, nem se mexeu para se defender. Havia uma expressão perplexa de descrença em seu rosto. Alice Green deu um tiro na cabeça dele e se abaixou quando mais tiros soaram na rua atrás deles. Houve gritos e berros de dor.

Os tiros e gritos distraíram por um momento o homem com o HK. Jones se virou naquela direção e Tim deu um tapa duplo nele, um na nuca e outro na cabeça. Alice Green se empertigou e se aproximou, passando por cima de Jones, o rosto determinado, e agora Tim conseguia ver uma outra mulher agachada atrás dela. Uma mulher mais velha de terninho, também segurando uma arma. Meu Deus, pensou, quantos são? Enviaram um exército para pegar um garotinho?

— Ele está atrás da escrivaninha, Alice — disse a mulher mais velha. Considerando a carnificina, ela pareceu estranhamente calma. — Estou vendo o curativo na orelha. Pega ele e atira.

A mulher chamada Alice contornou a escrivaninha. Tim não se deu ao trabalho de mandá-la parar — eles já tinham passado dessa fase — e apenas puxou o gatilho da Glock de Wendy. Só deu um clique, embora devesse haver pelo menos mais um tiro no pente, provavelmente dois. Mesmo naquele momento de vida ou morte, ele entendeu o motivo: Wendy não tinha recarregado totalmente a arma depois da última vez que praticaram tiro ao alvo juntos no estande de tiro em Dunning. Essas coisas não estavam no topo da lista de prioridades dela. Ele até teve tempo de pensar, como nos seus primeiros dias em DuPray, que Wendy não tinha jeito para ser policial.

Devia ter ficado no atendimento, pensou ele, mas agora era tarde demais. Acho que vamos todos morrer.

Luke se levantou de trás da mesa de atendimento, o laptop nas mãos. Bateu com ele na cara da Alice Green. A tela rachada se despedaçou. Green cambaleou para trás em cima da mulher de terninho, o nariz e a boca sangrando, e ergueu a arma de novo.

— *Larga, larga, larga!* — gritou Wendy. Ela estava com a Glock de Tag Faraday. Green não deu atenção. Ela mirava em Luke, que estava tirando o pen-drive de Maureen Alvorson da porta USB do laptop em vez de tentar se proteger. Wendy disparou três vezes, os olhos apertados, dando um grito agudo a cada puxada de gatilho. A primeira bala acertou Alice Green logo acima do nariz. A segunda entrou por um dos buracos da porta onde havia uma vidraça cento e cinquenta segundos antes.

A terceira acertou Julia Sigsby na perna. A arma voou de sua mão e ela caiu no chão, uma expressão incrédula no rosto.

— Você atirou em mim. Por que você atirou em mim?

— Você é estúpida? Por que você acha? — disse Wendy. Ela andou até a mulher sentada encostada na parede, os sapatos esmagando cacos de vidro. O ar fedia a pólvora e a delegacia, antes organizada, agora em frangalhos, estava tomada de fumaça azul. — Você estava mandando eles atirarem no garoto.

A sra. Sigsby abriu aquele tipo de sorriso reservado aos que precisam lidar com gente idiota.

— Você não entende. Como poderia? Ele pertence a mim. É minha *propriedade*.

— Não é mais — disse Tim.

Luke se ajoelhou ao lado da sra. Sigsby. Havia gotas de sangue nas bochechas dele e um estilhaço de vidro na sobrancelha.

— Quem você deixou tomando conta do Instituto? Stackhouse? Foi ele?

Ela só olhou para ele.

— *Foi Stackhouse?*

Nada.

O Baterista Denton entrou e olhou ao redor. A camisa do pijama estava encharcada de sangue de um lado, mas ele parecia incrivelmente alerta mesmo assim. Gutaale Dobira estava espiando por cima do ombro do homem, os olhos arregalados.

— Puta merda — disse o Baterista. — Foi um massacre.

— Eu tive que atirar em um homem — contou Gutaale. — A sra. Goolsby atirou em uma mulher que tentou atirar nela. Foi um caso evidente de legítima defesa.

— Quantos lá fora? — perguntou Tim. — Foram todos abatidos ou ainda tem alguém ativo?

Annie empurrou Gutaale Dobira para o lado e parou ao lado do Baterista. De poncho, com uma arma fumegante em cada mão, ela parecia uma personagem de um western espaguete. Tim não ficou surpreso. Ele estava além da surpresa.

— Acho que todo mundo que saiu das vans está sob controle — disse ela. — Dois feridos, um com uma bala no pé, o outro muito machucado. Esse foi o que Dobira acertou. Os filhos da puta restantes parecem estar mortos lá fora. — Ela observou a sala. — Meu Deus, quem sobrou da delegacia?

Wendy, pensou Tim, mas não disse. Acho que ela é a xerife em exercício agora. Ou talvez Ronnie Gibson, quando voltar das férias. Provavelmente Ronnie. Wendy não vai querer essa função.

Addie Goolsby e Richard Bilson se juntaram a Gutaale, atrás de Annie e do Baterista. Bilson observou a sala desolado — as paredes cheias de balas, o monte de vidro quebrado, as poças de sangue no chão, os corpos caídos — e levou a mão à boca.

Addie era mais forte.

— O doutor está a caminho. Metade da cidade está na rua, a maioria armada. Aquela mulher em quem atirei deve estar morta, mas foi como o sr. Dobira disse: legítima defesa, pura e simples. O que aconteceu aqui? E quem é esse? — Ela apontou para o garoto magrelo com o curativo na orelha.

Luke não deu atenção. Estava concentrado na mulher de terninho.

— Stackhouse, claro. Só pode ser. Preciso falar com ele. Como faço isso?

A sra. Sigsby apenas olhou para ele. Tim se ajoelhou ao lado de Luke. O que viu nos olhos da mulher de terninho foi dor, descrença e ódio. Ele não tinha certeza de qual desses sentimentos era predominante, mas, se fosse obrigado a dar um palpite, teria dito ódio. Era sempre o mais forte, ao menos no curto prazo.

— Luke…

Luke não deu atenção. Ele estava totalmente concentrado na mulher ferida.

— Preciso falar com ele, sra. Sigsby. Ele está mantendo meus amigos prisioneiros.

— Eles não são prisioneiros, são *propriedade*!

Wendy se juntou a eles.

— Acho que você deve ter faltado no dia em que sua turma aprendeu sobre Lincoln e o fim da escravidão, senhora.

— Chega aqui atirando na nossa cidade — disse Annie. — Acho que você aprendeu uma lição, não foi?

— Shh, Annie — fez Wendy.

— Eu preciso falar com ele, sra. Sigsby. Preciso fazer um acordo. Me diga como fazer isso.

Como ela não respondeu, Luke enfiou o polegar no buraco de bala na calça vermelha. A sra. Sigsby gritou.

— *Ai, não faz isso, isso DÓI!*

— O bastão elétrico dói! — gritou Luke para ela. Os cacos de vidro tremeram no chão, formando fileiras. Annie ficou olhando, fascinada, os olhos arregalados. — As injeções doem! Ser afogado dói! E ter a mente invadida? — Ele enfiou o polegar no buraco de bala de novo. A porta da área principal bateu e todos deram um pulo. — Ter a mente *destruída*? Isso dói mais do que tudo!

— *Façam ele parar!* — gritou a sra. Sigsby. — *Façam ele parar de me machucar!*

Wendy se inclinou para puxar Luke. Tim balançou a cabeça e segurou o braço dela.

— Não.

— É a conspiração — sussurrou Annie para o Baterista. Seus olhos estavam enormes. — Aquela mulher trabalha pra conspiração. Todos eles! Eu sabia o tempo todo, eu *falei*, mas ninguém acreditou!

O eco nos ouvidos de Tim estava começando a passar. Ele não ouviu sirenes, o que não o surpreendeu. Achava que era provável que a Polícia Estadual nem soubesse que tinha ocorrido um tiroteio em DuPray, ao menos ainda não. E qualquer pessoa que ligasse para a emergência teria contatado não a Patrulha Rodoviária da Carolina do Sul, mas o xerife do condado de Fairlee... em outras palavras, aquele antro de destruição. Ele olhou para o relógio e não conseguiu acreditar que tudo estava normal no mundo apenas cinco minutos antes. Seis, no máximo.

— Sra. Sigsby, não é? — perguntou ele, ajoelhando-se ao lado de Luke.

Ela não disse nada.

— Você está metida em muita confusão, sra. Sigsby. Aconselho você a dizer para o Luke aqui o que ele quer saber.

— Eu preciso de cuidados médicos.

Tim balançou a cabeça.

— O que você precisa é começar a falar. Depois pensamos sobre cuidados médicos.

— Luke estava falando a verdade — disse Wendy para ninguém especificamente. — Sobre tudo.

— Eu não acabei de falar isso? — Annie quase gritou de euforia.

O dr. Roper entrou na delegacia.

— Jesus amado na manhã da ressurreição — disse ele. — Quem ainda está vivo? O quanto essa mulher está machucada? Foi algo relacionado com terroristas?

— Estão me torturando — disse a sra. Sigsby. — Se você for médico, como essa valise preta que você carrega sugere, tem obrigação de fazer com que eles parem.

— O garoto que você tratou estava fugindo desta mulher e do grupo que ela trouxe, doutor. Não sei quantos mortos tem lá fora, mas perdemos cinco, inclusive o xerife, e tudo aconteceu sob ordens desta mulher.

— Depois nos preocupamos com isso — disse Roper. — Agora eu tenho que cuidar dela. Ela está sangrando. E alguém precisa chamar uma ambulância.

A sra. Sigsby olhou para Luke, mostrou os dentes em um sorriso que dizia *eu venci* e olhou para Roper.

— Obrigada, doutor. Obrigada.

— Essa aí tem coragem — disse Annie, e com uma certa admiração. — O cara em quem eu atirei no pé nem tanto. Eu iria falar com ele, se fosse você. Acho que ele venderia a própria avó como escrava branca por uma dose de morfina.

A sra. Sigsby arregalou os olhos em alarme.

— Deixem ele em paz. Eu proíbo vocês de falarem com ele.

Tim se levantou.

— Proíbe o cacete. Não sei pra quem você trabalha, dona, mas acho que seus dias de sequestrar crianças acabaram. Luke, Wendy, venham comigo.

38

Luzes tinham sido acesas em todas as casas da cidade e a rua principal de DuPray estava cheia de gente. Os corpos dos mortos estavam sendo cobertos com qualquer coisa que houvesse por perto. Alguém tirou o saco de dormir da Órfã Annie do beco e usou para cobrir Robin Lecks.

O dr. Evans tinha sido completamente esquecido. Ele poderia ter mancado até uma das vans estacionadas e fugido, mas não fez esforço nenhum para isso. Tim, Wendy e Luke o encontraram sentado no meio-fio em frente ao

Gem. As bochechas dele estavam molhadas de lágrimas. Ele tinha conseguido tirar o sapato e agora estava olhando para a meia ensanguentada que cobria o que parecia um pé deformado. Tim não sabia o quanto era dano real ao osso e o quanto era um inchaço que acabaria passando, mas não dava a mínima.

— Qual é seu nome, senhor? — perguntou Tim.

— Não importa meu nome. Quero um advogado. E um médico. Uma mulher atirou em mim. Quero que ela seja presa.

— O nome dele é James Evans — disse Luke. — E *ele* é médico. Assim como Josef Mengele era.

Evans pareceu reparar em Luke pela primeira vez. Ele apontou para o garoto com o dedo trêmulo.

— Isso é tudo culpa sua.

Luke partiu para cima de Evans, mas dessa vez Tim o segurou e o empurrou com uma gentileza firme na direção de Wendy, que o segurou pelos ombros.

Tim se agachou para poder encarar o homem pálido e assustado.

— Me escute, dr. Evans. Escute com atenção. Você e seus amigos invadiram a cidade pra pegar esse garoto e mataram cinco pessoas. Todas policiais. Não sei se você sabe, mas a Carolina do Sul tem pena de morte, e se você acha que não vão usar, e usar rapidinho, por matar um xerife de condado e quatro policiais...

— Eu não tive nada a ver com isso! — gritou Evans. — Eu vim sob protesto! Eu...

— Cala a boca! — disse Wendy. Ela ainda estava com a Glock do falecido Tag Faraday e agora a apontou para o pé que ainda estava calçado. — Aqueles policiais eram meus amigos. Se você acha que vou ler seus direitos, você está maluco. O que vou fazer se você não disser pro Luke o que ele quer saber é botar uma bala no seu outro...

— Tudo bem! Tudo bem! Tá! — Evans esticou as mãos de forma protetora sobre o pé bom, o que quase fez Tim sentir pena dele. Quase. — O que é? O que você quer saber?

— Eu preciso falar com Stackhouse — disse Luke. — Como faço isso?

— O celular dela — disse Evans. — Ela tem um celular especial. Usou para ligar para ele antes de começarem... você sabe... a extração. Eu vi ela colocar no bolso do paletó.

— Vou buscar — disse Wendy, e se virou para a delegacia.

— Não traz só o celular — disse Luke. — Traz *ela*.

— Luke... ela levou um tiro.

— Podemos precisar dela — disse Luke. Seus olhos estavam implacáveis.

— Por quê?

Porque agora era xadrez, e no xadrez você nunca vivia na jogada que ia fazer agora e nem na seguinte. Três jogadas à frente, essa era a regra. E três alternativas para cada uma, dependendo do que seu oponente fizesse.

Ela olhou para Tim, que assentiu.

— Traga ela. Bota algemas, se for preciso. Você é a lei, afinal.

— Meu Deus, que pensamento — disse ela, e foi.

Agora, finalmente, Tim ouvia uma sirene. Talvez até duas. Mas ainda distantes.

Luke segurou o pulso dele. Tim pensou que o garoto parecia totalmente concentrado, totalmente ciente, e também morrendo de cansaço.

— Não posso deixar que me peguem. Eles estão com os meus amigos. Meus amigos estão presos e sou o único que pode ajudar.

— Presos no Instituto.

— É. Você acredita em mim agora, não é?

— Seria difícil não acreditar depois do que havia no pen-drive e de tudo que aconteceu. E o pen-drive? Ainda está com ele?

Luke confirmou, dando um tapinha no bolso.

— A sra. Sigsby e as pessoas com quem ela trabalha querem fazer alguma coisa com esses seus amigos pra que eles acabem ficando como as crianças daquela ala?

— Já estavam fazendo, mas aí eles saíram. Principalmente por causa do Avery, e Avery estava lá porque me ajudou a fugir. Acho que podemos chamar isso de ironia. Mas tenho certeza de que estão presos de novo. Tenho medo de Stackhouse os matar se eu não fizer um acordo.

Wendy estava voltando. Estava com um dispositivo volumoso que Tim achava que era um celular. Havia três arranhões sangrando na mão que o segurava.

— Ela não queria entregar. E ela é surpreendentemente forte, mesmo depois de baleada. — Wendy entregou o dispositivo para Tim e olhou para trás. A Órfã Annie e o Baterista Denton estavam segurando a sra. Sigsby e atravessando a rua. Apesar de ela estar pálida e com dor, resistia a eles o máximo possível. Mais de trinta pessoas da cidade de DuPray vinham atrás, com o dr. Roper na frente.

— Aqui está ela, Timmy — disse a Órfã Annie. Ela estava ofegante e tinha marcas vermelhas na bochecha e na têmpora, onde a sra. Sigsby a tinha estapeado, mas não parecia nem um pouco perturbada. — O que você quer que a gente faça com ela? Acho que enforcamento está meio fora de questão, mas é uma ideia atraente.

O dr. Roper botou a bolsa preta no chão, segurou Annie pelo poncho e a puxou para o lado para poder olhar para Tim.

— O que você está pensando, em nome de Deus? Você não pode levar esta mulher para lugar nenhum! Pode acabar matando ela!

— Acho que ela não está exatamente à beira da morte, doutor — disse o Baterista. — Ela me deu um tapa que quase quebrou meu nariz. — E ele riu. Tim achava que nunca tinha ouvido aquele homem rir.

Wendy ignorou o Baterista e o médico.

— Se vamos a algum lugar, Tim, é melhor irmos antes que a polícia estadual chegue.

— *Por favor.* — Luke olhou primeiro para Tim e depois para o dr. Roper. — Meus amigos vão morrer se não fizermos alguma coisa, sei que vão. E tem outros com eles, os que eles chamam de vegetais.

— Eu quero ir para um hospital — disse a sra. Sigsby. — Eu perdi muito sangue. E quero um advogado.

— Cala essa matraca, senão eu calo por você — disse Annie. Ela olhou para Tim. — Ela não está tão machucada quanto quer fazer parecer. Nem está sangrando mais.

Tim não respondeu imediatamente. Estava pensando no dia, não muito tempo atrás, em que entrou no Westfield Mall de Sarasota apenas para comprar um par de sapatos, só isso, e uma mulher correu até ele porque ele estava de uniforme. Um garoto estava armado no cinema, disse ela, e Tim foi olhar e teve que enfrentar uma decisão que mudou sua vida. Uma decisão que, na verdade, o levou até ali. Agora, ele tinha outra decisão a tomar.

— Faz um curativo nela, doutor. Acho que Wendy, Luke e eu vamos levar esses dois pra darem uma volta e ver se a gente consegue resolver as coisas.

— Dá alguma coisa pra ela pra dor — disse Wendy.

Tim balançou a cabeça.

— Melhor deixar o remédio comigo. Eu decido quando ela recebe.

O dr. Roper estava olhando para Tim, assim como Wendy, como se nunca o tivesse visto na vida.

— Isso é *errado*.

— Não, doutor. — Foi Annie quem falou, com uma gentileza surpreendente. Ela segurou Roper pelos ombros e apontou para os corpos cobertos na rua e para a delegacia com as janelas e portas destruídas. — *Aquilo* é errado.

O doutor ficou onde estava por um momento, olhando os corpos e a delegacia fuzilada. Em seguida, tomou uma decisão.

— Vamos ver o tamanho do dano. Se ela ainda estiver sangrando muito ou se o fêmur dela estiver estilhaçado, não vou deixar que seja levada.

Mas vai, pensou Tim. Porque você não pode nos impedir.

Roper se ajoelhou, abriu a valise e tirou uma tesoura cirúrgica.

— Não — disse a sra. Sigsby, se afastando do Baterista. Ele a segurou de novo na mesma hora, mas Tim achou interessante ver que, antes de ele fazer isso, ela conseguiu se apoiar na perna ferida. Roper também viu. Ele estava velho, mas era muito observador. — Você não vai fazer uma cirurgia em mim nesta rua!

— A única cirurgia que vou fazer é na perna da sua calça — disse Roper. — A não ser que você continue a se debater. Se fizer isso, posso garantir que é o que vai acontecer.

— Não! Eu proíbo você de…

Annie a segurou pelo pescoço.

— Mulher, já deu com esse papo de proibição. Fica quieta, senão sua perna vai ser a última coisa com que você vai se preocupar.

— Tira as mãos de mim!

— Só se você ficar quieta. Senão, talvez eu acabe torcendo seu pescoço.

— É melhor obedecer — aconselhou Addie Goolsby. — Ela fica maluca quando entra em um surto assim.

A sra. Sigsby não resistiu mais, talvez tanto pela exaustão quanto pela ameaça de estrangulamento. Roper cortou a calça dela cinco centímetros acima do ferimento. A perna da calça caiu até o tornozelo, expondo a pele branca, um mapa de varizes e uma coisa que parecia mais um corte de faca do que um buraco de bala.

— Ora, querida — disse Roper, parecendo aliviado. — Não está ruim. É pior do que um raspão, mas não muito. Você teve sorte, moça. Já está fechando.

— *Eu estou muito ferida!* — gritou a sra. Sigsby.

— Vai ficar se não calar a boca — disse o Baterista.

O doutor limpou o ferimento com desinfetante, o enrolou com uma atadura e o prendeu com clipes de metal. Quando terminou, parecia que toda DuPray, ou ao menos aqueles que moravam na cidade, estava assistindo. Tim, enquanto isso, olhou o telefone da mulher. Um botão na lateral acendeu a tela e uma mensagem que dizia BATERIA 75%.

Ele apagou a tela e entregou o aparelho para Luke.

— Fique com isso por enquanto.

Quando Luke o guardou no bolso que estava com o pen-drive, a mão de alguém puxou sua calça. Era Evans.

— Você precisa tomar cuidado, jovem Luke. Isso se não quiser ser o responsável, claro.

— Responsável pelo quê? — perguntou Wendy.

— Pelo fim do mundo, moça. Pelo fim do mundo.

— Cala a boca, seu imbecil — disse a sra. Sigsby.

Tim pensou nela por um momento. E se virou para o doutor.

— Não sei exatamente com o que estamos lidando aqui, mas sei que é algo extraordinário. Precisamos de um tempo com esses dois. Quando a polícia estadual chegar, diga que estaremos de volta em uma hora. Duas, no máximo. E então vamos tentar fazer algo que se assemelhe a um procedimento policial normal.

Essa era uma promessa que ele duvidava poder cumprir. Ele achava que seu tempo em DuPray, na Carolina do Sul, quase certamente chegara ao fim. E lamentava por isso.

Ele achava que poderia ter passado a vida ali. Talvez com Wendy.

39

Gladys Hickson parou na frente de Stackhouse em posição de descanso, os pés separados e as mãos nas costas. O sorriso falso que todas as crianças do Instituto passaram a conhecer (e odiar) não estava à vista.

— Você entende a situação atual, Gladys?

— Sim, senhor. Os residentes da Parte de Trás estão agora no túnel de acesso.

— Correto. Eles não conseguem sair, mas, agora, nós não podemos entrar. Eu soube que eles tentaram... vamos dizer assim... *interferir* com alguns funcionários usando as habilidades paranormais, é verdade?

— Sim, senhor. Não funciona.

— Mas é incômodo.

— Sim, senhor, um pouco. Tem uma espécie de... *zumbido*. É como uma distração. Não está aqui na administração, ao menos não ainda, mas todo mundo da Parte da Frente sente.

E fazia sentido, pensou Stackhouse. A Parte da Frente era mais perto do túnel. Bem em cima, poderia se dizer. Ainda bem que era de curto alcance.

— Parece estar ficando mais forte, senhor.

Talvez fosse imaginação dela. Stackhouse só podia ter esperança de que fosse e de que Donkey Kong estivesse certo quando insistiu que Dixon e os amigos não eram capazes de influenciar mentes alertas, nem mesmo com os vegetais acrescentando sua força inegável à equação; mas, como seu avô costumava dizer, esperança não vence corridas de cavalos.

Talvez inquieta pelo silêncio dele, ela prosseguiu.

— Mas sabemos o que eles estão tramando, senhor, e não é problema. Temos eles nas nossas mãos.

— Bem colocado, Gladys. Agora, sobre o motivo de eu ter pedido para você vir aqui. Fiquei sabendo que você frequentou a Universidade de Massachusetts nos seus dias de juventude.

— Correto, senhor, mas só por três semestres. Não era para mim, então larguei e entrei para os fuzileiros.

Stackhouse assentiu. Não havia necessidade de constrangê-la mencionando os detalhes que constavam no arquivo: depois de ir bem no primeiro ano, Gladys teve um problema sério durante o segundo. Em um ponto de encontro de alunos perto do campus, ela deixou uma rival inconsciente brigando pela atenção do namorado, batendo nela com uma caneca de cerveja, e foi convidada a se retirar, não só do local, mas também da faculdade. O incidente não foi sua primeira explosão de raiva. Não era surpresa ela ter escolhido os fuzileiros.

— Li que você foi estudar química.

— Não, senhor, não exatamente. Eu não tinha escolhido o curso quando... quando decidi sair.

— Mas era sua intenção.

— Hum, sim, senhor, naquela ocasião.

— Gladys, digamos que podemos precisar, usando uma expressão injustamente vilipendiada, de uma solução final para os residentes que estão no túnel de acesso. Não estou dizendo que vai acontecer, não mesmo, mas supondo que sim.

— Você está perguntando se eles poderiam ser envenenados, senhor?

— Vamos dizer que sim.

Agora, Gladys sorriu, e foi um sorriso perfeitamente genuíno. Talvez até aliviado. Se os residentes se fossem, o zumbido irritante acabaria.

— É a coisa mais fácil do mundo, senhor, supondo que o túnel de acesso esteja ligado ao sistema AVAC, e tenho certeza de que está.

— AVAC?

— Significa aquecimento, ventilação e ar-condicionado, senhor. Você precisaria de água sanitária e limpador de privada. A equipe de faxina deve ter o suficiente de ambos. Misturando os dois, o resultado é gás de cloro. É só botar alguns baldes disso embaixo do duto de entrada do AVAC que alimenta o túnel, cobrir com uma lona pra direcionar o fluxo e pronto. — Ela fez uma pausa para pensar. — Claro que seria bom tirar os funcionários da Parte de Trás antes de fazer isso. Pode haver só uma entrada para aquela parte do complexo. Não tenho certeza. Posso dar uma olhada nas plantas de aquecimento se você...

— Não será necessário — interrompeu Stackhouse. — Mas você e Fred Clark, o zelador, poderiam coletar os... hã... ingredientes necessários e deixá-los separados. Só como contingência, você entende.

— Sim, senhor, claro. — Gladys pareceu ansiosa para ir embora. — Posso perguntar onde a sra. Sigsby está? A sala dela está vazia e Rosalind me mandou ver com você, se quisesse saber.

— O que a sra. Sigsby está fazendo não é da sua conta, Gladys. — E, como ela parecia estar determinada a permanecer na postura militar: — Dispensada.

448

Ela saiu e foi procurar o zelador Fred para começar a reunir os ingredientes que dariam um fim nas crianças e no zumbido que tinha tomado conta da Parte da Frente.

Stackhouse se encostou na cadeira, pensando se uma atitude extrema assim seria necessária. Ele achava que sim. E era mesmo tão extrema, considerando tudo que eles estavam fazendo ali pelas últimas sete décadas, mais ou menos? A morte era inevitável no ramo deles, afinal, e às vezes uma situação ruim exigia um novo começo.

Esse novo começo dependia da sra. Sigsby. A expedição dela à Carolina do Sul foi impulsiva, mas eram esses os tipos de planos que costumavam dar certo. Ele se lembrou de uma coisa que Mike Tyson dissera: depois que os socos começam, a estratégia voa pela janela. A estratégia dele estava pronta, de qualquer modo. Já fazia anos que estava. Dinheiro separado, passaportes falsos (três) separados, planos de viagem preparados, o destino esperando. Mas ele ficaria ali o máximo que pudesse, em parte por lealdade a Julia, mas mais porque ele acreditava no trabalho que estavam fazendo. Deixar o mundo seguro para a democracia era secundário. Deixá-lo seguro era primário.

Ainda não há motivo para ir, ele disse para si mesmo. O caldo está quase entornando, mas ainda não entornou. É melhor esperar. Ver quem ainda estará de pé quando os socos pararem.

Ele esperou que o celular volumoso emitisse aquele toque estridente. Quando Julia relatasse o resultado lá embaixo, ele decidiria o que fazer. Se o telefone não tocasse, isso também seria uma resposta.

40

Havia um salão de beleza deprimente e abandonado no cruzamento da US 17 com a SR 92. Tim encostou e andou até o lado do passageiro da van, onde a sra. Sigsby estava sentada. Ele abriu a porta dela e depois a de trás. Luke e Wendy estavam sentados dos dois lados do dr. Evans, que olhava com infelicidade para o pé deformado. Wendy estava com a Glock de Tag Faraday na mão. Luke estava com o celular da sra. Sigsby.

— Luke, venha comigo. Wendy, fique onde está, por favor.

Luke desceu do carro. Tim pediu o telefone e Luke o entregou. Tim o ligou e se inclinou na porta do passageiro.

— Como essa belezinha funciona?

Ela não disse nada, só ficou olhando para a frente, para a construção fechada com a placa desbotada que dizia Hairport 2000. Grilos cricrilaram, e da direção de DuPray eles ouviram as sirenes. Mais perto agora, mas ainda não na cidade, avaliou Tim. De qualquer forma, logo estariam lá.

Ele suspirou.

— Não dificulte as coisas, dona. Luke diz que tem uma chance de fazermos um acordo, e ele é inteligente.

— Inteligente demais pro próprio bem — disse ela, e apertou os lábios. Ainda olhando pelo para-brisa, os braços cruzados sobre os seios pequenos.

— Considerando a posição em que você está, eu diria que é inteligente demais pro seu bem também. Quando digo para não dificultar as coisas, quero dizer que é pra não me fazer te machucar. Pra alguém que está machucando crianças...

— Machucando e matando — disse Luke. — E matando outras pessoas também.

— Pra alguém que está fazendo tudo isso, você parece incrivelmente aversa a sentir dor. Então pare com o gelo e me diga como funciona.

— É ativado por voz — disse Luke. — Não é?

Ela olhou para ele, surpresa.

— Você é TC, não TP. E nem é um TC forte, na verdade.

— As coisas mudaram — disse Luke. — Graças às luzes Stasi. Ative o telefone, sra. Sigsby.

— Fazer um acordo? — disse ela e deu uma gargalhada. — Que acordo poderia ser útil para mim? Vou morrer de qualquer jeito. Eu fracassei.

Tim se apoiou na porta de correr.

— Wendy, me dá a arma.

Ela fez isso sem discutir.

Tim botou o cano da pistola do policial Faraday na perna da calça que ainda estava lá, um pouco abaixo do joelho.

— Isto é uma Glock, moça. Se eu puxar o gatilho, você nunca mais vai andar.

— O choque e a perda de sangue vão matá-la! — gritou o dr. Evans.

— Tem cinco pessoas mortas na cidade e ela é a responsável — disse Tim. — Você acha que eu ligo? Já estou de saco cheio de você, sra. Sigsby. Essa é sua última chance. Você pode perder a consciência na mesma hora, mas estou apostando que as luzes vão ficar acesas por um tempo. Antes de se apagarem, a dor que você vai sentir vai fazer esse corte feito pela bala na outra perna parecer um beijo de boa-noite.

Ela não disse nada.

— Não faça isso, Tim. Você não pode, não a sangue-frio — disse Wendy.

— Posso sim. — Tim não tinha certeza se era verdade. Só sabia que não desejava descobrir. — Me ajude, sra. Sigsby. Ajude a si mesma.

Nada. E o tempo era curto. Annie não contaria para a Polícia Estadual para que lado eles foram; nem o Baterista, nem Addie Goolsby. O dr. Roper, talvez. Norbert Hollister, que ficou prudentemente afastado durante o tiroteio da Main Street, era um candidato muito mais provável.

— Bom. Você é uma puta assassina, mas mesmo assim eu lamento ter que fazer isso. Nem vou contar até três.

Luke botou as mãos nos ouvidos para abafar o som do tiro e foi isso que a convenceu.

— Não. — Ela esticou a mão. — Me dá o telefone.

— De jeito nenhum.

— Então segura perto da minha boca.

Tim fez isso. A sra. Sigsby murmurou alguma coisa e o telefone falou.

— Ativação rejeitada. Você tem mais duas tentativas.

— Acho que você pode fazer melhor do que isso — disse Tim.

A sra. Sigsby limpou a garganta e falou dessa vez em um tom quase normal.

— Sigsby um. Kansas City Chiefs.

A tela que apareceu era idêntica à do iPhone de Tim. Ele apertou o ícone do telefone e em RECENTES. Lá, no topo da lista, estava STACKHOUSE.

Ele entregou o telefone a Luke.

— Liga você. Quero que ele escute sua voz. Depois, passe para mim.

— Porque você é um adulto e ele vai escutar você.

— Espero que você esteja certo.

41

Quase uma hora depois do contato de Julia, tempo demais, o telefone de Stackhouse se iluminou e começou a tocar. Ele atendeu.

— Você está com ele, Julia?

A voz que respondeu foi tão chocante que Stackhouse quase deixou o telefone cair.

— Não — disse Luke Ellis —, você está enganado. — Stackhouse ouviu uma satisfação inegável na voz do merdinha. — Nós estamos com *ela*.

— O que... o que... — No começo, ele não conseguiu pensar no que dizer. Não tinha gostado daquele *nós*. O que o tranquilizou foi pensar nos três passaportes trancados no cofre da sala dele e na cuidadosamente planejada estratégia que os acompanhava.

— Não está entendendo? — perguntou Luke. — Talvez você precise de um mergulho no tanque de imersão. Faz maravilhas para a capacidade mental das pessoas. Sou prova viva. Aposto que Avery também.

Stackhouse sentiu uma vontade enorme de encerrar a ligação ali mesmo, de simplesmente pegar os passaportes e se mandar dali, rápida e silenciosamente. O que o impediu foi o fato de o garoto ter ligado. Isso significava que ele tinha algo a dizer. Talvez algo a oferecer.

— Luke, onde está a sra. Sigsby?

— Bem aqui — disse Luke. — Ela destravou o telefone pra gente. Não foi legal da parte dela?

Nós. De novo aquele pronome ruim. Um pronome *perigoso*.

— Houve um mal-entendido — disse Stackhouse. — Se existir alguma chance de consertarmos, é importante que façamos isso. Há mais coisa em jogo do que você tem noção.

— Talvez seja possível — disse Luke. — Seria bom.

— Excelente! Se você puder botar a sra. Sigsby na linha por um minuto, pra eu saber se ela está bem...

— Que tal você falar com o meu amigo aqui? O nome dele é Tim.

Stackhouse esperou, o suor escorrendo pelas bochechas. Estava olhando para o monitor do computador. Os garotos do túnel que tinham iniciado a revolta, Dixon e os amigos, pareciam estar dormindo. Os vegetais, não. Estavam andando sem direção, balbuciando e às vezes se chocando uns com os outros como carrinhos bate-bate de parque de diversões. Um estava com um giz de cera, ao que parecia, escrevendo na parede. Stackhouse ficou surpreso. Ele não imaginava que algum deles ainda fosse capaz de escrever. Talvez fossem só rabiscos. A maldita câmera não era boa o suficiente para identificar. Porcaria de equipamento de segunda.

— Sr. Stackhouse?

— Sim. Com quem estou falando?

— Aqui é o Tim. Isso é tudo de que você precisa saber agora.

— Quero falar com a sra. Sigsby.

— Diga alguma coisa, mas seja rápido — disse o homem que se chamava Tim.

— Estou aqui, Trevor — disse Julia. — E sinto muito. Simplesmente não deu certo.

— Como...

— Não importa como, sr. Stackhouse — interrompeu Tim —, e não importa a vaca rainha aqui. Precisamos fazer um acordo e precisa ser rápido. Você pode calar a boca e escutar?

— Sim. — Stackhouse puxou um bloco para perto. Gotas de suor caíram no papel. Ele secou a testa com a manga, virou a página e pegou uma caneta. — Pode falar.

— Luke trouxe um pen-drive quando saiu desse tal Instituto, onde vocês o prenderam. Uma mulher chamada Maureen Alvorson fez a gravação. Ela conta uma história incrível, uma história em que seria difícil de acreditar se não fosse o vídeo que ela também fez do que vocês chamam de Ala A ou Horta. Está acompanhando?

— Estou.

— Luke diz que você está fazendo alguns amigos dele de reféns, junto com algumas crianças da Ala A.

Até aquele momento, Stackhouse não tinha pensado neles como reféns, mas imaginava que, do ponto de vista de Ellis...

— Vamos dizer que seja esse o caso, Tim.

— É, vamos dizer que seja. Agora vem a parte importante. Até agora, só duas pessoas conhecem a história do Luke e o conteúdo daquele pen-drive. Eu sou uma delas. Minha amiga Wendy é a outra e ela está comigo e com Luke. Outros viram, todos policiais, mas graças à vaca rainha aqui e à equipe que ela trouxe, estão todos mortos. A maioria dos dela também.

— Isso é impossível! — gritou Stackhouse. A ideia de um grupo de policiais de uma cidadezinha de interior eliminando as equipes Opala e Vermelho Rubi juntas era ridícula.

— A chefinha ficou um pouco ansiosa demais, meu amigo, e eles acabaram sendo pegos de surpresa no processo. Mas vamos nos concentrar aqui, certo? Estou com o pen-drive. Também estou com a sua sra. Sigsby e com um tal de dr. James Evans. Ambos estão feridos, mas, se saírem dessa, podem se curar. Você está com as crianças. Pode haver uma troca?

Stackhouse ficou estupefato.

— Stackhouse? Preciso da resposta.

— Dependeria se podemos ou não manter o local dessa instituição em segredo — disse Stackhouse. — Sem essa garantia, nenhum acordo faz sentido.

Houve uma pausa e Tim voltou.

— Luke diz que talvez isso seja possível. Mas agora, pra onde eu vou, Stackhouse? Como sua tripulação pirata veio do Maine até aqui tão rápido?

Stackhouse falou onde a Challenger estava, esperando perto de Alcolu. Ele não tinha alternativa.

— A sra. Sigsby pode dar instruções exatas quando vocês chegarem na cidade de Beaufort. Agora, preciso falar com o sr. Ellis de novo.

— Isso é mesmo necessário?

— Na verdade, é vital.

Houve uma breve pausa e o garoto entrou na linha segura.

— O que você quer?

— Imagino que você tenha feito contato com seus amigos — disse Stackhouse. — Talvez um amigo em particular, o sr. Dixon. Não precisa confirmar e nem negar, eu sei que o tempo é curto. Caso você não saiba exatamente onde eles estão...

— Eles estão no túnel entre a Parte de Trás e a Parte da Frente.

Aquilo foi perturbador. Ainda assim, Stackhouse foi em frente.

— Isso mesmo. Se pudermos chegar a um acordo, talvez eles saiam e vejam a luz do sol novamente. Se não pudermos, vou encher aquele túnel de gás de cloro e eles vão morrer de forma lenta e desagradável. Não estarei aqui para ver isso acontecer; terei saído dois minutos depois de dar a ordem. Estou dizendo isso porque tenho quase certeza de que seu novo amigo Tim gostaria de deixar você de fora do acordo que fizermos. Isso não pode acontecer. Você entendeu?

Houve uma pausa e Luke disse:

— Sim. Eu entendo. Vou com ele.

— Que bom. Ao menos por enquanto. Nós terminamos?

— Ainda não. O celular da sra. Sigsby vai funcionar no avião?

Baixinho, Stackhouse ouviu a sra. Sigsby dizer que sim.

— Deixe seu telefone por perto, sr. Stackhouse — disse Luke. — Vamos precisar conversar de novo. E você precisa esquecer essa ideia de fugir. Se fizer isso, eu vou saber. Nós temos uma policial conosco e, se eu mandar ela entrar em contato com o Departamento de Segurança Interna, ela vai entrar. Sua foto vai aparecer em todos os aeroportos do país e nenhuma identidade falsa no mundo vai ajudar. Você vai ser como um coelho em campo aberto. Entendeu?

Pela segunda vez, Stackhouse ficou atônito demais para falar.

— Entendeu?

— Entendi — disse ele.

— Que bom. Voltaremos a nos falar pra acertar os detalhes.

Com isso, o garoto desligou. Stackhouse colocou o telefone com cuidado na mesa. Reparou que a mão tremia de leve. Parte era de medo, mas o sentimento mais intenso era raiva. *Voltaremos a nos falar*, o garoto dissera, como se fosse um CEO poderoso do Vale do Silício e Stackhouse fosse um subalterno administrativo que tinha que fazer o que ele mandava.

Vamos ver quanto a isso, pensou ele. Vamos ver.

42

Luke entregou o telefone para Tim como se estivesse feliz de se livrar dele.

— Como você sabe que ele tem uma identidade falsa? — perguntou Wendy. — Leu a mente dele?

— Não. Foi blefe. Mas aposto que ele tem várias: passaportes, habilitações, certidões de nascimento. Aposto que muitos deles têm. Talvez não os cuidadores, os técnicos e o pessoal do refeitório, mas os caras importantes sim. Eles são como Eichmann ou Walter Rauff, o cara que teve a ideia de construir câmaras de gás móveis. — Luke olhou para a sra. Sigsby. — Rauff se encaixaria perfeitamente no seu pessoal, não é?

— O Trevor talvez tenha documentos falsos — disse a sra. Sigsby. — Eu não tenho.

Apesar de Luke não conseguir entrar na mente dela, pois ela havia fechado, ele achou que ela estava sendo sincera. Havia uma palavra para pessoas como ela, e a palavra era *fanático*. Eichmann, Mengele e Rauff fugiram, como os covardes oportunistas que eram; o führer fanático deles ficou e cometeu suicídio. Luke tinha quase certeza de que, dada a oportunidade, aquela mulher faria o mesmo. Contanto que fosse relativamente indolor.

Ele voltou para a van, tomando o cuidado de evitar o pé machucado de Evans.

— O sr. Stackhouse acha que vou até ele, mas não vai ser assim.

— Não? — perguntou Tim.

— Não. Eu vou *atrás* dele.

As luzes Stasi piscaram na frente dos olhos de Luke no ambiente escuro e a porta de correr da van se fechou sozinha.

O TELEFONE GRANDE

1

Até Beaufort, o silêncio predominava no interior da van. O dr. Evans tentou iniciar uma conversa uma vez, querendo de novo deixar claro que era uma pessoa inocente no meio daquilo tudo. Tim disse que ele tinha uma escolha: calar a boca e tomar dois comprimidos de oxicodona que o dr. Roper tinha fornecido ou continuar falando e aguentar a dor do pé ferido. Evans preferiu o silêncio e os comprimidos. Havia mais alguns no frasquinho marrom. Tim ofereceu um para a sra. Sigsby, que engoliu sem água e sem se dar ao trabalho de agradecer.

Tim queria silêncio para Luke, que era agora o cérebro da operação. Ele sabia que a maioria das pessoas o chamaria de louco por permitir que um garoto de doze anos fosse o estrategista para criar um plano que salvasse as crianças naquele túnel sem que todos eles morressem, mas reparou que Wendy também estava quieta. Ela e Tim sabiam o que Luke tinha passado para chegar até ali, o tinham visto em ação desde então e entendiam.

O que exatamente era essa compreensão? Ora, que além de ter uma coragem gigante o garoto também era um autêntico gênio apurado. Aqueles brutamontes do Instituto o levaram para obter um talento que era (ao menos antes de ser incrementado) pouco mais do que um truque de festa. Eles consideravam a inteligência dele um mero acréscimo ao que realmente queriam, o que os tornava caçadores dispostos a massacrar um elefante de cinco toneladas para obter quarenta quilos de marfim.

Tim duvidava que Evans fosse capaz de apreciar a ironia, mas achava que Sigsby fosse... caso desse espaço para a ideia, claro: uma operação clandestina que durou décadas derrubada por aquilo que eles consideraram dispensável, o intelecto espantoso daquele garoto.

2

Por volta das nove horas, logo depois de passar pelo limite da cidade de Beaufort, Luke mandou Tim parar em um motel.

— Mas não estacione na frente. Vá para os fundos.

Havia um Econo Lodge na rua Boundary, o estacionamento dos fundos protegido por magnólias. Tim estacionou perto da cerca e desligou o motor.

— É aqui que você se separa de nós, policial Wendy — disse Luke.

— Tim? — perguntou Wendy. — Do que ele está falando?

— Está falando de reservar um quarto, e ele está certo — disse Tim. — Você fica, nós vamos.

— Volte aqui depois que pegar a chave do quarto — disse Luke. — E traga papel. Você tem caneta?

— Claro, e tenho meu caderno. — Ela bateu no bolso da frente da calça do uniforme. — Mas...

— Vou explicar o máximo que puder quando você retornar, mas, em resumo, você é nossa apólice de seguro.

A sra. Sigsby falou com Tim pela primeira vez desde o salão de beleza abandonado.

— O que esse garoto passou deixou ele maluco e você seria maluco de prestar atenção ao que ele diz. O melhor que vocês três podem fazer é me deixar aqui com o dr. Evans e fugirem.

— O que significaria deixar meus amigos morrerem — disse Luke.

A sra. Sigsby sorriu.

— Falando sério, Luke, pense. O que eles já fizeram por você?

— Você não entenderia — disse Luke. — Nem em um milhão de anos.

— Vá em frente, Wendy — disse Tim. Ele segurou a mão dela e a apertou. — Alugue um quarto e volte.

Ela olhou para ele com dúvida, mas entregou a Glock, saiu da van e seguiu para a recepção.

— Quero enfatizar que eu estava junto sob... — disse o dr. Evans.

— Protesto, sim — disse Tim. — Nós sabemos. Agora, cala a boca.

— A gente pode sair? — perguntou Luke. — Quero falar com você sem... — Ele indicou a sra. Sigsby.

— Claro, podemos, sim. — Tim abriu a porta do passageiro e a porta de correr e parou junto à cerca que separava o motel de uma loja de carros fechada. Luke se juntou a ele. De onde Tim estava, ele podia ver os dois passageiros contrariados e podia impedi-los se tentassem fugir. Ele não achava provável, considerando que uma tinha sido baleada na perna e o outro no pé.

— O que foi? — perguntou Tim.

— Você joga xadrez?

— Sei jogar, mas nunca fui muito bom.

— Eu sou — disse Luke. Ele estava falando baixinho. — E agora, estou jogando com ele. Stackhouse. Você entende isso?

— Acho que sim.

— Estou tentando pensar três jogadas à frente e contrabalançar as jogadas *dele*.

Tim assentiu.

— No xadrez, o tempo não é um fator, a não ser que seja xadrez rápido. O que é o caso agora. Nós temos que ir daqui até o aeródromo onde o avião está esperando. Depois, até um lugar perto de Presque Isle, onde o avião vai pousar. E de lá até o Instituto. Não consigo nos ver chegando lá antes das duas da madrugada. Esse cálculo parece correto pra você?

Tim pensou e assentiu.

— Pode ser um pouco depois disso, mas digamos que duas, sim.

— Isso dá aos meus amigos cinco horas pra fazerem algo pra se salvarem, mas também dá a Stackhouse cinco horas pra repensar a estratégia e mudar de ideia. Pra envenenar todos eles e fugir. Eu falei que a foto dele apareceria em todos os aeroportos e acho que ele vai acreditar, porque deve haver fotos dele on-line em algum lugar. Muita gente do Instituto é ex-militar. Ele provavelmente também é.

— Pode até haver uma foto dele no telefone da vaca rainha — disse Tim.

Luke assentiu, mas duvidava que a sra. Sigsby fosse do tipo que tirava fotos. Ele queria seguir em frente.

— Mas ele pode decidir atravessar a fronteira do Canadá a pé. Tenho certeza de que ele tem pelo menos uma rota de fuga alternativa preparada, uma estrada abandonada pela floresta ou a margem de um riacho. Essa é uma das jogadas futuras possíveis que eu tenho que ter em mente. Só que...

— Só que o quê?

Luke passou a base da mão na bochecha, um gesto estranhamente adulto de cansaço e indecisão.

— Preciso saber o que você acha. O que estou pensando faz sentido pra mim, mas eu continuo sendo só um garoto. Não tenho como ter certeza. Você é adulto e você é um dos bons.

Tim ficou tocado com isso. Ele olhou para a frente do prédio, mas ainda não havia sinal de Wendy.

— Me conte o que você está pensando.

— Que eu fodi com ele. Fodi com o mundo dele. Acho que talvez ele fique lá só pra poder me matar. Usando meus amigos como isca pra garantir que eu apareça. Isso faz sentido pra você? Pode dizer a verdade.

— Faz — disse Tim. — Não dá pra ter certeza, mas vingança é um motivador poderoso, e esse Stackhouse não seria o primeiro a ignorar o que seria melhor pra ele só pra se vingar. E consigo pensar em mais um motivo pra ele decidir ficar lá.

— Qual? — Luke o observava com ansiedade. Wendy apareceu na lateral do prédio com um cartão magnético na mão.

Tim inclinou a cabeça na direção da porta aberta do passageiro da van e aproximou a cabeça à de Luke.

— Sigsby é a chefe, certo? Stackhouse é só o capanga dela?

— Sim.

— Bom — disse Tim, sorrindo um pouco —, quem é o chefe *dela*? Você já pensou nisso?

Luke arregalou os olhos e sua boca se abriu um pouco. Ele entendeu. E sorriu.

3

Nove e quinze.

O Instituto estava em silêncio. As crianças que estavam na Parte da Frente dormiam com a ajuda de sedativos leves distribuídos por Joe e Hadad.

No túnel de acesso, os cinco que tinham começado o motim também estavam dormindo, mas não devia ser profundamente; Stackhouse esperava que as dores de cabeça estivessem acabando com eles. Os únicos ainda acordados eram os vegetais, vagando de um lado para o outro quase como se tivessem para onde ir. Às vezes eles andavam em círculos, como se estivessem brincando de "Ciranda, cirandinha".

Stackhouse tinha voltado para a sala da sra. Sigsby e aberto a gaveta trancada da mesa com a chave que ela tinha lhe dado. Agora, ele estava com o telefone especial na mão, que eles chamavam de Telefone Verde e às vezes de Telefone Zero. Estava pensando em uma coisa que Julia tinha dito uma vez sobre aquele telefone e seus três botões. Foi no vilarejo no ano anterior, quando Heckle e Jeckle ainda estavam com quase todos os neurônios funcionando. As crianças da Parte de Trás tinham acabado de matar um homem de confiança saudita que repassava dinheiro para células terroristas na Europa e tinha parecido acidente. A vida era boa então. Julia o convidou para jantar e comemorar. Eles dividiram uma garrafa antes e uma segunda garrafa durante e depois. Aquilo soltou a língua dela.

— Odeio fazer ligações de atualização no Telefone Zero. Aquele homem com o ceceio na fala. Sempre penso nele como sendo albino. Não sei por quê. Talvez por alguma coisa que vi em um gibi quando era criança. Um vilão albino com olhos de raios X.

Stackhouse assentiu em compreensão.

— Onde ele fica? *Quem* ele é?

— Não sei e não quero saber. Eu faço a ligação, faço o relatório e depois tomo um banho. Só uma coisa poderia ser pior do que *ligar* pelo Telefone Zero. E essa coisa seria *receber* uma ligação.

Stackhouse olhou para o Telefone Zero agora, sentindo algo que se aproximava de um medo supersticioso, como se pensar naquela conversa fosse fazer o telefone tocar…

— Não — disse ele. Para a sala vazia. Para o telefone silencioso. Silencioso agora, pelo menos. — Não há nada de supersticioso nisso. Você *vai* tocar. É pura lógica.

Claro. Porque as pessoas do outro lado do Telefone Zero, o homem com ceceio e a organização maior da qual ele fazia parte, descobririam sobre a merda toda que acontecera na cidadezinha da Carolina do Sul. Claro que descobririam. Apareceria na primeira página dos jornais de todo o país e talvez do mundo. Talvez eles já até soubessem. Se soubessem sobre Hollister, o agente que morava em DuPray, talvez tivessem feito contato com ele para saber os detalhes sórdidos.

Mas o Telefone Zero não tocou. Isso queria dizer que eles não sabiam ou que estavam lhe dando tempo para botar ordem na casa?

Stackhouse tinha dito para o homem chamado Tim que qualquer acordo que eles fizessem dependeria se o Instituto poderia ou não ser mantido em segredo. Stackhouse não era idiota a ponto de acreditar que o trabalho deles poderia continuar, ao menos não ali, na floresta do Maine, mas, se conseguisse resolver a situação sem que as manchetes do mundo inteiro falassem de crianças paranormais que tinham sofrido abusos e assassinato... e *por que* essas coisas aconteceram... já seria alguma coisa. Ele talvez até fosse recompensado se conseguisse criar uma história perfeita, mas só não ser morto já seria suficiente.

Só três pessoas sabiam, de acordo com Tim. Os outros que tinham visto o que havia no pen-drive estavam mortos. Alguns da malfadada equipe Dourada até podiam estar vivos, mas não tinham visto e ficariam em silêncio sobre todo o resto.

Trazer Luke Ellis e os seus ajudantes até aqui, pensou ele. Esse é o primeiro passo. Eles talvez chegassem às duas horas. Até se fosse 1h30 eu teria tempo de planejar uma emboscada. Só tenho à disposição técnicos e valentões, mas alguns deles — Zeke, o Grego, só para citar um — são caras durões. Era pegar o pen-drive e pegar *eles*. Depois, quando o homem com ceceio ligar, e ele vai ligar, para perguntar como estou lidando com a situação, posso dizer...

— Posso dizer que já foi resolvida — ele disse em voz alta.

Stackhouse botou o Telefone Zero na mesa da sra. Sigsby e enviou uma mensagem mental para ele: Não toque. Não ouse tocar antes das três da madrugada. Quatro ou cinco seria melhor.

— Me dê tempo sufic...

O telefone tocou e Stackhouse gritou, sobressaltado. Depois, riu, embora seu coração ainda estivesse batendo rápido demais. Não era o Telefone Zero, mas o seu telefone. O que queria dizer que a ligação era da Carolina do Sul.

— Alô. É Tim ou Luke?

— Luke. Me escute e vou dizer como as coisas vão funcionar.

4

Kalisha estava perdida em uma casa muito grande e não tinha ideia de como sair, porque não sabia como tinha entrado. Ela se encontrava em um corredor que parecia com o do Nível A na Parte da Frente, onde ela tinha morado por um tempo antes de ser transportada para invadirem seu cérebro. Só que aquele corredor era mobiliado com escrivaninhas e espelhos e cabides de casacos e uma coisa que parecia um pé de elefante cheio de guarda-chuvas. Havia uma mesinha com um telefone, um que era igual ao telefone na cozinha da sua casa, e estava tocando. Ela atendeu e, como não podia dizer o que tinham lhe ensinado a dizer desde os quatro anos ("Residência dos Benson"), disse apenas alô.

— *Hola? Me escuchas?* — Era a voz de uma garota, distante e interrompida por estática, quase inaudível.

Kalisha sabia o que era *hola* porque tinha tido um ano de espanhol no fundamental II, mas seu parco vocabulário não incluía *escuchas*. Ainda assim, ela sabia o que a garota estava dizendo e percebeu que estava sonhando.

— Sim, aham, estou ouvindo. Onde você está? *Quem* é você?

Mas a garota tinha sumido.

Kalisha desligou o telefone e continuou andando pelo corredor. Olhou para dentro do que parecia ser uma sala de um filme de antigamente e depois um salão de baile. Tinha piso de quadrados pretos e brancos que a fez pensar em Luke e Nick jogando xadrez no parquinho.

Outro telefone começou a tocar. Ela andou mais rápido e entrou em uma cozinha bonita e moderna. A geladeira estava cheia de fotos, ímãs e um adesivo de carro que dizia BERKOWITZ PARA PRESIDENTE! Ela não tinha ideia de quem era Berkowitz, mas de alguma forma ela sabia que era a cozinha dele. O telefone estava na parede. Era maior do que o telefone da mesinha e maior do que o da cozinha dos Benson, quase como um telefone de brinquedo. Mas estava tocando e ela atendeu.

— Alô? *Hola?* Meu nome é... *me llamo*... Kalisha.

Mas não era a garota falando espanhol. Era um garoto.

— *Bonjour, vous m'entendez?* — Francês. Bonjour era francês. Língua diferente, mesma pergunta, e dessa vez a ligação estava melhor. Não muito melhor, mas um pouco.

— Sim, uí uí, estou ouvindo! Onde você...?

Mas o garoto tinha sumido e um telefone diferente estava tocando. Ela correu pela despensa e entrou em uma sala com paredes de palha e piso de terra coberto por um tapete trançado colorido. Foi a parada final de um comandante militar africano fugitivo chamado Badu Bokassa, que levou uma facada de uma de suas amantes na garganta. Só que, na verdade, ele foi morto por um grupo de crianças a milhares de quilômetros de distância. O dr. Hendricks balançou a varinha mágica, que por acaso era uma estrelinha barata de Quatro de Julho, e o dr. Bokassa já era. O telefone no tapete era maior ainda, quase do tamanho de um abajur. O fone pesou em sua mão quando ela atendeu.

Outra garota, e dessa vez com a voz clara. Conforme os telefones ficavam maiores, as vozes ficavam mais nítidas, ao que parecia.

— *Zdravo, cujes li me?*

— Estou ouvindo perfeitamente, que lugar é esse?

A voz sumiu e outro telefone começou a tocar. Era em um quarto com um candelabro e o telefone era do tamanho de um banquinho. Ela teve que usar as duas mãos para atender.

— *Hallo, hoor je me?*

— Sim! Claro! Com certeza! Fale comigo!

Ele não falou. Não havia sinal. Só silêncio.

O telefone seguinte ficava em uma varanda fechada com teto de vidro e era tão grande quanto a mesa onde estava. O toque fez seus ouvidos doerem. Foi como ouvi-lo por um amplificador em um show de rock. Kalisha correu até lá com as mãos esticadas, as palmas para cima, e derrubou o fone da base, não porque esperava alguma resposta, mas para fazer parar de tocar antes que estourasse seus tímpanos.

— *Ciao!* — ribombou a voz de um garoto. — *Mi senti? MI SENTI?*

E isso a fez acordar.

5

Ela estava com os amigos, Avery, Nicky, George e Helen. Ainda estavam dormindo, mas não tranquilamente. George e Helen gemiam e Nicky mur-

murava alguma coisa, esticando as mãos, o que a fazia pensar em quando correu até o telefone grande para fazê-lo parar de tocar. Avery estava se contorcendo e repetindo algo que ela já tinha ouvido: *Hoor je me? Hoor je me?*

Eles estavam sonhando o mesmo que ela. Considerando o que eram agora, o que o Instituto tinha feito com eles, a ideia fazia sentido. Eles estavam gerando alguma espécie de poder coletivo, telepatia junto com telecinesia, então por que não teriam o mesmo sonho? A única pergunta era qual deles tinha iniciado. Seu palpite era Avery, porque ele era o mais forte.

Uma colmeia, pensou ela. É isso que somos agora. Uma colmeia de abelhas paranormais.

Kalisha se levantou e olhou ao redor. Ainda estavam presos no túnel de acesso, isso não tinha mudado, mas ela achava que o nível do poder do grupo sim. Talvez fosse por isso que as crianças da Ala A não tinham adormecido, apesar de ser tarde; a noção de tempo de Kalisha sempre foi boa e ela achava que eram pelo menos nove e meia, talvez um pouco mais.

O zumbido estava mais alto do que nunca e tinha atingido uma espécie de batida cíclica: *mmm-MMM-mmm-MMM*. Ela viu, com interesse (mas nenhuma surpresa), que as luzes fluorescentes do teto estavam no mesmo ciclo do zumbido, ficando fortes, enfraquecendo um pouco, depois ficando fortes de novo.

Um TC visível, pensou ela. Ainda que não nos sirva de nada.

Pete Littlejohn, o garoto que estava batendo na cabeça e repetindo ai--ai-ai-*ai*, veio saltitando na sua direção. Na Parte da Frente, Pete era fofo e meio chatinho, tipo um irmãozinho que segue você para todo lado e fica tentando ouvir sua conversa quando você e suas amigas estão contando segredos. Agora, era difícil olhar para ele, com aquela boca úmida e babona e aqueles olhos vazios.

— *Me escuchas?* — perguntou ele. — *Horst du mich?*

— Você também sonhou — disse Kalisha.

Pete não lhe deu atenção, só se virou para os colegas vegetais, agora dizendo uma coisa que parecia *styzez minny*. Só Deus sabia que idioma era aquele, mas Kalisha tinha certeza de que significava o mesmo que os outros.

— Estou ouvindo — disse Kalisha para ninguém. — Mas o que você quer?

Na metade do túnel, na direção da porta trancada da Parte de Trás, uma coisa tinha sido escrita com giz de cera na parede. Kalisha foi até lá olhar,

467

desviando de várias crianças da Ala A pelo caminho. Em grandes letras roxas, estava escrito LIGUE PARA O TELEFON GRANDE ATEDA O TELEFON GRANDE. Então eles também *estavam* sonhando, só que acordados. Com os cérebros quase todos obliterados, talvez eles sonhassem o tempo todo. Que ideia horrível, sonhar e sonhar e sonhar e nunca conseguir encontrar o mundo real.

— Você também, é?

Era Nick, os olhos inchados de sono, o cabelo em pé para todo lado. Era quase fofo. Ela ergueu as sobrancelhas.

— O sonho. Uma casa grande, telefones cada vez maiores? Tipo em *The 500 Hats of Bartholomew Cubbins?*

— Bartholomew quem?

— Um livro do Dr. Seuss. Bartholomew ficava tentando tirar o chapéu pro rei, mas cada vez que ele tirava um, havia um outro maior e mais incrementado por baixo.

— Nunca li, mas sobre o sonho, sim. Acho que veio do Avery. — Ela apontou para o garoto, que ainda estava dormindo o sono dos absolutamente exaustos. — Ou começou com ele, pelo menos.

— Não sei se foi ele que começou ou se ele está recebendo, amplificando e passando adiante. Não sei se faz diferença. — Nick observou a mensagem na parede e olhou ao redor. — Os vegetais estão inquietos hoje.

Kalisha franziu a testa para ele.

— Não chama eles assim. É uma palavra ruim. É como me chamar de neguinha.

— Tudo bem — disse Nick —, os deficientes intelectuais estão inquietos hoje. Está melhor?

— Sim. — Ela abriu um sorriso.

— Como está sua cabeça, Sha?

— Melhor. Boa, na verdade. E a sua?

— A mesma coisa.

— A minha também — disse George, se juntando a eles. — Obrigado por perguntarem. Vocês tiveram o sonho? Telefones cada vez maiores e *Alô, está me ouvindo?*.

— Sim — disse Nick.

— O último telefone, o que tocou logo antes de eu acordar, era maior do que eu. E o zumbido está mais forte. — E, no mesmo tom casual: — Quanto

468

tempo vocês acham que vai levar pra decidirem envenenar a gente com gás? Estou surpresa de ainda não terem feito isso.

6

Nove e quarenta e cinco, estacionamento do Econo Lodge em Beaufort, Carolina do Sul.

— Estou ouvindo — disse Stackhouse. — Se você me deixar te ajudar, pode ser que a gente consiga resolver isso juntos. Vamos conversar.

— Não vamos — disse Luke. — Você só tem que ouvir. E anotar, porque não quero ter que repetir.

— Seu amigo Tim ainda está com v...?

— Você quer o pen-drive ou não? Se não quiser, continue falando. Se quiser, *cala a porra da boca.*

Tim encostou a mão no ombro de Luke. No banco da frente da van, a sra. Sigsby estava balançando a cabeça com tristeza. Luke não precisava ler a mente dela para saber o que estava pensando: um garoto tentando fazer o trabalho de um homem.

Stackhouse suspirou.

— Vá em frente. Estou com caneta e papel prontos.

— Primeiro. A policial Wendy não está com o pen-drive, ele vai conosco, mas ela sabe os nomes dos meus amigos, Kalisha, Avery, Nicky, Helen, alguns outros, e de onde eles vieram. Se os pais deles estiverem mortos, como os meus, isso já vai ser o suficiente para que ocorra uma investigação, mesmo sem o pen-drive. Ela nunca vai precisar falar nada sobre crianças paranormais e nem o resto da sua conversa fiada assassina. Vão descobrir o Instituto. Mesmo que você fugisse, Stackhouse, seus chefes iriam atrás de você. Nós somos sua melhor chance de sobreviver a isso. Entendeu?

— Me poupe desse seu discurso marketeiro. Qual é o sobrenome dessa policial Wendy?

Tim, que estava perto o suficiente para ouvir os dois lados da conversa, balançou a cabeça. Esse era um conselho do qual Luke não precisava.

— Não se preocupe com isso. Segundo. Liga pro avião que trouxe seu grupo. Diz pros pilotos que é pra se trancarem no cockpit assim que nos virem chegando.

Tim sussurrou duas palavras. Luke assentiu.

— Mas, antes disso, manda eles baixarem a escada.

— Como eles vão saber que são vocês?

— Porque estaremos em uma das vans em que seus assassinos de aluguel chegaram. — Luke ficou satisfeito em dar essa informação a Stackhouse, torcendo para que ficasse bem evidente: a sra. Sigsby atacou e fracassou.

— Nós não vemos o piloto e o copiloto e eles não nos veem. Vamos pousar no mesmo lugar onde o avião decolou e eles têm que ficar dentro do cockpit. Está me acompanhando até aqui?

— Estou.

— Terceiro. Quero uma van nos esperando, uma de nove lugares, como a que usamos pra sair de DuPray.

— Nós não…

— Mentira que não, vocês têm uma frota de veículos naquela cidadezinha. Eu vi. Agora, você vai cooperar ou é melhor eu desistir de você?

Luke suava muito e não só por causa da umidade da noite. Ele estava aliviado de sentir a mão de Tim no ombro e ver o olhar de preocupação de Wendy. Era bom não estar mais sozinho naquilo. Só agora estava percebendo como o fardo era pesado.

Stackhouse soltou um suspiro de um homem carregando um peso injusto.

— Continue.

— Quarto. Você vai providenciar um ônibus.

— Um *ônibus*? Você está falando *sério*?

Luke decidiu ignorar essa interrupção, achando justa. Tim e Wendy pareciam impressionados.

— Tenho certeza de que você tem amigos em todos os lugares e isso deve incluir pelo menos alguns policiais de Dennison River Bend. Talvez todos. É verão e as escolas estão em recesso, e os ônibus devem estar no estacionamento municipal, junto com os limpadores de neve e os caminhões de lixo e todas as outras coisas. Mande um de seus amigos policiais destrancar o prédio onde ficam as chaves. Mande ele colocar a chave na ignição de um ônibus onde caibam pelo menos quarenta pessoas. Um dos seus técnicos ou cuidadores pode dirigir até o Instituto. Pode deixá-lo perto do mastro na frente do prédio administrativo, com a chave dentro. Entendeu tudo?

— Entendi. — Profissional. Sem protestos e interrupções dessa vez, e Luke não precisava da percepção adulta de Tim sobre psicologia e motivação para entender o porquê. Isso, Stackhouse devia estar pensando, era o plano biruta de uma criança, quase uma fantasia. Ele via a mesma coisa na expressão de Tim e Wendy. A sra. Sigsby estava escutando e parecia estar com dificuldades para manter a expressão séria.

— É uma troca simples. Você pega o pen-drive, eu pego as crianças. Os da Parte de Trás e os da Parte da Frente também. Deixe-os prontos pra esse passeio às duas da madrugada. A policial Wendy fica de boca calada. Esse é o acordo. Ah, você também recebe sua chefe de merda e seu médico de merda.

— Posso fazer uma pergunta, Luke? Tenho permissão?

— Pode falar. — Luke achava que sabia qual seria a pergunta. Era uma que ele realmente queria responder.

— Depois que você estiver com trinta e cinco a quarenta crianças amontoadas em um ônibus escolar amarelo com DENNISON RIVER BEND na lateral, aonde você planeja levá-los? Levando em conta que a maioria não está mais em posse das faculdades mentais.

— Pra Disneylândia — disse Luke.

Tim botou a mão na testa, como se tivesse ficado com dor de cabeça de repente.

— Nós vamos manter contato com a policial Wendy. Antes de decolarmos. Depois que pousarmos. Quando chegarmos ao Instituto. Quando sairmos do Instituto. Se ela não receber nenhuma notícia nossa, vai começar a fazer algumas ligações, começando pela Polícia Estadual do Maine e depois passando pro FBI e pro Departamento de Segurança Interna. Entendeu?

— Entendi.

— Que bom. Última coisa. Quando chegarmos aí, quero *você* aí. De braços erguidos. Uma das mãos no capô do ônibus e a outra no mastro. Assim que as crianças estiverem no ônibus e meu amigo Tim estiver atrás do volante, eu entrego o pen-drive da Maureen e subo no ônibus. Está claro?

— Sim.

Seco. Sem tentar parecer alguém que acabara de ganhar na loteria.

Ele entendeu que Wendy podia ser um problema, pensou Luke, porque ela sabe o nome de várias crianças desaparecidas, mas essa é uma questão que ele acha que pode resolver. O pen-drive é coisa mais séria, mais difícil de rotular como mentira. Estou oferecendo-o em uma bandeja de prata. Como poderia recusar? Resposta: não pode.

— Luke... — começou Tim.

Luke balançou a cabeça: agora não, não enquanto estou pensando.

Ele sabe que a situação dele ainda é ruim, mas agora vê um raio de esperança. Graças a Deus Tim me lembrou de algo que eu mesmo devia ter percebido: aquilo não termina com Sigsby e Stackhouse. Eles devem ter seus superiores, pessoas a quem precisam responder. Quando a merda bater no ventilador, Stackhouse poderá dizer que poderia ter sido bem pior; na verdade, eles deviam agradecer a ele por ter salvado o dia.

— Você vai me ligar antes de decolar? — perguntou Stackhouse.

— Não. Confio que você vai tomar todas as providências. — Se bem que confiança não era a primeira palavra que Luke associava a Stackhouse. — A próxima vez que conversarmos vai ser cara a cara, no Instituto. Van no aeroporto. Ônibus esperando do lado do mastro. Se você fizer merda em algum momento, a policial Wendy vai começar a fazer ligações e contar toda a história. Tchau.

Ele encerrou a ligação e relaxou o corpo.

7

Tim entregou a Glock para Wendy e fez sinal para os dois prisioneiros. Ela assentiu. Quando estava montando guarda, Tim levou o garoto para longe. Eles ficaram perto da cerca, na sombra de uma das magnólias.

— Luke, não vai dar certo. Se formos para lá, a van até pode estar esperando no aeroporto, mas se esse Instituto é tudo isso que você diz, nós dois vamos ser emboscados e mortos assim que chegarmos lá. Seus amigos e as outras crianças também. Só vai sobrar Wendy, e ela vai fazer o melhor que puder, mas vai levar dias até que alguém apareça lá; eu sei como a polícia funciona quando alguma coisa foge do protocolo normal. Se encontrarem o local, vai estar vazio, exceto pelos corpos. E até isso pode ter sumido. Você diz que eles têm um sistema de descarte dos... — Tim não sabia exatamente como colocar em palavras. — Dos garotos usados.

— Eu sei disso tudo — disse Luke. — A questão aqui não somos nós, são *eles*. As crianças. Eu só estou ganhando tempo. Tem alguma coisa acontecendo lá. E não só lá.

— Não entendi.

— Estou mais forte agora — disse Luke — e estamos a mais de mil e quinhentos quilômetros do Instituto. Sou parte das crianças do Instituto, mas não são só mais eles. Se fosse, eu não conseguiria ter empurrado a arma daquele cara com a mente. O máximo que eu conseguia era travessas de pizza vazias, lembra?

— Luke, eu não...

Luke se concentrou. Por um momento, viu uma imagem do telefone no saguão de entrada de casa tocando e soube que, se atendesse, alguém perguntaria "Está me ouvindo?". Essa imagem foi substituída pelos pontos coloridos e por um zumbido baixo. Os pontos estavam fracos e não luminosos, o que era bom. Ele queria mostrar a Tim, mas não machucá-lo... e machucá-lo seria tão fácil.

Tim cambaleou para a frente na cerca de alambrado, como se empurrado por mãos invisíveis, e levantou os antebraços a tempo de evitar bater a cara.

— Tim? — chamou Wendy.

— Estou bem. Fique de olho neles, Wendy. — Ele olhou para Luke. — Foi você que fez isso?

— Não veio *de* mim, veio *por* mim — disse Luke. E, porque eles tinham tempo agora (ao menos um pouco) e porque estava curioso, perguntou: — Qual foi a sensação?

— Foi como um sopro forte de vento.

— Claro que foi forte — disse Luke. — Porque nós somos fortes juntos. Foi o que Avery disse.

— Avery é o garotinho.

— É. Ele era o mais forte que eles pegaram em muito tempo. Talvez anos. Não sei exatamente o que aconteceu, mas suspeito que colocaram ele no tanque de imersão. Ele deve ter passado pela experiência de quase morte que incrementa as luzes Stasi, só que sem as injeções limitadoras.

— Não estou entendendo.

Luke não pareceu ouvir.

— Aposto que foi uma punição por me ajudar a fugir. — Ele inclinou a cabeça para a van. — A sra. Sigsby deve saber. Pode até ter sido ideia dela. Mas o tiro saiu pela culatra. Deve ter saído, porque eles fizeram um motim. Os garotos da Ala A são quem tem o verdadeiro poder. Avery os destrancou.

— Mas não o suficiente pra tirar eles de onde estão presos.

— *Ainda* não. Mas acho que vão.

— Por quê? Como?

— Você me fez pensar quando falou que a sra. Sigsby e o Stackhouse deviam ter um chefe. Eu devia ter percebido isso sozinho, mas nunca pensei tão longe. Provavelmente porque os pais são os únicos chefes que as crianças têm. Se há mais chefes, por que não haveria mais Institutos?

Um carro entrou no estacionamento, passou por eles e desapareceu com um piscar de luzes de freio. Quando foi embora, Luke continuou.

— Talvez o do Maine seja o único dos Estados Unidos, ou talvez haja um na costa oeste. Você sabe, tipo aparadores de livro. Mas pode haver um no Reino Unido… e na Rússia… na Índia… na China… na Alemanha… na Coreia. Faz sentido, se você parar pra pensar.

— Uma corrida mental em vez de uma corrida armamentista — resumiu Tim. — É isso que você está dizendo?

— Acho que não é uma corrida. Acho que todos os Institutos trabalham juntos. Não tenho certeza disso, mas parece certo. Um objetivo comum. Um objetivo bom, em tese; matar algumas crianças pra impedir que a raça humana se mate. Uma troca. Só Deus sabe há quanto tempo isso está acontecendo, mas nunca houve um motim antes. Avery e meus outros amigos começaram, mas pode se espalhar. Pode já estar se espalhando.

Tim Jamieson não era historiador nem cientista social, mas costumava acompanhar os acontecimentos mundiais e achou que Luke podia estar certo. Motim, ou revolução, para usar um termo menos pejorativo, era como um vírus, principalmente na Era da Informação. *Podia* se espalhar.

— O poder que cada um de nós tem, o motivo pra terem nos sequestrado e nos levado pro Instituto, é pequeno. O poder de todos nós juntos é muito maior. Principalmente as crianças da Ala A. Quando elas perdem a sanidade, a única coisa que resta é o poder. Mas, se houvesse mais Institutos, se eles soubessem o que está acontecendo no nosso e se todos se unissem...

Luke balançou a cabeça. Ele estava pensando de novo no telefone do saguão, só que de um tamanho enorme.

— Se isso acontecesse, seria uma coisa grande, e quero dizer grande de verdade. É por isso que precisamos de tempo. Se Stackhouse achar que sou um idiota tão ansioso para salvar meus amigos que faria um acordo idiota, tudo bem.

Tim ainda sentia o sopro de vento fantasma que o jogou na cerca.

— Nós não vamos lá para salvá-los, vamos?

Luke o olhou sombriamente. Com o rosto sujo e machucado e a orelha com curativo, ele parecia o mais inofensivo dos garotos do mundo. Mas ele sorriu, e por um momento não pareceu nem um pouco inofensivo.

— Não. Nós vamos recolher os pedaços.

8

Kalisha Benson, Avery Dixon, George Iles, Nicholas Wilholm, Helen Simms.

Cinco jovens sentados no fim do túnel de acesso, perto da porta tranca-da que daria (não que *fosse* dar de fato) no Nível F da Parte da Frente. Katie Givens e Hal Leonard ficaram com eles por um tempo, mas agora tinham se juntado às crianças da Ala A, andando junto quando eles andavam, dando as mãos quando eles decidiam fazer um daqueles círculos. Len também se juntou às crianças, e as esperanças de Kalisha por Iris estavam sumindo, embora até o momento Iris só ficasse olhando enquanto as crianças da Ala A formavam um círculo, se separavam e formavam um círculo de novo. Helen tinha voltado, estava com eles completamente. Iris talvez estivesse perdida demais. O mesmo acontecia com Jimmy Cullum e Donna Gibson, que Kalisha conhecera na Parte da Frente; graças à catapora, ela ficou bem mais tempo lá do que os residentes habituais. As crianças da Ala A a dei-xavam triste, mas Iris era pior. A possibilidade de ela estar destruída sem chance de volta... essa ideia era...

— Horrível — disse Nicky.

Ela olhou para ele com certa repreensão no rosto.

— Você está na minha cabeça?

— Estou, mas não olhando sua gaveta de calcinhas mental — disse Nicky, e Kalisha riu.

— Estamos todos nas cabeças uns dos outros agora — disse George. Ele apontou para Helen com o polegar. — Você acha mesmo que eu queria saber que ela riu tanto na festa do pijama de uma amiga que fez xixi na calça? É um exemplo claro do que significa informação demais.

— Melhor do que saber que você tem medo de psoríase no seu... — começou Helen, mas Kalisha mandou que ela parasse.

— Que horas vocês acham que são? — perguntou George.

Kalisha olhou o pulso vazio.

— Hora de comprar um relógio.

— Parece umas onze pra mim — disse Nicky.

— Sabe uma coisa engraçada? — observou Helen. — Eu sempre odiei o zumbido. Sabia que estava destruindo meu cérebro.

— Nós todos sabíamos — disse George.

— Agora, eu meio que gosto dele.

— Porque o zumbido é poder — disse Nicky. — O poder *deles*, até que o pegamos de volta.

— Uma onda portadora — disse George. — E agora é constante. Só esperando para transmitir.

Oi, está me ouvindo?, pensou Kalisha, e o estremecimento que tomou conta dela não foi totalmente desagradável.

Vários da Ala A deram as mãos. Iris se juntou a eles. O zumbido aumentou. A pulsação nas luzes fluorescentes também. Eles soltaram as mãos e o zumbido caiu para o nível baixo de antes.

— Ele está no ar — disse Kalisha. Nenhum deles precisou perguntar o que ela queria dizer.

— Eu adoraria andar de avião de novo — disse Helen com melancolia. — *Adoraria*.

— Vão esperar ele, Sha? — perguntou Nicky. — Ou vão só jogar o gás? O que você acha?

— Quem fez de mim o professor Xavier? — Ela deu uma cutucada na lateral do corpo de Avery... mas de leve. — Acorda, Avester. Olha o cheiro de café.

476

— Estou acordado — respondeu Avery. Não era bem verdade; ele ainda estava cochilando, apreciando o zumbido. Pensando em telefones que aumentavam de tamanho, assim como os chapéus do Bartholomew Cubbins tinham ficado maiores e mais elaborados. — Eles vão esperar. Vão ter que esperar, porque Luke saberia se alguma coisa acontecesse com a gente. E *nós vamos* esperar até que ele chegue aqui.

— E quando ele chegar? — perguntou Kalisha.

— Nós vamos usar o telefone — disse Avery. — O telefone grande. Todos nós juntos.

— Qual é o tamanho dele? — George pareceu inquieto. — Porque o último que eu vi era grande pra caralho. Quase do meu tamanho.

Avery só balançou a cabeça. Suas pálpebras se fecharam. No fundo, ele ainda era um garotinho e já tinha passado da sua hora de ir dormir.

As crianças da Ala A (era difícil não pensar neles como vegetais, até mesmo para Kalisha) ainda estavam de mãos dadas. As luzes no teto ficaram mais fortes; uma das lâmpadas se queimou. O zumbido ficou mais grave e mais demorado. As pessoas sentiram na Parte da Frente, Kalisha tinha certeza: Joe e Hadad, Chad e Dave, Priscilla e aquele malvado, o Zeke. O resto também. Estariam com medo? Talvez um pouco, mas...

Mas eles acham que estamos presos, pensou ela. Acham que estão em segurança. Acham que a revolta foi controlada. Eles que continuem achando isso.

Em algum lugar havia um telefone grande, o *maior* de todos, com extensões em muitos quartos. Se eles ligassem para aquele telefone (*quando* ligassem, porque não havia escolha), o poder no túnel em que eles estavam presos iria além de qualquer bomba já explodida na terra ou abaixo dela. Aquele zumbido, agora só uma onda portadora, poderia crescer até virar uma vibração capaz de derrubar prédios, talvez destruir cidades inteiras. Ela não tinha certeza absoluta disso, mas achava que podia ser verdade. Quantas crianças, as cabeças agora vazias de tudo exceto dos poderes pelos quais foram sequestradas, estavam esperando uma ligação pelo telefone grande? Cem? Quinhentas? Talvez até mais, se houvesse Institutos por todo o mundo.

— Nicky?

— O quê? — Ele também tinha cochilado e parecia irritado.

— Pode ser que a gente consiga ligar — disse ela, e não havia necessidade de ser específica sobre o que queria dizer. — Mas, se ligarmos... podemos desligar de novo?

Ele pensou nisso e sorriu.

— Não sei. Mas, depois do que fizeram com a gente... sinceramente, meu amor, não estou nem aí.

9

Onze e quinze.

Stackhouse estava na sala da sra. Sigsby, com o Telefone Zero, ainda silencioso, na mesa. Em quarenta e cinco minutos, o último dia de operação normal do Instituto teria terminado. No dia seguinte, o lugar estaria abandonado, independentemente do que acontecesse com Luke Ellis. A contenção do programa como um todo era possível, apesar da tal policial Wendy que Luke e o amigo estavam deixando no sul, mas aquela unidade já era. Naquela noite, o importante era obter o pen-drive e garantir a morte de Luke Ellis. Salvar a sra. Sigsby seria ótimo, mas estritamente opcional.

Na verdade, o Instituto já estava sendo abandonado. De onde estava, ele tinha uma vista da estrada que levava para longe dali, primeiro até Dennison River Bend e depois até os 48 estados abaixo... sem contar o Canadá e o México, para aqueles com passaportes. Stackhouse tinha escolhido Zeke, Chad, o chef Doug (vinte anos com a Halliburton) e a dra. Felicia Richardson, que tinha vindo do Hawk Security Group. Eram pessoas em quem ele confiava.

Quanto aos outros... ele viu os faróis brilhando entre as árvores. Achava que só uns dez até o momento, mas haveria mais. Em pouco tempo, a Parte da Frente ficaria deserta, exceto pelas poucas crianças que moravam lá atualmente. Talvez já estivesse. Mas Zeke, Chad, Doug e a dra. Richardson ficariam; eles eram leais. E havia Gladys Hickson. Ela também ficaria, talvez até depois de todos os outros terem ido embora. Gladys não era apenas brigona; Stackhouse estava cada vez mais convencido de que ela era uma psicopata.

Eu mesmo sou um psicopata por ficar aqui, pensou Stackhouse. Mas o pestinha está certo, eles me caçariam. E ele está vindo direto para a armadilha. A não ser que...

— A não ser que ele esteja me enganando — murmurou Stackhouse.

Rosalind, a assistente da sra. Sigsby, colocou a cabeça na porta. Sua maquiagem, normalmente perfeita, tinha se estragado ao longo das últimas difíceis doze horas e seu cabelo grisalho, também normalmente perfeito, estava em pé nas laterais.

— Sr. Stackhouse?

— Sim, Rosalind.

Ela pareceu perturbada.

— Acredito que o dr. Hendricks talvez tenha ido embora. Acho que vi o carro dele uns dez minutos atrás.

— Não estou surpreso. Você também devia ir, Rosalind. Vai pra casa. — Ele sorriu. Era estranho estar sorrindo em uma noite daquelas, mas era um estranho bom. — Acabei de me dar conta de que te conheço desde que você veio pra cá, muitas luas, e não sei onde fica a sua casa.

— Missoula — disse Rosalind. Ela mesma parecia surpresa. — Fica em Montana. Pelo menos, eu acho que ainda é a minha casa. Eu tenho uma casa em Mizzou, mas acho que tem uns cinco anos que não vou lá. Só pago os impostos quando chega a época. Quando tenho folga, fico no vilarejo. Nas férias, vou pra Boston. Gosto dos Red Sox e dos Bruins e do cinema de arte em Cambridge. Mas estou sempre pronta pra voltar.

Stackhouse se deu conta de que Rosalind nunca falara tanto com ele em todas aquelas luas, que já se prolongavam por quinze anos. Ela já estava lá, a fiel faz-tudo da sra. Sigsby, quando Stackhouse se aposentou do serviço de investigador da versão do Exército americano para o JAG e ainda estava lá hoje, com a mesma cara. Ela podia ter sessenta e cinco anos ou setenta bem conservados.

— Senhor, está ouvindo esse zumbido?

— Estou.

— É um transformador? Eu nunca ouvi antes.

— Transformador. Sim, acho que podemos chamar desse jeito.

— É muito irritante. — Ela esfregou as orelhas e desarrumou ainda mais o cabelo. — Acho que são as crianças que estão fazendo isso. A Julia, a sra. Sigsby, vai voltar? Vai, não vai?

Stackhouse percebeu (mais se divertindo do que irritado) que Rosalind, sempre tão correta e discreta, tinha mantido os ouvidos bem abertos, com ou sem zumbido.

— Espero que sim.

— Então eu gostaria de ficar. Eu sei atirar, sabe. Frequento o estande de tiro em Bend uma vez por mês, às vezes duas. Tenho o equivalente do clube de tiro a um distintivo DM e ganhei a competição de pistola de pequeno porte ano passado.

A assistente quietinha de Julia não só era boa de taquigrafia, como tinha um distintivo de Distinguished Marksman... ou, como ela disse, o equivalente. As surpresas não paravam de chegar.

— O que você usa, Rosalind?

— Smith & Wesson M&P .45.

— O coice não te dá problema?

— Com a ajuda de um apoio de pulso, eu lido bem com o coice. Senhor, se for sua intenção libertar a sra. Sigsby dos sequestradores que estão com ela, eu gostaria de fazer parte da operação.

— Tudo bem — concordou Stackhouse. — Você está dentro. Toda ajuda é bem-vinda. — Mas ele teria que tomar cuidado em como usá-la, porque salvar Julia talvez não fosse possível. Ela agora era descartável. O importante era o pen-drive. E aquele garoto espertinho.

— Obrigada, senhor. Não vou te decepcionar.

— Sei que não, Rosalind. Vou te dizer como espero que as coisas aconteçam, mas primeiro tenho uma pergunta.

— Sim?

— Sei que um cavalheiro não deve perguntar e uma dama não deve responder, mas quantos anos você tem?

— Setenta e oito, senhor. — Ela respondeu imediatamente e mantendo contato visual, mas estava mentindo. Rosalind Dawson tinha oitenta e um anos.

10

Quinze para meia-noite.

A aeronave Challenger com 940NF na cauda e INDÚSTRIAS DE PAPEL DO MAINE na lateral seguiu na direção do Maine a doze mil metros de altitude. Com um empurrãozinho útil da corrente de jato, a velocidade ficava entre 830 e 890 quilômetros por hora.

A chegada ao aeroporto de Alcolu e a decolagem subsequente aconteceram sem maiores incidentes, principalmente porque a sra. Sigsby tinha um passe VIP da Regal Air FBO e estava disposta a usá-lo para abrir a porta. Ela farejava uma chance, ainda que pequena, de escapar viva. O Challenger estava em esplendor solitário com a escada abaixada. Tim levantou a escada ele mesmo, prendeu a porta e bateu na porta fechada do cockpit com a coronha da Glock do policial falecido.

— Está tudo pronto aqui. Se vocês tiverem luz verde, vamos.

Não houve resposta do outro lado da porta, mas os motores foram ligados. Dois minutos depois, eles estavam no ar. Agora, estavam em algum lugar acima da Virgínia Ocidental, de acordo com o monitor no teto, e DuPray tinha ficado para trás. Tim não esperava partir tão de repente, e não em circunstâncias tão cataclísmicas.

Evans estava cochilando e Luke estava morto para o mundo. Só a sra. Sigsby se mantinha acordada, sentada ereta, o olhar grudado no rosto de Tim. Havia algo de reptiliano naqueles olhos grandes e inexpressivos. Os últimos comprimidos do dr. Roper poderiam tê-la feito apagar, mas ela recusou apesar da dor que estava sentindo, que devia ser bem ruim. Ela evitara um ferimento sério, mas uma bala de raspão doía bastante.

— Imagino que você tenha experiência com a lei — disse ela. — Pela maneira como você se porta e pela forma como reagiu, rápido e eficiente.

Tim não disse nada, só olhou para ela. Tinha colocado a Glock ao lado, no assento. Disparar uma arma a doze mil metros seria uma ideia bem ruim, e por que ele faria isso, mesmo que eles estivessem em altitude mais baixa? Ele estava levando aquela vaca exatamente para onde ela queria ir.

— Não sei por que você concordou com esse plano. — Ela indicou Luke, que, com o rosto sujo e o curativo na orelha, parecia ter bem menos que doze anos. — Nós dois sabemos que ele quer salvar os amigos e acho que nós dois sabemos que esse plano é uma bobagem. Uma bobagem idiota, na verdade. Mas você concordou. Por quê, Tim?

Tim não disse nada.

— Por que você se envolveria é um mistério pra mim. Me ajude a entender.

Ele não tinha intenção nenhuma de fazer isso. Uma das primeiras coisas que seu mentor lhe ensinou em seus quatro meses iniciais na polícia foi que era você quem interrogava os criminosos. Jamais deveria permitir que os criminosos interrogassem você.

Mesmo que estivesse disposto a falar, ele não sabia como poderia dizer algo que parecesse minimamente são. Ele podia dizer que sua presença naquele avião moderno, o tipo de aeronave na qual só homens e mulheres ricos costumavam andar, era acidental? Que houve uma ocasião em que um homem a caminho de Nova York tinha se levantado de repente em um avião bem mais comum e aceitado ceder seu lugar por um pagamento em dinheiro e um voucher de hotel? Que tudo, a carona para o norte, o engarrafamento na I-95, a caminhada até DuPray, o emprego de vigia noturno, tinha sido consequência daquele ato impulsivo? Ou ele podia dizer que foi o destino? Que tinha sido levado a DuPray pela mão de um jogador de xadrez cósmico, para salvar aquele garoto adormecido das pessoas que o sequestraram e queriam usar sua mente extraordinária até esgotá-la? E, se fosse esse o caso, o que eram o xerife John, Tag Faraday, George Burkett, Frank Potter e Bill Wicklow? Só peões a serem sacrificados no jogo maior? E que tipo de peça era ele? Seria legal acreditar que era um cavalo, mas era mais provável que também fosse só mais um peão.

— Tem certeza de que não quer o comprimido? — perguntou ele.

— Você não tem intenção de responder minha pergunta, não é?

— Não, senhora, não tenho. — Tim virou a cabeça e olhou para os quilômetros de escuridão e para as poucas luzes lá embaixo, como vagalumes no fundo de um poço.

11

Meia-noite.

O celular soltou seu grito rouco. Stackhouse atendeu. A voz do outro lado pertencia a um dos cuidadores que estava de folga, Ron Church. A van requisitada estava em posição no aeroporto, disse Church. Denise Allgood, uma técnica que também estava de folga (se bem que todos estavam de serviço agora), dirigiu atrás de Church em um sedã do Instituto. A ideia era que, depois de deixar o veículo na pista do aeroporto, Ron voltasse com Denise. Mas os dois tinham um relacionamento, Stackhouse sabia. Era seu trabalho saber das coisas, afinal. Ele tinha certeza de que, com o carro do garoto no lugar, Ron e Denise seguiriam para algum lugar que *não era* o Instituto. Mas tudo bem. Embora aquelas múltiplas deserções fossem tristes, talvez fosse melhor. Era hora de pôr um fim àquela operação. Ele teria uma quantidade suficiente de pessoas de confiança que ficariam para o ato final e era isso que importava.

Luke e seu amigo Tim morreriam. Não havia dúvida na mente dele sobre isso. Ou isso bastaria para o homem com ceceio do outro lado do Telefone Zero, ou não bastaria. Isso não estava nas mãos de Stackhouse e essa percepção era um alívio. Ele achava que carregava essa semente fatalista como um vírus adormecido desde seus dias no Iraque e no Afeganistão e não tinha reconhecido o que era até aquela ocasião. Ele faria o que pudesse e isso era o que um homem podia fazer. Os cachorros latiam e a caravana seguia.

Houve uma batida na porta e Rosalind olhou para dentro. Ela tinha feito alguma coisa com o cabelo, o que era um avanço. Ele tinha menos certeza sobre o coldre de ombro que ela estava usando. Era meio surreal, como um cachorro usando um chapéu de festa.

— Gladys está aqui, sr. Stackhouse.

— Mande-a entrar.

Gladys entrou. Havia uma máscara respiratória pendurada embaixo do rosto dela. Seus olhos estavam vermelhos. Stackhouse duvidava que fosse por causa de choro, então a irritação devia ser dos produtos que ela estava misturando.

— Está pronto. Só preciso acrescentar o limpador de privada. É só dar a ordem, sr. Stackhouse, e vamos envená-los. — Ela balançou a cabeça de forma rápida e firme. — Mal posso esperar. Aquele zumbido está me deixando louca.

Pela sua cara, não falta muito, pensou Stackhouse, mas ela estava certa sobre o zumbido. A questão era que não tinha como acostumar com ele. Quando você pensava que poderia, o volume aumentava... não exatamente nos ouvidos, mas dentro da cabeça. De repente, voltava para o nível anterior, um pouco mais suportável.

— Eu estava conversando com a Felicia — disse Gladys. — Quer dizer, com a dra. Richardson. Ela está vigiando as crianças no monitor. Ela diz que o zumbido fica mais forte quando eles dão as mãos e que diminui quando se soltam.

Stackhouse já tinha chegado a essa conclusão. Não era preciso ser um gênio para isso.

— Vai ser em breve, senhor?

Ele olhou para o relógio.

— Acho que em três horas, mais ou menos. As unidades AVAC ficam no telhado, correto?

— Sim.

— Pode ser que eu consiga chamar você quando chegar a hora, Gladys, mas pode ser que não. As coisas devem acontecer rápido. Se você escutar tiros na parte da frente do prédio da administração, libere o gás mesmo se não ouvir minha ordem. E depois, saia. Não volte pra dentro, corra pelo telhado até a Ala Leste da Parte da Frente. Entendeu?

— Sim, senhor! — Ela abriu seu sorriso brilhante. Aquele que todas as crianças odiavam.

12

Meia-noite e meia.

Kalisha estava observando as crianças da Ala A e pensando na Banda Marcial do Estado de Ohio. Seu pai amava os jogos de futebol americano dos Buckeyes e ela sempre assistia junto pela companhia dele, mas a única parte da qual realmente gostava era o show do intervalo, quando a banda (*"O orguuuuulho dos Buckeyes!"*, o apresentador sempre declarava) entrava em campo, ao mesmo tempo tocando os instrumentos e fazendo formas que só eram identificáveis de cima; tudo, desde o S no peito do Super-Homem a um dinossauro fantástico do *Parque dos dinossauros* que andava balançando sua enorme cabeça.

As crianças da Ala A não tinham instrumentos musicais e a única coisa que faziam quando davam as mãos era o mesmo círculo, irregular porque o túnel de acesso era estreito, mas eles tinham a mesma... qual era mesmo a palavra...

— Sincronicidade — disse Nicky.

Ela olhou em volta, sobressaltada. Ele sorriu para ela e empurrou o cabelo para trás para que ela visse melhor seus olhos, que eram, para falar a verdade, fascinantes.

— É uma palavra difícil. Até mesmo pra um garoto branco.

— Aprendi com o Luke.

— Você está escutando ele? Está em contato?

— Mais ou menos. Às vezes sim, às vezes não. É difícil saber o que é pensamento meu e o que é dele. Ajudou o fato de eu estar dormindo. Quando estou acordado, meus pensamentos atrapalham.

— Tipo uma interferência?

Ele deu de ombros.

— Acho que é. Mas, se você abrir a mente, tenho quase certeza de que vai ouvir ele também. Ele chega com ainda mais clareza quando eles fazem um desses círculos. — Ele indicou as crianças da Ala A, que tinham voltado a andar sem direção. Jimmy e Donna estavam andando juntos, balançando as mãos unidas. — Quer tentar?

Kalisha tentou parar de pensar. Foi surpreendentemente difícil no começo, mas quando ela ouviu o zumbido se tornou mais fácil. O zumbido era como enxaguante bucal, só que para o cérebro.

— Qual é a graça, K?

— Nada.

— Ah, entendi — disse Nicky. — Enxaguante mental em vez de bucal. Gostei.

— Estou captando alguma coisa, mas não muito. Talvez ele esteja dormindo.

— Provavelmente. Mas vai acordar logo, eu acho. Porque nós estamos acordados.

— Sincronicidade. Que palavra foda. E é a cara dele. Sabe as fichas que davam pra gente, pra serem usadas nas máquinas? Luke chamava elas de *emolumentos*. Essa é outra palavra foda.

— Luke é especial porque ele é muito inteligente. — Nick olhou para Avery, que estava encostado em Helen, os dois dormindo profundamente. — E o Avester é especial só porque... bom...

— Só porque ele é o Avery.

— É. — Nicky sorriu. — E aqueles imbecis incrementaram ele sem botarem um freio no motor. — O sorriso dele era, para falar a verdade, tão fascinante quanto os olhos. — Foram os dois juntos que nos trouxeram até aqui, sabe. Luke é o chocolate e Avery é o creme de amendoim. Se fosse qualquer um dos dois sozinho, nada teria mudado. Juntos eles são o chocolate Reese's que vai destruir esse buraco.

Ela riu. Era um jeito bobo de explicar, mas também era bem preciso. Pelo menos, ela esperava que fosse.

— Mas ainda estamos presos. Como ratos em um cano entupido.

Os olhos azuis dele nos castanhos dela.

— Não vai ser assim por muito mais tempo, você sabe disso.

— A gente vai morrer, não vai? Se não nos envenenarem com o gás, então… — Ela inclinou a cabeça na direção das crianças da Ala A, que estavam novamente formando um círculo. O zumbido se intensificou. As luzes do teto ficaram mais fortes. — Vai acontecer quando eles forem liberados. E os outros, onde quer que estejam.

O telefone, ela pensou para ele. *O telefone grande.*

— Provavelmente — disse Nicky. — Luke diz que vamos derrubar eles como Sansão derrubou o templo sobre os filisteus. Não conheço a história porque ninguém na minha família gostava da Bíblia, mas tenho uma noção.

Kalisha *conhecia* a história e tremeu. Olhou novamente para Avery e lembrou de outra coisa da Bíblia: *uma criancinha os guiará.*

— Posso falar uma coisa? — perguntou Kalisha. — Acho que você vai rir, mas não me importo.

— Pode falar.

— Eu queria que você me beijasse.

— Não é exatamente uma tarefa complicada — Nicky sorriu.

Ela se inclinou na direção dele. Ele se inclinou ao encontro dela. Eles se beijaram no meio dos zumbidos.

Isso é bom, pensou Kalisha. Achei que seria e é mesmo.

O pensamento de Nicky chegou na mesma hora, acompanhando o zumbido: *Vamos tentar um segundo. Pra ver se é duplamente bom.*

13

Uma e cinquenta.

O Challenger pousou na pista de um aeroporto particular de uma empresa de fachada chamada Indústria de Papéis do Maine. Taxiou até um prédio pequeno e escuro. Quando se aproximou, um trio de luzes ativadas por movimento se acendeu, iluminando um GPU e um carregador hidráulico de contêiner. O veículo que aguardava não era uma van do tipo que as mães dirigiam, mas um Chevrolet Suburban para nove passageiros. Era preto com janelas escuras. A Órfã Annie teria adorado.

O Challenger parou perto do Suburban e desligou os motores. Por um momento, Tim não tinha muita certeza se tinham sido mesmo desligados, porque ainda conseguia ouvir um zumbido baixo.

— Não é o avião — disse Luke. — São as crianças. Vai ficar mais forte quando estivermos mais perto.

Tim foi até a frente da cabine, puxou a alavanca grande e vermelha que abria a porta e abriu a escada. Parou a menos de um metro e meio da porta do motorista do Suburban.

— Muito bem — disse ele, indo buscar os outros. — Chegamos. Mas, antes de irmos, sra. Sigsby, tenho uma coisa pra você.

Na mesa da área social do Challenger, ele tinha encontrado um bom suprimento de livretos brilhosos anunciando as variadas maravilhas da falsa Indústria de Papéis do Maine e seis bonés da empresa. Entregou um para ela e pegou outro para si.

— Coloca isso. Enfia bem na cabeça. Seu cabelo é curto, não vai ser difícil esconder ele todo embaixo do boné.

A sra. Sigsby olhou para o chapéu com repulsa.

— Por quê?

— Você vai primeiro. Se tiver alguém esperando para nos emboscar, preferia que você atraísse o fogo.

— Por que colocariam pessoas *aqui* se nós vamos até *lá*?

— Admito que não parece provável, então você não vai se importar de ir na frente. — Tim colocou um boné, só que virado para trás, com a tira de ajuste no meio da testa. Luke pensou que ele estava velho demais para usar um boné daquele jeito, era coisa de criança, mas ficou de boca calada. Ele pensou que talvez pudesse ser uma forma de Tim incentivar a si mesmo. — Evans, você vai logo em seguida.

— Não — disse Evans. — Não vou sair deste avião. Não sei se seria capaz, nem se quisesse. Meu pé está doendo demais. Não consigo apoiar peso nele.

Tim refletiu sobre isso e olhou para Luke.

— O que você acha?

— Ele está falando a verdade — confirmou Luke. — Ele teria que pular pela escada, que é bem íngreme. Pode ser que ele caia.

— Eu nem devia estar lá — disse o dr. Evans. Uma lágrima caiu de um dos olhos dele. — Eu sou um homem da medicina!

— Você é um monstro da medicina — disse Luke. — Você viu crianças quase se afogarem, achando que *estavam* se afogando, e ficou tomando nota. Algumas crianças morreram porque tiveram reações fatais às injeções que você e Hendricks deram nelas. E as que sobreviveram não estão realmente vivas, não é? Quer saber, eu gostaria de pisar no seu pé. Apertar com o calcanhar.

— *Não!* — gritou Evans. Ele se encolheu no banco e escondeu o pé inchado atrás do pé bom.

— Luke — disse Tim.

— Não se preocupe — tranquilizou Luke. — Eu quero, mas não vou. Fazer isso me tornaria alguém como ele. — Ele olhou para a sra. Sigsby. — *Você* não tem escolha. Pode se levantar e descer essa escada.

A sra. Sigsby colocou o boné da Indústria de Papéis e se levantou do banco com o máximo de dignidade que conseguiu. Luke começou a seguir atrás dela, mas Tim o impediu. — Você fica atrás de mim. Porque o importante é você.

Luke não discutiu.

A sra. Sigsby parou no alto da escada e ergueu as mãos acima da cabeça.

— *É a sra. Sigsby! Se houver alguém aí, não atire!*

Luke captou o pensamento de Tim com clareza: *Não está tão confiante quanto quis transparecer.*

Não houve resposta; nenhum som lá fora além dos grilos, nenhum som do lado de dentro além do leve zumbido. A sra. Sigsby desceu a escada lentamente, segurando o corrimão e protegendo a perna ruim.

488

Tim bateu na porta do cockpit com a coronha da Glock.

— Obrigado, cavalheiros. Foi um bom voo. Ainda tem um passageiro a bordo. Levem ele pra onde quiserem.

— Levem ele pro inferno — disse Luke. — Passagem só de ida.

Tim começou a descer a escada, se preparando para a possibilidade de abrirem fogo; ele não esperava que ela fosse gritar e se identificar. Devia ter pensado nisso, claro. Mas não houve tiro nenhum.

— Banco da frente do passageiro — disse Tim para a sra. Sigsby. — Luke, você entra atrás dela. Vou estar com a arma, mas você é meu apoio. Se ela tentar pular em cima de mim, usa esse seu vodu mental. Entendeu?

— Entendi — confirmou Luke, entrando atrás.

A sra. Sigsby se sentou e botou o cinto de segurança. Quando esticou a mão para fechar a porta, Tim balançou a cabeça.

— Ainda não. — Ele manteve a mão na porta aberta e ligou para Wendy, que estava em segurança no quarto do Econo Lodge de Beaufort.

— Chegamos são e salvos.

— Vocês estão bem? — A qualidade da ligação estava muito boa; era quase como se ela estivesse ao seu lado. Ele queria que ela estivesse, mas então lembrou para onde estava indo.

— Tudo bem até agora. Aguarde mais notícias. Vou ligar quando terminar.

Se eu conseguir, pensou ele.

Tim foi até o lado do motorista e entrou. A chave estava no porta-copos. Ele assentiu para a sra. Sigsby.

— *Agora* você pode fechar a porta.

Ela a fechou, olhou para ele com desdém e disse em voz alta o que Luke estava apenas pensando:

— Você parece um idiota com o boné desse jeito, sr. Jamieson.

— O que posso fazer? Sou fã do Eminem. Agora, cala a boca.

14

No escuro prédio de desembarque da Indústria de Papéis do Maine, um homem estava ajoelhado junto à janela, vendo as luzes do Suburban se acenderem e o veículo se deslocar para o portão aberto. Irwin Mollison, um operário desempregado, era um dos muitos agentes do Instituto em Dennison River Bend. Stackhouse poderia ter mandado Ron Church ficar de guarda, mas sabia por experiência própria que dar uma ordem a um homem que poderia decidir desobedecer era uma má ideia. Seria melhor usar um fantoche que só tivesse interesse em ganhar uns dólares.

Mollison ligou para um número salvo no celular.

— Eles estão a caminho — disse ele. — Um homem, uma mulher e um garoto. A mulher está de boné e não consegui ver o rosto dela, mas ela parou na porta do avião e gritou o próprio nome. Sra. Sigsby. O homem também está de boné, mas virado para trás. O garoto é o que você está procurando. Está com um curativo na orelha e um hematoma enorme na lateral do rosto.

— Ótimo — disse Stackhouse. Ele já tinha recebido uma ligação do copiloto do Challenger, que disse que o dr. Evans tinha ficado no avião. O que não fazia diferença.

Até o momento tudo estava indo bem... ou tão bem quanto possível, considerando as circunstâncias. O ônibus estava parado perto do mastro, como pedido. Ele colocaria Doug, o chef, e Chad, o cuidador, nas árvores atrás do prédio da administração, onde começava a pista que levava até o estacionamento. Zeke Ionidis e Felicia Richardson ocupariam suas estações no telhado do prédio da administração, atrás de um parapeito que os esconderia até o tiroteio começar. Gladys começaria a bombear o veneno no sistema AVAC e se juntaria a Zeke e Felicia. Aquelas duas posições permitiriam um fogo cruzado clássico quando o Suburban entrasse... pelo menos na teoria. Parado ao lado do mastro com a mão no capô do ônibus, Stackhouse estaria a pelo menos trinta metros das balas. Havia o risco de levar uma bala perdida, ele sabia, mas era um risco aceitável.

Ele pretendia enviar Rosalind para montar guarda junto à porta do túnel de acesso do Nível F da Parte da Frente. Queria eliminar as chances de ela perceber que sua antiga e amada chefe também estava no meio do fogo cruzado, mas havia mais do que isso. Ele sabia que o zumbido constante significava poder. Talvez não fosse o suficiente para derrubar a porta ainda, mas talvez fosse. Era possível que só estivessem esperando o garoto Ellis chegar para que pudessem atacar por trás e provocar o tipo de caos que já tinham provocado na Parte de Trás. Os vegetais não tinham cérebro suficiente para pensar em uma estratégia dessas, mas havia os outros. Se fosse esse o caso, Rosalind estaria lá com sua S&W .45, e os primeiros a sair pela porta desejariam terem ficado para trás. Stackhouse só podia torcer para que o maldito garoto Wilholm não fosse o líder do ataque.

Estou pronto para isso?, perguntou ele a si mesmo, e a resposta parecia ser sim. Tão pronto quanto possível. E talvez tudo ficasse bem. No fim das contas, era com Ellis que eles estavam lidando. Só um garoto e um herói aleatório que ele encontrou no caminho. Em apenas noventa minutos, aquela merda toda teria terminado.

15

Três horas. O zumbido estava mais alto agora.

— Pode parar — disse Luke. — Entra ali. — Ele estava apontando para uma estrada de terra ladeada por pinheiros antigos enormes, a entrada quase imperceptível.

— Foi por aqui que você veio quando fugiu? — perguntou Tim.

— Nossa, não. Assim eles teriam me pegado.

— Então como você…

— *Ela* sabe. E já que ela sabe, eu sei.

Tim se virou para a sra. Sigsby.

— Tem um portão?

— Pergunta pra *ele*. — Ela quase cuspiu as palavras.

— Não tem — disse Luke. — Só uma placa grande que diz ESTAÇÃO EXPERIMENTAL DA INDÚSTRIA DE PAPÉIS DO MAINE e NÃO INVADA.

Tim não conseguiu não sorrir vendo a expressão de pura frustração no rosto da sra. Sigsby.

— O garoto devia ser da polícia, não acha, sra. Sigsby? Nenhum álibi ficaria seguro com ele.

— Não faça isso — disse ela. — Você vai ser responsável pela morte de nós três. Stackhouse não vai parar por nada. — Ela olhou por cima do ombro para Luke. — Você é o leitor de mentes e sabe que estou falando a verdade, então diga pra *ele*.

Luke não disse nada.

— Quanto falta até esse seu Instituto? — perguntou Tim.

— Quinze quilômetros. Talvez um pouco mais. — A sra. Sigsby parecia ter decidido que ficar calada não adiantaria de nada.

Tim pegou a estrada. Depois que passou pelas árvores grandes (os galhos roçaram no teto e nas laterais do carro), ele viu que a estrada era lisa e bem-cuidada. Acima, três quartos de lua apareceram no buraco entre as árvores, deixando a terra da cor de osso. Tim apagou os faróis do Suburban e seguiu em frente.

16

Três e vinte.

Avery Dixon segurou o pulso de Kalisha com a mão fria. Ela estava cochilando no ombro de Nick. Agora, levantou a cabeça.

— Avester?

Acorda eles. Helen e George e Nicky. Acorda eles.

— O que...

Se você quiser sobreviver, acorda eles. Vai acontecer daqui a pouco.

Nick Wilholm já estava acordado.

— A gente *pode* sobreviver? — perguntou ele. — Você acha que é possível?

— Estou ouvindo vocês aí dentro! — A voz de Rosalind, vinda do outro lado da porta, soou só um pouco abafada. — O que estão falando? E por que estão zumbindo?

Kalisha acordou George e Helen. Ela conseguia ver os pontos coloridos de novo. Estavam fracos, mas estavam lá. Ficavam subindo e descendo pelo túnel como crianças em um escorrega, o que fazia algum sentido, porque, de certa forma, eles *eram* crianças, não eram? Ou o que restava delas. Eram pensamentos que ficaram visíveis, pulando e dançando e fazendo piruetas no meio das crianças da Ala A, que andavam sem parar. Estariam elas parecendo mais despertas? Talvez um pouquinho mais presentes? Kalisha achava que sim, mas talvez fosse apenas sua imaginação. Tantas coisas que queria que acontecesse. Você se acostumava a desejar coisas no Instituto. Vivia à base disso.

— Eu estou armada, sabe!

— Eu também, dona — disse George. Ele segurou a virilha e se virou para Avery. *O que está rolando, Chefe Bebê?*

Avery olhou para eles, um de cada vez, e Kalisha reparou que ele estava chorando. Isso deixou seu estômago pesado, como se ela tivesse comido alguma coisa estragada e fosse passar mal.

Quando acontecer, vocês têm que ir rápido.

Helen: *Quando o que acontecer, Avery?*

Quando eu falar no telefone grande.

Nicky: *Falar com quem?*

Com as outras crianças. As crianças que estão longe.

Kalisha indicou a porta. *Aquela mulher tem uma arma.*

Avery: *É a última coisa com que vocês têm que se preocupar. Só vão. Todos vocês.*

— Nós — corrigiu Nicky. — *Nós*, Avery. Nós todos vamos.

Mas Avery estava balançando a cabeça. Kalisha tentou entrar na mente dele, tentou descobrir o que estava acontecendo lá, o que ele sabia, mas só encontrou quatro palavras, repetidas sem parar.

Vocês são meus amigos. Vocês são meus amigos. Vocês são meus amigos.

17

— Eles são amigos dele, mas ele não pode ir junto — disse Luke.

— Quem não pode ir com quem? — perguntou Tim. — O que você está falando?

— Avery. Ele tem que ficar. É ele quem tem que fazer a ligação no telefone grande.

— Eu não entendo o que você está falando, Luke.

— Eu quero eles, mas eu quero ele também! — gritou Luke. — Eu quero *todos*! Não é justo!

— Ele é maluco — disse a sra. Sigsby. — Você já deve ter notado isso...

— Cala a boca — ordenou Tim. — É a última vez que mando.

Ela olhou para ele, viu sua expressão e obedeceu.

Tim levou o Suburban lentamente por uma subida e parou. A estrada se alargava à frente. Através das árvores, ele viu luzes e o volume escuro de um prédio.

— Acho que chegamos — disse ele. — Luke, não sei o que está acontecendo com seus amigos, mas isso está fora do nosso alcance agora. Preciso que você se controle. Você consegue fazer isso?

— Consigo. — A voz dele estava rouca. Ele limpou a garganta e tentou de novo. — Consigo. Tudo bem.

Tim saiu, foi até a porta do passageiro e a abriu.

— O que foi agora? — perguntou a sra. Sigsby. Ela pareceu mal-humorada e impaciente, mas, mesmo na luz fraca, Tim percebeu que a mulher estava com medo. E tinha mesmo que estar.

— Saia. Você vai dirigir o resto do caminho. Vou atrás com Luke. E se você tentar bancar a espertinha, tipo enfiar o carro numa árvore antes de chegarmos naquelas luzes, vou meter uma bala pelo banco, na sua coluna.

— Não. *Não!*

— Sim. Se Luke estiver certo sobre o que vocês andam fazendo com aquelas crianças, você tem uma dívida muito alta. E chegou a hora de pagar. Sai, vai pra trás do volante e dirige. Devagar. Quinze quilômetros por hora. — Ele fez uma pausa. — E vira seu boné pra trás.

18

Andy Fellowes ligou diretamente do centro de computadores e vigilância. A voz dele estava alta e animada.

— Eles chegaram, sr. Stackhouse! Pararam a uns cem metros de onde a estrada vira a entrada do Instituto! As luzes estão apagadas, mas o luar na frente do prédio é o suficiente pra enxergar. Se você quiser que eu coloque no monitor pra poder confirmar, eu...

— Não será necessário. — Stackhouse colocou o telefone na mesa, deu uma última olhada no Telefone Zero (que tinha ficado mudo, graças a Deus) e seguiu para a porta. Seu walkie-talkie estava no bolso, na potência máxima e conectado ao fone no ouvido. Todo o seu pessoal estava no mesmo canal.

— Zeke?

— Estou aqui, chefe. Com a doutora.

— Doug? Chad?

— Em posição. — Isso foi Doug, o chef. Que, em dias melhores, às vezes se sentava no jantar com as crianças e mostrava a elas alguns truques mágicos que faziam os menores rir. — Nós também estamos vendo o veículo. Preto, de nove lugares. Suburban ou Tahoe, certo?

— Certo. Gladys?

— No telhado, sr. Stackhouse. Está tudo pronto. Só preciso misturar os ingredientes.

— Comece se houver tiros. — Mas não era mais uma questão de se, só de quando, e o quando seria dali a uns três ou quatro minutos. Talvez menos.

— Entendido.

— Rosalind?

— Em posição. O zumbido está bem alto aqui. Acho que eles estão *conspirando*.

Stackhouse tinha certeza de que estavam, mas não por muito tempo. Ficariam ocupados demais sufocando.

— Fica firme, Rosalind. Você estará de volta em Fenway assistindo aos Sox antes que se dê conta.

— O senhor vai comigo?

— Só se eu puder torcer pelos Yankees.

Ele saiu. O ar da noite estava agradavelmente fresco depois de um dia quente. Ele sentiu uma onda de carinho pela equipe. Os que tinham ficado. Ele faria com que fossem recompensados a qualquer custo. Era um trabalho complicado, e eles ficaram para fazê-lo. O homem atrás do volante do Suburban estava equivocado. O que ele não entendia, *não podia* entender, era que as vidas de todos que ele amou dependiam do que o pessoal do Instituto tinha feito ali, mas isso tinha acabado. Tudo o que o herói equivocado podia fazer agora era morrer.

Stackhouse se aproximou do ônibus escolar estacionado perto do mastro e falou com as tropas pela última vez.

— Atiradores, quero que vocês se concentrem no motorista, certo? O que está com o boné virado para trás. Depois, perfurem o veículo todo, da parte da frente até a parte de trás. Mirem alto, para as janelas, destruam o vidro escuro, atirem em cabeças. Respondam que entenderam.

Eles responderam.

— Comecem a disparar quando eu erguer a mão. Repito, quando eu erguer a mão.

Stackhouse parou na frente do ônibus. Botou a mão direita na superfície fria e coberta de orvalho. Com a esquerda, segurou o mastro. E esperou.

19

— Dirija — disse Tim. Ele estava no chão atrás do banco do motorista. Luke estava embaixo dele.

— Por favor, não me obrigue a fazer isso — disse a sra. Sigsby. — Se você me deixar explicar por que este lugar é tão importante...

— Dirija.

Ela dirigiu. As luzes chegaram mais perto. Agora ela via o ônibus, o mastro, e Trevor entre os dois.

20

É agora, pensou Avery.

Ele esperava sentir medo, estava com medo desde que acordara em um quarto que parecia o dele, mas não era, e depois Harry Cross o derrubara e ele sentira mais medo do que nunca. Mas não estava com medo agora. Estava eufórico. Havia uma música que sua mãe ouvia o tempo todo quando estava fazendo faxina, e agora um verso dela passou pela sua cabeça: "*I shall be released*", eu me libertarei.

Ele foi até as crianças da Ala A, que já estavam formando um círculo. Kalisha, Nicky, George e Helen foram atrás. Avery esticou as mãos. Kalisha segurou uma delas e Iris, a pobre Iris, que talvez pudesse ter sido salva se aquilo tivesse acontecido um dia antes, segurou a outra.

A mulher montando guarda do lado de fora gritou alguma coisa, uma pergunta, mas ela se perdeu no zumbido crescente. Os pontos vieram, não fracos dessa vez, mas fortes, ficando cada vez mais luminosos. As luzes

Stasi encheram o centro do círculo, girando e subindo como a listra de um poste de barbeiro, vindo de um local profundo de poder, voltando para lá e retornando para cá, renovadas e mais fortes do que nunca.

FECHEM OS OLHOS.

Não era mais um pensamento, mas um *PENSAMENTO*, surfando no zumbido.

Avery checou para ter certeza de que estavam fazendo o que ele pediu e fechou os olhos. Ele esperava ver seu quarto em casa, ou talvez o quintal com o balanço e a piscina que seu pai inflava em todos os feriados de Memorial Day, mas não viu nada disso. O que viu por trás dos olhos fechados, o que todos eles viram, foi o parquinho do Instituto. E talvez isso não devesse ter sido surpresa. Era verdade que lá ele tinha sido derrubado e o fizeram chorar, o que era um mau começo para essas últimas semanas da sua vida, mas ele fizera amigos, bons amigos. Não tinha amigos em casa. Na escola, achavam que ele era esquisito, até debochavam de seu nome, correndo até ele e gritando *"Ei, Avery, me faça um favore"*. Não houve nada como aquilo ali, porque todos estavam juntos naquela situação. Ali, seus amigos cuidaram dele, o trataram como uma pessoa normal, e agora era a hora de retribuir. Kalisha, Nicky, George e Helen: ele cuidaria de todos.

De Luke mais do que todos. Se pudesse.

Com os olhos fechados, ele viu o telefone grande.

Estava ao lado da cama elástica, na frente da vala rasa pela qual Luke se espremeu para passar embaixo da cerca, um telefone antiquado com pelo menos cinco metros de altura e escuro como a morte. Avery, seus amigos e as crianças da Ala A pararam em volta, em círculo. As luzes Stasi giraram, mais fortes do que nunca, agora acima do disco do telefone, agora escorregando com alegria pelo gigantesco fone de resina.

Kalisha, VAI. Parquinho.

Não houve protesto. Sua mão soltou a de Avery, mas antes que o rompimento do círculo pudesse interromper o poder e destruir a visão, George segurou a mão dele. O zumbido estava em toda parte agora, devia ser audível em todos os lugares distantes onde havia outras crianças como eles, paradas em círculos assim. Aquelas crianças ouviam, assim como os alvos que foram o motivo de eles terem sido levados para o Instituto, para matá-los, ouviram. E, como aqueles alvos, as crianças obedeceriam. A diferença era que elas obedeceriam com conhecimento e com concordância. A revolta não era só ali; a revolta era global.

George, VAI. Parquinho!

A mão de George sumiu e a de Nicky assumiu seu lugar. Nicky, que o defendeu quando Harry o derrubou. Nicky, que o chamava de Avester, como se fosse um apelido especial que só os amigos podiam usar. Avery apertou a mão dele e sentiu Nicky apertar de volta. Nicky, que estava sempre machucado. Nicky, que não se submetia e nem aceitava aquelas fichas de merda.

Nicky, VAI. Parquinho!

Ele foi. Agora, era Helen que estava segurando a sua mão, Helen do cabelo punk desbotado, Helen que o ensinou a rolar para a frente na cama elástica e o ajudou "para não acabar caindo e abrindo essa cabeça idiota".

Helen, VAI. Parquinho!

Ela foi, a última dos seus amigos ali, mas Katie segurou a mão que Helen estava segurando, e já era hora.

Do lado de fora, ao longe, tiros.

Por favor, que não seja tarde demais!

Foi seu último pensamento consciente como indivíduo, como Avery. Ele se juntou ao zumbido e às luzes.

Era hora de usar o telefone.

21

Entre algumas das árvores que sobraram, Stackhouse viu o Suburban se aproximar. O brilho das luzes do prédio da administração refletiu na lataria. Deslocava-se bem devagar, mas estava se aproximando. Passou pela cabeça dele (tarde demais para tomar qualquer atitude, mas não era sempre assim) que o garoto podia não estar mais com o pen-drive, que podia ter deixado com a pessoa que ele chamava de policial Wendy. Ou escondido em algum lugar entre o aeroporto e o Instituto, com uma última ligação do herói equivocado para contar para Wendy onde estava, caso as coisas dessem errado.

Mas o que eu poderia ter feito?, pensou ele. *Nada. Era só isso.*

O Suburban apareceu na entrada da pista do Instituto. Stackhouse permaneceu parado entre o ônibus e o mastro, os braços esticados como Cristo na cruz. O zumbido tinha chegado a uma altura quase ensurdecedora e ele se perguntou se Rosalind ainda estava de guarda ou se tinha sido obrigada a fugir. Pensou em Gladys e torceu para ela estar pronta para iniciar a mistura.

Ele apertou os olhos para a forma atrás do volante do Suburban. Era impossível enxergar muito e ele sabia que Doug e Chad não conseguiriam ver nada pelas janelas escuras de trás enquanto não fossem explodidas, mas o para-brisa era de vidro transparente, e quando o Suburban diminuiu a distância para vinte metros, um pouco mais perto do que ele esperava, ele viu a tira ajustável do boné virado ao contrário na testa do motorista e soltou o mastro. A cabeça do motorista começou a sacudir freneticamente. Uma das mãos soltou o volante e apertou a forma de estrela do mar no vidro em um gesto de *pare*, e então ele percebeu que tinha sido enganado. O truque foi tão simples quanto uma criança escapar rastejando por debaixo de uma cerca, e tão eficiente quanto.

Não era o herói equivocado atrás do volante. Era a sra. Sigsby.

O Suburban parou de novo e começou a dar ré.

— Desculpe, Julia, não tem o que fazer — disse ele, e levantou a mão.

Os tiros do prédio da administração e das árvores começaram. Nos fundos da Parte da Frente, Gladys Hickson estava tirando as tampas de dois grandes baldes de água sanitária posicionados debaixo da unidade de AVAC que oferecia aquecimento e refrigeração à Parte de Trás e ao túnel de acesso. Ela prendeu o ar, virou as garrafas de limpador de privada nos baldes de água sanitária, deu uma mexida rápida com um cabo de esfregão, cobriu os baldes e a unidade com uma lona e correu para a Ala Leste da Parte da Frente, os olhos ardendo. Enquanto corria, ela percebeu que o telhado estava se movendo embaixo dos seus pés.

22

— *Não, Trevor, não!* — berrou a sra. Sigsby. Ela estava balançando a cabeça de um lado para o outro. De sua posição atrás dela, Tim a viu levantar a mão e encostar no para-brisa. Ela usou a outra mão para dar ré no Suburban.

O veículo estava se mexendo quando os tiros começaram, alguns vindos da direita, na floresta, alguns da frente e, Tim tinha quase certeza, de cima. Buracos surgiram no para-brisa do Suburban. O vidro ficou leitoso e se curvou para dentro. A sra. Sigsby virou uma marionete, tremendo, quicando e soltando gritos sufocados conforme era cravejada pelas balas.

— Fica no chão, Luke! — gritou Tim quando o garoto começou a se remexer embaixo dele. — *Fica no chão!*

Balas entraram pelas janelas de trás do Suburban e as costas de Tim foram atingidas por estilhaços de vidro. Havia sangue escorrendo pelo encosto do banco do motorista. Mesmo com o zumbido regular que parecia vir de todos os lados, Tim conseguia escutar as balas passando acima, cada uma fazendo um zzzz baixo.

Houve o tilintar de balas atravessando metal. O capô do Suburban se abriu. Tim se viu pensando na cena final de um velho filme de gângsteres, Bonnie Parker e Clyde Barrow fazendo uma dança mortal conforme as balas perfuravam seu carro e a eles. Fosse qual fosse o plano de Luke, tinha dado desastrosamente errado. A sra. Sigsby estava morta; ele podia ver o sangue dela respingado no que restara do para-brisa. Eles seriam os próximos.

E então, gritos vindo de cima e mais gritos vindo do lado direito. Mais duas balas entraram pela lateral do Suburban, uma delas raspando na gola da camisa de Tim. Foram as duas últimas. Agora, o que ele ouvia era um rugido amplo e arrastado.

— Me deixa subir! — gritou Luke, ofegante. — Não consigo respirar!

Tim saiu de cima do garoto e espiou entre os dois bancos da frente. Estava ciente de que sua cabeça podia ser explodida a qualquer segundo, mas tinha que dar uma olhada. Luke foi para o lado dele. Tim começou a mandar o garoto se abaixar, mas as palavras morreram em sua garganta.

Isso não pode ser real, pensou ele. Não pode ser.

Mas era.

23

Avery e os outros formaram um círculo em volta do telefone grande. Era difícil enxergar por causa das luzes Stasi, tão fortes e tão lindas.

A estrelinha, Avery pensou. *Agora a gente faz a estrelinha.*

Surgiu das luzes, com três metros de altura e cuspindo brilho para todo lado. A estrelinha oscilou para a frente e para trás no começo, mas depois a mente do grupo assumiu um controle mais firme. Bateu no fone gigantesco do telefone e o derrubou de sua imensa base. O formato de halter caiu torto perto do trepa-trepa. Vozes de línguas diferentes saíram do buraco, todas fazendo a mesma pergunta: *Alô, estão me ouvindo? Alô, estão aí?*

SIM, responderam as crianças do Instituto, em uma única voz. *SIM, NÓS ESTAMOS OUVINDO! PODEM AGIR AGORA!*

Um círculo de crianças no Parque Nacional de Sierra Nevada, na Espanha, ouviu. Um círculo de crianças bósnias aprisionadas nos Alpes Dináricos ouviu. Em Pampus, uma ilha que protegia a entrada do porto de Amsterdam, um círculo de criança holandesas ouviu. Um círculo de crianças alemãs ouviu nas florestas montanhosas da Bavária.

Em Pietrapertosa, Sicília.

Em Namwon, Coreia do Sul.

A dez quilômetros da cidade fantasma siberiana de Chersky.

Elas ouviram, elas responderam, elas se tornaram um.

24

Kalisha e os outros chegaram à porta trancada entre eles e a Parte da Frente. Era possível ouvir o tiroteio claramente agora, porque o zumbido tinha parado de repente, como se um plugue tivesse sido tirado em algum lugar.

Ah, ainda está lá, pensou Kalisha. Só não é mais para nós.

Um grunhido começou nas paredes, um som quase humano, e a porta de aço entre o túnel de acesso e o Nível F da Parte da Frente explodiu para fora, esmagando Rosalind Dawson e a matando imediatamente. A porta caiu depois do elevador, retorcida e deformada onde antes ficavam as pesadas dobradiças. Acima, as telas que protegiam as lâmpadas fluorescentes estavam ondulando, criando estranhas sombras.

O grunhido ficou mais alto, vindo de toda parte. Era como se a construção estivesse tentando se desfazer. No Suburban, Tim pensou em *Bonnie e Clyde*; Kalisha pensou na história de Poe sobre a Casa de Usher.

Vamos lá, pensou ela para os outros. *Rápido!*

Eles correram pela porta arrancada com a mulher esmagada embaixo em uma poça de sangue.

George: *E o elevador? Fica lá atrás!*

Nicky: *Surtou? Não sei o que está acontecendo, mas eu não vou entrar em elevador nenhum.*

Helen: *É um terremoto?*

— Não — disse Kalisha.

Mentemoto. Não sei como...

— ... como estão fazendo isso, mas é isso... — Ela respirou fundo e sentiu um cheiro acre, que fez com que tossisse. — É isso.

Helen: *Tem alguma coisa errada com o ar.*

— Acho que é algum tipo de veneno — disse Nicky. *Os filhos da puta não descansam nunca.*

Kalisha abriu a porta marcada como ESCADA e eles começaram a subir, todos tossindo agora. Entre o Nível D e o C, a escada começou a tremer embaixo deles. Rachaduras ziguezagueavam pelas paredes. As luzes fluorescentes se apagaram e as luzes de emergência se acenderam, espalhando um brilho amarelo. Kalisha parou, se inclinou, teve ânsia de vômito e voltou a andar.

George: *E o Avery? E o resto das crianças lá embaixo? Eles vão sufocar!*

Nicky: *E o Luke? Ele está aqui? Ainda está vivo?*

Kalisha não sabia. Só sabia que eles tinham que sair antes que sufocassem. Ou antes de serem esmagados, se o Instituto estava implodindo.

Um tremor titânico percorreu o prédio e a escada se inclinou para a direita. Ela pensou em como poderiam estar agora se eles tivessem tentado o elevador e afastou o pensamento.

Nível B. Kalisha estava com dificuldade de respirar, mas o ar estava melhor ali, e ela conseguiu correr um pouco mais rápido. Estava feliz de não ter se viciado nos cigarros das máquinas, pelo menos. O grunhido nas paredes tinha se tornado um grito baixo. Ela ouvia sons ocos de metal se entortando e achava que os canos e os conduítes de metal estavam se desfazendo.

Tudo estava se desfazendo. Ela se lembrou de um vídeo que tinha visto no YouTube, uma coisa horrível da qual não conseguiu desviar o olhar: um dentista usando fórceps para extrair o dente de alguém. O dente tremendo com sangue escorrendo em volta, forçando para ficar na gengiva, mas finalmente se soltando com as raízes penduradas. Era parecido com aquela situação.

Ela chegou à porta do andar térreo, mas estava torta agora, surreal, bêbada. Empurrou-a, mas não se moveu. Nicky se juntou a ela e eles empurraram juntos. Não adiantou. O chão subiu embaixo deles e voltou a descer. Um pedaço do teto se soltou, caiu na escada e saiu deslizando e se desfazendo.

— Vamos ficar esmagados se não conseguirmos sair! — gritou Kalisha.

Nicky: *George. Helen.*

Ele esticou as mãos. A escada era estreita, mas os quatro conseguiram se espremer na frente da porta, quadril com quadril e ombro com ombro. O cabelo de George estava nos olhos de Kalisha. O hálito de Helen, fedendo por causa do medo, estava em sua cara. Eles se ajeitaram e deram as mãos. Os pontos surgiram e a porta se abriu um pouco, levando junto um pedaço da moldura superior. Atrás, ficava o corredor da residência, agora torto para um lado. Kalisha passou primeiro pela passagem torta, soltando-se como uma rolha de uma garrafa de champanhe. Ela caiu de joelhos e acabou cortando uma das mãos em um lustre que tinha caído e espalhado vidro e metal por toda parte. Em uma parede, torto, mas ainda pendurado, havia o pôster de três crianças correndo por uma campina, aquele que dizia que era mais um dia no paraíso.

Kalisha se levantou, olhou em volta e viu que os outros três estavam fazendo o mesmo. Juntos, eles correram para a sala, passando pelos quartos onde nenhuma criança sequestrada teria mais que viver. As portas desses quartos estavam se abrindo e se fechando, um barulho que soava como lunáticos aplaudindo. Na cantina, várias máquinas tinham caído, espalhando guloseimas. As garrafinhas quebradas enchiam o ar com o aroma pungente de álcool. A porta do parquinho estava retorcida e emperrada, mas o vidro tinha quebrado e o ar fresco entrava com a brisa de verão. Kalisha chegou à porta e parou. Por um momento, esqueceu o prédio que parecia estar se desfazendo em volta deles.

Seu primeiro pensamento foi que os outros tinham conseguido sair, talvez pela outra porta do túnel de acesso, porque eles estavam lá: Avery, Iris, Hal, Len, Jimmy, Donna e todo o resto das crianças da Ala A. Mas ela se deu conta de que não os estava vendo de verdade. Eram projeções. Avatares. Assim como o telefone enorme em volta do qual se encontravam.

Deveria ter esmagado a cama elástica e a rede de badminton, mas ambos ainda estavam lá, e ela via o alambrado não só atrás do telefone grande, mas *através* dele.

Tanto as crianças quanto o telefone sumiram. Ela percebeu que o chão estava subindo de novo e dessa vez não estava descendo. Viu uma abertura que crescia lentamente entre a sala e a beirada do parquinho. Só uns vinte centímetros agora, mas estava crescendo. Ela precisou dar um pequeno pulo para sair, como se saltando do segundo degrau de uma escada.

— Venham! — gritou ela para os outros. — Corram! Enquanto ainda dá!

25

Stackhouse ouviu gritos do telhado da administração e os tiros vindos de lá cessaram. Ele se virou e viu uma coisa em que não conseguiu acreditar de primeira. A Parte da Frente estava subindo. Uma figura oscilante no telhado ainda aparecia delineada na frente da lua, os braços esticados em um esforço de manter o equilíbrio. Só podia ser Gladys.

Isso não pode estar acontecendo, pensou ele.

Mas estava. A Parte da Frente subiu mais, trincando e estalando enquanto se separava da terra. Bloqueou a lua e virou como o nariz de um helicóptero enorme e desajeitado. Gladys saiu voando. Stackhouse a ouviu gritar quando desapareceu nas sombras. No prédio da administração, Zeke e a dra. Richardson largaram as armas e se encolheram junto ao parapeito, olhando para aquela visão que parecia saída de um sonho: um prédio que estava subindo lentamente ao céu, soltando vidro e pedaços de concreto. Levou a maior parte do alambrado do parquinho junto. Água de canos rompidos jorrava da parte de baixo do prédio.

A máquina de cigarros caiu pela porta quebrada da sala da Ala Leste e despencou no parquinho. George Iles, olhando boquiaberto para a parte de baixo da Parte da Frente conforme subia para o céu, teria sido esmagado por ela se Nicky não o tivesse puxado para longe.

Doug, o chef, e Chad, o cuidador, apareceram no meio das árvores, os pescoços virados, as bocas abertas, as armas inertes nas mãos. Talvez tenham deduzido que qualquer pessoa no Suburban crivado de balas estava morto; era mais provável que tivessem se esquecido completamente dele na surpresa e no choque.

Agora, a parte de baixo da Parte da Frente estava acima do telhado do prédio da administração. Movia-se com uma graça majestosa e desajeitada, digna de um navio da Marinha Real do século XVIII velejando em uma brisa leve. O isolamento e os fios, alguns ainda soltando fagulhas, pareciam cordões umbilicais pendurados. Um pedaço de cano foi arrastado por uma saída de ventilação. Zeke, o Grego, e a dra. Felicia Richardson viram aquilo se aproximando e correram para o alçapão pelo qual tinha sumido. Zeke conseguiu chegar; a dra. Richardson, não. Ela botou os braços acima da cabeça em um gesto de proteção que foi ao mesmo tempo instintivo e digno de pena.

Foi nessa hora que o túnel de acesso, enfraquecido por anos de negligência e pela levitação cataclísmica da Parte da Frente, desabou, esmagando crianças que já estavam morrendo de envenenamento de cloro e sobrecarga mental. Elas mantiveram o círculo até o fim, e, quando o teto caiu, Avery Dixon teve um pensamento final, ao mesmo tempo nítido e tranquilo: Eu amei ter amigos.

26

Tim não se lembrava de ter saído do Suburban. Estava totalmente absorto tentando entender o que estava vendo: um prédio enorme flutuando no ar e deslizando por cima de um prédio menor, eclipsando-o. Ele viu uma figura no telhado do prédio menor botar as mãos na cabeça. Em seguida, houve um som abafado e grave vindo de algum lugar atrás daquela incrível ilusão de David Copperfield, uma grande nuvem de poeira subiu... e o prédio flutuante caiu como uma pedra.

Um baque enorme sacudiu o chão, fazendo Tim cambalear. Não havia como o prédio menor (escritórios, Tim supunha) aguentar o peso. Explodiu para fora em todas as direções, espalhando madeira, concreto e vidro. Mais poeira subiu, o suficiente para obscurecer a lua. O alarme do ônibus (quem poderia saber que ônibus escolares tinham alarme?) disparou, fazendo um som de *WHOOP-WHOOP-WHOOP*. A pessoa que estava no telhado tinha morrido, claro, e qualquer outra pessoa que ainda estivesse dentro do prédio tinha virado geleia.

— Tim! — Luke segurou o braço dele. — *Tim!* — Ele apontou para os dois homens que tinham saído do meio das árvores. Um ainda estava olhando para as ruínas, mas o outro estava erguendo uma pistola grande. Muito lentamente, como se em um sonho.

Tim ergueu sua arma, e bem mais rápido.

— Não faça isso. Abaixem as armas.

Eles olharam atordoados para ele e obedeceram.

— Agora andem até o mastro.

— Acabou? — perguntou um dos homens. — Por favor, me diga que acabou.

— Acho que acabou — disse Luke. — Faça o que o meu amigo mandou.

Eles andaram pela poeira até o mastro e o ônibus. Luke pegou as armas, pensou em jogá-las no Suburban, mas se deu conta de que eles não usariam mais aquele veículo cravejado de balas e coberto de sangue. Ele ficou com uma das automáticas. A outra, jogou na floresta.

27

Stackhouse parou um momento para ver Chad e o chef Doug andarem em sua direção e depois se virou para contemplar as ruínas de sua vida.

Mas quem poderia ter imaginado?, pensou ele. Quem poderia ter imaginado que eles tinham poder suficiente para levitar um prédio? Não a sra. Sigsby, não Evans, não Heckle e Jeckle, não o Donkey Kong, onde quer que esteja agora, e certamente não eu. Nós achamos que estávamos trabalhando com alta voltagem, quando na verdade tudo que encontramos era uma corrente fraca. Não sabíamos de nada.

Houve uma batidinha no ombro dele. Ele se virou e viu o herói equivocado. Ele tinha ombros largos (como um herói deveria ser), mas usava óculos, o que não combinava com o estereótipo.

É claro que sempre tem o Clark Kent, pensou Stackhouse.

— Você está armado? — perguntou o homem chamado Tim.

Stackhouse balançou a cabeça e fez um gesto fraco com a mão.

— Eles deviam ter cuidado disso.

— Vocês três são os últimos?

— Não sei. — Stackhouse nunca tinha sentido tanto cansaço. Ele achava que era por causa do choque. Isso e a visão de um prédio subindo no céu noturno e bloqueando a lua. — Pode ser que alguns funcionários da Parte de Trás ainda estejam vivos. E os médicos de lá, Hallas e James. Mas, as crianças na Parte da Frente... não vejo como alguém poderia ter sobrevivido a *aquilo*. — Ele indicou as ruínas com um braço que parecia pesar como chumbo.

— O resto das crianças — disse Tim. — E o resto das crianças? Elas não estavam no outro prédio?

— Estavam no túnel — disse Luke. — *Ele* tentou envenenar elas com gás, mas o túnel desabou primeiro. Desabou quando a Parte da Frente subiu.

Stackhouse pensou em negar isso, mas de que adiantaria, se aquele garoto Ellis conseguia ler sua mente? Além do mais, estava tão cansado. Completamente exausto.

— Seus amigos também? — perguntou Tim.

Luke abriu a boca para dizer que não tinha certeza, mas provavelmente. Mas sua cabeça se virou, como se tivesse recebido um chamado. Se foi, o chamado soou dentro da cabeça dele, porque Tim só ouviu a voz segundos depois.

— *Luke!*

Tinha uma garota correndo pelo gramado sujo, desviando dos destroços que tinham explodido em uma espécie de círculo. Três outros vinham atrás, dois garotos e uma garota.

— *Lukey!*

Luke correu para encontrar a garota que vinha na frente e passou os braços em volta dela. Os outros três se juntaram a eles e, enquanto se abraçavam, Tim ouviu o zumbido de novo, mas mais baixo agora. Alguns escombros tremeram, pedaços de madeira e pedra subiram no ar e caíram de novo. E ele não ouviu vozes misturadas sussurrando em sua cabeça? Talvez fosse só sua imaginação, mas...

— Eles ainda estão emitindo energia — disse Stackhouse. Falou com desinteresse, como um homem batendo papo para passar o tempo. — Estou ouvindo. Você também. Tome cuidado. O efeito é cumulativo. Transformou Hallas e James em Heckle e Jeckle. — Ele soltou uma gargalhada. — Só dois personagens de desenho animado com um diploma caro de medicina.

Tim ignorou isso e deixou as crianças aproveitarem o alegre reencontro; quem poderia merecer aquilo mais do que elas? Ele ficou de olho nos três sobreviventes do Instituto. Se bem que parecia improvável que eles criassem problemas.

— O que eu vou fazer com vocês, seus babacas? — perguntou Tim. Não falava realmente com os sobreviventes, só pensava em voz alta.

— Por favor, não nos mate — disse Doug. Ele apontou para o abraço de grupo que ainda estava acontecendo. — Eu dava comida para aqueles jovens. Eu mantinha eles vivos.

— Eu não tentaria justificar nada que você fez aqui se *você* quiser ficar vivo — disse Tim. — Ficar de boca fechada pode ser a decisão mais sábia. — Ele voltou a atenção para Stackhouse. — Parece que não vamos precisar do ônibus, afinal, visto que vocês mataram a maioria das crianças...

— *Nós* não...

— Você é surdo? Eu mandei calar a boca.

Stackhouse viu a expressão no rosto do homem. Não parecia heroísmo, equivocado ou não. Parecia assassinato. Ele calou a boca.

— Nós precisamos de um veículo pra sair daqui — disse Tim — e não quero ter que levar vocês três pelo bosque até o vilarejo que Luke diz que vocês têm. O dia foi longo e cansativo. Alguma sugestão?

Stackhouse pareceu não ter ouvido. Ele estava olhando para os restos da Parte da Frente e os restos do prédio da administração esmagado embaixo.

— Tudo isso — disse ele, impressionado. — Tudo isso por causa de um garoto fugitivo.

Tim deu um chute fraco no tornozelo dele.

— Presta atenção, seu merda. Como eu tiro essas crianças daqui?

Stackhouse não respondeu, nem o homem que alegou ter alimentado as crianças. O outro, que vestia uma túnica que o fazia parecer um servente de hospital, falou:

— Se eu tivesse uma sugestão para resolver isso, você me deixaria ir?

— Qual é seu nome?

— Chad, senhor. Chad Greenlee.

— Bom, Chad, vai depender do quanto a sua sugestão for boa.

28

Os últimos sobreviventes do Instituto se abraçaram e se abraçaram e se abraçaram. Luke sentia que podia abraçá-los assim para sempre e senti-los abraçando-o, porque nunca achou que fosse voltar a vê-los. No momento, tudo de que eles precisavam estava dentro do círculo que formaram naquele gramado sujo. Tudo de que eles precisavam era uns aos outros. O mundo e seus problemas podiam se foder.

Avery?

Kalisha: *Se foi. Ele e os outros. Quando o túnel caiu em cima deles.*

Nicky: *É melhor assim, Luke. Ele não seria o mesmo. O que ele fez, o que eles fizeram... teria acabado com ele, como foi com todos os outros.*

E as crianças na Parte da Frente? Alguma ainda está viva? Se estiverem, a gente tem que...

Foi Kalisha quem respondeu, balançando a cabeça, enviando não palavras, mas uma imagem: o falecido Harry Cross, de Selma, Alabama. O garoto que morreu na cafeteria.

Luke segurou Sha pelos braços. *Todos eles? Está dizendo que todos eles morreram de convulsão* antes *do desabamento?* Ele apontou para a ruína da Parte da Frente.

— Acho que quando ela subiu — disse Nick. — Quando Avery atendeu o telefone grande.

E quando ficou claro que Luke não estava entendendo: *Quando as outras crianças se juntaram.*

— As crianças de longe — acrescentou George. — Dos outros institutos. As crianças da Parte da Frente estavam muito... eu não sei a palavra.

— Muito vulneráveis — disse Luke. — É isso que você quer dizer. Elas estavam vulneráveis. Foi como uma daquelas injeções, não foi? Uma das ruins.

A resposta de Luke foi a negação infantil que fazia os adultos sorrirem com cinismo e que só outras crianças conseguiam entender completamente. *Não é justo! Não é justo!*

Não, concordaram eles. *Não é justo.*

Eles se separaram. Luke olhou para eles no luar, um a um: Helen, George, Nicky... e Kalisha. Ele se lembrou do dia em que a conhecera, fingindo fumar um cigarro que era uma bala.

George: *E agora, Lukey?*

— O Tim é que vai saber — disse Luke, e só podia torcer para que fosse verdade.

29

Chad foi na frente em volta dos prédios destruídos. Stackhouse e o chef Doug foram atrás dele, a cabeça baixa. Tim os seguiu, a arma empunhada. Luke e os amigos foram andando atrás de Tim. Os grilos, silenciados pela destruição, tinham começado a cantar de novo.

Chad parou no limite de uma pista de asfalto na qual seis carros e três ou quatro picapes estavam estacionados, um atrás do outro. Dentre eles havia um furgão com INDÚSTRIA DE PAPÉIS DO MAINE na lateral. Ele apontou para o veículo.

— Que tal esse, senhor? Serve?

Tim achava que sim, ao menos para começar.

— E as chaves?

— Todo mundo usa esses furgões de manutenção, então nós sempre deixamos as chaves no quebra-sol.

— Luke — pediu Tim —, você pode verificar isso?

Luke foi; os outros foram junto, como se não suportassem ficar separados nem por um minuto. Ele abriu a porta do motorista e baixou o quebra-sol. Uma coisa caiu em sua mão e ele ergueu as chaves para mostrá-las.

— Ótimo — disse Tim. — Agora, abra a parte de trás. Se tiver alguma coisa lá dentro, tire.

O grandão chamado Nick e o menor chamado George cuidaram dessa tarefa e jogaram para fora ancinhos, enxadas, uma caixa de ferramentas e vários sacos de fertilizante. Enquanto eles trabalhavam, Stackhouse se sentou na grama e apoiou a cabeça nos joelhos. Foi um gesto decisivo de derrota, mas Tim não sentiu pena. Bateu no ombro dele:

— Nós vamos agora.

Stackhouse não levantou o rosto.

— Para onde? Acredito que o garoto tenha mencionado qualquer coisa sobre a Disneylândia. — Ele soltou uma gargalhada sem humor nenhum.

— Não é da sua conta. Mas estou curioso. Pra onde *você* vai?

Stackhouse não respondeu.

30

Não havia assento na parte de trás do furgão, então as crianças se revezaram para sentar na frente, começando com Kalisha. Luke se espremeu no chão de metal entre ela e Tim. Nicky, George e Helen se espremeram nas portas de trás, olhando pelas duas janelinhas sujas para um mundo que eles nunca esperavam voltar a ver.

Luke: *Por que você está chorando, Kalisha?*

Ela falou para ele e depois disse em voz alta, para que Tim pudesse escutar.

— Porque é tudo tão bonito. Mesmo no escuro, é tudo tão bonito. Eu só queria que o Avery estivesse aqui pra ver.

31

O amanhecer ainda era uma sombra no horizonte quando Tim virou para o sul na rodovia 77. O menino que se chamava Nicky tinha trocado de lugar com Kalisha no banco da frente. Luke tinha ido para a traseira do furgão com ela, e agora os quatro estavam deitados como uma ninhada de cachorrinhos, dormindo. Nicky também parecia estar dormindo, a cabeça batendo na janela cada vez que o furgão passava por um buraco... e havia muitos.

Logo depois de ver uma placa anunciando que Millinocket estava oitenta quilômetros à frente, Tim olhou para o celular e viu que tinha duas barrinhas e nove por cento de bateria. Ligou para Wendy, que atendeu no primeiro toque, querendo saber se ele estava bem. Ele disse que sim. Ela perguntou se Luke estava.

— Está. Ele está dormindo. Estou com mais quatro crianças. As outras... não sei quantas, mas eram muitas... elas estão mortas.

— Mortas? Meu Deus, Tim, o que houve?

— Não posso contar agora. Vou contar quando puder, e você talvez até acredite, mas agora estou onde o vento faz a curva, devo ter uns trinta dólares na carteira e não tenho coragem de usar meus cartões de crédito. A confusão lá foi enorme e não quero correr o risco de deixar um registro. Além disso, estou exausto. O furgão está com meio tanque de gasolina, o que é bom, mas eu estou usando minhas últimas energias. Que merda, né?

— O que... você... algum...

— Wendy, não estou ouvindo direito. Se você estiver me ouvindo, vou ligar depois. Eu te amo.

Não sabia se ela tinha ouvido aquela parte final e nem como interpretaria se tivesse ouvido. Ele nunca tinha dito isso antes. Ele desligou o celular e o colocou no painel ao lado da arma de Tag Faraday. Tudo que aconteceu em DuPray parecia muito distante, quase como se fosse uma vida vivida por outra pessoa. O que importava agora eram aquelas crianças e o que ele faria com elas.

Além disso, quem poderia ir atrás delas.

— Ei, Tim.

Ele olhou para Nicky.

— Achei que você estivesse dormindo.

— Não, só estava pensando. Posso falar uma coisa?

— Claro. Pode me falar um monte de coisas. Vai me fazer ficar acordado.

— Eu só queria agradecer. Não vou dizer que você redimiu minha fé na natureza humana, mas vir com o Lukey como você veio... isso exigiu coragem.

— Escuta, garoto, você está lendo minha mente?

Nick balançou a cabeça.

— Não consigo fazer isso agora. Acho que não conseguiria nem mover os papéis de bala no chão desse lixo e isso era tudo o que eu conseguia fazer. Se eu estivesse conectado a eles... — Ele inclinou a cabeça na direção das crianças dormindo na traseira do furgão. — Seria diferente. Ao menos por um tempo.

— Você acha que vai voltar? A ser como era antes?

— Sei lá. Não me importa muito, de qualquer jeito. Nunca importou. O que importava pra mim era futebol americano e hóquei de rua. — Ele olhou para Tim. — Cara, essas suas olheiras estão quase nos pés.

— Eu bem que precisava dormir — admitiu Tim. Sim, umas doze horas. Ele se lembrou da espelunca de estabelecimento de Norbert Hollister, onde a televisão não funcionava e as baratas corriam impunes. — Acho que existem motéis em que não fariam perguntas se o pagamento fosse feito em dinheiro, mas o dinheiro é um problema, infelizmente.

Nicky abriu um sorriso, e Tim viu que jovem bonito ele se tornaria, se Deus permitisse, em alguns anos.

— Acho que eu e meus amigos podemos ajudar nessa questão financeira. Não tenho certeza absoluta, mas provavelmente. Tem gasolina suficiente pra chegar na próxima cidade?

— Tem.

— Então, pode parar lá — disse Nick, e encostou novamente a cabeça na janela.

32

Pouco tempo depois de a agência de Millinocket do banco Seaman's Trust abrir, às nove daquele dia, uma caixa chamada Sandra Robichaux chamou o gerente, que estava na sala dele.

— Temos um problema — disse ela. — Dê uma olhada nisso.

Ela se posicionou na frente da tela do vídeo de segurança do caixa eletrônico. Brian Stearns se sentou ao lado dela. A câmera da unidade ficava desativada entre transações e, na pequena cidade do norte do Maine de Millinocket, isso costumava ser a noite toda, acordando com o primeiro cliente por volta das seis da manhã. O selo do horário na tela para a qual eles estavam olhando dizia 5h18. Enquanto Stearns olhava, cinco pessoas foram até o caixa eletrônico. Quatro estavam com as camisetas puxadas por cima das bocas e dos narizes, como máscaras de bandidos nos faroestes antigos. A quinta estava com um boné bem puxado sobre os olhos. Stearns leu INDÚSTRIA DE PAPÉIS DO MAINE na frente.

— Parecem crianças!

Sandra assentiu.

— A não ser que sejam anões, o que não me parece muito provável. Continue olhando, sr. Stearns.

As crianças deram as mãos e formaram um círculo. Algumas linhas surgiram na tela, como se houvesse uma interferência elétrica momentânea. E então, dinheiro começou a sair pelo buraco do caixa eletrônico. Era como ver uma máquina de cassino.

— Que diabos é isso?

Sandra balançou a cabeça.

— Não *sei* que diabos, mas eles pegaram mais de dois mil dólares e a máquina não deveria permitir que ninguém tirasse mais de oitocentos. É programada assim. Acho que temos que ligar para alguém, mas não sei quem.

Stearns não respondeu. Só ficou olhando, fascinado, os pequenos bandidos — que pareciam crianças do fundamental II, se muito — pegarem o dinheiro.

E então eles foram embora.

O HOMEM COM CECEIO

1

Em uma manhã fresca de outubro, uns três meses depois, Tim Jamieson caminhou pela entrada do lugar que era conhecido como fazenda Catawba Hill até a rodovia estadual 12-A da Carolina do Sul. A caminhada levou um tempo; o percurso tinha quase oitocentos metros. Ele gostava de brincar com Wendy que, se fosse mais longa, eles poderiam ter batizado de rodovia estadual 12-B da Carolina do Sul. Ele estava usando uma calça jeans surrada, sapatos sujos Georgia Giant e um moletom tão grande que ia até as coxas. Tinha sido um presente de Luke, comprado na internet. Na frente havia duas palavras em dourado: O AVESTER. Tim não conheceu Avery Dixon, mas ficou feliz em usar o moletom. Seu rosto estava bem bronzeado. Catawba não era uma fazenda de verdade havia dez anos, mas ainda havia meio hectare de jardim atrás do celeiro e aquela era a temporada de colheita.

Ele chegou à caixa de correspondência, abriu-a, começou a catar o lixo de sempre (parecia que ninguém recebia mais correspondência de verdade) e parou. Seu estômago, que estava bem na caminhada até ali, pareceu se contrair. Havia um carro se aproximando, desacelerando e encostando. Não havia nada de especial nele, era apenas um Chevy Malibu manchado de terra vermelha e da quantidade habitual de insetos esmagados na frente. Não era um dos vizinhos, ele conhecia todos os veículos, mas podia ser um vendedor ou alguém perdido e precisando de ajuda. Só que não era. Tim não sabia quem era o homem por trás do volante, só que ele, Tim, o estava esperando. E ali estava ele.

Tim fechou a caixa de correspondência e botou uma das mãos para trás, como se para puxar o cinto. O cinto estava no lugar e a arma também, uma Glock que já tinha sido propriedade de um policial ruivo chamado Taggart Faraday.

O homem desligou o motor e saltou. Estava usando uma calça jeans bem mais nova do que a de Tim — ainda tinha as marcas das dobras da loja — e uma camisa branca abotoada até o pescoço. O rosto era ao mesmo tempo bonito e comum, uma contradição que parecia impossível até você encontrar um cara como aquele. Os olhos eram azuis, o cabelo era do tom nórdico de louro que parece quase branco. Na verdade, ele era bem parecido com o que a falecida Julia Sigsby imaginara. Deu bom-dia a Tim, que retribuiu o cumprimento ainda com a mão nas costas.

— Você é Tim Jamieson. — O visitante esticou a mão.

Tim olhou, mas não a apertou.

— Sou. E quem seria você?

O homem louro sorriu.

— Vamos dizer que sou William Smith. Esse é o nome que está na minha habilitação. — *Smith* não foi problema, nem *William*, mas *habilitação* saiu como *habilitafão*. Um ceceio leve. — Pode me chamar de Bill.

— O que posso fazer por você, sr. Smith?

O homem que se apresentou como Bill Smith, um nome tão anônimo quanto o sedã, apertou os olhos para o sol da manhã com um sorriso leve, como se estivesse considerando várias respostas possíveis para a pergunta de Tim, todas agradáveis. Em seguida, olhou para ele. O sorriso ainda estava na boca, mas seus olhos estavam frios.

— Nós poderíamos ficar enrolando, mas sei que você tem um dia ocupado pela frente, então não vou gastar seu tempo mais do que o necessário. Vou começar garantindo que não vim causar problemas, então, se for uma arma que você tem aí atrás em vez de apenas uma coceira, pode deixá-la onde está. Acho que podemos concordar que já houve tiros suficientes nesta parte do mundo por um ano.

Tim pensou em perguntar como o sr. Smith o tinha encontrado, mas por que se dar a esse trabalho? Não deve ter sido difícil. A fazenda Catawba pertencia a Harry e Rita Gullickson, que agora moravam na Flórida. A filha deles estava cuidando da antiga residência do casal havia três anos. Quem melhor do que uma policial?

Bom, ela *tinha sido* policial e seu salário ainda era pago pelo condado, ao menos por enquanto, mas era difícil saber a alçada dela atualmente. Ronnie Gibson, ausente na noite em que o grupo da sra. Sigsby invadiu a cidade, era agora a xerife em exercício do Condado de Fairlee, mas não dava para saber quanto tempo aquilo duraria; a ideia de levar a delegacia para a cidade próxima de Dunning havia sido discutida. E Wendy não tinha sido feita para o policiamento de rua.

— Onde está a policial Wendy? — perguntou Smith. — Na casa, talvez?

— Onde está Stackhouse? — retrucou Tim. — Você deve ter arrancado esse *policial Wendy* dele, porque a tal Sigsby está morta.

Smith deu de ombros, enfiou as mãos nos bolsos de trás da calça jeans, se balançou nos calcanhares e olhou ao redor.

— Rapaz, é gostoso aqui, não é? — *Gostoso* soou como *gostofo*, mas o ceceio era mesmo bem leve, quase inexistente.

Tim decidiu não insistir na questão de Stackhouse. Estava óbvio que ele não chegaria a lugar nenhum e, além do mais, Stackhouse era passado. Podia estar no Brasil; podia estar na Argentina ou na Austrália; podia estar morto. Não fazia diferença para Tim. E o homem com o ceceio estava certo; não fazia sentido enrolar.

— A policial Gullickson está em Columbia, em uma audiência fechada sobre o tiroteio que aconteceu no verão.

— Suponho que ela tenha uma história na qual o pessoal do comitê vai acreditar.

Tim não tinha interesse em confirmar essa suposição.

— Ela também vai a algumas reuniões para discutirem o futuro do policiamento aqui no Condado de Fairlee, já que os capangas que você enviou praticamente acabaram com o que havia.

Smith abriu as mãos.

— Eu e as pessoas que trabalham comigo não tivemos nada a ver com aquilo. A sra. Sigsby fez tudo completamente sozinha.

Pode ser verdade, mas também pode não ser, Tim poderia ter dito. *Ela fez aquilo porque estava com medo de você e das pessoas que trabalham com você.*

— Eu soube que George Iles e Helen Simms foram embora — disse o sr. Smith. *Simms* saiu como *Simmf*. — O jovem sr. Iles para a casa de um tio na Califórnia, a srta. Simms para os avós em Delaware.

Tim não sabia onde o homem com ceceio conseguira as informações; Norbert Hollister tinha sumido, deixando o DuPray Motel fechado com uma placa de VENDE-SE na frente que provavelmente ficaria ali por muito tempo. Mas as informações estavam certas. Tim nunca esperou passar despercebido, seria ingenuidade, mas não estava gostando do tamanho do conhecimento do sr. Smith sobre as crianças.

— Isso quer dizer que Nicholas Wilholm e Kalisha Benson ainda estão aqui. E Luke Ellis, claro. — O sorriso reapareceu, mais apertado agora. — O responsável por toda a nossa infelicidade.

— O que você quer, sr. Smith?

— Muito pouco, na verdade. Vamos chegar lá. Enquanto isso, eu gostaria de fazer um elogio. Não apenas à sua coragem, que tornou-se evidente na noite em que você invadiu o Instituto praticamente sozinho, mas no cuidado que você e a policial Wendy demonstraram ter depois. Você os está enviando aos poucos, não é? Iles primeiro, um mês depois de voltar à Carolina do Sul. A garota Simms duas semanas depois. Ambos com histórias sobre terem sido sequestrados por motivo desconhecido, mantidos em cativeiro por tempo indeterminado em um local desconhecido e depois libertados... também por motivos desconhecidos. Você e a policial Wendy conseguiram arranjar tudo isso enquanto deviam também estar sob um certo escrutínio.

— Como você sabe de tudo isso?

Foi a vez de o homem com ceceio ignorar a pergunta, mas tudo bem. Tim achava que pelo menos uma parte daquelas informações tinha saído direto dos jornais e da internet. O retorno de crianças sequestradas sempre era notícia.

— Quando vai ser a vez de Wilholm e Benson?

Tim refletiu e decidiu responder.

— Nicky vai na sexta. Pra casa dos tios, em Nevada. O irmão dele já está lá. Nick não está muito contente em ir, mas entende que não pode ficar aqui. Kalisha vai ficar mais uma ou duas semanas. Ela tem uma irmã doze anos mais velha em Houston. E está ansiosa para esse reencontro. — Isso era ao mesmo tempo verdade e mentira. Como os outros, Kalisha estava sofrendo de transtorno de estresse pós-traumático.

— E as histórias deles vão resistir ao escrutínio da polícia?

— Vão. São histórias bem simples e todos têm medo do que poderia acontecer se falassem a verdade. — Tim fez uma pausa. — Não que alguém fosse acreditar.

— E o jovem sr. Ellis? O que vai acontecer com ele?

— Luke vai ficar comigo. Ele não tem família próxima e nem para onde ir. Já voltou aos estudos. Estudar o acalma. O garoto está de luto, sr. Smith. Luto pelos pais, luto pelos amigos. — Ele fez uma pausa e lançou um olhar intenso para o homem louro. — Desconfio que também esteja de luto pela infância que seu pessoal roubou dele.

Ele esperou que Smith respondesse a isso. Mas só houve silêncio e Tim prosseguiu.

— Em algum momento, se conseguirmos elaborar uma história razoavelmente sólida, ele vai retomar de onde parou. Matrícula dupla na Emerson College e no MIT. Ele é um garoto muito inteligente. — *Como você muito bem sabe*, não precisou acrescentar. — Sr. Smith... você sequer se importa?

— Não muito — disse Smith. Ele pegou um maço de American Spirit do bolso no peito. — Cigarro?

Tim balançou a cabeça.

— Eu raramente fumo — disse o sr. Smith —, mas estou fazendo terapia de fonoaudiologia para o ceceio e me permito um como recompensa quando consigo controlar em uma conversa, principalmente uma longa e bem intensa, como a nossa. Você reparou que eu tenho um ceceio?

— É bem leve.

O sr. Smith assentiu, parecendo satisfeito, e acendeu o cigarro. O cheiro no ar frio da manhã foi doce e intenso. Um cheiro que parecia feito para o país do tabaco, o que aquele ainda era... embora não na fazenda Catawba desde os anos 1980.

— Espero que você esteja seguro de que eles vão ficar de bico calado, como se diz por aí. Se algum deles falar, terá consequências para os cinco. Apesar do pen-drive que vocês supostamente têm. Nem todo o meu... pessoal... acredita que ele existe.

Tim sorriu sem mostrar os dentes.

— Não seria muito sábio da parte do seu... pessoal... testar essa teoria.

— Vamos dizer que entendo o que você quer dizer. Ainda assim, seria péssima ideia essas crianças falarem sobre as aventuras delas nas florestas do Maine. Se você estiver se comunicando com o sr. Iles e a srta. Simms, talvez seja bom passar o recado. Ou talvez Wilholm, Benson e Ellis possam fazer contato com eles por outros meios.

— Você está falando de telepatia? Eu não contaria com isso. Está se revertendo ao que era antes do seu pessoal sequestrá-los. A mesma coisa com a telecinesia. — Ele estava contando para Smith o que as crianças tinham contado para ele, mas Tim não tinha certeza absoluta se acreditava. Ele só sabia que o zumbido horrível não tinha voltado. — Como você encobriu tudo, Smith? Estou curioso.

— Está e vai continuar. Mas *vou* contar que não foi *só* a instalação no Maine que precisou da nossa atenção. Havia outros vinte Institutos em outras partes do mundo e nenhum continua operando. Dois deles, em países onde a obediência está inculcada nas crianças quase desde o nascimento, prosseguiram por umas seis semanas, mas depois houve suicídios em massa nos dois. — A palavra saiu como *fuifídios*.

Suicídios em massa ou assassinatos em massa?, perguntou-se Tim, mas esse não era um tópico que pretendia abordar. Quanto mais cedo se livrasse daquele homem, melhor.

— O garoto Ellis, com a sua ajuda, com bastante da sua ajuda, nos destruiu. Sem dúvida isso soa melodramático, mas é a verdade.

— Você acha que eu dou a mínima? — perguntou Tim. — Vocês estavam matando crianças. Se existir inferno, é para lá que vão.

— Enquanto você, sr. Jamieson, sem dúvida acredita que vai pro céu, supondo que esse lugar exista. E quem sabe, talvez esteja certo. Que tipo de Deus poderia recusar um homem que sai em resgate de jovens indefesos? Se posso plagiar Cristo na cruz, você será perdoado porque não sabe o que fez. — Ele jogou o cigarro de lado. — Mas vou contar pra você. Foi para isso que eu vim, com o consentimento dos meus colegas. Graças a você e a Ellis, o mundo agora está em alerta de suicídio. — Dessa vez, a palavra saiu certa.

Tim não disse nada, só esperou.

— O primeiro Instituto, embora não com esse nome, ficava na Alemanha nazista.

— Por que isso não me surpreende? — ironizou Tim.

— E para que tanto julgamento? Os nazistas estavam trabalhando com fissão nuclear antes dos Estados Unidos. Criaram antibióticos que ainda são usados atualmente. Mais ou menos inventaram os foguetes modernos. E certos cientistas alemães estavam fazendo experimentos com percepção extrassensorial, com o apoio entusiasmado de Hitler. Eles descobriram quase sem querer que grupos de crianças excepcionais podiam fazer com que algumas pessoas problemáticas, obstáculos ao progresso, podemos colocar assim, deixassem de ser problemáticas. Essas crianças estavam esgotadas em 1944, porque não havia método certo ou científico para encontrar substitutas depois que elas se tornavam, no jargão do Instituto, vegetais. O teste mais útil para detectar habilidade paranormal latente veio depois. Você sabe que teste é esse?

— BDNF. Fator neurotrófico derivado do cérebro. Luke disse que era isso que identificava.

— É, ele é um garoto inteligente mesmo. Muito inteligente. Todos os envolvidos agora desejam que tivessem deixado ele em paz. O BDNF dele nem era tão alto assim.

— Imagino que Luke também gostaria que vocês tivessem deixado ele em paz. E os pais dele também. Agora, por que você não fala logo o que quer?

— Tudo bem. Houve conferências antes e depois que a Segunda Guerra Mundial terminou. Se você se lembra da história do século XX, vai se lembrar de algumas delas.

— Sei sobre Ialta — disse Tim. — Roosevelt, Churchill e Stálin se reuniram, basicamente pra dividir o mundo.

— Sim, essa é a famosa, mas a reunião mais importante aconteceu no Rio de Janeiro e não houve envolvimento do governo... a não ser que você queira chamar o grupo que se reuniu, além dos sucessores deles ao longo dos anos, de uma espécie de governo sombra. Eles, *nós*, sabíamos sobre as crianças alemãs e decidimos procurar por mais. Em 1950, já tínhamos entendido a utilidade do BDNF. Os Institutos foram montados, um a um, em locais isolados. As técnicas foram refinadas. Estão funcionando há mais de setenta anos e, pela nossa contagem, salvaram o mundo do holocausto nuclear mais de quinhentas vezes.

— Isso é ridículo — disse Tim com rispidez. — É uma piada.

— Não é. Vou dar um exemplo. Na época em que as crianças fizeram a revolta no Instituto do Maine, uma revolta que se espalhou como um vírus para todos os outros Institutos, eles tinham começado a trabalhar pra provocar o suicídio de um evangelista chamado Paul Westin. Graças a Luke Ellis, o homem ainda está vivo. Daqui a dez anos, ele vai virar sócio de um cavalheiro cristão que vai se tornar Secretário de Defesa dos Estados Unidos. Westin vai convencer o secretário de que a guerra é iminente, o secretário vai convencer o presidente, e isso vai acabar resultando em um ataque nuclear preventivo. Um único míssil apontado para um local terrorista, mas pode fazer os dominós começarem a cair. Essa parte está fora do alcance da previsão.

— Você não tem como saber uma coisa dessas.

— Como você acha que nós escolhíamos os alvos, sr. Jamieson? Sorteando os nomes num chapéu?

Tim franziu a testa. Isso não tinha passado por sua cabeça.

— Telepatia, eu acho — disse ele por fim.

O sr. Smith parecia um professor paciente com um aluno lento.

— TC move objetos e TP lê pensamentos, mas nenhum dos dois consegue prever o futuro. — Ele pegou os cigarros de novo. — Tem certeza de que não quer um?

Tim balançou a cabeça.

Smith acendeu o cigarro.

— Crianças como Luke Ellis e Kalisha Benson são raras, mas há outras pessoas ainda mais raras. Mais preciosas do que o metal mais precioso. E sabe o que é o melhor delas? Os talentos não somem com a idade e nem destroem a mente de quem os tem.

Tim percebeu um movimento com o canto do olho e se virou. Luke tinha vindo pelo caminho. Mais acima, Annie Ledoux estava parada com uma espingarda aberta no braço. Ao lado dela estavam Kalisha e Nicky. Smith ainda não tinha visto nenhum deles; ele estava olhando ao longe, para a pequena cidade de DuPray e para os trilhos metálicos da ferrovia que passava por lá.

Annie agora passava boa parte do tempo em Catawba Hill. Ela estava fascinada com as crianças, que pareciam gostar dela também. Tim apontou para ela e bateu no ar com a mão: fique onde está. Ela assentiu e ficou onde estava, observando. Smith ainda estava admirando a vista, que era bem bonita.

— Vamos dizer que haja um outro Instituto; um bem pequeno, bem *especial*, onde tudo é de primeira classe e bem moderno. Lá não há computadores ultrapassados nem infraestrutura caindo aos pedaços. Está localizado em um ambiente completamente seguro. Outros Institutos existem no que consideramos como território hostil, mas não aquele. Não há tasers, não há injeções, não há punição. Não há necessidade de sujeitar os residentes desse Instituto em especial a experiências de quase morte como o tanque de imersão para ajudá-las a expandir as habilidades.

"Vamos dizer que seja na Suíça. Pode não ser, mas imaginemos que sim. *Fica* em território neutro, porque muitas nações têm interesse em garantir sua manutenção para que continue operando tranquilamente. Muitas mesmo. Há seis hóspedes muito especiais nesse local no momento. Não são mais crianças; diferentemente dos TPS e TCS nos vários Institutos, seus talentos não diminuem nem desaparecem no fim da adolescência e começo da idade adulta. Duas dessas pessoas são, na verdade, bem velhas. Os níveis de BDNF delas não se correlacionam com os talentos especiais; elas são únicas nesse sentido e, por isso mesmo, muito difíceis de encontrar. Ficávamos procurando substitutos constantemente, mas agora essa busca foi suspensa, porque não parece fazer mais sentido.

— O que são essas pessoas?

— Precogs — disse Luke.

Smith se virou, sobressaltado.

— Ah, olá, Luke. — Ele sorriu, mas ao mesmo tempo deu um passo para trás. Estaria com medo? Tim achava que sim. — Precogs, é exatamente isso.

— De que você está falando? — perguntou Tim.

— Precognição — esclareceu Luke. — Pessoas que conseguem ver o futuro.

— Você está brincando, né?

— Não, e nem ele — disse Smith. — Pode-se chamar esses seis de nossa linha ADA, um acrônimo esquecido da Guerra Fria que queria dizer Alerta Distante Antecipado. Ou, se você quiser ser mais atual, eles são nossos drones, que voam para o futuro e marcam os lugares onde os grandes conflitos vão ocorrer. Nós nos concentramos apenas nos grandes. O mundo sobreviveu porque pudemos tomar essas medidas proativas. Milhares de crianças morreram nesse processo, mas *bilhões* de crianças foram salvas. — Ele se virou para Luke e sorriu. — Claro que você entendeu; é uma dedução bem simples. Eu soube também que você é fera na matemática e sei que consegue ver o custo-benefício. Pode não gostar, mas vê.

Annie e seus dois acompanhantes começaram a descer a colina, mas dessa vez Tim não se deu ao trabalho de mandar que voltassem. Estava atordoado demais pelo que estava ouvindo.

— Acredito em telepatia e acredito em telecinesia, mas precognição? Isso não é ciência, é coisa de circo!

— Garanto que não é — disse Smith. — Nossos precogs encontravam os alvos. Os TCs e os TPs, trabalhando em grupos para aumentar o poder, os eliminavam.

— Precognição existe, Tim — disse Luke baixinho. — Eu sabia, antes mesmo de sair do Instituto, que só podia ser isso. Tenho quase certeza que Avery também. Não tinha mais nenhuma possibilidade que fizesse sentido. Andei lendo sobre o assunto desde que chegamos aqui, tudo que consegui encontrar. As estatísticas são irrefutáveis.

Kalisha e Nicky se juntaram a Luke. Eles olharam com curiosidade para o homem louro que se apresentou como Bill Smith, mas nenhum dos dois falou. Annie ficou parada atrás deles. Estava usando o poncho, apesar de o dia estar quente, e parecia mais uma pistoleira mexicana do que nunca. Seus olhos estavam brilhantes e alertas. As crianças a tornaram diferente. Tim não achava que tinha sido o poder; no longo prazo, isso só piorava a pessoa. Achava que era efeito do companheirismo, ou talvez o fato de que as crianças a aceitavam exatamente como ela era. Fosse qual fosse o motivo, ele estava feliz por ela.

— Está vendo? — disse Smith. — Confirmado pelo seu gênio residente aqui. Nossos seis precogs, e por um tempo foram oito e, uma época, nos anos 70, ficaram só quatro, uma época bem assustadora, eles procuram constantemente indivíduos que chamamos de *dobradiças*. São os pontos de articulação nos quais a porta da extinção humana pode se abrir. Dobradiças não são agentes de destruição, mas *vetores* de destruição. Westin era uma. Quando os descobrimos, nós os investigamos, verificamos o passado, vigiamos, filmamos. Eles acabam sendo entregues para as crianças dos vários Institutos, que os eliminam de alguma forma.

Tim estava balançando a cabeça.

— Não acredito.

— Como Luke falou, as estatísticas...

— Estatísticas não provam nada. Ninguém é capaz de ver o futuro. Se você e seus colegas acreditam de verdade nisso, vocês não são uma organização, são um culto.

— Eu tive uma tia que via o futuro — disse Annie de repente. — Ela fez os filhos ficarem em casa uma noite quando eles queriam ir a um bar e houve uma explosão de propano. Vinte pessoas pegaram fogo como ratos presos numa chaminé, mas os filhos dela ficaram em casa em segurança. — Ela fez uma pausa e acrescentou um comentário: — Ela também sabia que Truman seria eleito presidente e ninguém acreditou *nessa* porra.

— Ela sabia sobre o Trump? — perguntou Kalisha.

— Ah, ela já tinha morrido quando esse merda da cidade grande apareceu — disse Annie, e quando Kalisha abriu a mão Annie bateu com vigor.

Smith ignorou a interrupção.

— O mundo ainda está aqui, Tim. Isso não é estatística, é fato. Setenta anos depois de Hiroshima e Nagasaki terem sido obliteradas por bombas atômicas, o mundo ainda está aqui, apesar de muitas nações terem armas atômicas, apesar de as emoções humanas primitivas ainda dominarem o pensamento racional e de a superstição disfarçada de religião ainda guiar o rumo da política humana. Por que isso? Porque nós o protegemos. E agora essa proteção acabou. Foi isso que Luke Ellis fez e foi nisso que você teve participação.

Tim olhou para Luke.

— Você está acreditando nisso?

— Não — disse Luke. — E nem ele, ao menos não completamente.

Apesar de Tim não saber, Luke estava pensando na garota que tinha feito a pergunta sobre o problema de matemática da prova do SAT, o que tinha a ver com a tarifa de quarto de hotel do Aaron. Ela tinha errado a resposta, e aquilo era igual, só que em escala bem maior; uma resposta ruim derivada de uma equação com erro.

— Sei que você gostaria de acreditar nisso — disse Smith.

— Annie está certa — disse Luke. — Existem pessoas que têm visões precognitivas e a tia dela talvez tenha sido uma. Apesar do que esse cara diz e no que pode acreditar, isso não é tão raro assim. Você até pode ter tido uma ou duas, Tim, mas provavelmente chamou de outra coisa. Instinto, talvez.

— Ou palpite — disse Nicky. — Nos programas de televisão, os policiais sempre têm palpites.

— Os programas de televisão não retratam a vida real — disse Tim, mas ele também estava pensando em uma coisa do passado: em quando decidiu de repente, sem motivo nenhum, descer de um avião e pegar carona para o norte.

— O que é uma pena — comentou Kalisha. — Eu adoro *Riverdale*.

— A palavra *visão* é usada sem parar nas histórias sobre essas coisas — continuou Luke — porque parece ser isso, tipo uma coisa que aparece como um relâmpago. Acredito nisso e acredito que possa existir gente capaz de controlar isso.

Smith levantou as mãos em um gesto de "está vendo".

— Exatamente o que eu disse. — Só que *disse* saiu como *dife*. O ceceio tinha voltado. Tim achou isso interessante.

— Só que tem algo que ele não está dizendo — observou Luke. — Provavelmente porque não gosta de dizer. Nenhum deles gosta. Assim como nossos generais não gostavam de admitir que não havia jeito de vencer a Guerra do Vietnã, mesmo depois que isso ficou óbvio.

— Não tenho ideia do que você está falando — declarou Smith.

— Tem — disse Kalisha.

— Tem — reforçou Nicky.

— É melhor admitir, moço — disse a Órfã Annie. — Essas crianças estão lendo sua mente. Incomoda, né?

Luke se virou para Tim.

— Quando tive certeza de que devia ser precognição que guiava isso tudo e tive acesso a um computador de verdade...

— Um que não precisamos de fichas pra usar, é o que ele quer dizer — observou Kalisha.

Luke a cutucou.

— Cala a boca um minuto, tá?

Nicky sorriu.

— Cuidado, Sha. O Luke está ficando irritadinho.

Ela riu. Smith, não. O controle dele sobre aquela conversa tinha se perdido com a chegada das crianças e sua expressão, de boca apertada e testa franzida, dizia que não era uma sensação a que estava acostumado.

— Quando tive acesso a um computador de verdade — continuou Luke —, fiz uma Distribuição de Bernoulli. Você sabe o que é isso, sr. Smith?

O homem louro fez que não com a cabeça.

— Sabe, sim — disse Kalisha. Seus olhos brilhavam.

— Sabe — confirmou Nicky. — E não gosta. Essa Distribuição aí não é amiga dele.

— O Bernoulli é um jeito preciso de expressar probabilidade — disse Luke. — É baseado na ideia de que há dois resultados possíveis pra certos eventos empíricos, tipo jogar uma moeda para o alto ou o time vencedor de um jogo de futebol americano. Os resultados podem ser expressos como p pra um resultado positivo e n pra um resultado negativo. Não vou entediar vocês com os detalhes, mas você acaba com um resultado com valor booleano que expressa claramente a diferença entre eventos aleatórios e não aleatórios.

— Tá, mas não precisa entediar a gente com as coisas fáceis — disse Nicky. — Só vá direto ao ponto.

— Jogar uma moeda é aleatório. Placares de futebol americano *parecem* aleatórios se você pegar uma pequena amostra, mas, se pegar uma maior, fica claro que não são, porque tem outros fatores envolvidos. Aí vira uma situação de probabilidade e, se a probabilidade de A é maior do que a probabilidade de B, na maioria dos casos é A que vai acontecer. Quem já fez apostas em eventos esportivos sabe disso, né?

— Claro — disse Tim. — Dá pra ver no jornal as probabilidades de vitória e a divisão de pontos com mais chances de acontecer.

Luke assentiu.

— É bem simples, na verdade, e quando você aplica o Bernoulli às estatísticas de precognição uma tendência interessante aparece. Annie, quanto tempo depois que a sua tia teve o palpite de que devia deixar os filhos em casa o incêndio aconteceu?

— Foi na mesma noite — respondeu Annie.

Luke pareceu satisfeito.

— É o exemplo perfeito. A Distribuição Bernoulli que fiz mostra que os lampejos precognitivos, ou visões, se vocês preferirem, costumam ser mais precisos quando o evento previsto está a horas de acontecer. Quando o intervalo entre a previsão e o evento previsto se torna maior, a probabilidade de a previsão se realizar começa a declinar. Quando o intervalo passa a ser de semanas, praticamente muda e o *p* se torna um *n*.

Ele voltou a atenção para o homem louro.

— Você *sabe* disso e as pessoas com quem você trabalha também. Sabem há anos. Décadas, na verdade. Tem que saber. Qualquer fera na matemática com um computador pode fazer uma Distribuição de Bernoulli. Podia não estar claro quando vocês começaram com essa coisa no final dos anos 40 ou começo dos 50, mas lá pros anos 80 vocês já deviam saber. Provavelmente nos 60.

Smith balançou a cabeça.

— Você é muito inteligente, Luke, mas ainda é só uma criança, e as crianças se permitem ter pensamentos mágicos; distorcem a verdade até se adequar ao que elas queriam que fosse verdade. Você acha que não fizemos testes para *provar* as capacidades precognitivas do nosso grupo?

O ceceio estava ficando cada vez pior.

— Nós fazemos testes cada vez que temos um novo precog. Eles têm a tarefa de prever uma série de eventos aleatórios, como os atrasos de certos voos... notícias como a morte de Tom Petty... a votação do Brexit... veículos passando por certos cruzamentos, até. Isso é um recorde de sucessos, de sucessos *registrados*, que vai até três quartos de século atrás!

Três quartos de féculo.

— Mas seus testes sempre se concentram em eventos que estão prestes a acontecer *em breve* — disse Kalisha. — Não se dê ao trabalho de negar, está na sua cabeça como um letreiro em néon. Além disso, é lógico. Qual seria a utilidade de um teste se você só pode avaliar o resultado em cinco ou dez anos?

Ela deu a mão para Nicky. Luke deu um passo para trás até eles e deu a mão para Kalisha. E agora, Tim ouvia o zumbido de novo. Estava baixo, mas estava lá.

— O representante Berkowitz estava exatamente onde nossos precogs disseram que estaria no dia em que ele morreu — contou Smith —, e essa previsão foi feita um ano inteiro antes.

— Tudo bem — disse Luke —, mas vocês escolheram alvos, Paul Westin é um exemplo, com base em previsões do que vai acontecer em dez, vinte, até trinta e cinco anos. Vocês sabem que as previsões não são confiáveis, vocês sabem que qualquer coisa pode acontecer para mudar as pessoas e os eventos das quais elas participam para uma direção diferente, uma coisa tão trivial quanto uma ligação perdida, mas vocês continuam mesmo assim.

— Vamos dizer que você esteja certo — disse Smith. — Mas não é melhor sanar logo a situação?

Fanar. Fituafão.

— Pense nas previsões que foram verdadeiras e pense nas possíveis consequências de ficar de braços cruzados!

Annie estava uma volta ou duas para trás.

— Como você pode ter certeza de que as previsões vão se tornar realidade se vocês matam as pessoas envolvidas nelas? Não entendi.

— Ele também não entende — explicou Luke —, mas não consegue suportar pensar que toda a matança que eles fizeram não foi por um bom motivo. Nenhum deles consegue.

— Nós tivemos que destruir o vilarejo para salvá-lo — disse Tim. — Não foi o que disseram sobre o Vietnã?

— Se você está sugerindo que nossos precogs estão improvisando, inventando coisas…

— Você pode ter certeza de que não estão? — argumentou Luke. — Talvez não de forma consciente, mas… a vida deles é boa lá, não é? Confortável. Bem diferente das nossas no Instituto. E talvez as previsões sejam genuínas na ocasião em que são feitas. Continua não levando em conta os fatores aleatórios.

— Nem Deus — disse Kalisha de repente.

Smith, que estava brincando de Deus havia muito tempo, abriu um sorriso irônico ao ouvir isso.

— Você entende o que estou dizendo, sei que entende. *Tem variáveis demais* — disse Luke.

Smith ficou em silêncio por um momento, observando a vista. E disse:

— Sim, nós temos matemáticos e, sim, a Distribuição Bernoulli apareceu em relatórios e discussões. Há anos agora, na verdade. Então, vamos dizer que você esteja certo. Vamos dizer que nossa rede de Institutos não tenha salvado o mundo da destruição nuclear quinhentas vezes. E se foram só cinquenta? Ou cinco? Não valeria a pena mesmo assim?

— Não — disse Tim bem baixinho.

Smith olhou para ele como se ele fosse insano.

— *Não?* Você acha que *não?*

— Pessoas normais não sacrificam crianças no altar da probabilidade. Isso não é ciência, é superstição. E agora acho que está na hora de você ir embora.

— Nós vamos reconstruir — disse Smith. — Se houver tempo, claro, com o mundo indo ladeira abaixo como um triciclo de criança sem ninguém guiando. Eu também vim dizer isso e vim dar um aviso. Nada de entrevistas. Nada de artigos. Nada de postagens no Facebook e no Twitter. Esse tipo de história seria motivo de piada para a maioria das pessoas, de qualquer modo, mas seria levado muito a sério por nós. Se vocês querem garantir sua sobrevivência, *fiquem calados.*

O zumbido estava ficando mais alto, e quando Smith tirou o maço de cigarros do bolso a mão estava tremendo. O homem que tinha saído daquele Chevy ordinário era confiante e estava no comando. Estava acostumado a dar ordens e que as obedecessem na mesma hora. O que estava ali agora, o que tinha o ceceio carregado e manchas de suor aumentando nas axilas da camisa, não era o mesmo homem.

— Acho melhor você ir embora, filho — aconselhou Annie, baixinho. Talvez até com gentileza.

O maço de cigarro caiu da mão de Smith. Quando ele se inclinou para pegá-lo, saiu deslizando, apesar de não haver vento.

— Fumar faz mal — disse Luke. — Não precisa ser precog para saber o que vai acontecer se você não parar.

Os limpadores de para-brisa do Malibu começaram a funcionar. Os faróis se acenderam.

— Eu iria — disse Tim. — Enquanto você ainda pode. Você está puto com o jeito como as coisas se desenrolaram, mas não faz ideia do quanto essas crianças estão putas. Elas estavam no marco zero.

Smith foi até o carro e abriu a porta. Ele apontou pra Luke.

— Você pode acreditar no que quiser — disse ele. — Nós todos fazemos isso, jovem sr. Ellis. Você vai descobrir isso sozinho com o tempo. E para sua tristeza.

Ele foi embora, os pneus de trás do carro levantando uma nuvem de poeira que foi na direção de Tim e dos outros... mas desviou, como se soprada por uma corrente de ar que nenhum deles sentiu.

Luke sorriu, pensando que George não poderia ter feito melhor.

— Teria sido melhor a gente se livrar dele — disse Annie com praticidade. — Tem espaço suficiente pra um corpo lá no final do jardim.

Luke suspirou e balançou a cabeça.

— Tem outros. Ele é só o cara da frente.

— Além do mais — observou Kalisha —, isso nos faria ser igual a *eles*.

— Mesmo assim — disse Nicky, com uma expressão distraída. Ele não disse mais nada, mas Tim não precisava ler mentes para saber o resto do pensamento dele. *Teria sido ótimo.*

2

Tim esperava que Wendy voltasse de Columbia para jantar, mas ela ligou e disse que teria que ficar. Mais uma reunião sobre o futuro da força policial do condado de Fairlee tinha sido marcada para a manhã seguinte.

— Meu Deus, isso não vai acabar nunca? — perguntou Tim.

— Tenho quase certeza de que essa vai ser a última reunião. É uma situação complicada, sabe, e a burocracia torna tudo pior. Tudo bem aí?

— Tudo ótimo — disse Tim, e esperava que fosse verdade.

Ele fez uma panela grande de espaguete para o jantar; Luke preparou um molho a bolonhesa; Kalisha e Nicky fizeram juntos uma salada. Annie tinha sumido, como fazia com frequência.

Eles comeram bem. Houve uma conversa divertida e uma boa quantidade de gargalhadas. Quando Tim estava tirando uma torta Pepperidge Farm da geladeira, segurando-a como um garçom de ópera cômica, ele viu que Kalisha estava chorando. Nick e Luke tinham passado os braços em volta dela, mas não estavam dizendo nenhuma palavra de consolo (ao menos não que Tim pudesse ouvir). Eles pareciam pensativos, introspectivos. Com ela, mas talvez não completamente com ela; talvez perdidos em suas próprias questões.

Tim botou a torta na mesa.

— O que houve, K? Sei que eles sabem, mas eu não. Ajuda o irmão aqui.

— E se ele estiver certo? E se aquele homem estiver certo e o Luke estiver errado? E se o mundo acabar em três anos... ou em três *meses*... porque nós não estamos lá pra proteger ele?

— Eu não estou errado — disse Luke. — Eles têm matemáticos, mas eu sou melhor. Não é me gabar se é verdade. E o que ele disse sobre mim, sabe? Aquela coisa de pensamento mágico? É verdade sobre eles também. Eles não suportam pensar que estão enganados.

— Você não tem certeza! — gritou ela. — Consigo ouvir na sua cabeça, Lukey, *você ainda não tem certeza!*

Luke não negou isso, apenas olhou para o prato.

Kalisha olhou para Tim.

— E se eles só estiverem certos *uma vez*? Vai ser culpa nossa!

Tim hesitou. Ele não queria pensar que o que diria em seguida poderia ter uma grande influência em como aquela garota viveria o resto de sua vida, não havia como ele desejar uma responsabilidade daquelas, mas achava que precisava mesmo assim. Os garotos também estavam ouvindo. Ouvindo e esperando. Ele não tinha poderes paranormais, mas havia um poder que ele tinha: ele era grande. O adulto. Eles queriam que ele dissesse que o monstro embaixo da cama não era real.

— *Não* é culpa de vocês. Não é culpa de nenhum de vocês. O sujeito não veio avisar vocês pra ficarem calados, ele veio pra envenenar suas vidas. Não deixe que ele faça isso, Kalisha. Não deixem, nenhum de vocês. Como espécie, fomos feitos pra fazer uma coisa acima de todas as outras, e vocês fizeram exatamente isso.

Ele esticou as duas mãos e limpou as lágrimas das bochechas de Kalisha.

— Vocês sobreviveram. Vocês usaram seu amor e sua inteligência e sobreviveram. Agora, vamos comer torta.

3

A sexta-feira chegou e era o dia de Nicky ir embora.

Tim e Wendy ficaram com Luke, vendo Nicky e Kalisha andarem pelo caminho, abraçados. Wendy o levaria até a rodoviária em Brunswick, mas os três que ficaram para trás entenderam que os dois precisavam e mereciam um tempo a mais juntos primeiro. Para se despedirem.

— Vamos repassar tudo — disse Tim uma hora antes, depois de um almoço em que Nicky e Kalisha não comeram muito. Tim e Nicky tinham ido para o degrau de trás da casa enquanto Luke e Kalisha lavavam a pouca louça.

— Não precisa — disse Nicky. — Estou bem, cara. De verdade.

— Mesmo assim — disse Tim. — É importante. De Brunswick pra Chicago, né?

— É. O ônibus sai às sete e quinze da noite.

— Com quem você vai falar no ônibus?

— Ninguém. Não vou chamar atenção.

— E quando você chegar lá?

— Vou ligar pro meu tio Fred do Navy Pier. Porque foi lá que os sequestradores me deixaram. O mesmo lugar onde deixaram George e Helen.

— Mas você não sabe disso.

— Não.

— Você conhece George e Helen?

— Nunca ouvi falar deles.

— E quem foram as pessoas que te pegaram?

— Não sei.

— O que elas queriam?

— Não sei. É um mistério. Elas não me molestaram, não me fizeram perguntas, eu não ouvi nenhuma outra criança, não sei de nada. Quando a polícia me interrogar, não vou acrescentar nada.

— Isso mesmo.

— A polícia vai acabar desistindo e vou pra Nevada viver feliz pra sempre com os meus tios e Bobby. — Bobby era o irmão de Nick, que estava dormindo na casa de um amigo na noite em que ele fora levado.

— E quando você descobrir que seus pais estão mortos?

— Vai ser novidade pra mim. Não se preocupe, eu vou chorar. Não vai ser difícil. E não vai ser de mentira. Pode acreditar. Terminamos por aqui?

— Estamos quase. Primeiro, afrouxe as mãos um pouco. Tanto as que ficam na ponta dos seus braços quanto as da sua cabeça. Dê uma chance ao felizes para sempre.

— Não é fácil, cara. — Os olhos de Nicky brilharam com lágrimas. — Não é fácil, porra.

— Eu sei — disse Tim, e arriscou um abraço.

Nick aceitou passivamente no começo e depois retribuiu o abraço. Com força. Tim achou que era um começo e achou que o garoto ficaria bem por mais perguntas que a polícia fizesse para ele, por mais que dissessem que nada fazia sentido.

George Iles era com quem Tim se preocupava quando a questão era inventar coisas; o garoto gostava de falar e adorava enfeitar. Mas Tim achava, *esperava*, que ele finalmente tivesse deixado claro para George: o que você não sabia era o que te mantinha seguro. O que acrescentava podia pregar uma peça.

Agora, Nick e Kalisha estavam abraçados perto da caixa de correspondência no pé do caminho de carros, onde o sr. Smith tinha apontado dedos com o ceceio na fala, tentando plantar um sentimento de culpa em crianças que só quiseram ficar vivas.

— Ele ama mesmo ela — disse Luke.

Sim, pensou Tim, e você também.

Mas Luke não era o primeiro garoto a descobrir que estava sobrando em um triângulo amoroso e também não seria o último. E *amoroso* seria a palavra certa? Luke era brilhante, mas também tinha doze anos. Seus sentimentos por Kalisha passariam como uma febre, embora fosse inútil dizer isso para ele agora. Mas ele se lembraria, assim como Tim se lembrava da garota por quem foi louco aos doze anos (ela tinha dezesseis e estava anos-luz à frente). Assim como Kalisha se lembraria de Nicky, o bonitão rebelde.

— Ela também ama você — disse Wendy baixinho e apertou de leve a nuca bronzeada de Luke.

— Não do mesmo jeito — disse Luke com mau humor, mas também sorriu. — Mas e daí? A vida continua.

— É melhor você pegar o carro — disse Tim para Wendy. — O ônibus não vai esperar.

Ela pegou o carro. Luke foi até a caixa de correspondência com ela, saiu e ficou com Kalisha. Eles acenaram quando o carro se afastou. A mão de Nicky saiu pela janela e acenou para eles. E eles foram embora. No bolso frontal direito de Nicky, o mais difícil de um ladrãozinho de rodoviária meter a mão, havia setenta dólares em dinheiro e um cartão telefônico. No sapato dele havia uma chave.

Luke e Kalisha voltaram andando juntos. Na metade do caminho, Kalisha escondeu o rosto com as mãos e começou a chorar. Tim começou a se aproximar, mas pensou melhor. Era trabalho para Luke. E ele o fez, passando o braço em volta da menina. Como ela era mais alta, apoiou a cabeça na dele e não no ombro.

Tim ouviu o zumbido, agora um sussurro. Eles estavam conversando, mas ele não conseguia ouvir o que estavam dizendo, e tudo bem. Não era para ele.

4

Duas semanas depois chegou a hora de Kalisha ir, não pela rodoviária de Brunswick, mas pela de Greenville. Ela chegaria em Chicago no fim do dia seguinte e ligaria para a irmã em Houston do Navy Pier. Wendy tinha lhe dado de presente uma bolsinha de contas. Nela havia setenta dólares e um cartão telefônico. Havia uma chave, idêntica à do Nicky, em um dos tênis. O dinheiro e o cartão telefônico podiam ser roubados; a chave, jamais.

Ela abraçou Tim com força.

— Isso não é agradecimento suficiente pelo que você fez, mas é tudo que tenho a oferecer.

— É suficiente — disse Tim.

— Espero que o mundo não acabe por causa disso.

— Vou dizer uma última vez, Sha. Se alguém apertar o grande botão vermelho, não vai ser você.

Ela deu um sorriso fraco.

— Quando estávamos juntos no final, tínhamos um grande botão vermelho pra acabar com todos os grandes botões vermelhos. E foi bom apertar. É isso que me assusta. Como foi bom.

— Mas isso acabou.

— Acabou. Está ficando para trás e estou feliz. Ninguém devia ter um poder assim, principalmente crianças.

Tim pensou que algumas das pessoas que podiam apertar o grande botão vermelho *eram* crianças, ainda que só na mente e não no corpo, mas não falou nada. Ela estava enfrentando um futuro desconhecido e incerto e isso já era bem assustador.

Kalisha se virou para Luke e enfiou a mão na bolsinha.

— Tenho uma coisa pra você. Estava no meu bolso quando saímos do Instituto, mas eu não tinha percebido. Quero que fique com você.

O que ela deu a ele era uma caixa de cigarros amassada. Na frente, havia um caubói girando um laço. Acima estava a marca: CIGARRINHO DE JUJUBA. Embaixo dele, havia: FUME COMO O PAPAI!

— Só sobraram alguns — disse ela. — Devem estar amassados e velhos, mas...

Luke começou a chorar. Dessa vez, foi Kalisha que passou os braços em volta dele.

— Não, meu anjo — disse ela. — Não. Por favor. Você quer partir meu coração?

5

Quando Kalisha e Wendy foram embora, Tim perguntou a Luke se ele queria jogar xadrez. O garoto balançou a cabeça.

— Acho que vou lá pra trás, me sentar embaixo da árvore grande. Me sinto vazio por dentro. Nunca me senti tão vazio.

Tim assentiu.

— O vazio vai ser preenchido de novo. Acredite.

— Acho que vai ter que ser. Tim, você acha que algum deles vai ter que usar a chave?

— Não.

A chave abriria um cofre em um banco de Charleston. O que Maureen Alvorson tinha dado a Luke se encontrava lá dentro. Se alguma coisa acontecesse a alguma das crianças que tinham ido embora da Fazenda Catawba ou com Luke, Wendy ou Tim, um deles iria até Charleston e abriria a caixa. Talvez todos fossem, se os laços formados no Instituto permanecessem.

— Alguém acreditaria no que tem no pen-drive?

— Annie certamente acreditaria — disse Tim, sorrindo. — Ela acredita em fantasmas, óvnis, almas que vagam por aí, o que você imaginar.

Luke não sorriu para ele.

— É, mas ela é meio… você sabe, tantã. Se bem que está melhor agora que anda tanto com o sr. Denton.

Tim ergueu as sobrancelhas.

— O Baterista? Você está me dizendo que eles estão *namorando*?

— Acho que sim, se também pode se chamar assim quando as pessoas são velhas.

— Você leu isso na mente dela?

Luke sorriu um pouco.

— Não. Voltei a apenas mover travessas de pizza e virar páginas de livros. Ela me contou. — Luke refletiu. — E acho que não tem problema eu contar pra você. Ela não me fez jurar segredo nem nada.

— Caramba. Quanto ao pen-drive… sabe quando a gente puxa um fio solto e desfaz o suéter inteiro? Acho que o pen-drive pode ser assim. Tem crianças ali que as pessoas reconheceriam. Muitas. Daria início a uma investigação e qualquer esperança que a organização do cara de fala engraçada pudesse ter de recomeçar o programa iria por água abaixo.

— Acho que eles não conseguem fazer isso, de qualquer modo. Ele pode achar que sim, mas é só mais pensamento mágico. O mundo mudou muito depois dos anos 50. Escuta, eu vou… — Ele fez um gesto vago na direção da casa e do jardim.

— Claro, pode ir.

Luke começou a se afastar, não num ritmo normal, mas caminhando lentamente com a cabeça baixa.

Tim quase deixou pra lá, mas mudou de ideia. Ele alcançou Luke e o segurou pelo ombro. Quando o garoto se virou, Tim o abraçou. Ele tinha abraçado Nicky… bem, ele tinha abraçado todos, às vezes quando acordavam de pesadelos, mas aquele significava mais. Aquele abraço era tudo, ao menos para Tim. Ele queria dizer para Luke que ele era corajoso, talvez o garoto mais corajoso que existe fora de um livro de aventura para crianças. Queria dizer para Luke que ele era forte e bom e que seus pais teriam orgulho dele. Queria dizer para Luke que o amava. Mas não havia palavras e talvez não houvesse necessidade delas. Nem de telepatia.

Às vezes, um abraço era telepatia.

6

Lá fora, entre os fundos da casa e o jardim, havia um belo carvalho vermelho. Luke Ellis, nascido em Minneapolis, Minnesota, amado por Herb e Eileen Ellis, amigo de Maureen Alvorson e de Kalisha Benson, Nick Wilholm e George Iles, se sentou embaixo dele. Apoiou os antebraços nos joelhos puxados e olhou na direção do que a policial Wendy chamava de Colinas da Montanha-Russa.

Amigo de Avery, também, pensou ele. Foi Avery quem realmente tirou todo mundo de lá. Se havia um herói, não era eu. Era o Avester.

Luke tirou do bolso a caixa de cigarros amassada e pegou uma das jujubas. Pensou em quando viu Kalisha pela primeira vez, sentada no chão com um deles na boca. *Quer um?*, ela perguntou. *O açúcar pode ajudar seu estado mental. Sempre ajuda o meu.*

— O que você acha, Avester? Vai ajudar meu estado mental?

Luke mastigou a jujuba. Ajudou, mas ele não tinha ideia do motivo; não havia nada de científico naquilo. Ele olhou dentro do maço e viu mais duas ou três jujubas. Podia comê-las agora, mas talvez fosse melhor esperar.

Melhor guardar um pouco para depois.

23 de setembro de 2018

AGRADECIMENTOS

Algumas palavras, se você não se importar, Leitor Fiel, sobre Russ Dorr.

Eu o conheci há mais de quarenta anos — bem mais — na cidade de Bridgton, no Maine, onde ele era o único assistente no centro médico com três doutores. Ele cuidou da maioria dos problemas básicos de saúde da minha família, desde viroses a infecções de ouvido. Sua cura padrão para febre era líquidos incolores — "apenas gin e vodca". Ele me perguntou o que eu fazia da vida, e contei que escrevia romances e contos, a maioria de terror paranormal, vampiros e outros monstros.

"Desculpe, eu não leio essas coisas", disse ele, e na época nenhum de nós sabia que ele acabaria lendo tudo que escrevi, geralmente no rascunho e com frequência enquanto eu ainda estava trabalhando nos projetos. Exceto pela minha esposa, ele era a única pessoa que via meus livros antes que estivessem completos e prontos para análise.

Comecei questionando-o sobre assuntos médicos. Foi Russ quem me contou como as gripes mudam de um ano para outro, tornando cada nova vacina obsoleta (isso foi para *A dança da morte*). Ele me deu uma lista de exercícios que impediam que os músculos de pacientes em coma definhassem (isso foi para *A zona morta*). Ele me explicou pacientemente como animais contraíam raiva, e como a doença progredia (para *Cujo*).

Sua área foi se expandindo aos poucos e, quando ele se aposentou da medicina, se tornou meu assistente de pesquisa. Visitamos o Depósito de Livros Escolares do Texas para *Novembro de 63*, um livro que literalmente não poderia ter escrito sem ele e, enquanto eu absorvia a gestalt do local (procurando fantasmas... e encontrando), Russ tirou fotos e medidas. Quando fomos ao Texas Theatre, onde Lee Harvey Oswald foi capturado, foi Russ que perguntou que peça estava passando no dia (uma sessão dupla de *A última batalha* e *War is Hell*).

Em *Sob a redoma*, ele reuniu uma pilha de informações sobre os microecossistemas que eu estava tentando criar, desde a capacidade de geradores elétricos até quanto tempo as reservas de comida poderiam durar. Mas a coisa da qual ele mais se orgulhava foi de quando eu perguntei se ele podia arrumar um suprimento de ar para meus personagens — algo como tanques de mergulho — que durasse uns cinco minutos. Era para o clímax do livro, e eu estava emperrado. E Russ também, até que ficou preso no trânsito certo dia e deu uma boa olhada nos carros ao redor.

"Pneus", ele me disse. "Pneus têm ar. Estaria velho e teria um gosto ruim, mas daria para respirar." Então, querido leitor, usamos pneus.

Tem vestígios do Russ por todo canto deste livro que você acabou de ler, desde os testes de BDNF em recém-nascidos (sim, isso existe, só foi um pouco dramatizado), até como gás venenoso pode ser criado com produtos domésticos (não tentem isso em casa, crianças). Ele examinou cada linha e fato, me ajudando a alcançar o objetivo que sempre tenho em mente: fazer o impossível parecer plausível. Ele era um homem grande, loiro e de ombros largos, que adorava uma piada, uma cerveja, e soltar fogos de artifício no Quatro de Julho. Russ criou duas filhas incríveis e acompanhou a esposa até os estágios finais da doença dela. Nós trabalhávamos juntos, mas ele também era meu amigo. A gente se dava bem. Nunca tivemos uma discussão.

Russ morreu de falência renal no outono de 2018, e eu sinto a falta dele pra cacete. Claro, quando preciso de informações (ultimamente tem sido sobre elevadores e iPhones de última geração), mas muito mais quando esqueço que ele se foi e penso "Hey, eu devia dar uma ligada para o Russ, ou mandar um email, ver como ele anda". Este livro é dedicado aos meus netos, porque é basicamente sobre crianças, mas é no Russ que estou pensando ao terminá-lo. É muito difícil se despedir de velhos amigos.

Sinto sua falta, cara.

Antes de terminar, Leitor Fiel, quero agradecer aos suspeitos de sempre: Chuck Verril, meu agente; Chris Lotts, que lida com direitos estrangeiros; Rand Holstein, que cuida dos direitos cinematográficos (ultimamente tem havido muitos); e Katie Monaghan, que cuida do marketing da Scribner. E um enorme obrigado a Nan Graham, que editou um livro cheio de partes emocionantes, cronologias paralelas, e dezenas de personagens. Ela fez deste um livro melhor. Também preciso agradecer a Marsha DeFilippo, Julie Eugley e Barbara MacIntyre, que atende às ligações, marca as reuniões e me garante aquelas horas fundamentais de escrita todo dia.

Por último, mas não menos importante, obrigado aos meus filhos — Naomi, Joe e Owen — e à minha esposa. Se puder pegar emprestado um termo do George R. R. Martin, eles são meu sol e estrelas.

17 de fevereiro de 2019

1ª EDIÇÃO [2019] 5 reimpressões

ESTA OBRA FOI COMPOSTA PELA ABREU'S SYSTEM EM WHITMAN
E IMPRESSA EM OFSETE PELA LIS GRÁFICA SOBRE PAPEL PÓLEN SOFT
DA SUZANO S.A. PARA A EDITORA SCHWARCZ EM NOVEMBRO DE 2021

A marca FSC® é a garantia de que a madeira utilizada na fabricação do papel deste livro provém de florestas que foram gerenciadas de maneira ambientalmente correta, socialmente justa e economicamente viável, além de outras fontes de origem controlada.